ESTE LIBRO PERTENECE A:

Esnob

Elísabet Benavent (Valencia, 1984). La publicación de la Saga Valeria fue su debut y el principio de su trayectoria como novelista. Desde entonces ha escrito más de veintitrés libros y se ha convertido en un fenómeno editorial con más de 4.500.000 ejemplares vendidos. Algunas de sus novelas han sido traducidas a varios idiomas y publicadas en diversos países. En 2020 Netflix estrenó la serie *Valeria*; en 2021 la película *Fuimos canciones* y en 2023 la miniserie *Un cuento perfecto*, con la que se ha situado en el número 1 global de la plataforma durante varias semanas. Este éxito se une a la conquista del mercado anglosajón con la traducción al inglés de su novela homónima y su publicación en Estados Unidos e Inglaterra. *Esnob* es su último libro.

Para más información, puedes consultar la página web de la autora y seguirla en su cuenta de Instagram:
www.betacoqueta.com
BetaCoqueta

ELÍSABET BENAVENT

Esnob

DEBOLS!LLO

Papel certificado por el Forest Stewardship Council®

FSC
www.fsc.org
MIXTO
Papel | Apoyando la silvicultura responsable
FSC® C117695

Penguin Random House Grupo Editorial

Enero de 2026

Travessera de Gràcia, 47-49. 08021 Barcelona
Diseño de la cubierta: Penguin Random House Grupo Editorial / Carlos Pamplona
Imagen de la cubierta: Carlos Pamplona

Printed in Spain – Impreso en España

ISBN: 978-84-663-9033-0
Depósito legal: B-17.428-2025

Compuesto en Mirakel Studio, S. L. U.
Impreso en Liberdúplex
Sant Llorenç d'Hortons (Barcelona)

P 3 9 0 3 3 0

Para Tomás Benavent, papá,
por las cosas que de verdad importan

Prólogo

Like¡t

Nunca he necesitado una aplicación para ligar. Quizá la palabra «necesitar» no es la correcta, pero ya me entiendes. Siempre me parecieron un poco..., hum..., al principio lo veía como algo de *losers*, después ya..., ¿cómo decirlo sin parecer un carca? Bueno, era un poquito carca, así que ¿qué más da parecerlo? Sencillamente pensé que esas cosas no eran para mí. Siempre creí que el hecho de que la tecnología facilitara los encuentros les quitaba ¿emoción? ¿Valor? No lo sé. A mí me gustaban las cosas a fuego lento, como antes, tal y como las tenía planteadas desde que era muy joven. Mi propósito estaba claro: licenciarme, sacarme un máster con mención de honor, irme a vivir con mi chica, casarnos y tener al menos dos niños. Como ves, en mi vida no había sitio para esas cosas.

La primera vez que escuché hablar de Like¡t fue a uno de esos amigos de colegio privado con los que todavía conservaba el contacto. No sé si fue Jacobo o Beltrán, aunque esos nombres dejaron de formar parte de mi vida hace tiempo y, a decir verdad, a veces los confundo en los recuerdos. Los dos tenían una extensa experiencia en este tipo de temas e iban vestidos y peinados de la misma forma; lo ponían difícil. En aquel momento, fuera quien fuese puso bastante énfasis en la que iba a ser la aplicación definitiva para ligar, pero el resto no le hicimos mucho caso. Nosotros «no necesitábamos» aquellas cosas. Nosotros «preferíamos las cosas a la antigua usanza». Por un lado, Jacobo o Beltrán, da igual, eran los típicos que habían probado todas las apps existentes; por otro, el ser humano no suele prestar atención a algo si no lo hacen en masa los demás. Es así de triste.

No mucho después me encontré frente a la marquesina de una parada de autobús con una publicidad terriblemente llamativa que captó toda mi atención y me recordó aquella conversación con mis colegas.

«Like¡t, la última aplicación para ligar que vas a descargarte en tu vida».

Vaya…, las nuevas tecnologías a favor del amor para siempre… «Menuda engañifa», pensé. Todo el mundo sabe que a ese tipo de plataformas no le interesa que encuentres el amor. Quieren que lo intentes, lo intentes, lo intentes… y te comas toda su publicidad, pagues para poder dar marcha atrás, para que destaquen tu perfil y para tener la oportunidad de que la gente guapa también te vea. Entonces ya era *vox populi* que solo llegabas a aquellos usuarios con el mismo ratio de *likes* que tú. Que alguien encontrase el amor en Tinder me parecía, en aquel momento, un caso aislado, un milagro, una lotería a la que yo no quería jugar.

Lo mío eran las finanzas, no el márquetin, pero me parecía una publicidad bastante contraproducente para los intereses de una aplicación de este tipo… Sin embargo, me equivoqué. Y tanto que me equivoqué. Los eslóganes tenían su aquel, la verdad:

«La aplicación que se bajaría hasta tu madre».
«La aplicación que vas a descargarle a tu madre».
«La aplicación antifantasmas».
«La aplicación que llora en las bodas».
«Like¡t, la aplicación que folla con Tinder y le escribe al día siguiente».

Like¡t tardó bastante menos de lo esperado en estar en boca de todos y no solo de mis amigos…

Hubo muchas cosas que despertaron mi curiosidad sobre aquel fenómeno y ninguna tenía que ver con mi vida personal. En aquel momento yo vivía con mi novia, con la que llevaba cinco años, a la que había pretendido con flores, paseos, regalos y chocolates… y, bueno, unos maravillosos primeros meses de sexo matutino, desayuno en la cama y arrumacos. Si alguien me hubiera preguntado sobre mi relación, le habría asegurado que todo iba bien: era el tipo de chica con el que me veía sentando cabeza, una de esas bellezas que mis amigos no dejaban de halagar. Además, se portaba bien con mis padres y pertenecía a una buena familia. Para mí eso era el amor: encontrar a alguien que encajase en esa vida que uno quería. ¿Era eso?

No, no me digas nada. Ya lo sé. En ese momento yo lo tenía claro. No había dudas sobre el papel. Nada se me había perdido a mí dentro de Like¡t.

Me resultó curioso que una empresa tan joven, tan nueva, tan «para ligar», fuese tan pronto noticia de las publicaciones especializadas en economía, que acaparase titulares de la prensa generalista y que la gente se la descargara en masa. Un proyecto que tres amigos de toda la vida habían ideado alrededor de la mesa de una cafetería del centro de Madrid dio la vuelta al mundo. No me preguntes por qué, pero me imaginé que esos tres colegas eran igual que yo o que cualquiera de mis amigos.

Un programa de fidelización para parejas en el que se fomentaban las relaciones de largo recorrido surgidas gracias a la aplicación. Un botón de auxilio que te ponía en contacto inmediato con emergencias. Un sistema que imposibilitaba la creación de perfiles falsos. Política de tolerancia cero hacia la agresividad, las faltas de respeto, el *ghosting* y demás lacras que en otras apps eran el pan nuestro de cada día. Todo ello y más la convirtió en una revolución en el sector. Era segura, esperanzadora, honesta, con una interfaz atractiva y moderna. Era la aplicación a la que todas las empresas deberían parecerse.

Like¡t lo petó. Lo petó como solo lo peta uno de cada cien mil proyectos. La app no solo se convirtió en una empresa modelo en el trato y la gestión de su creciente plantilla, sino que lo petó hasta firmar uno de los contratos de compra más enigmáticos de la historia. Un gigante americanojaponés la engulló por una suma que podría haber permitido a sus socios fundadores (y al menos a dos de sus siguientes generaciones) jubilarse de inmediato, pero prefirieron quedarse con la dirección de la sucursal en España, que capitaneaban según los criterios con los que lo habían hecho hasta el momento.

A Like¡t le siguió yendo bien, pero abandonó las portadas y los titulares. Se convirtió en una empresa afianzada, puntera, sobradamente rentable, que prefirió un perfil bajo, no aparecer en reportajes sobre gestión empresarial, no dar charlas y no participar en simposios. Era como si quisiera cerrar fronteras, como un pueblo galo viviendo bajo sus normas mientras resistía sitiado por una invasión romana.

Todo genial, ¿no? Un caso de éxito para una empresa española que había dado trabajo a muchos jóvenes. Estupendo. Un posible caso de estudio para alguien como yo, que se dedicaba a mover el dinero de gente que tenía mucho, pero nunca suficiente. Hasta ahí tendría que haber llegado mi historia con Like¡t, dado mi gusto por lo tradicional y el éxito de mi plan de vida, pero lo cierto es que aquello fue solamente el comienzo. Like¡t estaba a punto de cambiarme. A mí. Por entero. ¿Por qué si no iba a hablar de esto en lugar de presentarme como Dios manda?…

1
La casilla de salida

Me encantaría poder hacer una de esas introducciones de película: «Este soy yo. Te preguntarás cómo he llegado a esta situación», pero vas a tener que imaginarte la secuencia. Intentaré ser breve, eso sí, porque esto que te voy a contar ahora solo dibuja el paisaje de mi casilla de salida.

Podría intentar explicarlo desde un punto de vista psicológico, pero me estaría echando el pisto porque no sé qué me pasó. ¿Sabes cuando te ocurre algo y te imaginas a ti mismo reaccionando a lo bestia? Sí, tipo rompiendo una silla o gritando como un gorila con los colmillos al descubierto. Pues fue así, pero en plan tío de colegio privado.

Estaba seguro de que aquel ascenso iba a ser para mí. Llevaba años currándomelo, saliendo de trabajar como pronto a las once de la noche, cuando no era a las tres de la mañana, pero todo el esfuerzo valdría la pena cuando me ascendieran a mánager y cobrara noventa mil euros anuales. Porque eso era lo que iba a cobrar la persona que sucediera al actual cabeza de equipo cuando él subiera al puesto de director.

Agradecí no tener a mano ningún espejo cuando comunicaron que el cargo era para uno de mis compañeros; uno en concreto que había llegado después que yo y que, según mi criterio, no se lo merecía tanto. Se me debió de quedar una cara de gilipollas tremenda. La misma que a mi jefe cuando, después de seguirle hasta el despacho, le comuniqué con vehemencia que o arreglaban el entuerto y me daban el ascenso o me iba.

Primera lección: nadie es imprescindible. Da igual el sentido en el que lo quieras aplicar. Es así. Lo siento. A mi ego también le sentó fatal.

Supongo que no hace falta aclararlo, pero mi jefe, después del estupor inicial, me dio dos palmaditas en el hombro mientras me decía que me echarían de menos. Cuando quise darme cuenta, estaba firmando mi renuncia en Recursos Humanos. El farol se me fue de las manos y echarme atrás hubiera sido fatal para mi amor propio.

Cualquiera con dos dedos de frente habría visto venir lo siguiente, pero yo estaba demasiado ofuscado. No me pareció un problema quedarme sin trabajo; total, mi padre, en cuanto se le pasara el cabreo, echaría mano de sus contactos y me conseguiría otro buen puesto.

Pero sí me sentí molesto porque este incidente retrasaba mis plazos mentales para ir cumpliendo paso a paso mi plan de vida: mudarnos a una casa más grande, casarnos, ir de viaje de novios a Kenia y Maldivas, ponernos a buscar el niño a la vuelta, mi esposa cogería reducción de jornada, llegaría a socio antes de los cuarenta, tendríamos al menos dos hijos, me jubilaría con una casa en La Moraleja, otra en Marbella y una cuenta privada que me permitiría jugar al golf y viajar por el mundo. Pero, sorpresa...

Segunda lección: antes de dar por hecho estas cosas, hay que comentarlo con tu pareja.

Mamá me abrió la puerta sorprendida de verme allí a aquellas horas en un día laborable. Su primera reacción fue la de una madre cualquiera:

—¿Te has puesto enfermo?

Después, cuando vio las dos maletas y la bolsa de viaje e intuyó que por ahí no iba la cosa, reaccionó como la madre de alguien como yo.

—Alejo, por Dios, a tu padre le va a dar un infarto —sentenció.

Debo admitir que mis padres llevaban tiempo diciéndome que mi actitud no era la mejor, pero siempre pensé que no entendían que alguien joven quisiera ir a por todas. Yo me tenía por un tiburón de los negocios y creía que ellos se preocupaban por mi estrés, pero en realidad era un niño pijo con muy mala hostia, que siempre estaba cansado y de mal humor y que hacía gala de una ambición desmedida, como la célebre frase de C. Tangana. Me cegaba aquel plan que ni siquiera sabía cuándo o por qué había trazado con tanto detalle.

Mamá apartó los exámenes de recuperación que estaba corrigiendo, hizo con ellos dos montones y se dispuso a servir café. En ocasiones, envidié la vocación que había llevado a mi madre hasta un trabajo que disfrutaba tantísimo; era profesora de Historia Antigua en la Universidad Complutense y nunca terminaba el día, por duro que fuera, con el mismo humor de mierda con el que lo hacía yo.

Durante un par de horas me dediqué a quejarme de mi mala suerte y a escupir sapos y culebras porque YO no me merecía el trato que había recibido ni en la oficina ni por parte de mi novia. Porque YO había hecho todo lo que estaba en mi mano para prosperar. Porque ELLA no tenía derecho a decirme que estaba harta de que actuase como si solo importase mi opinión, que lo que teníamos se parecía más a un contrato laboral que a una historia de amor, ni a pedirme que recogiese mis cosas y me fuese de allí.

Poco a poco, me calmé y, tras comerme un sándwich que me preparó la cocinera, le pedí a mamá que llamase a mi chica y la hiciese entrar en razón y ella…, ella lo hizo. Volvió al salón negando con la cabeza.

—Está llorando histérica, ¿no? —le pregunté, seguro de que la pataleta le duraría un par de días.

—No. Está muy tranquila. Dice que eres un niñato egoísta y que le has dado la excusa perfecta para aceptar de una vez el puesto que le ofrecían en Berlín.

—¿En Berlín? ¿Cómo se va a ir a Berlín si no habla alemán? —me burlé.

—Cariño, sí lo habla. Fue al colegio alemán, ¿no te acuerdas?

—Ah, sí —balbuceé confuso.

—Ya ha hablado con la casera y con sus jefes. Se va a finales de mes.

—Eso es un farol —afirmé seguro de lo que decía.

—No lo creo. Tengo un mensaje de su madre en el móvil en el que me dice que…

—Pues se va a arrepentir —la corté.

—Alejo…, yo la he notado hasta contenta.

¿Cómo no iba a estarlo? Llevaba meses agobiada con ese puesto que le habían ofrecido del que yo no había querido saber nada en cuanto mencionó que implicaba cambiar de país. Su novio no la apoyaba. Su novio estaba muy preocupado marcando *check* en las casillas que iba alcanzando en su propio plan de vida. Su novio, el mismo hombre que tantos planes había trazado con ella, no la abrazaba si estaba agobiada o triste, había olvidado hacía mucho los detalles y, sencillamente, daba todo por hecho. La muerte de las parejas nace de ahí, hazme caso…, aunque ella tenía razón y aquello tenía de amor lo que yo de bailaor. Yo tenía que alcanzar mis metas, pero no pensé en las suyas.

Tercera lección: si todo puede ir mal, irá mal. Las desgracias suelen ir de tres en tres.

Había renunciado a mi puesto por una pataleta, mi novia me había dado billete y… ¿cuál sería la tercera tragedia? Solo tuve que esperar a que papá entrase en casa, se enterase de todo y provocase con la vibración de su vozarrón que se desmoronara todo a mi alrededor. Papá, el hombre de éxito, abogado de prestigio. Alejo, el hijo chirimoya, que todo lo hacía regulín.

—Ni te voy a ayudar a encontrar otro trabajo ni te voy a dar las llaves del piso de tu tía abuela. ¿Qué tipo de persona renuncia a su puesto porque no le ascienden? Yo te lo diré: un malcriado. Un puto malcriado, Alejo. ¡Tienes treinta y dos años! ¡¡Espabila!!

—Pero yo…

—Tú ¿qué? Tú te vas a ir a tu habitación de cuando eras un crío y tenías la misma edad mental que ahora. Espero que tengas dinero ahorrado, porque ni mamá ni yo vamos a soltar un euro para que a ti las cosas empiecen a irte «mejor». ¿Me entiendes? ¡Y encima te deja tu novia! Pero ¿no decías que os ibais a casar? Si es que eres un malcriado, un caprichoso y un tonto. Tú vas a espabilar, te lo digo yo. ¡Te vas a espabilar! ¡Ale, a buscar trabajo como cualquier hijo de vecino! Y ya lo sabes, aquí se desayuna a las siete, se come a las dos y se cena a las nueve.

La negociación fue dura, pero ya se sabe: cuando pasan estas cosas uno de los progenitores suele ser el «eslabón más débil», mucho más fácil de manipular, y esa era mamá. Le dije que iba a caer en una depresión si volvía a vivir con ellos, que sería como tirar la toalla definitivamente…, y se lo creyó. Puedo ser un cabrón muy convincente. Así que mamá esperó a que papá se calmase y después intercedió por mí. Si, aún con todo, tenía que vivir bajo su techo, acatando sus normas marciales, iba a darme un chungo.

No es que consiguiera mucho, pero al menos me sacó de allí. Tendría que compartir piso con mis dos hermanos pequeños, que estudiaban Física y Psicología en la universidad, respectivamente, y que vivían en la casa que había sido de mis abuelos. Un piso, por cierto, lleno de cuadros y objetos religiosos. La abuela me contó antes de morir que incluso tenía guardada una reliquia; creo recordar que era el mechón de un santo. ¿Podía darme más *cringe* todo?

Tenía un colchoncito de ahorros, pero mi tren de vida no había permitido que prosperara demasiado. Si alquilaba un piso para mí solo, me lo fundiría todo en unos pocos meses. No podía permitírmelo. ¿Me devolvería al menos mi ex mi parte de la fianza del piso? Desde luego, yo no se lo pediría: ya tenía suficiente mancha encima como para admitir frente a ella que estaba en verdaderos apuros.

Antes de que pudiera pensármelo dos veces, estaba instalándome allí. Los mellizos no parecían muy emocionados con mi llegada. Tampoco todo lo contrario. A ellos, como al parecer a todo el mundo, Alejo les daba igual.

Podría haber entendido aquello como una oportunidad de empezar de nuevo, que es lo que en realidad era, pero lo asumí como un castigo. Odiaba que las cosas no salieran como yo esperaba. Lo odiaba con todas mis fuerzas.

Pues no me quedaba por tragar…

2
Primer día de la opereta

Nunca me han gustado los polígonos industriales, aunque hace unos años mi opinión era bastante más visceral de lo que lo es ahora. Esas concentraciones de naves destartaladas, aparcamientos para camiones, almacenes y gasolineras me parecían las verrugas con pelo que les salen a las ciudades cuando pierden colágeno: espacios feos, grises, sin ningún tipo de glamour ni belleza. ¿Dónde quedaban los edificios de oficinas revestidos de acero y cristal que relucían al amanecer? ¿Dónde estaban las torres firmadas por afamados arquitectos? Los polígonos industriales eran manchas en los mapas, barriadas que no me generaban ningún interés, aunque supongo que mis intereses por aquel entonces resultaban cuando menos… escasos. Para aquel Alejo de treinta y dos años, un polígono industrial nada tenía que ver con él. Y, sin embargo, ahí estaba, en traje, bajo el típico sol de finales de verano que calentaba aquel día más de lo que había hecho en pleno agosto. Delante de mí se alzaba un anodino edificio de ladrillo caravista del que esperaba que alguien saliera a recibirme.

Era mi primer día de trabajo, y eso me ponía de mal humor. No debería, ya lo sé. Hacía años que se escuchaba el eco de los pasos de una recesión económica que nos soplaba en la nuca, juguetona, y que cada año daba más pistas sobre cuándo pensaba llegar, pero es que… yo consideraba que no debía estar allí.

Aquel no era un sitio de mi nivel. Otra persona habría estado feliz por encontrar tan rápido un trabajo, pero yo me sentía avergonzado. Haber caído tan bajo…

Hubiera esperado para incorporarme a algo más acorde conmigo y mi formación, pero de pronto sentí que mi situación era realmente precaria. Mamá (¡mamá!, te recuerdo que ella era el eslabón manipulable de la cadena progenitora) me dijo que lo lógico sería invertir dos meses como máximo para encontrar un trabajo de lo mío, pero que, pasado ese tiempo, debía plantearme entrar a trabajar en cualquier restaurante de comida rápida que me permitiera subsistir. Pero ¡que yo tenía un máster con mención de honor! ¿Cómo iba a…? O peor: ¿qué iba a pasar entonces con mis planes perfectamente trazados para una vida de éxito? Nada. Eso iba a pasar. Empezó entonces el viacrucis de echar currículos y presentarme a todas las entrevistas de trabajo a las que pude acudir, pero para unos puestos estaba muy poco preparado y para otros me sobraba preparación. De mi anterior sueldo ni hablamos, de eso fui dándome cuenta poco a poco.

—No, si al final te van a bajar los humos —se burló mi hermano Manuel mientras mojaba un sobao descomunal en una igualmente descomunal taza con el dibujo de *Juego de tronos.*

Eso o al final les iba a saltar yo mismo los piños a él y a Alfon, mi otra pesadilla fraternal, que, con esto de que se me estuviera tratando como la oveja negra, se creían lo más y muy maduros.

Fue la necesidad la que me hizo optar al trabajo en Like¡t, no el interés real. Ofertaban un puesto de *assistant* en el Departamento de Dirección para trabajar codo con codo con su CEO, un puesto con un sueldo tirando a mediocre pero con buenas condiciones (comida, catorce pagas, vacaciones remuneradas, ciclos de formación interna, facilidad para gestionar horarios y su fama de tratar al trabajador tan bien…), al que podía agarrarme durante el naufragio, hasta que llegase una lancha motora a salvarme. Y digo lancha motora por no decir que se le pasase el cabreo a papá y me echase una mano tirando de sus contactos para ofrecerme un puesto acorde a mi nivel.

Pasar las tres entrevistas fue una suerte, como lo fue que todo sucediera tan rápido, aunque nunca me quedó demasiado claro cuáles eran las obligaciones de mi puesto y desde Recursos Humanos insistían una y otra vez en que estaba sobrecualificado. Pero la situación requería movimientos ágiles. Según mis hermanos, había tirado tanto de la sábana que se me habían destapado los pies. Según mis padres, tenía mucha tontería encima y me habían sobreprotegido demasiado, pero no era tarde para solucionarlo. Según yo, estaba jodido.

Así que, si me ofrecían un puesto de *assistant* de dirección dentro de Like¡t, decía que sí, me presentaba a las nueve en ese polígono casposo vestido de caballero y para delante. Porque tirar para delante había que tirar y porque a mi currículo, a las malas, no le iría mal tener experiencia en un sector como este. ¿Me interesaba trabajar en una aplicación de ligar que no había usado en toda mi vida? No mucho, la verdad. Al fin y al cabo, me consideraba un tío hecho para manejar pasta, aunque fuera la de otros, y me gustaban los trabajos de toda la vida, los que daban seguridad y no dependían de códigos de programación, pero... (y déjame leerte la mente un segundo), a pesar de ser un niño pijo malcriado y ciertamente despegado de la cruda realidad, hasta yo sabía que era momento de moverse o me hundiría sin piedad en las arenas movedizas. Siempre tendría tiempo de seguir buscando trabajo mientras estaba allí. Lo urgente era conseguir un sueldo, y eso, con Like¡t, estaba salvado.

Así que volvamos a mi primer día de trabajo. Volvamos al polígono industrial de Vallecas para el primer acto de la opereta en la que iba a convertirse mi vida. En el papel estelar del bufón: yo.

La mugrienta puerta de metal frente a la que esperaba se abrió de pronto y, tras ella, se asomó un tipo alto y de apariencia inofensiva que me miró con curiosidad. El duelo de miradas se alargó un poco más de lo normal, y es posible, ni confirmo ni desmiento, que se me viera en la cara lo poco que me apetecía estar allí.

—¿Has llamado al timbre? —preguntó por fin.

—Sí. Claro.

—Ah… pues… —Y se apoyó en el marco con aire adolescente—. Tú dirás.

«Nada, que vengo a hablarte del reino de Dios. Pero ¿cómo que "tú dirás"?».

—Soy Alejo —respondí haciendo acopio de toda mi paciencia.

—Alejo, ajá. Encantado, Alejo. ¿Y qué se te ofrece?

Por su parte, él me ofreció una sonrisa amable e informal, completamente a conjunto con su indumentaria: vaqueros, sudadera, zapatillas de deporte… ¿Sería el de mantenimiento, que aún no se había puesto el uniforme?

—Alejo Mercier, es mi primer día de trabajo en Like¡t y me convocaron en esta dirección a las nueve. —Miré la hora—. Aunque ya son las nueve y diez, porque nadie ha abierto la puerta hasta ahora.

El chico, que debía de tener más o menos mi edad, frunció levemente el ceño a la vez que en su expresión se adivinaba cierto reconocimiento.

—¡Ah! Vale, vale… Perdóname. —Me tendió la mano y abrió un poco más la puerta, dejándome pasar tras un breve apretón—. Soy Fran, de Recursos Humanos. Bienvenido.

—Gracias. —¿Era de Recursos Humanos y le había tenido que explicar quién era y qué hacía allí…? Me temí que alguien se iba a ganar un tirón de orejas por no hacer bien su trabajo.

—Pasa, pasa. Has llegado prontísimo, por cierto. Si no me equivoco, debieron de convocarte entre las nueve y media y las diez. —Sonrió sin atisbo de displicencia—. Es nuestra hora de entrada. Me pillas aquí por pura casualidad.

La puerta de metal se cerró y nos sumió en una repentina oscuridad. Lo que me faltaba. Seguro que eran las típicas oficinas cutres de los años ochenta, mal iluminadas, mal ventiladas y con paredes blancas con huellas de zapato. ¿Por eso se mantenían tan al margen de la prensa? ¿Eran unos cutres que gastaban poco para obtener más margen de beneficio?

—Esta es la puerta de atrás. —Le escuché decir cuando reanudó el paso—. En este polígono les debió de dar pereza poner nombre a todas las calles y nuestra puerta de atrás es el bis de la entrada principal; por eso has debido de equivocarte. Esta entrada es muy deprimente. Te habrás llevado una impresión horrenda de nosotros.

—Bueno… —dejé escapar con cierto desencanto.

—Ya verás. La oficina es muy bonita.

Estaba empezando a dudarlo cuando la claridad lo bañó todo a nuestro alrededor. Confundido, miré a mi alrededor para descubrir que el oscuro pasillo desembocaba en una sala enorme, diáfana, llena de una preciosa luz amarilla que se derramaba sobre decenas de escritorios de madera clara que no recordaban en nada al contrachapado de la mayoría de las mesas sobre las que había trabajado hasta ahora. Eso había que admitírselo: las empresas jóvenes tenían mejor gusto para la decoración que los gigantes antediluvianos, pero eso, en definitiva, tampoco era decir mucho.

El techo tenía una claraboya de cristal a dos aguas que permitía que la luz natural entrase a raudales en todos los rincones de la sala, pero tamizada para que no llegase a ser molesta y se pudieran ver bien las pantallas. También colgaban del techo, como apoyo, unas luces que ya se adivinaban mucho más cálidas que los halógenos, para los días nublados o las tardes de invierno, y de otros soportes, plantas. Plantas trepadoras, plantas que lloraban sobre nuestras cabezas, puntos de color brillando gracias a flores de distintos colores sobre el verde por doquier. No pude evitar preguntarme cómo se regaban… hasta que me di cuenta del sistema de riego, probablemente ecológico y responsable, que las alimentaba de manera discreta, reptando junto a ellas.

—Esta es la sala principal. —Me enseñó Fran—. Aquí trabajan desarrolladores, diseñadores, Atención al Cliente, comerciales, Márquetin, Recursos Humanos… Bueno, todos en realidad. Aunque las mesas se organizan por «barrios», en la empresa nos gusta pensar que la cercanía entre todos los departamentos facilita las sinergias y la comunicación. Irás viéndolo, pero Like¡t se parece más a una familia numerosa que a una de esas empresas…, ya sabes, como consultoras y demás. No nos gusta lo gris.

Eso me molestó un poco. Me provocaba cierto repelús que las empresas siguieran esgrimiendo un argumento tan manido como el de «aquí somos una gran familia». Además, había sido consultor desde que me licencié y terminé el máster, y no me consideraba precisamente una persona gris. Quizá en aquel polígono confundían los términos «elegancia» y «atemporal» con el color gris. Pobres…

—Yo he sido consultor financiero durante años —puntualicé con intención de que se sintiera incómodo por su comentario, pero…

—Bufff… —Me lanzó una mirada de ¿lástima?—. Ya lo siento. Bueno, aquí creo que podrás borrar esos recuerdos. Mira —me señaló algunas habitaciones acristaladas que había pegadas a los laterales—, esas son las salas de reuniones que están disponibles para toda la plantilla. Te familiarizarás pronto con ellas, están en el sistema…, em…, perdona que te esté haciendo este tour tan desordenado, pero es que no suelo ser el responsable de esta parte de la acogida de nuevo talento —se disculpó con sinceridad—. Tú, si tienes cualquier pregunta, dime, ¿vale?

Asentí y él siguió.

—Aquellos —señaló unos espacios también acristalados, abiertos a la sala principal— son los despachos de I+D, Comunicación y Márquetin, Recursos Humanos, Financiero y Tecnológico. Como verás, más que despachos son salas de trabajo. Son las mesas de los responsables de área, aunque todo el mundo prefiere currar en la sala principal.

—¿Por qué? —pregunté confuso—. Pudiendo tener la tranquilidad del despacho…

—Hombre, porque te pierdes todo lo bueno. —Fran sonrió muy risueño y visiblemente satisfecho de su comentario—. Allí están las cabinas de videollamada y *calls* en general, y tras aquella puerta doble está la cantina.

Me azotó la imagen de la típica sala de comedor de empresa pintada con los colores corporativos, con unas persianas cutres que taparían la visión del horroroso callejón de polígono suburbano del exterior, con un microondas guarro con granos de arroz y una nevera llena de táperes con el nombre de los propietarios escrito a toda prisa en pósits amarillos.

—Luego te la enseño, si quieres, aunque me imagino que mis compis de Recursos Humanos querrán hacerte un tour mucho más digno del lugar y mostrarte la nevera de bebidas, la de fruta, la sección de galletas, aperitivos… La gente flipa bastante la primera vez que la ve. Mola mucho —asintió para sí mismo—. Y el cáterin que nos traen es rico y supersano. De eso nos preocupamos en mi departamento.

Arqueé las cejas, pero, antes de que pudiera preguntar más, Fran siguió señalando el fondo del espacio en el que nos encontrábamos.

—En ese pasillo está la sala de masaje. Todos los trabajadores pueden reservar hasta una hora semanal, viene una fisio encantadora que es capaz de desatarte cualquier nudo. La sala de descanso también está por allí, por si necesitas una cabezadita o respirar profundo…, que creo que te vendrá muy bien en el desarrollo de tus obligaciones…, y por donde hemos entrado están el gimnasio y las duchas, lo que pasa es que tienen también salida a la calle. Por eso esa zona está tan oscura. Lo montamos más de cara al exterior para que, si tienes yoga a las doce, te dé la sensación de estar fuera del trabajo, ¿sabes?

Lancé una carcajada y Fran respondió con otra que pareció el ladrido de alegría de uno de esos perros color canela de los anuncios de televisión. Volví a reír con fuerza y él se contagió.

—No sé de qué nos reímos —confesó.

—Qué bueno. Tronco, se te da bien, ¿eh? Lo dices todo serio y… —me interrumpió otro ataque de risa— parece que lo dices de verdad.

Fran se calló de pronto, como si le hubieran quitado las pilas en mitad de una carcajada, y me devolvió una mirada confusa.

—¿Cómo?

—Que casi me lo creo.

—Pero si es verdad…

—Ya, sí. ¿Y la piscina dónde está?

—Tenemos un acuerdo con la piscina de un polideportivo cercano. Si quieres matricularte, nos reservan dos calles dos veces por semana de ocho y media a nueve y media. Puedes entrar esos días a las diez o diez y media sin problemas. Aquí creemos que quien mejor puede gestionar su horario y su trabajo es el propio trabajador.

Me quedé mirándolo patidifuso.

—Te estás quedando conmigo, ¿no?

—Pensaba que explicaban todas estas cosas en la última entrevista o cuando llamaban para confirmar que el puesto es vuestro…

—Pero ¿tú no eras de Recursos Humanos?

—Sí, claro, pero me encargo de otras cosas. —Se encogió de hombros—. Ya te lo explicarán bien. Tú trabajarás allí.

Señaló uno de los cubículos acristalados. Era un poco más grande que los demás y el que más se parecía a un despacho propiamente dicho…, pero un despacho molón. Conforme fuimos acercándonos se hicieron más visibles las estanterías llenas de libros, el sofá chéster de terciopelo verde oscuro, el escritorio de delgadas y estilizadas patas de madera de haya, el gran ventanal con persiana veneciana, la mesa redonda a conjunto con el escritorio con cuatro sillas coloridas, los rincones llenos de montañas de libros de arte de grandes formatos, la nevera Smeg de aire retro en un precioso color menta y la pared contraria a la librería cubierta de marcos de diferentes tonos y tamaños, que lucían orgullosos ilustraciones de cualquier estilo que pudieras imaginar. Era caótico y a la vez inspirador, con un ruido visual terrible que, no obstante, generaba calma. Mis pies, al entrar, se hundieron unos milímetros en una mullida alfombra de colores con forma de tigre.

—No sé si el decorador era humano o un gorila daltónico y drogado, pero el resultado es interesante —confesé—. Quizá habría que limar algunas cosas, pero…

—Bueno, a Marieta le gusta así.

—¿Y Marieta es…?

Al no encontrar respuesta, me volví hacia Fran, que me miraba con una sonrisa enigmática.

—Ven, acompáñame a mi mesa. Voy a darte uno de nuestros folletos internos. Léelo tranquilamente mientras desayunas algo. En cuanto lleguen mis compañeros de Recursos Humanos los mandaré a buscarte para que puedan… situarte mejor. Solo dime una cosa…, ¿qué es lo que sabes de tu puesto?

—Que me han contratado para el Departamento de Dirección, que trabajaré codo con codo con el CEO, que al parecer estoy sobrecualificado para el puesto y que…

Fran volvió a sonreír con misterio y, una vez en su mesa, rebuscó en uno de los cajones hasta dar con lo que quería.

—Toma, léelo, pero te adelanto que te espera un día de sorpresas.

Hoy sigo preguntándome por qué el muy cabrón no me avisó. Me hubiera ahorrado empezar con muy mal pie.

3
La chica del pelo rojo

La cantina se parecía más a una cafetería escandinava que al comedor de una empresa. Fran tenía razón cuando decía que era bastante impresionante. Cafeteras semiautomáticas de última generación, jarras de leche fresca, bebidas vegetales, zumos recién exprimidos, tostadora, pan humeante que aún olía a obrador, dulces con pinta de ser deliciosos y no demasiado tóxicos para el organismo, botes con frutos secos (cualquier fruto seco que te puedas imaginar), cajón de galletas, chocolatinas, bandejas de fruta, neveras llenas de refrescos, agua embotellada... He estado en bufets de desayuno peor surtidos que aquella sala. Siendo completamente sincero, me apabulló tanto que solo fui capaz de servirme un café. Regresé al que iba a ser mi despacho y esperé a la persona de Recursos Humanos que se encargaría de entregarme mi ordenador y demás. Me entretuve leyendo los folletos que me había facilitado Fran, que me vigilaba de reojo con una expresión divertida que me mosqueaba un poco.

A las diez menos cuarto la sala cobró vida como lo hacía un colegio a la hora de entrada. De la parte opuesta de donde yo había accedido, nació un vocerío animado que se parecía más a la algarabía que llena las calles de los bares de copas que a la cháchara de oficina.

Los dueños de aquellas voces fueron apareciendo en mi campo de visión por una puerta; para ello el despacho tenía la mejor de las ubicaciones y desde allí se veía una panorámica perfecta de toda la sala. En su mayoría, los trabajadores eran gente joven, de entre veintipocos y treinta y algo, modernos, cosmopolitas, con pelos de colores y un nulo sentido del protocolo empresarial para escoger su atuendo en días laborables. Un chico con falda escocesa por encima de un pantalón de traje *oversize*, camiseta de tirantes blanca, collares y pendientes de grandes dimensiones me saludó con la mano, con total familiaridad. Varias chicas con el pelo más corto que un marine me observaron en silencio. No había ni uno ni dos, sino varios hombres maquillados..., aquello parecía ser costumbre. Muchas de las mujeres que entraban lucían ropa que parecía más adecuada para ir a correr al cauce del Manzanares que para ir a trabajar... Mi esnob interior contuvo un respingo de horror; mi yo racional lo zarandeó al grito de «necesito este trabajo, so gilipollas, ¿a ti qué más te da cómo vaya vestida la gente?».

Pero, aunque ese perfil era mayoría, la plantilla no se componía solamente de gente joven. Aquí y allá varias personas, que estaban cerca de la edad de jubilación, ocupaban sus escritorios. Sin embargo, no se creaban guetos y todo el mundo charlaba entre sí, independientemente de la edad o la pinta que llevasen. Perdón..., quería decir «su estilo». Recuerda que yo vestía un traje hecho a medida en aquel momento.

Por si no tenía suficientes cosas «nuevas» en las que fijarme, no me pasó por alto el hecho de que todo el mundo me mirase con cierta sorpresa. Al principio pensé que era debido a la novedad, al efecto «chico nuevo en la oficina» y la curiosidad que eso suscita, pero la manera en la que compartían miraditas después de verme allí sentado me hizo temer... No sé, que llevase un moco pegado en la cara. Algo pasaba, eso estaba claro, pero, por más que me miraba en el reflejo del flexo que había sobre la mesa, no encontraba la razón de tanta atención. Quizá era mi traje gris lo que les extrañaba, viendo cómo iban vestidos casi todos ellos... Las miraditas me daban igual, de modo que seguí concentrado en apartar todo lo que mi predecesor había dejado sobre el escritorio.

A las diez, con todo el mundo ya sentado en la mesa, una chica se acercó al despacho y llamó con los nudillos sobre la cristalera de manera educada, aunque la puerta estuviera abierta.

—Hola, Alejo, soy Selene, la persona que te mandó el mail con todos los datos para tu primer día. Estaba segura de haberte convocado a las diez, pero me comenta Fran que has llegado a las nueve.

—Y yo seguro de que esa era la hora de entrada —respondí con cierto resquemor.

—No pasa nada, aunque en el futuro, para evitarte madrugones, mejor revisa la información la noche antes.

Lo dijo en un tono amistoso, jocoso, casi como una broma entre amigos, pero a mí me sentó fatal. De todas formas, antes de que pudiera responderle, siguió hablando:

—Por cierto, ha debido de haber un error. Esa no es tu mesa.

Fruncí el ceño y miré a mi alrededor sorprendido.

—Fran me dijo que este era mi despacho.

—Sí y no. Fran es buen tío, pero tiene mucha sorna. —Sonrió—. Alejo, ¿te importaría acompañarme a una sala de reuniones para que te vaya poniendo al día?

—Perdona, Selena.

—Es Selene.

—Selene, es que no me estoy enterando de si este es o no mi despacho.

No quise ser borde, pero pensé que, si no marcaba distancia el primer día, me irían comiendo terreno poco a poco. Por mucho que ese puesto no estuviera a mi nivel, era la mano derecha del CEO y me debían cierto respeto.

Por encima de su hombro percibí decenas de miradas. Se respiraba un ambiente de expectativas a punto de ser cumplidas, pero no entendía por qué. Creí que esperaban un enfrentamiento, pero era mi primer día de trabajo. Hasta yo sabía que debía esperar para montar un pollo. Aunque... ¿no lo estaba montando de modo pasivo-agresivo?

—Ya, bueno, es que Marieta está a punto de llegar y creo que te vas a sentir más cómodo si hablamos en la sala.

—¿Quién es Marieta?

—Bueno, Marieta es la persona con la que vas a trabajar.

—¿Mi asistente?

Hubiera jurado que contenía la risa.

—Acompáñame y te lo cuento todo.

—Pero ¿es este mi despacho o no? —insistí, terco.

—Vas a trabajar aquí, sí, pero técnicamente no es TU despacho. —Bajó la voz, discreta, y, viendo que yo no tenía intención ninguna de seguirla, continuó informándome—: ¿Ves esa mesa? —Señaló una que quedaba pegada a la pared exterior del despacho—. Esa es tu mesa.

Arqueé una ceja. Una mesa bonita, sí, pero superutilitaria, como un satélite que orbitaba alrededor del despacho en el que estaba sentado. ¿Cómo que esa era mi mesa?

—¿No tengo despacho?

—No —negó y se le escapó cierta sonrisa que no tardó en desaparecer—. Solo los directores de departamento tienen despacho, aunque la mayoría ocupa mesas en la sala principal y los han reconvertido en salas de trabajo para su equipo. Despacho, como tal, solo está este.

—¿Es el del CEO? Porque me dijeron que iba a trabajar codo con codo con él.

—No creo que te dijeran exactamente eso. Verás, el CEO...

Un conjunto de cuchicheos en la sala de trabajo principal precedió a una aparición en el despacho. De pronto, como salida de la nada, una chica con un desordenado y llamativo pelo pelirrojo, anaranjado y brillante, se apoyaba con expresión confusa en el vano de la puerta de aquel cubículo de cristal. No me hubiera sorprendido ver que se disipaba a su alrededor una de esas nubes de humo que acompañan los trucos de magia; ni siquiera había percibido su movimiento con el rabillo del ojo.

Se trataba de una chica joven, calculé que un poco más que yo, pero poco. Como todos los demás, tenía un aspecto informal: lucía un piercing en la nariz, el cuello lleno de collares que caían sobre el amplio escote de su blusa verde oscuro, de mangas abullonadas y que llevaba atada al estómago por encima de unos pantalones color... ¿naranja? ¿Era guapa? Lo era, pero en un sentido salvaje. Era agradable mirarla, como lo es asomarse al vacío desde una cima si no tienes vértigo. Era bella, pero la envolvía un aura que despertaba..., ¿qué sensación era aquella? Algo así como advertencia. Una pelirroja guapa, salvaje y vivaracha con pinta de ser un hueso duro de roer.

La estudié con disimulo, pero puedo asegurar que ella me echó otra buena ojeada con tanto asombro como diversión, aunque había en su mirada algo extraño. ¿Qué era?

—¡Uy! Pero ¿este quién es? —dijo muy sonriente, como si acabase de encontrarme en el interior de un Kinder Sorpresa—. ¡Hola!

—Soy Alejo Mercier, el nuevo *assistant* de dirección —dije con un tono de voz firme, deseando que se terminase todo aquel circo.

Sin presentarse, miró a Selene con sorpresa.

—Pero... —Se echó a reír—. *¿Assistant?*

—Estaba intentando explicarle —expuso Selene.

—¿Y por qué lo habéis sentado en mi despacho?

—No hemos sido nosotros...

Las dos se rieron, la recién llegada mucho más alto, con la boca más abierta y, si se lo preguntan al Alejo de entonces, con menos modales, antes de dirigirse de nuevo a mí.

—¿Pero…? Entonces ¿este no es el despacho del CEO? —pregunté sin darle la oportunidad de hablar primero.

—Yo soy «el CEO» —explicó con calma, sin mirarme, mientras dejaba en la silla que quedaba más cerca de ella todos sus bártulos.

Levantó la mirada, me estudió con diversión y, en un tono de voz muy dulce, añadió:

—Soy Marieta Durán, tu jefa, aunque no me guste demasiado ese término. Pero es lo que soy. —Se encogió de hombros—. Tu jefa… y estás sentado en mi mesa.

Abrí los ojos como platos y sentí que se me salían de las órbitas, como si la vergüenza me hubiera dado un puñetazo en la boca del estómago. Me levanté de la silla, agaché la cabeza y di la vuelta al escritorio para tenderle la mano.

—Disculpe esta terrible equivocación, señora Durán. No era mi intención…

—¡Ah! No te preocupes. —Hizo un gesto que quería quitarle importancia al asunto y mi mano se quedó allí, solitaria y despreciada—. Pero llámame Marieta, por favor. La señora Durán es mi madre; y sí, llevo los dos apellidos de mis abuelos maternos, pero no hay drama. Ya nos iremos conociendo mejor.

Sonrió como una bendita y…, sinceramente, no supe qué decir. Aquella pelirroja sonriente y sin modales me había dejado sin palabras.

—Ven conmigo —me pidió Selene—. Te damos tu ordenador, te explicamos un poco y…

—Y luego vienes y charlamos un rato —terminó Marieta.

Miré a Selene, miré a mi jefa, miré hacia todos los rostros que desde fuera no se perdían detalle de la situación, miré en mi interior a mi yo avergonzado, agazapado, creyendo estar viviendo su infierno personal.

—Ah…, y… perdóname, has debido de entenderlo mal. —Marieta Durán hizo una mueca que la hacía parecer realmente apenada por el malentendido, aunque probablemente le estaba pareciendo superdivertido—. El puesto que has aceptado no es de *assistant*, sino de asistente. Asistente personal, para más señas; el cargo de secretario de toda la vida. Pero no pasa nada, Alejo, vete quitando esa cara de susto porque, si aún quieres el puesto, tú y yo vamos a llevarnos bien por obligación.

Asistente.

Personal.

Sin despacho.

Con Marieta Durán.

Con su bonita cara de muñeca.

Por obligación.

Secretario.

Efectivamente había caído en el infierno y no veía por dónde salir.

4
Desesperado

Selene me llevó con ella a una sala de trabajo para charlar sobre mi puesto, mis obligaciones y también todos los derechos que adquiría desde aquel momento como trabajador de Like¡t. Yo fingía atender, pero la cabeza me daba vueltas. A ver, que no era un pavo rancio que no puede asumir que su jefa vaya a ser una piba, pero el hecho de haber dado por sentado que se trataba de un hombre me dejó bastante muerto. Yo me tenía por un tío moderno. Moderno, entiéndeme, pero amante de la tradición; no creía que fuera incompatible. De todas formas, ese no era el problema. El problema era mi puesto. ¿Cómo que asistente personal? De la palabra secretario no quería ni escuchar hablar.

Después acompañé a Selene a un almacén del que sacó un montón de material para mí: una manta supersuave, una taza, un juego de bolígrafos, un par de cuadernos, un cojín para la silla, unos auriculares inalámbricos con micro, una de esas botellas que mantienen el agua fría… Yo qué sé, de todo. Like¡t tenía más *merchandising* que Disney, pero aquello no me tranquilizó. ¿Asistente personal? Yo era un tío con una doble licenciatura y un máster en Gestión Patrimonial y Financiera, ¿y me iban a poner a revisar la agenda de alguien? Pero ¿cómo iban a tirar tanto recurso a la basura?

—Selene, discúlpame —le dije cuando me entregó el ordenador y dejamos en mi mesa toda la parafernalia que me había dado—, ¿cómo es posible que me hayáis seleccionado para un puesto de asistente personal?

Ella asintió, como si le resultase una pregunta de lo más lógica.

—Nos corría muchísima prisa encontrar a alguien que ayudase a Marieta y tú eres bilingüe en francés e inglés, dijiste que te manejas bien con las nuevas tecnologías, les pareciste organizado y buscabas una incorporación inmediata. A decir verdad, me dijeron que parecías «algo desesperado».

Fuck.

—Pero...

—Resaltaron varias veces que estabas sobrecualificado y te explicaron que el puesto era para dar soporte a la CEO.

—Juraría que nadie lo dijo en femenino, pero eso es lo de menos —aclaré—. Dar soporte al CEO puede significar muchas cosas.

—Tienes razón —asintió, y su pelo corto se movió con ella—, pero no pienses en el puesto en negativo. Marieta va a darte mucha voz; por eso nos pareció tan interesante tu perfil, porque tienes experiencia empresarial y en...

—¿Gestión de agendas? —respondí con sarcasmo.

—Oye, Alejo, eso lo ponía claramente en la oferta de trabajo para la que postulaste.

Otra lección: la necesidad no es que te convierta en alguien menos exigente, que también, es que directamente te resta comprensión lectora.

—Cuéntame —le pedí después de echar una ojeada al despacho, a mi espalda, donde Marieta tecleaba—. Cuéntame más cosas del puesto.

—Al principio, concéntrate en familiarizarte con la agenda de Marieta. Ella te irá pidiendo todo aquello en lo que crea que la puedes ayudar. Irás conociéndola, de modo que te irás dando cuenta por ti mismo, pero te adelanto que es una de esas personas a las que el trabajo absorbe por completo, de modo que no estaría mal que velases por su funcionalidad.

—No entiendo qué quieres decir con eso.

—Pues que no estaría de más que te asegurases de que hiciera descansos e ingiriera alimento.

La madre que me parió.

—¿En serio?

—Muy en serio. Es capaz de deshidratarse si hay mucho trabajo.

—Vale. —Tragué saliva.

Vi a Fran pasar por delante de mi mesa y dedicarme una sonrisa de camino al despacho, en el que entró sin llamar. Quiso cerrar la puerta, pero esta quedó medio abierta.

—¿Ves? Eso que ha hecho Fran solo pueden hacerlo él y Ángela. Nadie más puede irrumpir en su despacho así, a las bravas. Parte de tu trabajo también será velar por que Marieta pueda trabajar con tranquilidad y con el menor número de interrupciones. Sobre Ángela, que no se me olvide, es la CTO; te la presento en breve. —Echó un vistazo por la sala—. Es que creo que está en una *call.*

Emití un sonido que quería ser una confirmación de que entendía todo aquello, y ella siguió:

—Fran, Ángela y Marieta son los tres socios, los «dueños» de Like¡t, aunque como ya sabrás formamos parte de un conglomerado empresarial internacional mucho más grande.

—Sí, lo sé.

—Pues aquí puedes ser de gran ayuda —añadió esperanzada de que eso me hiciera cambiar el rictus de amargado—. Aún estamos en pañales con esto de la fusión y tu opinión puede sumar mucho. Estoy segura de que, cuando os conozcáis mejor, vais a ser inseparables.

Me dejó allí solo para que me situase, con mis credenciales para el ordenador y algunas instrucciones para sincronizar mi agenda con la de la jefa e ir abriendo cada grupo de trabajo. No te puedo explicar la movida que era eso. No era complicado, pero sí caótico. Cada departamento tenía una especie de chat de grupo a través de una aplicación interna, y yo debía tener acceso al menos a los principales. Aún no sabía el ruido mental que eso iba a generar. Todo el mundo decía muchas cosas allí y, casi siempre, en un argot que yo no dominaba.

Estaba en ello, tratando de entender aquel maremágnum de información, cuando me di cuenta de que podía escuchar, si afinaba el oído, lo que Fran y Marieta estaban hablando en el despacho. No es que tenga alma de portera cotilla, es que me pareció que estaban hablando de mí y... efectivamente:

—No quiero prejuzgarle, pero... —confesó Marieta con voz preocupada.

—Está superpreparado.

—Eso, y que haya pensado que le habíamos amueblado un despacho para su primer día, demuestra que nos va a dejar en cuanto tenga ofertas de otros lados.

—El mercado está mal y el puesto tiene buenas prestaciones.

—Si tengo un asistente, necesito que sea fiable, Fran. Te recuerdo que yo quise seguir sola y tú me dijiste que soy una adulta disfuncional que olvida sus funciones vitales cuando se sienta en su mesa de trabajo y que, como director de Recursos Humanos, me obligabas a aceptar que alguien me ayudase en mis tareas.

—Está superpreparado —repitió.

—Los astronautas también, pero no necesitamos uno.

En aquel momento Fran se volvió hacia mí y, aunque no podía saber si estaba escuchando o no, se acercó a la puerta y la cerró. Con ese gesto, dejé de oír absolutamente nada, como si la sala estuviera insonorizada.

—¡Hola!

Levanté la mirada para encontrarme delante de mi mesa con el chico de la falda a cuadros.

—Hola —respondí.

—Soy Tote.

—Encantado, soy Alejo.

—Genial. —Sin pedir permiso se metió detrás de mi mesa y se colocó a la altura de mi ordenador—. ¿Puedes abrir un momento tu correo electrónico? Te he mandado una cosa y tengo que explicártela.

Cogí aire. Todo se me hacía un mundo, como si tuviera la tensión muy baja y me costase trabajo moverme. Tote se hizo cargo del teclado y el *mousepad*, abrió un mail y se puso a contarme una movida sobre presentarme al resto de la plantilla.

—Es un formulario tipo. Todos lo rellenamos cuando nos incorporamos. Verás que tiene secciones que te van guiando sobre qué tipo de información suele compartirse. Una vez que lo tengas rellenado, le das aquí y la información subirá al servidor y…

Desconecté. Tenía una jefa que había dado por hecho que tenía pito, lo que me había dejado como un capullo misógino, mi puesto era de asistente personal, tenía que hacer una mierda de redacción escolar para presentarme a mis compis… Todo era una pesadilla.

—¿Lo tienes? —me preguntó.

Asentí.

—Perfecto. Pues, ya sabes, si necesitas cualquier cosa, me siento allí. —Señaló su mesa—. Puedo echarte una mano en lo que necesites si te ves perdido.

No quise decirlo en voz alta, pero ¿cómo iba a sentirme perdido si estaba sobrecualificado? Era una pregunta sin respuesta porque, efectivamente, era así como me sentía.

Marieta y Fran seguían encerrados en el despacho, probablemente hablando de mí y de mi ineptitud para el puesto, cosa que me fastidiaba porque yo consideraba que mi formación estaba muy por encima de la de un asistente habitual. No se me ocurrió pensar que lo que Marieta necesitaba no era un experto en nada, sino alguien con intención de ayudar.

Allí estaba, sentado en aquella mesa satélite, a la vista de todo el mundo, parado como un imbécil sin saber qué hacer, así que, a falta de algo mejor, me puse a rellenar el dichoso formulario para presentarme al resto.

Las secciones de formación y experiencia laboral no me resultaron complicadas, pero, cuando llegó la parte de «y ahora cuéntanos un poco más de ti», creo que me dio un ataque de ira similar al que me hizo dejar mi anterior puesto. ¿Cuéntanos un poco más de ti? OK, pues allá voy.

> Hola, soy Alejo y estoy amargado porque necesito un puto puesto de trabajo de manera urgente si no quiero que mis padres me obliguen a trabajar en el McAuto. Mi novia me dejó porque consideraba que yo había decidido su futuro por ella, pero ¿qué cojones? No la echo de menos. A lo mejor me ha hecho un favor. Empezaba a sacarme de quicio ese ruidito como de ardilla que hacía cada vez que se la metía. ¿Y me quería casar con ella? Desde luego tengo una crisis de identidad.
>
> Por lo demás, me gusta ir al club de campo, pero supongo que ninguno de vosotros ha pisado un sitio así en su vida, así que ni me molesto en explicaros lo que es. También tengo la costumbre de vestirme de persona y no de papagayo humano, como vosotros, pero os iréis acostumbrando.
>
> Espero que a mi padre se le pase pronto la profunda decepción de darse cuenta de que su hijo es un malcriado y me consiga otro trabajo, porque lo de llevar cafés no va conmigo ni con nadie que haya nacido en mi cuna. A tomar por culo.

—Ey.

Fran me asustó y di un bote en la silla, apoyándome sobre la mesa y el teclado para no caerme.

—Coño, que me da un infarto —me quejé.

—Perdona. —Se rio él—. Solo quería decirte que, para cualquier cosa que necesites, el equipo de Recursos Humanos nos sentamos allí. ¿Has conocido a Tote?

—Sí —asentí—. Encantador.

Lo dije con retintín, pero Fran no lo captó.

—Lo es. Es maravilloso. —Me enseñó sus perfectos dientes en una sonrisa bonachona—. Pues ya sabes. Él te puede ayudar con cualquier cosa.

—Sí, me ha mandado el formulario para presentarme y justo…

Me volví hacia la pantalla asustado por si, desde donde estaba, Fran podía leer alguna de las sandeces que, en un ataque de frustración mal gestionada, había escrito allí, pero ese en realidad era el menor de mis problemas. La pantalla estaba en blanco y, en el centro, podía leerse «Formulario enviado con éxito».

Me levanté de un salto.

—Perdona…

Dejé a Fran con la palabra en la boca y me precipité hacia la mesa de Tote para camelármelo y que borrase lo que acababa de subir al servidor sin darme cuenta, pero, antes de que llegase hasta él, todos los ordenadores emitieron el sonido de recepción de mail a la vez.

—Tronco —dije jadeante, agachándome al lado de su silla como quien se refugia en una trinchera—, ayúdame con una cosa, por el amor de Dios.

—¿Qué pasa? —Se asustó Tote.

—He lanzado…, em…, el formulario, ¿se puede recuperar del servidor? Lo he mandado a medias.

—Ah, pues no. Pero no te preocupes. Quiero decir, sí se puede modificar, pero está programado por defecto para enviar un mail a toda la plantilla con la presentación en cuanto subes la información, como te he comentado, y…

Miró su pantalla, me miró a mí, puso cara de estar a punto de pasárselo muy bien y abrió el mail.

Genial. De puta madre.

Tote borró todo lo que no se correspondía con la información sobre mi experiencia y formación al momento, pero no te creas que eso me salvó de ninguna vergüenza, porque, a pesar de que se envió otro mail a todo el personal, no había manera de borrar el que habían recibido anteriormente. Todo lo que hizo Tote, cabe decir, lo hizo descojonado de la risa. Y su risa no era discreta.

—De verdad que no me quiero reír, pero es que… —decía sin parar.

Acababa de sentarme de nuevo en mi mesa, centro de todas las miradas, escuchando risitas por doquier, viendo cómo se daban codazos los unos a los otros mientras comentaban mi bonita redacción de bienvenida, cuando mi ordenador empezó a emitir un ruido extraño.

Marieta llamando.

Me puse los cascos, confuso, y le di al botón de responder.

—Hola, Alejo, ¿puedes venir?

—¿Adónde?

La madre que me parió. Ganar tiempo no era lo mío.

—A mi despacho. A tu espalda. Dos pasos a la derecha, puerta de cristal, tres pasos al frente, y soy la pelirroja que está sentada en la mesa. No hay pérdida.

Mi traje bueno hecho a medida, el cuello de la camisa perfectamente almidonado, mis ojos castaños rodeados de estas pestañas de niño bueno que heredé de mamá, la nariz masculina, distinguida, ni demasiado grande ni demasiado pequeña, la barbilla proporcionada que le daba a mi perfil cierto aire aristocrático, la boca en armonía con el resto de sus rasgos, el afeitado bien apurado que dejaba a la vista la piel bien cuidada... Ninguna de esas cosas que sabía que poseía y que tantas veces me habían permitido esconderme o, al menos, minimizar (con mis encantos y mi apariencia elegante) cualquiera de mis cagadas iban a servirme de nada delante de aquella chica, y lo sabía. No me mires así, los guapos tenemos espejo en casa.

Pero no hay pibe mono que valga en una situación como aquella. Mi expresión era un cuadro expresionista pero contenido. Había sido criado y educado con los mejores modales en una buena familia y en los mejores centros de educación privada, pero nunca fui uno de esos tipos que saben jugar al póquer. En cuanto me vio, lanzó un suspiro que parecía decir: «Recursos Humanos se ha equivocado contigo».

—Cierra la puerta y siéntate —pidió con un tono de voz monocorde.

—¿Me vas a despedir?

—¡Uy! —se sorprendió—. Pues no lo había pensado, pero en cualquier caso no sería un despido. Sería cuestión de no formalizar el contrato y dejarlo con que no pasaste la prueba del primer día, pero no puedo, me haces falta. —Se encogió de hombros y sonrió con resignación—. Aunque parece que llevas arrastrando toda la mañana cierta expresión que huele a que tienes unas ganas locas de que no te cojamos.

—Necesito este trabajo —respondí sucinto, pero intentando mirarla con ojos de corderito.

—Bien, pues vamos a revisar mi agenda y todas las cosas en las que te voy a necesitar esta semana, ¿te parece?

Me costó reaccionar. ¿Eso era todo?

—Me parece —dije, entusiasmado con la idea de olvidar mi primera y magistral cagada.

—¿Te apañas con el directorio, las agendas compartidas y demás?

—Sí. Estoy familiarizado con ese tipo de softwares —mentí.

—¿Te ha contado Selene cómo va todo?

—Muy por encima. Me ha dicho que tú me explicarías los pormenores.

Miró el ordenador y, de pronto, levantó las cejas.

—¡Ah! Veo que ya has mandado el mail de presentación. A ver, a ver…

Ni lo pensé. No sé cómo no le pisé los dedos cuando cerré la pantalla de su portátil con todas mis fuerzas. Después de hacerlo, «¿Y ahora qué?» resonó en mi cabeza con furia.

—Preferiría que no leyeras ese mail —musité.

—¿Por?

—Porque lo he mandado sin terminar y, em…, digamos que… he puesto cosas…, yo pensaba que… no me gustaría…

Ella me miraba confusa, pero poco a poco pareció que o lo entendía o mis balbuceos terminaban con su paciencia, porque alargó la mano sobre la mesa, cogió mi muñeca y me pidió que parase.

—Alejo, nuestra relación está, como te dije antes, condenada al éxito.

—Ajá. —Me salió un hilo de voz.

—Así que voy a hacerte el primer favor de tu carrera con nosotros y voy a —me apartó la mano, que seguía sobre su portátil, y levantó la pantalla— borrar ese mail sin leerlo.

Tragué saliva.

—Gracias.

—De gracias nada. —Sonrió con cierta malicia divertida—. Me lo cobraré. ¿Cuál de los dos es el que has llenado de barbaridades?

—Borra los dos mejor.

Ella hizo clic dos veces y después me miró con tranquilidad.

—Vas a acompañarme a todas las reuniones, ¿vale? Así vas haciendo oído. —Me sorprendió el cambio de tema, pero, como me beneficiaba, le seguí el rollo, asintiendo—. Durante la semana intento verme con casi todos los departamentos para estar al día de los avances o las peticiones que vayan surgiendo. Si tienes dudas en esas reuniones, apúntalas y luego las hablamos, aunque siéntete libre para pedir la vez si se te ocurre alguna idea que creas que puede ayudar. ¿Qué más? Sí…, verás, a veces te voy a pedir que hagas cosas por mí, tipo llamar a mi abuela y decirle que no voy a cenar, al fontanero y esas cosas.

Juraría que una lágrima de frustración estaba creciendo en mi lagrimal, pero aún tenía que sentirme agradecido.

—Iremos haciéndonos el uno al otro, pero básicamente este trabajo consiste en que, durante el tiempo que estemos aquí dentro, seas mi sombra.

—Vale —acerté a decir.

—Solo hay unas pocas cosas que no puedes olvidar. Con el resto ya nos iremos acomodando sobre la marcha. Lo primero es que, si llama mi madre, no me la pases. Es muy importante. Que te deje el recado y yo le devolveré la llamada. A poder ser, en cuanto te deje el recado, agéndame devolverle la llamada después de lo último que tenga en el día y en el asunto me pones lo que quiera que te haya dicho. Si no, mi madre es capaz de conseguir que no haga nada en todo el día.

—Vale.

—Lo segundo es que, si ves que no salgo del despacho en más de tres horas o que encadeno reuniones sin parar, oblígame a ingerir alimento y líquido. A veces se me olvida que soy humana.

Su expresión…, Dios, aquello le estaba divirtiendo más de lo que debería.

—Lo digo de verdad —insistió—. Soy como un Tamagotchi. Mi vida está en tus manos.

Satán tenía apuntado su nombre en su agenda de contactos, no cabía duda.

—Vale.

—Estás escueto en palabras.

—Cuando estoy confuso, prefiero ser conciso —respondí rápido.

—Vamos a pasar muchas horas juntos.

—Me lo imagino.

—¿Nos vas a dejar tirados pronto?

—¿Cómo? —Arrugué el ceño.

Parecía un niño al que los Reyes Magos solo le habían traído libros. Ponía esa cara siempre que quería librarme de algún marrón; hasta el momento había funcionado incluso con mi antiguo jefe, pero definitivamente Marieta parecía inmune a mis encantos.

—Me da la sensación de que no has abandonado una búsqueda activa de trabajo y que vas a dejarnos en cuanto encuentres algo mejor —sentenció.

—Es posible —respondí sin pensármelo dos veces—. Pero el mercado está fatal y necesito el trabajo.

La observé. La expresión contenida pero segura. Los hombros tensos. La piel del escote, tersa y blanca. Las pulseras en su muñeca sonaban con cada movimiento. Una mezcla entre el aspecto que esperas de una pacifista que lucha por los derechos de los animales y la energía de una institutriz severa.

—Mira, Alejo. —Se apoyó en la mesa, comprensiva—. Entiendo que vienes de un mundo completamente diferente y me imagino que hay una historia ahí detrás que explica el hecho de que necesites tan desesperadamente este trabajo, pero te voy a decir una cosa: esto puede gustarte. Somos un buen sitio donde trabajar. Vas a tener facilidades que solo podrías soñar en otros curros, vas a estar rodeado de buena gente con ganas de que formes parte del grupo. El sueldo no está mal, seamos sinceros, y no olvides todo lo demás que Like¡t ofrece. No es un mal trato. Solo… relájate un poco. Olvídate de tus prejuicios. Esos prejuicios no dicen nada de nosotros ni del puesto, solo de ti, y no te van a permitir crecer. Dicho esto…, si vas a dejarnos, sabes que es obligatorio avisar con quince días, pero, por deferencia, si puedes comunicárnoslo en cuanto lo sepas, te lo agradeceremos.

Me lo pensé; juro que pensé durante un segundo si aquella no era la situación perfecta para deshacer todo ese entuerto, pero no podía permitirme decirle que mejor nos dábamos un apretón de manos y lo dejábamos allí. Necesitaba el dinero, sería una mancha en mi expediente y, además, no sabía a quién podía conocer Marieta en su vida laboral que me interesase. Así es la vida, una perra que no nos debe nada y que igual acepta tus caricias que te da un mordisco.

—Está bien —terminé diciendo.

—Ve a tomarte un café, échale un vistazo a la oficina, paséate por las mesas, preséntate si quieres…, si te necesito, te llamo, ¿vale?

—Vale.

—Luego te enseño a reservar salas. Lo vas a necesitar.

Cuando certifiqué que ya no quería nada más, me levanté y me dirigí hacia la puerta.

—Ey, Alejo…, puedes venir vestido como quieras, ¿vale? Como más cómodo te sientas.

—Si no os importa, me gustaría seguir viniendo a trabajar con un atuendo formal. Es una manera como cualquier otra de distinguir entre mi vida personal y el tiempo que le dedico al trabajo, pero gracias por la aclaración.

—Estupendo. Por cierto…, sabes que me voy a enterar antes de que acabe el día de lo que decías en ese mail, ¿verdad?

—Lo supongo.

—¿Y qué opinas?

—Que tienes pinta de ser una de esas personas que no juzga a alguien a partir de primeras impresiones y no le darás importancia.

—¿Tú crees?

«Pues no tengo ni idea, pero, hija, la esperanza es lo último que se pierde».

Había fracasado. En la vida. En mis planes. En quién quería ser y qué quería tener. ¿Que qué dramático? Uy, me lo tomé a la tremenda. Para cuando llegué a mi escritorio una nube oscura ya me cubría por entero.

Me llamé de todo a mí mismo. Luego, para compensar, me atusé el ánimo con un poco de autocomplacencia, diciéndome que había tenido muy mala suerte, que el mundo era una mierda y que yo no tenía la culpa. Allí sentado, sin nada que hacer, me puse a echar currículos a todas partes. Con el móvil, eso sí; desde el ordenador del trabajo habría sido una jugada poco magistral. La gente desesperada hace cosas a la desesperada. ¿Sabría papá los sacrificios que me estaba empujando a hacer? Probablemente. Hubiera disfrutado de poder verme allí, recibiendo una curita de humildad.

A la hora de comer, cuando la sala de trabajo ya estaba prácticamente vacía, yo ya tenía un dolor de cabeza y un asco en el cuerpo que no me soportaba ni yo. La única palabra capaz de definirme en mi plenitud era «amargado». Si antes me consideraba un tiburón de los negocios, ahora era uno de esos peces abisales, feos como un demonio y con cara de odiar como hobby. Marieta salió de su despacho camino a la cafetería, pasó de largo, pero, cuando me vio allí sentado, volvió sobre sus pisadas para plantarse frente a mi mesa.

—Ey, Alejo… ¿No vienes a comer? Puedes sentarte con nosotros. Iba a decir que somos majos, pero mejor concreto que mis amigos son majos y yo hago lo que puedo.

—No sé si será muy conveniente que coma con mi jefa y sus amigos.

No le hizo gracia el tono y no puedo culparla. Había entrado en la fase kamikaze de mi amargura.

—¿Sabes una cosa, Alejo? Fran, Ángela y yo somos amigos desde que teníamos trece años. Estudiamos juntos en un colegio de Moratalaz y… hasta ahora. Puede que la idea de montar Like¡t fuese mía, pero sin ellos hubiera sido imposible y por eso son mis socios, además de mis amigos y los directores de Recursos Humanos y del Departamento Tecnológico, respectivamente. Pero eso no tiene demasiada importancia, sino que todo el mundo, toda la gente que ahora mismo llena esa cafetería, quiere estar aquí. Todos excepto tú.

Un brillo extraño se asomó a sus ojos. Había conseguido tocarle los ovarios.

—Como te he dicho antes, este es un buen sitio para trabajar —siguió—, pero tú no tienes por qué estar de acuerdo.

—No he dicho que no lo esté.

—Todo esto sería aún un proyecto universitario si no se me diera bien analizar a las personas. —Se encogió de hombros con una expresión pacífica—. Mira, voy a ser supersincera, ¿vale? Tu predecesora era una crack. Mati era tan crack que tras la compra le ofrecieron un trabajo en la matriz, en San Francisco, y todos la animamos y nos alegramos por ella, pero es posible que fuese tan buena en lo suyo que me malcriara y me hiciera algo dependiente de sus «cuidados». Lo cierto es que hago muchísimo mejor mi trabajo cuando alguien se ocupa de algunas de mis cosas, y esa sería tu labor. No estoy diciendo que tu curro vaya a consistir en traerme agua de coco o batidos multivitamínicos. No te voy a mandar, al menos no con frecuencia, a la tintorería, pero a lo mejor tienes que animarme a tomarme un descanso y un café alguna tarde, me acompañarás a los viajes y a las reuniones fuera de la oficina porque odio ir sola y cogerás mis llamadas. A veces también te pediré consejo. Si eso supone o supondrá un problema para ti, Alejo, creo que es mejor que no aceptes el trabajo.

—Necesito este trabajo —repetí.

—Ya, eso ya lo has dicho, pero creo que es mejor que ahora te vayas a casa y vuelvas mañana sabiendo si, además de necesitarlo, lo quieres.

Dio un par de palmaditas amistosas a mi mesa y sonrió. Creo que debió de pensar que estaba en medio de un viaje astral, porque me quedé con cara de bobo. Esperaba una reprimenda, un despido, un «mejor te vas, niñato», pero no aquello. Marieta era una líder por naturaleza, pero yo aún no quería verlo. Sin más, se encaminó hacia el comedor de nuevo y, como no me moví de mi sitio, antes de llegar a la cafetería y sin volverse hacia mí, repitió la orden.

—Es mejor que te vayas a casa, Alejo. Mañana hablamos. Sin acritud.

No miró atrás. No había duda de que estaba bastante segura de haber hecho lo que debía.

5
El mejor asistente

Podría decir que llegué a casa airado, pero la verdad es que lo que sentía era alivio; un alivio cobarde e infantil, pero alivio, al fin y al cabo. Siendo honesto, lo que había hecho Marieta me parecía bien: «¿No quieres estar aquí? Pues andando a tu casa». Lo único que me generaba cierto desconcierto era que, si alguien me hubiera preguntado por mi comportamiento, hubiera jurado ser la viva muestra de la amabilidad y el saber estar. Al final iban a tener razón mis padres y lo malcriado que estaba ya se me notaba hasta en la cara. Aunque lo de malcriado lo digo ahora, en aquel momento hablaba de «malacostumbrado». Que no me jodieran, yo estaba seguro de estar muy por encima de aquel maldito puesto de asistente.

Esperaba que me recibiera el olor de comida. Mis hermanos tenían clase solo por la mañana y a aquellas horas ya solían estar en casa preparándose lo que cualquier estudiante prepara para no morirse de hambre (pero sí poder sufrir escorbuto, por otro lado). Sin embargo, sorpresa: allí no olía a nada comestible y ellos estaban sentados en el sofá viendo viejas reposiciones de *Friends*.

—¿Qué quieres que te diga? La relación entre Rachel y Ross siempre me ha parecido de lo más tóxica —murmuró Alfon.

—Es solo una serie, por Dios. —Escuché quejarse a Manuel.

—No es solo una serie. La ficción reproduce roles y estereotipos que perpetúan problemas reales en la sociedad, porque los normalizan.

Ambos se miraron en una especie de reto silencioso que terminó en tablas, porque se callaron. Era mi turno:

—Creo que mamá y papá eran demasiado mayores cuando os tuvieron. O los dos os caísteis de la cuna, porque a anormales no os gana nadie.

—Habló… la oveja negra.

Los dos se desternillaron de risa.

—¿Vosotros no coméis?

Se volvieron a mirarme con interés, como si hubieran caído en la cuenta de pronto de que yo no debía estar allí.

—Hemos comido en la uni —dijo Manuel.

—Pollo con patatas. ¿Qué haces aquí?

—Tengo problemas para gestionar la frustración y mis padres me condenaron a vivir con los troles. Así, por resumir.

Respondieron con un gesto gemelo de hastío. Hasta mis hermanos pequeños, mucho más pequeños que yo, parecían estar hartos de mi actitud.

—¿Tan mal ha ido el primer día? —lanzó de soslayo Manuel, mirando la hora.

Pensé en desahogarme. Es posible que incluso abriera la boca con la intención de hacerlo, pero una cadena de pensamientos se desarrolló rápido en mi cabeza hasta terminar con la imagen de mis padres completamente indignados cortándome el suministro para siempre, incluyendo la posibilidad de mover contactos para enchufarme en otra empresa. Debía demostrar valía por mí mismo para que eso sucediera y, para ello, tenía que dar una imagen que no era de hecho la real.

—Ha ido estupendamente —sentencié—. Perdonad si no entro en detalles, pero he firmado unos contratos de confidencialidad y… ya sabéis.

—No, si ahora se pensará que trabaja en la CIA —respondió Alfon en un murmullo.

—¿Y vosotros qué? ¿Habéis jugado al fútbol en el cole?

Me enseñaron el dedo corazón a la vez y yo pensé en ese pollo con patatas que decían haberse comido en la universidad. Prefería la cocina de Irma, la cocinera de mis padres, pero lejos quedaban los días en los que me dejaba caer por allí para hacerme con táperes y birlar vino bueno de la bodega de mi señor progenitor. Ahora yo era un lobo solitario, un hombre que demostraba que podía sobrevivir tan bien con privilegios y comodidades como sin ellos.

Ja.

Abrí la nevera y casi escuché el eco de mi respiración.

—¡No hay nada en la nevera! —grité.

—Hay yogures y unos sanjacobos congelados —informó Manuel.

—Hasta que no nos des los trescientos euros del mes, no hay más.

—¡¿Qué trescientos euros?! —grité.

—Los que papá dice que nos darás para hacer la compra.

—¿Que papa dice qué…? —Cogí aire. Un día de estos me iba a dar un ataque—. ¿Y cómo vamos a sobrevivir con esto?

—Pues no sé —sentenció Alfon—. Aunque deberías decir: «¿Cómo voy a sobrevivir con esto?». Porque nosotros comemos en la universidad.

—¿Con qué dinero, payasos?

—Con el que tenemos en la tarjeta de estudiantes, mandril, y con nuestra paga.

Abrí el congelador con un gruñido, saqué la caja de sanjacobos y me puse a leer las instrucciones. ¿Cómo cojones se preparaban?

Veinte minutos después me comía algo aceitoso y ennegrecido relleno de jamón y queso congelado.

—¿Qué tal ha ido el primer día de trabajo?

Por lo bajo que hablaba mamá estaba claro que me estaba llamando a espaldas de papá, y eso solo podía significar que mi progenitor continuaba muy enfadado conmigo. «Enfadado no, terriblemente decepcionado», me dijo cuando salí de su casa la última vez.

Tenía un amigo que trabajaba en una gran consultora, de la que era socio. Sabía que, si papá se lo decía, este podría buscarme un puesto o incluso hacérmelo a medida en algún departamento con buena proyección; quizá, con suerte, hasta podría mandarme a alguna de las oficinas líderes, como Londres o Nueva York. Siempre había querido vivir fuera y así no tendría nada que envidiarle a mi ex. Sería una buena…

—¿Alejo?

—Bien, bien, mamá.

—¿Bien de verdad o me lo dices para que no me preocupe?

—No, no. Ha sido una grata sorpresa.

—Ah, ¿sí? ¿Le ves futuro a esto?

Un futuro muy oscuro, muy oscuro.

—Totalmente. No opté al puesto con mucha esperanza, más bien para…, ya sabes, un mientras tanto, para adquirir experiencia en otro sector…, esas cosas. Pero es una… —a ver qué me inventaba ahora—, es una empresa muy interesante, joven, en la que creo que tengo mucho que aportar.

—Fíjate, cómo es la vida. ¿Ves? Nunca se sabe dónde vamos a encontrar un tesoro escondido.

Tesoro envenenado. Un cofrecito de ántrax.

—Ya ves. —Miré la pared de la habitación que me había tocado. Por llegar el último, era más pequeña que las que ocupaban mis hermanos, pero aun así tenía bastante espacio—. Les interesaba mucho mi experiencia. Voy a trabajar codo con codo con el CEO y…

Sí, dije «*el* CEO», no entiendo por qué. Después no se me ocurría nada más que añadir, así que acabé con la conversación antes de que se me viera el plumero.

—Dime, dime —insistió ella.

—No te quiero aburrir, mamá. Solo dile a papá que…, bueno, que no se preocupe, que puedo yo solo.

¿Pataleta? Puede ser. Quise sonar independiente y maduro, pero me temo que se me notaba enfurruñado.

—Déjale que se le pase, Alejo, mi vida. Él es de otra generación y se le ha olvidado lo que es ser joven, tener planes y tanta hambre de vida. Pero en cuanto te vea centrado…, ya verás. En cuanto te vea centrado se le van a ocurrir mil posibilidades donde cuadras mejor que en esa pequeña empresa.

—Es pequeña en España, mamá, pero forma parte de una gran multinacional.

—Ah, no lo sabíamos. Se lo dejaré caer a papá en la cena.

—«Eso, eso. Díselo al grandullón, que sepa que su primogénito se apaña muy bien solito…, aunque sea mentira»—. No te entretengo más, que seguro que estás cansado de las emociones del primer día y tendrás que prepararte la ropa de mañana.

—Sí, bueno.

—¿Y la comida?

—Me la pagan —suspiré acordándome de lo bien que olía lo que fuera que habían preparado aquel mediodía—. Tenemos un bufet todos los días. Desayuno, almuerzo, comida, fruta…, lo que quieras. Y gimnasio. Y masajista. Sala de descanso también y puedes ir a nadar por las mañanas, antes de entrar a trabajar.

—Ay, Alejo, cuánto me alegro, cariño. Cuando quisiste dedicarte a la consultoría financiera no las tenía todas conmigo. Me recordó al tipo de vida que escogió tu padre, aunque él sea abogado. Hemos vivido juntos los últimos treinta y cinco años, y te digo que esto no es vida. Bueno, es vida para él, pero no es calidad de vida. Me he pasado años y años temiendo que le diera un infarto. Tanto trabajar, tan poco descanso. Chico, el dinero, el estatus de un cargo, los contactos…, esas cosas no lo son todo. Puede que no te paguen lo que cobrabas en el otro trabajo, pero te ofrecen mucho más. Tener vida privada y social, poder cuidar de ti; eso es mucho más. Ahora ya solo falta que conozcas a una buena chica y…

—Y te haga abuela —me burlé, aunque tener hijos aún no había salido de mis planes—. Adiós, mamá. Descansa.

Dejé el teléfono en la mesita de noche que mis abuelos compraron cuando la decoración nórdica no había llegado a España y todo era oscuro. Me imaginaba a mi madre en su despacho, parapetada detrás de montañas de libros, haciendo una pausa en la preparación de sus clases para llamarme a escondidas. Mi madre, catedrática de Historia en la Universidad Complutense y directora del Departamento de Historia Antigua, que, para el resto de mi familia, era «la hippy» de la casa. Creo que es fácil imaginar el contexto del que yo venía…

Frente a mí, un cuadro en el que se representaba la Anunciación a la Virgen María. En la otra pared un rosario de madera enorme a modo de adorno. La madre que me parió… Pensé en aquella habitación; en el yogur que me esperaba en la nevera; en la suscripción al gimnasio de lujo que papá había cancelado en mi nombre; en la moto cuyas llaves me había hecho devolverle; en el coche de mamá, que tan bien me venía de vez en cuando; en mi vida social con la que fue mi novia y en las mañanas de «un rapidito» antes de ir a trabajar; las copas en Fortuny, daba igual a qué precio; la ropa de marca; los trabajos de mis amigos; las bodas a las que estaba invitado…

Me froté la cara, me levanté de la cama, abrí el armario y saqué un traje más sport que el que había llevado aquel día, una camisa y unos zapatos. Lo dejé todo en la silla que había frente al buró que ocupaba una esquina de la habitación y programé el despertador.

Mi vida, la vida que me pertenecía, dependía de que yo jugase bien mis cartas… y aprendiera a jugar al póquer.

Al día siguiente iba a ir a trabajar y sería el mejor asistente que Marieta Durán podría haber soñado jamás.

O algo así. Si no lo conseguía, siempre podría manipularla lo suficiente como para parecerlo, ¿verdad?

6
Todo en orden

Cuando la turba de modernos vestidos de fantoches empezó a llenar la sala común de trabajo, yo ya estaba parapetado detrás de mi ordenador, intentando familiarizarme con la agenda de mi jefa. No sabía ni por dónde comenzar, de modo que evoqué los recuerdos de lo que hacía la secretaria de departamento en mi antiguo trabajo para darme cuenta muy pronto de que quizá debería haber prestado más atención a su trabajo. Aquel día Marieta tenía algunas reuniones (cuyos temas me sonaban a chino mandarín) y entre ellas una que parecía importante y a la que acudían representantes de muchos departamentos diferentes; al final de la tarde, tenía programada también una videollamada de seguimiento con la oficina internacional. Hoy, con todo este tiempo a mis espaldas, aún no sabría definir bien el trabajo de Marieta. Era una labor de coordinación, sí, pero mucho más que eso. Era algo así como una ingeniera de la imaginación, pero eso yo aún no lo sabía.

No me pasó desapercibida la mirada que me fueron echando todos mis compañeros antes de ocupar las mesas; jóvenes y mayores me estudiaban con curiosidad, como si el extraño fuese yo, con aquel traje gris y camisa blanca, y no ellos, con pelos de colores, piercings por la cara, transparencias, encajes, maquillajes color neón y zapatones de plataforma. Quizá en su mundo era así.

Quizá en Like¡t yo era el bicho raro. Quizá solo era el pibe extraño que había mandado un mail lleno de mierda para presentarse. Quizá aún no había entendido que las rarezas son solo resultado de no estar habituado a lo que sorprende. Falta de mundo.

Marieta entró como una exhalación, casi flotando, saludando a todo el mundo. Su pelo color fuego suelto, salvaje y ondulado bailaba a su alrededor y el vestido de flores escotado que llevaba puesto se movía con la misma gracia que ella. Salvaje pero delicada, como una puta ninfa. Adornaba su cuello con unas perlas naturales y andaba sobre unas sandalias de tiras marrones con una tosca plataforma de madera. Podría parecer que estas prendas no encajaban entre sí, pero todo se manifestaba uniforme, coherente.

Si se sorprendió al verme, no dio muestras de ello. Pasó por mi lado, me sonrió, me dio los buenos días y entró en el despacho. Me colé dentro, detrás de ella, antes de que la puerta se hubiera cerrado, como había visto hacer tantas veces a la secretaria de mi jefe. Por la mañana repasaban agenda, eso seguro.

—Qué bien verte por aquí, Alejo.

—Buenos días, señorita Durán. Tiene la primera reunión dentro de media hora con el Departamento de Diseño. El asunto es «Pantonera de colores corporativos». Después, a las once, otra para hablar de —miré mi cuaderno, donde me había anotado la chuleta con un evidente ardor de estómago. Me sentía desarrollando un papel en una opereta, dándole vida a un personaje que ni de lejos era yo— temas «para comentar con la central». A esa reunión acudirán varios departamentos.

—Alejo —me paró—. Gracias, pero, por favor, tutéame.

—Claro, como prefieras. ¿Repasamos el resto del día?

—No hace falta. —Sonrió sin mirarme, sentándose y acomodando sus cosas en la mesa. ¿Por qué me miraba tan poco y cuando lo hacía no notaba…, qué no notaba?—. Ya le echo yo un vistazo a la agenda. Necesito que vengas conmigo a todas las reuniones para que vayas haciendo oído con nuestra jerga, preguntes lo que necesites y conozcas al resto del equipo poco a poco. Si no te acuerdas de algún nombre, pregunta, sin vergüenza.

—Bien. Otra cosa…

—Dime. —Apoyó los codos en la mesa y me miró sonriente. Tenía los dientes blancos, bonitos, alineados y unos labios gruesos pintados de un tono marrón cobrizo.

Me desconcentré.

—Dime —repitió.

—Iba a traerte un café, pero no sé cómo lo tomas.

—Lo tomo con mogollón de bebida vegetal, ardiendo y dos cucharadas de panela, pero no te preocupes, me gusta ir a por él a la cocina. Siempre me tienta algo de comer.

Asentí, sin saber qué más decirle.

—Muchas gracias, Alejo. Es evidente que has meditado sobre lo que te dije ayer.

—Sí, lo he hecho. Quiero estar aquí.

—Ya, sí. Necesitas el trabajo, lo sé. —Se acomodó en su asiento, cruzó las piernas y se empujó para meterlas bajo la mesa—. ¿Me dejas darte un consejo?

—Claro.

—Tener iniciativa es genial. Venir aquí y repasar conmigo la agenda demuestra proactividad y la voluntad de encajar en el puesto, pero…

—¿Pero? —se me escapó.

—Intenta no hacerlo todo con cara de estar manipulando heces.

Levanté las cejas sorprendido.

—Pensé que…

—Te delata el labio superior. —Me señaló riéndose—. Se te arruga así, como con asco. Como si, en lo más profundo de tu ser, tu alma se estuviera calcinando en el fuego del infierno por tener que servir a otra persona.

Abrí los ojos como platos. Con cada una de sus aportaciones, mi expresión parecía más alucinada.

—Esto no va de servir, ¿vale? Esto va de echarnos una mano. Debes de ser de los que piensan que el hecho de que una empresa se defina como «una gran familia» da un asco que flipas, pero, en este caso…, somos como una enorme pandilla de amigos con la intención de seguir ganando dinero con nuestras ideas. Es posible hasta que disfrutes aquí… dentro de un par de semanas. Tómate estos primeros días como quien se aplica vaselina con mimo. Lo que viene después quizá hasta te guste.

Levantó un par de veces las cejas y sonrió. No tenía muy claro si estaba vacilándome, si era la típica broma al novato o si el ardor que yo notaba en la garganta y en la boca del estómago se debía a que, efectivamente, mi alma estaba cociéndose en su propia sangre.

—¿Gracias?… —No pude evitar que sonase a pregunta.

—De nada.

Me giré hacia la puerta, queriendo salir de allí para ir a mirarme en el espejo y ver si era cierto que, sin mi consentimiento, estaba poniendo cara de mierda, pero Marieta volvió a llamarme.

—Por cierto, Alejo…

—Dime.

—Pide una tablet. Quien te vea paseando un cuaderno en una empresa tecnológica…

—Vale. —¿A quién narices había que pedírsela?

Sonrió; sonrió con sorna, segura de sí misma, canalla, sabedora de que, probablemente, el machito adinerado que tenía delante de ella se revolvía por dentro por tener que ser secretario. Sonrió, pero quiso ser amable.

—¿Y cómo te gusta a ti el café?

—Cortado, sin azúcar.

—¿Leche de vaca?

—Sí, qué *vintage*, ¿eh?...

Lanzó una sonora carcajada que a punto estuvo de hacerme sonreír.

—Vale, es bueno saberlo.

—Si vas a traerme tú el café, la leche me gusta templadita.

—No te sueltes tanto. —Con una sonrisa espléndida bajó la mirada hacia su ordenador, que emitió el clásico sonido de encendido—. Buenos días. Te veo en un rato.

Salí, dejé la libreta sobre la mesa y salí disparado hacia el baño. Mejor no te cuento que el baño de la empresa era más bonito y estaba muchísimo más limpio que el de mi casa.

Vivir con mis hermanos postadolescentes..., qué bajo había caído.

Para un tipo como yo, que se consideraba sobrecualificado para el puesto que estaba ocupando, fue perturbador darme cuenta de que, por más interés que trataba de poner a lo que escuchaba en las reuniones, no entendía la mitad de lo que se comentaba. Una persona normal habría llenado el cuaderno de preguntas para ponerse al día más tarde, aceptando la propuesta de Marieta de ahondar en todo aquello que no comprendiera, pero mi orgullo me lo impedía. Siempre he tenido una idea un tanto perversa de la eficacia: pedir ayuda no forma parte del proceso. Así que, cuando después de cada reunión mi jefa me preguntaba si tenía alguna consulta, yo ponía cara de tenerlo todo controlado y negaba.

—Todo en orden.

—No pasa nada si aún hay algo que no domines. Lo repasamos y así...

—No, no. Prefiero empezar cuanto antes con el total de mis funciones.

No me pasó desapercibida la expresión de perplejidad que se le dibujaba. Intentando ser el más guay, estaba siendo el más pedante. Por no hablar de que, por muy preparadito que yo me pensara que estaba, no había Dios que se creyera que podía hacer un trabajo tan diferente al mío sin tener que hacer ni media pregunta. A veces la estupidez se demuestra abriendo la boca y se prolonga con el silencio.

Todo aquello entraba en guerra con mis intenciones de triunfar sobre aquella situación que yo juzgaba tan desfavorable. Tenía que comportarme como si papá estuviera viéndome en una especie de *Gran Hermano*. Tenía que ser el puto Tony Stark con o sin traje de Ironman. Bueno, mejor con el traje. Tenía que ser infalible.

Seguí en una especie de trance, dejándome llevar por la jefa y su vestido de flores que iba de sala en sala, hasta que, en la reunión de temas «para comentar con la central», algo me hizo resucitar. Se estaba hablando de cómo se percibía la empresa, echándose flores sin parar, y desde fuera, yo, sentado detrás de Marieta (porque no me quise sentar a su lado para que no notase que me la pelaba de lo que hablaran), sentí el deseo irrefrenable de compartir mi opinión, aunque a todas luces era una mala idea.

—No podemos olvidar que estamos posicionados como la aplicación más fiable si quieres encontrar a alguien con quien tener una relación —comentaba una de las personas de Relaciones Públicas, Comunicación o Márquetin. Vete tú a saber; los confundía a todos—. Eso nos coloca como líderes en…

—Y es genial —interrumpió Marieta con educación—, pero estamos olvidando la otra cara de las aplicaciones para ligar: también queremos que la gente que solo quiere echar un polvo se la descargue.

¿Me sorprendió? Me sorprendió.

—Pero para eso ya están todas las demás —le respondió la chica que estaba haciendo la presentación—. Nosotros nos diferenciamos en el mercado por…

—Somos una aplicación para ligar, no una casamentera judía ortodoxa que solo busca el matrimonio. ¿Qué pasa con la gente que no cree en el amor o que no lo busca?

Una especie de risa sarcástica salió de mi garganta y Marieta se volvió a mirarme, pero yo disimulé haciendo como que tomaba notas. Estaba escribiendo mi nombre sin parar.

—No sé. Yo entro a la aplicación —dijo mi jefa con naturalidad— y todo lo que encuentro son perfiles de tíos que buscan una relación, quieren hijos y que dicen que les gusta pasear por la playa.

—Dime desde dónde te conectas para darme una vuelta, porque a mí solo me salen «aún no sé lo que quiero» y «fluyamos», que no me puede dar más rabia. Fluyamos, fluyamos..., ¿qué pasa? ¿Hemos pasado de ser sólidos a líquidos y no me he enterado? —dijo Ángela, la CTO, a la que me habían presentado aquella misma mañana—. ¿Cuál es el problema de que fomentemos las relaciones de largo recorrido?

—¡Que me aburro! —se quejó Marieta.

Esta vez el «ja» sí que se me escapó bastante articulado y ella, en lugar de conformarse con mirarme, me instó a compartir mis impresiones con el resto.

—Parece que te resulta gracioso.

—Bueno..., es que... estoy de acuerdo con Marina.

—Mariana —puntualizó la chica que estaba haciendo la presentación.

—Mariana, perdón. Estoy de acuerdo en que ya hay demasiadas aplicaciones para buscar un pinchito de una noche.

—¿Ha dicho «pinchito de una noche»? —quiso saber Marieta con una sonrisa, dirigiéndose a los demás—. No me lo puedo creer.

—A ver, la cosa ya está suficientemente jodida como para... —puntualicé.

—¿Qué cosa está jodida? —preguntó curiosa mi jefa.

—Bueno, ya sabes. Esta modernidad en la que todo tiene que ser rápido y fácil y parece que nada vale la pena de verdad. Las relaciones son otra cosa.

—¿Y qué son?

—Partamos de la base de que yo no creo que vaya a encontrarse algo realmente estable ni fiable dentro de una aplicación. Ni de la vuestra ni de ninguna. El mundo real está ahí fuera, parapetarse detrás de un móvil me parece cobarde, frío y… una transacción. ¿No es como si se estuviese comprando una relación online?

—¿Nunca has usado una? —insistió.

—Jamás.

—¿En qué planeta dices que vivías?

Todos reímos.

—No, en serio —quise defender mi postura—. Hay un problemón increíble ahora mismo con esto de las relaciones líquidas. La gente no es que no quiera formalizar una relación, es que parece que incluso está mal visto.

—¿No estás de acuerdo con las relaciones líquidas? —volvió a preguntar.

—¡No! ¡Claro que no! ¿Quién, siendo completamente sincero, quiere echar un polvo y que la otra persona le olvide en cuanto terminen de follar? A nadie le gusta sentirse usado.

—¿Cómo que sentirse usado? Que el sexo es algo supernatural. Y, sorpresa, hace ya tiempo que no está mal visto tener sexo fuera del matrimonio. Yo misma si busco, busco diversión, compañía de una noche, unas copas y adiós —respondió con una sonrisa—. Bienvenido al siglo XXI, Alejo. Las prioridades han cambiado.

—Muy agradecido por que compartas una información tan íntima conmigo, pero, punto y aparte…, ¿la gente ya no quiere encontrar alguien con quien sentar la cabeza?

—Me parece increíble estar teniendo esta conversación con un tío —murmuró.

—Y yo con una piba —se me escapó.

Noté cómo algunos de los presentes contenían la respiración, pero yo seguí defendiendo mi postura.

—El trabajo, el individualismo, el retraso cada vez mayor a la hora de decidirnos a casarnos o tener hijos…, vamos a acabar con el mundo.

—¿Te refieres a un planeta Tierra claramente sobrepoblado?

—No le hagas ni caso —me pidió Ángela con una sonrisa—. Es de esas que creen que el amor es el opio del pueblo.

—No puedes estar hablando en serio. —Me reí—. ¡Diriges una aplicación que defiende que puedes encontrar el amor para toda la vida!

—Eh, eh, eh. Que puedes encontrar el amor. —Levantó un dedo, queriendo dejarlo claro—. Pero no el amor para toda la vida. Ese concepto está obsoleto.

—¿Por qué?

—¡Pues porque el mundo ha cambiado! —respondió como si fuera obvio—. Porque socializamos más, han cambiado los roles, se han puesto en duda ciertas costumbres y… puedes encontrar el amor y puede ser para siempre, pero que no lo sea no significa que no haya sido amor.

—Ah, te pones romántica —me burlé.

—En absoluto. A mí el amor, como bien apuntaba Ángela, me parece el opio del pueblo. —Sonrió.

—¿Y cuál es entonces tu objetivo vital?

—¡Debes de estar de coña! —Se rio abiertamente. Cuando lo hacía parecía muchísimo más joven, una adolescente jugando a los negocios—. Dejar una huella en el mundo, tratar de que mi paso por aquí no sea ni infructuoso ni negativo. Quiero realizarme, viajar, vivir…

—¿Y eso excluye tener una pareja?

—Yo lo que quiero es estar tranquila —sentenció con una sonrisa—. Quiero entrar y salir, venir a la oficina cuando quiera, aunque sea domingo, pasarme el fin de semana en chándal sin ducharme y seguir siendo completamente independiente. No quiero tener que preocuparme por otra persona. ¿Te acuerdas de que tenéis que recordarme que me hidrate y me alimente? Tengo de sobra con cuidarme a mí misma y no decepcionarme por el camino.

—Tienes una idea perversa de las relaciones.

—¿Te das cuenta de que hablas de «relaciones» y no de «amor»? Yo creo que tu concepto tampoco es muy romántico.

—¿Y entonces qué es?

—Mecánico —sentenció—. Tú no has puesto en duda el orden con el que tus padres hicieron las cosas y, como a ellos les debió de ir bien, quieres repetirlo, aplicarte el molde.

—¿Y qué pasa si es así? ¿Es que soy menos tío por creer en la vida en pareja?

—No. —Se rio, con el ceño fruncido—. Pero quizá la vida termine dándote la sorpresa de que tratar de seguir el patrón de otros solo lleva a la imitación vacía.

—La imitación es la forma más sincera de admiración —respondí satisfecho, creyendo que sería mía la última palabra.

—La copia nunca podrá sustituir al original y, discúlpame, además soporta bastante mal las comparaciones.

Durante unos minutos de silencio, nos dimos cuenta de que habíamos acaparado la atención de todos, que nos observaban entre curiosos y divertidos. A mí al principio me había parecido interesante y hasta gracioso, pero me daba la sensación de que aquello no iba a hacerme precisamente más popular dentro de la empresa. Marieta recogió el cetro de poder que había dejado a un lado mientras dialogábamos y, después de un carraspeó, siguió:

—Gracias, Alejo. Me gusta que participes en las reuniones y que se genere debate, pero la próxima vez, en vez de gorjear como un pajarillo, pide el turno de palabra, que no comemos.

Asumí que en aquella «lucha» había ganado ella, pero pensé que lo había hecho con falacias. Sabía de muchas chicas que enarbolaban discursos como el suyo, pero siempre terminaban sucumbiendo a la idea de las relaciones convencionales, con boda, hijos y bautizos con el faldón bordado del abuelo. Estaba seguro de que Marieta era de esas y que terminaría dejando el puesto para poder cuidar de sus hijos.

No me juzgues. Era duro de mollera. Entendía la vida de una manera y me costaba plantearme que hubiera otras fórmulas correctas. Para el Alejo de entonces las cosas eran blancas o negras: o pensabas como yo o en realidad estabas equivocado y te autoengañabas.

—Hola, Alejo.

Una chica con el pelo rapado y de color verde lima me sonrió delante del escritorio donde yo estaba intentando desentrañar el significado de unas siglas a las que se refería un mail que Marieta me había rebotado para que «me encargase de ponerlo en su agenda».

—Hola…, perdona, no sé tu nombre.

—Me llamo Gisela.

—¿En qué puedo ayudarte, Gisela?

Me di repelús. Parecí un mayordomo inglés. Ese no era el tono que quería para mi trabajo. Carraspeé y cambié la expresión facial a una un poco más ceñuda.

—Iba a mandarte un mail, pero he pensado que era mejor acercarme, presentarme y decírtelo en persona; así, si te surge alguna duda sobre lo que te voy a pedir, lo hablamos.

—Pues tú dirás.

—Verás, necesito que programes una videoconferencia con Marieta y el equipo de NN. Convócalos a todos, y a Lorena y Fabián, del Departamento Legal en España. También a J. Milles y S. Williams, del Departamento Legal de la matriz. El resto del departamento la seguirá desde su escritorio, uniéndose sin cámara, pero necesitamos la sala multimedia. Vamos a compartir una presentación con ellos y a grabar la reunión.

La miré fijamente, mordiendo el interior de mi labio inferior. «No dejes que el enemigo huela tu miedo», me dije. Asentí.

—Muy bien —sentencié.

—¿Quieres que te lo mande mejor por escrito para que no te baile ningún nombre? —Hizo una mueca, como dudando—. Sí, es mejor que te lo mande por escrito. Perdona por venir aquí y abordarte a las bravas.

—No, no. No te preocupes —asentí seguro de mí mismo, probablemente para darme ánimos—. Lo anoto aquí ahora mismo y lo pongo en cola. Tendrás que esperar a que te toque el turno, claro.

No me pasó desapercibida la mirada que me echó, mitad inquietud, mitad sorpresa.

—Eh…, vale, pero no dudes en escribirme si al final tienes alguna pregunta. No estás aún familiarizado con las salas y…

—No, no, de verdad, Gisela. No tienes de qué preocuparte.

«Yo ser el mejor asistente de la historia. Tú no tener que preocupar».

La despedí con una sonrisa autómata y cuando la vi alejarse, echando miradas hacia mi mesa claramente confusa, me escabullí hasta la cocina buscando un momento de soledad y espacio para respirar profundamente sin que nadie me viese.

Me comí, de cara a la pared, dos bollos y tres barritas de muesli, y bebí, para que pasase todo, dos zumos de naranja, fresa y plátano que estaban cojonudos. Por favor, qué hambre tenía. Lo de aquel piso compartido con mis hermanos iba a terminar en desnutrición severa. Tenía los trescientos euros para la compra, pero, no sé por qué, me resistía a soltarlos. Era como si al dárselos fuera a perder la batalla.

El teléfono estaba sonando cuando volví a mi mesa. Bueno, el teléfono exactamente no, porque todo se hacía a través de una aplicación en el portátil que la empresa me había facilitado. Me puse los auriculares, con los que me recordaba a la Britney Spears de los dosmiles, y respondí:

—¿Sí?

—Hola, Alejo, romanticón —se burló la voz. Iba a responder que ese comentario estaba bastante fuera de lugar, en un tono gélido y distante, hasta que se identificó—: Soy Ángela. ¿Me puedes pasar con Marieta o está ocupada? No me responde, pero está en su despacho y… necesito que me dé el visto bueno a una cosa ya mismo.

Miré por encima de mi hombro y vi a Marieta mover el cuello, como para crujírselo a sí misma, frente a su ordenador. Parecía libre, pero se me olvidó mirar su agenda antes para confirmarlo. Si no tenía una reunión es que estaba disponible, ¿no?

—Te la paso.

Llamé a Marieta, pero no lo cogió. Me volví a mirarla: estaba observando la pantalla del ordenador con el ceño fruncidísimo. Cuando la llamada se cortó, volví a intentarlo. Contestó, mirándome.

—¿Qué pasa?

—Te paso a… Ángeles.

—Será Ángela.

—Eso —respondí, pillado.

La escuché bufar, aunque tampoco entendí el motivo. Qué poca paciencia. Solo era un nombre… Hice lo que el manual decía que debía hacer para pasarle la llamada y volví orgulloso a mis quehaceres: intentar averiguar qué cojones me pedía todo el mundo en sus mails.

La puerta del despacho se abrió y Marieta se acercó a mi mesa, moviéndose como si en realidad los pies reptaran sobre el suelo de cemento pulido de la oficina. Era evocador y daba miedo, todo a la vez.

—Dime —le dije solícito.

—Vaya llamada más corta, ¿eh? —Abrió mucho los ojos, como queriendo evidenciar algo.

—Sí, eso parece.

—No me has pasado a Ángela —me aclaró—. La has debido de dejar en espera.

—Claro, para pasártela después.

—No me la has pasado.

—Pues le pasará algo a esto. —Señalé el ordenador—. Yo he seguido los pasos del manual.

—Pensaba que estabas familiarizado con estos softwares. —Arqueó las cejas.

—Em…, el de mi anterior empresa era más moderno.

—Vaya. —Puso la mano en la cadera—. Si quieres, en la reunión del viernes, se lo dices a Ángela y su equipo, que lo pusieron en marcha.

Ups.

—Alejo —suspiró—, ¿has mirado mi agenda antes de pasarme la llamada?

Ay…

—No, pero como era Ángeles…

—Ángela.

—Eso. Como era Ángela, pensé que era importante.

—Seguramente lo era, pero ella sabe que si tengo… —Puso los ojos en blanco—. Da igual. Estoy perdiendo el tiempo. Dile que estoy preparando la reunión de internacional y que luego la llamo, pero que si es superurgente hable con el cabeza de departamento que toque mientras tanto.

Marieta se dio la vuelta y, sin añadir nada más, se metió en su despacho. Miré la agenda por curiosidad: «Preparación reunión internacional. Por favor: no molestar. No pasar llamadas durante una hora».

Ups…, bis.

A los cinco minutos, Ángela volvió a llamar.

—Alejo…, me has tenido un buen rato en espera…, ¿pasa algo?

—Eh…, es que Marieta no podía. Me ha dicho que no podía, es verdad. Esto…, que delega en los otros departamentos, dice.

A Ángela no le hizo falta confesar que dudaba mucho de que esas fueran las palabras de Marieta; se notó en su silencio. Mi plan para ser el mejor asistente del mundo estaba fallando. En la reunión había quedado como un caballero andante anacrónico y rancio (lo vi en sus miradas), mi trabajo se me daba mal y se me estaba acumulando mucho desastre ya. Si me hubiese visto papá, se hubiese echado unas buenas risas. Creo que hasta se habría encendido un puro, y eso que solo fuma en ocasiones especiales.

Otra lección: que estés superpreparado en tu campo no significa que puedas desempeñar cualquier trabajo. Cada uno tiene su idiosincrasia. Ninguno es sencillamente fácil.

Aún no me había repuesto del bochorno cuando el teléfono volvió a sonar. Qué barbaridad, aquello parecía un *call center.* Miré en la pantalla y me apareció que la llamada entrante venía rebotada desde el teléfono de Marieta, que aún no debía de haber quitado el desvío de su teléfono al mío. Descolgué:

—¿Sí?

—¿Hola? —La voz de una mujer mayor.

—Hola.

—Ay…, tú eres nuevo, ¿verdad? Yo no he hablado contigo antes.

—Sí, soy el nuevo asistente de la señora Durán.

—Ay, la señora Durán. —Se rio—. ¿Ella te ha escuchado llamarla así?

—Sí. No le gustó, es verdad.

—Nada, no te preocupes que yo no le digo nada. ¿Puedo hablar con Marieta, por favor? Es una llamada personal. Familiar.

—Eh…

Un *flashback* me cruzó la cabeza y escuché: «Lo primero es que, si llama mi madre, no me la pases. Es muy importante».

—Ahora mismo no se la puedo pasar, señora, pero, si me deja el mensaje, le devolverá la llamada en cuanto pueda.

—Hum..., qué raro. Qué ocupada está. Seguro que no ha ni desayunado...

Pues..., aparte del café con el que la había visto pasearse por la sala de trabajo común..., no. Casi podía afirmar que no había desayunado. Ay, madre, el Tamagotchi, que, si se me moría, me dejaba sin trabajo.

—Dile que nos han cambiado la hora del médico de pasado mañana a mañana a las nueve, pero que no hace falta que venga, que ya voy yo con su abuelo, que total es quitarle los puntos del corte que se hizo.

—Vale. —Lo garabateé en un papel y me volví a sentir orgulloso. Al final, ya lo decía yo, iba a cogerle el tranquillo rápido a aquello—. Anotado. Le pasaré el mensaje en cuanto esté disponible.

—Gracias, majo.

—Que tenga buena tarde.

En el mismo momento en el que colgué, entró una nueva llamada. Entre todos me iban a volver loco. Así no se podía trabajar...

Ah, espera, que mi trabajo era responder al teléfono.

—¿Sí?

—Hola, buenos días. —Una voz femenina, joven y encantadora contestó—. ¿Me puedes pasar a Marieta, por favor? Es urgente.

Miré su agenda para no cometer el mismo error y vi que ya no tenía nada. Su hora reservada había terminado. Me volví y la encontré tecleando concentrada en el ordenador.

—Claro, deme un segundo.

Estudié en silencio de nuevo el manual y conseguí poner la llamada en espera y llamar a Marieta.

—Dime, Alejo. —De reojo la vi responder con el manos libres.

—Tienes una llamada.

—¿Quién es?

Ay…

—Pues… no lo ha dicho.

Levantó la cabeza, con la mirada en el infinito.

—Cuenta la leyenda que, si no lo dicen, tienes el magnífico poder de preguntárselo —respondió.

Me habría reído si la situación no fuese tan humillante. Yo era consultor financiero, por el amor de Dios.

—Ya…, pues… no lo he hecho.

—Pásame —suspiró—. No te preocupes.

Cuando le di al botón que tocaba, que no era el mismo que había pulsado cuando quise transferir la llamada de Ángela, claro está, me volví a mirar al despacho, donde Marieta estaba ya hablando con su interlocutora. Ole por mí. Un diez para el equipo de Alejo.

El teléfono me dio una tregua durante un buen rato en el que pude concentrarme en hacer un listado de todas las cosas que no estaba haciendo porque, básicamente, no sabía cómo. Acababa de terminarlo cuando Fran se dirigió a mí con una sonrisa. Esta fue desapareciendo según alternaba la mirada entre el interior del despacho de Marieta y la mesa que yo ocupaba.

—Hola, Alejo.

—Hola, Fran.

—¿Ha desayunado?

—Sí. Deliciosos los bollos de canela, por cierto.

—¿Qué?

Me miró y su gesto siempre afable mutó durante un par de segundos a una máscara en la que se leía que yo era profundamente imbécil.

—Me refería a ella. A Marieta.

—¿Cómo? —pregunté esta vez yo.

—¿Se ha levantado de la mesa desde que ha llegado?

—Sí, para echarme la bronca. —La segunda parte de la frase la murmuré.

—Ya..., ¿y sabes con quién está al teléfono?

—¿Aún está al teléfono? —Me extrañé. Le había pasado la llamada hacía una eternidad.

—Ay, Dios... —musitó Fran—. ¿Era su madre?

—No, no. Ella me dijo que a su madre no había que pasársela. Llamó justo antes por una cita médica con su abuelo y ya le dije que le dejaría el recado.

Fran arqueó ambas cejas.

—¿Su madre? ¿Por una cita médica de su abuelo?

—Sí —aseguré—. Pero, de todas formas, creo que esta información no le compete a nadie más que a ella.

Se mordió el labio de arriba en un gesto con el que parecía estar haciendo acopio de toda su paciencia y fue hacia el despacho.

—¡Eh, eh! —intenté pararlo.

Me fastidió que no admitiera mi autoridad en cuanto a la gestión del tiempo de la jefa, así que me levanté y fui detrás de él, porque se me olvidó momentáneamente que Fran era el director de Recursos Humanos y socio de la empresa, y porque yo lo había visto hacer en todas las películas. Abrió y me abalancé hacia el hueco que dejó entre su cuerpo y el marco de la puerta.

—Perdona, Marieta, he intentado pararle, pero...

—¿Es tu madre?

—Sí, mamá, pero es que..., no, espera, déjame decir que..., mamá..., ya, pero... —Me lanzó una mirada de odio a mí y una penitente a Fran para musitar después—: Socorro.

Nueva lección para nuestro héroe: como me enteraría más tarde, la madre de Marieta era terriblemente joven. Solo se llevaban dieciséis años. Así que había ignorado la llamada de su abuela, con la que se había criado y que, por cierto, no molestaba nunca, y le había pasado felizmente la llamada de su madre, que parecía estar recitándole sin clemencia la alineación del Real Madrid de los últimos cincuenta años. Fran tuvo que orquestar una opereta para que ella pudiera colgar el teléfono.

De haber podido, me habrían dejado sin postre el resto de la semana, porque estaba visto que Like¡t no era el tipo de empresa en la que te amonestan como es debido. Y menos mal, porque no se me estaba dando demasiado bien…, por decir algo.

7
Artes de Maquiavelo

Hasta un capitán orgulloso sabe cuándo lo han rebajado a grumete y necesita un salvavidas. Y yo no me estaba ahogando, pero tenía hambre, la nevera vacía, dos hermanos listillos y la necesidad de dar la sensación de saber valerme por mí mismo, así que… urgía encontrar un camarada que me echase un capote sin que yo tuviera que confesar que no entendía nada, que llevaba todo el día metiendo la pata y que tenía unas quince reuniones por agendar porque no sabía cómo hacerlo como es debido. Podría decir que soy la hostia de listo y busqué la mejor opción, pero estaría faltando a la verdad. Lo que pasó fue que se me presentó la ocasión como por arte de magia. Marieta decía que a ella se le daban bien las personas; yo aprendí aquella tarde aciaga, la tarde de mi primer día completo en Like¡t, que lo mío era la manipulación.

Después de mi flagrante fracaso en la mañana, no me vi con ánimo de compartir mesa con los jefes, los tres socios, porque yo era como el lobo que en lugar de ser feroz era torpe y no soplaba para echar abajo sus casas, solo se tropezaba con ellas y no quería admitir el error. Así que me serví mi bandeja cuando todo el mundo estaba ya sentado y me quedé solo en una mesa. Detrás de ella, había otra donde se sentaban Fran, Ángela, Selene y otro chico al que no conocía. Un asiento libre esperaba a que lo ocupase Marieta. Me pareció de mala educación sentarme dándoles la espalda y mirando hacia la barra donde se disponía la comida, aunque fue mi primera intención, así que sonreí sin enseñar los dientes, *low profile*, y me senté a dar cuenta de lo que más me había hecho ojitos de entre todo lo que el bufet de Like¡t me ofrecía aquel día: unos wraps de pechuga de pollo rellena de queso y espinacas y boniato al horno en bastones con virutas de parmesano y especias. La verdad es que todo estaba buenísimo.

Marieta entró bufando, pasó como una exhalación por las bandejas de comida, se sirvió un plato repleto de todo un poco y cogió una botella de agua. Bien, el Tamagotchi iba a rellenar su barra de vida con un poco de energía. No iba a morir de inanición..., al menos no aquel día.

Estaba un poco pálida a pesar de ser septiembre; no es que su piel brillara bajo la luna llena, pero daba muestras de no haberse pasado el mes de vacaciones al sol, eso seguro. ¿Habría tenido vacaciones o las habría pasado yendo a la oficina? No, tenía pinta de ser de las que, a pesar de sentirse abducidas por el trabajo, sabían cómo disfrutar, cómo desconectar. Lo decía el modo en que sonreía. Mamá decía que podíamos saber mucho de las personas si observábamos su sonrisa y cómo abrazaban. Mi progenitora era muy sabia, aunque un poco hippy. Marieta sonreía sin esfuerzo, como si aquella fuera la posición natural de sus labios. Hasta sus ojos parecían tener la forma idónea para ser más bonitos combinados con una sonrisa, aunque... ¿cuáles no lo son? Eso también lo pensaba mamá.

Era guapa, Marieta. Supongo que era guapa a su manera..., nada que ver con el concepto de belleza de colegio privado. Haciendo un símil con la cultura pop de nuestra generación, no era una Serena van der Woodsen en *Gossip Girl*, a pesar de ese look tan «moda alternativa con gusto y bien combinada». Era más bien una..., no sé, uno de esos personajes que nunca fueron parte de los guais, pero que cuando crecieron se convirtieron en un pibón y… «Alejo, deja de mirar a tu jefa».

Sin embargo, en lugar de mirar directamente hacia un punto lejano, no pude evitar que mis ojos viajaran por su mesa, donde fui saltando de un comensal a otro.

De espaldas tenía a Selene, la más joven de la mesa, o al menos eso parecía. Llevaba una media melena, de color oscuro, con un frondoso flequillo que le tapaba la frente y las cejas. Iba vestida como una moderna Amélie y tenía una sonrisa bonita, ingenua, poco atractiva para alguien como yo, porque el candor nunca me había llamado la atención. A su lado, el chico que no conocía, con el pelo corto por delante y largo por detrás, contaba una historia que los tenía a todos absortos y muy animados. ¿De qué se trataría? Llevaba una blusa azul por dentro del pantalón vaquero, ajustado, con un cinturón color marrón. Y he dicho blusa y no camisa porque juraría que la prenda era de señora y de los años noventa.

Frente a ellos, Ángela y Fran. Ángela era una chica normal, podría decirse que anodina. Tampoco me habría fijado en ella en una discoteca, pero no tenía pinta de frecuentar los mismos clubes que yo (era más de sala de conciertos y festivales, y yo era de «tardeo que se complica» en barrios bien). Tenía el pelo castaño a la altura de los hombros, ondulado, y una figura que algunos habrían definido como de «guitarra española» y otros de «contrabajo». Vamos, que tenía carne de donde coger. Piernas largas pero redondeadas; caderas voluminosas y acolchadas; pechos redondos y, así sin querer mirar demasiado, grandes; unos brazos carnosos; unos muslos poderosos; una cara redondita con ojos grandes y sonrisa amplia. Supongo que era guapa, aunque me pasaba lo mismo con ella que con Selene: había cierta candidez en su rostro, y eso no iba conmigo.

Fran era guapete, supongo. Un tío grande, robusto pero con pinta de no haber levantado la voz jamás. Tenía cara de ser un pibe majo y cuerpo del típico amigo al que siempre invitas a jugar al pádel o al baloncesto o a una pachanguilla, porque es diestro, pero no un tipo de gimnasio. Estaba comiéndose una lasaña con gusto y de vez en cuando miraba a su izquierda y sonreía. Esa sonrisa le cambiaba el gesto por entero. El rostro le mudaba a uno aún más amable, los ojos le brillaban, el sonido de la risa le llenaba el pecho cuando pinchaba con la cucharilla de postre el costado de Ángela, haciéndola rabiar, y pedía el turno para hablar, soltándole chascarrillos a Marieta. Una buena elección como director de Recursos Humanos, era fácil verlo.

Marieta, que lo mandaba callar con una sonrisa de oreja a oreja, se quejaba sin importarle quién escuchase que su madre le había contado con pelos y señales, y sin dejarse ni un detalle, toda la ropa que se había comprado el fin de semana. ¿Sería natural su color de pelo? Esa frondosa melena del color del fuego, un poco naranja madura, un poco fresa…, las cejas también eran…

ESPERA.

ESPERA, ESPERA.

Rebobina.

Volví a concentrarme en Fran. Había algo, algo allí…, una expresión soterrada, un brillo que intentaba ser disimulado, un temblor en sus cimientos cuya reverberación llegaba hasta mi médula. Un eco. Eso era. Un eco de reconocimiento. Algo en lo que podía sentirme identificado, en lo que podía ver a mis amigos, algo que…

FRAN ESTABA ENCOÑADO HASTA LAS PUTAS CEJAS.

Pero ¿cómo era posible que no me hubiera dado cuenta? Fran estaba enamorado de alguien que se sentaba en aquella mesa. ¿De Marieta?

No pude disimular una mueca de desagrado. No me hacía gracia pensar que esos dos pasasen su tiempo libre fornicando, porque… vaya plan, ¿no? El trabajo no se mezcla con el placer.

Qué ascazo. Pero… ¿era eso? No. No era eso. Es que yo estaba habituado a que las chicas me miraran de determinada manera y Marieta no lo hacía.

Me llevé la mano instintivamente a la boca del estómago. ¡Era verdad! ¡Era eso! Marieta no me miraba así. Por eso me sentía inquieto en su presencia, por eso no terminaba de saber cómo comportarme: ella no reaccionaba como yo estaba acostumbrado a que las mujeres lo hicieran a mi alrededor. A veces ni siquiera me miraba. ¿Sería lesbiana?

(Sí, yo era de esos que, si no gustaban a alguien, dudaban enseguida de su orientación sexual).

Pero volviendo al tema…

—¡Para, Fran! —se quejó Ángela.

Bingo.

Un hombre sensato hubiera desestimado la idea o, al menos, la hubiera rumiado durante algún tiempo, pero yo no era sensato. Yo, si quería algo, lo cogía; eso me hacía sentir un hombre decidido, dueño de mí mismo, caudillo, guía y oficial de mi propio destino. La triste verdad es que era maquiavélico, manipulador y un poco narcisista. Pero solo un poco, porque en el fondo tenía muy claro que aquello estaba mal.

Me deslicé dentro del baño, que por cierto era unisex, justo después de Fran. Lo había visto pasar con un cepillo de dientes en la mano, así que era la situación perfecta. Había un poco de trasiego, pero no tardamos mucho en quedarnos solos. Yo llevaba también el estuche con el cepillo de dientes con el logo de la empresa que me habían regalado en Recursos Humanos el día anterior y simulaba estar haciendo tiempo para usar el lavabo.

—¿Qué tal? —me preguntó amable cuando me coloqué a su lado.

—Bueno, bien, haciéndome al puesto.

—Ya. Es cuestión de tiempo…

Empezó a cepillarse, dejando claro que no iba a añadir nada más, y yo estudié el terreno, armado con mi cepillo, para asegurarme de que no hubiera nadie más a mi alrededor.

«Movimiento al fondo…, detengan maniobra».

Una chica salió de uno de los cubículos, se lavó las manos y se marchó con una sonrisa.

«Al ataque».

—Pero estoy muy contento de estar en una empresa como esta, tan moderna. Me encanta que estéis tan al día en tantas cosas. Como con las relaciones entre empleados, por ejemplo.

—¿Hum? —No me miró al responder, pero noté cómo su espalda se tensaba.

Bien. Me encanta que los planes salgan bien.

—¡Sí! Ya sabes. Otras empresas prohíben que sus empleados mantengan relaciones personales. ¿Cuánto tiempo lleváis Ángela y tú?

Fran parpadeó acusando el golpe y se inclinó sobre el lavabo para escupir la pasta de dientes. Tardó un poco en enderezarse, pero cuando lo hizo ni siquiera se tomó la molestia de enjuagar los restos de dentífrico de alrededor de sus labios.

—¿Cómo?

Era como si le estuviera dando una crisis de ansiedad y echase espuma por la boca.

—A ver, que es una frivolidad, pero demuestra que Like¡t se enfoca en lo que realmente importa, como…

—Ángela y yo no estamos juntos.

Fingí sorprenderme muchísimo y morirme de la vergüenza.

—Hostia…, joder…, em…, lo siento. Qué cagada.

—No, no pasa nada. Es que somos muy amigos. Hay gente que…, bueno, que confunde esa complicidad con algo más.

—En serio, Fran, lo siento. —Me puse la mano en el pecho—. Joder, qué corte.

Maquiavelo me miraba desde las alturas haciéndome un gesto de bendición.

—De verdad, no te preocupes.

—Es que… —Abrí el grifo, humedecí mi cepillo de dientes, cerré el grifo y me quedé allí, mirándolo como consternado—. Perdóname. Vi tanta química, cómo la mirabas, y pensé que…, vamos, pensé que llevabais años juntos. Me he equivocado, pero es que desprendéis algo, no sé…

—Una preciosa y larga amistad.

—Más allá de eso. —Fingí avergonzarme de nuevo de lo que acababa de decir y cerré los ojos—. Olvídalo. Me estoy metiendo en camisa de once varas.

Fran se quedó visiblemente aturdido por aquella conversación, pero no añadió nada más. Bien. Había picado. Después de unos segundos de no saber dónde poner las manos, se acordó de lo que estaba haciendo y se enjuagó la boca, se secó y se despidió con un hilo de voz. Me miré en el espejo y pensé: «Muajajaja», como reían los malvados. Estaba concentrado en la limpieza de mis dientes cuando Fran volvió a entrar en el baño.

—Alejo…

Me sequé la cara, tiré la toalla de mano (toallas de mano, aquella empresa era como el spa al que iba mamá con sus amigas) al cesto donde descansaban las sucias y me enderecé con cara de circunstancias.

—Lo siento, en serio.

—No es eso. Dime…, ¿por qué lo decías, concretamente? No me gustaría dar a la plantilla una sensación equivocada.

—Bueno…, es que no sé si…

Se apoyó en el lavabo y cruzó los brazos sobre el pecho.

—Tú y yo no hemos empezado con buen pie —sentencié.

Movió la cabeza, dándome a entender que no debía preocuparme por esas cosas. Yo seguí:

—Y, bueno…, aún no hay confianza y nosotros no somos amigos.

Arqueó una ceja.

«Atención, atención: ejecutar la maniobra con extrema precaución».

—Sé que eres el jefe de Recursos Humanos y que…, bueno, tienes potestad para despedirme.

—No es que tenga ganas de despedirte, pero, bueno, si necesitas confirmar si está en mi mano el poder de hacerlo, lo está.

—Ya…, pues…, ¿prometes no despedirme por lo que te voy a decir?

—No —negó con vehemencia y se le dibujó una sonrisa socarrona—. En absoluto.

Me encogí de hombros, me volví hacia el cristal y me peiné con calma.

—Alejo…

—Necesito este trabajo.

Me parecía que era la frase que más había dicho en los últimos dos días. Más que «hola», «adiós», «por favor» o «gracias». «Necesito este trabajo» ganaba por goleada.

Suspiró.

—Prometo no despedirte, siempre que no lo merezcas de manera directa.

—Explícame eso de «merecer el despido de manera directa».

—Que me hagas un comentario que alguien pudiera considerar que fomenta un discurso de odio, por ejemplo.

—Ya…, pues no creo que se adscriba a ese caso, aunque podrías considerar que me estoy metiendo donde nadie me llama.

—Ser cotilla no es motivo de despido.

—Yo no diría «cotilla», pero aun así me voy a arriesgar.

—Soy todo oídos.

—¿Estás soltero?

—Me halaga muchísimo tu interés, pero no me gustan los hombres.

—No es una invitación. —Puse los ojos en blanco.

—Es una pregunta demasiado invasiva para nuestra política de comportamiento social.

—Lo siento, pero tú has insistido en el tema.

—Pero ¿para qué quieres saber si estoy soltero?

—Tú responde.

—Estoy soltero.

—Entonces… tú…

—Entonces yo…

—Parece que estás completamente enamorado de Ángela.

Como si le hubieran sacado dos litros de sangre, esa fue su reacción. Su rostro perdió todo el color y los ojos su brillo. Pensé que iba a darme una hostia. Que conste que creo que me la merecía.

—¿¡Qué!? —preguntó espantado pero disimulando el temor.

—Que si no estáis juntos y estás soltero, por mucho que llevéis décadas siendo amigos, hay que ser ciego para no darse cuenta.

—Pero a ver…, ¿parece o lo estoy? —Intentó confundirme, sonando como sonaría un padre al que pillas en una falta e intenta evadir la responsabilidad con malabares verbales.

—Bueno, pues, si hay que escoger una de las dos, me decanto por la idea de que estás enamorado de Ángela.

—Y de quién esté o no enamorado te parece un buen tema de conversación ¿porque…?

—¡Oye! ¡Que has insistido tú!

En ese momento sí puso cara de querer soltarme un guantazo. No había ninguna duda de lo que le apetecía hacer conmigo e implicaba que mi cabeza terminase metida en el retrete más cercano.

—Alejo, de verdad, ¿es una novatada? Quiero decir..., ¿te ha dicho Marieta que me gastes una broma o...?

—No, no, no. No es nada de eso. Perdona la metedura de pata de antes y perdona que, ante tu pregunta, me haya tomado la licencia de ser sincero. No tocaba. Dejémoslo aquí.

—Hombre, aquí, justo aquí, no lo vamos a dejar.

—Como tú veas —suspiré haciendo como que estaba pasando un mal rato.

—Pero ¿por qué dices eso?

—Porque he visto cómo la miras.

—¿Y cómo la miro?

Segunda fase de la estrategia. Miré alrededor con aire confidente, me subí a la bancada (error, estaba un poco mojada) y suspiré.

—De una manera... No sé. Es difícil de explicar. Te he visto mirarla y me has hecho preguntarme si alguna vez miraré a alguien de ese modo.

—Pero ¿¡de qué modo, Alejo!?

—Con tanto amor. Pero del de verdad. Olvídate de películas o canciones. La miras como se habla del amor en toda la literatura universal.

—¿Con cursilería y perversidad?

Esa era buena.

—¡No, Fran! En serio..., no te quedes con eso dentro.

Chasqueó la lengua y se preparó para salir de allí. *Mayday, mayday.*

—Tienes un modo bastante extraño de socializar —me dijo—. No es que vaya a reprocharte tu interés por establecer nuevas relaciones sociales en la oficina, pero conmigo desde luego ese no es el modo. Empiezas a ganarte esa fama de romántico desfasado que circula por ahí.

—No voy a volver a decir que has sido tú quien ha insistido en mi metedura de pata. Debería haberte invitado a jugar un partidito de pádel antes de tratar estos temas.

—Mejor de baloncesto. Buena tarde, Alejo.

—¡Fran, Fran! Pero ¡no te lo tomes así! ¡No podrás mantenerlo en secreto siempre! ¡Necesitas...!

La puerta del baño se cerró conmigo dentro. Solo.

Fuck.

Fuck.

Fuck.

De vuelta a mi mesa, me dejé caer en la silla y agarré el calendario de mesa de la empresa (con fotos de gatos) e intenté adivinar cuándo iban a despedirme. Para no hacerlo demasiado cantoso, lo más probable es que esperasen un par de semanas. ¿Cuánto tiempo podría apañarme con el sueldo que me pagasen por ese tiempo trabajado? Bueno, bien mirado, así no tendría que vérmelas con las consecuencias de todas las cosas que no sabía hacer y que estaba dejando enterradas en el fondo del cajón. Tenía dieciséis mails por contestar y ya no sabía cómo fingir que estaba terriblemente ocupado. Seguiría postulando a ofertas de trabajo como un loco. Alguna tendría que responder. Lo difícil sería comunicar mi despido a mi familia. Pufff. Papá se iba a poner como un loco y...

Una sombra cayó sobre mi mesa, grande y silenciosa. Miré al frente.

—¿Qué quieres decir con que no podré mantenerlo en secreto siempre? —susurró.

Por dentro sonreí como el gato de Cheshire. Nunca pierdas la esperanza, hermana.

—¿Podemos ir a un sitio más tranquilo? —le pedí.

—No —sentenció—. Baja la voz y respóndeme.

—Me refería —susurré aún más bajo— a que pongamos que lo que te he dicho es cierto.

—Pongamos. A modo de experimento.

—Eso. A modo de experimento. Hagamos ese supuesto.

—¿Entonces?

—Entonces, si eso fuera cierto, siendo ella una de tus mejores amigas, también una de las mejores amigas de Marieta y compañera de trabajo..., el equilibrio es precario. La honestidad es el único camino para la victoria. Además, no deberías callarte lo que sientes por ella por miedo a que te diga que no.

—¿Crees que me diría que no? Quiero decir... en el supuesto.

—En el supuesto, en el supuesto —asentí—. Pienso que, suponiendo que la situación fuera la que te he dicho, sería normal que no actuases por miedo a...

Bufó, me hizo un gesto con la cabeza y ambos nos encaminamos hacia la cafetería, con la actitud de dos malos detectives secretos.

—Pero ¿qué narices me estás intentando decir? —preguntó a bocajarro cuando se cercioró de que la puerta estaba cerrada y nosotros suficientemente lejos de ella.

—Pues que no creo que merezcas sufrir en silencio el...

Puso la palma de la mano alzada entre nosotros y negó con la cabeza, enérgico.

—Si vamos a hablar de estas cosas, hagámoslo como toca, ¿no crees? Déjate de parafernalia y no me cuentes rollos. Si quieres algo, dilo. Será la única manera de entendernos y no parecer un anuncio de crema para las hemorroides.

—Se te nota mogollón. Si me he dado cuenta yo, ¿cuánto tardará el resto de la gente en notarlo y comentarlo? En el caso de que eso no haya sucedido ya. Si te gusta, si quieres estar con ella, tienes que hacer algo. Actuar.

—Actuar, sí, claro.

Puso los ojos en blanco y bufó.

—Esto es una pesadilla. —Le escuché murmurar a la vez que se sentaba en una de las sillas del comedor.

—Me imagino que es incómodo hablar de esto con el nuevo, pero míralo por el lado positivo. No os conozco de nada, con lo que ni tengo prejuicios ni la mirada viciada.

—Ni yo tengo confianza para hacerte confesiones sentimentales. Qué falta de profesionalidad, joder, que soy el director de Recursos Humanos…

—Ha sido un malentendido. Ninguno de los dos tenía intención de que esta conversación terminara así, te lo aseguro. —Madre mía, qué buen mentiroso podía ser…—. Pero ha sucedido y no tiene más importancia. No hagamos las cosas más grandes de lo que son.

—Pero ¿en qué se me nota?

—Eres el director de Recursos Humanos, pero permíteme que te hable con honestidad llegado este punto: tronco, ¿otra vez? Que la miras con unos ojos de gacela que lo que no sé es cómo Marieta no te ha dicho nada.

Se tapó la cara y yo casi (CASI) sentí lástima por él y el mal rato que estaba pasando.

—A ver, si quieres —temí estar precipitándome, pero todo estaba saliendo tan rodado que ya nada podía pararme—, yo puedo ayudarte. Puedo ser tu Cyrano de Bergerac, pero sin enamorarme de ella por el camino.

Me miró como si acabase de proponer sodomizarlo con la pata de una mesa.

—Vale, vale. —Le enseñé las palmas de las manos—. Tranquilo, solo era una idea.

—Pero, vamos a ver, que esto no son *Los Bridgerton*. ¿Cómo me vas a ayudar?

—Pues no sé lo que son los Bridgerton, pero, pibe, pues ayudándote. Favoreciendo situaciones o…, o… provocándolas directamente. Dándote consejos… Cuatro ojos ven más que dos, sobre todo cuando el par extra no está metido en el asunto y puede ver la situación desde fuera.

—¿Y tú qué ganas con todo esto?

—No quiero chantajearte, si es lo que estás pensando. —Fingí consternación—. No soy tan…

—¿Manipulador? Un poco sí que lo eres, que te he visto venir. Pones una carita así como de…

—Sí, puede que sí, pero es que necesito este trabajo.

—Empezamos a entendernos. ¿Qué quieres?

—Querer, querer, no quiero nada. Yo lo haría por amor al arte. Por amor al amor, mejor dicho. Además, que siempre es agradable estrechar lazos con alguien de la oficina.

Levantó las cejas y leí en su rostro un magnífico «soy majo pero no tonto» que me animó a ser un poquito más sincero.

—Tú me ayudas un pelín con el curro sin que tenga que admitir delante de la jefa que soy un inútil y yo te hago de Cyrano con Ángela.

—¿Qué te hace pensar que no puedo enamorarla yo solo?

—Que según mis cálculos hace al menos quince años que sois amigos y no estáis esperando a vuestro primogénito.

Eso le hizo sonreír. ¡Por fin!

—Will Smith hizo una peli malísima en la que ayudaba a ligar a tíos. Dime que no tienes intención de hacer lo mismo.

—Ah, no. Tú solo necesitas un asesor, no un maestro.

—¿Un asesor?

—Un amigo, pero no porque no tengas uno bueno o no tengas suficientes. Ya te lo he dicho: necesitas un nuevo amigo, que vea desde fuera lo que es complicado vislumbrar desde dentro. Un confesor.

—Creo que quieres decir un confidente.

—Eso.

Suspiró con todo el pecho, que se elevó y volvió a bajar con la fuerza con la que lo haría el de un oso.

—¿Hay trato?

—Siento como si estuviera firmando con sangre en un pergamino hecho con piel humana, pero, en fin, si no, te despido y andando.

Me reí. Él se rio.

—Ríete, ríete —murmuró.

—Este es el comienzo de una gran amistad —certifiqué.

Puso cara de no tenerlo demasiado claro y yo me carcajeé porque me hacía gracia, porque era buen tipo y porque mis planes habían salido a pedir de boca. Había que seguir explotando aquella habilidad para manipular. Quizá las cosas empezarían a mejorar.

—Ahora que vamos a ser amigos: parece que te has meado. —Señaló mi pantalón.

—Ya. Es que, mientras trataba de que me vendieras tu alma, me he sentado en el banco del baño y estaba empapado. ¿Se me ve mucho?

—Mucho —asintió.

—Bueno, es el menor de mis problemas. Tengo dieciséis mails que no entiendo y no sé qué cojones de *meeting* con videollamada, proyección y conexión en directo tengo que organizar.

—Anda, sal. Vamos a tu mesa.

—Pero sal pegado a mí, tío, que se van a pensar que me he meado.

Efectivamente, aquel fue el comienzo de una gran amistad.

8
De pijos y malotes

Cuando era pequeño y me quejaba de estar aburrido, la abuela siempre levantaba la mirada del libro que estuviera leyendo y decía: «Cuando el diablo está aburrido, mata moscas con el rabo». En aquel momento no lo entendía, pero con los años me hice una idea de lo que significaba, y podía decir sin margen de error que era exactamente lo que estaba experimentando en Like¡t. Ponerme al día para no meter la pata estrepitosamente me tuvo tan ocupado durante unos días que fui incapaz de pensar en planes maléficos. Tampoco es que yo fuera como un villano de película, de esos que quieren hacer el mal por hacer el mal, pero no quería perder mi puesto como heredero del príncipe Maquiavelo. ¿O no estás un poco de acuerdo en que hay (bastantes) situaciones en las que el fin justifica los medios?

Pues sí, y aquella era una de ellas. En mi lista de prioridades estaba solucionar lo del curro de mierda, independizarme de nuevo y poder volver a pagar la matrícula del gimnasio *high level* al que iba antes y, por encima de todo, por el amor de Dios, que nadie se enterara de mi desgracia, que, por cierto, había escondido hasta a mis amigos. Quería lo que quería: encauzar el plan vital que se me había desmoronado, a poder ser, sin tener que mirar más allá de mi persona. Ya sería solidario y esas cosas cuando tuviera lo mío arreglado.

Lo que quiero decir es que hacerme con todos los procedimientos de mi nuevo trabajo me costó tanta atención que no pude centrarme en nada más durante días. Para mi total vergüenza, seguía sin ninguna oferta de otras empresas para un puesto más acorde conmigo, por más que revisara mis solicitudes en todas las plataformas de búsqueda de empleo cada día en el trayecto a casa, antes de cenar, al acostarme…, se había convertido en una pequeña obsesión, junto con aprender algunas de mis nuevas funciones. Algunas. En aquel momento lo más importante era parecer un buen profesional, no serlo.

Además de ir familiarizándome con el trabajo, también estudié a Marieta con detenimiento. No como quien decide conocer al enemigo, sino como quien ha visto las ventajas de ser bueno en calar a las personas para tener más facilidad de salirse con la suya. Vamos, quería manipularla y manipularla bien. Ella era vivaracha, activa, una suerte de loca que parecía tener la cabeza llena de voces que gritaban ideas para mejorar, prosperar y crecer. Algunas eran un absoluto sinsentido, pero también resonaba el eco del genio que, poco a poco, descubriría que era. Tenía la capacidad de concentración más desarrollada que había tenido oportunidad de ver. En ocasiones se pasaba hasta cinco horas sentada delante del ordenador olvidándose no solo del mundo exterior, sino de sus propias funciones vitales. Un día, incluso, la vi salir escopetada de su despacho y al volver, sin detenerse en su carrera de vuelta a su escritorio, la escuché decir:

—Recuérdame que el ser humano tiene que mear.

Lo que me faltaba. Una tía que parecía mirarme con una indiferencia casi ofensiva y a la que tenía que mencionarle, de vez en cuando, la necesidad de ir al baño. Un Tamagotchi pelirrojo con vestiditos vaporosos de flores y una nula capacidad de priorizar la autoconservación si esta rivalizaba con el trabajo. Genial como jefa. ¿He comentado que a veces no llevaba sujetador? No, porque estaba pensando que iba a sonar como un puerco, como efectivamente ha sonado.

Fran, por su parte, atendía mis dudas con diligencia y discreción. Yo le mandaba una petición de auxilio por el sistema de mensajería interna y él acudía a mi mesa en cuanto podía con la excusa de pedirme cosas inventadas.

—Primo —me dijo una media mañana mientras tomábamos una taza de café rápido en la cafetería—, yo estoy cumpliendo como un cabrón, pero tú te estás durmiendo en los laureles.

—Estoy en la fase de investigación —mentí.

Pero lo cierto es que yo era un cabronazo y se me había olvidado por completo mi parte del trato..., y no se lo merecía. Todos los días, a la hora de la comida, Fran venía a por mí. Me hizo un hueco en su mesa e intentaba hacerme partícipe de todas las conversaciones. No es que Selene, Ángela o la misma Marieta me ningunearan; ellas se comportaron como si hubiera estado siempre allí, pero sin hacer tampoco un esfuerzo meritorio por hacerme sentir incluido.

Así que, en cuanto me llamó al orden, me puse a investigar de verdad. En los minutos que me quedaban libres, observaba. En las comidas, callaba y observaba. En las reuniones, anotaba y observaba. Y cuanto más observaba, más cuenta me daba de que, para Ángela, Fran era solamente un colega. No creo que se hubiera planteado jamás que Fran tenía un pene entre las piernas, hablando mal y pronto.

—No te voy a mentir. La cosa está difícil.

Fran no pareció sorprendido, y aquello me dio muchísima lástima, muchísima para un tío egoísta y manipulador como yo. Nunca me consideré un romántico, como se comentaba por allí, pero es cierto que creía en el ideal del amor tradicional y creía en él a la antigua usanza, como me lo habían contado y como lo había visto en casa. Nunca me había planteado que un concepto como el amor, tan grande y universal, pudiera cambiar tal y como el mundo lo hacía junto con la sociedad…

—No pareces sorprendido —le dije.

—No lo estoy. —Una sonrisa resignada se dibujó en sus labios—. Como bien apuntaste, llevamos quince años siendo amigos y no estamos esperando a nuestro primogénito…, lo tenía más que asumido.

—No seas así, hombre.

Suspiró, mirando a nuestro alrededor. Casi era la hora de la comida, pero había clase de yoga y buena parte de la plantilla que se sentaba cerca de mi mesa se había apuntado aquel día, Marieta incluida. Acercó una silla y se dejó caer a mi lado con un suspiro masculino.

—No voy a decirte que estoy enamorado de ella desde la primera vez que la vi, pero casi. Así que he tenido tiempo para darme cuenta de que hago mejor mirando a otro lado.

—Eso no tiene sentido, tío. —Crucé las piernas, el tobillo sobre la rodilla contraria y le di un sorbo al refresco que me había traído amablemente para tener una excusa para charlar un rato—. Eres un pibe guapo y bien plantado, ¿por qué no ibas a gustarle? No necesitas nada que un cambio de estilo no pueda hacer por ti.

—¿Necesito un cambio de estilo? —Se miró, patidifuso.

—Zapatillas y sudadera no parecen armas de seducción.

—Eres un estirado y, por cierto, cada vez que dices «pibe» muere un gatito en el mundo. ¿Se puede ser más pijo madrileño? —se burló—. Mira a tu alrededor. La gente viene vestida con comodidad, sin ínfulas. El que debería darle una vuelta a su look eres tú, señor traje a medida y carita afeitada.

Lancé una carcajada discreta. Me gustaba esa forma honesta y carente de protocolo con la que Fran se relacionaba. Me hacía sentir cómodo.

—¿Por qué nunca le has dicho nada? —insistí—. De verdad, eres un pibe con planta.

—Lo que he sido siempre es un «pibe» sensible... —dijo con tonillo—, y con sensible no quiero decir que llore viendo películas, que también. He comprendido muy bien a la gente que me rodea desde pequeño, empatizo con facilidad, entiendo las emociones de los demás, sé ver a la gente...

—Más a mi favor.

—No me estás entendiendo. Conocí a Ángela en segundo de la ESO. Llevaba el pelo siempre recogido en un moño y tenía un mal genio... Me gustó enseguida. No se amilanaba ante nadie y, a la vez, era capaz de ser colega de todo el mundo, daba igual su tribu urbana. Ella iba por el patio saludando a todo el mundo.

—No suele ser el carácter de los informáticos...

—¡No seas superficial! —se burló—. ¿Qué tendrá que ver?

—Tronco, si te dedicas a estar frente a un ordenador el noventa por ciento de tu tiempo, no pega que te guste demasiado la gente.

—La gente no te gusta a ti, que eres un pijo rancio. ¿Ahora los pijos también decís «tronco»?

Aquello me sorprendió. Lo de pijo, no lo de tronco.

—Tronco se ha dicho toda la vida, pero yo flipo: ¿yo? ¿Pijo rancio?

—No, qué va, eres un hippy.

—Pues deberías ver a mis amigos.

—No quiero ni imaginármelos. ¿La pulserita esa de cuero que llevas en la muñeca os la comprasteis todos en un viaje a Tarifa con las novias?

—Te odio.

Ambos nos reímos.

—Siempre le gustaron los malotes, ¿sabes? A Ángela, digo.

Lo miré sorprendido.

—Define malotes. No me la imagino colgada de un pandillero.

—Pues ha habido de todo. A los quince fue un macarra con moto quien le robó el primer beso. Después el guay del instituto, con el que se enrolló en una fiesta y que la negó tres veces antes del amanecer. En la universidad tuvo algunos novios duraderos, pero a cada cual más cuadro: el que le dijo que tenía que perder peso para ser más guapa; el que no quiso llamar a lo suyo relación, pese a que estuvieron juntos dos años y se moría de celos si ella se relacionaba con otros; el que estaba enganchado a los videojuegos…

—Joder. —Hice una mueca.

—Ángela no ha tenido suerte en el amor —sentenció—. A pesar de que no conozco a nadie que lo haya buscado con más ahínco.

—Porque cree que no lo merece.

Fran me miró sorprendido.

—Vaya, tío, eso ha sonado muy sensato.

—¿Por qué pareces sorprendido?

—No te pega nada decir estas cosas.

Los dos nos echamos a reír.

—Joder. —Miré la pantalla del ordenador—. Tengo cinco mails de Gisela.

—Pueden esperar. Pronto vas a dominar el arte de saber a quién puedes hacer esperar.

—Entonces ¿nunca ha tenido una relación sana?

—Sí —asintió—. Estuvo saliendo con un chico durante cinco años. Lo dejaron hace dos porque se dieron cuenta de que se habían convertido en amigos y compañeros de piso. Fue una ruptura cariñosa y amable, de esas que habría que poner en los cines antes de la película para que la gente supiera que estas cosas se pueden hacer bien.

—¿Y tú?

—Estuve con una chica durante... ¿cuatro años? Sí, unos cuatro años.

—Déjame adivinar: empezasteis un año después que Ángela y su chico y lo dejasteis casi a la vez.

Me interrogó con la mirada.

—¿Y tú cómo sabes eso?

—Porque estuviste esperando casi un año a que Ángela rompiera con ese chico, pero, al ver que no lo hacía, te animaste a seguir con tu vida. Después, cuando te dijo que iba a romper con su novio, rompiste tu relación también con la esperanza de que tuvierais vuestro momento.

—Agh, qué asco me das.

Me reí y me atreví a darle un golpecito amistoso en el brazo.

—¿Qué tal en el curro? —me preguntó de golpe.

—No cambies de tema...

—No, en serio, ¿qué tal? ¿Te da menos asco?

—No me da asco. —Me reí—. Es solo que... no es lo mío. Eso lo sabemos todos.

—¿Y qué es lo tuyo?

—Las finanzas. La consultoría. Esas cosas. No me he pasado la vida estudiando para terminar de asistente. Te juro que no pensé que me vería en esta situación jamás...

—Lo dices como si fuese un trabajo de segunda...

—¿No lo es? —Me encogí de hombros—. Me sabe mal decirlo, pero un poco sí.

—Qué va. —Negó con la cabeza—. Y parece mentira que lo digas cuando sabes el esfuerzo que supone.

—Que me haya costado hacerme al puesto no significa...

—Que te está costando, querrás decir. —Me sonrió—. Bah, déjalo. Me estás cayendo bien y no quiero terminar esta conversación con la sensación de que eres un esnob de mierda.

—Estudié en la Universidad Pontificia de Comillas, querido. Claro que soy un esnob.

—Otro prejuicio —apuntó—. Vienes bien surtido.

—¿Por qué no le dijiste nada a Ángela cuando lo dejó con su novio? ¿Por qué no te animaste a decirle: «Quizá deberíamos intentarlo nosotros»?

—Por lo mismo por lo que tú dices que la cosa está difícil. Para ella soy uno de sus mejores amigos y eso..., ESO..., a sus ojos me despoja de mi posible estatus de hombre soltero deseable.

—Pues sí que está la cosa chunga.

—¿Qué cosa está chunga?

Los dos nos giramos alerta hacia Marieta, que tenía la habilidad de aparecer de la nada de la manera más silenciosa posible. Era una ninja que, en aquella ocasión, vestía unas mallas de yoga de color negro y un top de manga larga a conjunto bastante ceñido y lucía una trenza despeinada que le caía a un lado, sobre el hombro, derramándose en mechones sueltos de fuego aquí y allá. Ojo con la jefa.

—Nada —sentenció Fran—. Nuestras agendas. Le estaba diciendo que tiene que bloquearnos algunos huecos la semana que viene para hablar del viaje de equipo.

¿Viaje de equipo?

—Ah, sí. ¿Se lo habéis contado? —Me señaló, mirando a Fran.

Una gotita de sudor le recorría el cuello, pero yo no debería haberme dado cuenta de eso ni de que debajo de ese top se le marcaban los pezones. Lo siento. Soy un guarro.

—Aún no. Ya se lo cuentas tú, que para eso eres su jefa.

—Te voy a arrancar la palabra «jefa» de la lengua a base de tortura medieval —se quejó Marieta antes de bajar la mirada y dedicármela solamente a mí, que seguía sentado en la silla—. Resérvame un ratito en la agenda esta tarde para que nos tomemos un café y te cuente, porque el viaje de equipo te va a dar algo de trabajo extra.

—Vale.

—Voy a darme una ducha. —Señaló el pasillo que llevaba hacia «el gimnasio», aunque no sé por qué le pongo comillas, si estaba mejor surtido que muchos gimnasios—. Me he dejado la mochila en el despacho y no era cuestión de volver en toalla cruzando toda la estancia. Tengo la cabeza para sujetarme el pelo.

Desapareció con una sonrisa dentro del despacho, del que emergió enseguida cargada con una bolsa de deporte. A continuación se dirigió a las duchas. Fran me dio un par de palmaditas en el hombro y me animó a ir a la cafetería, pero me disculpé diciéndole que antes quería echar un vistazo a una cosa. Y no mentí, aunque no era «una cosa» lo que quería mirar. Sí, quería mirarle el culo con esas mallas, pero miré mucho más. Miré a Marieta y a su pelo, esa corona de fuego trenzada sobre su hombro. A Marieta y al andar distraído de sus piernas. A Marieta y a… ¿Por qué cojones no me miraba como el resto y era completamente inmune a mis infalibles encantos?

9
El arce japonés

Era uno de esos días de septiembre en los que el otoño manda una carta de presentación. Soplaba un viento fresco que, más que ser agradable, empezaba a poner la piel de gallina. Cuando entré en el edificio de las oficinas, las nubes, de un color gris oscuro, espesas, como en un cuadro del protorromanticismo inglés, se movían a gran velocidad, pero, lejos de perderse en el horizonte, traían de la mano más oscuridad. Ni siquiera me había tomado la primera taza de café cuando el sonido de la lluvia golpeando la claraboya de cristal inundó el espacio. Era un espectáculo maravilloso y tuve que admitir que, como espacio, aquel trabajo no estaba tan mal. No me gusta confesarlo, pero me quedé ensimismado, presa de una sensación difícilmente definible como otra cosa que no fuera calma. Y no hay calma ante la batalla, y yo tenía que seguir peleando por encontrar un empleo a mi nivel.

Marieta recorrió con gracia los pasillos que formaban las mesas de la sala. Era una especie de ninfa jefa del bosque, con su cabellera pelirroja revuelta y suelta y aquella indumentaria tan…, no sé, que parecía tan suya. Llevaba un suéter ligero y dado de sí, que colgaba de uno de sus hombros con descaro y cuyo color beige daba énfasis al naranja de su pelo, una falda granate con flores pequeñas del mismo color que la parte de arriba y unas botas Dr. Martens. Ninguna chica de mi grupo de amigas hubiese lucido nunca aquel estilo, aunque era algo bastante normal. Quizá yo no me había mezclado nunca con gente que no fuera de mi rollo. Dio un par de golpecitos en la esquina de mi mesa al pasar y sonriendo me dijo que le diera diez minutos y entrara a hablar con ella.

—Te he dejado tirado ya al menos tres veces. De hoy no pasa que charlemos.

Otro hubiera temido aquel «charlemos», pero a mí ya me había dejado, como bien había dicho, tres veces tirado. Ese misterioso «viaje de equipo» seguía planeando sobre nuestras cabezas y ya empezaba a nombrarse en los corrillos del café. Al parecer, me iba a traer trabajo y, ahora que comenzaba a no meter la pata en todos mis quehaceres, mi perfeccionismo laboral me atosigaba preguntándose cómo sería capaz de atender las nuevas tareas sin perjudicar las rutinarias. «¿Perfeccionismo laboral?», dirás. Pues sí. Hasta que me dio la pataleta y renuncié, fui uno de los mejores de mi equipo, por no decir el mejor. Y no lo digo porque fuera un genio; se me daba bien y me entregaba al cien por cien, en cuerpo y alma. «Pues si eras tan bueno, ¿cómo es que no te dieron el ascenso?». Bienvenido al sector de las finanzas: las vacaciones están mal vistas, las bajas laborales prácticamente son un término desconocido y con quién fuiste a clase puede ser determinante para el futuro de tu carrera. Yo tenía buenos contactos, pero no había hecho una buena jugada, eso había que admitirlo. «¿Que te quieres ir? Pues a tomar por culo, querido Alejo, hay veintiséis mil nuevos licenciados muriéndose de ganas de ocupar tu puesto por mucho menos dinero». Eso lo entendí después. Mi ego me hacía sentir bastante imprescindible. Like¡t me enseñó, entre otras cosas, que nadie lo es, en ningún sentido.

Fui a la cafetería con un poco de pereza. No te voy a engañar y a decirte que en un par de semanas me había convertido en el mejor asistente del mundo. Hacía mi trabajo sin cagadas espectaculares (también es que había empezado tan fuerte que mantener el nivel de ineptitud era complicado) y estaba apreciando el ambiente relajado y las ventajas de trabajar en una empresa como aquella. Eso no significa que no hubiera días en los que la idea de ir a por un café para mi jefa no me resultara tedioso y humillante. Y no lo hacía porque fuera obligatorio, lo hacía porque había aplicado a mi trabajo una máxima que me facilitaba la proactividad: ¿qué te hubiera gustado a ti que hiciera tu asistente?

Yo nunca tuve una asistente personal. Había trabajado con una secretaria de departamento a la que podíamos pedirle algunas cosas, pero que atendía mayoritariamente al sénior mánager, con lo que era fácil hacerme una idea de lo que haría un ayudante…, una idea superficial. Una de esas cosas era llevar un café a la mesa de su jefe de buena mañana y sin que se lo pidieran.

Llamé con los nudillos al despacho y entré mientras Marieta, a la que había apodado en mis adentros como la ninfa de hierro (solo por el hecho de que no se derritiera por mí, deduzco), me pedía que pasase con voz melodiosa. Dejé sobre la mesa un café con mucha leche vegetal, dulce como un algodón de azúcar y caliente como el infierno, tal y como le gustaba, y un platito con un par de bollitos que parecían estar aún calientes. Ella sonrió.

—Gracias, Alejo, pero, si me traes un café, tráete uno para ti también.

—Mira, como en *Armas de mujer*.

—Un buen referente para toda mujer que aspira a escalar en el mundo de los negocios —bromeó—. ¿Vas a por él?

—Ya me he tomado uno.

Arrugó la nariz con gesto de desaprobación.

—Llegas muy pronto. No me gusta que hagáis horas extra si no es necesario.

—Es la costumbre. Cuesta creerlo, pero se me ha metido entre ceja y ceja que se entra a las nueve y, aunque me ponga el despertador más tarde..., llego aquí como tarde a las nueve y cuarto.

—Eso es que no te acuestas demasiado cansado.

«O que quiero quitarme la jornada de encima cuanto antes», pensé.

—Bueno..., tú dirás —la animé a hablar.

Señaló la silla que había frente a su mesa y me observó mientras me sentaba y depositaba mi cuaderno frente a ella. Me estaba analizando con interés casi científico, como si yo fuera un espécimen de otra ralea.

—Pide una tablet a Recursos Humanos, por favor.

—Siempre se me olvida —me excusé.

—Y no entiendo que prefieras venir en traje. Y con corbata.

—Es mi concepto de «ropa para trabajar».

—Pero es incómoda —insistió.

—Estoy muchísimo más cómodo en pijama o en ropa interior, pero no me parecería un atuendo del todo adecuado para la oficina —bromeé.

¿Quería, inconscientemente, que mi imagen en ropa interior asaltara su cabeza como si fuera un ejército de hunos? Y no tan inconscientemente también.

—Unos vaqueros están a medio camino entre el máximo protocolo y el despido por comportamiento poco apropiado.

Sonreí. Siempre tenía una respuesta en los labios. Le miré la boca. Esos labios pintados de color rosado terroso, tan gruesos y...

—Veré qué puedo hacer —me interrumpí a mí mismo.

—Dile a Selene que te dé una tablet, en serio. Soy muy de tomar notas en papel, pero si viene un cliente y te ve con la libretita en mi despacho... Vamos, es que salimos en las noticias.

—Vale —respondí con cierto desdén.

—A ver, ¿qué sabes del viaje de equipo?

—Nada —negué—. Soy completamente virgen.

«Alejo, deja de hacer esos comentarios, la madre que te parió».

—Se trata de una actividad anual a la que acude básicamente quien quiere. Está programada con la intención no solo de hacer equipo y afianzar las relaciones interpersonales dentro de la plantilla, sino para premiar también a los trabajadores.

—¿Y en qué consiste?

—Son unos días de vacaciones pagadas. —Sonrió—. Así de sencillo. Nos vamos todos a un hotel, cada año en un lugar diferente, donde podemos hacer actividades todos juntos… o no.

—No sé si lo termino de entender. ¿Son las típicas dinámicas de grupo?

—No. Son días de vacaciones pagadas —repitió—. Dependen del margen de beneficio que se haya repartido el año anterior. Se dedica un tanto por ciento, siempre el mismo, sobre el beneficio de Like¡t España, que se invierte en estos días de vacaciones.

—¿Estamos hablando de vacaciones para toda la plantilla?

—Para todo el que quiera.

—¿Y quién no va a querer ir?

—A veces hay gente que no puede —me explicó—. Por cuestiones familiares o de conciliación, también por economía. Al personal que no viene se le da un plus, un bonus, en compensación. La cosa está mal… Hay gente que prefiere el bonus.

Yo preferiría el bonus, sin duda. Empezaba a entenderlo.

—¿Y hay represalias si eliges no ir?

—¿Represalias? —Se rio—. Alejo, por Dios. Llevas ya un tiempo aquí, ¿crees que hay represalias?

—No. Al menos no conscientemente.

—Ni inconscientemente tampoco —aseguró—. De la organización de este viaje se ocupa parte del equipo de Recursos Humanos, pero van a necesitar que les eches una mano para ultimarlo.

—Vale, ¿qué necesitan?

—Ni idea. —Se encogió de hombros—. Ellos te lo dirán.

—¿Cuándo es?

—La semana que viene no, la siguiente.

—Guau.

—Ya, por eso tenía prisa en contártelo. —Se sonrojó un poco—. Perdona que no haya encontrado tiempo hasta ahora.

—No pasa nada. Siempre y cuando no llegue tarde a echar una mano...

«Tus ganas locas, Alejo».

—No, no. Si lo que van a necesitar de ti son tonterías para ultimar la organización, pero supongo que va a serte un poco molesto tenerlos pidiendo la vez.

Asentí sin saber ni siquiera a qué estaba diciendo que sí. Mi cabeza estaba en el bonus y en cómo iba a representar el renacimiento de mi colchoncito. Con suerte, quizá, podría...

—¿Alejo?

—Sí, dime.

—Que se te va el santo al cielo. Te decía que si tienes alguna duda.

—Em, bueno..., pues muchas.

—¿Por ejemplo?

Pensé un segundo...

—¿Qué pasa con el trabajo mientras tanto? Quiero decir, ¿se paraliza la empresa?

—No. Nunca nos vamos tantos. Coincide que se suelen quedar varias personas de cada departamento. No se les exige el rendimiento de todo el equipo, por supuesto, pero lo hacemos coincidir con la primera semana de octubre, en la que, al cumplir con el programa internacional, solemos tener menos trabajo.

—¿Y qué pasa conmigo? Quiero decir…, ¿atiendo llamadas y ya está?

Arqueó las cejas.

—Ah. Ya. Tú. —Hizo una mueca—. ¿No quieres venir?

—Pues… la verdad es que me vendría muy bien ese bonus.

Marieta cogió aire entre los dientes, buscando la manera de decirme algo. Algo que no iba a gustarme, estaba claro.

—Alejo, estás haciendo un buen trabajo intentando ponerte al día con tus obligaciones, y me consta que te habrá supuesto mucho esfuerzo alejarte de los prejuicios que te despierta el puesto, pero no puedes cobrar el bonus. Llevas demasiado poco trabajando con nosotros. No sería justo que una persona que lleva en la empresa unas semanas cobrara parte de los beneficios del año pasado, como el resto.

—Entonces tampoco estoy invitado al viaje, imagino. Es un «premio» que no me he ganado.

Nunca me había fijado en lo negras que parecían sus pestañas maquilladas en comparación con su pelo, su tez y el color ambarino de sus ojos, pero un pestañeo lento y confuso me dio la oportunidad de apreciarlo. Marieta tenía un tipo de belleza algo silvestre, como esos ramilletes de flores que cogen las niñas cuando… «Pero ¡¿qué dices, Alejo?!».

—Evidentemente, no llevas el suficiente tiempo trabajado, pero creo que sería positivo que vinieras. Te haría bien hacer equipo. He visto que has hecho buenas migas con Fran, pero si vas a pasar tiempo aquí, y espero que así sea porque pensar en formar a otro para tu puesto me pone de muy mal humor, te haría bien tener más colegas. Colegas que no formen parte del equipo directivo.

Ups. ¿Me estaba ganando fama de trepa quizá?

—Resumiendo: que tengo que ir.

—Resumiendo: no te voy a obligar y no habrá represalias, pero deberías.

Bueno. Unos días de vacaciones. Había que ver el lado positivo: unos días sin ver a mis hermanos y el altar hecho con latas de Mahou vacías que habían construido en el salón. Unos días sin tener que prepararme la cena con cosas congeladas y enfrentarme a la furia de los fogones de gas.

—¿Y dónde vamos este año?

—A Lanzarote, a un hotel muy bonito en Puerto Calero, donde tenemos reservada una zona completa con suites con vistas al mar y circuito de spa. Todo incluido.

Había que estar ciego y sordo para no darse cuenta de que a Marieta le hacía sentir muy bien poder hacer aquello con y por su equipo. Probablemente se acordaba de los trabajos mal pagados en esas empresas en las que eres un número más, un alma menos, donde lo importante es ganar, donde no se reparte, donde «el negocio es el negocio», y le hacía feliz haber construido un oasis de todo ese capitalismo extremo en medio del propio sistema capitalista. Le sonreí.

—Suena genial.

—¡Vaya por Dios! —Se rio—. No esperaba tu beneplácito.

—¿Por qué?

—Se rumorea por ahí que has viajado mucho, que eres un tipo «de mundo».

—¿Y eso cómo lo saben?

—Alguien ha bicheado tu Instagram y ha visto fotos tuyas en medio planeta, mojito en mano… Negaré ante notario que hayamos sido Ángela y yo.

—Eso debe ir en contra de algún punto del estatuto del trabajador.

—Averígualo y me dices —respondió divertida.

—¿Y qué que haya viajado?

—Pues que habrás visto maravillas que dejan nuestro plan a la altura del viaje de fin de curso de unos alumnos de bachillerato.

Eso me hizo reír, no sé por qué. Reír y ser sincero.

—Nunca he estado en Lanzarote y hablan muy bien de sus paisajes y sus playas. Será genial tener unos días de vacaciones inesperados y... con los gastos pagados.

Marieta se puso de pronto a rebuscar entre los papeles de su escritorio. Sus movimientos parecían estar siempre propiciados por una necesidad vital de acometerlos.

—Es un coñazo que la gente aún sea tan analógica en una empresa tecnológica y sigan usando papel. Es muy poco ecológico y es más difícil...

—Tienes la mesa llena de pósits.

—No es lo mismo..., ¡aquí está!

Me pasó un fajo de hojas.

—Esto me lo dio Recursos Humanos para que lo aprobara, y ya está. Te envío también el archivo ahora mismo. Pídele a Selene acceso a la web del viaje para que puedas subir las actividades que hemos seleccionado y que estén incluidas. A lo largo de la mañana, sin prisa.

—Okey.

Me levanté con el legajo en la mano y la observé acercarse la taza de café por primera vez y dar un trago.

—¿Algo más?

—Por ahora no, gracias.

—Dentro de un rato te traigo un par de botellas de agua. Me he dado cuenta de que bebes muy poco y...

Levantó la vista del ordenador y dejó la taza en su platito con una sonrisa bastante burlona en los labios. No pude evitar mirar la mancha de carmín que había dejado sobre la loza blanca, al borde de la taza.

—¿Qué soy, como las flores, que necesitan agua y aire puro?

—¿Flores? —Me reí entre dientes—. Tú eres un arce japonés.

—¿Por qué un arce japonés? —Arrugó la naricilla en un aniñado gesto de duda.

—Ah. —Le sonreí—. Búscalo y lo sabrás. No vas a ser la única que tiene algo que enseñarle al mundo, ¿no?

No. No era la única, pero sería la más importante para mí, aunque eso, supongo, no es ninguna sorpresa. Esta es una de esas historias en las que lo que va a pasar ya se sabe, pero lo importante es cómo es capaz de cambiarle a uno la vida. Y ese uno soy yo. El arce japonés, por cierto, es famoso por el color de sus hojas: rojo fuego.

10
Deseo

Dejémonos de tonterías y vayamos al grano. Marieta me molaba. Bueno, molar quizá sea una palabra que implica más cosas de las que en aquel momento mediaban entre mis ojos y ella. Por decirlo de algún modo educado, Marieta despertaba mi deseo. Me atraía. Me hacía gracia. Me la ponía como una baguette de hace cinco días.

Aparecía por mi cabeza cuando menos lo esperaba, paseando por mis pensamientos tal y como se desplazaba por la oficina, etérea. Quizá no era el tipo de chica en la que me hubiera fijado en un primer momento, pero a fuerza de verla caminar por la sala de trabajo no pude escapar a su atractivo. Era guapa, salvaje, libre, y todo eso me parecía tan sexy…

No quiero irme por las ramas, pero como hay confianza voy a ser honesto: un día tonto me toqueteé pensando en que Marieta me la comía en su despacho… y ya no hubo marcha atrás. O admitía frente al espejo que me ponía burro o cada vez sería más difícil de entender qué me pasaba con ella.

Me dije a mí mismo que era por su pelo, porque hay ciertas fantasías sexuales adheridas a las pelirrojas o… yo qué sé. Después pensé que era por la ropa que se ponía. Hasta a mí me dio asco darme esa excusa. Ella podía vestirse como le daba la gana. Mis ojos eran el problema, justo donde nacía el deseo.

Cuando fui capaz de confesarme sin tapujos que mi jefa me excitaba (quizá no era ella, sino la idea que tenía de ella, y eso me hacía pensar que estaba salvado), fue más fácil encapsular el problema y dejar de darle tanta importancia. Aunque me fastidiara. Aunque me viniera fatal. Aunque estuviera convirtiéndola en un mito sexual. Aunque me jodiera que no me mirara con la misma atención que otras mujeres.

Marieta me excitaba y yo a ella no. Nada. *Nothing. Rien. Nichts.*

Parecía ser completamente inmune a mis encantos. Y eso, para un tipo como yo, solo podía significar una cosa: un reto.

Para ser justo, debo decir que el trabajo se volvió algo más agradable con los días. Nada facilita más las cosas que empezar a saber qué te traes entre manos, así que el hecho de tener un plan (haz esto muy bien, prospera y nunca confieses ante tu familia y amigos que eres asistente personal y papá te conseguirá un puesto a tu nivel) y tener cada vez más claras mis labores me dotó de cierta seguridad.

Marieta llevaba un pantalón *baggy* negro, con un cinturón de piel desgastada con pinta de ser *vintage*, una camiseta blanca, una americana arremangada del mismo color que los pantalones y un colgante dorado que no supe identificar cuando me senté frente a ella en la mesa, pero en el que mantuve la mirada fija mientras ella me hablaba.

—... entonces, tengo que buscar un hueco esta semana para verme sí o sí con ellos, porque les he ido dando largas para centrarme en la actualización y hasta yo, que no entiendo una mierda de programación, cierro los ojos y veo el fraseo este que usan para..., bah. Horror. Búscame un buen hueco. Un par de horas. Y... ¿hola?

Chasqueó los dedos frente a su pecho, como rompiendo la tela de araña invisible que tenía atrapada mi mirada en su collar.

—No te estaba mirando las tetas —me salió de pronto.

Arrugó el rostro en un gesto de horror.

—Ay, Alejo, por Dios, no me lo había ni planteado hasta que lo has dicho.

Se agarró el pecho con las manos en un movimiento automático. Joder…, que se soltase las tetas, por favor…

—Estaba mirando el colgante, que no sé lo que es.

—Es un coño. —Resolvió mi duda con naturalidad para pasar a otra cosa—. Pero ¿has escuchado algo de lo que te he dicho?

—¿Un coñ…? Sí. Que estás harta de la actualización y que te cierre en agenda un par de horas con Iñigo y con Laura en una sala de trabajo. Lo de la sala de trabajo lo he añadido yo.

—Bien añadido. Parece que vas pillando el ritmo. Aunque… bonito traje —respondió con sorna.

—Gracias. Bonita americana. ¿Tienes que ir hoy al juzgado?

—Graciosísimo —se burló con una sonrisa—. Tengo una videollamada con San Francisco, y ya sabes cómo son.

No tenía ni idea de cómo eran, pero me sorprendía el tono, tan natural, tan poco impostado, que Marieta daba a asuntos como una videollamada con uno de los socios de la matriz. Sonaba importante. Era importante. Pero para Marieta… como quien dice que se ha puesto la ropa interior buena porque tiene que ir al médico.

—¿Por qué me miras así? —quiso saber.

—Así, ¿cómo?

—No sé. Si lo supiera, no te lo preguntaría.

—No te miro de ninguna forma.

—Sí —asintió entornando los ojos—. Me miras como si quisieras entender a alguien que habla en una lengua que no dominas. ¿Tú entender mi idioma?

—No es eso. —Me reí—. Es que… Bueno, no sé si me tomaría muchas confianzas si te hago este comentario.

—Me has preguntado si tengo que ir al juzgado porque llevo un *blazer*, me parece que ya has sobrepasado esa línea.

Sonreí y asentí.

—Hablas de cosas de trabajo que podrían resultar muy grandilocuentes como quien recita la lista de la compra.

Ah, qué sonrisa dibujaron los labios de Marieta... Deliciosa, como imaginaba que podría sonreír después de hacer que se corriera con mi boca y...

... Mierda. ¿Qué era eso?

Novedad.

Ese cosquilleo solo podía deberse a que se me estaba poniendo morcillona. En el trabajo. «Mecagoenmisombramala. Disimula, tío, disimula. No le prestes atención. Di algo».

—Ahora eres tú quien me mira raro. —Lancé la pelota hacia su tejado de nuevo.

—No te miro raro, es que... ¿no es lo normal? Lo que hago, digo: dar importancia a las cosas que la tienen en mi escala de valores.

—¿Y cuál es esa escala de valores?

—Oh, oh. Ahora sí que has chocado con la barrera de información que no deseo compartir, querido Alejo.

—Lo he notado. Valla electrificada, ¿verdad?

Sonrió y no contestó, solo miró el ordenador, buscando con total seguridad si debía tratar algún tema más conmigo o si podía despacharme. Pareció acordarse de algo y puso cara de fastidio.

—Te voy a tener que pedir una de esas cosas para las que seguro que no estás preparado ni mentalizado.

—Dispara.

—Anoche me di cuenta de que en el último viaje se me rompió la cremallera de mi maleta y no la he llevado a arreglar. Ni siquiera sé si valdrá la pena, así que mejor me compro una nueva. Me compras una nueva, quería decir. ¿Tienes mi número de tarjeta?

—No, pero no sabía que podía echar mano a tu tarjeta. Tengo un par de caprichos pendientes…

«Como alquilar un piso en el que mis hermanos pequeños no merodeen, por ejemplo».

—Estás muy graciosito hoy. —Sonrió, pero dejando claro que quizá había llegado el momento de parar—. ¿Has venido a trabajar o al Club de la comedia?

—Perdona.

Era posible, solo posible, que, desde que me había admitido que me ponía burro, me estuviera soltando un poco en un intento inconsciente de iniciar un coqueteo con ella. Solo posible.

—Necesito una maleta que no exceda las dimensiones de cabina, porque no quiero facturar, unos botecitos de esos de viaje para llevar líquidos como el champú y demás y…, ah, mierda, un bañador. Necesito un bañador.

—¿No tienes bañador? —me sorprendí.

—Tengo un bañador con el que no me gustaría que me viera nadie, porque es el que llevo usando para ir a la piscina a nadar durante los últimos seis años y un par dados de sí que creo que ya he paseado demasiado. Incluso tengo un par de biquinis que no quiero ponerme delante de la plantilla porque somos molones, pero no tanto.

Ufff. Se me puso un poco más morcillona. Ni siquiera sé cómo imaginé esos biquinis… Creo que más bien no los imaginé, no sé si me explico.

—¿Qué talla? —Le di un manotazo a la imagen que se había formado en mi mente, queriendo seguir siendo profesional.

—Pues… ni idea. —Se rio—. Ya te he dicho que soy una adulta disfuncional.

—Es imposible que no te sepas tu talla.

—Suelo necesitar una M, pero he notado que después del verano algunas prendas me quedan un poco más prietas, así que no sé si decirte que una L.

—¿En serio quieres que te escoja yo el bañador? ¿Y que decida la talla que llevas?

—No quiero que lo hagas. Necesito no hacerlo yo. Por mí como si manipulas mentalmente a Ángela para que lo solucione ella. Necesito una maleta, botecitos para las cosas de aseo y un bañador. Un par de bañadores, mejor. ¿Lo tienes?

«Lo tengo, pero no quiero levantarme ya por si se me nota el pene en el pantalón del traje».

Seguí hablando, dándole tiempo a mis bajos a volver a un estado de reposo total. Pensé en la tía abuela Luz, que tenía una verruga con un pelo negro del grosor del tronco de un pino adulto en la zona del bigote, que también lucía frondoso.

—Vamos a un buen hotel, no creo que necesites llevar champú y gel, Marieta.

Estaba claro que iba a tener que vérmelas con labores incómodas, pero la de *personal shopper* no la esperaba. Y me incomodaba un poco, por lo que me imagino que mi tono fue ostensiblemente más tenso que el que había usado antes.

—Quiero llevarme la mascarilla para el pelo y el hidratante corporal, además de la crema para la cara... ¿Crees que puedo?

Touché.

—Vale, pues tengo toda la información. ¿Presupuesto para la maleta y demás?

—La maleta cómprala buena. No me importa demasiado que sea cara. Los bañadores búscalos... No sé, en tiendas normales. Donde se compre los bañadores tu novia. —Cerró los ojos, arrepentida—. No, espera, no debería haber dicho eso.

Arrugó la nariz.

—No pasa nada. No tengo novia.

—¡No! ¡No me lo digas! No me interesa. No es correcto hablar sobre la vida privada de los trabajadores o que parezca que se les sonsaca información personal. Recursos Humanos se va a enfadar, no se lo cuentes.

Lo peor: parecía sincera. No le interesaba en absoluto si yo tenía novia. Nada mejor para bajarme el amago de erección.

—Descuida —gruñí—. ¿Necesitas algo más?

—No. Muchas gracias. Voy a preparar la reunión con San Francisco.

Me levanté, dibujé una mueca que quería ser una sonrisa educada y salí de su despacho. Dejé la libreta sobre la mesa y seguí andando hasta la cafetería, donde me perdí durante unos minutos, tras los que aparecí de nuevo en el despacho de Marieta, al que entré tras golpear el cristal de la pared las tres veces de rigor. Dejé encima de su mesa un plato, me incliné hacia la nevera Smeg y saqué un botellín de agua.

—Un sándwich de pollo, una manzana y un poco de agua. Solo has tomado un café esta mañana.

Sonrió.

—Anoche me comí una pizza entera yo sola y estaba pensando repetir una hazaña similar para esta noche. No te preocupes por si no me nutro. No intento guardar la línea.

—No me preocupo. Si no me equivoco, parte de mi trabajo es facilitar que no te olvides de tus funciones vitales, así que aquí lo tienes. Si no lo quieres comer, no te apetece o equis, eso ya no me incumbe. Si necesitas algo, estoy en mi mesa.

No sé por qué me molestaba tanto que me parase cuando conseguía soltarme, que el Alejo que tenía tanto éxito con las mujeres no consiguiera ni una miradita coqueta por parte de Marieta y que la polla se me hubiera puesto tonta…

Pero me molestaba.

Lo de ser asistente personal ni siquiera estaba ya en el podio de honor de cosas que me jodían cualquier atisbo de buen humor.

Verme a mí mismo en la web de Oysho y Women'Secret buscando bañadores que comprarle a mi jefa me produjo un profundo desaliento. Me acordé de que mi padre aún no se había dignado a hablar conmigo para demostrarme, claro está, cuánto le seguía doliendo la desilusión de tener un primogénito «vividor». Si supiera a qué me estaba dedicando... No sé si hubiera mejorado su opinión sobre mí o la hubiera estropeado para siempre.

—Hola, Alejo.

Ángela se acercó a mi mesa con una sonrisa que evidenciaba que, aunque no tuviera ninguna intención erótica conmigo (y estaba seguro de que no la tenía), causaba el efecto en ella que no conseguía en Marieta. ¿Me excitaría por ello mi jefa? ¿Porque la sentía inaccesible? ¿Sería por la erótica del poder?

—Hola, Ángela. Marieta está ocupada preparando una reunión para esta tarde. ¿Quieres que le deje algún recado?

—Vaya, vaya. Alguien se está haciendo al puesto, ¿eh?

No estaba seguro de que aquello fuera bueno, así que no fui capaz de responder.

—Venía a hablar contigo. Verás: Marieta es bastante mala haciendo maletas. Una vez se olvidó la ropa interior.

Empezaban a no sorprenderme esas cosas. La semana pasada había salido del despacho desesperada, pidiéndome que le ayudase a buscar el móvil, que sabía que lo había tenido en la mano, pero que comunicaba cuando se llamaba. Se estaba llamando con su móvil. Las personas con muchas ideas viven en un estado de ruido total, y Marieta convivía con un hilo de pensamiento que la ensordecía.

—Vale —le respondí a Ángela—. ¿Y qué puedo hacer?

Me pasó un papel como quien trafica con droga.

—Dile que te has tomado la licencia de descargarte una lista de necesidades para que le sea más fácil hacer la maleta.

—Me va a arrancar la cabeza —le murmuré—. Me va a decir que si pienso que es idiota.

—No, no te lo va a decir. A ti no. Entra dentro de tus funciones de «facilitarle la vida», ¿no? Si se lo digo yo, sí se va a mosquear y… no me apetece tener que buscar un centro comercial para que ella se compre en Lanzarote todo lo que ha olvidado que necesitaba.

—Qué desastre… —se me escapó.

—Un poco —añadió con gesto comprensivo—. Yo no sé cocinar. Fran odia el enfrentamiento. Selene es incapaz de depilarse las cejas sin dejárselas hechas un cristo. Eugenia, de diseño, no seguirá jamás el ritmo de ningún estilo musical. ¿Qué se te da mal a ti, Alejo?

—Disimular —confesé.

—Bien, pues a Marieta se le da mal ponerse por delante en su lista de prioridades. El trabajo y los demás siempre están por delante. No es un caso perdido, solo una mujer muy ocupada que ha escogido qué quiere que le preocupe.

Y ahí me tuve que callar.

—Vale. —Dibujé mi mejor sonrisa, una dulce pero socarrona, y me preparé para manipularla como hacía la serpiente de *El libro de la selva*—. Yo le doy la lista y tú le escoges un par de bañadores.

—¿Te ha pedido que le compres bañadores? —Inclinó la cabeza, aguantándose la risa.

—Sí. No hagas leña del árbol caído. Yo le paso la lista y tú le escoges los bañadores.

—Ni de coña, amigo. —Se rio con fuerza—. Nada me parece más divertido que el hecho de que se los escojas tú. Y lo de la lista, Alejo, ¿no quieres mostrar proactividad?

Maldita Ángela. No era inmune a mis encantos, pero era una jodida manipuladora. Como yo. No se puede robar a un ladrón.

Busqué en internet qué colores favorecían a las pelirrojas y me di de bruces con un artículo que hablaba de aquellos que contrastaban más con su color de pelo: azules, morados y verdes. Encontré un bañador esmeralda, con el pecho en triángulo, pero tirantes normales (no cogido al cuello) y unas aberturas en los costados que me pareció que le quedaría increíblemente bien (y con el que me apetecía mucho verla, la verdad), y uno morado, sencillo pero muy escotado, que se cerraba en el pecho con un arito dorado. Quién me ha visto y quién me ve. Nunca pensé que tendría buen gusto para la ropa de baño de mujer.

Compré una maleta Rimowa de cabina en color verde botella y un set de botes de viaje en Amazon. Busqué su dirección en el directorio de información al que tenía acceso como su asistente y lo dejé todo encargado para que le llegase a tiempo. Durante el proceso, mientras manejaba su información, me sorprendió que viviera en un lugar como Moratalaz. Me había formado la idea de que, cuando alguien ganaba la cantidad de dinero que debía de haberse embolsado ella con la venta internacional de Like¡t, lo primero que haría sería comprarse un chalet o un pisazo de lujo en una zona noble de la ciudad, pero ella seguía viviendo en el barrio en el que, por lo que había comentado, se había criado. Recuerdo a la Marieta de aquellos días como un ser extraño, casi mitológico, hecha con pedazos de aquello que yo creía que era, de su verdadera naturaleza y de lo que sus amigos veían cuando la miraban.

A las seis y media la sala de trabajo estaba prácticamente vacía. Normalmente, esperaba a que Marieta hubiera terminado lo que tenía en agenda para marcharme, a no ser que ella misma me hubiera dicho que iba para largo o me pidiera directamente que me fuera, así que hice tiempo mandándole un mail con toda la información de los pedidos que le llegarían a casa, el día estimado de la entrega y añadiendo, de paso, la lista para hacerse la maleta que me había dado Ángela. Me respondió tan rápido que no me dio tiempo ni a echar un vistazo a su despacho, donde debía de estar hablando con los socios de la casa madre, en la oficina de San Francisco.

Hola, Alejo:
Gracias. Pero para la próxima vez, por favor, programa el envío para que llegue a la oficina. Paso bastante poco tiempo en casa entre semana, y el edificio no tiene portero.

Marieta

Le respondí un poco molesto.

Hola, Marieta:
Como te indico en el mail, los paquetes llegarán a tu casa el sábado, es una fecha estimada (que es lo máximo a lo que se comprometen en los envíos, a estimar la fecha). Por eso he puesto tu dirección y no la de la oficina.

Alejo

Esperé unos segundos y… *voilà*. Respuesta.

Vale, Alejo. Lo siento. Lo he leído por encima.
Todo correcto.
Márchate a casa. Ya cierro yo.

Marieta

Suspiré. Esa cabeza loca un día se olvidaría de respirar y moriría ahogada. Apagué el equipo, recogí mis cosas, hastiado por la idea de tener que coger el tren de cercanías para llegar hasta mi casa (o la que en aquel momento era mi casa, mejor dicho) y me marché. Cuando ya salía me volví para despedirme con un gesto y apagar la luz de la sala, y…

La vi.

A Marieta, la mujer. La chica en la treintena. La olvidadiza. La preocupada por aquellas cosas que había decidido que debían preocuparle. Y lo que vi, lejos de parecerse a esa hada etérea de melena roja que visitaba mis fantasías sexuales, lejos de alimentar la imagen del mito erótico de la jefa joven que a veces lleva vaqueros ceñidos y a la que no le importa que el top de encaje se le vea a través de una blusa extremadamente grande para ella..., fue a la chica de treinta años que intentaba que todo funcionase a la vez y que los engranajes no fallasen nunca y cuyos hombros cedían a veces a la presión.

Parecía cansada. Agotada, más bien. Sobre su mesa, detrás del ordenador, se adivinaba un plato en el que reinaban los restos de una manzana, el sándwich a medio comer y una botella de agua vacía.

Chasqueé la lengua contra el paladar.

No era mi problema. Mi jornada había acabado y ella me había pedido que me fuera. Era mayorcita para saber cuándo debía irse a casa. Acabaría la reunión y se marcharía a descansar. A su hogar, en Moratalaz, cerca de su familia. Se pediría una hamburguesa a domicilio y la comería delante de la televisión en pijama o algo parecido que le dejase la sensación de un estómago y una mente felices. Quizá se pasaría por casa de sus abuelos y picaría algo de lo que su abuela hubiera dejado apartado para ella. Sí. Algo así. No debía preocuparme.

Era adulta y no era mi problema.

Me fui. Con un nudo de empatía recién estrenada en el estómago, pero me fui.

No te enfades conmigo. Por aquel entonces yo aún no discernía entre cuidar a alguien que me importaba, ejecutar bien mi nuevo trabajo o sufrir el síndrome del caballero andante que salvaba a la damisela que no necesitaba ser salvada.

11
¿Puedo hacer algo por ti?

Mis hermanos se habían comido para merendar unos bocadillos en la cantina de la universidad, después de pasar la tarde estudiando en la biblioteca. Aunque me costase muchísimo reconocerlo, eran una versión formal y sana del primogénito y príncipe destronado de la familia. A decir verdad, ellos son más guapos, además de más altos, pero juraré ante un notario no haber dicho semejante sandez.

Abrí la nevera y un yogur sabor maracuyá me guiñó un ojo con sensualidad. ¿Quién compra yogures de ese maldito sabor? Y con trozos. La vida no me sonreía.

—Decidme que hay más comida que la que estoy viendo en la nevera —grité desde la cocina.

—Si no has hecho la compra, no.

—¿Estaba bueno el bocadillo, cabrones?

—Panceta con tomate. Buenísimo. Yo ya ni ceno.

Les deseé una almorrana a ambos. Estaba a punto de comerme el yogur, manda cojones (qué iba a cenar seguía siendo un misterio, pero era problema del Alejo del futuro), cuando el teléfono de casa sonó. Ni siquiera recordaba que hubiera una línea fija en funcionamiento, porque nos solían llamar siempre al móvil. Por eso ninguno contestó con celeridad. Estábamos flipando.

—¿Lo cogéis o qué?

Ni siquiera me respondieron. Estaban completamente enganchados a una telenovela que ponían en un canal que ni siquiera sabía que se podía sintonizar, así que me acerqué yo con la esperanza de que el teléfono dejase de sonar antes de llegar hasta él..., pero no lo hizo.

—Dígame.

—Buenas noches, Alejo.

La voz grave de papá hizo vibrar mi tímpano y... el corazón me dio un vuelco.

—¿Está bien mamá?

—Me sorprende bastante este súbito interés, pero no voy a dejarme llevar por la esperanza.

—No vaya a ser... —rumié entre dientes.

—Dejaste un buen trabajo por una pataleta infantil y esperabas que nosotros te solucionáramos la papeleta. Me quedan quejas para rato.

Cerré los ojos y apoyé la frente en la pared, sin contestar.

—¿Qué tal el trabajo?

—Muy bien —respondí mecánicamente.

—Me ha contado tu madre que se trata de una empresa joven pero con proyección internacional.

—Sí —asentí, aunque no me viera, aún con los ojos cerrados y la cara pegada a la pared—. Es una empresa española que comenzó siendo una *startup* prometedora y que ahora forma parte de un conglomerado multinacional. Trabajo en dirección.

«Bien, Alejo, ni una mentira por el momento».

—¿Y qué es lo que haces, concretamente?

Comprar bañadores online.

—Soy la mano derecha del CEO, pero lo siento, papá, he firmado un contrato de confidencialidad que me impide hablar de los detalles. Estamos en un sector muy competitivo y... cualquier fuga de información puede ser importante.

Yeah.

—Ya. Lo comprendo. Los negocios son los negocios. ¿Es un buen sitio para trabajar?

Por primera vez desde hacía un par de años escuché en la voz de papá algo parecido a la calidez paternal. No es que fuera un ogro o que jamás nos hubiera dado cariño, qué va. Lo recuerdo tirado en el suelo en el poco tiempo libre que tenía jugando conmigo a hacer carreras con los coches teledirigidos que me traía Papá Noel. Lo tuve para mí solo durante casi once años, hasta que nacieron los mellizos. Lo que sí fue siempre papá es exigente. Creo que es cosa de su generación; pensaban que matándose a trabajar, ganando dinero, permitiendo caprichos a su prole, esta entendería el valor del esfuerzo. Algo salió mal en algunos casos... No había más que verme a mí. Me daba la sensación de que papá había albergado algunas esperanzas en mí, que esperaba que cumpliera con ciertos hitos a los treinta (promocionarme en el trabajo, casarme, meterme en una hipoteca... Esas cosas que a los padres les hacen pensar que su hijo es un adulto funcional), y yo no había cumplido. La vida es diferente a cuando nuestros padres tenían treinta años. Las frases del tipo «yo a tu edad ya tenía un hijo y había pagado la mitad de la casa» lamentablemente no sirven, pero en aquella conversación no sería yo quien se lo explicara. Yo solo quería... lo que, en el fondo, deseamos todos los hijos: que nuestros padres nos miren con orgullo.

Pero, aunque había resultado ser un hijo decepcionante tras un despunte de relativo éxito en lo mío, papá seguía ahí. Quizá él no iba a dejarse llevar por la esperanza, pero yo un poco sí.

—Es un buen sitio —afirmé con honestidad—. Cuidan tanto al trabajador que el primer día pensé que el director de Recursos Humanos me estaba tomando el pelo cuando me comentó lo que estaba a mi disposición. Es una empresa con uno de esos conceptos de trabajo con los que seguro no estás de acuerdo.

—¿Por qué?

—Porque tienen una sala para echarse una cabezadita si lo necesitas, por ejemplo. Y en tu primer día te dan una mantita suave con el nombre de la empresa bordado. Entre otras cosas.

Hubo un silencio en el que, sin saber leer la mente, era fácil imaginar que papá estaba pensando que, en tal caso, era el lugar perfecto para alguien tan acostumbrado a los mimos como yo. Me reí con sordina.

—Entonces ¿estás a gusto?

—Bueno, el sueldo no es como en mi anterior trabajo, pero estoy seguro de que con mi formación no tardaré en ascender.

Pfff.

Papá lanzó una carcajada que me devolvió a la realidad. Yo podía reírme de mis mentiras, pero ¿por qué narices se reía él?

—¿Qué te hace tanta gracia? —pregunté airado.

—Tú. Me hacéis gracia tú y tu optimismo. Son las siete y veinte de la tarde, y ya estás en casa.

—Sí, ¿y?

—¿Se ha quedado alguien en la oficina cuando te has ido?

—Solo mi... solo el CEO.

¿Por qué cojones me costaba tanto decir «*la* CEO»?

—Pues ahí lo tienes. Nunca ascenderás como deseas si decides que otros se queden trabajando por ti. Pero algo es algo. Al menos estás ya centrado.

—Sí, eso parece —respondí con un hilo de voz.

—Te paso a tu madre, que quiere mandarte un beso. Cuídate, Alejo. Y hazme sentir orgulloso.

«Hazme sentir orgulloso». Injusto, egocéntrico y autoritario. Eso me pareció aquello.

La conversación con mamá duró apenas unos segundos. Un reparto de besos, «¿Qué tal?». «Todo bien». «¿Nos veremos durante el fin de semana?». «No lo sé».

A decir verdad, hacía mucho que no respondía que sí a ningún plan, ni siquiera a los que mis amigos proponían por WhatsApp, y, aunque no me apetecía especialmente, uno no debía descuidar a sus amigos de toda la vida, ¿no?

Cuando colgué, las palabras de mi padre seguían resonando en mi cabeza. «... si decides que otros se queden trabajando por ti...».

Yo no podía ascender en la empresa y lo sabía. Nunca estaría en la parte más alta de la jerarquía laboral de Like¡t. No tendría acciones ni participaciones de esta. Like¡t no iba a hacerme rico. No estaba perdiendo absolutamente ninguna oportunidad de futuro marchándome a casa a la hora a la que me marchaba. Todos lo hacían. Una de las normas era no hacer horas extra si se podían evitar, no porque la empresa no quisiera pagarlas, sino porque quería trabajadores felices, que son los más comprometidos y diligentes.

Entonces... ¿por qué me sentía mal? Quizá porque todos estaban implicados con la empresa. Quizá porque había visto la expresión de Marieta al marcharme y la había ignorado a conciencia. Quizá porque sentía que todos daban más que yo y, por tanto, había algo que me estaba perdiendo. Algo que no estaba haciendo. Alguien que no estaba sabiendo ser. Malditos Boy Scouts.

Cogí el móvil del bolsillo del pantalón de traje. Ni siquiera me había dado tiempo a ponerme cómodo, más allá de quitarme la americana y aflojarme la corbata, pero había sido mejor así. Dicen que el hábito no hace al monje, pero había algo en mi «uniforme de trabajo» que me volvía más resuelto y profesional. O me lo estoy inventando sobre la marcha. Busqué el teléfono de la oficina y lo marqué en el fijo. Dio un tono, dos, tres... Al sexto la voz de Marieta respondió:

—Sí, ¿dígame?

—Hola, Marieta, soy Alejo.

—Am. Hola. ¿Te has dejado algo?

Me apoyé en el mueble (horroroso y oscuro, cómo no) sobre el que se encontraba el teléfono en el mastodóntico pasillo de aquella casa antigua y sonreí con cansancio.

—No, qué va. Es que… me he quedado un poco intranquilo por dejarte allí sola.

—No me va a comer el coco, tranquilo.

—Ya sé que no te va a comer el coco —me quedé con ganas de llamarla idiota—, pero, dado que mi trabajo es hacer tu vida más fácil y, como habrás visto, últimamente soy un hombre comprometido con mi puesto, llamo para saber si puedo hacer algo por ti. Quizá pedirte algo para picar o… no sé.

El silencio crepitó como en las antiguas líneas telefónicas, donde siempre parecía que alguien escuchaba desde otra habitación. Solo duró unos segundos, pero admito que me inquieté, sin saber muy bien por qué.

—No —terminó añadiendo Marieta—. No puedes hacer nada por mí, pero gracias por llamar.

—De nada.

La llamada se cortó, pero no me lo tomé a mal, porque tampoco consideré que hubiera nada que añadir. Me quedé allí, apoyado, en mitad del largo pasillo, con el teléfono en la mano, pensando por qué escuchar la voz de Marieta tan extenuada me hacía sentir culpable. No había nada que yo pudiera hacer por ella. Ya me lo había dicho dos veces…

—¿Qué haces ahí parado? —me preguntó Manuel, que parecía ir hacia la cocina para… no sé para qué, porque no teníamos nada más que café y unas infusiones que a todas luces debían de tener los mismos años que mamá.

—Nada —respondí—. Acabo de llamar al trabajo. La…, em…, una compañera se ha quedado sola en la oficina cuando me he ido y quería saber si seguía allí.

—¿Con fines eróticos? —Levantó las cejas.

—¿Qué dices? —Le di un empujón suave en el hombro—. De verdad, cómo sois los adolescentes.

—Hombre, una compañera, la oficina vacía, llamar para asegurarse de si sigue allí… sola… La industria del porno ha montado trilogías con menos.

—¡Hay que abolir el porno! —gritó Alfon desde el salón—. O al menos regularizarlo. Los jóvenes están educándose sexualmente a través de él, y eso fomenta conductas tóxicas y violentas, además de minimizar el placer femenino e idealizar unos estereotipos físicos imposibles de alcanzar para la mayoría.

Manuel y yo nos quedamos mirándonos, sin saber qué decir, pero Alfon parecía haberse quedado a gusto con su perorata y no quiso añadir nada más.

—Tiene razón —murmuré.

—¿Entonces?

—Entonces ¿qué?

—Que si vas a ir a ver a tu compañera o te quedas ahí parado.

No sé si fue la mención a unas intenciones eróticas en las que no había pensado o las palabras de mi padre, pero cuando quise darme cuenta estaba de camino al maldito polígono de Vallecas.

12
El consejo

Lo bueno de quedarse hasta más tarde en la oficina a finales de verano, principios de otoño, era la luz. A través de la claraboya de la sala de trabajo principal una luz azul se derramaba sobre los muebles y, gota a gota, caía sobre el suelo de madera. La sensación de soledad se mitigaba en esos momentos, en una atmósfera casi irreal, o eso me pareció cuando entré en la sala. No era un espacio deshabitado, era una realidad calmada, un dragón que dormía y te dejaba pasear por su piel reluciente. Debe de haber una palabra japonesa para designar ese momento en el que la contemplación de algo natural y sencillo, pero bello, te hace olvidar lo que te preocupa. Si la hay, yo no la conozco. Ni siquiera estoy seguro de lo que me preocupaba entonces, aunque esa sensación de peso sobre mis hombros me acompañaba a todas partes. Como si llegase tarde a una cita que se me había olvidado.

Eran ya las ocho cuando cerré la puerta con firmeza. Apenas quedaba rastro del sol y los rincones criaban triángulos de oscuridad bajo sus ángulos. Me había quitado la corbata, pero seguía llevando el traje azul marino que había lucido durante todo el día. Era uno de mis preferidos porque había que ser muy distraído o miope para no ver cómo, cada vez que me levantaba de la mesa, algunos ojos me perseguían. ¿Era presumido o me encantaba que el mundo me reafirmara sin necesidad de tener que cumplir con todos aquellos «estándares» que me hacían sentir un fracasado?

—Te dije que no hacía falta. —La escuché decir en cuanto estuve lo suficientemente cerca.

—Lo dijiste, sí, pero sonabas muy cansada.

Entré en el despacho y me quité la americana en un ademán rápido. Ella se había quitado también la chaqueta, que reposaba en el respaldo de la silla. A través de la camiseta blanca de punto fino podía entreverse el encaje de su ropa interior.

—Estoy cansada —confesó—, pero de verdad que no puedes hacer nada para ayudarme, Alejo. Has venido para nada.

—Para nada no. Algo habrá. Y, si no lo hay, pues te hago compañía.

Bufó y apoyó la frente en la mesa.

—No voy a discutir contigo —murmuró desde allí abajo, derruida—. Si te quieres quedar, quédate. Ya no puedo más. No me quedan fuerzas.

—¿Qué pasa?

Levantó la cabeza para mirarme y me sorprendió ver aquella expresión desvalida en sus ojos. Marieta era como una especie de leona que cazaba para su manada y ahora… parecía un gatito pidiendo caricias, aunque no creo que se diera cuenta. Marieta intentaba mostrarse siempre invencible.

—La reunión con San Francisco no ha ido muy bien —declaró.

—¿Y eso?

—Bueno…, dicen que han estado estudiando el rendimiento de la app en España y que hay un claro estancamiento en cuanto al número de usuarios y descargas.

—Vuestra intención era ser la aplicación que empujase a la gente a los brazos del amor verdadero. Es posible que lo hayáis conseguido y…

—Y muramos de éxito, ya. Por mucho que trabajemos en pro de las relaciones duraderas, el mundo es mundo. Las parejas rompen. Y nuevas generaciones cumplen la edad mínima para descargar la aplicación. No. No es eso.

—¿Entonces?

—Un estudio de mercado les ha indicado que hemos dejado de parecer «transgresores». Habrá que cambiar la estrategia de comunicación local.

—Bueno —le dije—, al menos hay un camino claro de posible mejora.

—Me han pedido que despida a la actual directora de Comunicación y Márquetin —me confesó, y pensé que se la veía agobiada—. Dicen que quizá ya ha dado a la empresa todo lo que tenía que dar.

—Pensé que uno de los argumentos que os había convencido para venderos a esta multinacional fue que tenían muy claro cómo gestionar las crisis y los supuestos casos de bloqueo, y que sus ideas eran muy similares a las vuestras.

—Y así fue. Tengo que despedir a Carla.

Apoyó la barbilla en el puño y me miró.

—Qué marrón —murmuré.

—Lo es.

—¿Lleva trabajando aquí mucho tiempo?

—Casi desde el principio.

—¿Las primeras campañas fueron cosa suya?

—No. —Se arrepintió de su vehemencia y siguió diciendo—: Bueno, ella aprobó las propuestas, pero fueron cosa de su equipo. Carla hace ya un par de años que no está…, no parece estar muy comprometida con el proyecto. La notamos desconectada, con poca iniciativa y menos ganas.

—¿Le habéis dado un toque?

—Dos. —Suspiró hondo, agobiada—. Uno por cada una de las últimas evaluaciones.

No sabía qué decir, nunca había sido jefe. Había tenido la responsabilidad de guiar a los recién llegados al equipo, pero eso no puede compararse con la decisión que tenía que tomar Marieta. Supongo que tenía margen de maniobra, que podía negarse a hacerlo, y, por eso mismo, sufría tanto. En una parte de la balanza estaba la lealtad a su equipo; en la otra, la responsabilidad para con su criatura, Like¡t. Alargué la mano por encima de la mesa y le di un par de palmaditas amistosas en el dorso de la suya. No había nada que yo pudiera decirle para compartir la carga, de modo que...

—¿Te apetece una hamburguesa? —le ofrecí.

Me miró desconcertada. Supongo que ni en un millón de años hubiera imaginado una respuesta semejante a lo que me estaba contando, pero, sorprendentemente, pareció que le apetecía muchísimo una hamburguesa. Me encargué de pedir mientras Marieta, en silencio, descansaba la frente sobre una de las mesas de la cafetería. Tardé lo mío en escoger la hamburguesería porque, a pesar de que se trataba de comida rápida, quería la opción de mejor calidad.

—Si vamos a comer una hamburguesa, que sea una buena, no una de esas guarras —murmuré.

Además, pagaba la empresa... Encargué una doble para mí, con patatas gajo, y una *smash* con todos los extras posibles para ella y con ración de patatas normales.

El cáterin que nos traía el menú cada día hacía horas que había retirado las sobras de la comida, pero aún nadaba en el espacio el aroma de aquella comida casi casera. Se lo dije, le comenté que en la cafetería siempre olía rico, pero ella estaba a años de distancia de allí y solo pudo contestar un sombrío: «¿Hummm?».

—Si hay que despedirla, hay que despedirla, Marieta. Los negocios son así —solté de pronto.

—Hay condicionantes —me aseguró, apoyando la mejilla en la mesa mientras me echaba un vistazo.

Me coloqué a su lado, apoyado en la mesa de espaldas y mirándola con la cabeza ladeada.

—Está pasando por una mala racha —insistió.

—¿De dos años?

—Sí. Problemas personales. La voy a despedir cuando más necesita algo que la distraiga, salir de casa, hablar con gente...

Mi cara lo dijo todo por mí.

—¿Qué? —quiso ahondar.

—¿Maribel te daba consejos sobre cómo gestionar la empresa?

—Si te refieres a tu predecesora, creo que quieres decir Mati. Eres horrible para recordar los nombres, Alejo.

—Ay, joder, sí. —Me reí—. Mati, eso.

—Sí. A veces sí me daba consejos, pero no sobre cómo gestionar la empresa, sino sobre cómo...

—Sobrellevar la gestión de la empresa. Lo he entendido. —Suspiré y me enderecé.

Con la mejilla aún apoyada en la mesa me vio caminar hasta una de nuestras neveras, de la que saqué dos botellines de cerveza.

—¿Bebes? —le pregunté.

—Muy poco, pero trae esa cerveza.

Las abrí con dos golpes de muñeca y regresé junto a ella. Cuando le tendí la cerveza ya estaba incorporada, deseando escuchar por dónde podría ir el consejo de un chico de familia bien, con formación en finanzas, que, claramente, había caído en desgracia. O, al menos, eso leí en su expresión.

—¿Lo has hablado con Fran? —pregunté primero.

—Sí, claro —asintió antes de dar un trago directamente del botellín—. Lo hemos hablado mil veces. Es el director de Recursos Humanos, de modo que él lo ve un poco más claro que yo: una persona que no rinde en el equipo es un lastre, por mucho cariño que le tengamos. Yo, sin embargo, como estoy libre de tener que tomar ciertas decisiones que él sí toma a menudo…, estoy menos curtida en esto. Y me sabe mal.

—Ya —afirmé.

Me senté sobre la mesa con las piernas colgando, con aire adolescente, mientras me bebía mi cerveza con aparente calma. Buscaba dentro de mi cabeza sin parar situaciones similares con las que comparar aquel brete y poder dar un consejo basado en una experiencia, pero no encontraba nada y me daba un poco de vergüenza. Ella estaba esperando claramente un consejo, un buen consejo. Sentía que estaba a punto de demostrarle a otra persona, además de a mi padre, que yo era un poquito fraude.

—Entiendo tu dilema. Por una parte, tienes que pensar en el bien de la empresa…

—… y acatar ciertas órdenes de la matriz —puntualizó.

—Sí, pero, por otro lado, quieres cuidar a tus empleados y que quede patente para estos que trabajan en un lugar seguro. Que puedan sentirse, por decirlo de algún modo, en casa.

—Es… exactamente eso. —Y Marieta pareció contrariada por el hecho de que hubiera entendido la situación.

Sentí, no sé por qué, que demostraba ser más imbécil de lo que soy y eso me incomodó, pero no cedí a la tentación de callarme. Ya se sabe: vale más la pena callarse y parecer tonto que abrir la boca y demostrarlo.

—Son intereses contrapuestos, está claro —seguí—. Like¡t es tu proyecto, en el que has invertido mucho tiempo y esfuerzo y por el que has estado peleando hasta tener el control de la empresa en España, pero esta decisión se enfrenta al bienestar de una de tus empleadas. Además, existe la posibilidad de que este despido ejerza una suerte de efecto dominó y se enrarezca el ambiente porque el resto de la plantilla tema por sus puestos.

—Justo.

—Ya…, pues tengo una pregunta. —Arqueé una ceja.

—Adelante.

—¿Dónde queda lo que es mejor para ti?

—¿Cómo?

—Like¡t es ya parte de una multinacional y, como tal, por mucho que te guste la idea de que esta sea una gran familia…, hay que tomar decisiones duras. Entiendo que no puedes posicionarte al cien por cien en un lado ni en el otro, pero ¿por qué no te centras en ponerte en tu piel? ¿Qué es lo que te va a hacer sentir mejor como CEO de Like¡t? ¿Qué es más coherente con tu experiencia a la cabeza de la aplicación desde sus inicios? ¿Cuáles son los aspectos prioritarios para ti como presidenta de Like¡t España?

—No me esperaba esto —dijo pestañeando, sorprendida.

—¿Y qué te esperabas?

—Que me dijeras que Carla tenía que irse a la puta calle y que me dejase de estupideces de familias unidas.

—Es lo que pienso, pero no me has pedido mi opinión, me has pedido un consejo. Y mi consejo es que pienses en la decisión que te haga dormir mejor.

Me encogí de hombros y me terminé de un trago la cerveza, así, como si nada. Como si no estuviera, de pronto, muchísimo más cómodo allí, como si no acabara de aportar algo que podía tener valor, como si no tuviera una chispa de esperanza de estar haciendo un buen trabajo…

Cenamos sentados frente a frente en la cantina. Hasta aquel momento me parecía imposible que alguien pudiera comerse una hamburguesa y mancharse tanto. Había chorretones de kétchup, mayonesa o grasillas varias surcándole la barbilla, en su ropa, en sus dedos y en la mesa. Era un espectáculo dantesco del que, no obstante, no podía apartar los ojos.

—¿Qué? —masculló con la boca llena—. ¿Qué miras con esa cara?

—Pero ¿tú te has visto comer?

—Comer comida rápida con estilo debería estar penado con cuatro años de cárcel y una multa de diez mil euros. Primer aviso.

Bueno…, al menos quedaba claro que ella no consideraba que yo comía como si me acabaran de rescatar de la selva después de décadas sin contacto humano… No me preguntó más acerca de la decisión que iba a tomar. De algún modo dedujo que no me iría hasta que no hubiera resuelto aquello, y estaba decidido a estar allí hasta que se fuera a casa, así que… solo le pregunté si podía ir adelantando algo.

—Deberías irte a casa —me pidió.

—Debería hacer muchas cosas, pero tengo por costumbre decepcionar a las personas que esperan que cumpla con mis deberes, así que es mejor que me des algo que hacer o terminaré molestándote.

Me pasó unas cuantas notas que había tomado en un papel sucio y medio arrugado y me pidió que programase las reuniones pertinentes y las colocase en la agenda.

—No sé yo. Suspendí paleografía.

—¿Qué narices es la paleografía? —me preguntó extrañada.

—La ciencia que estudia las escrituras sobre superficies suaves, como los jeroglíficos egipcios que me acabas de pasar en este papel mugriento.

—Pero ¿de dónde sacas estas respuestas?

—Mi madre es catedrática de Historia y… siempre me ha gustado leer todo lo que me recomienda. Soy un tío curioso.

—No tienes pinta de ser un tío curioso. —Entornó los ojos.

—¿Y de qué tengo pinta?

—Pues…

Sonrió. Cuando sonreía se le marcaban más los pómulos, que los tenía altos, equilibrados y elegantes. Le sentaba bien sonreír, aunque su atractivo no dependía en absoluto, en mi opinión, de su candidez o simpatía.

—Dilo, dilo —la animé.

—Me temo que cruza la línea entre jefa y asistente.

—Oh, qué lástima —añadí con tono jocoso—, me he perdido escucharte decir que tengo pinta de pijo relamido.

—Y presumido.

Ambos lanzamos una carcajada a la vez, lo que nos hizo reír más. Podría haberme quedado allí, riéndome, un rato más. Era evidente que Marieta no tenía ganas de quedarse sola y tener que tomar decisiones, y que a mí su compañía cada día me gustaba más, pero quizá por eso no tardé en levantarme y sentarme frente al ordenador.

Puse música. Necesitaba algo que me despejase la cabeza. Era como si una idea en estado gaseoso estuviera expandiéndose en mi cerebro, creándome incomodidad, pero sin mostrar aún su nombre. Y dicen que un hombre no puede enfrentarse a sus demonios si no les pone nombre.

De mi ordenador empezó a salir esa música que escuchaba cuando quería mecerme en ella. Hay canciones que te empujan hacia el exterior, otras que te invitan a mirar adentro y un buen puñado que, quizá por los recuerdos que evocan o por su propia melodía, son como el vaivén suave de una hamaca mecida por una mano invisible. Sonó «Creep», de Radiohead, y después sonaron muchas más del mismo grupo. Cuando ya casi terminaba «Jigsaw Falling into Place», Marieta salió del despacho y me pidió que mandase un taxi a casa de Fran.

—Ya has tomado una decisión —dije tontamente orgulloso de ella—. No era una pregunta.

—Ya lo he notado, creidito.

Los dos reímos y, sin más, busqué el número para pedir un taxi…, lo que me llevó un tiempo indeterminado más de lo que hubiera tardado Mati, estoy seguro. Algunas cosas aún me costaban un poco.

Cuando Fran llegó, no se molestaron en cerrar el despacho. De alguna manera yo ya parecía formar parte activa de aquello; era como si Marieta hubiera decidido incluirme al pedirme (de un modo quizá pasivo, pero pedirme, al fin y al cabo) un consejo. No obstante, no me inmiscuí. No participé de la conversación. No me hice notar; me vi haciéndolo en mi imaginación y parecía un gilipollas, así que el único movimiento que hice, cuando adiviné que se disponían a contactar con San Francisco por videollamada, fue golpear discretamente los nudillos contra el cristal del despacho y llamar la atención sobre la mancha de kétchup que Marieta tenía en la camiseta blanca, a la altura de la teta izquierda.

—Te has manchado. Ponte mejor la americana.

—Iba a ponérmela.

—Por si acaso.

Cuando iba a cerrar la puerta, me pidió que no me fuera aún. Durante unos segundos se me pasaron muchas posibilidades por la cabeza del porqué de esta petición: que me dijese que me quedase a la reunión, que mi buen consejo merecía que yo formase parte de aquello y que me presentase al equipo de San Francisco; que esperase porque quería invitarme a tomar algo, que… Imaginé muchas cosas, pero ninguna la acertada.

—Lo menos que puedo hacer es llevarte a casa —se ofreció.

Me lo pensé. Quizá no era tan bueno como las otras opciones, pero no era una mala situación. Los dos juntos y solos en su coche, charlando fuera de la oficina, conociéndonos un poco más, ganándole espacio a la seriedad de nuestra relación jefa-asistente para entrar en el cercado de la confianza… Sí, sonaba muy bien, pero cuando miré a Fran, que esperaba a su lado alisando su polo para que se notasen menos las arrugas que delataban que había estado tirado en el sofá, negué con la cabeza. Los tres en el coche ya no era lo mismo: eso me situaría en el asiento de atrás, como los niños.

—No, no hace falta. Te pilla en dirección opuesta.

—Voy a llevar también a Fran de vuelta. Subida ya en el coche no me importa...

—No. No te molestes. Otro día.

—Em..., vale. Pues... llama a un taxi. Lo paga la empresa.

Y a eso no dije que no.

Cuando llegué a casa recibí un mensaje de Marieta contándome que la videollamada había ido bien, que la conversación con Fran la había calmado y que habían tomado la decisión adecuada, que no siempre era la más fácil de tomar. Carla debía irse, pero iban a hacerlo bien, con cariño, con respeto y el bonus anual. Me pedía discreción y por supuesto iba a tenerla, pero quería algo más. Yo quería algo más. Quería derramar algo del líquido en el que se había convertido esa idea gaseosa en mi cabeza y que aún no podía poner en palabras, de modo que cogí el teléfono y, después de mucho pensar, contesté: «Cuenta con mi discreción; va con el puesto. Y por si nadie te lo ha dicho hoy: lo estás haciendo genial».

En mi cabeza sonaba bien. No se me ocurrió pensar que fuera *mansplaining* o que pareciera la palmadita cariñosa que se le da a un perrito que acaba de hacer bien un truco. Todo eso se me pasó por la cabeza cuando ya era tarde y miraba el techo de mi dormitorio. Por la noche, los pensamientos se disfrazan con ropa circense y disponen un espectáculo de malos presagios con los que batirse en duelo con el sueño.

Me pregunté si Marieta me hubiese ofrecido llevarme a casa si no hubiera estado Fran como comodín y todas mis sinapsis neuronales contestaron en coro que no. Pero si no pasaba nada, si yo solo era su asistente, si era inmune a mis encantos, ¿por qué no?

13
Chivato

Un revuelo palpable recorría la oficina de vez en cuando. Era una de las últimas jornadas antes del viaje de equipo que emprenderíamos el sábado por la mañana hasta el domingo siguiente. Mientras Recursos Humanos ultimaba los preparativos, para los que les serví de «becario», el resto de la plantilla parloteaba en cuanto podía sobre qué iba a meter en la maleta.

Marieta, con total seguridad, no había dedicado demasiada energía a pensar en ello, a pesar de que yo sí había invertido algún tiempo en pensar cómo le quedarían los bañadores que escogí para ella. Esa idea seguía cruzándose recurrentemente por mi cabeza en momentos inesperados, como en aquel instante, mientras la veía salir de su despacho etérea, flotando, con ese pelo rojo fuego… ¿Sería pelirroja de verdad?

—¿Le diste lo que te pasé?

Ángela apareció de la nada, como si hubiera esperado agazapada detrás de un escritorio a ver pasar a Marieta para abordarme, y lo hizo saltando como el payaso de las cajas sorpresa, muy sonriente, con muy buen aspecto y con ojillos brillantes. Me pegó un susto de muerte.

—¿Qué? —respondí horrorizado.

«Calma, Alejo. No te leen la mente. No saben que te estabas preguntando si tu jefa tiene el vello púbico naranja».

—La lista para hacerse la maleta…, ¿se la diste?

—Sí, sí. Se la pasé en un mail junto con otras cosas, como si hubiese sido idea mía.

—Así no vale. —Miró vigilante hacia donde Marieta hablaba con algunas personas del equipo de desarrolladores.

—Si quieres, voy a su casa y la ayudo para que no se le olvide nada —murmuré con sorna.

—Mati lo hacía.

Arqueé las cejas.

—Estaba de coña —aclaré.

—Yo no.

—¿Su anterior asistente le hacía la maleta?

—Sí, pero, bueno…, no era una asistente… —Buscó las palabras mirando a nuestro alrededor, como si volaran por encima de nuestras cabezas y tuviera que cazarlas—. No era una asistente como tú, por resumir.

—¿Y eso por qué? —me ofendí.

—Pues porque… se llevaban muy bien.

—Marieta y yo nos llevamos muy bien. Esta mañana le he contado un chiste.

—Odia los chistes, Alejo. A eso me refiero: os lleváis bien, pero me estoy refiriendo a ser uña y carne y conocerse muy muy bien.

Me pasé la lengua por el interior de la mejilla, algo celoso. Pero ¡si yo no quería ser asistente! ¿Por qué me picaba aquello?

—¿Algo más? —le pregunté con los ojos entornados, dejándole claro que no me apetecía seguir hablando con ella.

—Mira que eres sieso, Alejo —se burló antes de desaparecer hacia su mesa de un visible buen humor que me hizo sospechar.

Encontré a Fran en el almacén, buscando algo y hablando a media voz consigo mismo.

—Habría jurado que había una por aquí…

—¡Fran! —Cerré la puerta a mis espaldas cuando entré.

—¡Ah!

El director de Recursos Humanos y mi único «colega» en la empresa dio un saltito en el sitio y se agarró la sudadera a la altura del pecho, antes de fruncir el ceño y regañarme:

—Por favor, Alejo, por el amor de Dios. No me acorrales por la espalda y grites mi nombre, que mi tío Pepe está muy delicado del corazón y yo siempre me he parecido mucho a él.

Me hizo sonreír.

—¿Sabes eso que dicen de que todos tenemos un niño interior? Pues tú no. Tú tienes una anciana, de esas que se ponen el pañuelo alrededor de la cabeza para no despeinarse.

—Ja, ja. Me troncho. ¿Qué pasa? ¿Por qué me hostigas a escondidas, como si quisieras venderme droga?

—Pues… la verdad es que Ángela lo hizo conmigo para comentarme una cosa sobre Marieta y… por inercia lo he hecho igual.

—Ya te digo yo que igual no lo has hecho. Ella tiene más gracia.

—Escúchame…, justo sobre eso quería hablarte. Hoy Ángela está muy contenta.

—Ya la he visto. Muy bien.

Me dio la espalda de nuevo y siguió trasteando por los estantes que tenía frente a él, en busca de algo. Tendría que haber aprovechado para pedirle la maldita tablet, pero se me olvidó.

—Muy bien no. Así te va. Mucho te quiero, perrito, pero de pan poquito.

—¿Quién es la anciana ahora? —respondió sin volverse.

—¿Te ha dicho por qué está de tan buen humor?

—No. Nos hemos estado cruzando toda la mañana, pero no nos hemos parado a charlar. Oye, Alejo, ¿desde ahí ves si hay por aquí una caja de folios?

Di un paso, la saqué un poco de la estantería y se la señalé.

—Apúrate a sonsacarle información en la comida. Ahí está pasando algo. Te lo digo yo.

Desaparecí tal y como hice aparición en escena. En esa empresa lo primero que te enseñaban era a moverte como un ninja.

Ensalada de brotes verdes, arroz basmati, curri de langostinos, pavo al cava con verduritas y falafel... El menú de aquel día llenaba cada rincón de la cafetería de un aroma que se podía paladear... Eso o yo venía con mucha hambre, porque la noche anterior había cenado macarrones con aceite y sal. Seguía negándome a entregar los trescientos euros para la compra y mis hermanos se estaban haciendo fuertes; era cuestión de tiempo que doblegaran mi voluntad. Fran me señaló un asiento libre a su lado en cuanto me hube servido curri y arroz y lo ocupé enseguida.

—¿Qué tal? —saludé con mi tono habitual, quizá poco entusiasta—. Que aproveche.

—Gracias —farfulló Marieta con la boca llena de falafel.

—Eso repite —le murmuré.

—Iré a eructar al lado de tu mesa para que no te lo pierdas.

—Marieta, por el amor de Dios —se quejó Fran—. Que es tu asistente.

—¿Y qué? Nos comunicamos así. No me va a denunciar por acoso laboral, ¿a que no, Alejo?

—¿Cuánto me das para que no lo haga?

Los dos nos sonreímos y casi me la puso un poquito dura el orgullo de haber hecho que sus labios se arquearan de aquella manera.

—De qué buen humor estáis hoy, ¿no? —se burló Ángela.

—¡Mira quién habla! —respondió rápido Fran—. Llevas todo el día con una sonrisa de oreja a oreja que lo que no sé es cómo no te duele la cara.

Y, dicho esto, me miró muy poco disimuladamente, orgulloso de sí mismo y de haber seguido mi consejo. Le faltó guiñarme el ojo. Toda esa gente estaba tarada, por el amor de Dios.

—Es yoga facial —mintió Ángela con una sonrisilla.

—A esta le pasa algo —insistió Marieta dándole un codazo a Selene, a la que tenía a la izquierda.

—Yo lo sé —respondió esta juguetona.

Todos la miraron expectantes, pero Ángela me echó un vistazo, algo incómoda.

—Ah, creo que sobro —dije cogiendo mi bandeja con la intención de cambiarme de mesa.

—¡No seas bobo! —se quejó Marieta—. No desvíes la atención hacia tus ojitos de gacela.

¿Le gustaban mis ojitos de gacela? Tenía que sacar más partido a mi mirada cuando estuviera con ella, pero… ¿cómo? ¿Y si me ponía rímel? Volví de mis pensamientos intrusivos sobre cómo conseguir que mi jefa se derritiera por mí para ver que, efectivamente, habían cambiado de tema, pero porque Ángela no se sentía cómoda hablando de lo que fuera que le pasaba delante de mí.

—No soy bobo —irrumpí—. Está claro que quiere contaros algo, pero yo no soy su amigo y está en su derecho de medir la información que da sobre su vida delante de mí. —Porque probablemente Ángela sabía que usaría todo cuanto supiera para chantajearla en algún momento. Piensa el ladrón que todos son de su condición. Y tenía razón—. Voy a… —miré alrededor—, voy a socializar.

—Socializas como el culo. —Marieta me lanzó un granito de arroz.

Como empezaba a ver que era costumbre, se había servido un poquito de cada cosa.

—Pues más a mi favor. Tendré que practicar.

Miré a Fran y quise mandarle por telequinesis que me debía una. Segundos después me sentaba con un grupo de personas de varios departamentos que me miraron como si acabase de desembarcar en la orilla de una playa en Nueva Guinea, habitada por una tribu que no ha tenido contacto con el resto de la civilización jamás.

—¿Qué tal? Soy Alejo. ¿Vais a Lanzarote?

—Alejo, ¿tú eres tonto? —respondió Tote—. ¿Cuántas veces vas a presentarte a la gente?

—Las que haga falta.

Sonreí como en un anuncio del dentífrico más recomendado por los dentistas. No me juzgues. Lo hice lo mejor que pude. Con el rabillo del ojo vi que la conversación se había reanudado de manera animada en la mesa que acababa de dejar, pero Marieta parecía no prestar atención. Por primera vez…, por primera bendita vez, la descubrí mirándome. Estaba demasiado lejos para comprobar si ya había una chispa de curiosidad sensual en sus ojos, pero algo me decía que… no.

Fran me mandó un mail un rato después de que volviese a mi mesa mientras trataba de ordenar toda la información sobre el viaje que su equipo me había mandado. Tenía que organizar un dosier para enviar al día siguiente a todos los contactos de la lista de distribución «Lanzarote» y, entre tanto archivo, me estaba haciendo la picha un lío. Estaba mejorando, pero eso no significa que, de una semana para la otra, me convirtiera en el asistente ideal. Además, es muy complicado mejorar en algo que te avergüenza. No sé si porque me imaginaba el pastel o por procrastinar un poco, me lancé a abrir el correo electrónico de

Fran y me sorprendió que fuera tan escueto. Solo había que leer una línea: «Ángela ha conocido a alguien. Estás despedido».

Bufé. Por si fuera poca la movida que tenía...

Respondí: «Te veo en el baño cuando termine la hora punta del cepillado de dientes».

—Tenemos que dejar de vernos a escondidas, mi amor —quise bromear al encontrarlo frente al espejo.

—Míralo él, qué gracioso.

—¡Oye! ¡Ni que le hubiera presentado yo a ese tío!

—No te voy a despedir por eso, tonto del higo. —Se rio con amargura—. Pero como Cyrano no vales un duro.

—He estado centrado en saber hacer mi trabajo para que no me despidierais con un motivo real, perdóneme usted.

—Vamos a ver. —Me colocó la mano en el hombro—. ¿Tú crees que, después de haber esperado diecisiete años, unos días iban a marcar una verdadera diferencia?

—Quién sabe. No lo sé. —Me quedé mirándolo y su gesto me invitó a reflexionar—. Bueno. No. Sinceramente, no iban a marcarla.

—Bien. Gracias por tu honestidad.

—Que conste que no tengo intención de hurgar en la herida.

—Ya lo sé. Solo quería hablarlo contigo para decirte que... que lo dejes estar. Que si alguna vez se te pasó por la cabeza realmente hacer algo para juntarnos, que sepas que es una iniciativa absurda. Y no te preocupes, que seguiré echándote una mano cuando tengas una duda para no dejarte con el culo al aire delante de la jefa. Aunque ya veo que estáis haciendo buenas migas.

—Sí, bueno, pero parece que nunca estaré a la altura de Mati.

—Nunca estarás a la altura de Mati. La llamábamos Morgana. Era como una bruja que, por algún tipo de magia negra, siempre se adelantaba a sus necesidades.

—Puedes llamarme Merlín si quieres.

—¿Merlín? —Sonrió con ironía—. Houdini te voy a llamar, porque tienes el don de hacer desaparecer llamadas en espera.

Puse los ojos en blanco.

—Ángela ha conocido a alguien, vale, pero tú mismo me dijiste que las historias no le suelen durar nada —añadí, cambiando de tema.

No quería ahondar en mi escasa habilidad para las cuestiones telefónicas.

—Sería un amigo de mierda si esperase que esta vez no le funcionase tampoco.

—Es que estás enamorado de ella; eso ya es ser un amigo de mierda.

—Eso no es verdad. No quiero ser un amigo de mierda y me estoy cansando de apretar los dientes cuando pongo el hombro para que llore los malos amores y de ser el colega con el que se ríe mientras disimulo que la quiero.

—¡Claro! Estás cansado de quererla en silencio, porque ha llegado el momento de quererla en voz alta y con la boca bien llena.

Me dedicó una mueca teñida de un desprecio bastante burlón.

—Madre mía, qué intensidad, Alejo…

—¡¡Sal de la *friendzone*!! —le animé.

—No. No voy a salir de ningún sitio, voy a asumir mi papel y punto. Espero que le vaya genial, porque así… así a lo mejor a mí también me libera de esta condena.

Fran sonrió de nuevo con tristeza haciendo de sus labios un nudo apretado y me golpeó suavemente con el puño en el costado.

—No temas, cariño mío, no dejaremos de ser amigos por esto —aclaró.

—Ah, ¿somos amigos?

Se fue del baño riéndose, pero yo me quedé allí unos segundos más y no porque quisiera evitar que nos vieran salir juntos. Era solo que… tenía cierto malestar y no era físico. Era un nudo en el estómago, una sensación desagradable con la que no estaba acostumbrado a lidiar. Creo que era empatía. Qué horror.

Entré en el despacho de Marieta tras tres golpecitos en el cristal y me recibió sonriente. Se acababa de retocar el pintalabios color coral y llevaba uno de sus vestidos de tirantes estampados con pequeñas flores, aunque se había echado por encima una chaqueta de punto, porque hacía un poco de frío. Solía ocurrir en cuanto el sol dejaba de calentar directamente el edificio.

—Parece que está entrando el otoño —me dijo.

—¿Quieres que vaya a tu casa a ayudarte a hacer la maleta?

Lo solté a bocajarro porque no quería salir de allí sin decírselo y quitarme de encima los asuntos incómodos cuanto antes siempre me había parecido la mejor opción. Pero no salió como esperaba. Bueno…, salió como esperaba, pero no como deseaba, porque Marieta dibujó una cara de absoluto espanto y contestó:

—¡Claro que no!

—Me ha dicho Ángela que Mati lo hacía.

—Mati hacía muchas cosas que quizá excedían las responsabilidades de su puesto.

Me senté frente a ella sin que me lo pidiera y se mostró bastante sorprendida.

—¿Qué haces ahí? ¡Largo! Tengo que trabajar.

—Yo también. No sabes el lío que tengo con el dosier del viaje. Ya no sé si vengo o si voy, pero antes necesito aclarar esto.

—¿Aclarar qué?

—¿Por qué te espantas si me ofrezco a ayudarte a hacer tu maleta?

—¿Por dónde empiezo?

—Por donde tú quieras. —Crucé los brazos sobre el pecho.

—Porque está lejos de tus responsabilidades como asistente.

—Según como lo mires.

—Como lo estoy mirando ahora. Sigo: porque es una propuesta que implica horas fuera de tu horario laboral, porque tendrías que acceder a mi casa, a mi ropa, a mis enseres personales en general y… Señor, pero ¿usted quién es?

La miré alucinado.

—¿Qué dices? —pregunté asustado.

—Es un meme muy famoso que sacaron a partir de un caso de *El diario de Patricia*… ¿No sabes…? Da igual. ¡Porque no! No te quiero ver doblando mi ropa interior.

—¿Crees que me seduce la idea de doblar tu ropa interior?

«Muchísimo, pero estoy intentando que no se me note».

—Alejo, ¿qué perra te ha dado con querer hacer mi maleta, si puede saberse?

—Pues que parece que soy un asistente de segunda.

—¡Hace unas semanas ni siquiera querías ser asistente!

—Y no es que quiera, es que, si lo soy, al menos quiero ser uno muy bueno.

—Aún pierdes llamadas en espera, céntrate mejor en aprender a usar el servicio de telefonía y…

—¿Y tú harás tu maleta sola? Al menos seguirás la lista que te mandé.

Me clavó los dos ojos como dos banderillas. Estaba planteándome que quizá no era la conversación ideal para mantener con mi jefa cuando Marieta me interrogó sin rodeos:

—¿Ha sido Ángela?

Levanté las cejas y parpadeé intentando poner cara de póquer.

—¿A qué te refieres?

—¿Ha sido Ángela la que te ha estado calentando la cabeza con el tema de la maleta? Y no mientas.

—No miento. —Esa fue mi respuesta.

Cuando sé que estoy a punto de meter la pata, mi única herramienta suele ser la de intentar distraer al adversario contestando cosas absurdas.

—¿Te ha estado diciendo Ángela que me insistieras con el tema de mi maleta? La pregunta es sencilla.

—¿Es el tardígrado el animal más resistente del planeta?

—Yo la mato.

Cuando quise darme cuenta, Marieta y Ángela protagonizaban una riña bastante similar a la que podrías ver en el patio de un instituto, sin drama pero encarnizada en cuanto a reproches.

—Pues no me arrepiento —se defendía Ángela.

—Pues deberías.

—Siempre se te olvida algo.

—Es mi problema.

—¡Y el mío! Que luego me toca ir a buscar tiendas.

—Perdóname, amiga de mierda.

—Yo no soy una amiga de mierda, solo quiero disfrutar de la piscina.

—Yi ni siy ini imigui…, traidora.

—¡Chivato!

Y esto último me tocó a mí, que no supe qué hacer más que levantar la mano y saludar a todos los que me miraban entre divertidos e intrigados. «Sí, he sido yo. No busquéis otro culpable».

14
El arte de socializar

A Marieta se le olvidaron el cepillo del pelo, la pasta de dientes, el pijama y algunas cosas más que no quiso concretar cuando me pidió que fuera a comprar en el *duty free* al menos el peine y el dentífrico. Necesitaba hacerse con ellos antes de que Ángela se diera cuenta y saliese con el clásico: «Te lo dije».

—Ella no va a decírtelo, pero yo sí: «Te lo dije» —respondí airado—. Esto no hubiera pasado si me hubieras dejado ayudarte con la maleta.

—Al final voy a pensar que sí tenías interés en meter mano a mi ropa interior.

—Es solo curiosidad inmobiliaria. Quiero saber cómo viven los ricos.

—No sé, tendrás que preguntárselo a uno. Mira, ahí está Fran. Dicen las malas lenguas que cobró unos millones de euros en la venta.

No lograba explicarme todavía por qué me sentía celoso de la tal Mati. No lo entendía..., aunque empezaba a sospechar que lo que intentaba de una manera bastante torpe era acercarme a ella.

Aquella escapada a Lanzarote era la situación ideal, una excusa para vincularme a Marieta a través de otra cosa que no fueran los cafés. Por el amor de Dios..., con un máster con mención de honor y sirviendo cafés...

La plantilla estaba animada con el viaje y era fácil verlo… y oírlo. Armamos un revuelo considerable en la recepción cuando entramos en el hotel. Éramos casi cuarenta personas y ocuparíamos todas las habitaciones del Club Preference, con una piscina exclusiva para nosotros y un bar junto a la misma donde comer y tomar copas durante todo el día, además de poder disfrutar del resto de las instalaciones, como los demás huéspedes. Casi todo el mundo compartía habitación (casi, porque los socios no, claro; Fran, Ángela y Marieta tenían sus propias habitaciones, como todas las demás, pero con una cama de matrimonio para ellos solos). Todo el mundo se había organizado para ser compañero de cuarto de la persona con la que mejor congeniaba, menos yo, que casi no conocía a nadie.

En el colegio, la universidad, el máster, el trabajo… Siempre fui alguien bastante popular. No me costaba sentirme arropado por un buen grupo de gente que se mostraba abiertamente interesada en estar junto a mí. No sabía lo que era sentirse marginado… Bueno, no lo supe hasta ese día, cuando me vi solo rodeado por todas esas personas que chocaban las manos con sus *roomies*, felices como chiquillos que comparten litera en un campamento. En aquel mundo al revés que era Like¡t, yo era el bicho raro.

Pero tuve suerte. Mi compañero de habitación resultó ser Tote, el chico al que le gustaba combinar faldas de colegiala con pantalones de traje tres tallas más grandes que la suya. A pesar de que nuestros criterios sobre moda no tenían absolutamente nada que ver, solo me hizo falta el ratito que invertimos en repartirnos el espacio del armario para saber que el experimento de compartir habitación iba a salir bien.

—Te tenías que haber sentado con nosotros en la comida ya el primer día —me dijo después de reírse de un chiste que hice a raíz de una de sus camisetas de rejilla.

—El primer día la jefa me mandó a casa castigado.

—¿Y eso? —Frunció el ceño, divertido.

—Porque, según ella, ponía cara de estar manipulando heces. ¿O eso fue el día siguiente? No lo sé. Me ha costado un poco hacerme con el puesto.

Fuimos a comer y me presentó al resto de la pandilla, que eran todos esos a los que yo llamaba modernos. Aunque los nombres de cada uno me bailaban en la cabeza, yo actuaba como si estuviese superatento, pero esa no era la realidad. Miraba de reojo a todos los rincones intentando localizar a Marieta, pues le había perdido la pista hacía un rato, desde que dejamos la recepción. Pero no había rastro de ella y... me tuve que integrar. Básicamente, porque uno no puede quejarse de sentirse desplazado y luego estar a por uvas cuando muestran interés en integrarte.

Y, bueno, no sé si fue cosa de la cerveza que tomamos, de la brisa del mar o de la increíble temperatura de Lanzarote a principios de aquel mes de octubre, pero después de un rato me sentí relajado y a gusto como hacía mucho que no me había sentido con un grupo de colegas. ¿Un grupo de colegas? Imagino que por aquel entonces solo podía identificarlos como compañeros de trabajo, pero hoy me doy cuenta de lo amables que fueron siempre conmigo.

Después de comer algo, el grupo se fue dividiendo. Algunos querían echarse la siesta, otros, ir a la piscina, unos cuantos, deambular por el hotel para conocerlo bien. No obstante, quedamos en volver a vernos a las cinco y media en la piscina que teníamos frente a nuestras habitaciones y a la que solo podíamos acceder nosotros. Y, sin saber muy bien qué hacer, con las manos hundidas en los bolsillos y una sensación vaga de torpeza social, fui dando vueltas por el hotel, porque antes muerto que dar la sensación de que me pegaba a Tote como si fuese un amuleto de la suerte. Uno tiene una imagen que salvaguardar y a los tíos interesantes la soledad no nos molesta.

Después de vagar arriba y abajo, de pasar por la habitación, de cambiarme de ropa y, básicamente, hacer tiempo, me la encontré. Sin más, sin esperarlo. Suele ser así con todas las cosas de la vida: puedes invertir todo tu tiempo y energía en buscar algo que se te presentará con toda naturalidad solo cuando hayas dejado de andar a la caza. En una mesa, a la sombra y ataviada con un bañador que NO le había escogido yo, estaba Marieta. Si ya me costaba mirarla como una figura de autoridad (lo que no significa que no le tuviera respeto o que no lo mereciera, solo demuestra lo intoxicada que está la imagen de poder a través de la mirada masculina, como habría añadido mi hermano Alfon), con aquel bañador negro de pronunciado escote redondo y el pantalón *palazzo* de talle alto, se alejaba unos años luz más de ese barrio en el que vivían las mujeres a las que yo no debía intentar ligarme.

Estaba increíble. Cómo refulgía el naranja de su pelo con aquella luz; eclipsaba a cualquiera que estuviera sentado a su lado, que en este caso eran Fran y Ángela. Qué guapa estaba con la cara lavada y las mejillas sonrosadas, descalza, jugando con el dedo gordo de su pie derecho con la superficie de cemento pulido del suelo. Tenía la maldita habilidad de aparecer siempre de súbito, pero como si los directores de escena hubieran cuidado cada detalle y hubieran añadido unos jirones de nubes a su alrededor.

Me quedé embobado porque me parecía tremendamente sexy. No voy a poner más excusas. Tre-men-da-men-te se-xy. Y nunca me habían gustado especialmente las pelirrojas, yo era más de rubias. Y nunca me habían gustado especialmente las hippies, yo era más de niñas de papá. Y nunca me habían gustado especialmente las mujeres que ostentaban puestos de poder, yo era más de tener la sartén por el mango. Pero allí estaba, a punto de que se me cayera la puta baba, tan embobado que no me di cuenta de que ella también me estaba mirando y, sobre todo, de cómo me estaba mirando.

Fue como si me viera por primera vez. Como si yo fuera un nuevo sabor, un nuevo color, un olor que nunca antes había llegado a sus sentidos. Marieta me miró como si acabase de entrar en su película, como si el guion hubiera cambiado, como si hubieran sustituido a un actor por otro para interpretar a mi personaje. Juraría que Marieta me había descubierto en aquel preciso instante. Y me gustó la sensación.

—¡Alejo! —Tote me llamó a mis espaldas—. Están cerrando el bar, así que hemos decidido ir todos a la habitación de Jordi, que tiene terraza. Ve y pide cuatro cervezas más antes de que cierren.

—Marchando…

No quería irme, tampoco tenía excusa para quedarme, pero, sobre todo, cuando me volví de nuevo hacia ella, Marieta ya no me estaba mirando.

Pasé por su mesa y saludé a Fran con una palmadita en el hombro.

—Ey, ¿qué tal? ¡No te hemos visto el pelo en todo el día! —me saludó.

—Estaba socializando. Como la jefa dice que lo hago tan mal…, soy un trabajador aplicado y pongo más énfasis en perfeccionar aquellas herramientas que no domino.

Con esa respuesta quería, es obvio, picarla, que me mirara de nuevo, llamar su atención, pero Marieta, muy concentrada de repente en el líquido que quedaba en su copa, no hizo acuse de recibo.

—¿Vas a la habitación de Jordi con todos? —me preguntó Ángela en tono muy amable—. Son gente muy maja. Me alegro de que hayas hecho buenas migas con ellos.

—Sí, es que comparto habitación con Tote y…, bueno, me los ha presentado a todos. Ya era hora de que me relacionara con más gente aparte de vosotros, no quiero cultivar fama de tiralevitas y chupaculos.

—¿Tiralevitas? —se descojonó Fran.

—Sí, tiralevitas. Hay que leer más, machote.

Los dos nos reímos y yo volví a buscar la mirada de Marieta, que ahora parecía enfrascada en su móvil.

—Luego os veo, tío.

—¿Tío? ¡Es tu director de Recursos Humanos! —se mofó Ángela.

—Pero ya somos amiguitos.

Intentamos chocar las manos, pero como no lo teníamos preparado aquello fue un desastre que dejé atrás señalando la barra y añadiendo que tenía que hacerme con unas cervezas antes de que cerraran.

—¿Nos tomamos una copa esta noche después de la cena? —me ofreció Fran.

—Claro.

Claro que sí. ¿Cómo iba yo a perder la oportunidad de que Marieta me mirase otra vez?

Aquella noche escogí unos vaqueros y una camisa liviana blanca que me arremangué hasta el codo. Quería repetir estilo por si había sido eso lo que había conseguido que mi jefa me mirase por fin como se mira algo que te apetece, pero, cuando me crucé con ella en el vestíbulo que distribuía la entrada a los diferentes restaurantes, no surtió efecto. ¿Me miró? Sí, lo hizo, pero de pasada, casi rehuyéndome. Me habría encantado hacerle una broma que dejase entrever lo favorecida que me parecía que estaba con aquel vestido negro de tirantes, largo, y las sandalias doradas atadas al tobillo, pero no me dio demasiada oportunidad, y yo sospeché que algo no iba bien. ¿Me había descubierto y perdido en el mismo instante?

Nosotros cenamos en el restaurante italiano; ellos, en el grill. Me zampé una pizza margarita y compartí con Tote una ensalada de burrata y unas *bruschette*, y, para cuando terminé, ya me apretaba el botón del pantalón.

—Yo esto necesito bajarlo con un gin-tonic —les dije palmeándome el vientre.

—¿Cómo podía saber lo que bebías antes incluso de dirigirte la palabra por primera vez? —respondió Tote.

A todos nos hizo gracia.

Nos acomodamos en el patio que daba a los jardines y a las piscinas comunes para tomar algo. Me pedí una ginebra con tónica y vigilé por si veía pasar a los tres socios, porque le había prometido una copa a Fran (guiño, guiño, como si no se me notaran las intenciones), pero no los vi por ningún lado. Podría haberle mandado un wasap, pero no tenía su número. Como siempre nos comunicábamos a través del mail o la mensajería instantánea interna...

—Oye, chicos, le dije a Fran que luego me tomaría algo con él. ¿Alguno tiene su número?

Todo el grupo me miró enternecido.

—Alejo, angelito, en esta empresa hay muy buen rollo, pero el director de Recursos Humanos y socio no va dando su número personal a la plantilla.

—Es que no somos sus amiguitos, como tú.

—Pues porque andáis cortos de habilidades sociales —repuse—, a ver si espabiláis, chavalada. Menos mal que me tenéis a mí.

Estallaron risas y carcajadas y me levanté con la excusa de ir al baño, por si los veía pasar, pero nada. Al volver a la mesa me habían pedido otra copa y me vi en la obligación, al menos, de fingir que me la bebía. Tenía la cabeza en otra parte, en una preocupación un poco ansiosa e insegura, dándole vueltas a si había podido hacer algo que hubiera molestado a Marieta y explicase por qué ahora parecía rehuirme, pero no daba con nada. Y cuanto menos encontraba, más angustiado me sentía. Yo angustiado por si le había sentado algo mal en nuestros días de vacaciones pagadas. ¿Qué mierdas, Alejo?

Eran las doce y media cuando dije que me caía de sueño y me despedí hasta el día siguiente, pero, en lugar de ir directamente a la habitación, me puse a pasear, atravesando la oscuridad de los jardines del hotel hasta desorientarme. Seguí el sonido del mar, llegué al muro que separaba el hotel del camino pedregoso que conducía hasta el agua, me ubiqué y volví para entrar en mi habitación. Era una noche con una luna oronda, casi llena, que vibraba de tanta luz que desprendía. Y, aquí y allá, palmeras y arbustos de baja estatura recibían unos hilos plateados de luminiscencia nocturna y el impulso de unos jirones de brisa que lo revolvían todo. Pensé que habría sido una noche perfecta para acercarme a ella. Habría sido una noche para brindar, conocerla un poco mejor, saber si en realidad la deseaba o sentía solo la respuesta caprichosa ante aquello que no podía tener. Pero esa noche no había sido nada más que unas copas con los compañeros. De todas formas..., ¿me serviría de algo saber si era una cosa o la otra? Quiero decir..., si averiguaba que Marieta era un caprichito que me gustaba a la vista o si me atraía de verdad..., ¿iba a hacer algo? Lo que me faltaba. Intentar enrollarme con mi jefa era el único lío en el que aún no me había metido.

Enfilaba el pasillo donde se encontraba mi habitación y ya sacaba la llave del bolsillo cuando una puerta se abrió de par en par y una animada conversación se escapó por su vano.

—Ya, sí, claro. ¡Que no quiero ni más cerveza ni más partidas de chinchón! Yo lo único que quiero es dormir.

—¡Aburrida!

—Mañana será otro día.

—La verdad es que lo de las cartas tampoco suena a planazo —respondí cuando reconocí las voces.

Marieta se asomó, buscando al dueño de aquella respuesta, agarrada aún al marco de la puerta y sujetándola para que no se cerrase.

—¿Ese es Alejo? —Escuché decir a Fran.

—Sí, tío, soy Alejo, al que has dejado tirado.

—¡Haberme escrito, payaso!

Se notaba que también habían bebido unas copitas…

—¡No tengo tu número!

—¡Fallo mío! —gritó—. ¿Quieres entrar? Y, sobre todo, ¿sabes jugar al chinchón?

—A mí dejadme. Yo me voy a dormir. Por hoy ya he tenido suficiente —respondí.

—Mañana recuperamos, campeón.

—Bébete un vasito de agua —lancé hacia el interior de la habitación.

Me quedé tan cerca de Marieta que pude percibir su perfume de jazmín.

La habitación estaba a oscuras, pero se recortaban las siluetas de Selene, Ángela y Fran, sentados en la terraza que daba a la parte más estrecha de «nuestra» piscina.

—Hasta mañana —les dije.

Respondieron animados, dando muestras de que la noche no había acabado para ellos, y miré a Marieta, con el pelo largo y ondulado, salvaje, despeinado, que me observaba amparada por la oscuridad del pasillo, que recibía tan solo la luz de las farolas del exterior.

—¿Te vas a tu habitación? —le pregunté.

—Sí.

—La mía está ahí delante.

—La mía en la otra dirección.

Se sucedieron unos segundos de silencio incómodo que atajó ella misma:

—Buenas noches, Alejo.

Intuí que sus ojos me evitaron cuando se dio la vuelta hacia el pasillo. Dudé durante unos microsegundos si atrapar su muñeca, girarla hacia mí y preguntarle qué le ocurría, pero algo me dijo que era mejor dejarlo pasar.

—Buenas noches, señorita arce.

Se volvió, parcialmente, pero se volvió, y, durante unos segundos, pude ver en sus labios un atisbo de sonrisa.

—Duerme la mona, cantamañanas.

Algo se relajó en mi estómago, allí plantado, viéndola marchar. Su vestido volaba según avanzaba y su pelo se mecía al ritmo de sus pisadas. Era consciente de que ella sabía que estaba allí, como un pasmarote, mirando cómo se marchaba, pero me daba igual. Estaba, de pronto, muy contento, aunque esa alegría se fue disipando cuando escuché que su puerta se cerraba, a tres habitaciones de distancia. Solo quedó una sombra insignificante de gozo infantil.

«Alejo, por el amor de Dios, ¿qué te ocurre?».

Pues me ocurría que Marieta había pasado de mirarme diferente a evitarme. Me había parecido que había mostrado una suerte de espejismo… de deseo. Y yo prefería que me mirase raro, pero que al menos me viese.

Venían curvas.

15
Tonterías

Nos cruzamos en el bufet de desayuno y pensé que me estaba volviendo loco. En serio. Pensé que se me había ido la pinza. Me encontré a Marieta mirando intensamente unas tortitas que parecían recién hechas y, al notar que alguien se colocaba a su lado, se volvió y me sonrió. Así, sin más, como si el día anterior no me hubiera mirado como si un campo de fuerza maligno me rodease.

—¿Con qué crees que están más buenas las tortitas? No me decido y no quiero que se me enfríen en el plato.

—Con sirope de arce o con chocolate y plátano.

—Me gusta cómo piensas.

Se acercó al mostrador hasta colocar sobre su plato cinco tortitas, una encima de la otra, y llenar un tarrito de chocolate para untar.

—Voy a por el plátano. Estoy sentada fuera, ¿te sientas conmigo?

—Claro.

No pude decir nada más. «Claro». Mientras merodeaba por allí mirando con qué llenar mi plato, iba pensando también los posibles motivos por los que el día anterior la había notado tan rara. A lo mejor, cuando bebía buscaba evitar a todos los trabajadores por debajo del equipo directivo. Aunque… por la noche había estado con Selene. Además, eso no le pegaba nada.

Era defensora de la naturalidad y en una ocasión me había dicho que no bebía demasiado. Así que eso no podía ser.

¿Estaría estresada por nuestro desembarco en el hotel? Quizá era como la profe en una excursión de adolescentes y estaba preocupada por nuestro comportamiento. Pero… toda la plantilla era tranquila, sanota. No tenía conocimiento de que hubiera alguna manzana podrida y me hubiese extrañado mucho que, de haberla habido, no la hubieran despedido para que no «contagiase» a los demás.

A lo mejor, sencillamente, tenía doble personalidad. O algún tipo de trastorno. Tampoco pasaría nada y lo explicaría todo…, pero, conociéndola, ¿no me lo habría dicho ya?

Para cuando llegué a su mesa no lo había resuelto, pero había decidido obviarlo por completo para no hacer la bola más grande. Me senté, le sonreí y me serví café solo (y un poco aguado) de una jarra que había sobre la mesa.

—Pareces descansado —me dijo.

—Ah, es que he descansado. Esto es un gustazo.

—¿Estás a gusto? —me preguntó.

—Mucho.

—Pareces sorprendido al decirlo.

—Lo estoy. Pensaba que el resto de la plantilla estaba formado por individuos marcianos y modernos, de una generación con la que no tenía nada que ver, y que para ellos yo sería como un dinosaurio.

—Si no usas náuticos, está todo bien —se burló.

—¿Qué les pasa a los zapatos náuticos?

—Pues que son horribles. —Se metió en la boca un buen trozo de ese pastel con cinco pisos que había montado con el chocolate, el plátano y las tortitas—. No sabes cómo está esto.

Lo farfulló poniendo los ojos en blanco y me pregunté si se le pondría una cara parecida al gozar del sexo. Podía usar esa u otra expresión, pero no tenía ninguna duda de que Marieta era una de esas mujeres que gozaban el sexo con la sensación de ser completamente libres solo cuando estaban follando. Al menos así me parecía: una mujer salvaje, como una de esas canciones que escuchas con auriculares y a toda potencia porque de otro modo no se les hace justicia. Nada instrumental, nada cultureta, algo para desmelenarse, pero que nunca querrías que tus amigos pijos te pillaran escuchándola. Algo así como si me pusiese a tope «What a Feeling», de Irene Cara. Repetía con un pantalón ancho, vaporoso y de talle alto como el del día anterior, pero esta vez en color blanco, como el bañador de un solo tirante que llevaba puesto.

—¿Me mandaste a comprar bañadores para tenerme entretenido? —le pregunté, porque empezaba a intrigarme el asunto.

Se miró a sí misma con sorpresa, como si no pudiese creer que llevaba un bañador puesto.

—Oh, vaya. ¿No es de los que me compraste?

—Ya te vale. Pasé mal rato escogiéndolos.

—También los metí en la maleta, no te apures. El de ayer es antiguo, pero este me lo ha regalado Ángela. Creo que no se fiaba de que hubiera traído más de uno. —Sonrió para sí mientras cortaba de nuevo su torre de tortitas—. ¿Quieres?

«¿Que te pongas los bañadores que te compré? Sí. El morado tiene que quedarte increíble…».

—No, gracias. He cogido… —miré mi plato. Ni siquiera sabía con qué lo había llenado— todo esto que no tengo ni idea de por qué he cogido.

—Otra cosa que no sabía de ti: te descentras en los bufés.

—Solo en los de desayuno. En la oficina también me pasa. Se llama el síndrome del *croissant*.

—¿En serio?

—Claro que no.

Los dos nos reímos y ella llamó al camarero para pedirle, en un tono dulce y cariñoso, si podía traernos un poco más de zumo. Un silencio cómodo se instaló en la mesa. Me gustaba poder estar en silencio con ella, pero también me ponía nervioso. Cuando alguien te está empezando a gustar todo puede ser cierto y mentira a la vez.

Mareé con el tenedor los huevos revueltos mientras alternaba la mirada entre el plato y ella. Estaba muy bonita. Bonita en un aspecto casi onírico. Como si fuese un hada, pero, si lo fuese, Marieta sería Titania, de *El sueño de una noche de verano.*

¿QUÉÉÉÉÉÉ?

—Yo no sé si es la brisa del mar, el solecito o dormir en una cama de hotel, pero tengo una tontería encima... —confesé, porque prefería decir algo coherente a hablar de ninfas del bosque.

—¡A mí me pasa un poco lo mismo! —exclamó asombrada—. ¡No me lo puedo creer! ¿A ti también?

—¡Mucho! —Me reí—. A lo mejor nos drogaron anoche.

—Ah. —Esbozó una mueca entre arrepentida y divertida—. No hizo falta ninguna mano negra, ya nos envenenamos nosotros mismos bebiendo copas.

—Eso también es cierto.

—¿Y a ti qué te pasa? —Me pinchó con el tenedor que acababa de dejar limpio limpio—. ¿Qué forma adquiere esa «tontería»?

—Pues no sé. Tengo pensamientos... enrevesados. Me descubro a mí mismo soñando despierto.

—En plan ¿qué?

—En plan moñas.

—¿Te imaginas llevando a una dama al altar?

—No sé cómo lo haces, pero eres capaz de hacer que eso suene mal.

Lanzó una carcajada y rebañó con un trozo de tortita todo el chocolate que pudo, como si no quisiera desperdiciar ni una gota.

—Tienes pinta de ser de los que quieren casarse.

—Lo soy, pero no tengo prisa.

—¿Quieres todo el kit de adulto funcional?

—¿Qué lleva? —Le seguí el rollo.

—Chalet, esposa elegante, niños rubios y perro de anuncio de papel higiénico.

—Prefiero los galgos. Además, las protectoras están llenas porque los abandonan muchísimo.

Me miró como si hubiera dado la única respuesta correcta, y yo me anoté un tanto en un marcador imaginario.

—¿Y tú? ¿Quieres casarte? Aunque no sé si debería estar haciéndole estas preguntas a mi jefa.

—Estamos de vacaciones. Aquí los cargos se relajan un poco.

—Entonces ¿puedo meterme contigo, tirarte vestida a la piscina, obligarte a tomar chupitos…?

—No te pases. —Me miró de soslayo—. Es solo que… mi cargo y el tuyo están unidos por un cable de acero.

—Ajá —respondí acercándome la taza de café a los labios.

—Pues aquí, en lugar de un cable de acero, es una cuerda de nailon. ¿Qué te parece?

—Que se te dan muy bien los símiles. Ahora escupe: ¿quieres casarte?

—Hum…, no me muestro reacia al matrimonio en sí, pero me parece una institución clásica a la que no hemos puesto suficientemente en duda.

—¿Y eso qué quiere decir? —me burlé.

—Que creo en tener un compañero, pero no sé si el concepto «marido» va conmigo. Ni siquiera sé si podría tener una relación a tan largo plazo.

—Se podría sacar mucha tela de ahí.

—Seguro.

Y esa respuesta pareció cerrar el asunto. De modo que, aunque me hubiera encantado ahondar, por no romper el hilo que nos unía, fuera del material que fuera, quise volver sobre nuestros pasos hasta retomar el asunto que más me interesaba.

—Oye, no me has dicho qué te pasa a ti.

—¿A mí? —preguntó sin mirarme—. ¿Qué me tiene que pasar?

—Me refiero a lo de antes, a lo de la tontería que nos ha entrado. A mí me ha dado una tontería romántica, ¿y a ti?

Marieta me lanzó una mirada sin erguir la cabeza, inclinada sobre el plato, lo que hizo que sus pestañas parecieran más densas y su labio inferior más grueso. En el silencio que siguió a mi pregunta, me pareció que contenía la respiración, pero quizá solo fuera un espejismo provocado por mis ganas de sentir que ese hilo, esa cuerda, ese cable, se convertía en un lazo suave, algo amable con lo que atar las manos a tu amante para jugar en la cama. Seguro que Marieta solo estaba buscando las palabras con las que explicarlo, que ese silencio nada tenía que ver conmigo, pero... a mí me había dado tiempo a imaginar cómo pasaba una cinta de raso alrededor de sus muñecas...

De pronto, un rayo de sol partió la mesa por la mitad y Marieta, como libre del hechizo, levantó con placer la barbilla en busca del calor templado de aquellas horas de la mañana.

—Ah, qué gusto —dijo con los ojos cerrados.

—¿Tu tontería es fotosensible?

Sonrió. Yo no quería soltar mi presa. Ella no quería ser cazada.

—Mi tontería es ver las cosas desde una perspectiva... sorprendente.

—¿Como en un viaje lisérgico?

—A veces hace falta cambiar de contexto para ser sensibles a la belleza de algunas cosas.

—¿De cosas o de personas?

Para devolver la mirada hacia mí tuvo que guiñar un ojo, porque el sol le daba directamente; el otro le brillaba con un color ambarino, feroz. Volvieron a sucederse unos segundos de silencio que se hicieron tan eternos como solo pueden resultarle a alguien que está esperando escuchar algo concreto.

—¿Cosas o personas? —insistí.

Como un niño. Desesperado por escuchar algo, lo que fuera, pero que rompiera el embrujo de aquella afasia que alimentaba mis esperanzas de que sus ojos me hubieran descubierto como nunca lo habían hecho. Hasta yo noté que mi voz sonaba ansiosa. ¿De dónde salía aquella voz? ¿Era mi tono de apareamiento? Quizá solo se adecuaba a la intimidad que quería crear entre nosotros.

Marieta callaba, y yo tenía ganas de zarandearla, de envolverla con mis brazos, acercarla a mi pecho y oler de nuevo ese perfume de jazmín. Deseaba susurrar en su oído que, como el lobo feroz del cuento, quería devorarla. Pero me mantuve con cordura y quieto, observándola. Vi cómo se humedecía los labios como si la mejor superproducción cinematográfica lo hubiera grabado a cámara lenta para mí. La punta de su lengua, sonrosada, recorrió su labio superior hasta el arco que se formaba en medio y después bajó inmediatamente, mojó el centro de su labio inferior y lo hizo desaparecer entre sus dientes. Me pareció tan erótico que quise gritar.

—Ay, Alejo, Alejo… —advirtió con tono bajo.

—Es solo una pregunta.

—Entonces esperas solo una respuesta, ¿qué más da?

—Quiero saberlo.

Una pausa. Una sonrisa diferente, algo traviesa, y, por fin, contestó:

—Te quedan bien las camisas blancas.

Abrí la boca, sin estar seguro de qué había decidido mi cerebro que debía responder por mi parte en aquella ocasión, pero no tuve la oportunidad. Fran se dejó caer en una silla frente a Marieta, tapándole el sol y terminando con el extraño influjo de lo que quiera que nos había envuelto.

—Joder, qué sed —se quejó este—. Y cuánto sol. Si solo son las nueve y media.

—Se llama resaca —sentenció Marieta, acercándole lo que quedaba de zumo en su vaso—. Ahora vienen refuerzos de vitamina C.

El camarero llegó, llenó los vasos de zumo, y, a los pocos segundos, Selene se acomodó en la mesa con un plato lleno de bollería. Ángela fue la última; acercó una silla de otra mesa y se comió en nuestra compañía una tostada con tomate y jamón.

La conversación se animó. Las voces subieron. Estallaron las carcajadas, los chascarrillos, los planes y alguna anécdota del día anterior. Sin embargo, lo único que yo era capaz de escuchar era ese «te quedan bien las camisas blancas» que había escapado de entre sus labios húmedos.

La melena pelirroja y larguísima caía hacia un lado, sobre el hombro que su bañador dejaba al descubierto. Las pocas pecas que cubrían sus mejillas le daban el aspecto de un rubor artificial puesto por el mejor maquillador del mundo. Sus ojos. Joder, qué ojos. Ojos de gata. Ojos entre el color miel, el verde y el amarillo. Ojos de depredadora, rodeados de unas espesas y oscuras pestañas que, con la luz del sol incidiendo sobre ellas, se mostraban tal y como eran, sin añadidos ni disimulo, de un sombrío color cobrizo.

«Marieta, ten piedad conmigo».

16
Un salto mortal

Al parecer, tendría que haberme apuntado a las actividades que me interesaba hacer cuando el equipo de Recursos Humanos me pasó toda la información, ya que habían delegado en mí la base de datos en la que se anotaba quién quería hacer qué. Fenomenal. Otro triunfo del Alejo asistente personal. Fran se descojonó cuando fui a buscarlo a la piscina para decírselo. Y vaya sorpresa me llevé. Coño con Fran. La verdad es que en bañador el tío ganaba. Mientras él me explicaba que, bueno, que no pasaba nada, que echara de nuevo un vistazo a las excursiones y avisase al *concierge* del hotel, yo le miraba con el ceño fruncido y expresión frustrada.

—¿Se puede saber por qué me miras con ese desprecio? —me preguntó interrumpiendo su discurso.

—Tío..., pero ¿por qué no te sacas partido, macho? ¡Si estás genial!

—Joder. —Echó un vistazo alrededor, avergonzado, como queriendo que nadie me hubiera escuchado—. Otro con la misma historia.

—¿Quién te ha dicho lo mismo? —Arqueé una ceja.

—Ayer, Marieta y... y Ángela.

La ceja derecha se unió a la izquierda, allí a lo alto, y las comisuras de mis labios quisieron subir.

—¿Qué? —exigió.

—Ángela te dijo…, ¿qué exactamente?

—Déjalo. Me da vergüenza.

—¿Te dijo que te saques partido porque… estás muy bien?

—Quizá.

Sonreí.

—¡Fran! ¿Cuándo pasó eso y por qué no he sido informado?

—Ayer, aquí en la piscina, pero es una tontería. Siempre dicen cosas así… las dos. Marieta y ella. No significa nada.

—Sí significa —quise animarlo. Me convenía tener un Fran con buen humor—. ¿Qué te dijo exactamente?

—Pues lo de siempre… me dijo que tengo…, hum…, un buen cuerpo que… escondo bajo ropa…, em…, fea. Ropa fea.

Le palmeé el hombro, que empezaba a estar rojo.

—Son buenas noticias, pero ponte más crema, que vas a terminar siendo un carabinero.

—¿De la policía italiana?

—No, el marisco. Lo que me cuentas suena genial. Olvida lo de la ropa fea, aunque es posible que esté de acuerdo con Ángela en ese punto.

—Sigo siendo solo un amigo para ella. Anoche estuvo hablando sobre ese tío con el que está quedando. Al parecer, se conocieron y ya estuvieron viéndose casi todos los días de esa semana porque resulta que tienen una conexión brutal. Eso dijo. Conexión brutal.

—Espero que no haya entrado en detalles.

—Es Ángela. Por supuesto que ha entrado en detalles.

—¿Y no hay ningún fleco al que agarrarse? —pregunté sin querer darme por vencido.

—El tío no la tiene como un pepinillo de los de aperitivo, para mi absoluta desgracia.

—Joder, Fran, no necesitaba tantos datos.

—Pero ibas por ahí, ¿no?

—Sí, sí —asentí—. Iba por ahí. Pero lo cierto es que... deberías sacarte más partido, tío. En serio. Cuando te he visto he pensado: «Joder con Fran, qué tapadito se lo tenía».

—Es solo que... que siempre me ha gustado el deporte. —Se encogió de hombros—. Parezco muy tranquilo, pero por dentro soy puro nervio y me ayuda a... a centrarme, a dormir bien, a sentirme con más energía. Ya sabes.

—Ya, pues genial, pero tu estilo lo echa todo a perder. Primer consejo: bañador más corto. Esos bañadores de surfista dejaron de estar de moda allá por el 2002.

—Tú estabas en el colegio, ¿no?

—Segundo consejo. —Le ignoré—. Invierte en unas gafas de sol clásicas, atemporales, un modelo que no haya cambiado con los años. Las Rayban Wayfarer grandes, por ejemplo.

—¿Ahora quieres vestirme?

—Quiero ver cómo a Ángela le palmea el chocho al verte.

Un silencio del tamaño de un águila imperial nos sobrevoló.

—Vale —asumí—. Me he pasado mazo.

—Pero mazo —ratificó.

—Perdona, no quería hablar del chocho de tu futura mujer.

—¡No digas tonterías!

—¿Ya está con las tonterías?

El hada romana (o quizá céltica), la ninfa griega, la apsará hindú, Lilith, la maga. Allí estaba. Se nos apareció como si fuera un ser mitológico, con el pelo completamente suelto, que debía haberse secado al sol después de bañarse en la piscina, tomando así volumen y ondulándose a su placer. El bañador blanco había desaparecido y... allí estaba el que yo había escogido para ella, el morado, y cómo le quedaba, por el amor de Dios.

—¿Te has cambiado? —le preguntó Fran.

—Sí. Es que el bañador que me regaló ayer Ángela es muy bonito, pero a los fabricantes no se les ocurrió ponerle un forro decente, así que creo que le he enseñado el chocho a José Antonio, de nóminas, y a Juanra, de comunicación.

—¡¡Marieta, por favor, que está aquí tu asistente!! —la amonestó Fran.

«Tranquilo, tío. Su asistente se la ha imaginado desnuda y en posiciones poco honrosas muchas veces ya».

—¡Ay, de verdad, relájate un poco! —se quejó esta—. ¿Qué estáis haciendo los dos aquí? ¿Es que no sabéis que escuchitas en reunión son de mala educación?

—Estaba dándole unos consejos estilísticos —dije en tono sobrado.

—Ah, ¿sí? Pues que te los dé él a ti también. Igual en el término medio encontramos la virtud.

—¿Qué le pasa a mi estilo?

Me miré. No lo entendía. Llevaba un bañador verde con bailarinas hawaianas estampadas y una camiseta blanca.

—¿Es por mi bañador?

—Es por tu bañador. —Sonrió.

—No me dijiste nada en el desayuno.

—Me fijé cuando te levantaste al final y… guau. Es que me dejaste sin palabras.

Eso significaba una pérdida de puntos para el equipo de Alejo, estaba seguro.

—Me lo regaló mi ex.

Y lo terminé de arreglar.

Tote entró en la habitación y me encontró de pie frente al armario.

—Chaval, pareces la niña de *The Ring* versión colegio de pago. Qué mal fario, ahí plantado…

—¿Tú piensas que mi ropa es demasiado arriesgada?

Mi compañero de habitación casi se atragantó con su propia saliva.

—¿Qué dices, loco? Si parece que la has robado del vestuario de *Gossip Girl*.

—Esa referencia, mira tú por dónde, sí que la he pillado y como respuesta diré: ja, ja, ja.

—¡Que no! Que no es demasiado arriesgado ni aquí ni en ninguna realidad cercana a la nuestra.

Le señalé mi bañador y él asintió.

—Es el típico bañador que se pondría tu padre intentando ser molón —me aclaró.

—Me lo regaló mi ex.

—Eso no lo digas por ahí.

—Ya me he dado cuenta. —Puse cara de asco—. Pero tú entiendes que este es mi rollo, ¿no? A mí me gusta vestir así.

—Tú no sabes lo que te gusta —apuntó muy seguro de sí mismo—. Porque nunca has innovado. Has seguido con la idea que te han inculcado de lo que es ser un tío de tu clase, y ya está. Que no digo que esté mal, ojo, pero podrías arriesgar un poquito más. Divertirte.

—Divertirme, ¿cómo?

—Quitándote el traje para ir a trabajar, por ejemplo.

—Eso no lo veo claro. Más —le animé a seguir hablando.

—Pues…, hum…, jugando. Vete de compras y pruébate cosas que nunca te habías planteado que podrían gustarte. Y ya está.

—Vale. Y con lo que tengo ahora, en este armario, ¿cómo puedo divertirme?

—Aquí diversión no hay. Al menos en tu parte, pero… a ti te da igual vestir sin personalidad, la naturaleza te hizo guapo.

Esa noche cené con mi nuevo grupo de «amigos», que me recordó que llevaba demasiado sin ver a los míos, a los de toda la vida. Había sido una época algo convulsa, con muchos cambios, había tenido que concentrarme en otras cosas y... no quería contarles ni que estaba compartiendo piso con mis hermanos ni que trabajaba como asistente personal. Pero eran mis amigos..., ya tocaba verlos..., aunque me apeteciera poquito tirando a nada. Estaba seguro de que se habrían enterado de que mi ex y yo habíamos roto, pero, como ellos no me escribieron para tratar el asunto, yo tampoco.

Después de cenar, repetimos la experiencia de la noche anterior y nos sentamos en el porche que daba a los jardines, junto a la barra nocturna de bebidas, para tomar una copa antes de dormir. Ángela, Marieta, Selene y Fran pasaron por allí y terminaron uniéndose a nosotros, ocupando sillas aquí y allá. La casualidad quiso que una chica que tenía sentada enfrente decidiera retirarse en aquel momento y le cediera el asiento a Marieta, que no encontraba silla. Mientras ellas se despedían, me atusé la camisa azul claro, la arremangué y crucé las piernas con el gesto más masculino de mi repertorio, pero, al levantar los ojos, me encontré a Ángela, que me miraba con curiosidad, justo detrás de mi jefa.

—Hola, Alejo —murmuró despacio, algo desafiante, como quien dice: «Te he pillado».

Le devolví el saludo con un gesto y una sonrisa, sintiéndome cazado, pero sin saber muy bien en qué. Marieta llevaba un vestido verde oscuro con unos tirantes tan finos que parecían alambres. Una banda superior algo fruncida quedaba ajustada a su pequeño pecho, y el vestido según se acercaba a las tibias, donde terminaba, era más holgado. Bajo la mesa sus coquetos pies estaban cubiertos por unas sandalias de plataforma negras. No me había dado cuenta de que llevaba las uñas pintadas tipo arcoíris, cada una de un color.

Le di un toquecito con el pie en cuanto vi que Ángela se marchaba al otro lado de la mesa y dejaba de vigilarme, pero ella no hizo acuse de recibo. Volví a intentarlo con más ahínco, planeando hacerle una broma sobre su estatura y los tacones que había escogido, pero no me respondió. Parecía estar enfrascada en la conversación que mantenían a su lado Tote y Mariana sobre los colores corporativos (es posible sacar a los trabajadores de Like¡t, pero difícil sacar Like¡t de estos), aunque, si prestabas la suficiente atención..., ¿no cabía la posibilidad de que me estuviera ignorando a propósito?

Se me hizo evidente otra vez que Marieta no quería relacionarse conmigo, y aquello no cambió durante el resto de la velada. Hubo un momento en que me pareció que insistir sería humillante.

Para cuando llegué a mi habitación, volví a repasar de manera exhaustiva todo lo que había hecho durante el día para tratar de averiguar si algo había podido molestarla. Ahora, viendo las cosas con perspectiva, mi angustia podría parecer la respuesta a estar desarrollando un apego ansioso por ella, pero era más bien que quería su atención y no tenerla me hacía sentir... mal. Como un niño que va a intentar dar un salto mortal y quiere que su madre contemple la hazaña..., pero sin el salto, sin la madre, con morbo y mi jefa en medio. Qué desastre. Yo solo quería que me hiciera caso.

A la mañana siguiente fuimos de excursión al parque nacional del Timanfaya en *buggies*, porque Tote me había convencido de que era un planazo que no debía perderme. La verdad es que fue divertido, pero... al levantarme me sentí un poco alicaído (por no decir amargado). Tenía un curro que no me gustaba, mentía a mis amigos y a mi familia sobre qué hacía y cómo estaba, todos mis planes se habían esfumado dejándome sin mapa y mareado, no me acordaba de la última vez que eché un polvo y Marieta me evitaba. Y, claro, ella no estaba apuntada a aquella excursión.

El paisaje desértico del parque y los aledaños del volcán mejoraron mi humor, pero, a pesar de haber disfrutado, me faltaba algo. Si fuese un alimento, sería uno sin sal..., sin sal, sin lactosa, sin gluten... Sería un copo de avena pura, que, oye, bien, pero así, a palo seco...

La noche se había tornado algo fría cuando, después de una ducha, salí en busca de Fran. Había escrito una nota para que me la dejasen en la habitación en la que me decía que le gustaría que cenáramos para ponernos al día. También me daba su número de teléfono. Acepté, claro. Era socio, director de Recursos Humanos y mejor amigo de mi jefa: a quien buen árbol se arrima, buena sombra le cobija. Eso, y que el pibe me caía bien.

Nunca me he considerado un tipo bajo, pero tampoco soy tan alto como Fran. Mamá siempre decía que era elegante, porque la elegancia para ella era un término ligado a la contención... Y yo no era ni demasiado llamativo ni demasiado alto ni demasiado de nada.

«Hijo, a ti te hicimos con la cantidad de ingredientes perfecta».

Y a mí eso, en lugar de hacerme sentir bien, me creaba una sensación de vacío. Su primogénito había resultado ser la respuesta a todos sus deseos, pero no sabía cómo mantener su reinado. Pues bien, que me desvío..., lo que quería decir con todo esto es que al lado de Fran me daba la sensación de parecer un niño, un adolescente, a lo sumo. Me hizo gracia pensar que el primer día que lo vi pensé que se cuidaba menos que yo y ahora que ya lo conocía envidiaba la densidad de su barba de tres días, la anchura de su pecho y su estatura. Ojo, no es que me quejase de mi físico. Por aquel entonces yo, con treinta y dos años, estaba muy bien. Siempre he tenido una complexión atlética que he aderezado con ejercicios que no es que me gustasen especialmente, sino que estaban destinados a marcar los músculos que quería marcar. Pero, claro, Fran tenía un pecho que parecía un Volkswagen Golf con las cuatro puertas abiertas.

—Te sacas poco partido. —Moví la cabeza en un claro gesto de decepción—. Si yo tuviera ese pecho, creo que no me abrocharía ni un botón de las camisas. Iría en plan Rambo.

—¿En plan Rambo no es ir sin ropa interior?

—Eso es «comando».

—Ah, es cierto —asintió sin darle ninguna importancia a lo que le estaba diciendo.

—No cambies de tema.

—Mira. —Levantó la vista de la carta y me sonrió—. Tengo muchos intereses en esta vida, pero entre ellos no se encuentra ser un ejemplo de estilo en el sector, así que busco la comodidad.

—Tampoco te estoy pidiendo que te pongas corsés con huesos de ballena.

—Eres más raro… —musitó.

—Una camisa blanca, así de repente. Una vaquera de tejido fluido.

—Tienes complejo de estilista.

—Qué va. Mi pasión secreta son los inmuebles. Me vuelve loco ver anuncios de casas en venta —le confesé.

—¿Y tú dónde vives?

—¿Quieres saber dónde vivo? —Arqueé una ceja.

—Sí. —Apoyó los codos en la mesa y le dio un buen trago a la copa de cava que nos habían servido nada más sentarnos, cuando nos trajeron el pan y la mantequilla.

—Pues podría vivir en un piso de mi tía abuela en la calle Velázquez, que Dios la tenga en su gloria —miré hacia el cielo, teatral—, y que no tuvo hijos: seis habitaciones, cuatro baños, trescientos ochenta y tres metros cuadrados con tres balcones a la calle y terriblemente luminoso. Pero no. Podría vivir en el piso de mis padres en Recoletos, algo más oscuro y un poco más pequeño, poco, no te creas: trescientos treinta metros cuadrados. Pero no. También podría vivir en su chalet de La Moraleja, en cuyo jardín hay un bar..., pero resulta que vivo en la casa de mis abuelos en Chamberí, en el Chamberí clásico. Un piso viejo, sin reformar, con un pasillo que si recorres dos veces te convalidan la compostelana.

—Qué exagerado... —se burló—. Que vives en Chamberí, tío.

—Con mis dos hermanos pequeños, universitarios.

Arqueó las cejas.

—Es una larga historia —respondí a su pregunta silenciosa.

—Tengo tiempo —dijo cruzando los dedos y apoyando sobre estos la barbilla.

—No, no quiero malograr esta cita. Me gustas mucho.

—No eres mi tipo —respondió muy resuelto—. No me gustan los hombres, pero, si me gustasen, no serían como tú.

—¿Por qué? ¿Qué me pasa?

—Es ese aire de colegio privado..., no me va.

—Vaya por Dios. Y yo que pensaba que era sexy.

Los dos nos reímos.

—Te lo cuento, pero sé discreto: en mi anterior trabajo le dieron el ascenso que yo creía merecer a otro y me calenté. La cosa salió mal y, cuando quise darme cuenta, estaba firmando el finiquito de mi baja voluntaria. Mi novia, por cierto, me dejó ese día también y me echó de casa. Al parecer la movida le vino de lujo, porque quería aceptar un puesto en Berlín que a mí no me hacía ninguna gracia. Yo quería que nos casáramos y que se cogiera jornada reducida cuando tuviéramos hijos. Ahora veo que me hubiera aburrido como una ostra, pero soy de ideas fijas. Tengo treinta y dos años, supongo que pensé que ya me tocaba.

—Buen resumen.

—Gracias. —Fingí una reverencia—. Pero ahora hablemos de lo que importa: Ángela.

—Yo vivo en Moratalaz.

Bufé.

—Eres un maestro cambiando de tema. Ya sé que vives en Moratalaz. Te envié un taxi a tu casa hace una semana o así.

—No, si lo decía porque como dices que te gusta tanto la inversión inmobiliaria… ¿O solo te interesa el centro de Madrid?

Nos retamos con la mirada.

—¿Qué pasa con Ángela? —insistí.

—Una cosa muy rara —sentenció, ordenando nervioso los cubiertos—. Dice que miras a Marieta como si te la quisieras comer.

Abrí mucho los ojos hasta que noté que se me resecaban y recordé que tenía que pestañear.

—Dime que no… —me pidió.

—Claro que no —mentí—. Qué cosa más absurda. En cualquier caso —tragué un sorbo de cava, queriendo parecer tranquilo—, la miraré con cierta admiración. Es una loca que tiene una alfombra con forma de tigre de colores en su despacho y a la que hay que recordar que debe alimentarse e hidratarse cada equis horas, pero empresarialmente la ha liado parda, en el buen sentido.

Se humedeció los labios y respiró profundo.

—Menos mal.

—¿Te preocupaba?

—Un poco. Ya me preocupa pensar en Ángela como pienso. Imagínate que nuestra CEO se enrollase con su asistente.

—¿Qué pasa? ¿Crees que tengo posibilidades? —Fingí estar de broma, pero en realidad lo pregunté muy interesado.

—Vete tú a saber. Marieta tiene un gusto bastante ecléctico con los hombres. Nunca se sabe por qué va a darle.

—¿Es muy ligona?

—Es una información que no te voy a dar porque, aunque estamos construyendo una bonita amistad a partir de un secuestro emocional por tu parte hacia mi persona, no compete en nuestra relación. Siguiente pregunta.

—¿En serio te preocupaba?

A mí también me preocupaba aquella fijación. No lo culpaba.

—No es personal, Alejo, y en la empresa no nos sentimos con la potestad de decirle a nuestra plantilla con quién tiene que acostarse o de quién debe enamorarse, pero lo cierto es que implicarse emocionalmente con alguien con quien trabajas no suele terminar bien.

Opinaba exactamente lo mismo que él, pero ya se sabe lo que se dice: el morbo tiene razones que la razón no entiende. ¿O el dicho dice «corazón» en lugar de «morbo»? Es lo más probable.

—Cuéntame qué tal vas con Ángela. —Quise cambiar de tema a uno que nos uniera y que no causara problemas.

—Como siempre, bien. Pero ya te dije que quiero dejar aparcado ese tema, si puede ser, para siempre. El jueves podríamos salir en plan «pandilla de tíos» de copas por Arrecife, a ver si ligamos.

—No te vas a olvidar de Ángela liándote con otra tía una noche —sentencié.

—¿Eres experto también en cuestiones del corazón? —preguntó en un tono travieso.

—No. Ni mucho menos.

—¡Pero si eres un romántico! Además, te querías casar con una tía. Eso suena a que estabas locamente enamorado.

—La verdad es que eso que la gente, las películas, las grandes novelas rusas y la sapiencia popular llaman amor me es bastante desconocido.

—¿Y por qué cojones querías casarte con una tía de la que no…? Pero, a ver, que me aclare. ¿No te has enamorado nunca?

—Sí, claro que sí.

—¿Entonces?

—Me he encaprichado, he creído en proyectos en común, me he ilusionado, me he apasionado, he estado colgado por…, pero si me preguntas si «he amado» te diré que no, que con «locura» no.

Más me valdría haberme callado. No se puede escupir al cielo porque luego siempre te cae encima.

Cenamos solomillo de cerdo con setas y parmentier de patatas. Delicioso. De postre, los dos tomamos la tarta de queso. Después bebimos unas copas con los demás y unas cervezas en la terraza de su habitación, donde me enseñó a jugar al chinchón. Y no. Marieta no me dirigió la palabra en todo el día. No tuvo que negármela, se las arregló muy bien para no coincidir conmigo ni en un pasillo.

17

Todo es fácil

Luis Miguel cantaba «no culpes a la noche, no culpes a la playa, no culpes a la lluvia», pero la cosa terminaba peor para él que para mí, porque no pudimos culpar a la noche, a la playa y a la lluvia, pero... qué día. Qué noche la de aquel día, como tradujeron la película de los Beatles en España. De algo tenía que servir este viaje. Por algo te estoy contando lo de Lanzarote, ¿no?

Amaneció un día gris en un lugar donde tienen trescientos treinta días de sol al año, pero eso tampoco nos desanimó, todo lo contrario, dio paso a una tormenta de ideas. En aquel momento ya estaban fraguados los grupos y las alianzas y, de entre todos los presentes, siempre habría alguien a quien se le ocurriera un plan. Al grupo que parecía capitanear Tote, mi compañero de cuarto, se le había ocurrido ir a la cueva de los Verdes y después a un mirador desde donde decían que se podía ver la isla de La Graciosa, aunque con aquella climatología no sabía yo. A mí, aunque podría decir que ellos eran mi grupo, no me apetecía demasiado, así que dije que me lo había pensado mejor y que me quedaba a descansar. Buscaría un rincón agradable y leería, al menos hasta que lloviese, cosa que no dudé que pasaría. De vuelta hacia mi habitación tras el «desayuno deliberación», me crucé con Fran que iba corriendo a juntarse con los demás.

—¡Me voy a la cueva esa! —me dijo sonriente—. ¿No te animas? Yo te tenía por un aventurero.

—Hoy voy a ser un erudito y me voy a quedar leyendo.

—Leer tebeos no te hace un erudito —bromeó.

—Me has pillado. Oye, tú estás muy sonriente… ¿No irá Ángela a esa excursión?

Me dio una palmada en el hombro, un poco más fuerte de lo habitual, y con una sonrisa casi de amenaza respondió:

—La estoy olvidando.

—Entonces no hablaremos del elefante rosa que ocupa media habitación.

—Tendremos que derribar las paredes.

Se encogió de hombros y siguió su camino, no sin antes lanzarme un besito y un guiño que me hizo reír.

Pensé en acomodarme en una de las hamacas mientras la lluvia daba tregua, pero cerca del bar piscina, porque, si uno va a leer en Lanzarote en un día nublado, mejor que lo haga bien surtido y con buenas vistas. No me refiero a las chicas en biquini porque: uno, no las había y si alguna pululaba por allí era compañera de trabajo, y dos, porque yo estaba bastante centrado en Marieta, aunque aún no lo asumiera. Me refería al mar. Desde la zona del bar piscina, si levantabas la vista, veías mar y cielo. Y Marieta. Marieta también, a la que encontré a mi espalda mientras pedía un café en la barra.

—¿No has ido a la cueva?

No tenía que volverme para saber quién me estaba haciendo aquella pregunta, pero lo hice. La brisa, que, conforme pasaban los minutos, era más densa, cada vez más cargada de humedad, le peinaba los mechones que, como siempre, llevaba sueltos. Pero ese día había novedad, porque se había colocado un pañuelo amarillo sobre el pelo que me recordaba a cómo se vestían las actrices de las *sitcoms* americanas de los noventa si «iban a pintar el piso». Llevaba unos vaqueros claros y un top también amarillo, un poco corto, que dejaba sus hombros al aire.

—¿Dónde vas tan vestida?

No pensé en lo mal que podía sonar..., pero lo dije. Probablemente porque no pensé, así en general.

—Alejo, me preocupa un poco que quieras verme con menos ropa.

—Me refería a los vaqueros.

Se miró.

Tenía esa costumbre cuando hacías un comentario sobre algo que llevaba puesto, lo miraba como si acabases de descubrirle la existencia de esa prenda.

—Ah, es que me voy de excursión.

—¿A las cuevas?

—No. —Y parecía orgullosa—. Yo voy a ir a la casa museo de José Saramago.

—No había caído en la cuenta de que estaba aquí, es verdad. En realidad..., claro, fue aquí donde empezó a escribir *Ensayo sobre la ceguera*, ¿no?

Asintió. Si le sorprendió que yo supiera aquello, no lo demostró. Jo, y yo que quería sumar algún punto en el marcador...

—Tengo muchas ganas de ver su biblioteca. Dicen que es espectacular.

—Sí que debe de serlo... —respondí intentando sonar lo suficientemente indiferente como para no parecer desesperado, pero también interesado, por si me quería invitar.

Porque... a la mierda la novela que había llevado conmigo. Yo quería leerla a ella.

—Oye, ¿y...? —empezó a decir. Toda mi esperanza floreció como si fuese primavera. ¿Me iba a pedir que la acompañase?—, ¿... qué te estás pidiendo? ¿Tienes pensado agarrarte una cebolla tú solo?

—No. —Le señalé la hamaca donde había dejado mi libro y las gafas de sol—. Iba a pedir un café helado y a sentarme a leer hasta que se pusiera a llover.

—¿Y después?

—Pues… había pensado comer algo y salir a pasear o… si llueve mucho… quizá…

—Vas a pedir servicio de habitaciones y echarte una siesta, ¿verdad?

Suspiré.

—Es lo más probable.

El camarero me saludó muy amablemente y me preguntó qué podía servirme aquella mañana.

—Un café helado, por favor.

—¿Se lo endulzo?

—No, gracias. Marieta, ¿tú quieres algo?

—Ponga dos —dijo hablando directamente con quien me atendía—, pero el otro con mucha leche vegetal y muy dulce. ¡Ah! Y para llevar.

—¿No los van a tomar aquí en las hamacas? —nos preguntó entendiendo que íbamos juntos.

Juntos.

—No. Vamos a salir. Tenemos una visita cultural que hacer.

Marieta me sonrió con gracia y yo le devolví el gesto con verdadera gratitud.

Tardamos menos de quince minutos en taxi en llegar, pero, cuando lo hicimos, el cielo parecía que iba a caernos encima. Era uno de esos días…, uno de esos, ya sabes, en los que se ambientan más fácilmente las secuencias en una película romántica. Se puso a llover en cuanto entramos.

Aquella visita me habría gustado aunque hubiera ido con mis hermanos, pero no me acompañaban ellos precisamente, así que la experiencia rozó..., yo qué sé, la excelencia. Marieta conocía algunos datos sobre la historia de la casa, su construcción y los árboles que se habían plantado en el jardín (incluso que uno de los olivos que plantaron salió literalmente volando en un temporal), y yo sabía algunas cosas sobre la obra de José Saramago, porque era uno de los autores preferidos de mamá y me había prestado muchos de sus libros, de los que habíamos charlado mientras tomábamos café cuando papá no estaba en casa. Porque papá, con todas las horas que trabajaba, solo estaba presente cuando yo metía la pata y ejercía de oveja negra, claro está.

—A mi madre le encantaría ver esto —le confesé cuando entramos en la biblioteca—. Fue ella la que me contó que Saramago creía que los autores vivían de alguna manera dentro de cada uno de sus libros y que, por eso, esta biblioteca estaba destinada en realidad a acoger personas.

—Qué bonito —respondió mirando soñadora a su alrededor—. Me hubiera encantado ser escritora. O pintora. Me gusta ese espíritu, esa chispa que se puede respirar en los estudios de los grandes artistas.

—Seguro que hay personas que consideran que tu despacho desprende algo así.

—No es lo mismo, no me jodas —se burló.

—Entonces ¿por qué no lo intentaste?

—Porque escribo fatal y pinto aún peor. —Se rio—. Yo siempre fui de ciencias, pero de ciencias profundas, como dice mi abuela.

—¿Qué estudiaste?

—Estudié Fisioterapia.

Levanté las cejas.

—Eso sí que no lo esperaba.

—Pues ya ves —respondió risueña mientras reanudaba el recorrido por la gran biblioteca que, tal y como ella creía, sí, tenía algo especial.

—¿Y cómo termina una fisioterapeuta a la cabeza de una *startup*?

—Pues liando a sus amigos y buscando buenos desarrolladores —frivolizó—. Cuando tuve la idea, me pareció que Fran y Ángela habían escogido sus carreras para poder hacer aquello posible, como si el destino nos guiñara un ojo para que pudiéramos seguir unidos.

—Siempre he querido saber algo, pero nunca he tenido la oportunidad de preguntárselo a nadie que haya triunfado como tú con una de sus ideas.

—No hay un manual, si es tu duda. Solo suerte que debe ser sostenida con mucho trabajo.

—No, no era eso. Es... cuando surgió la idea, ¿cuál fue la motivación? ¿Querías triunfar en la vida? ¿Ser influyente? ¿Ganar dinero? ¿Poder jubilarte a los cuarenta?

Frunció el ceño y se echó a reír.

—Me gusta el dinero. ¿A quién no le va a gustar? Me permite vivir como quiero, trabajar como quiero y que mi familia viva como quiera.

—Eso no responde a mis preguntas.

Se paró en seco y estudió mi expresión, como si estuviera calibrando si podía o no confiar en mí, si yo era realmente de fiar, si no me reiría de ella, si no utilizaría lo que me contara en su contra.

—Mi primer trabajo como fisioterapeuta fue en una residencia de ancianos. Eso me puso en contacto con muchas emociones. Ves tela de cosas allí que te hacen replantearte la vida, aunque no lo creas. Pero... lo que más me marcó fue la soledad de muchas de las personas que vivían allí y cómo otras habían hecho que el amor que se profesaban sobreviviera durante décadas. De ahí a querer juntar a gente que deseara encontrar un amor sincero... va solo un paso.

—Qué bonito —respondí con honestidad.

Era, con diferencia, la motivación más noble que esperaba escucharla compartir conmigo.

Terminada la visita (que nos encantó), pasamos por la tienda, donde ella compró una postal y me obligó a comprar otra para mamá. Después pasamos por Tías para buscar dos sellos y un buzón.

En mi postal, y bajo su atenta mirada, escribí:

> Mamá, he visitado la casa museo de Saramago y ha sido imposible no acordarme de ti. Tienes que venir. Te va a encantar.
>
> Besos,
>
> Alejo

Ella, bajo mi atenta mirada, escribió:

> Queridos abuelos:
>
> Me estoy poniendo protector solar. Estoy comiendo bien. Ejercicio hago poco, pero me río mucho, que creo que convalida. Duermo como un lirón. En definitiva: estoy fetén y os echo de menos.
>
> Abuelo, pon un alfiler rojo en Lanzarote.
>
> Os veo en unos días.
>
> Marieta

—¿Qué es eso del alfiler rojo que le dices a tu abuelo? —le pregunté después de echar en el buzón las dos postales.

—Cuando empecé a poder viajar…, y digo «poder» porque nunca fuimos una familia con muchas posibilidades económicas, mi abuelo, que vio el mar por primera vez cuando tenía ya treinta años, me dijo que tenía que dejar constancia de todos los sitios que visitaba para que él estuviera muy orgulloso de lo lejos que llegaba y las cosas nuevas que veía. Compramos un globo terráqueo de corcho y desde entonces vamos pinchando alfileres con una cabecita roja sobre todos los sitios a los que viajo. —Me miró y, cuando me vio sonreír con ternura, asintió—. Sí, mis abuelos son la leche.

—¿Te criaste con ellos?

—Nos criamos con ellos. —Se rio—. Mi madre era una niña cuando me tuvo, así que vivimos con ellos hasta que yo cumplí los diez. En ese momento mi madre terminó la carrera y se puso a trabajar. Pero a los trece volví a casa de mis abuelos porque no soportaba al novio de mi madre de aquel momento. No me gustaba que intentase dictar lo que yo debía pensar y hacer, y, como siempre he sido un poco vieja por dentro, lo hablé de un modo maduro con mi madre y decidimos que lo mejor era que viviese con los abuelos.

Asentí, serio, pero ella me dio un leve empujón queriendo restar importancia y drama a su historia. No creo que le gustase sentirse vulnerable frente a mí, así que cambié el rictus inmediatamente. Había dejado de llover poco después de salir de la casa museo, pero estábamos guarecidos bajo el toldo de un bar, como pasmarotes, no sé si esperando a que arreciara y tuviéramos una excusa para seguir allí o en un estado de duermevela vital que ella atajó de pronto:

—¿Entramos a tomar algo?

—Mejor vamos al hotel —propuse yo—. Teniendo los gastos pagados allí, ¿por qué gastar dinero fuera?

—Para ver mundo, Alejo, para ver mundo.

Entramos y nos acodamos en la barra, junto a los parroquianos que bebían sus primeras cañas del día. Pedimos dos refrescos, porque nunca me ha gustado beber solo, aunque sea solamente una cerveza, y tampoco quería dar la sensación del machote que pide una birra mientras la chica se bebe una naranjada. Con las bebidas nos preguntaron si nos apetecían unas lapas con mojo verde o un montadito con queso asado, y a punto estaba de suplicarle por el queso cuando la escuché pedir las lapas.

—No podemos irnos de aquí sin probarlas.

—Marieta, tronca... —puse cara de apuro—, que a mí eso me va a dar asco.

—Pues que no te lo dé, tronco.

No me dieron asco, pero no lo hubiera probado ni en cien años si ella no me hubiera obligado. Y cuando digo «obligado», me refiero a obligado. Le faltó mantenerme la boca abierta con un fórceps. Al final, nos animamos y nos pedimos un plato de papas arrugás y un poco de pulpo a la plancha, que estaba riquísimo. Hablamos de su familia, de cómo se crio en una casa que parecía detenida en los años ochenta, pero sobre todo de su madre:

—Mamá es increíblemente dulce. Me enseñó muchísimas cosas cuando era pequeña con juegos y demás. Una vez, un tío con el que estuve quedando me dijo que debería ir a terapia para curar la herida que me había dejado el abandono de mi madre y...

—¿No le atizaste?

—¡No! —Se rio—. Me carcajeé en su cara. Yo no he odiado a mi madre ni cuando tenía quince años y todas mis amigas estaban con eso de que sus padres eran un asco porque eran muy estrictos. Yo vivía a caballo entre la casa de mis abuelos y la casa de mi madre... Bueno, los pisos que iba alquilando según cambiaba de pareja, la pobre..., que se ha pasado la vida buscando el amor. Siempre lo hemos pasado bien juntas. Nunca hubo rencillas.

—Pero mejor que no te llame por teléfono.

—Mejor que no. —Sonrió—. Si es majísima, pero es que... es más pesada que una vaca en brazos.

También hablamos de mi familia, claro, de cómo el nacimiento de mis hermanos (mellizos, además) había sacudido nuestra casa hasta los cimientos, cambiándolo todo para siempre. Le dije que los quiero mucho y que me hizo ilusión ser hermano mayor después de casi once años como hijo único (pero, por favor, que nadie se lo cuente a ellos, que luego se ponen imposibles). Le hablé de papá, de lo que creía que esperaba de mí, de los libros de historia de mamá, de las novelas amarillentas que me prestaba y que tenían en la primera página su nombre y la fecha del día que las compró.

—Son majos los dos, no te creas. Pero mi padre... Bueno, supongo que cree que tiene que hacer «un hombre» de mí.

Marieta arrugó la nariz.

—Sí, ya sé que ese pensamiento está pasado de moda —me defendí—. Pero él es de otra generación.

—No, no, si no ponía caras por eso.

—¿Entonces?

—Bueno, me da la sensación de que falta un poco de comunicación entre vosotros. Probablemente no quiera eso para ti, solo que..., no sé, que aproveches las oportunidades que te ha dado.

—Por eso mismo, nunca tendrá suficiente.

—No, querido. Nunca tendrás suficiente tú, que eres quien compite con él.

—¿Yo? —Me señalé el pecho—. Ni de coña.

—No he dicho que lo hagas conscientemente.

Me sonrió y después se limpió los labios con una servilleta manchada de mojo aquí y allá.

—No soy nadie para decirte eso —sentenció—. Pero creo que tienes que relajarte. En general. Con la vida. Me diste esa sensación ya la primera vez que te vi. Es como si fueras apretando las nalgas constantemente —se burló—. Nadie espera nada de ti. Nadie está observando con lupa todo lo que haces para juzgarte. La gente tiene sus cosas, sus vidas, sus problemas y sus dolores de cabeza..., ¡incluso nuestros padres! Y, sobre todo, cuando ya eres un adulto que se vale por sí mismo. Probablemente le ocurra lo que le ocurra contigo… se le pasará.

—¿Cuándo? —le pregunté.

—Cuando te vea feliz.

Joder, menuda bofetada. ¿Sería verdad? ¿Era realmente eso en lo que yo estaba fallando? Mi búsqueda de la felicidad estaba siendo un poco nefasta, descoordinada, fuera de lugar y superficial. Quizá debía pensar sobre ello, pero no allí.

Como no encontré nada que responder a eso, intenté cambiar de tema, pero ella me cortó:

—Te lo dije. Nuestra relación está condenada al éxito —me dijo.

Hubiera sido el momento perfecto para preguntarle por qué me daba la sensación de que me había estado ignorando a ratos y a conciencia, pero no lo hice. Me dio vergüenza. Me dio miedo. No quería ni romper eso sin nombre ni consistencia física que se respiraba entre nosotros ni sentirme vulnerable delante de Marieta, pero eso aún no lo sabía.

Llovió con mucha fuerza una vez que llegamos a nuestro hotel. Marieta llamó a Ángela mientras nos dirigíamos a las habitaciones y, cuando se lo cogió, le dijo que les había pillado el chaparrón en un bar y que, aprovechando la ocasión, se estaban tomando unas rondas.

—Así no me obliga a jugar al chinchón. —Escuché bromear a Ángela bien alto para que Fran la oyera.

Allí estábamos, los dos solos, pero ya sin plan. Aunque yo confiaba en que se le ocurriría algo, porque no tenía ganas de decirle adiós, pero tampoco estaba seguro de que aquel día no fuera como aquella campaña publicitaria de los noventa relacionada con el alcohol: «Si te pasas, te lo pierdes».

Sin embargo…

—Te diría de ver una película —dijo cuando llegábamos ya a nuestro pasillo—, pero creo que sería raro.

—Sí, es posible —respondí sin demasiado convencimiento.

—Porque tendríamos que verla en tu cama o en la mía y…

—Sí, sí. No te preocupes. No procede.

—Ya. Eso pensaba yo.

—Bueno, pues…

Nos paramos frente a su habitación y me dio la sensación de que ella tampoco quería despedirse aún, pero no estaba seguro y me daba miedo forzar la situación. Si Marieta no hubiera sido mi jefa, lo habría hecho, pero lo era.

—Adiós entonces —le dije.

—Adiós, sí. —Pegó la tarjeta al sensor de la puerta y abrió. De dentro, como suele pasar en los hoteles de playa, el frío del aire acondicionado se escapó por la rendija que había dejado entreabierta—. Joder, creía que lo había apagado.

—No te resfríes.

—Luego te cuento.

—¿Luego? —pregunté.

—Sí…, cenamos juntos, ¿no? Dudo mucho de que estos lleguen para cenar, pero, si lo hacen, que se nos unan.

Así era Marieta. Todo era fácil. Todo corría con la misma naturalidad que el agua. Y es que… así es como debe ser. Si no es fácil, no es. Escuché aquella afirmación centenares de veces, pero no fue hasta conocerla que no cobró verdadero sentido.

18
Una conversación «romántica»

Nunca me fijé demasiado en la ropa que usaban las chicas con las que salía. Si llevábamos algún tiempo viéndonos o ya nos llamábamos novios, ese detalle solía ser motivo de queja por su parte. «Estreno vestido y no te has dado ni cuenta». «Es que ya no te fijas en mí como antes», solían reprocharme. Y en mi defensa diré que la primera afirmación era cierta... y la segunda es posible que también. Era presumido con mi ropa y con mi aspecto; siempre me gustaba lucir como creía que lo hacía alguien de mi nivel: un treintañero con éxito, al que la vida le había sonreído, que tenía buenos estudios, una existencia cómoda y todas las oportunidades del mundo por delante. Sé que en aquel preciso momento no era mi caso, pero una de las cosas que siempre decía la abuela (la misma que ya he mencionado alguna vez con sus dichos) es que «si uno quiere serlo, también tiene que parecerlo», así que...

El caso es que nunca me había llamado la atención la moda femenina, solo si las encontraba más o menos atractivas con lo que llevaban puesto; es decir, si les favorecía especialmente el vestido o un nuevo corte de pelo. Sin embargo, con Marieta no era así, y creo que la razón era que nadie de mi círculo hubiera escogido nunca un atuendo similar, pero ella siempre estaba guapísima. Se había puesto un vestido a cuadros rojos y blancos. Estoy seguro de que, si lo hubiese llevado otra persona, me hubiese mofado diciendo que parecía un mantel. Pero le quedaba tan bien. Estaba preciosa. Aquella noche estaba más despeinada que nunca, pero se había pintado los labios de rojo.

Diluviaba como si fuera a acabarse el mundo y yo fantaseaba con que fuéramos dos náufragos escogidos por Dios, como en el pasaje del arca de Noe, para repoblar el mundo, pero lo cierto es que llovía tantísimo que hasta llegar desde nuestro pasillo a la zona de los restaurantes suponía una odisea. La alternativa era pedir algo al servicio de habitaciones, pero Marieta consideraba que, si ella no se mojaba, no iba a hacer que nadie que estuviera trabajando se mojara por ella.

—¿Y si llamamos y preguntamos si tienen que cruzar todo el jardín para traérnoslo, o quizá —puse énfasis en el condicional— hay algún otro camino que no conocemos, porque es de uso restringido para el personal y atraviesa de alguna manera mágica las instalaciones por dentro?

Llovía tantísimo que le pareció bien y..., abracadabra, tuve razón.

Los dos pedimos unos sándwiches con patatas fritas y una ensalada, por eso de darle vitaminas al cuerpo, y resolvimos que cenaríamos en su habitación. SU HABITACIÓN. ¿Qué pasaba de pronto con eso de que «no era procedente»? Bueno, eso lo había dicho yo, pero por no llevarle la contraria...

—Si nos viera alguien, pensaría mal... —dejé caer, muerto de ganas de que se cumplieran todos y cada uno de esos malos y obscenos pensamientos.

—Esto no es lo mismo que ver una peli —dijo abriendo su habitación y dejándome pasar—. Porque tengo una terraza techada bastante maja, con una mesa y cuatro sillas, y técnicamente vamos a estar en el exterior, sin nada que esconder, y no en posición horizontal.

Ella arriba, cabalgándome. O a cuatro patas, conmigo detrás y un mechón de su pelo encerrado en mi puño...

—¿No crees?

—Sí, sí. —Regresé al planeta Tierra—. Solo vamos a estar en posición sedente y todo el mundo sabe que eso no tiene ningún peligro.

—Exacto. Pero, si la gente no se entera de esto, pues casi que mejor.

Me escondía: carita triste. Pero teníamos un secreto a medias: carita esperanzada.

Nos acomodamos a cenar en la terraza. Ángela y los demás se habían terminado «liando más de lo esperado» (de lo que esperarían ellos, claro, porque era fácil adivinar que iban a llegar tardísimo y bolingas al hotel), pero en aquel momento sus planes me traían sin cuidado.

Tomamos una cerveza y seguimos charlando. Sorprendentemente, no se nos terminaban los temas de los que hablar; todo lo contrario: se nos ocurrían tantas cosas que casi no concluíamos decentemente con ningún asunto de los que empezábamos a conversar. Divagábamos, nos interrumpíamos a nosotros mismos, estallábamos en carcajadas. Era como si nuestras ganas de conocer cosas del otro tuvieran tal ley de atracción como un agujero negro que engullía a medias, uno a uno, todos los temas que proponíamos. Si aquello hubiera sido una cita, habría sido una de las buenas.

Marieta era divertida, rápida, ocurrente... Esas cosas ya las había supuesto en las semanas que llevaba trabajando para ella, pero allí Marieta parecía, sencillamente, una mujer atrayente. Demasiado atrayente como para ser mi jefa. Pero es que las conversaciones tampoco se parecían en nada a las típicas charlas de oficina.

—Pero ¡es que no puede ser, tronca! ¡No crees en el amor y has dedicado tu gran proyecto vital a una app para que los demás lo encuentren! Te lo vuelvo a repetir: no tiene sentido. Suena a que saliste escarmentada de una relac... —empecé a decirle.

—No, no. ¡Qué va! Cero escarmentada. —Levantó las manos, como diciendo «a mí que me registren», y las bajó al momento—. He tenido relaciones de lo más amables. Es solo que... me niego a que me digan qué debe regir mi vida y cómo debo sentir. El amor..., piénsalo, el amor tal y como lo concebimos es un constructo. Un producto. Nos han dado hecho el concepto de amor, y yo creo que algo tan intangible no puede tener la misma cara para todo el mundo. Es como Dios..., y no soy atea, más bien agnóstica.

La miré mientras apartaba los platos vacíos y los colocaba ordenadamente sobre la bandeja en la que los habían traído. Seguía lloviendo persistentemente, pero hacía un buen rato que la tormenta había perdido fuerza y que las gotas caían con cierta armonía y menos violencia.

—Pero Marieta...

—No, escúchame. —Se volvió hacia mí de nuevo, sonriente—. ¿Tú sabrías decirme qué es el amor romántico? ¿Podrías facilitarme una definición que satisficiera a todo el mundo?

—Pues claro —solté ufano.

—Adelante, soy toda oídos.

—Pues es... querer envejecer junto a una persona, por ejemplo.

—Eso suena a miedo a la soledad. Por no hablar de que yo quiero envejecer junto a Fran y Ángela, y estoy segura de que no es eso a lo que se refiere el amor romántico.

—Pero ¡eres una cínica! Nada de lo que te diga te va a valer —me desesperé.

—No, en serio. Intenta definirlo.

Marieta se levantó y, sin dar explicaciones, tapó la bandeja y la llevó al interior de la habitación, de donde volvió colocándose una chaqueta de punto fino, de un color blanco viejo, que parecía hecha a mano.

—Es que implica muchas cosas —me excusé por el tiempo que me estaba tomando dar con esa descripción detallada que parecía tener tan clara.

—¿Como qué?

—Como pasión, reto, diversión, compromiso... ¿No es un poco lo que fomenta también Like¡t?

—Like¡t apoya cualquier forma de amor basada en el respeto mutuo. Puede haber historias de amor que duren una sola noche. O una semana. Y no por ello dejarán de ser hermosas.

—No puedes estar de acuerdo con la forma en la que maneja la gente joven las relaciones...

—¿La gente joven? ¡Alejo! ¡Tú eres joven!

—Me refiero a los adolescentes. A las relaciones líquidas.

—Estás obsesionado con las relaciones líquidas —se burló—. Esto es el mundo al revés. ¿No sois los tíos los que siempre queréis una relación sin ataduras?

—*Not all men* —le respondí con sarcasmo—. O puede que solo hasta cierta edad. Otra cosa es que estemos con tías de las que no nos enamoramos, pero ¿por qué no vamos a buscar el compromiso también?

—Porque lo que buscáis no es compromiso, es estabilidad. Supongo que os cansáis de estar alerta, «de caza», que empezáis a ver que el pelo se cae o que echáis tripa y...

—¡Marieta! —me descojoné—. Pero ¿de dónde has sacado todo eso, tronca?

—Tronca, pibe, piba, mazo, súper... —respondió imitando un tono más grave en la voz—. A lo mejor el problema es que tú y yo no pertenecemos al mismo mundo y somos incapaces de entender la postura del otro.

—¿Las mujeres son de Venus y los hombres de Marte? Vamos, jefa, te tenía por una tía más moderna.

—Ese es el problema, Alejito —se burló—. Que te miro y a veces pienso que te quedaste en el Pleistoceno.

—No encontraremos la modernidad estableciendo relaciones superficiales y abandonándolas en cuanto se ponen serias. Estamos mucho más cómodos sin nada sólido que se pueda tocar, fluyendo en medios mucho más difíciles de atrapar.

—Pero ¡ese es un modelo mucho más perpetuado por los hombres!

—Ahora mismo es un modelo sin género, querida. —Sonreí condescendiente—. Y en gran medida las aplicaciones…

—¿Sabes lo que pasa, Alejo? —me interrumpió apasionada mientras se recogía el pelo en una cola de caballo—. Que somos una generación puente. No podemos aspirar a relaciones como las de la generación anterior porque el mundo ha cambiado demasiado como para poder replicarlas y ser felices o sentirnos completos, pero aún aspiramos a ese tipo de «para siempre» que los que vienen después entienden ya de otro modo.

—Entonces ¿qué es para ti el amor?

—Pues no lo sé, algo que cambia, que no tiene forma, camaleónico, que muestra una faz diferente en cada fase de la vida. Algo que debe sorprenderme.

—Para ser agnóstica, suenas como una persona llena de fe.

Me dio una coz divertida con el pie desnudo, que intenté cazar sin éxito. Ambos reímos con tontuna.

—Yo no tengo fe, mendrugo. Lo que quiero decir es que solo le abriré la puerta cuando me sorprenda. Solo lo creeré, como santo Tomás, cuando lo vea. Y cuando me dé la gana, eso también. No quiero flores, canciones, viajes románticos ni cenas a la luz de las velas. Eso es algo muerto para mí. Yo quiero decidir sobre mi propia concepción del amor.

—No funciona así.

—Ah, ¿no? ¿Quién lo dice?

—Pues no sé. —Me encogí de hombros. Su pie volvió a darme un golpecito en el muslo, y esta vez lo cacé por el tobillo para colocarlo sobre mi rodilla con total naturalidad—. ¿Qué me dices de la imaginería romántica, por ejemplo? Siglos de discurso romántico no pueden estar equivocados.

—Claro, porque como la historia no nos ha enseñado que cosas que antes se daban por hecho ahora son una auténtica animalada... Siglos de Inquisición no pueden estar equivocados: si tu vecino sueña que eres una bruja, lo eres y mereces morir en la hoguera.

—¡Marieta! —me quejé—. Eso ya lo sé. Me refería a...

Un escalofrío de placer pareció sacudirla y me di cuenta de que mis manos rodeaban su pie suave y lo apretaban con cariño. Sentí la tentación de soltarla y salir corriendo, como si me hubieran pillado oliendo su ropa interior, pero en un impulso suicida decidí que no había llegado a poder tocarla para soltarla tan rápido. No estoy seguro de que el Alejo de entonces fuera consciente de la intimidad que suponían aquellas caricias. La clave estaba en que nunca las habríamos llevado a cabo de haber alguien más presente, pero no lo había y la conversación fluía tan rápido..., todo parecía tan jodidamente natural...

—Vale, ¿te refieres al cine? —preguntó, volviendo al tema después de unos segundos en silencio.

—Ahora dirás que no te gustan las comedias románticas, claro.

—Me encantan, pero también me gusta *El señor de los anillos* y ni creo ni espero que Sauron cree un ejército de orcos en alguna parte del mundo para hacerse con el anillo de poder y someternos a todos.

—No, para eso ya están los políticos.

—Y las películas románticas: un sueño para someternos a todos. O, mejor dicho, a todas.

—El discurso romántico no está solo dirigido a las mujeres. Yo soy un tío y quiero sentar la cabeza, casarme…

—Quieres todo eso, sí, pero no lo quieres por romanticismo, sino porque para ti es lo lógico.

—No me psicoanalices.

—Vale, pero respóndeme a esto: ¿cómo quieres conocerla si no es a través de esas aplicaciones de las que tanto reniegas?

—Pues a la antigua, Marieta. Conociendo a alguien a través de mis amigos, en un bar, en… en… —«En el trabajo», susurró una voz en lo más profundo de mi cabeza—. Yo qué sé, en clases de cocina oriental, en un supermercado, en un avión.

—Tú has visto demasiadas películas.

—Pero ¿sabes qué? Que, si al final la vida me demuestra que tienes razón en esto, me bajaré Like¡t y buscaré conocer a alguien para cortejarla.

Se tapó la cara con las dos manos y se echó a reír a carcajadas.

—¿Para cortejarla? Pero ¿¡cómo puedes ser tan antiguo!?

—¿Y tú cómo puedes no desear algo así? Eso es lo que hace emocionante el amor. Seducirse, rondarse, alargar la tensión, agasajar al otro…

Agasajarla, como aquellas caricias que estaba dedicando a sus tobillos, ejem, ejem.

—¿El cortejo hace emocionante el amor? Ay —suspiró—. Lo que pasa es que a ti te gusta ser el caballero andante, Alejo. Y hace ya mucho tiempo que las mujeres dejamos de buscar a alguien que nos salve porque podemos hacerlo muy bien solitas.

—Esta individualidad…

—No estoy hablando de no querer estar acompañada. Estoy hablando de no necesitar estarlo.

—En eso estoy de acuerdo contigo —asentí—. Pero tiene que haber un punto intermedio entre tu postura, ultramoderna, casi basada en conceptos de liberalismo extremo…

—¡Eh, eh, eh! —Volvió a golpearme con el pie—. No intentes liarme por ese lado, que no estamos hablando ni de política ni de economía.

—Déjame terminar..., tiene que haber un punto intermedio entre tu posmodernidad y mi clasicismo.

—Lo tuyo se parece más al barroco.

—Llámalo como quieras.

—Pues entre la posmodernidad y el barroco se me ocurre que el término medio serán las vanguardias artísticas.

Me tomé aquel comentario a broma, la verdad. «Las vanguardias», ja. Probablemente Marieta también lo dijo como un chiste, pero, un día, meses después de aquella conversación que mantuvimos sentados muy juntos, me daría cuenta de que la clave, la llave, la salida, la única solución posible al problema que éramos (y que seríamos) Marieta y yo estaba en esa respuesta.

Porque las vanguardias artísticas fueron movimientos revolucionarios que surgieron para romper con la tradición, siendo conscientes de pronto de la libertad creativa y expresiva de la que el autor era dueño y señor e inventando nuevos lenguajes artísticos con ello.

Esa era exactamente la solución, aunque ahora no me entiendas. Esa era. Esa es, en realidad. Ese punto medio que está tan reñido con la afirmación de Bukowski: «Encuentra lo que amas y deja que te mate». Pero ese punto medio que hace tan extraordinario que, después de descubrir aquello que amas, seas capaz de que no acabe contigo.

El silencio nos sobrevoló, confortable, invadido por el sonido de la lluvia que ejercía como telón de fondo. Ambos respiramos hondo con la mirada perdida más allá de las gotas que repiqueteaban sobre la barandilla de la terraza. La luz tenue, la conversación entusiasta, la comodidad de nuestra cercanía, de las caricias distraídas, de sentirnos bien callados...

Como si algo hubiera llamado poderosamente nuestra atención, ambos nos miramos. Su pie seguía sobre mi muslo; mis manos, sobre su tobillo suave; la noche, ajena a nosotros, escondiéndonos sin saberlo. Tuve miedo hasta de respirar, por si el dióxido que estaba exhalando pudiera terminar con el momento que estaba cristalizando a nuestro alrededor, encerrándonos en una de esas bolas en cuyo interior nieva si las agitas.

Su pie se escapó de mi mano para frotarse cariñosamente con la superficie de mi pantalón, pero lo atrapé de nuevo y presioné el tobillo, rodeándolo completamente con la mano y deslizando los dedos hasta una altura aún educada de su pantorrilla. Tenía la piel suave, casi esponjosa, de un tono pálido pero bello. Las yemas de mis dedos se negaron a abandonar su tacto.

Nunca pensé que diría esto, pero no hizo falta nada más para estar a punto de alcanzar una erección. Su pie sobre mi muslo, mis dedos en su pierna, su mirada clavada en mí y ninguno de los dos sintiéndose capaz de decir ni una palabra. Qué erótico es a veces el silencio.

Cogí aire a través de la boca con cierto estremecimiento y no pude evitar desviar los ojos a mi regazo. Ella los siguió. No sé cómo era de evidente para ella mi excitación, pero juraría que podía palpar la suya, como si mis yemas pudieran percibir la humedad y deslizarse sobre ella. Contuvo la respiración y sus pechos se apretaron en la tela del vestido. Entreabrió los labios…, quería que hablase y a la vez deseaba que no dijera nada. El momento era terriblemente frágil.

—Alejo —musitó por fin.

—Dime.

No dijo nada. Mis dedos se deslizaron hacia arriba y la piel se le puso de gallina; un sonido similar a un ronroneo se escapó de su pecho. Le estaba gustando.

—Dime… —insistí muy seguro de mí mismo.

Ni siquiera tuve que acercar su silla para que mis manos alcanzaran la piel de seda de sus muslos. Levemente inclinado hacia delante la acaricié con aparente inocencia mientras olía su perfume sin disimulo. Con la mano que no serpenteaba sobre su piel, aparté su pelo hacia un lado, haciendo que la cola de caballo que se había peinado cayese sobre su otro hombro. Y entonces acerqué mi nariz a su cuello despacio..., despacio..., disfrutando de cada milímetro que ganaba sin que ella me parase. Hasta que:

—Alejo.

—¿Hum?

—Deberías irte a tu habitación.

Apartó su pie de mi pierna con la delicadeza de una bailarina de ballet y lo posó en el suelo. Yo me alejé de su cuello y la miré a los ojos, deseando que mi mirada le hiciera llegar en silencio la pregunta de si realmente quería que me fuera. La respuesta no se hizo esperar.

—Se está haciendo tarde. Te veo mañana.

Apreté los labios, asentí y me levanté. No me veía capaz de dar ni un paso con la polla dura y retorcida bajo la bragueta, pero disimulé, metí las manos en los bolsillos del pantalón y me enderecé por entero, elegantemente.

—Buenas noches, Marieta —susurré.

Comprimidas en esas tres palabras había muchas más. Disculpas, deseos, confusiones y desvaríos que quise inconscientemente que entendiese.

«Buenas noches, Marieta, pero ojalá pudiese quedarme contigo hasta mañana».

«Buenas noches, Marieta, pero acaríciame un poco».

«Buenas noches, Marieta, pero no rompas del todo esto que hay, casi tangible, entre las ganas que te tengo y la esperanza que me das».

—Buenas noches, Alejo —respondió.

Y no tengo ni idea de si ella escondió algo bajo la despedida. Por si tienes alguna duda: no, no hubo beso en la puerta. Ni siquiera me acompañó hasta allí. Lo último que vi antes de cerrar fue su silueta recortada contra la escasa luz que emitían las farolas del jardín. Sin beso, sin confirmación de que lo que había sentido fuera compartido, sin saber si había metido la pata... Con todas esas sensaciones, volví a mi dormitorio, sintiéndome algo vacío. Era como si hubiera encontrado algo que no sabía que deseaba y lo hubiera perdido después.

Sin embargo, aquella noche descubrí algo de Marieta que no tenía nada que ver con mi deseo hacia ella: por dentro era tan increíble como me lo parecía por fuera. No sé si fui consciente al acostarme (en mi cama, solo, esperando a que Tote llegase para que me contase su jornada, porque no me creí capaz de dormir) de que aquello había tomado camino, velocidad y... ya no había salida.

19
No quiero líos

Si esto fuera una película, la siguiente escena empezaría con un plano aéreo del mar en el que, pronto, encontraríamos un catamarán lleno de gente sonriendo al sol. Si le tuviera que poner banda sonora, creo que sería «Viva la vida», de Coldplay, aunque (viene opinión poco popular) es un grupo que me aburre un poco. Por entonces lo guardaba en secreto porque a mis amigos les gustaba mucho. Además, tampoco quería hacerme notar como el típico que lleva la contraria de la masa para parecer muy guay. No era por no opinar lo mismo que ellos, me la sudaba levantar una polémica alrededor de ello; era solo que no me apetecía que me pusiesen temas de Coldplay sin parar en el coche para tratar de convencerme de lo buenos que eran.

A la excursión en catamarán se apuntó todo el mundo, incluidos los jefes. El catamarán surcaba las aguas del Atlántico rompiendo ese azul profundo tan característico para dejar tras de sí una estela blanquecina de espuma de mar. En los altavoces de la embarcación sonaba «Houdini», de Dua Lipa, mientras la gente se bebía las primeras cervecitas. A la sombra, Ángela ponía crema a Marieta como si esta fuera una niña pequeña, y yo no podía quitarle ojo de encima. En cuanto la vi llegar, con unos shorts vaqueros deshilachados y maltrechos (seguramente comprados en alguna tienda de segunda mano) y una blusa holgada atada justo a la altura de la cinturilla del pantalón, creí que las ganas iban a matarme: ganas de arrastrarla, pegarla a la primera pared que me encontrase y besarla. Ya ni siquiera me satisfacían las fantasías rocambolescas de sexo guarro sobre la mesa, el sofá y la alfombra de su despacho. Ahora quería besarla con lengua. Si todo eso me azotó por dentro al verla aparecer, solo imagina lo que sentí cuando llegó a la cubierta, se descalzó, se quitó los pantalones y abrió, botón a botón, la camisa para descubrir el bañador verde que escogí para ella y... Diosito que estás en los cielos, qué maravilla. Como cantaban C. Tangana y Nathy Peluso: «Yo era ateo, pero ahora creo». Cuando lo compré, traté de imaginarlo sobre su cuerpo, pero lo que había imaginado en mi cabeza no hacía justicia a la realidad. Las aberturas de los costados quedaban taaan sexis en su figura..., era como dibujar el recorrido de un circuito de carreras imposible cuyas curvas fueran la perdición de todos los pilotos.

Llevaba el pelo recogido en una cola de caballo ondulada de la que escapan mechones por aquí y por allá a causa de la brisa marina. Estaba un poco más bronceada que cuando llegamos, pero no mucho. Tenía pinta de ser de esas personas que pasan del blanco al rojo en cuestión de veinte minutos; eso explicaría la fruición con la que Ángela extendía crema pantalla total por todo su cuerpo.

Ay, quién fuera Ángela.

Yo llevaba un bañador liso color azul marino y una camiseta blanca que pronto me molestó porque el sol caía a plomo sobre nuestras cabezas. Encontré sitio donde sentarme junto a Tote y entre todos hicimos una cadena de «ponme crema en la espalda» de lo más ridícula, pero muy útil, para después sentarnos en unas hamacas a charlar mientras bebíamos cerveza con limón.

Después del proceso de embalsamamiento con protector solar al que había sido sometida, Marieta fue saltando de un sitio a otro, como una criatura marina que recuperaba sus piernas humanas a su antojo, hasta colocarse delante de nosotros, con un grupo de chicas que disfrutaban de la brisa y charlaban sobre cosas que la música no nos permitía escuchar. De pie, en la zona colindante a la red para tomar el sol, se volvió hacia nosotros para evitar el sol que la cegaba y… ¿me miró a mí?

Yo llevaba puestas las gafas de sol, de manera que a la distancia a la que estábamos no podía distinguir si la estaba mirando, pero ella, sin gafas…, ¿qué hacía tan concentrada en mí? Porque… era a mí a quien miraba, ¿no? ¿Nuestra velada lluviosa habría tenido en ella el mismo efecto que en mí? Interés, curiosidad y unas tremendas ganas de probarla.

Alguien irrumpió frente a ella y rompió el momento, que se desvaneció junto a la cerveza que le ofrecían. Sacada del trance con tanta violencia, Marieta abrió la lata de inmediato y, en un estallido, la espuma se desbordó por todas partes, provocando un enjambre de risas a su alrededor y que algo se tensase debajo de mi bañador. Por todos los santos, qué mala era la imaginería sexual tópica masculina.

Dio un trago de nuevo en mi dirección y, en un alarde de simpatía que no entiendo, porque la tenía morcillona y lo que menos me convenía era llamar la atención de nadie y menos aún de ella, levanté la mano y la saludé.

Me vio. Estaba tan seguro de que me había visto como de que el sol nos calentaba, pero Marieta no reaccionó. Nada. El azote del látigo de su indiferencia restalló en mis oídos. ¡Otra vez no, por favor! Pero sí. Se giró hacia el mar como si tal cosa, ignorándome. Mi polla volvió a estar flácida. El corazón se me aceleró. Algo bulló en mi estómago.

—¿Dónde vas? —Escuché preguntar a Tote alarmado.

Me había levantado como un toro preparado para embestir y todos se habían asustado a mi alrededor. ¿Dónde iba yo? Buena pregunta. ¿A tirarme por la borda? ¿A tirarla a ella? ¿A agarrarme a su pierna y frotarme como un perro en celo?

—Eh…, nada. Em…, a hablar con Marieta un segundo que tengo que decirle una cosa de… de una cosa.

Fui hasta ella sacando humo por las orejas y sin tener muy claro lo que quería decirle, pero sonaba «Water», de Tyla, y el ritmo que acompañaba la letra me calmó.

—Marieta —la llamé con un tono… ¿exigente?

No. Me esforcé mucho por no sonar enfadado ni suplicante y estoy orgulloso de haberlo conseguido. Soné, solamente, preocupado.

—Hum… —No se volvió a mirarme.

—Marieta, en serio.

Me miró de frente. Había calculado mal la distancia y, ahora que se daba la vuelta, me había quedado demasiado cerca de ella.

—En serio, ¿qué? —preguntó.

Ojos amarillos. Ojos de depredadora. Yo no quería ser una presa, yo quería ser de su misma jodida especie.

—¿Qué te pasa? —le pregunté a bocajarro.

Ya sabes, siempre me ha gustado quitarme las tareas más molestas rápido. Sin embargo, ella se volvió a mirar el mar con una expresión calmada que desarmó cualquier atisbo de seguridad en mí. La música sonaba a nuestro alrededor y la conversación del resto de nuestros compañeros no se vio interrumpida por mi acercamiento, pero ella pareció comprobarlo con un rápido barrido de reojo.

—¿Que qué me pasa? —respondió por fin—. ¿A mí?

—Sí, a ti.

Noté cómo se arqueaban mis cejas con preocupación. Podría haberme puesto chulito, fingir que sus vaivenes de atención no me afectaban, pero no era verdad y, aunque yo me creía entrenado para los juegos de la seducción, había algo allí que me descomponía, quizá porque sospechaba que yo era el único que pensaba en seducir.

—A mí no me pasa nada, Alejo.

Me miró y con un movimiento de cabeza intentó apartar un mechón de pelo que el viento se empeñaba en pegarle a la frente.

—Juraría que me evitas.

Fingió sorprenderse, pero se puso roja como un tomate maduro.

—¿Yo? —Un falso tono de indignación salió de entre sus labios y sus dedos, largos y con uñas pintadas de un color natural en el que no había reparado hasta aquel momento, separaron los cabellos que volvieron a adherirse a su frente, molestándola.

—Quizá no me evites..., al menos no todo el tiempo. Ese es el problema, que estás rarísima. De pronto estamos charlando tan normal... incluso... con confianza, a gusto, cómodos... y una hora después nos cruzamos y ni siquiera me devuelves el saludo.

—Eso no es verdad —bajó la voz.

—Sí, sí que lo es. Y, si he hecho algo que te haya molestado, prefiero que me lo digas y que dejemos de jugar al gato y al ratón, porque es incómodo y me... me estoy preocupando.

Estaba preocupado, joder. Vaya mierda. ¿Y todo eso por quedarme mirando cómo mi jefa salía del despacho cada día con su andar etéreo? Desde luego ahí había empezado. Marieta miró a nuestro alrededor, controlando, me imagino, si había alguien observándonos. Después, volvió a mirarme y suspiró.

—Siento haberte incomodado, pero no te estaba ignorando conscientemente.

—¿Estabas ignorándome inconscientemente?

—Estaba en otras cosas —intentó convencerme.

—No, no es verdad. Está pasando algo y no lo entiendo.

La canción que sonaba terminó y la gente comenzó a corear la que le siguió. Yo también la conocía, era «Rama», de Çantamarta y Crystal Fighters, y estuvo muy de moda aquel verano. Marieta esbozó una sonrisa natural, que casi se le escapó de la boca al ver al equipo tan contento.

—Alejo, está todo bien —dijo queriendo zanjar la cuestión mientras observaba al resto.

—Yo sé que no es verdad.

Se volvió hacia mí de golpe y su sonrisa ni siquiera desapareció cuando pellizcó los labios entre sus dientes. Nuestro silencio total quedaba tapado con el jolgorio, las carcajadas de algunos y la música.

—¿Tengo razón? —pregunté con un hilo de voz que le hizo desviar los ojos hacia sus pies—. Ey…

El mechón volvió a molestarla, y esta vez fui yo quien lo recogió detrás de su oreja de manera instintiva; si lo hubiera pensado, no lo habría hecho, pero no me arrepiento.

—Está todo bien —repitió apartándose—. ¿Sabes que puedes llegar a ser muy insistente?

—Hablar las cosas siempre ha sido mejor que dejarlas pasar.

—No me refería a eso.

Marieta me miró la boca. ME MIRÓ LA BOCA. Igual que uno mira a través del mostrador de una pastelería.

—Me refiero a que eres cabezota y, si me lo permites, un poco caprichoso. Suelta la presa. Déjalo. Abandona tu objetivo, porque no es buena idea.

—¿Qué no es buena idea?

—Lo que estás haciendo.

—¿Lo que estamos haciendo?

Miró al cielo, como buscando paciencia, pero su lenguaje corporal la delataba… Se lo estaba pasando bien.

—Ayer estuvimos muy a gusto —musitó tan bajo que pensé que me lo había imaginado.

—Sí que lo estuvimos.

—¿No es eso lo importante?

—No evites mi mirada —le pedí—. Te tenía por alguien que mira a los ojos cuando habla.

—Es que al final voy a tener que cobrarte las miradas. —Sonrió con cierta picardía.

—¿Y eso?

—Porque me miras. Mucho.

—Eres mi jefa, ¿no debo fijarme en lo que haces con el fin de aprender?

—Pues, si miras a tu jefa, te digo que está todo bien. Nadie va a despedirte ni a expedientarte. Puedes estar tranquilo. Incluso se comenta entre la gente de Recursos Humanos que les has ayudado bastante bien.

—Estás cambiando de tema —murmuré.

—Has sido tú quien ha mencionado mi cargo. —Estudió el espacio que nos separaba y, para ello, tuvo que echar un vistazo a mi pecho desnudo—. Da un paso atrás, por favor.

—¿No es apropiado?

—No. Y hay unas cincuenta personas a nuestro alrededor que pueden pensar algo que no es.

Di un paso hacia atrás y pareció respirar más tranquila, pero vi en su expresión que se preparaba para decir cosas que o no eran verdad o no le gustaba tener que decir.

—Estuvimos muy a gusto, pero no me gustaría que te confundieras. Este es un viaje de equipo y hay mucha gente con la que quiero estar y compartir un rato, como el que pasamos nosotros anoche. Quizá lo que pasa es que, no sé, estás acostumbrado a concentrar la atención o… o malinterpretaste el rato que pasamos o…

La corté:

—Estás pasando tan mal rato diciéndolo como yo escuchándolo.

—No estoy pasando ningún mal rato. —Y sonó tan disfrutona que no pude evitar preguntarme cuándo había soltado yo la sartén para que ella se hiciera con el mango—. No quiero…

—¿Qué no quieres?

—No quiero líos —sentenció con una sonrisa.

—¿Y qué lío podría haber?

Se humedeció los labios y, ay, casi los saboreé.

—Esas son las miradas que voy a tener que cobrarte —me indicó.

—Pues descuéntamelas del sueldo.

—Creo que igual no llegas a fin de mes.

—¿Es este el lío al que te refieres? —Arqueé las cejas.

—Aunque te empeñas en parecerlo, después de estas semanas trabajando juntos me consta que no eres tonto. No voy a aclararte cosas que ya sabes y te repito: tienes que parar.

—¿Parezco tonto?

—Parece que no te interesa aprender nada que no sea lo que a ti te interesa aprender.

—No sé dónde está el problema.

—La vida no es así. Uno tiene que estar abierto a aprender de todo lo que le rodea.

—Debiste nacer en 1950.

—¿Y ahora a qué viene esa sandez? —Sonrió.

—Porque hubieras sido más feliz disfrutando de Woodstock, en el 69, con una corona hecha de flores y pregonando el amor libre.

—No te confundas.

—Creo que no he estado más seguro de nada en esta vida.

—¿Has bebido?

—Una clara con limón, no estoy borracho.

—¿Te mareas en los barcos?

—A veces me mareas tú.

«¿Qué? Pero ¡¡Alejo!! ¡¡Contrólate!! ¡¡Que necesitas el trabajo!!».

Marieta se mordió el labio inferior mientras se reía. Una risa genuina, de las que te da rabia que se te escapen, con las mejillas sonrojadas y los ojos brillantes. «Ay, querida, va a ser que el cortejo no es tan malo si te cortejan a ti…, ¿no?». Apoyó la mano en mi hombro y me empujó hacia atrás, sin cambiar la expresión.

—Alejo… —musitó en un tono juguetón.

—Marieta…

—Para. ¿Sabes por qué? Porque ahora esto te parece buena idea, sobre todo porque no te está resultando fácil. Pero ¿sabes lo que sucederá? Que un día, en la oficina, te darás cuenta del percal y se te caerá la cara de vergüenza. Ahorrémonos malos ratos.

—No creo que sean malos ratos lo que nos estamos ahorrando.

—Si me lo permites, tengo que seguir pasando de ti un rato más. Así que… ¿por qué no socializas? Al final va a resultar que se te da bien y todo.

—Oye, en serio…

—No te voy a despedir —me aseguró divertida—. Pero es posible que siga ignorándote y, si alguna vez te cruza por la cabeza la peregrina pregunta de por qué, recuerda esta conversación.

Chasqueé la lengua y me volví para asegurarme de que nadie nos miraba con la intención de responderle algo que alargase aquella charla, pero…

… los marinos, durante siglos, temieron las grandes tormentas que alimentaran olas que los engulleran, la falta de alimento, una plaga dentro del navío y al kraken, un colosal cefalópodo que podía destruir su barco y tragarlo sin dificultad. Yo no era navegante, estaba claro, aunque tenía algún amigo con su velerito (como ya habrás deducido por mis compañías de colegio privado), pero allí, en alta mar, en las costas de Lanzarote, no temí ni una tormenta ni una ola gigante ni una epidemia a bordo ni que se acabaran los víveres. Ni siquiera al puto kraken. Lo que más miedo pudo provocarle al Alejo al que el sol tostaba sobre la cubierta de aquel catamarán fue pillar a Ángela con los ojos clavados en él y con una sonrisa que gritaba a los cuatro vientos: «Ahora sí que te he pillado».

20
El pacto entre Maquiavelo y Ana Bolena

Traté de evitarla, claro, porque cuando miras al kraken a los ojos (o a una sirena malvada que quiere que tu barco encalle contra las rocas) no buscas que te devuelva la miradita para saludarle o buscas una conversación amena sobre lo maravilloso y terrorífico que puede resultar el mar. Porque si algo quieren las criaturas marinas mitológicas es, sin duda alguna, devorarte.

—Hola, Alejo.

Ángela apareció a mi lado mientras rebuscaba una cerveza en el fondo de un cubo lleno de agua a dos grados con trozos de hielo. Quería una con mucho alcohol, bebérmela de un trago, conseguir otra y hacer lo mismo… repetidas veces, hasta que pudiera tapar con la humillación de ponerme bolinga delante de todos y vomitar por la borda aquel asunto que Ángela creía que debíamos tratar.

—Hola, Ángela. —Ni la miré.

Seguí a lo mío, intentando desaparecer, volverme invisible. Me planteé meterme en el cubo, pero eso podría resultar raro y terminaría en hipotermia fijo.

—¿Podemos hablar?

—Uf, no. Estoy ocupadísimo. Me están esperando para…

—¿Para? —replicó burlona.

—… para repartir cervezas. ¡Está todo el mundo sediento!

Aprovechó que me había erguido unos pocos grados para tirar de mi hombro hacia atrás y apoyar mi espalda sobre una de las paredes de la parte techada de aquel catamarán.

—Eh, eh —se me escapó entre gallitos de voz sumamente adolescentes.

—Alejo.

—¿Qué? —Me tembló la voz.

—Sé tu secreto.

La madre que me parió. Por el amor de Dios. Pero ¿por qué yo?

—El único secreto que guardo es que de pequeño estuve obsesionado con la Pataky y me vi todos los episodios de *Al salir de clase* que encontré por internet y no con intención de seguir la trama.

—Déjate de historias. Lo he visto.

—¿El mar? ¿El sol brillante? Qué alegría que la naturaleza nos regale tanto.

Ya lo he confesado: en esas situaciones me pongo a decir estupideces como defensa.

—Alejo, espabila. Te mola Marieta y lo sé.

«Dios te salve en este valle de lágrimas. Señora, abogada nuestra, vuelve a nosotros tus ojos misericordiosos…».

¿Se nota que mi colegio era religioso?

—No digas tonterías, Ángela. Yo te respeto mucho y espero que no te tomes esto a mal, pero creo que se te ha ido la olla.

—Ya, sí, claro. —Se rio—. Alejo, tranquilo.

—No —negué enérgicamente—. No estoy tranquilo porque me estás acusando de una cosa muy grave. ¡Muy grave! Sin ser yo nada de eso.

—Mira, si hasta te ha pegado su manía de terminar las conversaciones con frases de memes… —Me lanzó una mirada misericorde—. No te acongojes, cariño mío, que en mí puedes confiar.

—Ángela, déjate de historias. —Creo que el pánico de mi voz ahuyentó a todos los bancos de peces a diez kilómetros a la redonda—. Me vas a buscar problemas.

—No. Porque soy yo. Si hubiera sido Fran quien se hubiera dado cuenta, estarías jodido, pero conmigo... —Se palmeó el escote, que tenía bronceado y sobre el que caía una cadenita con una figurita que no identifiqué—. ¿Me estás mirando las tetas?

—¡No! ¡¡NO!! ¡Joder! —Me defendí—. Es que en esta empresa tenéis la manía de llevar unos collares rarísimos y estaba tratando de saber qué es eso que llevas ahí...

—Es una carpa koi, pero céntrate. Te mola muchísimo Marieta, ¿a que sí?

—¿A que no?

Ángela dio un paso hacia atrás y cruzó los brazos sobre el pecho.

—Si no quieres admitirlo, pues bueno, seguiré pensándolo, pero sin poder hacer nada por ti, porque tu silencio es como atarme las manos a la espalda. Si me lo confesaras, pues, claro, yo podría...

—Qué «podría» ni qué «podría». Estás fabulando.

—Soy mayor que tú —sentenció.

—Lo dudo, pero, aunque lo fueras... ¿y qué?

—Pues que soy más sabia.

—O no. Hay críos que aprenden muy rápido.

—Te he visto manejar el sistema telefónico de Like¡t, no perteneces a ese grupo. Pero, oye, ¿no quieres hablar del asunto...? Pues no lo hablamos. No pasa nada. Igual se lo consulto a Marieta y resulta que..., mira, estoy pensando que eso es lo mejor. Voy a preguntárselo a Marieta, a ver si ella ha notado algo raro, porque quizá me lo estoy imaginando todo. Así salimos de dudas.

Ojito a Ángela, cómo se las gastaba. ¿Fran estaba seguro de lo que sentía por ella? Porque en aquel momento me parecía una bruja. Yo sería el heredero de Maquiavelo, pero ella era la jodida reencarnación de Ana Bolena. Me había salido competencia y no me molaba nada.

—Espera… —La agarré del brazo con suavidad justo cuando se estaba dirigiendo hacia Marieta.

—Ya sabía yo que serías sensible a…

—¿A la extorsión? Sí. Necesito el curro.

—¡Deja de decir ya eso! —Puso los ojos en blanco—. Nadie te va a despedir por que te mole Marieta.

—No, porque nadie se va a enterar de algo que tú afirmas, pero que yo no tengo tan claro.

—Te he visto mirarla.

—Yo inventé ese juego. —Me tocó el turno a mí de poner los ojos en blanco y cruzar los brazos sobre el pecho.

—¿Qué?

—Nada. Que no. Que lo dejes estar, que vamos a liarla pardísima si sigues por ahí.

—Pero ¿a que te mola?

—No lo sé —negué, nervioso.

Me estaba venciendo por desgaste.

—Pues, para no saberlo, menudas miradas le echas, chico. Parece como si la lamieras con los ojos.

Me tapé la cara, muerto de vergüenza. Y yo que me creía un ninja.

—Eso no es verdad —intenté a la desesperada.

—Alejo, no pasa nada. Marieta es guapísima. La pelirroja más guapa que he visto jamás y la muy zorra ni siquiera se tiñe el pelo. Se pone unos baños de color de vez en cuando para que brille más, pero nació así de guapa. En fin —se centró—, que no te culpo. Lo entiendo perfectamente. Es guapa, es inteligente, es divertida y…

—¿Y?

—Súmale la erótica del poder.

—A mí eso no me afecta.

—Claro, ya lo veo —se burló.

—Ángela, por favor —supliqué—. ¿Qué quieres? Lo estoy pasando fatal.

—¡No quiero nada!

—Todos queremos algo. Es mejor que lo digas cuanto antes.

Fingió pensárselo durante unos segundos y sonrió, como si hubiera dado por fin con el problema matemático más difícil del mundo.

—Bueno..., hay información que yo poseo que podría ayudarte.

—¿Ayudarme? ¿A qué?

—A enamorarla.

—¿Enamorarla? —La sangre de todo el cuerpo se me fue a los pies—. Pero ¿quién está hablando de...? Ángela, me vas a provocar un trauma, un problema mental, una angina de pecho y que termine en la cola del paro otra vez...

Ángela, que hasta ese momento había mantenido una expresión traviesa, se serenó de golpe, como quien ha intentado hacer entender algo a un niño con bromitas y se da cuenta de que se tiene que poner seria, porque, si no, no hay manera.

—Alejo, soy una romántica. Supongo que habrá llegado ya a tus oídos.

—Algo he escuchado, sí.

—Tú no has visto cómo la miras. En serio, ojalá pudieras verte. Yo no sé qué os pasa a los tíos que siempre huis de admitir esas cosas y...

—No. No es verdad. A veces vosotras hacéis las cosas más grandes de lo que son; eso es todo.

—Porque vosotros no tenéis responsabilidad afectiva.

—¿Responsabilidad afectiva? —Fruncí el ceño—. Ángela, esto empieza a parecerse a la típica charla para embaucar a alguien en una estafa piramidal.

—Eres un trozo de animal, ¿lo sabes? —me informó, aunque algo sospechaba—. Miras a Marieta como si fuera una jodida ninfa del bosque que ha aparecido mágicamente frente a ti cargando una jarra llena de agua fresca para calmar tu sed.

Hum…, pues se parecía bastante a esas imágenes en las que me descubría enfrascado de vez en cuando…

—¡Que no! —me resistí.

—Olvida la palabra amor. Olvida que yo crea que no has visto una tía como Marieta en toda tu jodida vida y que del culo te sale Pepsi-Cola cada vez que piensas en ella. Céntrate. ¿Quieres pasar más tiempo con ella? ¿Quieres que se abra a ti? ¿Quieres formar parte de su vida como algo más que su asistente faldero? ¿Te mueres de curiosidad?

Me quedé mirándola, fabulando con que aquella conversación pudiera mantenerse de manera telequinética y yo no tuviera que responder en voz alta que sí, pero no hizo falta.

—Si es que sí, pestañea dos veces —susurró.

Pestañeé dos veces.

—Bien, pues podemos llegar a un trato.

—Es tu mejor amiga. ¿La vendes siempre al mejor postor? —le reproché.

—¡No! ¡Claro que no! Pero tengo muy buen ojo con las personas, y tú, además de estar bueno, tienes material.

—¿Material de qué?

—Material. —Quiso cambiar de tema—. ¿Trato hecho?

—Material de qué, Ángela, que me estás dando miedo.

—No te lo voy a decir —se negó—. Porque no eres sensible, porque no estás abierto a estas cosas y te vas a burlar de algo que sé a ciencia cierta porque lo siento aquí. —Se volvió a palmear el pecho, que ya lucía un poco enrojecido.

—Material… ¿de qué, Ángela? Déjame al menos hacerme a la idea de lo que tienes en la cabeza.

Suspiró.

—Material para ser uno de ellos, Alejo.

—¿De quiénes?

—No lo sé. De los que te hacen creer.

¿Era normal sentir angustia? Sí. Nada da más miedo que no sentirte capaz de cumplir las expectativas que otros proyectan sobre ti.

—Ángela, de verdad, no es que quiera jugar con Marieta ni nada, pero estás equivocada. No tengo nada claro esto que estamos hablando.

—Ni tienes que tenerlo. Tú déjame a mí. Relájate y confía. Podemos ayudarnos.

—¿Y tú qué quieres? —me asusté, casi abrazándome a mí mismo.

—Te llevas muy bien con Fran, ¿no?

—Sí. Bueno, creo que sí. —«Por favor, por favor, por favor..., por ahí no, por ahí no...».

—Pues tú necesitas saber detalles sobre Marieta para hacer las cosas bien y yo necesito saber qué cojones le pasa a Fran y por qué está tan raro últimamente. *Quid pro quo.*

—Pareces Hannibal Lecter.

—¿Aún chillan los corderos, Alejo? —bromeó.

Sabía que no iba a comerme. Sabía que no quería hacer *foie micuit* con mi hígado ni *steak tartar* con mis nalgas, pero... voy a confesártelo: nunca he estado más aterrorizado. Bueno, sí. Una vez, en un vuelo horrible a Milán en el que una influencer gritaba como un cordero (nunca mejor dicho) que no quería morir mientras su asistente la grababa.

Después de eso, aquel catamarán sería el escenario de mi mayor trauma.

Estaba al descubierto. Me habían dado de mi propia medicina. Al aprendiz de Maquiavelo lo habían maquiavelizado; el karma me castigaba por listo, como a aquella chica que fingió haber pintado unos cuadros de su tía abuela y la terminaron pillando.

Y lo peor de todo era que sentía que me estaba ahogando y la mano de Ángela parecía ser la única que podía salvarme. Estaba jodido. Estaba vendiendo mi alma. Estaba… entendiendo cómo debí hacer sentir a Fran.

—Trato hecho.

Y mi futuro quedó sellado con un apretón de manos.

21
Ideas equivocadas

Si hacíamos una lista de mis problemas, teníamos:

1. Me gustaba mi jefa.

¿Me gustaba mi jefa?
Sí, sin duda, me gustaba mi jefa.

2. Ángela, su mejor amiga, me había pillado babeando mientras la miraba.

Joder, Alejo, pareces nuevo en esto, cojones.

3. Decía que iba a ayudarme (¿a qué exactamente?) si yo le daba información de por qué Fran, su otro mejor amigo, estaba tan raro, pero…
4. … yo sabía que la razón por la que estaba tan raro es que estaba enamorado de ella, harto de ser invisible más allá de su papel de amigo e intentando sacársela de la cabeza, aunque fuera mediante una lobotomía.

Todo bien, mi alma. Qué bien lo estás haciendo todo, Alejito.

En un asiento situado estratégicamente en medio de la sala del aeropuerto en la que esperábamos el avión y parapetado detrás de un libro, pasé un buen rato observando los movimientos de los tres individuos implicados en mi mala suerte, pero no pude sacar ninguna información porque, claro, no podía escuchar de qué estaban hablando. Podría haberlo solucionado acercándome al grupo, pero la presencia de Marieta me imponía, como si hubiera quedado en ridículo delante de ella y no quisiera recordárselo.

Marieta, la maldita reina ninfa, seguía desenvolviéndose con naturalidad. Deambulaba entre la gente con un vestido blanco de corte ibicenco que destacaba su bronceado (solo apreciable para miradas tan insistentes como la mía, probablemente, porque no dejaba de ser una chica con tendencia a la palidez), brillaba como si tuviera luz propia. Bebía refrescos, se reía a carcajadas, leía, comía patatas fritas con aire distraído o consultaba su móvil…, pero no parecía buscarme con la mirada ni sufrir ansiedad por mi «ausencia». Eso sí que me creaba ansiedad a mí. ¿Es que le daba exactamente igual?

Fran parecía comportarse de un modo de lo más normal con Ángela, Ángela parecía actuar como siempre con Fran…, y yo allí, vigilando como el inspector Gadget, detrás de una novela en la que no había avanzado ni una página. ¿Cómo coño había terminado en una situación tan delicada?

—Ey.

Fran se sentó en el asiento de al lado con una cerveza fría para mí y yo maldije mi mala/buena suerte. Buena porque había entablado amistad con un tío excepcional, mala porque tenía que actuar a sus espaldas.

—Hola.

—¿Me evitas? —bromeó.

Conociéndole, no había ni siquiera un atisbo de sospecha tras esa pregunta.

—Muchísimo —respondí, porque puedo llegar a ser muy buen mentiroso, pero al parecer no cuando Ángela me arrincona en un catamarán—. ¿Qué tal?

—Bien. —Se acomodó en el asiento y cruzó las piernas estiradas a la altura de sus tobillos—. Todo bien.

—¿Qué tal el asunto Ángela?

Me miró de reojo y esbozó una sonrisa.

—Pues «el asunto Ángela» va como ha ido siempre y como seguirá yendo por los siglos de los siglos. No hay nada que hacer y…, no sé. Creo que es posible que esta vez empiece a hacerme a la idea de verdad.

—A ver si Ángela va a pensar que estás raro con ella…

Qué mal tirada, Alejo…

—Quiero muchísimo a Ángela, pero ahora mismo algo me dice que yo tengo que ser mi prioridad. No es que haya estado muchas veces en situaciones similares, pero, si quiero salir de esta rueda, sé que necesito poner el foco en mí y en mis necesidades. Este cuelgue se me va a pasar por cojones.

—¿Y cómo se hace eso? —pregunté muy interesado—. Quiero decir, ¿cómo supera uno un cuelgue intenso?

—¿Estás intensamente colgado por alguien? —se burló, mirándome.

—No. Pero por si acaso.

Madre mía…, qué mal.

—Pues creo que voy a ir a terapia. Estudié Psicología y me parece increíble no haber pensado en ello antes.

—En casa del herrero, cuchillo de palo.

—Probablemente.

—¿Y qué te empuja a pensar que esta vez sí debes olvidarla de verdad? —quise saber.

Me miró con una sonrisa resignada.

—Habla de él con una ilusión que, aunque ya había advertido en su cara otras veces, ahora me resulta más real. No hay banderas rojas a la vista: habla con él por videollamada unos minutos todos los días, el tío no la avasalla con mensajes, muestra un interés que parece genuino, la hace reír, parece un tipo normal que ha tenido mala suerte en el amor y que quiere empezar algo sano, despacio…, ¿cómo puedo no desear todo eso para Ángela si tanto la quiero?

—Hombre, pues porque tú también puedes darle eso y más.

—¿Y quién me dice que por ser yo la haría más feliz? Nah… —negó y miró al frente, donde Ángela y Marieta charlaban—. Si tengo que convencerla, no es para mí.

No estaba seguro de que aquellas afirmaciones fueran irrebatibles, pero no quise ahondar en ello. Suponía que, si todo aquello que Fran sospechaba de la relación de Ángela con ese chico iba a cumplirse, lo más sano para él era apartarse. Hacerse a un lado. Cuidarse y protegerse. Lo que me volvía a colocar en la casilla de salida como agente doble…

—¿No crees que ella notará un cambio por tu parte?

—Seré sincero con ella.

Ay, sí, por favor.

Lo miré esperanzado, eso me quitaría muchos problemas de encima.

—Todo lo sincero que pueda sin entrar en detalles que me dejen con el culo al aire, claro. Le diré que estoy en terapia.

—No sé si eso será suficiente para alguien como Ángela. Parece un buen sabueso.

—Tendrá que conformarse. No voy a añadir más humillación al asunto.

El Alejo actual le habría contestado que querer a alguien nunca es humillante, incluso si no es recíproco, pero ese Alejo aún no estaba sobre la faz de la tierra.

—Te entiendo, tío.

Pensé en qué decirle a Ángela cuando volviera a preguntarme. Lo más sano era inventar una mentira inocua que no hiciese daño a ninguna de las partes y me librase del calvario. Algo como que Fran se encontraba en ese punto vital en el que empiezas a hacerte preguntas sobre qué quieres para ti en el futuro y no hallas las herramientas adecuadas para responder a esas incógnitas.

Una vocecilla me dijo que podía hacer más por la cuestión. ¿A quién debía más fidelidad, a Fran o a Ángela? Egoístamente, a Ángela, porque guardaba mi secreto y necesitaba tenerla de buenas; por honestidad, a Fran, que empezaba a ser mi amigo de verdad.

—Tengo hambre, voy a comer algo —sentenció de pronto—. ¿Vienes?

—Em…, no. No tengo hambre y quiero terminar este capítulo, que está muy interesante.

Escuché cómo se alejaba mientras aparentaba leer mi novela. Me pregunté cuánto tiempo tendría que seguir ejerciendo de agente secreto doble, pero mi informante (¿o era yo su informante en realidad?) se acercó más bien pronto. Ángela fingió que se le caía el bolso delante de mí…, lo fingió tan bien que todas sus cosas se desperdigaron por el suelo, a mi alrededor. ¿Cómo puede llevar alguien tanta utilería para viajar en avión?

Me agaché para ayudarla y no tardó en acosarme a preguntas en susurros:

—¿Tienes algo?

—Por el amor de Dios. Me siento como un agente de la KGB.

—¿Tienes algo o no?

—Sí. —La miré de reojo mientras ambos tardábamos una eternidad en acercar y recoger todas sus vainas—. Típica crisis de los treinta.

—¿Crisis de los treinta a estas alturas? —Frunció el ceño—. No me lo creo.

—Que sí —asentí, pero una vocecilla maligna me aseguró de nuevo que podía hacerlo mejor—. Piénsalo. Es una edad en la que parece que tenemos que haberlo alcanzado todo: tener un buen puesto, una casa, un plan de futuro y…

—¡Él tiene todo eso! —exclamó en voz baja pero intensa.

—… y amor. Se está planteando volver a abrirse al amor, pero considera que, para hacerlo, no le iría mal acudir a terapia.

—¿A terapia? ¿Por qué? ¿Qué le pasa?

—Ángela, por favor, es psicólogo, es normal que confíe en lo que estudió… Además, ¿no has ido a terapia nunca o qué?

—Pues… una vez, de pequeña, porque me dio por hacer dibujos inquietantes. Resultó que mi hermano me había obligado a ver una película de miedo y, descubierta la fechoría, se terminaron las sesiones.

Vaya. Yo obligué a los mellizos a ver *It* cuando tenían ocho años y se pasaron tres meses gritando por la noche que alguien se los quería comer. ¿Era normal no sentir remordimientos?

—Bueno, Ángela. —Acerqué una barra de cacao para los labios, unas gafas de sol, una revista de sudokus, un lápiz y un rímel *waterproof*—. A mí me parece sanísimo que quiera ordenarse antes de hacer una búsqueda activa. Ojalá lo hiciéramos todos, ¿no? Así estaríamos seguros de que vamos a ser…, ¿cómo lo llamaste? Afectivamente responsables.

—Sí. Supongo.

—¿No es lo que las mujeres buscáis en un hombre?

Dejé caer las cosas dentro de su bolso y la miré, pero no contestó, de modo que seguí:

—Seguro que ese chico con el que estás quedando también se aseguró de estar preparado antes de embarcarse en una historia contigo. Perdona que esté al día de esto, pero… me gusta pensar que cada día soy más parte del grupo.

Me miró intensamente mientras se incorporaba, pero sin añadir nada. Podía ver los engranajes de su cabeza funcionar a pleno rendimiento. ¿Habría instalado en su cerebro la semilla del interés? O de los celos. O de…

—¡Toda la razón! —Sonrió de pronto—. Si es esto, me alegraría muchísimo por él. Se lo merece, aunque no sé por qué no nos lo ha contado. No obstante, seguiré atenta. Te invito a hacer lo mismo.

Maldita sea. ¿Había sonado a amenaza o me lo había imaginado?

—¡Oye! —me quejé cuando la vi alejarse—. ¿Y yo qué? ¿No hay información para mí?

—Te he mandado un mail. Tenía que asegurarme de que el pájaro estaba en el nido.

¿Qué? En aquella empresa todo el mundo estaba tocado del ala.

Saqué mi teléfono del bolsillo del pantalón y entré en la aplicación de correo electrónico donde, efectivamente, brillaba un globito rojo. El cuerpo del mail iba al grano. No debía ser demasiado amante de la literatura, a pesar de lo romántica que decía que era.

> Aquí va:
>
> Es una persona muy exigente consigo misma, pero es muy pasional, de modo que, si consigues «picarla» lo suficiente, lo de «donde mores no enamores» dejará de estar en su lista de prioridades para contigo.
>
> Le gustan los hombres inteligentes, con los que la conversación fluye de manera natural, que sepan alternar el mando en la seducción. Odia (odia) ese estereotipo de hombre de negocios trajeado que es imagen del éxito para todo el mundo; no es nada personal, entiéndela, es una mujer joven en un mundo de «tiburones». Caperucita también odia a los lobos.
>
> Por cierto, te recomiendo que dejes de apurar tanto el afeitado, pero esto solo es una opinión personal. Sospe-

cho que estarás mucho más atractivo luciendo un poco más de barba y... a ella nunca le han gustado los barbilampiños. Tienes un poco cara de niño y, aunque hay mujeres a las que eso les gusta, ella se ha fijado siempre en tíos..., ¿cómo decirlo?, con pinta de ser mayores de edad.

Su talón de Aquiles es el coqueteo, pero no porque se le dé mal, sino porque le encanta. Se crece cuando intuye que le prestan mucha atención, pero eso termina desinflándole las ganas; sin embargo, le encantan los retos. Si le muestras interés, pero no se lo pones fácil, es solo cuestión de tiempo.

Por cierto, odia los grandes gestos románticos dignos de película de Hollywood, así que ni se te ocurra ir por ahí.

P. D: Supongo que lo has entendido, pero por si acaso: a la vuelta a la oficina, quítate el maldito traje.

Era difícil no captar lo relativo a mi imagen, no obstante..., ¿cómo mostrar interés, pero, a la vez, no ponérselo fácil? Las mujeres pueden llegar a ser un enigma para tíos como yo. Perdón: tíos obtusos como yo.

A mi alrededor reinaba un ambiente comparable al del autobús de vuelta después de un campamento de verano. Como adultos que éramos, teníamos ganas de volver a casa, retomar ciertas rutinas y demás, pero habían sido unos días geniales. Redondos. En aquel momento no podía entender que en un principio me sedujera mucho más quedarme con un bonus y en la oficina, pero, claro, lo decía ahora que ya me habían ingresado la nómina. Iba a comprar una botella de vino, jamón bueno, un solomillo, unas patatitas... y un candado. Bueno, no podía encadenar la puerta de la nevera o mis hermanos tardarían unos diecisiete nanosegundos en quejarse a nuestros progenitores, pero sí podía esconder algunas cosas en mi habitación.

A pesar de la morriña que daba que aquel viaje se hubiera terminado, se respiraba cierta actitud festiva. Todos compartían patatas fritas, refrescos, recordaban hazañas emprendidas los días anteriores y reían.

Marieta apareció de súbito frente a mí, como solía pasar, con su bolsa de patatas vinagreta inclinada hacia mí.

—No, gracias. Pero ¿cómo puedes comerte eso? —me burlé.

—La pregunta es: ¿cómo puede no gustarte?

—Perdóname si prefiero comer cosas que no parecen haber sido sumergidas en el caldo de los pepinillos en vinagre.

—Bueno, bueno, bueno…, ¿tampoco te gusta el caldo de los pepinillos? Pero ¿a qué tipo de monstruo hemos contratado?

Me estaba riendo a carcajadas cuando me fijé en que Ángela nos miraba. Cuando vio que la había localizado, me hizo un gesto para que entendiese que tenía que cortar el rollo. Pero ¿por qué? Si estábamos hablando tan a gusto y…

¡¡Ah!! No era cuestión de darle y retirarle la atención; eso es muy chusco, muy tóxico. Se trataba, solamente, de hacerle ver que había más mundo para mis ojos que el pedazo que ella ocupaba. Interés, pero no fácil.

—¿Con quién te sientas en el vuelo? —me preguntó.

—Pues no sé con quién me habrá tocado. —Miré distraído mi billete, donde aparecía el número y la letra del asiento. Y ahí venía…—. Pero creo que le voy a pedir a Fran que nos sentemos juntos. Eso me asegura un vuelo de vuelta divertido.

Interés: te estoy hablando con la misma amabilidad, comodidad y cariño de siempre, porque me encanta estar contigo y quiero que lo notes. Pero no fácil: podría pedirte que cambiáramos los asientos para sentarnos juntos, tú y yo, pero ni siquiera se me ha ocurrido. Voy a intentar sentarme con mi amigo en las últimas horas de este viaje.

Qué lista, Ángela. Y qué bruja.

Pero, contra todo pronóstico, Marieta sonrió:

—Iba a proponerte que nos sentáramos juntos para ver una peli en mi tablet —confesó sin atisbo de decepción en su expresión—. Pero se lo pediré a Selene, a la que sé que también le gustan las pelis de miedo.

¡Ah! ¡¡¡Me encantaba ver pelis de terror en los aviones!!! Maldita sea. A ella mi estrategia parecía traerla al pairo. Había sido sincera, compartiendo conmigo sus planes con naturalidad, con lo que estos no escondían nada raro. Y, encima, me había quedado sin la posibilidad de…, mierda de estrategias. Solté aire por la nariz como un toro.

—Oh, cariño, ¿desilusionado por quedarte fuera del planazo? No te preocupes. Seguro que Fran y tú, los amigos machotes, os aseguráis un vuelo divertido. Por cierto, a Fran no le gustan las pelis de miedo. No te molestes en proponérselo.

—No iba a proponérselo —respondí seguro de mí mismo de pronto—. Se me había ocurrido preguntarle si es habitual en ti eso de azotar a la gente a tu alrededor con el látigo de tu indiferencia de vez en cuando o si lo haces solo conmigo porque te molo un poco.

Marieta abrió los ojos como platos, miró a nuestro alrededor asustada para comprobar que nadie nos escuchaba y después, haciendo una mueca que apretaba sus labios el uno contra el otro, me atizó una patada.

—¿Te quieres callar?

—¿He dicho alguna mentira?

—Sí —asintió, segura de sí misma—. Muchísimas. Me sorprende que quepan tantas mentiras en tan pocas frases.

—No sé, no sé. —Me reí ufano—. Estoy llegando a la conclusión de que cuando me ignoras es porque te preocupa mucho que los demás nos vean juntos y…

—Eso es verdad. ¿Y qué? No quiero que se hagan ideas equivocadas.

—¿Equivocadas?

Sonreí, consciente de que había hecho mella en ella, y Marieta gruñó apretando los puños.

—Arg. Eres como un crío.

Cuando la vi marcharse airada, no me pasó desapercibido que intentaba controlar una sonrisa en los labios. Tonteando como en el instituto. Alguien podría pensar que era terriblemente vergonzoso, pero la realidad es que era rejuvenecedor.

No obstante, los planes se me torcieron muchísimo, pues el azar quiso que me tocase sentarme en ventanilla y al lado de Ángela, hecho que esta interpretó como una señal del destino. Por supuesto, no consintió cambiarle el asiento a Fran. ¿Por qué? Porque teníamos la salida de emergencia delante, con mucha separación con los asientos de enfrente y nadie conocido ni en las filas de al lado ni detrás; era el sitio perfecto para cotillear y mangonearme.

—Ahora sí que vamos a ponernos al día… —me aseguró frotándose las manos.

—Eres mala —le respondí.

—Soy buenísima, pero aún no lo sabes.

Era maja, eso es verdad. Pidió unos refrescos para los dos y compartimos la bolsa de patatitas que había comprado antes de embarcar. Y, para mi sorpresa, en lugar de entrar a saco en la conversación que sabía que le interesaba entablar conmigo, me preguntó si me gustaban las plantas.

—¿Qué?

—No es una pregunta complicada, Alejo. ¿Te gustan las plantas?

—No conozco a nadie que diga que no *a priori* a esa pregunta.

—¿Tienes plantas en casa?

—¿Cuentan como plantas mis hermanos mellizos de veinte años?

—Es posible…, cuéntame más sobre ellos.

Solo fue el principio, claro. Me interrogó a fondo. «¿Te gustan los animales?». «¿Qué haces en tu tiempo libre?». «¿Tienes buena relación con tu familia?». Entre pregunta y pregunta, también me contaba cosas sobre ella. Tenía mucho arte, la muy bruja. Me estaba sondeando, pero tardé en darme cuenta.

—¿Estás asegurándote de que tu pálpito no se equivoca y que no estás intentando que tu mejor amiga ligue con un psicópata? —Le sonreí entonces.

—Solo he mencionado un par de banderas rojas, por si saltaba la liebre. No creo que me equivoque con mi pálpito, pero que seas uno de esos chicos que puede hacerle a una creer, no asegura que esa creencia vaya a ser buena.

—Eso, y que crees que te viniste arriba en el catamarán aplicándome aquel tercer grado y subastando a tu mejor amiga.

Puso los ojos en blanco mientras roía una patata como un ratoncito.

—Puede ser.

Me contó que había estado hablando con Fran de manera sigilosa, pero que no había conseguido sonsacarle mucho.

—Supongo que tienes razón en lo que me dijiste. La sensación que me dio es que quiere dejar atrás una etapa. Crecer. Conseguir otras cosas. Y creo que eso es bueno. He estado pensando que, quizá, pasar tanto tiempo con nosotras ha coartado sus planes en otros ámbitos.

—¿En qué ámbitos?

—En ligar, por ejemplo. —Me sonrió—. No sé yo si, teniendo el carácter algo tímido de Fran, es posible entrarle a una tía yendo con tus dos mejores amigas como sujetavelas.

—¿Tú crees que es tan tímido? A mí no me lo parece —mentí—. Yo le he visto hablar con chicas y te diré que se le da genial. Aunque, bueno, el físico le acompaña.

—¿Quieres decir que tiene buena labia? —se sorprendió.

—A juzgar por la carita que ponía aquella chica con la que hablaba te diría que muy buena labia.

Otra semilla plantada en su subconsciente que, si germinaba, haría crecer dentro de Ángela la idea de que Fran, además de su mejor amigo, era un hombre. Entiéndeme, digo «un hombre», pero quiero decir «un ser deseante y deseado con una sensualidad que no has podido ver porque lo has tenido en la *friendzone* demasiado tiempo».

—Bueno, ¿y tú qué? —Cambió de tema, y quise ver que se había sentido un pelín incómoda vislumbrando una faceta de Fran que no conocía.

Bien. Eso despertaría su curiosidad.

—¿Yo qué de qué?

—¿Qué tal con Marieta?

Miré a mi alrededor y tragué saliva.

—Es que no estoy seguro…, a ver… —Me empecé a poner nervioso—. Es evidente que me atrae, pero… es…

—Es tu jefa. Ya, sí. Ahora es tu jefa.

—¿Qué quieres decir con que «ahora es mi jefa»?

—Que ni se te pase por la cabeza que eso signifique que creo en la posibilidad de que, en algún momento, la situación pueda cambiar y situarte a ti por encima en el organigrama, por si has fantaseado con ello. Es solo que…, ¡vamos! Todos sabemos que es cuestión de tiempo que encuentres otro trabajo que encaje más con tus expectativas y te largues.

Eso era cierto. Me sentí un poco culpable por haberme distraído con cosas superficiales como ligar y haber dejado de lado la búsqueda de empleo. Eso y a mis amigos. Bufff. Tenía que quedar con ellos sin falta.

—¿Te mola o no te mola?

—Me mola —confesé—. Pero no sé cómo ni cuánto.

—Gracias por ser sincero —dijo con honestidad.

—Es lo menos que puedo hacer metido como estoy en este lío.

—Bueno, pues déjame que te pida algo… No vayas mucho más allá mientras no sepas cómo o cuánto.

—Solo estamos coqueteando. Relájate.

Ambos comimos patatas durante algunos segundos, pero una idea me estaba incomodando, así que bebí un trago de refresco y le pregunté:

—¿Intentas protegerla porque es una mujer muy sensible? Quiero decir…, ¿temes que pueda herir sus sentimientos, hacerle daño…?

—Para. —Sonrió con seguridad y bebió también un poco de su Sprite—. Nada más lejos de la realidad. Marieta no es creyente, con lo que, si alguien hace un milagro frente a sus ojos, es muy posible que o le busque otra explicación, algo científicamente demostrable, o ni siquiera repare en ello.

—No te entiendo. —Ángela frunció el ceño ante mi poca capacidad de comprensión.

—Es cien veces más probable que te pilles tú, que termines enamorado hasta las trancas y sufriendo por su amor, que que le pase a ella.

Asentí con una sensación extraña en la boca del estómago. Eso… ¿me tranquilizaba, me motivaba o me ponía más nervioso? No lo tenía claro y no llegué a ninguna conclusión en todo el vuelo.

Al aterrizar, todos nos quedamos en la terminal de llegadas junto a las puertas para despedirnos como la situación merecía. Estábamos contentos y tristes a la vez, pero no había que olvidar que era domingo y que al día siguiente volveríamos a vernos en la oficina. Una oficina que no despertaba la sensación de amargura que evocaban otras los domingos por la tarde.

Marieta fue repartiendo abrazos a diestro y siniestro, celebrando el éxito de otro viaje de equipo donde no se había discutido, orquestado un golpe de estado ni nadie había matado a nadie sin querer (o queriendo). No había nada en su actitud que impusiera la distancia que la palabra «jefa» desvelaba; había cercanía, cariño y confianza entre ella y su equipo, pero también recibía mucha admiración y respeto. Cómo lo había conseguido sin enarbolar su título de CEO, sin caminar por encima de sus equipos, sin exigir con prisas y rudeza, era un misterio para mí. Claro, yo aún no sabía que despertar afecto es una de las cualidades más importantes de un gran líder. Cuando llegó mi turno, Marieta no me abrazó, como esperaba, sino que me dio un golpe amistoso en el hombro mientras decía:

—¿A que te alegras de haber venido?

—No sabes cuánto —respondí en voz baja, queriendo que sonase como un secreto entre los dos.

Por su expresión, por su sonrisa comedida, por el aleteo de sus preciosas pestañas, supe que había llegado adonde quería.

—Te lo dije —respondió ufana.

—Ni siquiera tú sabías cuánto nos íbamos a alegrar.

—Ah, ¿nos alegramos?

Sonreí también.

—Eso espero.

Se humedeció los labios y miró los míos durante una décima de segundo. No me pasó desapercibido, por más que ella lo deseara.

—Lo he pasado muy bien contigo —dijo otra vez, en voz baja.

—Yo también. Siento que he roto ciento veintitrés normas del reglamento de los trabajadores, pero…

—Ciento veintitrés por lo menos, tirando por lo bajo —me interrumpió, divertida.

—Pero no me arrepiento —sentencié.

—A lo mejor el efecto dominó aún no ha empezado y lo lamentas más adelante.

—¿Qué podría lamentar? ¿Haber descubierto que eres increíble?

Tragó saliva.

—No sé —respondió.

—Puede que algún día me arrepienta, quién sabe. Cuando uno descubre algo, luego es muy difícil dejar de verlo.

—¿Quieres dejar de verlo?

—Al parecer es lo que me conviene —sentencié.

Marieta pareció querer añadir algo, pero terminó por cerrar la boca. Ángela la llamó a mi espalda para preguntarle si compartían taxi las dos con Fran y respondió, mirando por encima de mi hombro, que sí.

—Bueno, pues nada. Te veo mañana. Descansa.

—No sé si podré —suspiré.

—¿Por qué? ¿Quién te lo va a impedir?

—El recuerdo de la terraza de tu habitación.

Una nube de algo que atenuaba nuestro alrededor hasta hacerlo casi inexistente nos envolvió. Para mí solo existía pelo rojo (¿sería suave entre los dedos?), labios carnosos (¿a qué sabrían?), ojos amarillos (¿cómo brillarían al despertar?) y preguntas, muchas preguntas. Para ella, no tengo ni idea, pero, a juzgar por cómo despegó su mirada de mí y se marchó, diría que podía intuirse la existencia de una fuerza gravitatoria que nos atraía cada vez más.

22
La jefa

Cuando entré el lunes en la oficina me di cuenta de que Marieta había sido mucho más rápida que otras mañanas. La encontré sentada ya tras su escritorio con el pelo recogido en una coleta y, como empezaba a refrescar con los primeros pasos del otoño, se había vestido con un jersey fino de cuello cisne en color negro y un vestido lencero encima, ceñido a la cintura con un cinturón también negro. A sus pies, unas botas Dr. Martens. Ella seguía fiel a un estilo que, si supiera del tema (puede que haya indagado un poco por internet, pero juraré no haber dicho esto jamás, ni bajo amenaza de tortura), podía definir como *boho* con toques de un *grunge* romántico. ¿Qué significa eso? Para mí nada, pero igual a ti esas palabras te son de ayuda para imaginarla mejor.

El caso es que ella seguía fiel a su estilo y, aunque podría decirse que yo también al mío, había intentado dar un giro a mi atuendo habitual para ir a trabajar, siguiendo los consejos de Ángela. Había rebuscado en el armario como un poseso hasta dar con algo que me satisficiera. No quería que pareciera que me esforzaba demasiado ni que quería encajar porque, claro, yo estaba por encima de esas niñerías…, pero quería gustarle a Marieta, lo que a ojos de muchos también podría resultar algo inmaduro.

Seguía luciendo la contenida barba de tres días que había llevado el día anterior, claro, y me había peinado el pelo castaño como siempre, hacia un lado y atrás, como el caballero por el que me tenía, pero hasta ahí llegaban las coincidencias con el Alejo al que les tenía acostumbrados. Llevaba una camisa azul petróleo *oversize* arremangada y con un par de botones desabrochados, nada obsceno, que dejaban adivinar el valle que se creaba bajo mi garganta. Siempre he pensado que lo de llevar unos botones desabrochados es un arte, tanto en hombres como en mujeres, porque si te pasas puedes pecar de ordinario y, si no llegas, de seminarista.

Había combinado aquella camisa, metida por dentro, con unos pantalones vaqueros oscuros, un cinturón marrón «sucio» y unas botas del mismo tono. Sabía que aquellos Levi's eran una de mis armas secretas. El día que me los enfundé por primera vez tuve que mirarme dos veces en el espejo: ¿perdona? Había pasado toda mi vida pensando que no tenía culo y..., abracadabra, allí estaba. Estaba seguro de que aquella ropa sacaba partidazo a mi cuerpo (¿conoces esa sensación de mirarte en el espejo y saber con exactitud qué es lo que mejor te sienta?), así que, tras dejar las cosas sobre la mesa y encender el equipo, me volví hacia la jefa queriendo ser uno de esos chicos de anuncio de colonia, a poder ser que su nombre se pronuncie en francés. Esperaba encontrarla enfrascada en sus cosas, como siempre, y tener que hacer algún tipo de danza de apareamiento para que me prestase atención, pero para mi sorpresa me di de bruces con su mirada, que me recorría con más gula que un niño frente al escaparate de una tienda de dulces. Al ver su expresión, fruncí el ceño un segundo y después, como el cabrón que soy, sonreí con suficiencia: era evidente que había causado el efecto deseado.

Entré en su despacho con el cuaderno (¡se me había vuelto a olvidar pedir la tablet!) y unos ademanes mucho más relajados;

no sé si habían sido los días de vacaciones o la libertad de movimiento que me daba aquella ropa, pero me sentía otro. Otro que molaba más. Otro que, recuerda, tenía un buen culo potenciado con esos jeans.

—Buenos días, jefa. Esta mañana tienes reunión de seguimiento con Recursos Humanos. La orden del día incluye la reubicación de algunos puestos en diferentes departamentos, Selene me ha pedido por mail que te lo recuerde. También tienes agendada la reunión de implementación de la imagen de marca renovada. Por lo demás, quisiste que bloqueara el resto del día para que pudieras adelantar «tus cosas», así que eso es todo.

Marieta emitió un sonido de asentimiento mientras se esforzaba por no mirarme. Y... un consejo: esa táctica no suele servir de nada. Si te ha pillado comiéndotelo con los ojos, fingir que de pronto no lo ves no surte efecto, solo parece que te ha dado un mal aire.

—Mañana es el cumpleaños de tu madre, por cierto —insistí.

—Ya lo sé —asintió cohibida.

—¿Quieres que reserve en algún sitio para cenar, que le envíe flores o algo por el estilo...?

Se volvió hacia mí y se quedó mirándome, preguntándose cómo había sido posible aquella transformación. Hacía unas semanas no sabía ni pasar una llamada (en realidad, ni siquiera estaba seguro de haber aprendido a hacerlo) y ahora me paseaba por allí ofreciendo mis servicios como el mejor asistente del mundo. ¿Sería el coqueteo, que me daba superpoderes?

—Genial, gracias, Alejo, pero mejor reserva para comer.

—¿Hay algo que le guste especialmente a tu madre?

—Los hombres emocionalmente inaccesibles, pero no te molestes en intentar seducirla, le gustan más mayores.

Eso la hizo sonreír con resignación y pareció que se relajaba. Marieta, como casi todas las mujeres, estaba muchísimo más bella cuando se relajaba. Para mí, desde que tengo uso de razón, la belleza siempre ha tenido más que ver con la gracilidad y la agilidad que con las medidas. No hay nada más grácil y ágil que alguien cómodo.

—Ya que no me puedo presentar como ofrenda, ¿qué flores prefiere? —pregunté.

—No tiene manías.

—¿Y sobre los restaurantes? ¿Algún tipo de comida preferido?

Desvió la mirada sobre su mesa y movió tontamente algunos trastos y libros, fingiendo estar ocupada en otra cosa cuando solamente los cambiaba de sitio. Si seguía así, me crecería tanto que tendría dificultades para salir por la puerta del despacho. Marieta odiaba que lo que veía le gustara, y a mí eso me estaba llevando al éxtasis.

—¿También sabes de restaurantes?

—Aunque no lo creas, tengo una buena vida social.

Y, técnicamente, mentí, porque en las últimas semanas mi interacción con seres humanos se reducía a la del trabajo y mi ocio se basaba en poder llenarme la tripa con algo que no se me calcinara ni flotase en aceite mientras veía programas sobre asesinos en serie.

—Ah, sí, seguro que eres el tío más popular de los restaurantes canallitas, pero a mi madre le gustan coquetos y elegantes —respondió resuelta.

—Elegante y no demasiado romántico, perfecto. —Anoté en el cuaderno—. Lo tengo. El restaurante canallita ya lo dejo para cuando sospeche que quieres pedir mi mano.

—Sigue soñando. —Sonrió con tirantez—. ¿Cuándo vas a hacer el favor de cambiar el cuaderno por una tablet?

—Cuando me acuerde de pedirla —sentencié sin molestarme en desviar la mirada de la hoja donde anotaba—. ¿Para cuántas personas reservo?

—Para dos. Y, por favor. —Cerró los ojos—. Llama a mi madre de mi parte y dile que comeremos solas, que no traiga a Pepe.

—¿No nos gusta Pepe? —me atreví a preguntar con las cejas arqueadas.

—Pepe nos gusta, pero no nos apetece no poder tener una comida tranquila madre e hija sin que se hable de energía solar, tema que parece obsesionar a Pepe estos últimos meses.

Eso me hizo reír, y Marieta se contagió con una sonrisa contenida.

—Nada más. Gracias.

Hice un gesto de despedida sutil y rápido con dos dedos sobre mi ceja derecha y salí del despacho tal y como había entrado. Vi varias cabezas en la sala principal seguir mi paseo posterior a la cocina y... Buah, me sentí de puta madre. Nunca me gustó tanto ir a trabajar un lunes.

Iba pensando en que con la siguiente nómina debería hacerme con dos pares de vaqueros de ese modelo en otros colores cuando me crucé con Ángela. No dijo nada, pero tampoco le hizo falta para echar a perder mi momento de gloria y hacerme sentir un retortijón. Me bastó con la miradita que me lanzó, que parecía decir: «Yo tengo el poder». ¿Qué narices pretendía ahora miss Manipulation?

Preparé cafés y bollos con la rapidez de un personaje de cómic y para cuando salí de la cafetería unos minutos después estaba convencido de que Ángela me la jugaría. ¿Por qué? No sé. A lo mejor porque yo era el tipo de persona que la habría vendido por trece monedas de plata si con ello sacase beneficio. Más beneficio que las monedas, entiéndeme, que eso es solo una manera de decir que era menos fiable que Judas. En solo seis o siete minutos me había dado tiempo a imaginar al menos una decena de conversaciones entre esas dos en las que yo no quedaba precisamente en buen lugar. ¿Por qué iba a traicionarme? Quizá había descubierto mi doble juego en relación al tema de Fran. A lo mejor se había dado cuenta de que soy un sucio cabrón manipulador y no me quería para su amiga. También existía la posibilidad de que sencillamente fuera una sádica y le gustase la idea de verme caer en desgracia. Verme caer más.

Fue la ansiedad de no saber a qué atenerme con la maldita lady Maquiavela (Ángela para los amigos) lo que hizo que me lanzara de nuevo al interior del despacho como si me fuese la vida en ello. Estaba seguro de estar a punto de interrumpir una conversación completamente fuera de lugar sobre mí, pero…

—La rotación que te comenté de los dos desarrolladores está funcionando de putísima madre. Están supermotivados con el nuevo equipo, y, como ya tienen el *stack* y la metodología, la cosa va como un tiro. Igual antes, viendo el tablón, estaba preocupada por el hito del *sprint* actual, pero ahora estoy bastante segura de que vamos a llegar bastante bien. Pásate luego por la *demo* de la *review* y echas un vistazo.

Vale. No entendí nada, pero quedaba bastante claro que yo no tenía nada que ver con los desarrolladores, la metodología, el *stack*, el *sprint* ni la *demo* de la *review*.

—Perdonad —murmuré yendo directo a la mesa de Marieta, donde apoyé una bandeja—. Café ardiendo con mucha leche de avena y panela para la jefa, café solo doble para la hacker.

—¿Esas son formas de dirigirte a tu directora tecnológica? —me reprendió esta.

—Sí, porque le he traído un rollo de canela.

Dejé un platito delante de ella (que esperé que sirviese como sacrificio, dádiva y ofrenda para la deidad calculadora e informática que tenía delante) y después otro frente a Marieta.

—Para la jefa un *croissant* relleno.

Me acerqué a la nevera que ocupaba el rincón del despacho, la abrí y saqué una botella de agua que, después, deposité sobre la mesa.

—Por favor, bebe agua. Vas a morir momificada por tus propios tejidos deshidratados.

—Qué ocurrente. —Se rio Ángela.

—Perdona la interrupción, jefa. Ya me voy.

—¿Puedes hacer el favor de dejar de llamarme jefa? —se quejó.

Una media sonrisa prendió en la comisura de mi labio tirando hacia arriba.

«¡¡Oh, oh, querida Marieta!! Calma. Alejo, aquí hay de dónde tirar».

—Ah —fingí sorprenderme con sarcasmo—. Pensé que eras tú quien estaba interesada en que no se me olvidara que lo eres.

—Algo me dice que por más que lo repitas nunca vas a terminar de tratarme como tal —se lamentó.

—¿Hay alguna queja sobre la mesa?

—Sobre la mesa hay muchas cosas —puntualizó agitando la mano en dirección a la puerta, indicándome la salida—. Ya te llamo si necesito algo.

—Tranquilas, señoritas. —Sonreí, recuperando el aplomo anterior—. Ya os dejo solas para que habléis de mí sin prisas.

Ángela escondió su sonrisa mientras se acomodaba en la silla y Marieta me miró con sorna.

—¿Qué? ¿Pilladas? —Me vine arriba.

—Para comentar que llevas desde que has llegado meneando el culo por toda la sala para que veamos cómo te quedan los vaqueros no necesitamos mucho tiempo, así que no te preocupes. Si te pitan los oídos, no es por nosotras. Cierra al salir.

Y, con esto, Marieta recuperó la sonrisa y la compostura.

Cerré.

Me senté.

Miré fijamente la pantalla de mi ordenador… y pasé la siguiente hora y media preguntándome si yo era un ridículo o si Marieta intentaba por todos los medios disimular que el menear de mi culito la ponía cardiaca.

Es posible que no fuera tan buen asistente como me creía.

23

Lecciones de educación emocional

Ángela y yo nos encontramos furtivamente, como dos viejos amantes, en la cantina, donde aprovechamos para tomarnos un refresco a media tarde, sentarnos frente a frente y reprocharnos cosas. Exactamente igual que los viejos amantes.

—¡Es que me confundes! —me quejé.

—Te dije que te quitases el traje, no que te contoneases por toda la oficina como si fueses una *vedette* del Copacabana.

—¡No me he contoneado en ningún sitio! Los hombres no nos contoneamos.

—Hala, masculinidad frágil, lo que te faltaba. Lo tienes todo para cantar bingo, ¿eh? —me riñó—. ¡Es fácil! La elección de la ropa ha sido buena, pero tampoco te pongas como una gallina clueca, porque pasas de ser un bombón a parecer un presumido.

—¿Ella te ha dicho que le parezco un presumido?

—Hoy no.

No soy un tipo agresivo, pero tuve que usar mucha fuerza mental para refrenar el impulso de darle una patada a su silla y volcarla con ella encima.

—Es una cuestión de sutilezas, Alejo —se quejó.

—Ya no sé si estoy intentando ligarme a una tía o haciendo las pruebas de la NASA para ser astronauta, tronca.

—¡Eh!… ¡Tú! —Me señaló—. De «ligarte a una tía», nada. ¡A demostrarle que el amor existe! Que ese era el trato.

—El trato no era ese ni de lejos. Permíteme que te diga que te estás viniendo arriba con lo del amor. Ya te he dicho que a mí me mola, pero no tengo ni idea…

—Llámalo como quieras —me interrumpió—, pero vilipendias las relaciones líquidas, no creo que hagas *ghosting*, *gaslighting* ni…

—¿En qué hablas, Ángela?

—En moderno, abuelo, en moderno.

Le hice una mueca y ella me sonrió.

—Tú lo que quieres es enamorarte —me espetó.

—Yo lo que quiero…

«Es zumbármela encima de su escritorio». No lo dije en voz alta, gracias a Dios.

—¿Qué quieres? —insistió.

—Pues no sé. Llevarla a tomar unos vinos, a ver qué surge.

—Si quisieras ir a tomar unos vinos y ver qué surge, no buscarías a alguien como Marieta.

—Ah, ¿no? ¿Y por qué no?

—Pues porque es como escoger Física Cuántica como asignatura optativa.

—Me gustan los retos.

—Como esta sea una de esas ocasiones en las que al niño mono se le antoja seducir a una tía difícil para dejarla plantada en cuanto la consigue, te parto el cráneo.

—Mira tú qué bien…, ¡casi no tengo ganas de retirarte la palabra para siempre, Ángela!

Ella volvió a reírse y me enseñó el dedo corazón. Vaya, vaya. Qué confianzas se tomaba la directora tecnológica. Eso quería decir que yo también podía intentar sonsacarle información, ¿no? La información es poder… aquí, en Like¡t, y en la China imperial.

—¿Qué tal te va con el chico que estás conociendo? —le pregunté.

Pareció sorprendida, pero no me paró los pies.

—Muy bien. Sé que digo mucho lo de «es la primera vez que me siento así»... Bueno, tú no lo sabes, pero, cada vez que empiezo a quedar más en serio con alguien, suelo hacer afirmaciones de ese tipo. Pero esta vez... esto es nuevo para mí.

—¿En qué sentido? —Apoyé el codo en la mesa y la barbilla en el puño.

—Pues en que me trata tan bien que a veces no sé cómo comportarme.

—No digas eso, coño —me apené—. Pero ¿a qué clase de gilipollas estabas acostumbrada, chiquilla?

—No voy a decirte nada similar a «todos los tíos sois iguales», porque no creo que sea así, pero no es necesario que uno sea gilipollas para hacer daño a otra persona, solo no tener educación emocional... Y, seamos francos, a nosotras se nos educa muchísimo más en ese aspecto que a vosotros. No es una acusación, que conste. A todos nos falta mucho trabajo en ese campo.

—Ya, ya, te entiendo. Te refieres a lo de que «los niños no lloran» y esas cosas.

—A eso, a que la sociedad nos educa como cuidadoras y a vosotros, sin embargo, vuestras madres os han criado como príncipes que merecen lo mejor y nada es suficiente para vosotros y...

—... y que la cantidad de oferta hace que se pase de una relación a otra con la facilidad con la que uno se come una ficha en una partida de parchís, ¿no? Mal sitio para trabajar si no quieres que esas cosas sucedan, ¿lo has pensado?

—El problema no son las aplicaciones, el problema es el uso que se hace de ellas.

—Bueno, pues apoyándome en tu afirmación de que no tenemos que ser gilipollas para hacer daño a otro, te diré que buscar un lugar seguro no entiende de géneros, sino del momento de cada persona.

—Vosotros buscáis pasar la juventud con el churro a remojo la mayor cantidad posible de tiempo y después encontrar una buena esposa que os aguante cuando estéis cansados y calvos.

—Y juguemos al golf… —me burlé.

Los dos nos echamos a reír.

—Pues me alegro de que te trate como te mereces, Ángela, pero, si no se te olvida que es lo mínimo que mereces, mejor.

Me sonrió y Maquiavelo me susurró desde las alturas que, ahora que estaba blandita, era el momento de darle una estocadita en la dirección adecuada, al menos para que tuviera más opciones entre las que comparar…

—Me recuerdas un poco a Fran.

—¿En qué?

—Pues en que…, no sé. Fran no sabe lo que vale y, por tanto, no sabe lo que se merece. Me alegro de que al menos se haya animado a salir por ahí conmigo. Este próximo fin de semana hemos quedado para tomarnos unas copas.

—¿Habéis quedado para salir a cazar?

—Qué feo suena eso. —Arrugué la nariz, divertido, porque era justo lo que pretendía que entendiera—. Pero antes le voy a dar lustre para que se mire en el espejo y se vea tal y como es.

—¿Y cómo es? —preguntó burlona.

—Pues un tiarrón, coño. Tiene una espalda y un porte el tío… que quién lo tuviera.

—Claro, porque tú tienes tan poquito que agradecer a la creación…

Me reí.

—Se lo van a comer en cuanto lo vean entrar en un bar.

—Pues ojalá —sentenció de una manera que parecía bastante sincera—. Porque es un hombre fantástico. Ya era un chaval increíble y con los años se ha convertido en alguien realmente especial. Merece a una persona a su lado que no lo quiera, que lo adore. Nunca le he visto enamorado…, ¿sabes esa forma en la que miran las personas cuando aman a alguien?

—Dios, Ángela, eres tremenda. —Me reí.

—No, escúchame… Mis padres se miran de esa forma y llevan cuarenta años casados: con una sensación de placidez y orgullo por tener a alguien así a su lado… Tranquilidad y admiración.

—Creo que ya sé a lo que te refieres.

—Pues nunca lo he visto mirar a ninguna chica así.

—¿Y tú?

—¿Yo qué?

—¿Has mirado a alguien de esa manera?

—He querido hacerlo, pero nunca he dado con la persona adecuada para que la carroza no terminara siendo una calabaza.

—Pues no perdamos los zapatitos por nadie, que los otros son humanos, exactamente igual que lo que vemos en el espejo.

Ángela pareció sumirse en cavilaciones y yo me quedé mirándola. Seguía pensando que no era mi tipo, pero entendía bien que pudiera resultarle tan increíble a Fran. Era muy divertida, tenía un cuerpo terriblemente femenino y unos ojos vivos e inteligentes que en un abrir y cerrar te desnudaban de pretextos. Sin embargo, ella no se veía así. Eso me recordó a algo que mi madre me contaba alguna vez, entre charlas de libros y cafés.

—Ángela… —empecé a decir—, sé que voy a darte un consejo que no me has pedido y soy consciente de que eres amiga del director de Recursos Humanos y me pueden despedir, pero… mi madre siempre dice que lo suyo con mi padre funcionó porque ella estaba muy segura de quién era, de lo que ofrecía a una relación y lo que merecía. Creo que a veces nos perdemos en lo que creemos que se espera de nosotros sin darnos cuenta de lo que somos en realidad, que es mucho más importante que ese «mejor yo» que proyectamos constantemente y que nos frustra tanto.

Frunció el ceño, visiblemente contrariada.

—Lo que quiero decir es que si tú no te quieres como debes, si tú no sabes, y lo sabes bien y a fondo, lo que vales, siempre te contentarás con relaciones que te den menos de lo que mereces.

Se humedeció los labios y esbozó una sonrisa.

—Gracias, Alejo, pero es algo que a muchas mujeres nos cuesta horrores conseguir.

—Lo entiendo, pero mírate en los ojos de Fran, por ejemplo.

—¿En los ojos de Fran? —se extrañó.

—Sí. Él siempre te mira bonito.

—Claro, es mi amigo desde que somos adolescentes. —Se rio—. Si me mirara con desprecio, ya habría perdido algún diente.

Me eché a reír.

—Oye, ¿y vosotros nunca…? —pregunté, aunque ya sabía la respuesta.

—¡¡Nunca!! —exclamó—. ¿¡Qué dices!?

—Joder, ni que fuerais hermanos.

—No, joder. No es eso. Tengo un hermano pequeño y sé lo que se siente por los hermanos y lo que siento por Fran, pero estarás conmigo en que la amistad es un tipo de amor muy platónico. Soy incapaz de pensar que Fran…

—¿Tiene pene y lo usa para follar?

Pestañeó, horrorizada.

—Por Dios, Alejo.

—Es que es verdad. —Me reí.

—Me refería a que no pienso en Fran como en un hombre.

—Pues quizá es que buscas en un hombre los atributos que menos te convienen…

Creo que la dejé pensando. Al menos le mencioné el hecho de que Fran tenía pene, que es algo que supongo que ella ya sabía, pero un hecho sobre el que no pensaba en absoluto. Eso no le vendría mal a mi amigo, desde luego, aunque creo que me hubiera soplado una hostia si me hubiera escuchado hablar de él así.

El caso es que, mientras Ángela parecía considerar que mi opinión era respetable y no el balbuceo de un loco, como solían dar a entender mis hermanos pequeños, Marieta entró en la cafetería como una exhalación.

—¿Qué hacéis? —preguntó sin pararse, dirigiéndose rápido a los boles con frutos secos, llenando un cuenco y metiéndose un puñado en la boca después.

—Ey, ey, tranquila, ardilla —le pedí, con miedo a que se atragantara.

—Tengo que ir a comprarle un regalo a mi madre y necesito ácidos grasos omega 3 para reducir el riesgo de que me dé un ataque al corazón viendo que nada de lo que encuentro a última hora, como siempre, le va a gustar.

—Te recuerdo que voy a encargarme yo de enviarle unas flores y reservar mesa para comer contigo.

—¡Pero eso no es un regalo! Eso es un detalle. Tengo que darle un regalo más personal o seguiré ostentando el puesto de la peor hija del mundo.

—Ella no piensa que seas la peor hija del mundo —respondió Ángela con ternura.

—Pero yo sí.

Ángela se rio y movió la cabeza, dejándola por imposible.

—Tía, acompáñame —le pidió Marieta.

—Ni de coña. Estoy hasta arriba con lo que te he dicho esta mañana.

—Pues bien que estás aquí de cháchara con Alejo.

—No estamos de cháchara, querida. Le estoy pidiendo que se baje la aplicación y que la testee.

—¿Por qué? —preguntó ella extrañada.

—Pues porque no la ha usado nunca, hemos metido muchos cambios esta última temporada, en cuanto a *plugins* y demás, y me interesa la opinión de alguien «virgen». Trabaja aquí, será objetivo.

—Yo creo que es al revés —puntualizó ella—. Trabaja aquí, no será para nada objetivo.

—Y tú también deberías bajártela.

—Yo ya la tengo.

—Activa, quiero decir.

—No me apetece.

—Le echaré un vistazo, Ángela —respondí, entendiendo que Ángela me estaba lanzando una maroma a la que agarrarme, por si acaso podíamos avivar ciertos «celitos» en Marieta.

—Pero tendrás que usarla de verdad —dijo esta con retintín—. Quedar con alguien, usar el programa de fidelización...

—Ángela me ha animado a descargarla, pero no creo que necesite que mi experiencia en la aplicación sea tan inmersiva, aunque... ¿qué es lo peor que podría pasar? Nada. Sin embargo, puede que conozca a alguien interesante para quien sea algo más que un pijito madrileño.

Frente a mí, Ángela tuvo que aguantarse la risa cuando Marieta se volvió hacia la fuente de frutos secos de nuevo para llenar el bol y, supongo, disimular su expresión de asco. No le hacía gracia que yo anduviera por Like¡t, ¿eh?

—Te vas a ahogar —le advertí cuando volvió a llenarse los carrillos de avellanas.

—No quiero ir a comprar el regalo. Prefiero el atragantamiento.

—No digas tonterías. —Me levanté con un suspiro—. Yo me encargo.

—¿Cómo te vas a encargar tú? ¡Tú no sabes! —respondió.

—Al parecer tú tampoco, así que no perdemos nada. Dame presupuesto, algo de información sobre tu madre y mañana lo tienes aquí.

—¡Yo qué sé!

—Algo sabrás —me quejé.

—Esto es muy personal, Alejo. No pienso dejar que compres el regalo de cumpleaños de mi madre.

—Seguro que Mapi lo hacía.

—Mati —puntualizó.

—Eso. Seguro que Mati lo hacía.

—Pues sí, pero es que Mati…

—¿Qué? ¿Era una tía? A mí esto empieza a olerme a discriminación.

Ángela me puso cara de que por ahí iba mal y, al parecer, no se equivocaba.

—Voy a hacer como si no hubiera escuchado esa sandez, Alejo.

—Perdón. Pero soy plenamente capaz de encargarme de esto.

—¿Para qué? —me respondió—. ¿Te aburres? ¿Quieres más curro?

—No, pero me da la sensación de que aún esperas que demuestre mi valía, así que…

Puso los ojos en blanco y esta vez se metió un puñado de almendras en la boca.

—¿Cuál es el presupuesto que manejamos?

—Que manejo, querrás decir.

—Déjame que me ocupe de esto.

Pareció vacilar, así que insistí. ¿Por qué? Bueno, creo que quería ser el héroe de la historia.

—Tú no quieres hacerlo y, además, estoy seguro de que tienes otras muchísimas cosas más urgentes de las que ocuparte.

—¿Más urgentes que comprarle el regalo de cumpleaños a mi madre… la tarde de antes?

—Dime presupuesto y mañana lo tienes envuelto sobre la mesa.

—Por el presupuesto tampoco hay que preocuparse, aunque no te vayas a pensar que voy a regalarle un coche.

—Eso sería la leche. —Se rio su mejor amiga.

—No vas a comprar el regalo de mi madre.

—Claro que lo voy a hacer. Y voy a acertar.

Se lo pensó.

—No te apetece —le recordé.

—Lo que me sorprende es que a ti sí.

—Me encanta ir de compras —mentí.

—Tía, en serio, ¿de dónde sacó Recursos Humanos a esta persona? —preguntó mirando a Ángela.

—Yo creo que te está ofreciendo soluciones y que eres tan cabezona que no lo ves. ¿No es ese su trabajo?

—Es del todo irregular que compre él el regalo de cumpleaños para mi madre.

—Qué pesada estás últimamente con las normas, ¿no? —le recriminé.

—¿Te recuerdo que soy tu jefa? —Me miró con guasa, pues sabía que se estaba contradiciendo usando ella misma este término—. Por lo de llamarme pesada y esas cosas.

—Lo compro yo, pesada.

Ángela se levantó, cogió su lata de refresco y murmuró que tenía demasiado trabajo para perder la tarde en un partido de tenis verbal.

—Me voy, chicos.

—¿Tienes miedo a que escoja algo que supere todos tus regalos anteriores? —pinché a Marieta.

—No te flipes. No acertarías ni en mil años. Ni Mati lo consiguió. Nunca acierto yo, que soy su hija…

—Quizá tu cercanía es más un hándicap que una ventaja. ¿Cómo es tu madre?

—Un poco pesada, una romántica decimonónica desfasada…

—No le hagas caso —dijo Ángela desde la puerta—. Es joven, guapa, muy romántica, habladora y dicharachera. Le encantan los Beatles y viajar y adora a su hija sobre todas las cosas de este mundo.

—Algo podré hacer.

—Si con esa información aciertas…

—¿Me subes el sueldo? —bromeé.

Me fulminó con la mirada y una voz en mi interior dijo: «Ahora o nunca, chavalote».

—Es broma, Marieta. Soy plenamente consciente de mis deficiencias como asistente, pero creo que ya he demostrado voluntad de mejora. Déjame hacer esto y descargarte un poco de trabajo. Tengo acceso a tu agenda y a tus mails, sé que estás hasta arriba. Mati lo haría, ¿por qué no puedo hacerlo yo?

Su labio inferior se fue deslizando de entre sus dientes tan lentamente que quise gritar. Ese día no los llevaba pintados, pero su boca tenía un color natural apetecible, como de fruta madura. Mientras ella cavilaba, yo, que ya sabía que iba a claudicar, urdía planes para poder convertir aquello en algo que supusiera un verdadero cambio, que me hiciera «ganador» de un premio tangible. La experiencia de Lanzarote había sido genial y estaba seguro de que nos había acercado, pero yo quería más. Como un niño hasta arriba de azúcar, más. Como un adicto, más. Como un coleccionista caprichoso, más.

—Está bien. Pero… no lo hagas fuera del horario laboral, por favor. —Puso cara de cansancio—. No quiero tenerte con estos temas personales en tu tiempo libre.

Vaya. Qué raro. Yo me moría por pasar mi tiempo libre entre sus temas personales.

24
El regalo

Se corrió la voz por la oficina, pero, lejos de importarme, me pareció muy divertido. Cuando llegué al día siguiente, todo el mundo quería saber qué había comprado para la madre de Marieta, aunque la mayoría estaban confusos sobre qué pasaría si acertaba. Incluso yo lo estaba. Tenía la seguridad de que trataría de volver el tema a mi favor, pero tampoco sabía qué conseguiría. Era Marieta, había que considerar la posibilidad de que el tema concluyera con un sucinto «gracias» por su parte, aunque yo fantaseara con…

—Te debo una, Alejo.

—No, qué va. Es mi obligación.

—En serio, te debo una.

—Invítame a una copa de vino y estaremos en paz.

A ese diálogo añádele la estética de una película de James Bond de los setenta y, tachán, estarás dentro de mi cabeza.

Marieta entró arqueándome una ceja, con la mirada fija en mí y expresión jovial. Por la cara, diría que tenía ciertas dudas sobre si yo habría encontrado el santo grial de los regalos para su madre, a pesar de que me mostrase claramente seguro de mí mismo, y que eso la divertía. Había algo nuevo en ella, algo que me gustó muchísimo: llevaba un look de oficina muy sexy, como si fuera posible aunar en una sola imagen la apariencia de una oficinista *cool* y una jefa *dominatrix*: moño bajo con raya en medio, camiseta blanca y chaqueta de punto gris por dentro de un pantalón de traje de esos algo holgados que parece que le has robado a tu hermano, ceñido con un cinturón elegante con hebilla plateada. Dos aretes de plata en las orejas y un bolso clásico de color plomizo.

—¿Cambio de look? —pregunté mirándola de arriba abajo sin cortarme un pelo.

—Lo que se ha perdido el mundo de la moda contigo —bromeó—. ¿Y tú? ¿Qué llevas hoy? ¿Te has puesto algo ceñidito con lo que seguir provocando al *staff*?

—Si quieres, vamos a tu despacho y te lo enseño.

Soltó una carcajada, dio la vuelta y se metió, efectivamente, en su despacho. Dios, qué sexy estaba vestida así. Me faltó tiempo para seguir sus pasos; quería ser su perro faldero, que presumiese de ello y me dejase dormir en su regazo.

—¿Cuánto te gastaste? —dijo una vez que colocó el bolso en su mesa.

Saqué de mi bolsillo un papel y lo consulté.

—Estuve a punto de gastar siete mil seiscientos ochenta y dos euros...

—¡La madre que te parió! —exclamó.

—Cálmate. Al final se ha quedado todo en mil ochocientos. Pero tampoco sé a qué vienen estos aspavientos: vendiste una aplicación por una suma de dinero que me haría mearme encima. Estoy seguro de que ese bolso que acabas de apoyar en el escritorio cuesta mucho más.

—Estoy segura de que sueñas con entrar en mi vestidor y te despiertas mojado.

—A veces sí sueño cosas que...

Marieta levantó la mirada hacia mí, inclinada sobre su ordenador, aún de pie, mientras metía sus claves de acceso.

—Piensa muy bien si quieres terminar esa frase —musitó, pero, lejos de parecer molesta, podía leerse un atisbo de sonrisa.

—No puedo sopesarlo bien si no sé las consecuencias.

—Si te sirve de consuelo, ni yo misma las sé.

Se sentó en su silla y señaló la que tenía enfrente.

—Si le has comprado una joyita, que sepas que lo único que se pone son unos aros que le regalaron mis abuelos cuando yo nací y, una vez, ¡una vez!, el anillo que le regaló un ex.

—¿Me crees tan obvio? —respondí ufano—. Te lo he dejado ahí encima.

Volteó para mirar en la pequeña mesa auxiliar que hacía las veces de archivo y encontró una bolsa con un lazo de regalo. Tiró de ella, miró en su interior y después sonrió.

—Envuelto y todo. ¿No voy a poder verlo antes de dárselo?

—No. —Sentí un cosquilleo placentero en mi estómago—. Así también es sorpresa para ti.

—Estás muy seguro de que vas a acertar, ¿eh? —Me lanzó una mirada que estalló encima de mí como un rayo.

—Sí. La verdad es que sí. Deberíamos habernos apostado algo.

—Yo no negocio con terroristas.

Sonreí paladeando ya la victoria. Lo sacó de la bolsa, le dio un par de vueltas al paquete, del tamaño de un sobre americano, y lo agitó en el aire, tratando de averiguar lo que era.

—No vas a adivinar mucho con esos métodos.

—Se me va a quedar cara de gilipollas cuando lo abra y notará que alguien lo compró por mí.

—Tenéis mesa a las dos en punto en Oroya, verás la dirección en tu agenda. Es un local bonito, dentro de un hotel, donde sirven comida fusión tomando como base la gastronomía peruana. Te va a gustar, preparan muy buenos cócteles. A las dos menos cinco te enviaré un mensaje con los detalles del regalo para que no te pille de improviso, pero confía en mí.

—Nunca. —Sonrió.

—Soy tu asistente, mi trabajo es convertirme en tu sombra, respirar en tu nuca todo el día..., malo si no confías en mí.

—Si respiras en mi nuca, te denuncio por acoso.

—Ya te gustaría a ti sentir mi aliento cerca de ti.

Lanzó una carcajada que no pudo contener y yo también me reí. Sus labios pintados de color marrón anaranjado brillaban con sutilidad y me pareció tan guapa... No podía dejar de contemplar tampoco ese pelo rojo repeinado y esas pestañas largas.

—Me gusta ese pintalabios —comenté sin poder contenerme.

No supo qué contestar durante unos segundos y... me emborraché con lo guapa que estaba; y, como los niños, los borrachos no mentimos, ni siquiera somos capaces de hacerlo por omisión. Porque yo, borracho perdido de ella, sufrí un episodio de incontinencia verbal.

—La verdad es que no me gusta el pintalabios, me gusta cómo te queda el pintalabios. Te diría que hoy estás especialmente increíble, pero, como supongo que ese comentario propasa, y por mucho, la línea que no debo cruzar como tu asistente, te pido disculpas. Pero estás increíble.

Se quedó callada y me asustó ser incapaz de leer su expresión. El corazón se me desató en el pecho en un galope que hacía mucho que no sentía; parecía que lo tenía en la garganta, y, por mucho que tragaba, este se empecinaba en no bajar hasta su lugar.

—Lo siento —musité.

—No me has ofendido. —Pero no sonrió—. Cuando un caballo se encabrita, suele deberse a un mal manejo de las riendas.

Me quedé mirándola estupefacto, y ella se humedeció los labios.

—Alejo, cierra la puerta un momento.

Me dirigí a la puerta, cerré y tomé asiento frente a su mesa.

—Si vas a despedirme, hazlo rápido —bromeé.

—¿Y qué harías si te despidiera?

—Echaría un currículo en todos los restaurantes de comida rápida de Madrid y te pediría una cita.

Pe… pero… ¡Alejo!

—¿Y con eso qué quieres decir, exactamente?

—Me estás haciendo sufrir. —Sonreí con la última pizca de aplomo que me quedaba en el cuerpo.

—No lloriquees, que eres tú quien se lanza a la piscina sin preocuparse de si está llena.

—No sé si está llena, pero estoy seguro de que tiene la cantidad de agua mínima como para no romperme la crisma.

—Ah, entonces deduces que me gusta que me digas esas cosas.

—No como norma. Quiero decir…, no creo que te plazca escuchar lisonjas en tu puesto de trabajo. No se me olvida que eres jefa por el hecho de que seas mujer.

—¿Entonces?

—He ido acercándome poco a poco.

—¿Para qué?

—Para invitarte a una copa de vino.

La sonrisita que lucía daba un miedo…, como cuando tu madre te llama por el nombre completo.

—¿Me he pasado de listo?

—Aquí dentro sí. —Sonrió—. Y, a juzgar por la cara de escolar castigado sin recreo que pones, creo que tú también lo sabes.

—¿Me vas a echar una reprimenda?

—Sí, pero una cariñosa.

—No quieres que te diga que estás guapa.

—No. En el trabajo, no.

—¿Podré decírtelo tomando una copa de vino?

—Aún no lo he decidido.

—Entonces, en tu despacho, ¿puedo decirte…?

—Cosas de jefa.

Dios…, esa mujer estaba disfrutando sometiéndome…, y admito que yo también un poco.

—Cosas de jefa… ¿como qué?

—Cómo se nota que no estás habituado a tener mujeres por encima de ti.

—Oh, no, encima de mí sí que suelo tener mujeres.

Los dos comedimos una risa.

—Puedes decirme que te encanta el cariño con el que dirijo esta empresa o lo bien que gestiono el estrés, por ejemplo.

—Vale. ¿Puedo comentar también que me impresiona cómo cortas las reuniones que se alargan?

—¿Sí? —Frunció un poco el ceño—. ¿Y eso?

—Porque… —Me acerqué sobre la mesa—. Eres firme pero dulce.

—Puedes decírmelo, sí.

—Eres superrápida con los dedos… mandando mails.

—Lo sé. Sigue —bromeó—. Dame más.

Se humedeció los labios de nuevo. Qué puto calor me estaba entrando. «Alejo, Alejo, controla, que se te está poniendo morcillona hablando de correspondencia online».

—Nunca usas abreviaturas anglosajonas en tus correos y no te das aires de grandeza por tu cargo. Sonríes a todos siempre, incluso cuando los «metes en vereda». Recuerdas el nombre y detalles de la vida de todos tus empleados, y son muchos, y… —estudié su conjunto— me gusta cómo vistes.

—No puedo decir lo mismo. —Controló su boca para que no dejase escapar una carcajada.

—Ah. —Fingí que me clavaba una flecha en el corazón—. Pero no podrás decir que no me esfuerzo.

—¿Por encajar?

—Para gustarte.

Marieta apretó los morritos y trató de controlar una sonrisa. Eso me gustó.

—No sería correcto que hiciera comentarios sobre tu indumentaria.

—Ayer me dijiste que me contoneaba por toda la sala de trabajo.

—Es que los vaqueros que llevabas ayer te sentaban mejor que esos chinos y, como lo sabías, te prodigabas más ante los ojos de todo el que quisiera mirarte.

—En tu despacho, el coqueteo debe vestirse de oficina, ¿no? —le respondí.

—Algo así.

Un silencio tremendamente tentador succionó todo el oxígeno del despacho y, en apnea, esperé que dijera algo más, pero Marieta jugaba estupendamente con los silencios… y con los tíos como yo.

—¿Puedo invitarte a ese vino?

—Aún no he desayunado. No puedo pensar en un vino.

Los dos nos sonreímos y quise ver cierto rubor teñir sus mejillas. «En marcha, Alejo. Espabila». Me puse en pie.

—Ahora mismo te traigo tu café. Tienes una *call* con Japón en hora y media y te he despejado la tarde por si la comida se alarga. A las diez le llegará a tu madre un ramo de lirios y rosas blancas. Según el chico de la floristería, encantador, por cierto, los lirios siempre han estado vinculados a la maternidad y a la femineidad, y las rosas blancas simbolizan la pureza. En la nota no quise pasarme, así que solo pedí que pusieran: «Feliz día y feliz vida, mamá». ¿Algo más?

—Por ahora no.

Por ahora no. Por ahora no. Por ahora no. Por ahora no. Por ahora no. Por ahora no. Por ahora no.

¿Cuántas vueltas y significados se le pueden dar a tres palabras? Yo te respondo: muchos. Demasiados.

Marieta se fue a la comida con su coche eléctrico (muy concienciada con el medioambiente ella) y me avisó de que volvería por la tarde. Todo el *staff*, al verla salir, le deseó suerte; lo del regalo ya era *vox populi* y en los corrillos del café se hacían apuestas con bollos y galletas sobre si el nuevo acertaría esta vez. Yo quería acertar, pero sobre todo quería que volviera.

Comí con Selene, Fran, Ángela y Pancho, un chico muy majo con el que ya había charlado en el viaje a Lanzarote. Aunque la conversación estuvo en todo momento muy viva, noté a Ángela preocupada y a Fran algo serio, pero no podía preguntar si pasaba algo; de modo que tuve que esperar a que todo el mundo se fuera incorporando a sus mesas, Fran se fuera pitando para conectarse a una reunión y Ángela se preparase su ya clásica infusión de después de comer. No quería una rebelión en la granja y que se destapara mi participación como espía de dos superpotencias enfrentadas, así que debía andarme con cuidado. Aunque no sé si «sutilidad» podría ser mi nombre de guerra.

—¿Qué pasa? —la abordé sin preámbulos.

—No lo sé. —Frunció el labio—. Noto a Fran muy raro y se me pone un nudo en el estómago. Yo creo que está enfadado conmigo.

—¿Contigo? ¿Por qué iba a estar enfadado?

—No lo sé. Eso es lo que más me preocupa, no saber qué es lo que le pasa. Me da ansiedad.

—¿Lo habéis hablado?

—Sí, claro. Dice que no le pasa nada, que solo está ordenando cosas y que no debo preocuparme, pero a Fran le pasa algo y le pasa CONMIGO.

Traté de quitarle hierro al asunto haciendo bromas frívolas y animándola a olvidarse de ello, pero no conseguí nada.

Dudé mucho rato en si debía o no debía intervenir. Me sentía contra la espada y la pared, mal si hacía una cosa, mal si hacía la otra, así que hice aquello que me iba a dejar dormir mejor: secuestrar otra vez a Fran en el baño.

—¡Fran!

—Lo tuyo ya es vicio —respondió cuando me vio cerrar la puerta y apoyarme sobre ella para ejercer presión por si alguien intentaba entrar—. ¿Puedes dejar de abordarme en el baño?

—Parece que no conoces a Ángela, mendrugo. Está preocupadísima por si te pasa algo con ella.

—Pero ya le dije que no —se quejó Fran.

—Ya, bueno, pero estás... estás un poco rancio, ¿no?

Soltó aire por la boca y bajó los hombros, como si cedieran a la presión. Después se apoyó en la bancada.

—Yo ya no sé qué hacer, Alejo, tío. Mi psicóloga dice que lo mejor sería que tuviese contacto cero, pero que, como no puedo hacerlo, restrinja mi relación con ella a lo meramente necesario.

—No es que no suene lógico, pero...

—Ya lo sé. —Se frotó los ojos después de echarse hacia atrás y apoyar la espalda en la pared entre dos cubículos—. Pero ¿qué hago?

Tragué saliva. No hubiese querido estar en su piel, porque Fran estaba sufriendo.

—¿Y no has pensado que sería mucho más fácil si fueras sincero con ella?

—Alejo... —me advirtió—, no voy a decirle que estoy enamorado de ella. No me corresponde y nuestra relación se volvería... rara y tensa.

—¿Te refieres a la relación que, si no te declaras, tienes que reducir a lo meramente necesario en lo laboral?

Miró al techo y suspiró.

—¿Hay otra solución?

—No tengo ni idea, tío, pero no creo que tal y como están sucediéndose las cosas vayan a solucionarse de manera mágica. Ve a buscarla y dile que lo has estado pensando y que crees que se ha podido quedar con la sensación de que no has sido del todo sincero con ella, pero que no te pasa nada, que estás…, no sé cómo se dice cuando vas a terapia y te cambian los muebles de sitio en la cabeza…

—Yo tampoco, pero supongo que puedo intentarlo por ese lado.

—Menuda movida. —Casi le reñí, como si fuera un irresponsable por haberse enamorado de ella.

Después me lo pensé mejor, me acerqué y le di un par de palmaditas en la espalda.

—Gracias, tío, muy reconfortante —escupió sarcástico.

—Quien hace lo que puede no está obligado a más.

Estaba concentrado tratando de deshacer antes de que nadie se diera cuenta un lío de reuniones que yo mismo había creado cuando me asustó un redoble de tambores. Tal cual. Toda la sala de trabajo, al unísono, se había puesto a palmear sus mesas, en una especie de danza india para invocar la lluvia. Al levantar la cabeza vi a Marieta llegar muy digna. No había respondido a mi mensaje con toda la información sobre el regalo, de modo que yo también estaba expectante.

—¿Y bien? —dije cuando se paró junto a mi mesa.

Me clavó la mirada mientras se mordía el labio superior, haciendo más larga la espera. Todo el mundo se preguntaba qué había ocurrido, porque no es que susurráramos, pero tampoco hablábamos a voz en grito. Por fin, Marieta abrió la boca para contestar.

—Ha sido la suerte del principiante.

Un grupo de gente se levantó con vítores y aplausos mientras otros se encogían de hombros con frustración. Esa gente había apostado claramente algo más que galletas. Marieta dio media vuelta y se metió en el despacho, pero, como no cerró la puerta, la seguí. Cuando no me veía, me giré hacia «mi público» e hice gestos de victoria, como si fuera un gladiador que ha escapado de las fauces de un león y al que el emperador va a darle la libertad.

—¿Le gustó? —pregunté cuando hube cerrado la puerta.

Sonrió con candidez y asintió, no sin mostrar un atisbo de tristeza.

—A juzgar por tu cara, parece que eso es malo —puntualicé.

—Te ha sido tan fácil que me has hecho sentir mala hija. Yo nunca acierto. O fallo con la talla o le regalo clases de cosas que no le interesan o... —Puso los ojos en blanco—. Pero vienes tú y, con la poca información que te dio Ángela ayer, aúnas todas las cosas que más le gustan.

Un fin de semana en la capital inglesa, madre e hija, en un hotel *boutique* precioso en Southwark y entradas para ver a la orquesta sinfónica de Londres versionar los grandes temas de los Beatles, todo ello impreso en una especie de juego de tarjetas a color a modo de «Vale por». Digamos que hice una búsqueda en internet y tuve suerte.

—Como tú has dicho, ha sido la suerte del principiante.

—Arg —se quejó entre risas—. Guárdate tu sucia condescendencia.

Sonreí al notar que, detrás de todas aquellas bromas, había cierta emoción. Ahora era cuando ella decía eso de que me debía una y yo, hábilmente, le proponía zanjarlo todo con unas copas de vino en un restaurante bonito..., pero los segundos pasaban, ella sonreía (sabiéndose dueña del tiempo que estaba transcurriendo allí entre nosotros, supongo) y yo me ponía cada vez más nervioso.

—Bien hecho —me dijo.

—¿Solo… «bien hecho»?

—¿Qué más quieres? —preguntó.

—Que aceptes mi invitación.

—Invitación ¿para qué?

—Para tomar un vino.

Se acomodó en su silla sin dejar de mirarme, alternando un semblante pensativo con una sonrisa cándida.

—Creo que es mala idea.

—La peor idea del mundo —confirmé.

—Entonces ¿por qué debería decir que sí?

—Porque no encuentras ningún motivo para decir que no.

—Encuentro cientos.

—Pero quieres aceptar, y eso, Marieta, basta.

Sonrió. Sonreí.

—El sábado a las nueve —me dijo—. Te mandaré los detalles en un mensaje.

—Vale.

—Y sé discreto.

—Por supuesto.

Pasé la tarde ilusionado como un colegial, haciendo cábalas, fantaseando, excitándome y buscando calma. ¡Me había salido con la mía! No fue hasta la noche cuando me di cuenta de que Marieta había conseguido que mi plan saliera completamente del revés: me había ocupado del regalo de su madre con éxito y, aun así, tuve que suplicar por ese vino. Esa mujer sabía cómo llevar mis riendas, de eso no había ninguna duda.

25
El brindis y el caos

Ponte cómoda, que esto se pone candente. Dicen que las buenas historias son aquellas que te sorprenden, pero creo que eso no encaja siempre. Hay postres que, aunque ya sepas cómo sabe el chocolate, se disfrutan igual.

El viernes me levanté nervioso perdido, pero hubiera preferido la amputación de mi mano derecha (y con ella hago muchas cosas que considero importantes) antes que confesarlo. Manuel y Alfon me dijeron, cuando me los crucé en la cocina de buena mañana, que estaba más insoportable que de costumbre. Los llamé tolais con pinta de ser vírgenes. Creo que también les dije que eran dos *incels*. Pues, sí, puede que tuvieran razón en que estaba más sensible.

Me pasé todo el día pensando qué podía ponerme para la cita del día siguiente, fantaseando con cómo podía terminar la velada y demás fabulaciones que no obligaban a pensar en las consecuencias ni en el día después, pero todo se me desinfló un poco cuando me di cuenta de que Marieta estaba exactamente como siempre y que no compartíamos mariposas en el estómago. Al menos no de una manera evidente. ¿Era tan estoica que era capaz de camuflar la ilusión o es que ese vino que nos íbamos a tomar (solos los dos, fuera de la oficina, en un lugar que aún no me había concretado) le traía sin cuidado?

Cuando fui a buscar a Ángela, que, por supuesto, como el sabueso que era, estaba al día de todo, y me quejé de que las cosas no salieran como yo quería, ella se rio de mí en mi cara:

—Claro, ¿qué esperabas?

—Pues que le apeteciera.

—Que no parezca un flan de huevo como tú no significa que no le apetezca.

—¿Te ha dicho algo? —pregunté, ávido de información.

—Estás viviendo una regresión a los quince años muy poco sexy, Alejo.

Gruñí y ella se rio.

—Perdóname si gestiono con celo la información que tengo, pero tendrás que entender que, si se enfrentan los intereses, yo voy con Marieta.

Y tanto que la entendía..., pero la insulté igual entre dientes.

Los viernes terminábamos la jornada a las tres de la tarde, y, a esa hora, la jefa y yo solo habíamos intercambiado las ya clásicas conversaciones CEO-asistente, asistente-CEO. Esperaba un poco de tonteo, un poco de insinuación, de tensión sexual, de tener que ir al cuarto de baño y encerrarme en un cubículo para exigirle a mi polla que se tranquilizara y dejara de llenarse de sangre, pero lo máximo que tuve que exigir fue que Gisela dejara de intentar agendar reuniones con la jefa. Diosss. Era buena chica, pero más pesada que una vaca en brazos. Todo esto me hizo pensar. No, espera, que lo reformulo. Todo esto me hizo sobrepensar.

Así que cuando llegué a casa y me preparé un huevo frito con patatas (mi especialidad culinaria), llegué a la conclusión de que nada había ocurrido como yo imaginaba, porque, probablemente, esperaba más de esas copas de vino de lo que iba a suceder. Quise tener un amigo íntimo a quien decirle, sin morirme de vergüenza: «¿Crees que yo también le gusto?», y que él dijera que sí. Aunque, probablemente, si lo hubiese tenido, no se lo hubiese preguntado. Los tíos hablamos entre nosotros sobre las tías que nos gustan mucho menos de lo que crees, por no mencionar el tema del sexo. Chicas del mundo: que sepáis que dais quinientas veces más detalles cuando se lo contáis a vuestras amigas que nosotros. Nunca le he descrito a ningún otro tío el tamaño y la forma de las tetas de ninguna de las chicas con las que me he acostado. Sé de buena tinta que a vosotras os falta hacer una maqueta a tamaño real de nuestro pene. No pasa nada. Así somos.

Aproveché, mientras me tomaba un café después de comer, para escribir en el grupo de WhatsApp de mis amigos y proponer un plan para el domingo, que fue acogido con muchísimo más entusiasmo de lo que esperaba y que de «salir a tomar el vermut» mutó a «barbacoa el domingo en casa de Felipe». Genial. Felipe vivía en Majadahonda, y yo sin coche.

—¿Me dejas el coche el domingo? —me rebajé a pedirle a mi hermano Manuel.

Los mellizos compartían coche, pero claramente él era el amo del calabozo. Como respuesta me miró con aire de superioridad, tipo retrato en óleo de Luis XV, y se burló de mí.

—Cómo han cambiado las cosas, ¿eh?

—No mucho. Seguís siendo unos tolais y unos *incels*, pero necesito el coche.

—Te lo va a dejar tu tía la coja.

—Mi tía la coja es tu tía la coja, y ese dicho en nuestro caso no se puede decir, que la tía Mercedes tuvo la polio cuando tenía cuatro años, macaco. Me vas a dejar el coche o le digo a mamá… —«Piensa rápido, Alejo, piensa rápido»—. ¡Qué coño! O me dejas el coche o te meto un puño.

—Eres un animal subdesarrollado, un fallo en la especie —me respondió.

Insultaban en friqui. Qué cruz…

—¡Manuel, tío, que me dejes el coche!

—Me gusta el olor de napalm por la mañana —respondió imitando al teniente coronel Kilgore en *Apocalypse Now* y añadió—: Y escucharte suplicar como un nematodo.

—¿Qué coño es un nematodo?

—Un gusano intestinal.

—Dais todo el asco.

—¡Eh! Que yo sí que te dejo el coche —vociferó Alfon desde el sofá, donde estaba jugando a la consola.

—Dais todo el asco los dos, y punto.

Alejo, treinta y dos años. Edad mental: trece.

La noche del viernes se hizo eterna. Eterna. Los viernes no echan nada interesante en la tele, lo sabes, ¿verdad? Y creo que en el último mes ya había visto todo lo que me interesaba de Netflix. Para más desgracia, tuve que escuchar, desde mi habitación con crucifijo en la pared, a mis hermanos dar una «fiestecilla». Fiestecilla suave, eso sí, porque, tal y como tenía los nervios, creo que hubiera terminado en tragedia si no se hubieran ido de bares a una hora decente y me hubieran dejado conciliar el sueño.

Qué largos son los minutos cuando esperas algo, leñe. Y no solamente esperaba que llegasen las nueve de la noche del sábado, sino un mensaje de Marieta con la dirección en la que nos encontraríamos. Sábado por la mañana: ni rastro de la información.

Cuando llegó su wasap a mi móvil, me había probado ya medio armario, hasta sentirme humillantemente ridículo. A decir verdad, no dejé de sentirlo desde que me di cuenta de que, como cantaban Marta y Marilia en los noventa, a mí me bailaba un gusano en la tripa, pero a Marieta no. Mira, un gusano en la tripa, como los nematodos.

Al final, harto y asqueado de mí mismo, de tener tantas ganas de aquellas copas, de haber imaginado cada día un par de docenas de veces lo que pasaría, de darme cuenta de que Marieta me gustaba un cojón más de lo que quería admitir, me puse unos vaqueros, un jersey negro y unos botines oscuros. A tomar por culo. Si estaba guapo bien, si parecía que iba a atracar un banco también.

—Me voy —anuncié, a pesar de ser demasiado pronto.

No aguantaba ni un minuto más allí dentro. Estaba de los nervios. Cogí mis llaves del aparador y mi abono transporte (con lo que yo había sido..., abono trasporte) y escuché a mis hermanos responder desde el salón.

—¿Vendrás a dormir? —preguntó el que no me dejaba el coche.

—¿Te han poseído nuestros padres o qué? Ni lo sé ni te importa.

—Creo que espera no venir, pero no sabe si va a tener esa suerte —respondió Alfon.

Dos malditos agapornis cotillas. Eso es lo que eran mis hermanos. Y yo un gilipollas que ni siquiera había mirado bien cómo llegar a la dirección que Marieta me había enviado.

Estaba en Moratalaz.

—Qué perra —murmuré de mal humor, pensando que no había querido salir de su barrio. La ley del mínimo esfuerzo.

Pero, cuando me metí en Google Maps y me fijé bien, me di cuenta de que allí no había ni un bar ni un restaurante ni una peña taurina: aquella dirección correspondía a un bloque de viviendas. ¿Su casa? ¡Joder! ¡Era su casa! Era la misma dirección a la que yo había mandado las cosas que me había pedido que comprara para ella antes del viaje a Lanzarote, no tenía duda. Aquello se ponía más interesante.

Marieta vivía en Moratalaz, así que, con lo nervioso que estaba, fui desde la estación de Rubén Darío a la de Bilbao, de Bilbao a Nuevos Ministerios, de Nuevos Ministerios a Avenida de América, y allí cogí la línea 9 hasta Pavones. Ya debía tener ganas…, y un sueldo que no me permitía ir gastando en taxis, eso también.

Cuando llegué a la dirección que me había indicado me encontré con el típico edificio de ladrillo de los años setenta. Me sorprendió un poco porque… Bueno, porque Marieta habría ganado MILLONES con la venta de Like¡t, a pesar de haberse quedado al mando de la nave en España, y me sorprendía que el edificio donde vivía fuese tan… austero. En el portal, junto al número de la calle, se podía ver una de esas placas con el yugo y las flechas que el Ministerio de Vivienda franquista colocaba en las construcciones que formaban parte de su programa. ¿Aún viviría con sus abuelos?

Llamé, sosteniendo una botella de vino que había comprado de camino al metro, y me abrió sin mediar palabra. Eran las nueve y cinco minutos y… confieso que había hecho tiempo recorriendo su calle arriba y abajo un par de veces. No quería parecer ansioso, pero es posible que lo estuviera. Subí al séptimo y último piso y, al salir del ascensor, me sorprendió encontrar una única puerta entornada. Salía, por la rendija que Marieta había dejado abierta, una luz cálida, el eco de una música y un olor delicioso.

—¿Hola? —dije asomando la cabeza.

—¡Pasa!

Guau. Mis prejuicios fueron apuñalados y tirados a una cuneta. Aquella vivienda debía estar formada por al menos tres en su origen, porque no era grande, era enorme. Quien diseñó el espacio le había dado un concepto abierto a casi toda la casa. Desde donde estaba, se veía una sala de estar gigantesca y bastante despejada donde solo había unos sofás mullidos no menos espectaculares por su tamaño, una mesa baja también grande y un par de butacas. Las paredes eran de ladrillo, aunque pensé que lo habrían falseado y que al acercarme me daría cuenta de que era cartón piedra con «forma de», pero, adivina…, no. Los acabados estaban hechos con hierro negro, dándole a la estancia un aspecto industrial que el centenar de plantas que había por todas partes se encargaba de endulzar. La sobriedad y la escasez de muebles contrarrestaba el ruido visual que encontrabas en las paredes y el suelo: alfombras mullidas y coloridas, cuadros aquí y allá, con pinturas modernas, colores alegres, formas, textos, anuncios antiguos… Todo sin orden ni concierto, pero, tal y como pasaba en su despacho, encajando en un resultado interesante y atrevido.

Las lámparas colgaban del techo en el que se había colocado una viga a la vista… ¿o la habían sacado subiendo el techo para que se viera? Al fondo de la estancia había una librería que, joder… «Si la viera mi madre», pensé. Era espectacular. Las estanterías abarrotadas ocupaban toda la pared, de suelo a techo, salpicando los colores de sus lomos. A mano izquierda, tras una puerta corredera, encontré una cocina increíble, con isla central, sobre la que se encontraba un módulo con luz y al menos una decena de bonitas sartenes y ollas de color cobre. A pesar de mantener el diseño industrial y ser muy grande, el suelo hidráulico (del de verdad, no del que ponen en las cafeterías que quieren ser cuquis) y el gran ventanal que daba a la calle de atrás, donde crecían grandes árboles, le añadían calidez. Y allí, envuelta en el aroma de algo cocinado a fuego lento, con el pelo suelto y ondulado, descalza y con un vestido largo, encontré a Marieta, que en ese momento se chupaba el dedo índice con beneplácito.

—¿Está bueno? —le pregunté al constatar que estaba probando una salsa.

—Pensaba que me había pasado corrigiendo la acidez del tomate, pero no. Está perfecta.

Ni hola ni qué tal ni ninguna otra fórmula de cortesía. Marieta siempre al grano.

—¿Qué es eso? —me preguntó señalando la botella.

—Vino.

—Ya me imagino que no has traído ferrofluidos embotellados. —Sonrió—. Me refería a si es tinto o blanco.

—Tinto.

—¡Genial! Espero que no seas de los que piensan que cenar pasta es una aberración, porque te he preparado los mejores espaguetis con salsa de tomate y albahaca que has probado en la vida.

—Me encanta la pasta siempre.

Se acercó de un salto, me arrebató la botella de vino y me dio un beso en la mejilla que no esperaba, que probablemente me sonrojó y que me hizo pensar que estaba acercándome peligrosamente a la *friendzone.* Tenía que actuar. Me acerqué por detrás mientras abría la botella, apoyada en la encimera, de espaldas a la isla central donde humeaban las ollas, y le rodeé la cintura con un gesto casual.

—¿Te ayudo?

—No —contestó a la vez que el sonido del corcho le daba la razón.

El brazo con el que la rodeaba cayó en paralelo a mi cuerpo cuando se movió en una danza élfica por toda la cocina, vertió dos dedos de vino en dos grandes copas que sacó de un armario y me tendió una.

—Todo en esta casa es gigante. —No pude evitar decirle, mirando la copa en comparación con el tamaño de mi mano.

—Sí, soy un poco exagerada. —Se rio—. Pero a mí me gusta así.

—¿Estás queriendo decirme que te gustan los penes enormes?

—¿Ahora es cuando haces algún comentario machito y a todas luces rancio que dé a entender que la tienes como la de un burro?

—No —respondí bajando la voz, porque..., sí, probablemente era lo que iba a hacer.

—Chinchín entonces.

—¿Por qué brindamos?

—Por la suerte del principiante.

Chocamos las copas y..., venga, lo diré sin miramientos: estaba tan nervioso que sentí que no controlaba la situación y, cuando brindé, en lugar de rozar con suavidad su copa, lo hice tan fuerte que estallaron las dos. No sé cómo, solo sé que se armó un desastre descomunal. Cristales finísimos cubrieron el suelo haciendo brillar el charco oscuro de vino tinto que se había formado en el suelo. Abrí los ojos como platos, alucinado. Aún sostenía el tallo en mi mano cuando Marieta se quejó.

—Pero ¡qué bruto!

—Joder. —Dejé el pie de la copa sobre la encimera y me moví sin saber qué hacer—. Perdóname. No sé ni cómo lo he hecho.

—No te preocupes. Eres torpe y ya está —rezongó para, de pronto, ponerse a gritar con todas sus fuerzas—. ¡¡Aaah!!

—¡¿Qué?! —me alarmé.

Levantó un pie descalzo y se arrancó un cristal del tamaño de la República del Congo que se le había incrustado en la planta. Empezó a sangrar, claro.

—¡Marieta! —Me tocó el turno de quejarme a mí—. Pero ¡qué bruta! ¿Y por qué vas descalza?

—¡Es mi casa! Y yo tengo dos manos, en lugar de cuatro pies izquierdos que rompen cosas.

Se alejó de los cristales y dejó una huella sanguinolenta sobre las baldosas del suelo. La miró consternada.

—Hostias. Esto sangra mucho.

—No te asustes. Los cortes en los pies son muy escandalosos, pero no pasa nada. Ve a lavarte la herida, yo recojo esto... —Señalé el desastre del suelo—. ¿Dónde tienes papel de cocina?

—Ahí. —Con la cabeza me indicó uno de los armarios y a la pata coja pareció no saber hacia dónde quería dirigirse—. Pero déjalo, no te preocupes, ahora lo hago yo.

—No, joder, solo faltaba.

Cogí el rollo de papel de cocina y me puse en cuclillas frente a la mancha y los cristales, pero me di cuenta de que ni me había contestado ni se había movido del sitio, así que levanté la cabeza. Estaba blanca como la cal.

—¿Te mareas con la sangre? —pregunté.

—No. Normalmente no, pero hay mucha. —La voz le salía algo temblorosa.

Me levanté y me acerqué a ella despacio.

—No te vas a desangrar.

—¿Seguro? —quiso saber.

—Segurísimo.

—¿Cómo lo sabes? No eres médico.

—En casa somos tres hermanos, te aseguro que sé mucho de accidentes domésticos. ¿Necesitas que te acompañe al baño?

—No me hago pis —respondió.

—¡Marieta! Para limpiar y taponar la herida.

Me miró con los ojos algo vacíos y se apoyó en la pared.

—Me estoy mareando —certificó.

—Te llevo al baño, dime dónde está.

—¿Cómo? —Arqueó las cejas—. ¿En brazos? Tú flipas. Esto no es una película de esas de amor.

Sonaba como si estuviera borracha.

—Vas a desmayarte y, por chulita, te comerás el suelo.

—Que no vas a llevarme como en *Oficial y caballero*, rey.

Me reí y me agaché un poco delante de ella.

—Sube, te llevo a caballito, que es menos romántico.

Creo que con sus últimas fuerzas saltó sobre mí y, con un poco de esfuerzo, me la acomodé en la espalda y eché a andar hacia la parte de la casa que aún no había visto.

—Al fondo —me dijo con un hilo de voz.

—Si te vas a desmayar, avisa.

—Claro, ¿entiendes la expresión «perder el conocimiento»?

Me reí.

—Bueno, en la medida de lo posible…, avisa.

—Buah, ahora vas a estar insoportable porque has sido el caballero andante que salva a la princesa.

—No has querido que te lleve como una princesa. Te llevo más bien como a un mono araña.

—No te pongas chulito. Es solo para no manchar las alfombras.

—Tienen tantos colores que no se notaría.

—Mi casa, mis normas.

Palpé la pared en busca de la luz y ella aprovechó que paraba para bajar de mi espalda y desaparecer en el dormitorio a la pata coja. Era evidente que se encontraba mejor.

—Ah, joder, cómo escuece. —La escuché quejarse—. Falsa alarma, todo controlado.

Di por fin con el interruptor, y una luz cálida iluminó un dormitorio de paredes blanco roto, también grande, como todo, con una cama con cabecero de forja negra, muebles de madera clara y plantas…, plantas, libros, cojines, algún espejo, bombillitas y una gran alfombra bajo la cama. Era bonito y, sobre todo, muy ella. Me asomé al cuarto de baño, revestido con azulejo blanco pequeño y acabados en acero negro mate…, lo esperable viendo el estilo del resto de la casa, pero con alguna sorpresa, como una bañera con patas de león.

—Uy, la niña también tiene excesos. —Señalé la bañera en cuyo borde estaba apoyada mirándose la planta del pie.

—Me encanta bañarme. Desde pequeña. Creo que tengo dentro a Ofelia y pide ahogarse, pero con clase.

Puse los ojos en blanco y me agaché junto a ella para ver la herida. Le había pasado ya un algodón con alcohol por encima y se veía claramente dónde se había cortado. No tenía mala pinta y, sobre todo, no parecía que hubiera que darle puntos.

—¿Mejor?

—Mejor. Abre ese armario. —Señaló el espacio que había bajo el lavabo—. Busca una caja con una cruz roja dibujada en la tapa y tráemela. Ahí tengo vendas y esparadrapo.

—¿Te suelen pasar estas cosas? Te veo muy preparada.

—Ti silin pisir istis quisis... —empezó a imitarme.

Me agaché y busqué lo que me pedía, no sin antes echar un vistazo casi (¡casi!) involuntario a todo lo que tenía por allí, muy ordenado, eso sí.

—El bote de lubricante tamaño industrial —le comenté pasándole la caja—, ¿es por necesidad o por vicio?

—Es porque eres gilipollas y un maleducado. —Levantó la cabeza de pronto, como si acabase de caer en la cuenta de algo y gritó—: ¡¡¡La pasta!!!

Fue como haber escuchado «¡¡fuego!!». Salí corriendo hacia la cocina vapuleado por Marieta, que vociferaba: «Sácala del fuego y enjuágala con agua fría, sácala del fuego y enjuágala con agua fría». Así, sin parar.

Para cuando volví al baño ella ya tenía el pie vendado y yo tenía malas noticias.

—Se han quedado hechos un moco, ¿no?

—Tienen el grosor de mi dedo meñique y..., seré sincero..., no pinta bien.

—Yo misma había hecho los espaguetis —me dijo con gesto amargado—. Yo misma. Pasta fresca...

Le toqué la cabeza como a un perrete y, por cómo me miró, pensé que me iba a morder. Aparté la mano y sentencié:

—Mejor pedimos algo.

Mientras yo limpiaba los restos de la copa y la mancha de vino, ella, ya calzada, eso sí, pedía sushi desde el móvil con cara de que esa solución le parecía mediocre.

—No le des vueltas —le dije—. Se ha pasado la pasta y no quieres que baje a buscar una tienda abierta para comprar un paquete de espaguetis, así que… soluciones, Marieta, soluciones.

—Me vas a comparar la pasta fresca con los espaguetis comprados, hombre, ya… —rezongó—. Yo me había hecho a la idea de comer pasta rica y ahora no quiero cualquier cosa. Ya usaré la salsa para otra cosa mañana.

—¿Quieres que nos pongamos a hacer algo ahora? A lo mejor tienes algo en la nevera con lo que…

—No —me cortó—. No te quiero cerca de cuchillos ni de fogones. Además, estoy harta. Llevaba ya un buen rato en la cocina.

Le dio el OK al pedido, dejó el móvil en la encimera y me miró. Yo tenía las cejas arqueadas y cara de listillo.

—¿Qué pasa?

—Mucho rato en la cocina, ¿eh? ¿No será que querías impresionarme?

—Si hago las cosas, las hago bien. A lo mejor es que no estás acostumbrado a esa máxima —me picó.

—¿No habíamos quedado en que estaba mejorando como asistente?

—Sigues siendo nefasto con algunas cosas. A ver si crees que no me di cuenta del lío que montaste en mi agenda el otro día con las reuniones.

—*Touché* —asumí—. Pero lo resolví solito. Estoy haciéndolo que te cagas.

—¿Y si dejamos de hablar de curro? ¿Crees que podrás seguir una conversación adulta normal? —se burló de mí, con una sonrisita, mientras alcanzaba una copa de vino y se sentaba en una de las banquetas altas que había al otro lado de la isla.

Abrí el armario de donde la había visto coger antes la copa y me hice con otra, que traté con un excesivo cariño hasta que la llené y la puse frente a ella.

—¿Quieres brindar? —aguanté la risa.

—Tócate los cojones.

Los dos nos echamos a reír a carcajadas, como dos tontos, pero dos tontos que se sentían muy cómodos el uno con el otro, era evidente.

—Vamos al sofá. Estaremos mejor.

Su propuesta me sonó muy bien.

Puso otro vinilo en el tocadiscos y, una vez que empezó a sonar, se acercó a mí, se sentó a mi lado y se descalzó de nuevo.

—¿Te gusta el jazz? —me preguntó, estudiándose el vendaje del pie.

—Sí, pero no soy demasiado entendido.

—No me refiero al jazz que ponen como hilo musical en los sitios pijos que debes frecuentar.

Me hizo reír.

—¿Entonces?

—Me refiero al jazz que nació en Nueva Orleans como resultado de la mezcla de culturas y que creció en los garitos clandestinos durante la ley seca.

—Estás sonando superpedante.

—¿Sí? Pues así suenas tú siempre.

Le di una coz y se defendió dándome otra, pero atrapé su tobillo y la arrastré hasta mí; nos enzarzamos en una pelea absurda de pataditas y manotazos que ninguno ganaría. Para cuando la solté, la tela de la falda de su vestido estaba alrededor de sus caderas y sus bragas negras de encaje estaban muy a la vista. Disimulé y solo le mantuve la mirada mientras ella me retaba con los ojos.

—¿Eres como esos niños que suben las faldas de las niñas en el colegio?

—Ha sido sin querer, pero tampoco te veo con prisa por taparte.

—Porque no tengo nada que esconder.

—¿Vamos a seguir así toda la noche?

—Es posible —respondió digna, levantando la cadera y bajándose un poco la falda—. A lo mejor soy inmune a tu cortejo y este es el resultado.

—Entonces tendré que dejar de cortejarte.

—Sí, es lo más prudente. Ten en cuenta que, además, soy tu jefa.

—Además ¿de qué?

—De mi superioridad intelectual. —Sonrió burlona.

—Ya…, habíamos dicho que no íbamos a hablar de trabajo, ¿no?

—Que sea más lista que tú no es cosa de trabajo.

—Pero recordar que eres mi jefa sí. Aquí no eres mi jefa.

—¿Y aquí qué soy? —Levantó la barbilla.

Me permití el lujo de dejar que un silencio nos sobrevolara antes de decirle:

—Estás increíble esta noche.

Pum. Noté cómo golpeaba su pecho cierta emoción indescifrable, a caballo entre el apetito y el sonrojo.

—Estoy como siempre —negó.

—A lo mejor es que estás siempre increíble.

—No gastes saliva. Conmigo esas cosas no sirven.

Acomodó las piernas sobre mi regazo y no dijo nada cuando me dediqué a acariciar una de ellas desde el tobillo hasta la rodilla tal y como lo había hecho en Lanzarote. Empezamos a jugar al duelo de miradas y al concurso de no reírse, todo a la vez y sin haber tenido que proponerlo en voz alta. La música nos envolvía, la casa, aunque la pasta se hubiera arruinado, seguía oliendo a la salsa que había preparado, había acertado con el vino y ella estaba…, en serio, estaba guapísima. Quizá fue verla en su lugar, en su espacio, en su guarida. No lo sé, porque es verdad que no había nada diferente en ella. No se había puesto una ropa especial que se distinguiese de su habitual atuendo, no iba más maquillada ni más peinada. Ni siquiera llevaba zapatos cuando la encontré en la cocina. Sin embargo, no recordaba haber visto a ninguna mujer más jodidamente guapa en toda mi vida.

—Qué guapa eres.

Puedes pensar que estaba jugando a engatusarla y quizá te responda que sí. Marieta era muchas cosas que quedaban lejos de su cargo como mi superior directa. Era un reto, era una mujer fuerte, era bellísima, era un enigma, era libre, era muchas cosas que nunca había visto juntas en la misma persona. Así que, sí, quería engatusarla, pero aquello se me escapó de entre los labios sin darme apenas cuenta. Como contestación, Marieta sonrió y se enderezó sin bajar las piernas de mis muslos. Noté el frontal de su hombro apoyado en el lateral del mío y lo cerca que ese movimiento la había dejado de mí.

—Hueles bien. ¿Qué perfume es? —preguntó como si tal cosa.

«¿Qué? Ni me acuerdo, Marieta, por Dios». Cogí aire e hice un esfuerzo para pensar más allá de lo que la cercanía me estaba haciendo sentir.

—Dior Homme.

—Claro, no podía ser uno que viniera en un frasco de plástico de medio litro. Tenía que ser algo caro y sofisticado.

—¿Cuál usas tú? —Acerqué el rostro al hueco entre su cuello y su hombro y aspiré—. Huele a jazmín.

—Es un perfume sólido artesanal.

—No podía ser algo que estuviera al alcance de todos los mortales, ¿no? Tenía que ser algo ecológico, especial y silvestre.

Sonrió y estaba tan cerca, tan cerca… Deseé que, como si tal cosa, su dedo índice recorriera sutil la línea de mi mandíbula, pero no lo hizo. No hizo nada en realidad. Se quedó quieta, tragando saliva, estudiando minuciosamente los centímetros que nos separaban como si de ellos dependiera su vida. El aire se escabullía a trompicones entre sus labios.

—¿Estás nerviosa? —le pregunté.

—No es que esté nerviosa, es que esto es raro.

—Si te resulta raro, ¿por qué me has invitado a tu casa?

—Para que nadie del trabajo nos viera juntos.

Fruncí el ceño mientras estudiaba su expresión y me alivió ver que sonreía.

—Bruja.

—Niñato.

Los dos sonreímos.

—A ver qué te creías —insistió.

—La verdad y nada más que la verdad.

—Ah, ¿eres poseedor de la verdad?

—En este caso sí.

—A ver, ilumíname.

—No dudo que sea cierto eso de que no quieres que nadie del trabajo nos vea, pero yo creo que, además, me querías en tus dominios.

—Y eso ¿por qué?

—Porque te apetezco.

—Soy yo la que te apetece a ti, a juzgar por tu insistencia.

—Pues no puedo decir que no. —Humedecí mis labios sin querer, solo porque ella me los estaba mirando y a mí me cosquilleaban—. Pero que me vuelves loco es algo que ya sabes. Aquí no eres mi jefa, así que no me tortures.

—Entonces ¿qué soy? ¿Tu ligue? ¿Tu conquista? ¿Una gacela? ¿La pibita a la que quieres camelar? ¿Una tronca guay?

No pude más. Agarré la tela de su vestido a la altura de la cadera y acerqué su cuerpo al mío, robándole un jadeo seco. Aún no me había lanzado sobre su boca cuando, lista como era, planteó la verdadera cuestión sobre la que debíamos meditar antes de dar ni siquiera medio paso más.

—¿En serio vamos a meternos en este lío?

Asentí, como quien ha aceptado su destino y asumido lo que tendrá que hacer.

—Pues va a ser un lío, lo sabes, ¿verdad?

—¿El lío es que considere esta cena una cita y esté a punto de besarte?

No respondió, pero tampoco pareció impresionada, tímida ni nerviosa. Esperaba mi siguiente movimiento, como la estratega que era. Me acerqué mucho más a ella hasta que el amarillo de sus ojos se me clavó, olí su respiración y su perfume, alargué el momento para postergar el placer y, allí, tan cerca de ella y de su boca, sin que ninguno terminara de dar el paso, le pregunté:

—¿Cierras los ojos al besar?

—No.

—Haces bien. El que los cierra es el que llora al final.

La besé. La besé, pero podría decirse que embestí contra ella con todas las ganas que había acumulado desde la primera vez que la vi. A veces besamos a alguien y el sabor de su saliva nos retrotrae al momento en el que deseamos hacerlo por primera vez. Yo no tenía claro cuándo deseé besarla por primera vez, pero al cerrar los ojos, porque los cerré, lo que vi fue a Marieta. Marieta, y ya está. Un microcosmos encerrado en la galaxia de sus ojos de depredador. Una laguna en su lengua, que se movía junto a la mía como si lo hubieran hecho durante toda la vida. Un parque natural en cada curva de su cuerpo, que fui encajando a mis valles, y todas las jodidas estaciones estallando en la cabeza, el pecho, los dedos, la polla y hasta la garganta. Solo un buen beso puede hacerte sentir todo aquello.

Separamos nuestras bocas y, cuando abrí los ojos, la descubrí mirándome serena, segura de sí misma. Nada escapaba a su control. Me sentí su presa, pero, al contrario de lo que pensaba, la sensación no me desagradó. Me había quedado atrapado en ella, pero yo aún no lo sabía.

26
Érase una vez un príncipe y una bruja

Meeeeeeeeeeeeeeeccccccccccccc.

Te juro que, de entre todos los sonidos desagradables del mundo, su timbre era el peor.

—¡La cena! Justo a tiempo. Qué hambre. —Marieta se despegó de mi pecho.

Y no me gustó.

¿Qué? ¿Por qué?

¿Qué pasaba, Alejo?

Habían llamado al timbre y ella se había levantado a abrir… y ya está.

No. Había algo…, no, en realidad faltaba algo. ¿Qué era? Ella. Ella faltaba. Yo la quería derrumbada en mis brazos, derretida por mí, tan embelesada que no hubiera escuchado ni el timbre…, y eso que era imposible confundirlo con el sonido de un arpa.

La vi flotar hasta la puerta con el vestido bailando de nuevo a la altura de sus tobillos, y yo me quedé sentado en el sofá sin saber muy bien qué hacer, cómo sentirme y, sobre todo, qué se esperaba de mí. Acabábamos de besarnos y podría decir que había sido un muy buen beso. ¿Es que no importaba?

Ella saludó jovial al repartidor, recogió el pedido y se dirigió hacia mí.

—¿Todo bien? —me preguntó dejando la bolsa con el sushi en la mesa de centro.

—No te metas descalza en la cocina —le respondí—. Dime qué hace falta y voy yo, que estoy calzado.

—Tú no sabes dónde están las cosas.

Y, pasando de mí como de la mierda, se dirigió hacia allí con paso alegre. Aquí mi gran consejo, la herencia que le dejo al mundo: si después de besar a tu jefa ella se comporta como si nada, tú te quedas sin saber qué hacer y todo te parece raro, la solución está en… hacer cosas aún más raras. Fui tras ella y la agarré por debajo de las caderas para levantarla, pero no te imagines algo sexy y de película que permitiera que ella me rodeara con sus piernas…, no. Ella iba tiesa, como un muñeco de falla, porque la postura en la que la había cogido no le permitía más.

—¿Qué haces? —Se descojonó—. ¡Suéltame!

—Trabajo en equipo: yo piso, tú diriges el comando.

Marieta se rio tanto, pareció tan cómoda, fluimos en buena dirección de nuevo con tal facilidad, que hasta a mí se me olvidó que aquello era, como poco, un pelín raro.

Cenamos sushi y bebimos vino sentados en la alfombra del salón, con la espalda apoyada en los sofás y con toda la comida dispuesta sobre la mesa baja. Había pedido una barbaridad de cosas, pero parecía hambrienta. En cuanto todo estuvo preparado, se lanzó a comer mientras me contaba, como si tal cosa, como si hubiéramos estado viendo un partido de baloncesto en la tele para hacer tiempo mientras llegaba la comida (y yo nunca la hubiera besado), que aquella mañana había acompañado a sus abuelos a hacer la compra para la celebración del cumpleaños de su madre al día siguiente. Se le había hecho tarde, no se había querido quedar con ellos a comer, a pesar de que su abuela decía tener la comida ya preparada, y al final… no había comido en condiciones.

—Eres como un Tamagotchi —me burlé—. Como no nos preocupemos los demás de que atiendas tus necesidades básicas, puedes morir.

—Dejémoslo en que soy algo olvidadiza.

Me guiñó el ojo.

—¿Tienes planes con la familia mañana? —me preguntó mientras se metía entero un *futomaki* gigante en la boca.

—Em…, con la familia no. Vamos a hacer una barbacoa en casa de un amigo de la pandilla. Hace mil que no los veo.

—¿Y eso?

Porque no me apetecía verlos.

—No sé, supongo que con el ajetreo y acostumbrarme a los cambios y a mi nuevo trabajo…

—Vamos, que no quieres que se enteren de que has caído en desgracia.

Le señalé la barbilla.

—Haz así, que te chorrea la gracia. —Hice el gesto de limpiar algo en la mía, queriendo que me imitara.

Ella, que ya se estaba pasando la servilleta por la barbilla, me atizó una patada.

—Cretino.

Hubo un silencio que ella aprovechó para servirnos a los dos más *edamame*, hasta que el envase en el que venía se quedó vacío. Suspiró, miró al techo y siguió comiendo habas de soja como si fueran pipas.

—¿Cómo son tus amigos? —me preguntó.

—No se parecen a los tuyos.

—Pues qué aburrimiento.

Sonreí. Había querido decir exactamente lo que Marieta había interpretado, pero sin tener que poner verdes a unas personas a las que se suponía que apreciaba.

—Creo que a los chicos no os enseñan a tener amigos —reflexionó sin dejar de comer.

—¿Cómo que no?

—De pequeños sí, pero… creo que muchas veces escogéis un tipo de vida que os impide hacer nuevos amigos. Ampliáis vuestro horizonte social, pero no profundizáis. Tenéis vuestros amigos de toda la vida y con eso os basta, porque codiciáis éxito, dinero, estatus, comodidad…, pero la sociedad no os ha enseñado las ventajas de la intimidad más allá de la cama.

Aparté el plato de mí deslizándolo por encima de la mesa. Me sentía incapaz de comer nada más, a pesar de que solo había picado un par de cosas. Que Marieta y yo no estuviéramos en aquel momento quitándonos la ropa a tirones mientras la cena esperaba me tenía confuso. Además, la situación se presentaba frente a nosotros como si el beso, nuestro primer beso, jamás hubiera sucedido. Y esa muestra de intrascendencia no me gustaba. No me gustaba nada.

—¿Hola? —llamó mi atención.

Estaba claro que quería conversación.

—Es posible que tengas razón en que nuestra educación nos haga codiciar el concepto occidental del éxito, pero no creo que no sepamos qué es la intimidad más allá del sexo.

—Os cuesta establecer lazos de intimidad con otros hombres.

—No es verdad —negué—. Míranos a Fran y a mí. Dos completos desconocidos y…

Sonrió burlona.

—Ah, conque sois íntimos, ¿eh?

—Podría decirse que sí.

—¿Es también así la relación que mantienes con tus amigos? Con esos con los que vas mañana a hacer una barbacoa.

—No.

Los dos nos reímos.

—¿Tenéis mucho en común?

—Casi todos estudiamos más o menos lo mismo y nos dedicamos al sector finanzas. Salimos con la misma gente desde hace más de veinte años, fuimos al colegio juntos...

—Os compráis la ropa en las mismas tiendas, os cortáis el pelo de la misma forma, habláis sobre los tipos de interés y coches que habéis visto conducir a vuestros padres... O sea, que no tenéis nada en común.

Eso me hizo pensar, pero quise ocultarlo. Yo no quería meditar sobre la profundidad de mis amistades, quería comerle los morros y, a poder ser, las tetas.

—Pues no sé.

Mi tono debió advertirla, porque devolvió la mirada a mi cara de inmediato, divertida. Creo que sospechó que estaba enfurruñado y me temo que también sabía por qué. Lo peor es que parecía hacerle muchísima gracia.

—¿Qué te pasa?

—¿A mí? Nada.

—¡Venga! No sabes disimular.

—No sé a qué te refieres.

—Claro que lo sabes. —Dejó su plato sobre la mesa, se encaramó al sofá y me dio un codazo juguetón—. Dilo de una vez.

Me quedé mirándola sin responder, queriendo parecer sereno, pero probablemente no pude disimular la turbación... Entiende «turbación», en este caso, como la pataleta de no sentir que mi beso le hubiese parecido especial.

—¿Es por el beso?

Apreté los labios en un nudo.

—¿Era tu primera vez? ¿Te hizo sentir confuso?

—Si eres más tonta, no naces —respondí, acercándome a ella con actitud dialogante y una sonrisa.

—¿Qué es lo que te preocupa?

«Que te haya besado y que lo hayamos dejado pasar. Que el momento se haya diluido y no pueda recuperarlo. Que ese beso te haya dejado indiferente. Si te habré besado mal. Si me huele el aliento y no me he dado cuenta. Quizá has pensado que había demasiada saliva. O te has arrepentido nada más besarme. Que no te guste. Que estés incómoda sin saber cómo sacarme de tu casa. Que esto vaya a ser así, que yo esté instalado en la *friendzone* y no pueda salir ni agarrado al salvavidas de un beso con lengua».

—No me preocupa nada.

—¿Te preocupa que me hayas besado y que trabajemos juntos?

—No trabajamos juntos, eres mi jefa.

—Ah, es eso. —Sonrió—. Pues deja de preocuparte, porque no va a suponer ningún problema —afirmó en rotundo.

—¿Lo vas a olvidar y ya está?

—No. Claro que no. Pero en la oficina esto no juega ningún papel. No creo que haber tenido tu lengua en la boca vaya a interferir en nuestro trabajo.

—No es eso —respondí.

Un silencio nos sobrevoló y ella me hincó el dedo en el costado.

—Escupe…

—¿Es que haces estas cosas con todos tus empleados?

Me miró con las cejas arqueadas, cambiando la expresión a una más defensiva.

—Menudo comentario de mierda.

—Joder, Marieta, te veo de lo más cómoda con la situación.

—¿Qué tiene de malo?

—Nada, pero…

Se levantó y empezó a recoger cosas.

—¿Ahora te cabreas?

—Voy a traer más vino. No sé si voy a necesitar tirártelo a la cara.

Recogió un par de cosas, no me permitió que me levantara y volvió al poco de la cocina con una botella ya descorchada, con la que sirvió las dos copas vacías.

—Deberíamos haberlas cambiado —le indiqué—. No es el mismo vino.

Chasqueó la lengua contra el paladar y levanté las manos en son de paz.

—Vale, vale…

—Estoy esperando… —Se acomodó con la espalda apoyada en el sofá que quedaba junto al mío, con una rodilla encogida, la otra pierna por debajo de la mesa baja y toda ella abrazada a la copa de vino.

¿Por dónde empezar? Las conversaciones incómodas como quitarse un esparadrapo: en un movimiento rápido.

—Voy a querer volver a hacerlo.

—Y eso es un problema, porque…

No contesté y ella, directamente, se levantó, dejó la copa, apartó la mesa un poco y se sentó después a horcajadas encima de mí, rodeándome la espalda con los brazos. La yema de sus dedos jugó con el pelo de mi nuca y el estómago se me contrajo en un espasmo de placer. El cariño también provoca placer, aunque quizá la palabra exacta sea calidez.

—Ha sido un buen beso. —Me acarició la nariz con la punta de la suya y después depositó allí un pequeño beso—. Pero lo más sabio sería no repetirlo.

Me inundaron tantas dudas en aquel momento que alguna se me escapó de entre los labios.

—No he preguntado qué sería lo más sabio.

—Estamos jugando con keroseno. —Sonrió.

—¿A quién le importa? Yo solo quiero besarte.

De pronto, complicarme la vida me pareció un puto planazo, un proyecto de vida, el futuro perfecto. No quise que dijera nada más. No quise decir absolutamente ni una palabra. Me arrepentí de haber sacado el tema, de haber abierto la bocaza, de haber tenido que analizar lo que estaba pasando con el microscopio de mi ego y…

La volví a besar. Y, no quiero echarme flores, pero la besé bien. Muy bien. La besé como se besan dos desconocidos que acaban de sentir el flechazo en una discoteca, como una pareja que se despide en una estación de tren, como dos amantes recientes, como una pareja con toda una vida a sus espaldas, como adolescentes, como Alejo y Marieta. La besé convirtiéndonos en muchas cosas entre sus labios y los míos, pero ninguna de ellas era jefa y asistente.

Cuando alguien me gusta mucho suelo perder la cabeza en la cama. Que nadie se asuste, no quiero decir que me ponga violento o que tenga instintos poco usuales. A lo que me refiero es a que, al día siguiente, soy incapaz de reconstruir fielmente los hechos. No olvido el qué, pero el cómo se desdibuja. ¿Quiere decir que me disocio, que no estoy allí? No. Quiere decir que no sé cómo terminé encima de ella en el sofá, por ejemplo.

Pero allí estaba, notando cómo su cuerpo se hundía en los mullidos cojines del enorme sofá y ella me acogía entre sus muslos. Tenía el vestido arrugado a la altura de la cintura, una de sus piernas sobre mi cadera y la boca roja de tanto frotarse con la mía, rodeada de una barba un poco más larga que de costumbre. Embestí y froté mi erección a la altura de su pubis y se arqueó de placer. Nos retorcíamos, nos besábamos, lamíamos el cuello del otro y mordíamos, y todo parecía tan… natural. Como el sexo que practica una pareja que conoce al otro; como las emociones que te despierta tu disco preferido, conocido pero intenso. Como todo entre nosotros, como si ya hubiéramos recorrido el placer del otro. Era como estar a punto de hacer el amor con un cuerpo al que conocíamos de sobra y cuya silueta podríamos reproducir con los ojos cerrados. ¿Por qué era todo tan familiar?

Marieta tomó la iniciativa para desnudarme y tiró de mi jersey hacia arriba. La ayudé sacándolo por encima de mi cabeza y dejándolo caer al suelo antes de tratar de desnudarla a ella, pero se resistió repasando centímetro a centímetro mi pecho con sus ojos, estudiándome, como si tuviera que acertar en una diana dibujada justo encima del vello que había sobre mis pectorales. Abandonando toda clase de contención, casi bizqueó cuando resopló:

—Joder…

—¿Qué? —la provoqué.

—Qué tetazas.

Debo admitir que nunca nadie me había dicho aquello. Sé que durante el sexo se dicen cosas raras. Una vez una chica me llamó por el nombre de otra persona, otra me dijo que me quería (nos acabábamos de conocer aquella misma noche) y en otra ocasión yo me descubrí balbuceando la letra de una canción durante una mamada porque no quería correrme muy rápido. Pero «qué tetazas»… no. Eso no me lo habían dicho jamás.

Decidió que la mejor manera de espabilarme era clavar las uñas en mi pecho e, inmediatamente, volví a echarme sobre ella en busca de su boca, que me recibió entreabierta. Qué manera de besar. Qué forma de follarnos las bocas, de decirnos guarradas sin tener que musitar palabra alguna, de adelantar el placer que podríamos sentir, tocándonos tan solo la espalda, el cuello, los brazos y el pecho. Porque, si ella había clavado sus uñas en mi pecho, yo quise encerrar en mi mano el suyo. Lo rodeé de fuera hacia dentro para apretarlo y cubrirlo por entero. El modo en el que su carne se desbordaba a través de mis dedos entreabiertos me puso a cien.

Me volví a incorporar y me peleé con su vestido hasta que le hizo compañía a mi jersey. Allí estaba, tumbada en ropa interior. Desabroché mi cinturón y Marieta se arqueó, como si aquel gesto le hubiera provocado placer.

—No puedo más —susurró.

—¿Qué quieres?

Mi mano recorrió su torso en dirección descendente, hasta meterse dentro de sus bragas. Estaba empapada y, al notarlo, gemí como si en realidad fuera ella quien estuviera tocándome a mí. La piel de Marieta era igual que una droga de diseño y me hacía sentir cosas, cosquilleos, escalofríos... que solo podían pertenecer al espacio de lo imaginado. ¿O puedo desear tanto a alguien que tocarle me dé placer?

Dejé que las formas de su cuerpo dirigieran mis dedos hacia el interior, húmedo y caliente, áspero y suave. Qué sensación. Se apretó alrededor de mis dedos corazón y anular, y embestí de nuevo con ellos. Qué calor desprendía. Qué agradable, qué sensual, qué puto gustazo.

Le saqué el pecho derecho de la copa del sujetador y lo sobé como había hecho antes, pero sin ninguna tela que impidiera ver cómo su pezón, de un color sonrosado, se endurecía entre los dedos índice y corazón de mi mano izquierda. Iba a explotar.

—Quiero follarte —le dije en un jodido trance sexual.

—Fóllame —asintió—. Pero ponte condón.

Rebusqué en los bolsillos de mi pantalón vaquero hasta dar con la cartera, saqué el condón que yo, optimista, había colocado allí «por si acaso» antes de salir, y, sin quitarme ni siquiera el pantalón, lo bajé lo suficiente como para liberar mi erección. Lo saqué del envoltorio, soplé sobre él para asegurarme de que me lo ponía al derecho y no al revés, lo apoyé en la punta y lo desenrollé con una evidente expresión de gozo, porque aún no había estado dentro de ella y ya sentía el placer de estarlo. Me atrajo con sus piernas y dirigí mi polla en dirección a su coño, pero, al empujar con la cadera y a pesar de estar empapada, Marieta se quejó. Paré de inmediato.

—¿Qué pasa?

Se incorporó un poco, me miró la polla y después a la cara con cierta sorpresa.

—Despacio.

—¿Paro?

—No, pero ve despacio.

Me siento en la obligación de decir que no tengo una polla de esas que se ven en el cine porno, pero había algo en ella, no sé si es que está levemente inclinada hacia arriba cuando se endurece o si es por su grosor, que a Marieta le estaba resultando difícil de… acoger. Volví a intentarlo, despacio, mordiéndole el hombro, lamiendo su cuello, jadeando junto a su oído… Su cuerpo cedió y me paré.

—Más —me pidió.

Empujé un poco más. Dios mío. Qué sensación. Qué jodida sensación. Me incorporé para poder mirarla; deseaba que viese en mi rostro lo que me estaba haciendo sentir. Los dos cogíamos aire con las bocas abiertas, sin dejar de mirar al otro. Marieta era inmensa y yo podía perderme en ella.

Cuando noté que estaba totalmente dentro de ella, embestí instintivamente. Nadie nos enseña a follar, nuestro cuerpo sabe. Mantiene el sexo latente, dormido, hasta que estamos preparados. Solo necesita que crezcamos y desbloqueemos esa capacidad. Eso me ha parecido siempre bello y animal. Estamos programados para saber amarnos, ¿nunca lo has pensado de ese modo? De la misma manera, nadie nos había mostrado a nosotros dos cómo sería el sexo con el otro, pero cada movimiento parecía estar perfectamente orquestado para el placer. Allí no se hablaba de amor, pero yo sé lo que me digo.

Me apoyé en el respaldo del sofá y doblé la fuerza de las acometidas. Y ella gemía…, joder, cómo gemía.

—Más —volvió a pedir.

—¿Qué quieres? —Le metí el pulgar en la boca y ella lo lamió con fruición.

—Que me folles más fuerte.

—¿Así? —La penetré con fuerza y ella gimió.

—Más.

—¿Así? —Lo hice con más fuerza aún y ella sonrió.

—Ahí…

Vaya. A Marieta le gustaba follar duro. Durante unos minutos, no sé cuántos, el salón por entero nos devolvió el sonido de nuestras pieles restallando una contra la otra, en una especie de eco de aplausos lascivos.

Tuve que cerrar los ojos. El movimiento del pecho que había sacado de su sujetador, arriba y abajo, a merced del ritmo de mis embestidas, me estaba volviendo loco y sentía un cosquilleo en la parte baja de mi columna bastante delator. Si seguía y seguía como lo estaba haciendo, fuerte y rápido, iba a correrme. Y me aterrorizaba la idea de hacerlo y dejarla con las ganas. De irme demasiado rápido. De ser egoísta y parecerle más niñato aún.

No fue suficiente cerrar los ojos, así que salí de dentro de ella un poco atropelladamente. Marieta se quejó, pero aproveché para darle la vuelta y ponerla a cuatro patas. ¿Podría decir que se sorprendió? No creo. Inmediatamente hundió la cara en los cojines del sofá y gimió de una manera que me daba su aprobación. Todo lo que hacía me parecía jodidamente excitante.

—Para… —jadeé colocando la polla en su entrada—. Para o me corro.

—No puedes —suplicó—. No puedes correrte aún.

La vi acercar su mano derecha entre sus piernas y se frotó a sí misma. Tragué saliva y miré de frente, a la pared de la librería, encomendándome a…, no sé, a sea lo que sea que proteja a los amantes, porque Marieta me estaba poniendo a cien.

Se la metí de nuevo y apreté la carne de sus caderas con fuerza, casi con rabia. Y la monté. Juro que, por unos minutos, la monté como si fuéramos animales, y a ella le gustó tanto que… empezó a hablar. Nunca me habían hablado sucio durante el sexo más allá del típico «sigue», «ahí», «fuerte». Ni siquiera sabía que alguien pudiera decir todo aquello en voz alta sin tener un guion delante.

—Quiero que me folles como te lo has estado imaginando todos estos días. ¿Me follabas en mi despacho? ¿Encima de la mesa?

Abrí la boca. Me cago en la puta. Me lo había imaginado, claro que sí, ella sobre la mesa y yo detrás de ella, justo como me encontraba en aquel momento.

—Fóllame —gimió—. No pares de follarme. Quiero que te corras encima de mí.

Me mordí con fuerza el labio, esperando que un poco de dolor amortiguara el placer y el morbo que me estaba dando.

—Así, joder, así, fóllame más fuerte.

Se acabó. No podía.

Salí de ella, le di la vuelta, me senté y la dirigí a mi regazo. Mala idea.

La cara que puso cuando agarró mi polla, la colocó en su entrada y fue bajando sobre ella fue…, fue lujuria líquida aplicada directamente en vena. Se agarró a mis hombros y apoyó la cabeza en mi sien mientras se mecía arriba y abajo, arriba y abajo…, tan prieta, tan caliente, tan húmeda.

—Marieta, voy a correrme… —le avisé.

—No.

—Sí, sí…, tienes que parar.

Se separó, me miró con malicia y se movió un poco más rápido.

—No, que me corro, Marieta…

—¿Y qué?

—Que faltas tú.

Ella siguió. Joder si siguió, pero se frotó de nuevo con la mano derecha, cada vez más rápido. Notaba los movimientos de sus dedos en mi pubis y cómo apretaba cada vez más mi polla en su interior.

—Me vas a matar —gemí.

Como contestación, me lamió la boca sin dejar de cabalgarme como una salvaje. La noté palpitar y temblar, el espasmo de sus músculos, el gemido contenido en su garganta, y levanté la cadera para acompasarla a sus contorsiones sobre mí. De pronto, sin que nada me preparara para ello, Marieta lanzó un alarido que casi me asustó, un balbuceo desesperado con el que vino a decir que se estaba corriendo y que, si se me ocurría parar, me iba a apuñalar. Así de intenso fue. Los pezones se le endurecieron, la piel de sus muslos se puso de gallina y, si hubiera tenido la oportunidad de mirarla a los ojos, que permanecían cerrados, habría visto también sus pupilas dilatadas como dos eclipses totales.

Un latigazo, un escalofrío recorriéndome la espalda, un cortocircuito que dejaba momentáneamente a oscuras el centro de control, sentir que algo se soltaba en mi interior y que me iba con ello. A otro cuerpo, a otro sitio, pero abandonaba mi piel un segundo para caer dentro de ella de nuevo de golpe. La onda expansiva me provocó la última convulsión y... volví.

Abrí los ojos. Marieta aún los tenía cerrados, con la cabeza echada ligeramente hacia atrás, el cabello desparramado por todas partes y los pechos erguidos, con los pezones pequeños y duros. ¿Cuándo se había terminado de quitar el sujetador? En realidad... ¿cuándo le había quitado las bragas? A eso me refería al principio con que el cómo a veces se desdibuja para mí.

Besé su barbilla y apoyé la frente, exhausto, sobre su clavícula mientras acariciaba con la yema de los dedos su espalda. Si existe algo parecido a la vida después de la muerte, si hay algo más, un cielo, el paraíso, llámalo como quieras, tiene que ser como aquello. Su piel suave, el olor salvaje, la quietud del placer satisfecho...

Nunca había sido extremadamente cariñoso tras el sexo, pero la rodeé con los brazos y la estreché con más fuerza, quizá para olerla más y mejor, quizá con la esperanza de pegarla tanto a mí que algo de ella traspasara mi piel. No consideré que fuera un gesto demasiado comprometedor, pero pasados unos segundos la noté tensa, así que la solté y seguí acariciándola como lo estaba haciendo antes, con cierta languidez, volviendo poco a poco de aquel lugar tan increíble en el que…

… parecía estar solo.

Marieta rompió cualquier paz levantándose de mi regazo y recuperando el vestido al momento. Pensé que le daba apuro su desnudez con la pasión ya calmada o que querría proponerme que fuéramos al dormitorio, pero sin mediar palabra se fue a la cocina (descalza otra vez, qué cruz) y escuché cómo abría el grifo.

La imaginé volviendo, echándose a mi lado, sonriéndome con candidez, con las mejillas ruborizadas, sonrojada por el sexo y la vergüenza (esa vergüenza buena que te hace reír y sentirte más cerca de alguien), acariciándome el pelo, aspirando mi cuello, preguntándome si quería pasar la noche allí, pero…

—¿Quieres un vaso de agua? —me preguntó en tono cariñoso y simpático.

—Eh…, no, gracias.

Tenía la boca seca (una vez me contaron que hay una explicación científica por la que el orgasmo seca la boca, pero no la recuerdo), pero no quería un vaso de agua. O sí. Lo que me apetecía de verdad era que volviese a tumbarse junto a mí y languideciéramos juntos, divertidos con la naciente confianza que el sexo había establecido entre los dos, íntimos. Pero Marieta tardaba en volver.

Me quité el condón, le hice un nudo, lo enfundé como pude en su envoltorio y me subí los pantalones. Marieta se apoyó en la pared, entre el salón y la cocina, y me sonrió (sin candidez, sin rubor, sin vergüenza) y me ofreció un vaso de agua…

—¿No quieres de verdad? Entre el vino y el sexo…, tenía la lengua como la de un gatete.

—Gracias.

Me levanté, comprobando que no se acercaba hasta el sofá, y le pregunté en un susurro dónde podía tirar el preservativo a la vez que aceptaba la bebida que me tendía. Cogió el envoltorio, fue a la cocina, se escuchó la puerta de un armario cerrarse y volvió, despeinada, perfecta, con la expresión satisfecha de un bebé después de mamar.

—Ha sido genial. —Se apoyó sonriente en mi pecho y me acarició el labio inferior con el pulgar.

—Sí lo ha sido.

—Gracias.

—El sexo no se agradece.

—El buen sexo sí.

Los dos sonreímos, pero su sonrisa fue derritiéndose poco a poco hasta quedar en una expresión levemente incómoda.

—¿Pasa algo? —le pregunté.

—No, nada. Es solo que... mañana tengo muchas cosas que hacer y..., bueno..., ¿podrías no quedarte a dormir?

—Eh... —Miré a mi alrededor, cortado.

Era la primera vez que me pasaba. La *fucking* primera vez que una tía no me pedía que me quedase después de echar un polvo. Territorio desconocido... no sabía qué hacer. ¿Me iba? ¿Me estaba pidiendo que me fuera en aquel mismo momento?

—Claro —acerté a decir—. Me voy ya.

—Gracias. —Se puso de puntillas, me dio un pico y volvió a sonreír, ahora con tranquilidad—. Ha sido fantástico. Nos vemos el lunes en la oficina.

Claro que nos veríamos. No podía permitirme el lujo de fingir mi propia muerte y huir.

Necesitaba el trabajo.

Pero ¿qué cojones? ¡Maldita arpía!

A veces los príncipes del cuento se enamoran de la bruja.

27
No me apetece estar aquí

Marieta estaba tumbada en la cama y la luz de la mañana entraba a través de las rendijas de la persiana. Me había quedado a dormir. Habíamos vuelto a hacerlo y, desfallecidos, después de otro asalto maravilloso, me había dicho que, si quería, me quedara en su casa, que le apetecía. Y yo quería, claro. Así que hablamos sobre viajes, sobre las ciudades del mundo que más nos gustaban y nos quedamos dormidos hablando de París. Hacia las cuatro de la mañana la encontré entre las sábanas, me pegué a su cuerpo, le besé el cuello y, en menos de nada, la tenía de nuevo encima de mí. Marieta se mecía desnuda, con los pezones duros, jadeante. Fue un momento onírico, como quien sueña que se folla un hada. Pero despacio. Una vez saciada la sed, uno bebe con más calma, dejando que el paladar también disfrute.

La mañana nos despertó con suavidad. El canto de los pájaros nos acompañó. Un espléndido arcoíris se filtraba a través del cristal y se derramaba sobre la cama en la que nos acariciábamos, pero olvídalo todo porque me lo estoy inventando...

Me desperté solo, abrazado a la almohada en la mastodóntica cama del piso de mis abuelos, con el agradable ruido que uno de mis hermanos hacía al vomitar con una fuerza desmedida. Marieta me había largado de su casa después de follar y ni siquiera podía culparla por hacerlo de malas maneras. Educada, sonriente, dulce y atenta, me dio un vasito de agua para asegurarse de que me largaba, pero con el gaznate hidratado. Pensaba en todo, la muy bruja. ¿Lo peor? Que yo también había usado el «mañana tengo que madrugar» con algún ligue.

Me levanté en calzoncillos y una camiseta, despeinado y legañoso, y me asomé al cuarto de baño de donde procedían los estertores de la muerte para asegurarme de que no tenía que llamar a mi madre para comunicarle el deceso de uno de sus hijos pequeños. Me encontré a Manuel en condiciones en las que nadie quiere a ver a… a nadie.

—Pero ¡tío! —me quejé—. ¿Qué coño bebéis la juventud por las noches? ¿Matarratas? Y, sobre todo, ¡¿cuánto?! Más te vale limpiar todo esto.

—Baja la voz —me pidió entrecerrando los ojos—. Te va a oír. Estoy en este baño y no en el de mi habitación por algo, payaso.

Ah, genial. Hasta el gilipollas de Manuel dormía con los ligues. Yo, sin embargo, hacía excursiones nocturnas por el metro de Madrid. Al menos averigüé que había una opción mucho más rápida que la que usé para la ida: desde Pavones fui hasta Núñez de Balboa en la línea 9 y allí hice trasbordo a la 5 y…, *voilà*, en veinte minutos estaba en casa, después de escuchar cómo un perroflauta en mallas me contaba cómo había adiestrado a la rata que llevaba sentada en el hombro izquierdo, a la que llamaba Muriel. Perdona lo de «perroflauta». Ya no soy así. Pero es que el tío llevaba unas mallas y una riñonera… y claramente no se dirigía a correr ninguna maratón.

Manuel me dejó las llaves del coche, pero tuve que chantajearle, no lo niego. Le dije que, si no lo hacía, entraría en la habitación donde escondía a su ligue completamente desnudo y pasando el aspirador.

Cuando llegué a casa de Felipe a mis amigos ya les había dado tiempo a tomar un par de cervecitas, con lo que ya estaban «sueltecitos». Los domingos, desde que dejamos la facultad y todos teníamos responsabilidades adultas, quedábamos a la hora del aperitivo para recogernos a las seis o siete de la tarde y poder descansar un poco de cara a la semana laboral.

Durante el trayecto me sentí raro, pero lo achaqué a que hacía siglos que no recorría aquel camino. Hubo una época de mi vida en la que hacía y deshacía aquel trayecto con más frecuencia que el que me llevaba a mi propia casa. Felipe fue el primero en independizarse, si puede llamarse independizarse a quedarte con el chalet de tus padres cuando ellos se retiran a vivir a su casa de Marbella. El caso es que convertimos aquel lugar en una especie de cuartel general, donde hacíamos fiestas, llevábamos a los ligues que no podíamos colar en casa de nuestros padres y pasábamos largas temporadas en verano, entre la piscina y la barbacoa.

Al llegar, después de todos los abrazos y efusivos saludos, volví a tener la misma sensación vaga, inclasificable, difícil de definir, que había sentido mientras conducía hacia allí. Se me escapaba. Cuando quería concretarla en palabras, se escabullía. Pero no era la sensación reconfortante que uno espera sentir cuando se encuentra de nuevo entre los suyos. Si fuera una película, me hubiera preguntado (en voz en off y sobre una canción de pop buenrollero) por qué había tardado tanto en verlos, por qué les había estado evitando y por qué me daba vergüenza confesarles mi situación. Pero la vida no es una película, tesoro, así que no me pregunté nada más que por qué empezaban a parecerse todos tanto a mi tío Pelayo, el hermano «canallita» de mi padre.

—¡Ey! ¿Qué tal, tío? Estábamos a punto de hacer circular un cartel con tu foto y un número de contacto. ¡Estás desaparecido!

—¿Preparando ya la boda?

Joder. Pensaba que se habrían enterado por su cuenta.

—No, tíos. Lo hemos dejado.

—¿¡Qué dices!? —Un coro de voces sorprendidas y un poco divertidas.

—¡Soltero de nuevo, Alejito! Entonces ya sabemos por qué no contestabas los wasaps. ¡Estás ahí, mete saca todo el día, eh!

Un coro de risas pareció aplaudir el comentario. Pestañeé, confundido.

—No. En realidad no.

—Menos mal que se te ha quitado de la cabeza esa idea tuya de casarte joven y tener tres hijos. Eso nos deja mal a los demás, tronco.

Bebí del botellín de cerveza que me acababan de dar para no tener que responder.

—Estás mejor así. No te lo dijimos nunca, pero tu ex nos parecía una loca y una histriónica.

—No estaba loca —negué molesto.

Yo la sacaba de sus casillas, que es muy diferente. No. Si estás pensando que llevar un mes trabajando en Like¡t me había hecho sensible a aquellos comentarios que antes no me llamaban la atención o a los que no daba importancia, no estás en lo cierto. Jamás habría considerado que habláramos así de las chicas. A lo sumo, pensaba que se nos escapaba una mala expresión del tipo «me la follé» en lugar de «follamos», pero ahora todo me parecía bastante cutre y diferente, como si se hubieran apolillado.

—¿Qué os pasa? —Los miré a todos—. Eso ha sonado de un machista bastante rancio. Os ha sentado fatal mi ausencia, tíos.

Todos se echaron a reír y... lo dejé estar. Lo dejé estar porque eran mis amigos de toda la vida y porque creí que con quejarme en voz alta de que aquello era una cutrada misógina sería suficiente.

—¿Qué tal todo lo demás? —me preguntó Beltrán, palmeando bien fuerte mi espalda.

—Bien. Bueno… —Me encogí de hombros—. Dejé el curro —mentí—. Necesitaba un cambio de aires.

—¡Anda que nos lo cuentas! —se quejó Jacobo.

—¿Y dónde estás viviendo? —preguntó Felipe.

—En el piso que fue de mis abuelos.

—¿Ahí no es donde están tus hermanos?

Me pasé la punta de la lengua por el interior de la mejilla.

—No. Ese es otro.

Joder, Alejo.

No era el hecho de mentir. Ya era lo suficientemente mayor como para darme cuenta de que lo peor era el motivo que impulsaba la mentira: me avergonzaba, y mucho, de cómo era mi vida en aquel momento. Y lo peor es que no se me ocurrió pensar que uno, con sus amigos, no debe temer enseñar la podredumbre.

—¿Y por qué dejaste el curro, tío? Si te pagaban de puta madre y te gustaba.

—Ah… —Miré a mi alrededor con aires de sobrado—. Me aburrí. Necesitaba probar otras cosas. Total, como tengo el doble grado y el máster, puedo moverme dentro de un espectro grande de sectores.

—¿Y dónde estás ahora?

—En una aplicación móvil.

—¿En una app? ¿No será de ligar?

—No, no. —Fingí reírme también con ellos—. No la conocéis. Aquí aún no está operando. Internacionalmente es muy potente, pertenece a un gigante americanojaponés y lo va a petar en el mercado español, seguro.

—Me alegro, tío —respondió Felipe, que empezaba a avivar las brasas—. Bueno, mariquitas, que alguno vaya a la cocina y saque cosas para comer, que aquí no tenemos sirvientas.

Me dejé caer en uno de los escalones que separaban el porche trasero de aquel pedazo de terreno. Aquella vaga sensación que me había acompañado desde que salí de mi casa se intensificó, como el calor que salía de la barbacoa y el volumen de la conversación que estaban teniendo otros tres amigos junto al cubo lleno de hielo y agua donde flotaban las cervezas. Pero ¿qué era? Mi amigo Andrés pasó por mi lado, me tocó el hombro y me dio otra cerveza fría.

—Hoy están extremadamente tontitos. —Señaló al resto del grupo con un movimiento de cabeza.

—Coño, me han aplicado un tercer grado.

—No exageres.

Ya, supongo que no había sido para tanto. El problema era yo. La nota discordante. Mi vergüenza y las mentiras. Saqué el móvil del bolsillo y lo miré. Ninguna notificación. Abrí WhatsApp, busqué el contacto de Marieta y amplié la foto que tenía de perfil. Joder. Qué tía más preciosa. Un globo de helio se hinchó en mi pecho y me hizo flotar. Salí de la foto, releí nuestra última conversación, aburridísima, sobre trabajo, y, un poco más arriba, vi mi explicación sobre el regalo de su madre. Tuve que respirar hondo y llenar a tope de aire mis pulmones porque me parecía que el que entraba al respirar no era suficiente.

«Ey…», empecé a escribir. «¿Qué tal tu comida familiar?».

Lo leí y lo borré. Volví a empezar: «¿Y si nos escapamos de nuestros planes y nos pasamos el día en la cama, comiendo cosas con tu salsa de tomate y albahaca?».

Me quedé mirando el mensaje. «Tío, te echó de su casa. ¿Lo de no ser un arrastrado cómo lo llevas?», no pude evitar que me invadiera este pensamiento.

—¡Alejo! ¡Tienes que probar esto que ha traído Jacobo! ¡Cecina de wagyu!

—¡A noventa y cinco euros el kilo, macho!

Borré el mensaje, le di un trago a la cerveza y fui hacia allá. El sentimiento que me estaba persiguiendo desde que puse rumbo hacia allí me cruzó por el pecho y esta vez, rápido, lo cacé. Ya sabía ponerle nombre, ya podía conversar con él y, al menos, intentar encontrar respuestas. Era un enorme y luminoso: «No me apetece estar aquí con esta gente».

Me hubiera ido, pero no quería estar solo. Ni con mis hermanos. Y no tenía a nadie más a quien llamar. Y no sabía a quién podía contarle que por primera vez en muchísimos años me sentía perdido y sin un rumbo.

Fue uno de los domingos más aburridos y pesados que recuerdo. Me retiré sobre las cinco, aduciendo un dolor de cabeza. Dije que había ido a cenar a casa de alguien del curro y me había pasado con el vino. No era mentira, solo inexacto, porque no era «alguien del curro», sino mi jefa, y no «me había pasado con el vino», había reventado con mis propias manos una caja fuerte que, quizá, nunca debería haber abierto. Como Pandora, abrí la caja, y, a cambio, me regalaron el poder de adivinar el futuro, pero, como a ella, nadie me creería. Ni yo mismo.

Pero lo sabía. Volviendo a mi casa con el Golf de mis hermanos, lo sabía. En el fondo ya sabía lo que pasaría.

28
De lunes

Cuenta la leyenda que la madre de Aquiles, Tetis, con la intención de que su hijo fuera inmortal, lo sumergió en el río Estigia, que, según la mitología griega, constituía el límite entre la tierra y el mundo de los muertos y, como tal, tenía el poder de volver invulnerable a quien se bañaba en sus aguas. Pero, claro, Tetis, para no soltar a su pequeño y arriesgarse a perderlo en la corriente, lo sujetó del tobillo, exactamente de la parte que conocemos como talón de Aquiles. Ese pedacito de piel que el agua del río no tocó fue su perdición.

Yo no me había bañado en ningún sitio con el poder de hacerme indestructible, pero lo cierto es que, no sé muy bien por qué, nací con el dudoso privilegio de tener un corazón a prueba de relaciones fallidas. Había dejado y me habían dejado, pero nunca lo sentí en peligro. Siempre me repuse bien, con planes nuevos, con argumentos objetivos sobre por qué aquellas relaciones no tenían futuro y, por lo tanto, no debía agarrarme a ningún vestigio de melancolía. Lloré por algunas cosas a escondidas, pero las chicas no solían ser protagonistas de mis desvelos.

Ahora lo pienso y quizá toda aquella invulnerabilidad era resultado de que no terminaba de darme. No terminaba de abrirme. No terminaba de abandonar el papel de ese chico con las cosas muy claras, con un futuro tangible y exitoso por delante. Un chico que, ahora me doy cuenta con la perspectiva de los años, se construyó a imagen y semejanza de lo que esperaban que fuese. El primogénito. El chico ejemplo. El que heredó la mente clara y la facilidad para los negocios de papá. El que seguiría sus pasos con una carrera exitosa, superándolo con el tiempo. Pero en aquel momento, cuando estaba a punto de revolucionar mi vida, yo lo único que me sentía era una decepción, un fraude. No me sentía exitoso ni de lejos, solo terriblemente inseguro porque no sabía ser vulnerable sin sentirme débil. No me apañaba sin ser el príncipe del cuento. Las princesas descolgaban sus largas cabelleras desde lo más alto de las torres para que yo fuera a salvarlas, no me ofrecían una pócima y me largaban del castillo. Me sentía más dolido de lo que debía sentirme. Pero para eso está la vida, para darnos lecciones. Ahí iba la mía, con una melena pelirroja, con sus vestidos vaporosos de flores. Ahí iba, sí, la tía que iba a conseguir doblegarme y hacer que mis rodillas tocaran el suelo.

Ver entrar a Marieta en la oficina el lunes fue una experiencia diferente. Estaba bella, pero distinta a como estaba el sábado cuando me despedí de ella. Marieta, en el trabajo, era diferente. No era distante ni fría, pero emitía una energía que, de algún modo, pedía respeto. En la oficina, era una belleza inalcanzable.

—¡Buenos días! —nos dijo a todos, como siempre, antes de entrar en su despacho, tirar el bolso sobre una silla de malas maneras y dejarse caer en la suya, delante del ordenador.

Esperé los minutos de rigor para que le diera tiempo a encender su Mac y situarse, repasé su agenda del día de mala gana, anoté algunas cosas en mi cuaderno, con la fecha en la esquina superior derecha, y fui hacia su despacho.

—Buenos días, Marieta. —Evité mirarla y me concentré en mi cuaderno deseando con todas mis fuerzas que no se diera cuenta de que aún no había solicitado la maldita tablet.

—Buenos días, Alejo. ¿Qué tenemos hoy? Dime que hay algo emocionante.

—Primera reunión para la revisión salarial.

Respondí con más sequedad de la que quería que se me escapase. No pretendía que se me notara tanto que estaba ofendido porque me hubiera echado de su casa el sábado por la noche. Levanté la vista para estudiar su expresión, para calcular si había sido ya pillado y la jefa iba a hacer bromitas sobre mi frágil ego masculino. Pero no pareció hacer acuse de recibo.

—Si vas a traerme ese tipo de noticias, fuera de mi despacho. —Agitó las manos en dirección a la puerta, claramente de broma.

—La reunión es a las doce, tienes tiempo de prepararte mentalmente. Cuando la agendé, Fran me recordó que te dijera que trajeras tus propias estimaciones.

—Creo que lo hace a propósito, porque sabe que se me da fatal. —Bufó—. ¿Por qué no puedo delegar eso en él?

La miré con la cabeza inclinada.

—¿Qué? —Puso ojos de cordero degollado—. Escupe lo que sea que estás pensando.

—No tengo nada que decir. Soy tu asistente. Ahí ni pincho ni corto.

—Guau —respondió—. No te gustan los lunes, ¿eh?

—Mis disculpas. —Cambié el peso de una pierna a la otra—. A las cuatro tienes una reunión que pinta bien: desde Nuevos Negocios dicen que tienen un proyecto que te va a encantar y que ya hay algo que pueden enseñarte.

—A ver qué es ahora. —Se rio—. Lo último no tenía ningún sentido. Constituí una empresa nueva e independiente para tener a cinco genios chalados pensando en qué inventar. Todo apuntaba al fracaso desde el principio y va a ser una profecía autocumplida.

Me sonrió, pero no sé si supe responder a ese gesto.

—¿Algo más? —pregunté.

—Sí. Tengo un regalito para ti…

No es que sea un obseso, entiéndeme, pero la frase sonó provocadora…

—Ah, ¿sí?

Bueno, quizá había esperanza en forma de mamada a escondidas en su despacho. Eso mejoraría bastante la integridad de mi maltrecho ego…

—Sí —asintió poniendo morritos.

Sacó del cajón un fajo de tíquets y los apoyó encima de la mesa.

—Gastos mensuales. Hay que meterlos en el sistema antes del día 15 de este mes.

Abrí los ojos como platos. Primera noticia. ¿En qué sistema?

—¿Conoces SAP?

—Sí —asentí—. Pero…

—Pues pídele a Gisela…

—¡No! A Gisela no, ¡por favor! Es muy pesada —me quejé.

Lo que me faltaba. ¿Qué tipo de purgatorio era ese?

—Como iba diciendo, pídele a Gisela que te enseñe, te instale el programa, te dé acceso o lo que quiera que necesites. —Movió la mano con unos giros vagos, como si estuviera acompañando un encantamiento—. La facturación sí que te la han dado, ¿no?

—¿Eh?

Se rio, miró el ordenador, se puso un auricular y después de un leve tecleo dijo:

—Gisela, hola. —Sonrió—. Se nos ha olvidado introducir a Alejo en el fascinante mundo de los gastos y las facturas. —Esperó, mirándome—. Vale. Genial. Ahora se lo digo.

Dejó el auricular, se humedeció los labios y sentenció:

—A las once va a tu mesa a explicártelo todo. Lo siento.

«Te odio —pensé— a ti y también a lo increíblemente bien que te ha quedado el pelo hoy, so bruja».

Me enderecé, suspiré y le pregunté si tenía alguna sorpresa más.

«Venga, Marieta, dame algo que me dé un poco de vida para soportar el resto del día…».

Ella, que ya estaba abriendo algún programa en su ordenador, me repasó con la mirada y, por fin (¡¡¡POR FIN!!!), sentí, lo juro, como si me estuviera pasando la punta de la lengua de abajo arriba. Abrió la boca y, mirando sus labios pintados, sentí un cosquilleo sobre mi polla.

—No. La verdad es que no.

Decepción.

Me volví hacia la puerta.

—¿La dejo abierta o cerrada?

—Abierta, por favor.

Dejé la libreta de malas maneras sobre mi mesa y el fajo de tíquets con un poco más de cariño, porque no quería que terminaran desperdigados por el suelo, y fui a la cafetería a por su café. Al principio bien que me decía que no hacía falta, pero se había acostumbrado a lo bueno… o quizá simplemente lo aceptaba porque, como Tamagotchi, necesitaba ser alimentada.

En la cocina, junto a la máquina de café, estaban Fran y Ángela, riéndose. No me escucharon entrar, así que pude observarlos «en su hábitat natural» según me iba acercando a ellos. Se les veía tan relajados, tan cómodos el uno con el otro… Me gustó comprobar que la cosa ya no estaba tensa entre ellos. Ojalá se hubiesen visto desde fuera; hacían una gran pareja. Me pregunté de nuevo cómo era posible que Ángela no hubiera sentido jamás ni siquiera curiosidad por Fran. Podría tener la misma duda con Marieta, pero es que ella era… era ella. ¿Nunca lo había visto despertar y había sentido una ternura diferente? ¿Jamás se había descubierto a sí misma mirándolo más de la cuenta? ¿No sentía celos cuando él salía con otras mujeres? Aunque, bien mirado, los celos nunca fueron señal de amor.

—Hola, chicos —los saludé.

—¿Qué tal el fin de semana? —me respondió Ángela.

No había nada raro en aquella frase, pero me paré tenso, como si me hubieran pillado en pleno asesinato. Fran frunció el ceño.

—¿Qué te pasa, tío?

—¿Eh? Nada. —Reanudé el paso hasta ellos—. El fin de semana bien. Tranquilo. ¿Habéis terminado con la máquina? Tengo que llevarle el café a nuestro Tamagotchi pelirrojo o la barra de energía bajará peligrosamente.

Ambos se rieron, pero Fran no soltó el señuelo.

—¿Por qué has reaccionado tan raro cuando te hemos preguntado por el fin de semana?

—Si hablas así, parecemos un matrimonio con cinco hijos. YO le pregunté antes —respondió Ángela.

La expresión de hastío de Fran creó una ola expansiva que afectó a tres manzanas.

—Porque he tenido un fin de semana de amargura total y me he preguntado si se me ve en la cara.

—Un poco —confirmó Ángela.

—Genial.

Me concentré en prepararle el café a Marieta de espaldas a ellos. Fran y Ángela terminaron la conversación que mantenían y se despidieron. Uno salió de la cantina; el otro se quedó como una presencia detrás de mí. No tuve que girarme para saber quién era quién.

—¿Qué quieres, Ángela?

—Cuéntame toda la verdad.

—¿No has hablado con tu amiga? —Me giré, cogí la leche, llené la taza y la calenté con la lanceta de la cafetera.

—Sí, pero me mintió. La conozco desde hace muchísimo tiempo… Me oculta información. Sé que quedasteis. Eso me lo confesó el viernes bajo tortura.

—Fui a cenar a su casa, me flipó su *loft*, se le pasaron los espaguetis, pedimos sushi, le rompí dos copas, se cortó el pie, quedé como un patán y fue complicado remontar el resto de la velada.

Puse la taza bajo la cafetera, le di al botón para que sirviera un café corto y me giré. Allí estaba Ángela, estudiándome con los brazos cruzados.

—¿A qué hora te fuiste?

—No lo sé. Pronto.

—Esa es una respuesta muy poco concreta. Esfuérzate más.

—Pues…, no sé. Llegaría a casa a eso de las…, no sé. Pero volví en metro, así que no podía ser demasiado tarde.

Me atravesó con la mirada, como si fuese un escáner, y algo no debió de convencerla.

—Averiguaré lo que no me estáis contando, lo sabéis, ¿no?

—¿Qué tal con tu chico?

Le cambió la cara y se enderezó con una especie de saltito.

—Ay, muy bien. —Los ojitos le brillaron—. Hemos pasado todo el fin de semana juntos y ha sido maravilloso.

—Sí, los comienzos siempre lo son.

—Eres un cenizo —respondió volviendo a cruzar los brazos.

—Ah, ¡no es eso! Lo tuyo tiene buenísima pinta. Solo es que… —Maquiavelo, baja, que subo yo—. Estaba pensando en mi última relación. Al principio era todo maravilloso.

—¿Y qué pasó después?

—Nada malo. La vida. Las manías de cada uno. Conocer a fondo a alguien cuesta muchísimo tiempo y a veces el final del camino no es como lo imaginaste. —Me encogí de hombros—. ¿Sabes eso de «más vale malo conocido que bueno por conocer»? Pues yo digo que «más vale bueno que ya conoces que arriesgarte a que el bueno por conocer te salga mal».

Ahí igual me pasé.

—¿Qué quieres decir?

—Que siempre se debe pescar en lagunas conocidas. —Me reí—. Pero tú parece que te mueves como pez en el agua en la aplicación, así que tendré que pedirte consejos.

—¿Te la has bajado?

—Sí. —Me la había descargado el sábado al llegar a casa, en un arranque de despecho, pero no había hecho nada más, ni siquiera abrirme un perfil—. Pero no le he dedicado tiempo.

—¿Y quieres dedicárselo? —Me miró arqueando una ceja.

—Claro, ¿por qué no?

—¿Y Marieta?

—Ángela..., Marieta no me hace ni puto caso. Para ella soy..., pues eso, un tío pijo con el que tiene que convivir en el trabajo. Se vio el otro día: no tenemos absolutamente nada en común. A eso me refiero: a veces idealizamos personas y relaciones y cuando rascamos un poco más lo que hay debajo no es para nosotros. Pero seguro que ahí fuera hay una mujer para mí. Y para Fran. Vamos a tener que retomar nuestros planes de salir a ligar.

—¡Eh! ¡Es verdad! ¿No ibais a salir este fin de semana?

—El próximo. Este al final se complicó. Ya sabes. Pero es mejor que no le menciones a Fran lo de mi cena con Marieta.

—Yo no tengo secretos con Fran.

—¿No? Pues un poco de misterio siempre es bueno.

Cogí la taza, puse un sándwich en un platito, le sonreí y me volví hacia la puerta.

—Tú intentas algo, Alejo Mercier.

—Estás paranoica, Ángela García.

La puerta abatible de la cafetería me golpeó levemente el culo al salir e hizo que se derramara un poco de café con leche en el platito. Maldije y me dirigí rápido a mi mesa a limpiarlo. Cuando terminé y me enderecé para llevárselo a Marieta, la vi mirándome con expresión burlona.

—¿De qué te ríes? —pregunté cuando le acerqué su café y su sándwich.

—De tu pulcritud. ¿Por qué limpiabas la taza y el plato?

—Porque al echarte la burundanga lo había ensuciado y no quería que lo notases.

Ella sonrió complacida, probablemente notaba cuánto me afectaba su presencia y su influjo. Maldita bruja.

—Tienes mucho trabajo hoy, querido Alejo —me avisó—. Espero que estés centrado.

—Como todos los días.

Ella asintió con cara de no tenerlo claro y volvió a sus cosas y... en aquella imagen de Marieta inclinada sobre su escritorio me quedé a vivir dos o tres vidas, pero sostuve la respiración para que no se me notara, di la vuelta y emprendí el camino a mi mesa.

—Alejo —me llamó.

—¿Dime?

—Intenta que se te note menos que estás molesto, al menos si no es por algo profesional.

«Hace quinientos años te habrían quemado viva, malvada nigromántica».

Salí de su despacho sin abrir la boca.

29
No puedes enamorarme

Hasta aquel momento podía decir que más o menos, excepto contadas excepciones (como pasar llamadas cuando había más de dos participantes), empezaba a dominar mi trabajo y eso me había proporcionado… calma. Sentía cierto placer en esa tranquilidad, en la rutina de un puesto que abandonaba en cuanto era la hora de salir. No llevaba trabajo a casa, no había horas extra y no me estresaba tener que poner de acuerdo a ocho jefes de departamento para reunirse con Marieta. Esa sangre fría que había desarrollado en mi anterior puesto, necesaria para trabajar con las cantidades de dinero que lo hacía, me servía, al fin y al cabo, para no perder la calma trabajando con personas. Para no ceder a la tentación de atizarlos con una libreta en el hocico, para más señas. Sin embargo, todo esto era antes de la facturación y los gastos. Bueno, los gastos solo tenía que meterlos en un sistema muy intuitivo, escanearlos y luego pasar los originales al Departamento de Contabilidad. Pero ¿la facturación? SAP lo inventaron en unas catacumbas por debajo del infierno. Si no sabes lo que es, siéntete afortunado.

De tener una mesa despejada, ordenada, solo con lo esencial, ejemplo de formalidad, pasé a tener el escritorio más lleno de papelitos y pósits de toda la empresa. Es imposible, escúchame bien, IMPOSIBLE, aprenderse de memoria todos los códigos alfanuméricos necesarios para procesar la factura de un proveedor. Y soy un tío listo, por mucho que esta afirmación te suene a flipado. SAP es infernal, incómodo, un coñazo, como pillarse el escroto con una cremallera y tratar de liberar la piel subiéndola y bajándola sin final. En mi mundo, de estas tareas feas y tediosas se encargaban otros.

Entré al despacho de Marieta para quejarme (con la voz, no solo con la cara) por primera vez desde que formaba parte de Like¡t.

—¿Por qué tengo que hacer yo lo de la facturación y no se encarga contabilidad?

Dejó lo que estaba haciendo con un suspiro de paciencia y me miró.

—Porque lo que tú estás pasando son las facturas de proveedores que competen solamente a dirección.

—¿Y qué? Ellos son contabilidad. ¿O es que hay que hacerles una danza de apareamiento para que se encarguen de las cosas?

—Ellos llevan todo lo demás. Son solo cuatro o cinco facturas al mes, Alejo.

—Pero ese sistema es infernal.

—¿Prefieres calcular las subidas de sueldo?

—Sí.

—Cierra la puerta al salir.

Vale, no había nada que hacer. La facturación me tuvo amargado desde las once, hora en la que Gisela, que se enrollaba más que una persiana, empezó con la clase de SAP, hasta las cinco de la tarde, cuando acabé con la última, la sellé y la mandé al infierno. Bueno..., la metí en un sobre, la llevé a la sala de trabajo de los de contabilidad, a los que odié con la mirada de un modo muy evidente, y volví a mi lugar de trabajo sintiéndome liberado de una tortura medieval. Fran se acercó a mi mesa justo después.

—Alejo, ¿puedes buscarme otro hueco con Marieta esta semana?

—Hum... —Miré su calendario—. ¿Cuánto tiempo?

—Una hora o una hora y media. Lo que pueda.

—Sabes que puedes pedírmelo por mail, ¿no? —le pregunté mientras estudiaba la agenda.

—Sí, pero así estiro las piernas y veo esa carusita que tienes.

Me reí sin despegar los ojos de la pantalla.

—Está difícil. ¿Es muy urgente?

—Pues contando con que en la reunión de hoy sobre las subidas de sueldo solo hemos discutido sobre quién es el responsable de esta tarea..., pues sí, un poco urgente es.

Vaya por Dios.

—Miércoles de tres y media a cuatro y cuarto —le dije—. No te puedo ofrecer más, porque tiene bloqueados algunos huecos para repasar material de responsabilidad corporativa.

—Hecho.

—Oye —le dije antes de que se marchara—, ¿qué tal el fin de semana?

Miró alrededor, como vigilando que nadie nos escuchara.

—Una mierda. Marieta tenía planes, Ángela había quedado con el tío ese y uno de mis amigos ha sido padre, con lo que se canceló el partido de baloncesto del sábado por la mañana por falta de equipo.

—Este finde salimos tú y yo.

—Sí, claro, a tomarnos unas copas a Fortuny.

—Odio Fortuny, patán —mentí—. Buscaré un sitio guay. ¡Venga!

Su expresión cambió, como si acabara de entender algo.

—Ves tan difícil lo de Ángela —susurró— que ya pasas de animarme, ¿eh? Mejor buscar una alternativa.

—Solo estoy respetando lo que tú quieres hacer, que es olvidarla.

—¿Seguro?

Encogí los hombros. En ocasiones, era mejor que los simples mortales, víctimas de mis manipulaciones, no fueran conocedores de mis planes. A Ángela el tema de que Fran saliera por ahí de caza aparentemente le parecía bien, pero había un brillito en sus ojos… Quizá solo era miedo de que uno de sus mejores amigos saliera con otras personas y la dejase de lado, pero había que probar.

—Yo no pierdo la fe, amigo. Lo que pasa es que mi disimulo te confunde.

—¿Tu disimulo? ¿El mismo con el que miras a tu jefa? ¿Cómo?

—Venga, Fran… —respondí, fingiendo que el tema ya me cansaba.

—Vosotros veréis. Ya sois mayorcitos.

—No hay nada que ver. —Miré por encima de mi hombro y le susurré—: Cenamos el sábado, ¿vale? Cenamos el sábado y no pudo ser más evidente que… no. Fue superincómodo. Te aseguro que a ninguno de los dos le quedaron ganas de repetir.

Consejo maligno: si no sabes mentir, coge la verdad y solo… tergivérsala un poco. Es lo mejor. Y como es un buen consejo, te digo que pareció que Fran se lo tragaba. To p'adentro.

Era casi la hora de la salida cuando Fran volvió a su escritorio, aparentemente convencido con mis explicaciones. El *staff* se estaba animando con la charla del final de la jornada. Desde mi mesa la sala de trabajo se veía bonita bajo la luz fría y azulada de la tarde de otoño; aún no anochecía demasiado pronto, pero las sombras se avivaban a esas horas. Las plantas que «goteaban» sobre nuestras cabezas envolvían la estancia de un eco verde y los colores que aquí y allá salpicaban la sala la hacían un lugar terriblemente agradable. Aunque la gente se iba animada, en muchos casos podías ver cómo algunos debían recordarse a sí mismos que tenían que volver a casa. Tenía ese efecto. Era como tu sillón preferido que, aunque te sientes en él cinco minutos, siempre tiene otros planes para ti.

La gente iba y venía, recogiendo sus cosas, cuando miré hacia el despacho de Marieta, donde ella, despeinada, tenía toda la pinta de estar a punto de lanzar el ordenador por los aires. A lo largo del día mi ego masculino había viajado mucho entre el país del despecho y la república del «no pasa nada, no te lo tienes que tomar tan en serio, que tampoco es la mujer de tu vida y no te quieres casar con ella». El resultado fue decidir apearme de aquel tren en la parada de «intenta fluir con naturalidad y que sea lo que Dios quiera». Así que me agarré fuerte a mi profesionalidad y fui hacia allá.

—Marieta…

—Estoy superagobiada, Alejo, ¿puede esperar?

—Estoy aquí por si te puedo ayudar.

Arqueó las cejas.

—Un ofrecimiento muy noble, pero al parecer esto «lo tengo que decidir yo». —Puso voz repelente al terminar la frase, dejando claro que no estaba de acuerdo con el planteamiento con el que habían cerrado la reunión.

—Me imagino que hablas de la revisión salarial.

—Sí.

—Estudié ADE y Derecho y tengo un máster en Gestión Patrimonial y Financiera. Creo que puedo echarte una mano.

Se echó hacia atrás en la silla.

—Pues nadie lo diría por tu actitud para enfrentarte a unas pocas facturas.

—El problema no son las facturas, el problema es manejar ese programa infernal. Además, nadie nace sabiendo y sabes perfectamente que SAP es lo peor. Esto, lo de la revisión salarial, se me dará infinitamente mejor.

—Es información de otros compañeros que no puedo compartir con nadie que no sea el jefe de cada departamento, Alejo.

—Bueno, yo dejo encima de la mesa el ofrecimiento. Soy bueno guardando secretos y, quizá aún no has reparado en ello, pero con el tiempo comprobarás que también soy muy discreto.

Le sonreí con la educación con la que se sonríe a un superior al que no quieres (volver a) ver desnudo y me retiré a mi escritorio. No tardó ni cinco minutos en mandarme un mail diciendo: «Vale, pero espera que se vayan todos. Si se entera alguien, se me cae el pelo. Finge que te vas a casa».

Lo hicimos tal y como ella quiso, «como todo», me dio por pensar, pero no me iba a quejar cuando el cosmos me había dado la oportunidad de ejercer de caballero andante con brillante armadura. A la hora de la salida recogí la mesa, el ordenador, me puse la chaqueta y me asomé al despacho para preguntarle, delante de todo el mundo, si necesitaba algo más. Dijo que no y que le cerrase la puerta. Yo lo hice y fui hacia el metro con algunos compañeros, pero a punto de llegar me palpé los bolsillos.

—Joder, me he dejado el móvil. —Y lo peor de todo… es que era verdad.

Cuando volví, lo cogí del cajón donde lo solía dejar durante mi jornada, me aseguré de que no quedaba nadie haciendo tiempo en la cafetería mientras me servía un refresco y, cuando estuvo todo despejado, arrastré mi silla detrás de la mesa de Marieta, me senté a su lado y le dije:

—Explícame dónde está el problema, a ver si te puedo ayudar.

La cosa era más complicada de lo que parecía. Se trataba de un reparto de dividendos entre los diferentes departamentos, porcentajes a cada compañero según su evaluación personal y con demasiados casos que eran «una excepción que estudiar por separado». No quería generar piques entre departamentos, rencillas entre compañeros por subidas de sueldo…

—Ya sabes cómo son las cosas. Al final todos terminan contándoselo. Y nosotros intentamos hacerlo todo del mejor modo posible, pero somos humanos. Me da pánico equivocarme con esto.

Marieta quería hacer un reparto equitativo, pero no era lo más justo para muchas personas, así que su alternativa era «yo ya me ocupo de muchas cosas y quiero lavarme las manos», algo que chocaba con los intereses de cada jefe de departamento, que evadían la responsabilidad por el mismo motivo que ella. Cuando empecé a estudiar los documentos que tenía en el ordenador en la carpeta de «Revisión salarial», entendí que tuviera la frente apoyada sobre la mesa y estuviera hasta los ovarios de aquel tema.

—A ver, Marieta, aparta un segundo… —Empujé un poco su silla y me coloqué frente a la pantalla, cómodo. Cogí una libreta que tenía por ahí, busqué una página en blanco y con uno de sus bolis garabateé opciones.

—Ahora viene el príncipe azul a solucionarlo.

—Cállate, bruja.

Se rio.

—¿Y sabes por qué tienes que callarte? —La miré de reojo.

—¿Por qué?

—Porque este príncipe azul no sabe si va a poder ayudarte.

Y eso le gustó…, le gustó mucho a la muy arpía.

Hicimos un buen equipo. Cada uno diseñó su estrategia y las pusimos en común. Comimos frutos secos. Bebimos agua como si los números estuvieran resecándonos la garganta. Planteamos otras opciones. Calculamos dividendos, porcentajes, comparamos subidas de los años anteriores. Revisamos por encima las evaluaciones, y todo pintaba a que no íbamos a encontrar una solución que satisficiera a todo el mundo cuando, a las ocho menos diez, Marieta dio una palmada sobre la mesa.

—Se acabó.

—¿Lo tienes? —pregunté.

—Lo tengo. —Se puso en pie y se aclaró la voz—. Esto es responsabilidad de cada jefe de departamento y me niego a cargar con una tarea más. Soy la CEO y aprobaré o no lo que me propongan, pero no voy a perder pelos de las cejas tratando de solucionarles la papeleta.

Abrí los ojos como platos.

—Pues… sí. Pero…

—Pero ¿qué? —respondió feroz.

—¿Por qué ibas a perder pelos de las cejas?

—Porque me los arranco cuando estoy nerviosa.

No pude hacer otra cosa que echarme a reír. Maldita. Hacía que la humillante sensación de sentir que me había echado de su casa se evaporara en el aire, perdiendo la lucha contra su perfume de jazmín y… ¿azahar? Olía a primavera, a noche de verano. Qué perra.

—Venga, que ya es tarde —me azuzó.

—Ahora te entran las prisas.

—Estoy hasta el higo de estar aquí metida. Necesito respirar, aunque sea el contaminado aire del polígono industrial.

Cogió el bolso, bloqueó el ordenador y, sin molestarse en recoger nada más, me señaló la puerta con un gesto de cabeza.

—Voy, voy.

Llevé la silla a mi mesa de nuevo, me puse la chaqueta y me uní a ella para salir por fin del edificio.

Ahora o nunca.

—Fran me ha preguntado, o más bien ha dado por hecho, si hay algo entre nosotros —le informé.

—¿Y qué le has dicho?

—Lo mismo que a Ángela cuando me ha preguntado.

Marieta cerró con llave la puerta de acceso y punto. Me extrañó la falta de seguridad.

—¿Cierras así y ya está?

Sonrió.

—Sistema de alarma inteligente, chaval. Además, tenemos contratada una empresa de seguridad que hace la ronda cada hora.

Me subí el cuello de la chaqueta porque empezaba a refrescar y Marieta se quedó allí, plantada delante de mí.

—¿Qué? —le pregunté.

—¡Que qué les has dicho!

—Pues que cenamos juntos el sábado, pero que salió fatal, que fue superincómodo y que no nos han quedado ganas de repetir.

Asintió.

—Esa es buena.

—No tuve que mentir demasiado.

La amargura había pedido la vez y tomado el turno de palabra de inmediato. No me pude contener.

—Vaya, ¿es una declaración de intenciones? —preguntó divertida.

—No sé, dímelo tú, que me echaste de tu casa con cajas destempladas.

—¡Ah! —Sonrió con malicia—. Eso era... Llevo notándote molesto todo el día y no conseguía dar con el motivo.

No añadí nada, pero intenté que mi rictus no pareciera demasiado ofendido o se me notarían las ganas que tenía de volver a estar con ella. Y al enemigo no hay que darle ni agua en plena operación táctica...

—No te eché con cajas destempladas. Solo fui sincera: tenía que ir pronto a casa de mis abuelos y, la verdad, prefiero dormir sola. No quería ofenderte, ni mucho menos.

«Me hizo sentir usado», pensé, pero no se lo dije porque tampoco tenía razones para hacerlo. Si yo le hubiera pedido con educación a una chica, después de un primer polvo, que no se quedase, no habría entendido que tuviera quejas. Pero a nosotros nos unía una relación laboral estrecha y una confianza en ciernes.

—Vale —contesté.

—Siento si te sentó mal. Pero tienes que saber que yo soy así.

—Así ¿cómo?

Sonrió con cierta tristeza, como si le diera apuro decirme aquello.

—Huyo de cualquier cosa que pueda ser objeto de película romántica.

—¿Eso qué quiere decir?

—Que no espero que te quedes a dormir, que no quiero rosas, velas, arrumacos, promesas ni que me bajes la luna.

—No te gusta que te cortejen.

—Me gusta coquetear, seducir y que me seduzcan, pero probablemente eso no significa lo mismo para mí que para ti.

—¿De qué tienes miedo? —pregunté esbozando una pequeña sonrisa.

—De la muerte, el calentamiento global y la pesca indiscriminada. No es una protección. Es que soy así.

—¿Te da miedo enamorarte de mí?

—¿Qué? —Lanzó una carcajada—. Tú flipas.

—¿Flipo? —Me acerqué un pasito más para darle énfasis a la seguridad con la que estaba planteándole aquello—. Yo creo que no.

—No podrías enamorarme ni viviendo doscientas vidas de almeja de Islandia.

—¿Qué dices, Marieta? —me quejé.

—Las almejas de Islandia pueden vivir cuatrocientos años.

—Eres rara.

—Y no puedes enamorarme. Eso es lo que más te fastidia, ¿eh?

Se acercó, me agarró de las solapas de la chaqueta y me agitó.

—Una hembra humana que ha probado el sexo contigo y que no se rinde a tus encantos para terminar muerta de amor… ¿Una experiencia nueva?

—No sabes lo que dices. —Sonreí de medio lado.

Di un paso al frente y la apoyé contra la pared, quedándome muy cerca.

—¿Sabes lo malo? —Marieta me agarró del cinturón, acercándome aún más—. Que no podemos comprobarlo de una manera científica.

—¿Cómo que no?

—¿Va a jugar a enamorarme, señor Mercier?

—Te apuesto lo que quieras a que en dos meses estamos perdidamente enamorados.

—Duras declaraciones. —Sonrió—. Pero no voy a jugarme nada en una contienda tan frívola.

—Puede que te parezca frívola, pero no lo es, porque lo digo de verdad.

—¿Un polvo y ya te estás enamorando? No esperaba esto de ti, Alejo. Pensaba que eras un tío acostumbrado a historias breves.

—Estás muy equivocada. Soy un tío de relaciones, pero esto no tiene nada que ver conmigo, más bien contigo.

—¿Conmigo? ¿Por qué?

—Porque eres la mujer más pérfida, fascinante y salvaje que he conocido en mi vida, y todo apunta al desastre.

Me acerqué para besarla, pero ella se apartó en el último momento, dejando su boca a solo unos milímetros de mis labios.

—No quiero jugar a algo que te deje hecho polvo. —Sonrió.

—Vas a enamorarte de mí.

—Alejo, no vas a conseguirlo. Dile a tu ego que abandone esa lucha, no puede ganar.

—También decían que la Tierra era plana y que podías caerte de ella.

—Hay gente que aún lo piensa.

—Puedo ser un loco, pero no ese tipo de loco. —Le rodeé las caderas y la estreché contra mí.

—Entonces ¿qué tipo de loco eres? ¿Un loco romántico y enamoradizo de los que protagonizan películas malas?

—Nah, qué va. Solo uno de esos que no tienen miedo a morder el polvo por alguien como tú.

Bingo. Respuesta acertada. Marieta sonrió, enseñándome unos dientes blancos y…

—Bueno, basta de cháchara. ¿Qué?

—¿Qué de qué?

—¿Vienes a casa?

Pensé en lo que pasaría si iba. Pensé en que luego no me apetecería coger el metro para volver a la mía, pero tendría que hacerlo. Pensé que volvería a casa malhumorado y daría vueltas sin cesar en la cama hasta conciliar el sueño. Pensé que supondría dormir menos y pasarme el martes cansado. Pensé que, racionalmente, la única respuesta posible era «mejor otro día». Pensé que aquel juego era peligroso.

¿Qué crees que fue lo que dije?

—Claro.

Estaba decidido a enamorarla y que tuviera que tragarse sus palabras.

¿Desde cuándo manda la cabeza en estas cuestiones?

30
Los apegos

Aprendí algunas cosas aquella semana. Pienso que, aunque creyese que antes de la debacle era un tío muy afortunado, era más bien pobre. Un *homeless* emocional de familia bien. Pero esa ya es una conclusión en la que no es momento de ahondar.

Aprendí el significado de jugar o lo reaprendí tal y como debí abandonarlo cuando dejé la niñez atrás. Aprendí a jugar junto a otra persona con las mismas reglas, bajo los mismos propósitos. El juego se llamaba «vas a enamorarte de mí» y las normas eran confusas, pero por aquel entonces el desastre me parecía divertido. Aquella noche, cuando después de corrernos me vi en la obligación de marcharme de aquella habitación, me di cuenta de que Marieta no me lo pondría fácil. Yo quería arrullarla, acariciar su espalda, decirle cosas como que tenía constelaciones en la piel, darle placer no solo a su cuerpo…, pero ella quería dormir sola. Cuando pasaba tiempo con Marieta, era como si el mundo exterior se hiciera a un lado para no molestar, pero estaba seguro de que ella lo percibía de otro modo.

Sin embargo, tal y como aprendía, también desaprendía. Olvidaba. El espacio que ocupaban los planes con los que pensaba derretir el interior gélido de aquella pelirroja que por fuera ardía no fue conquistado en vano. Lo que guardaba allí tuvo que salir para hacer sitio a lo nuevo. Así, por el camino, se me olvidó un poco que tenía la obligación de quedar con mis amigos porque, claro, eran mis amigos. Se me olvidó también esa búsqueda frenética de trabajo que tendría que estar emprendiendo y la campaña publicitaria de cara a mis padres para que mi señor progenitor sintiera que ya había sido suficientemente castigado y me echara una mano. Se me olvidó que odiaba la habitación que ocupaba en el antiguo piso de mis abuelos y que la mayoría de las veces mis hermanos eran molestos y cotillas. Se me olvidó mientras me aprendía el recorrido de los lunares de Marieta e intentaba sonsacarle información con la que cortejarla. Era narcótica.

Pero creo que me estoy adelantando.

Fran y yo hicimos planes para salir el viernes siguiente, porque el sábado tenía la celebración de un cumpleaños con sus otros amigos. Yo estaba agotado, porque llevaba toda la semana con mi doble vida, acostándome tarde, bebiendo vino, follando como un bonobo y marchándome a mi casa con nocturnidad y alevosía, pero no iba a dejar plantado a Fran. Cuando llegaba a mi cama, no me pasaba desapercibido el hecho de no estar avanzando en absoluto en mis propósitos románticos, pero todo el mundo necesita un retiro sexual y follar hasta que le duelan las gónadas y el cerebro se canse de no pensar.

Pero llegó el viernes y, cuando encontré a Fran en la sala de trabajo por la mañana, fui directo hacia él y le dije: «Chaval, ponte tus mejores galas, que nos vamos a ligar». Cuando Marieta me preguntó si iba a cenar a su casa, casi dándolo por hecho, tuve que decirle que no.

—He quedado con Fran para sacarlo de bares.

—Ah, genial. —Sonrió—. Pasadlo bien. Ya verás, tiene un beber muy divertido.

Ni una pizca de recelo ni un gesto de decepción. Me mosqueó un poco porque quería ponerla celosilla y mandarle un mensaje mental del tipo «espabila, nena, que, si no cierras el trato, este peluche es del mundo».

—Eh, nena. —La retuve de la muñeca—. ¿Te cabreas?

—¿Nena? Anda —se echó a reír—, prueba con otra cosa, que si esta es tu forma de seducirme la caída va a ser estrepitosa.

—¿Te mosqueas porque salga por ahí con Fran en lugar de…?

—Claro que no —me interrumpió—. Haré planes con mis amigas. Yo también tengo vida, ¿sabes? Así reconquisto territorios que has dejado doloridos.

Pero no lo dijo a la defensiva ni en un tono pasivo-agresivo. Respondió burlona, como si no pudiera creer que yo me planteara algunas cosas. Me miró, incluso, con cierta ternura.

—Pero ¿te puedo ver mañana? —le pregunté.

—Ya veré. No quiero que te enamores tan rápido.

No estaba enamorado ni de lejos. Ni siquiera sabía qué era estar enamorado, pero yo iba de avanzadilla en el asunto, eso estaba claro. Me acordé entonces de la advertencia de Ángela: «Es cien veces más probable que te pilles tú, que termines enamorado hasta las trancas y sufriendo por su amor, que que le pase a ella». Y ya fue difícil quitármelo de la cabeza.

—¿Por qué cojones me azuzaste a intentar seducirla? —le pregunté mosqueado a mediodía, abordándola por la espalda.

—¿Qué?

Claro, sacándole el tema sin contexto y con cierta ansiedad, entiendo que no comprendiera nada.

—Marieta. Si decías que ella nunca se iba a pillar, ¿por qué me animaste?

—¿Te has pillado?

—¿Qué? ¡No! Es que… no me lo quito de la cabeza. ¿Por qué ibas tú a…?

—Mira que eres obtuso. Yo intento sin parar que se enamore, yo quiero que crea, y tú parecías capaz de conseguirlo, pero, oye, salió mal pronto. *Fast-fail.* No perdisteis tiempo, no invertisteis demasiado. Nadie salió perdiendo.

No sé yo.

El caso es que el viernes salí con Fran y lo pasamos bien. Lo llevé de bares por mi barrio, porque la calle Santa Engracia se había puesto de moda y había muchos garitos, entre restaurante y restaurante, que se animaban por la noche. Encontrabas muchísimo ambiente cada fin de semana y la gente era más o menos de nuestra edad, las chicas quizá un poquito más jóvenes, pero poco.

Pedimos unas cañas, picamos algo de pie en una barra, cambiamos de local, nos bebimos un par de gin-tonics… y cuando quisimos darnos cuenta estábamos hablando con un grupo de chicas. Todo empezó a rodar a la perfección, como siguiendo un guion. Una morena de pelo liso y largo y pinta de veranear en Comillas desde que era bebé estaba hablándole a Fran muy cerca del oído con la excusa de que la música estaba alta. Desde donde yo estaba podía traducir toda aquella danza social en «te voy a pegar un repaso que te van a temblar las piernas». El apareamiento estaba asegurado, aunque esa expresión suene fatal. Yo, mientras tanto, esperaba para comprobar que mis suposiciones eran ciertas antes de irme y dejarlos solos y charlaba con una rubia bastante maja que trabajaba en banca.

—¿Y tienes novia? —me preguntó con bastante arrojo.

—Es complicado.

Me sorprendí de mis propias palabras. Sí, era complicado explicarle a una desconocida que no tenía novia, que solamente estaba intentando enamorar a mi jefa. No es algo de lo que te apetezca hablar con una extraña. Ni con un conocido, la verdad. En ese preciso momento alguien me tocó el hombro y al girarme vi a Fran con cara de angelito.

—¿Puedo hablar contigo un momento?

—Claro.

Les dijimos que volvíamos enseguida, pero nada más poner un pie en la calle, y a juzgar por cómo cambiaba la expresión de Fran, llegué a la conclusión de que les habíamos mentido y que no iban a volver a vernos nunca.

—¿Qué pasa?

—No puedo —negó con la cabeza.

—No me lo puedo creer, tío. ¡Que lo tienes a huevo! —grité.

Me puse tan nervioso que la gente que fumaba en la puerta del garito se giró a la vez a mirarnos. Los saludé y pronto volvieron a sus cosas.

—Pero ¿cuál es el problema? Si no te gusta…

—Es guapísima —sentenció sin dejar espacio a ninguna duda—. Y además muy simpática. Pero no puedo.

—Dame una razón, solo una razón —le enseñé el dedo índice— objetiva para no terminar esta noche en tu casa o en la suya, echándoos un polvo.

—Huele exactamente igual que Ángela. Te lo juro.

Lo miré como si pudiera ver a través de él, porque me apetecía lanzarle un guantazo, pero sabía, en el fondo de mi corazón de imbécil, que Fran se encontraba en un momento muy vulnerable y que eso de ir encadenando ligues de una noche no iba con él. No, no iba a olvidar a quien quería de verdad; en realidad ese método era una mierda terrible que terminaba ensuciándolo todo.

—Vale —asentí. Miré el reloj. Era la una y media—. ¿Qué quieres hacer?

—Te has cabreado, ¿no?

Eso me hizo reír, lo confieso. Estaba en la mierda y aún se preocupaba por si yo me enfadaba.

—No me he cabreado, Fran. Me dan ganas de soplarte una hostia para que espabiles, pero no me enfado. Haciendo un esfuerzo hasta te entiendo. Pero, de todas formas, a ver si aprendes, tío: si me enfado, pues me enfado y que me den por culo.

Fran sonrió.

—Venga, ¿qué quieres hacer? —insistí.

—Comerme un kebab.

—Eso es mala idea —apunté.

Kebab y madrugada juntos en la misma frase dan como resultado, siempre, noche toledana.

—Pues McDonald's. Me has dado de cenar una tapa y... ¿tú has visto mi tamaño? Esa cantidad de comida no me llega ni al estómago.

—Vale. Pues vamos.

—Espera. —Me empujó hacia el local de nuevo—. Les hemos dicho que ahora volvíamos y seríamos unos gilipollas si no volviéramos a despedirnos.

Lo hicimos. Les dijimos que nos habían escrito unos amigos que estaban en otro sitio y que queríamos verlos. Una milonga, lo sé, pero era una mentirijilla piadosa que no hacía daño a nadie. Nos despedimos con amabilidad y la chica morena le dio su número a Fran, que lo guardó con educación, pero no devolvió el gesto.

Veinte minutos después, nos comíamos una hamburguesa de un euro sentados en un bordillo, mirando al infinito.

—Joder. —Le escuché farfullar—. Soy imbécil, ¿verdad?

—¿Por quejarte de no haber cenado suficiente y haberte pedido una hamburguesita de un euro? Sí.

—He pedido tres.

Le miré confuso.

—¿Y las otras?

—En el bolsillo.

—Tú no estás bien de la cabeza.

—A eso me refiero. ¿Estoy tronado por haber pasado de esa chica?

—Sí, pero porque estás enamorado. Son términos que siempre van juntos.

—Menuda concepción del amor, macho.

Me reí.

—Te juro que yo creo en el amor y que quiero encontrar una tía y sentar la cabeza, pero tienes que admitir que cuando te enamoras te vuelves irremediablemente imbécil. Un atontado. El amor te devora las neuronas.

—Tu vida sentimental bien, ¿no?

—Sí —asentí—. Pero…

Lo miré, valorando si podía (o más bien quería) abrirme con él y decir algo que llevaba mucho tiempo pensando…, pero que no había compartido con nadie. Eran cerca de las dos de la mañana, Fran era un tío increíble y yo había bebido un poco. Si no lo decía en ese momento, ¿cuándo?

—Creo que esperaba más del amor —confesé—. No sé si te lo habrán dicho Marieta y Ángela, porque a las dos parece que les hace mucha gracia, pero soy de los que rehúyen aplicaciones como Like¡t. La he instalado, les digo que voy a echarle un vistazo, que qué puede pasar, pero no he creado ni el perfil. Puede que sea un romántico, yo qué sé, ni siquiera considero que haya sabido comunicar bien mis sentimientos o si he estado enamorado de alguien, pero… es que yo esperaba otra cosa.

—Otra cosa ¿cómo qué?

—No lo sé. —Negué con la cabeza y volví a mirar a la bocacalle que se abría delante de nosotros—. Algo más. Algo que me hiciera estar seguro de que era ahí y que iba a ser mi sitio. Ahora dudo que haya algo así.

—¿Para siempre?

Asentí.

—Como nuestros padres, tío.

—Nuestros padres —respondió tranquilo, apoyando los antebrazos en sus rodillas— son víctimas de su tiempo, porque divorciarse estaba mal visto, porque «es que tenemos hijos», porque la mayoría de las mujeres habían abandonado sus trabajos para dedicarse a la casa y dependían del hombre... Hay muchísimos condicionantes sociales y educacionales en ese concepto del amor «para siempre», aunque haya casos en los que funcionara de verdad.

—¿Entonces?

—Entonces se quiere, sin más. Se quiere y, si la otra persona también te quiere, se va para delante, sin certezas, sin saber por cuánto tiempo sumará esa relación. Y creo que está bien, porque eso nos hace ser más conscientes de lo volátil que es el cariño, del esfuerzo que supone que una relación funcione de verdad. Hace que nos hagamos preguntas sobre los tipos de apegos. Somos una generación que sabe por qué siente lo que siente.

—¿Tú crees? —Le lancé una mirada de reojo.

—Yo sí. Tú pareces un poco más duro de mollera.

Los dos nos echamos a reír y al final, terminada la hamburguesa de un euro, encogí las piernas, pegué las rodillas al pecho y las abracé, jugueteando con el envoltorio arrugado del bocado que acabábamos de dar.

—Marieta piensa un poco como tú.

—Creo que Marieta es un poco más radical.

—¿Por qué crees que nunca se ha enamorado?

—Porque no ha querido —sentenció.

—Esto no funciona así. Mírate a ti. No quieres querer a Ángela, pero la quieres.

—Yo me dejé a mí mismo enamorarme de Ángela. Estaba abierto a ello. Marieta no y, por tanto, siempre escoge parejas de las que en el fondo sabe que no se va a enamorar.

—¿Miedo al compromiso? ¿A que le hagan daño?

—No. Ella es mucho más complicada, me temo. Es la suma de todas sus partes. Es una especie de poliedro y a cada cara le da una luz. Pero ¿por qué te interesa tanto?

—Bueno…, dirige una empresa que se dedica a juntar personas y no cree en el amor, es cuando menos curioso.

Me dio una palmadita en la espalda:

—Cuando estés preparado para decirme que te has enamorado de ella, no te juzgaré, tranquilo.

Puse los ojos en blanco y los puse con sinceridad, porque yo sentía muchas cosas, pero ninguna se identificaba con el amor. Pero, claro, no podía confesarle que su mejor amiga (y mi jefa) y yo andábamos con concursitos de a ver cuál de los dos se encoñaba antes.

¿Cómo lo notaríamos? ¿Había una palabra clave? Agaporni, por ejemplo. Tenía que proponérselo: el que se enamorase antes debía decirle al otro «agaporni» para que se supiera vencedor.

Fran y yo nos despedimos poco después. Yo me fui andando a casa y él cogió un taxi para ir a la suya. Rondaban las tres menos veinte cuando llegué y me senté en la cama. No me lo pensé demasiado:

Alejo

¿Estás despierta?

En línea. Escribiendo.

Marieta

Sí, pero vaya horitas para escribirme.

Esto no es telechocho.

Le envié un *sticker* de un perro poniendo caras y sujetando un cartel que ponía: HARÉ COMO QUE NO HE LEÍDO ESO.

Alejo

¿Te apetece hacer algo mañana?

Marieta

Me apetece hacer muchas cosas mañana. Es lo que tiene estar viva.

Los dos nos mantuvimos a la espera, deseando que fuera el otro quien rompiera el hielo, pero ella era más dura que yo en ese sentido.

Alejo

¿Vemos una película?

Marieta

Mañana tengo planes.

Alejo

¿Y el domingo?

Marieta

Vale.

Alejo

¿Voy pronto y hacemos unas pizzas?

Escribiendo. Escribiendo. Escribiendo.

Marieta

Olvida esa fantasía de película de los noventa en la que me enamoras ensuciando mi cocina con harina. Nada de cocinar juntos. Si quieres comer algo, lo pedimos. O te lo doy yo…, guiño, guiño.

Alejo

Así es imposible ganarte. ¡No te dejas!

Marieta

No te vayas a pensar que estoy luchando
contra tus encantos. Soy así: no tengo corazón,
pero luego lloro con vídeos de gatitos rescatados.

Alejo

Pues imagina que soy un gatito
y que no tengo hogar.

Marieta

Tú serías más bien una piraña. Vete a dormir,
querido. Y déjame decir que estás demasiado
acostumbrado a salirte con la tuya prontito.
Te hace falta ejercitar la paciencia.

Alejo

Bruja.

Marieta

Niñato.

Alejo

No soy un niñato.

Marieta

Bueno, puedo estar de acuerdo. La palabra
«esnob» te define mucho mejor.
Te veo el domingo, ¿a las ocho y media?

No me quejé de que me convocase tan tarde. No me quejé de que no quisiera cocinar conmigo. No me quejé de que fuera de «chica dura». No me quejé de nada porque ya tenía yo suficiente con armar mi plan.

31
Cinco deseos

Sonaba *Kind of Blue*, de Miles Davis, un disco que, según me había contado Marieta, se consideraba una obra maestra del género. Cuando me habló sobre él, mencionó formas modales y posibilidades de tránsito por escalas, pero no entendí mucho. Como con muchas cosas en la vida, la música me gustaba, pero no la entendía a niveles más profundos.

Marieta me abrió vestida con una bata de raso estampada bastante sexy y yo, resistiéndome a claudicar, le tendí un ramo de flores. Arqueó las cejas con tanta ironía que me dieron ganas de gritar, tirarme al suelo, hacerme una bola y bajar las escaleras como el personaje del videojuego *Sonic*.

—No me vengas con que no te gustan las flores —me quejé con hastío.

—Ya te lo dije. Me gustan las plantas. Las flores están condenadas a morir en un jarrón, y, además..., esfuérzate un poco más, Alejo. Esto roza la desidia...

—Estoy tirando de clásicos.

—Creo que si veo un par de comedias románticas en Netflix seré capaz de adelantarme a tus pasos.

—¿Me dejas entrar o qué?

—Sí. —Cogió el ramo y lo dejó sobre el mueble de la entrada—. Mañana se las doy a mi abuela. Le encantarán.

—Dile que son de mi parte con cariño.

Fui directo a la cocina y Marieta no se cortó en mostrar su inconformidad. Quería conducirme directamente a su dormitorio, pero así eran las cosas.

Dejé sobre la bancada de la cocina un paquete de palomitas para microondas, una bolsa de chucherías y un par de botellas de unos batidos buenísimos que hacían en una cafetería de mi barrio y que podías pedir para llevar. Marieta, con su bata supersexy, me miraba apoyada en la entrada de la estancia con expresión divertida.

—Creo que ya está disponible en Netflix la nueva de Wes Anderson, ¿te apetece verla? —le propuse.

—No me puedo creer que seas tan literal. ¡Alejo! ¡«Ver una peli»! —Dibujó las comillas en el aire—. ¡Hasta un escolar sabe lo que eso significa en realidad!

—Lo que sepan los escolares me trae sin cuidado. Ponte algo de ropa, vamos a ver una película y después a charlar. Hoy no voy a acostarme contigo.

Lo dije con aplomo, simpatía y muchísima seguridad, pero... maldita bruja. Arpía. Mala pécora. Con el mismo aplomo desató el nudo que sostenía su bata y la dejó resbalar hasta el suelo, dejando a la vista un conjunto de ropa interior de encaje negro cuyo sujetador no tenía copas; los aros sostenían los pechos y unos adornos de blonda cubrían el pezón. Las braguitas eran demencialmente pequeñas.

—He estado toda la tarde imaginando cómo iba a follarte —me dijo.

—Película —gemí.

Se subió a la bancada y, en un ejercicio de contorsionismo de lo más sensual, se quitó las bragas y me abrió las piernas.

—Fóllame duro.

Lo siento. Tendría que haber estado castrado para no obedecerla.

Había tenido toda la semana para aprender lo que le gustaba a Marieta: le gustaba duro y de vez en cuando salía a relucir cierta actitud sumisa. Así que, con intención de explorar aquel terreno, me acerqué y le sobé las tetas con actitud dominante; después sujeté sus muñecas con una sola mano detrás de su espalda.

—Creo que ya te tengo —le dije.

—No me tienes en absoluto.

—Pero ya te he entendido. Dominante en el trabajo, sumisa en la cama.

—Solo a veces. Por jugar.

—Pues juguemos.

—¿Y qué se te ocurre? —Se arqueó, muerta de ganas.

—Anteayer estuviste supermandona en el trabajo —le recordé.

—Es verdad —asintió.

—Me llamaste unas cinco veces a tu despacho para pedirme chorradas.

—No me aclaraba, no es que quisiera verte.

Me reí. Lo jodido es que era verdad.

—Pues ahora soy yo quien puede pedir cinco cosas.

—¿Y yo tengo que hacerlas?

Asentí.

—¿Y no me puedo negar?

A Marieta el jueguecito la estaba poniendo caliente hasta decir basta, pero no quería pasarme, de modo que respondí:

—Solo puedes negarte una vez.

—Vale.

Me miraba la boca, sonriente.

—Nunca pensé que, con esa carita de niño bueno de colegio de pago, fueras tan guarro.

—Aún no he tenido la oportunidad de ser guarro. Primer deseo: voy a lamerte hasta que me canse. Hasta que me canse yo… y te aseguro que me gusta mucho hacerlo.

Le hice encoger las piernas y apoyar los pies en el borde de la bancada para tenerla más expuesta frente a mi boca y primero deslicé la lengua despacio, para ponerla nerviosa. Cuando llegué al clítoris, me lo salté y ella gruñó justo como yo quería que hiciera. Repetí el movimiento, pero esta vez lamí donde ella quería, aunque de pasada.

Lo alargué hasta que la frustración la había empapado, y entonces, y solo entonces, me concentré en el punto que más placer le daba.

Me agarró del pelo, gimió y habló... habló mucho.

—Méteme un dedo.

—No —respondí.

—Fóllame con los dedos. —Se retorció.

—No. Hoy se conceden mis deseos, no los tuyos.

Lo alargué hasta que empecé a verla sufrir. Le negué el orgasmo unas tres veces, parando y lamiendo otra zona cuando estaba a punto, pero yo quería que se corriera en mi boca y... me concedí el deseo.

Esto de poder pedir lo que quieras era un planazo (lo confieso, quizá mejor que las palomitas y la película, aunque ¿por qué tienen que ser incompatibles?), pero también una gran responsabilidad, así que, después de dejar que se calmase su respiración tras el orgasmo, le pregunté si seguía cachonda.

—No debería, porque me he corrido a saco —respondió riéndose.

—Qué vicio tienes, criatura.

Pedí entonces mi segundo deseo, que fue concedido en el sofá, cómodo y entre mullidos cojines, con una mamada de las que te hacen dar la vuelta a los ojos. Y me devolvió, paso por paso, la frustración que le había provocado antes. Hizo todo lo que sabía hacer con la lengua, y te juro que eran muchas cosas. Nunca me habían comido la polla de esa manera. Se notaba que lo estaba disfrutando, pero cuando aceleraba, cuando me retorcía y mis manos se crispaban sobre su pelo, se alejaba y me lamía como si yo fuera un helado. Me lo merecía. Y me gustaba. Podría haber pedido que parara, yo tenía el poder en aquella ocasión, pero no lo hice. Porque me encantó. Cuando me notó cerca del final y ya se había cansado de jugar, me preguntó si quería correrme.

—¿Quieres correrte en mi boca, encima de mis tetas o quieres que te folle?

Podía ser una bruja, pero a ratos era fácil sentirme como si me hubiera tocado la puta lotería.

Fuimos a su dormitorio y me estuvo montando, joder, no sé… perdí la noción del tiempo. Me cabalgó mirándome y también dándome la espalda. Madre mía. Ma-dre-mí-a. Le comí las tetas, follamos de lado, le tiré del pelo, se la volvió a meter en la boca, me volví a poner un condón y me puse encima. Cuando se volvió a correr, aguanté a duras penas penetrándola rítmicamente sin correrme, pero, cuando terminó, me di el tercer gustazo: salí de su interior, me quité el condón y me corrí en su estómago.

El sexo guarro consensuado es maravilloso. Maravilloso. No es que hacer el amor con contención no lo sea, pero terminar hasta con vergüenza por lo guarro que has sido y que la otra persona rompa a reír… eso no se puede comparar con nada.

Nos dimos una ducha un rato después. Antes nos recompusimos, jadeantes y atontados, hasta adormilarnos desnudos y juntos en unas sábanas que, si no me fallaba la memoria, fueron diferentes cada día de la semana. No me gustaba que sintiera la obligación de cambiarlas después de que nos acostáramos, pero tampoco podía decirle nada. «Si fuera mi cama, a mí me gustaría dormir envuelto en tu olor». No, no podía decírselo. Aún no.

Hasta ahí, todo había salido a pedir de su boca, pero a mí me quedaba al menos el derecho a pataleta, así que después de vestirme, con el pelo aún húmedo y cayéndome sobre la frente y los ojos, intenté jugar mis últimas cartas.

—Las palomitas eran con mantequilla. De esas que te dejan los dedos pringosos y que están hechas en laboratorio con total seguridad... ¿Por qué no dejamos que la casa huela a cine y vemos una película? No somos animales. Sabemos interactuar como humanos, ¿no?

—¿No tienes suficiente interactuación en la oficina? Hace un rato te estabas quejando de que te llamo mucho a mi despacho.

—Claro que no tengo suficiente.

Me acerqué y le aparté un mechón de pelo que, también húmedo y largo, empezaba a ondularse. Marieta sonrió.

—Según mi conocimiento en películas románticas ahora es cuando dices una frase intensa que derribe mis reservas y me tenga pensando en ti toda la noche.

Sonreí y di un paso hacia ella para poder rodearla por la cintura.

—Déjame estar un rato más a tu lado. Quiero dormir envuelto en tu olor.

Cogió aire. Noté cómo cogía aire, su pecho se hinchaba y acercaba la boca a la mía. La tenía. ¡La tenía! Cuando iba a cerrar el trato con un beso, Marieta puso una mano sobre mi pecho y me apartó.

—Nada nuevo bajo el sol. Aprende frases nuevas, vaquero. Con esas solo se puede suspirar por un galán de novela.

Si Marieta fuera un lugar, sería el Amazonas. Quizá yo pensaba que, en mi caso, era el aburrido Wall Street, pero lamentablemente lo que más se ajustaría a la realidad sería cualquier rincón anodino del planeta donde no ocurriera nada, donde todos vivieran conforme marcaba la tradición y la modernidad no entrara. Dios. Estoy cayendo en la cuenta de que yo sería un poblado amish.

Pero Marieta era el Amazonas, y uno no puede hacer otra cosa que rendirse a la fuerza de la naturaleza.

Me marché de su casa, pero lo hice con beso de despedida, una carcajada coqueta y la promesa de seguir jugando en el futuro… un futuro próximo.

32
Tarjetas rojas

Recuerdo aquellos días con cierta nostalgia. Hay juegos que son divertidos solo una vez porque no se pueden repetir. Una vez jugados desaparecen, se convierten en humo, y el humo dibuja recuerdos. Y ahí se queda.

Nosotros creamos mucho humo, desde luego.

El lunes, Marieta sintió mucho placer al ejecutar un plan que le había encendido la bombilla del mal la noche anterior. No sé dónde se quedó todo aquello de mantener nuestros coqueteos alejados del trabajo, pero era de imaginar que terminaría sucediendo.

Lo sorprendente fue lo rápido que pasó.

A media mañana, mientras todo funcionaba tal y como había funcionado siempre, me llamó a su despacho, y yo, ingenuo, acudí con mi cuaderno y un boli.

—Dime.

Pensé que me diría otra vez lo de la tablet, con toda la razón del mundo, pero no…

—Sal y grita que te pica el culo.

Juro que se me paró hasta el pulso.

—¿Qué? —logré preguntar.

—Que salgas de mi despacho y grites a pleno pulmón que te pica el culo.

Ni me entró la risa. Estaba demasiado alucinado para reírme.

—¿Y por qué se supone que voy a hacer eso?

—Porque me he inventado esto. —Sacó unas cartulinas del tamaño de un naipe de color rojo.

—¿Son tarjetas rojas? ¿Cómo en el fútbol?

—Son comodines... para que en mi casa puedas pedir deseos. Y digo mi casa porque ya me ha contado Fran que compartes piso con tus hermanos.

—Y tengo un crucifijo enorme en la habitación y un rosario encima del cabezal de la cama —apunté. Siempre añado tonterías cuando estoy nervioso.

—¿Quieres poder cumplir deseos?

—¿Qué alternativas tengo?

—Esta semana —miró su ordenador—, uy, la tengo superocupada a la salida del trabajo. A lo mejor no puedo... no tengo tiempo... y claro...

—Chantajista de mierda —le respondí riéndome—. No voy a gritar que me pica el culo ahí fuera. Dame otra opción.

—No.

—¿No tengo derecho a negarme ni una vez? ¡No es justo! Yo te di ese privilegio.

—Lo tienes, pero no la primera vez. Y esta es la primera vez. Mi deseo es que salgas y grites que te pica el culo. O lo tomas o lo dejas.

Salí de su despacho, me senté en mi mesa y eché un vistazo a la sala de trabajo, como quien mira la sabana desde lo alto de un monte. Me cago en la puta.

Fran estaba de pie, junto a la mesa de una chica de su equipo, charlando sobre alguno de los proyectos que tenían entre manos. Estaban organizando unas jornadas sobre sexo seguro en institutos que les tenían muy ocupados. Ángela también andaba por allí con un par de sus desarrolladores, hablando de cosas que solo ellos entenderían. Tote, que llevaba un pichi a cuadros rojos con una camisa blanca y una corbata negra (y la verdad es que estaba bien guapo), parecía absorto en su ordenador. La sala era una balsa de aceite. Hasta Gisela estaba callada. No, no podía ser.

Me volví para mirar a Marieta y ella, con placer, me enseñó una de las cartulinas. Recordé el placer de sujetar su pelo para que no le cayera en la cara mientras me hacía eso con la lengua y:

—¡¡Cómo me pica el culo!! —grité.

No puedo describir la reacción del público. Lo juro. No puedo. Nunca he visto a tal cantidad de gente mirar a la vez a un mismo individuo con tanta estupefacción. ¿Y qué hice después? Agaché la cabeza y me puse a teclear como si nada. Creo que estaba clínicamente muerto de la vergüenza, pero cuando la sala de trabajo se calmó, después de que Fran se acercara y me preguntara qué coño me pasaba, después de que Ángela me preguntara con quién había hecho la apuesta, después de que Tote me mandase un mail para decirme que eso a veces pasaba con algunos geles de ducha..., después de toda aquella humillación, Marieta pasó por delante de mi mesa y dejó caer sobre ella una de las cartulinas.

—Con esta puedes hacerme lo que quieras —susurró.

Y te diré que... valió la pena.

Aquella noche aparecí en su casa casi sin avisar. Digo casi porque pasé por casa, me di una ducha, me cambié de ropa, les dije a mis hermanos que a cascarla y saliendo hacia allí le mandé un mensaje para avisarla de que iba a cobrarme mi tarjetita roja.

Me abrió la puerta muerta de la risa.

—¿Ya no te pica el culo?

La cogí en brazos, cerré la puerta con el pie y me la llevé hasta el sofá.

—Igual cuando termine contigo te pica a ti.

Dios. La lamí entera. Aún recuerdo la cara de sorpresa cuando no dejé rincón por saborear. Ella me lamió entero también, porque mi juego de aquella noche consistía en: «Quiero que hagas conmigo lo mismo que voy a hacer yo contigo». Follamos tanto que creo que rompimos la barrera de lo humanamente posible. Lo nuestro era un coito eterno con despliegue de luces, fuegos artificiales, los casinos de Las Vegas y la actuación musical de cualquiera de los mejores músicos del mundo… vivos o muertos.

No recuerdo haber sentido aquella necesidad, aquel desenfreno, con nadie. Tuve buen sexo con algunas chicas; tres, incluso, terminaron siendo mis parejas, pero aquello no se parecía en nada a lo que sucedía con Marieta. Es que no podía parar; o estaba haciéndolo o estaba pensando en hacerlo. Cuando pensábamos que no podíamos más, descubríamos que nos quedaba energía para unas caricias, para unos besos, para otro revolcón. Me dolía la piel de darle tanto placer. ¿Cómo no iba a engancharme a aquel juego?

Nadie era como Marieta, aunque eso sea una obviedad, porque nadie es como nadie. Pero… mira hacia tu pasado sentimental, ¿no crees que podrías sacar una lista de patrones? ¿No crees que buscamos de manera incesante las mismas cualidades en las personas que nos gustan? Pues Marieta era todo lo contrario a cualquier mujer que hubiera pasado por mi vida, de manera más o menos breve, más o menos estable. Hasta que llegó ella, me gustaban las chicas elegantemente distantes, con un rollo distinguido, buenas chicas, nada excesivas, de las que visten con *blazer* y en verano llevan vestiditos de Massimo Dutti. Pero haced sitio que llega Marieta, riéndose a carcajadas con la boca bien abierta, diciendo que los eructos le olían a falafel, poniéndose botas militares, peinándose con los dedos (la había visto hacerlo un montón de veces en su despacho antes de las reuniones por videollamada), llevaba más alhajas encima que el Gran Bazar de Estambul y excesiva era un rato, por donde la mirases. Excesiva en su emprendimiento, que la había hecho destacar y hasta millonaria. Excesiva en la falta de contención con la que vivía ese nuevo estatus de mujer adinerada. Excesiva en el sexo, con un apetito que no sabía cómo saciar. Excesivamente curiosa, risueña, divertida..., yo qué sé.

El día siguiente intentó volver a jugármela con las tarjetitas rojas de los cojones, pero me había pasado por el almacén un rato antes y había apañado mis propias armas de destrucción, de modo que enseñándole uno de mis naipes le pregunté:

—¿Es que tú no tienes ningún deseo?

Se quedó pensativa.

Supongo que algún deseo tendría, pero temía que yo fuera a usarlo para darle la vuelta y pillarla en un renuncio, con las defensas bajas.

Trampas a mí, que siempre fui un fulero...

La dejé un ratito sola, para que se cociera en las sospechas de lo que podría pasar.

—¿Qué es lo que quieres? —me preguntó con cara de perro cuando entré en su despacho a llevarle el café.

—Shhh, qué prisa tienes... —Le sonreí, pérfido, y salí tal y como había entrado.

Aún tenía que pensar en algo a la altura.

Alejo Mercier

Ya lo tengo.

Le dije por la mensajería interna instantánea.

Marieta Durán

Suéltalo ya. Estoy teniendo el día
menos productivo de mi vida.
Creo que voy a despedirte.

Alejo Mercier

Si te hacen una pregunta que se pueda
contestar con «sí» o «no», tienes que decir
«no» todo el rato.

Marieta Durán

Mira, empiezo por ti: no.
Tengo una reunión con Recursos Humanos,
Márquetin y Relaciones Institucionales por las
charlas que estamos organizando en
institutos junto con un par de asociaciones.
No puedo hacer eso.

Alejo Mercier

Encontrarás la manera.

Marieta Durán

No, paso.

Alejo Mercier

Te iba a proponer que quedáramos para
probar algunas cosas…

Marieta Durán

¿Qué cosas? ¿Pasear cogidos de la mano bajo la lluvia?

Alejo Mercier

Claro, tú búrlate cuanto quieras.
Eso solo demuestra que estás nerviosa.
Quería atarte e ir probando uno por uno todos
los juguetes que sé que guardas en el
segundo cajón de tu mesita de noche.

No respondió. La vi pasar por delante con cara de dignidad hacia una de las salas de reuniones y fui tras ella.

—¿Qué haces? —me preguntó, extrañada.

—Voy a ir contigo. Quiero estar al día.

—Odias ir a reuniones conmigo.

—Esta me apetece mucho.

—Te libero de tu obligación. Vuelve a tu sitio y métete en Pornhub.

—No.

Entramos en la sala y Marieta se colocó en la cabecera de la mesa, porque todos los demás sitios parecían estar ocupados por la gente convocada que había ido dejando dosieres y carpetas para guardarse el sitio. Ya se sabe, a nadie le gusta capitanear las mesas. Acerqué una silla del rincón hasta la derecha de Marieta y después la llevé atrás, hasta que sintiera que me tenía pegado a la nuca.

—¿Aceptas o no? —le pregunté.

—Hay cosas en el cajón que a lo mejor no son para mí. —Levantó las cejas.

—Es tu deseo, haz lo que quieras con él.

No sé cómo me arriesgué con lo excesiva que sabía que era, pero tenía muchas ganas de devolverle la jugada.

—Bueno, chicos, id contándome qué tenemos ya cerrado.

—Antes te queríamos preguntar unas cosas para saber cómo las ves tú —dijo Selene e, inmediatamente, Marieta se movió incómoda en la silla presagiando el desastre—. Porque al final esta es una acción conjunta entre tres departamentos y no sabemos muy bien quién quieres que lleve la voz cantante.

Marieta suspiró aliviada.

—No creo que nadie tenga que llevar el mando. ¿Estáis teniendo problemas para poneros de acuerdo en algo?

—No, en absoluto, pero nos surgen dudas. Entonces tú crees que esto lo tenemos que hacer entre los tres departamentos, ¿no?

Cogió aire.

—No.

Si hubiera podido soltar una carcajada, esta hubiera resonado por toda la nave en la que se encontraban las oficinas.

—¿No? —preguntó Selene confusa—. Creía que habías dicho que no veías pertinente que ninguno de los departamentos llevase el mando.

—No.

—Sí lo has dicho —dijo Fran—. ¿En qué quedamos?

—Quería decir que cada equipo ejecute sus tareas, pero que las pongáis en común, por favor. Esta acción es importante de cara a la imagen que vamos a dar no solamente a los adolescentes, sino a padres y profesores. No queremos ningún titular fuera de tono.

—Vale, entonces, recapitulando —preguntó la chica que se encargaba de las relaciones institucionales—, para que tengamos muy definido el concepto y lo podamos comunicar a los centros de manera clara. Todo va a estar enfocado al tema de consensuar cualquier acción, al respeto, a desmitificar el porno y reconstruir el imaginario que esta industria ha ido edificando y que, en cierto modo, está educando sexualmente a una generación a partir de algo con carencias y tendente a la violencia, ¿estamos todos de acuerdo?

Marieta se puso tiesa.

—No.

Todos se miraron.

—¿No qué, exactamente? —saltó Fran.

—Yo añadiría algo que fomente un canal de comunicación abierto donde los jóvenes puedan encontrar información sobre sus dudas. Tiene que haber alguna institución de este tipo, ¿no?

—Justo. Se me olvidaba, gracias, Marieta. Aquí contamos también con el apoyo de una línea telefónica de atención a la salud sexual que se ha puesto en marcha de manera estatal. ¿Te referías a algo así?

—No.

Se me escapó una risita, pero fingí que tosía.

—¿Entonces? —Selene la miró confusa.

—No solo a eso, quiero decir. ¿No se podría reforzar de alguna manera?

—Bueno, podemos recordar la dirección del centro más cercano al que puedan acudir y... es que ya llevamos a profesionales: sexólogos, psicólogos... que van a centrar la charla en que la desinformación es un problema.

—Vale —dijo, respirando profundo.

—Bien. Pues con esto aclarado —pidió Fran—, ¿seguimos con la reunión?

—No.

Todas las miradas volvieron a concentrarse en Marieta, que creo que estaba a punto de desaparecer dejando un montón humeante de piel, pelo rojo y huesos.

—Perdonad. Quiero decir que... seguid sin mí. Me siento un poco indispuesta. Alejo, quédate tú, toma notas y luego me pones al día.

Bruja. Arpía.

Siempre sabía cómo darle la vuelta a la situación, la muy cabrona. Y lo pagué dos veces: una con aquel tostón de reunión que le tuve que reproducir punto por punto por escrito y la noche siguiente, cuando por fin me dio audiencia para cumplir sus pérfidos deseos. Manda cojones, hacer cola para que te castiguen.

Aquella noche, Marieta probó conmigo cosas que ahora ya sé que no me gustan en absoluto. Y las probó bien, sin dejar espacio a la duda. Otras, sin embargo, me sorprendieron muy gratamente. Terminamos en tablas cuando se sentó en mi cara.

No quiero alargarme en todas las cosas que probamos en la cama, porque probamos muchas. Nos conocimos como no habíamos conocido a nadie antes..., al menos yo. Sus lunares, sus pliegues, el color de su piel en cada zona de su cuerpo, el tacto, el sabor... me apliqué con esmero. Fue como quien le da una calada a un cigarro y se convierte en un fumador esclavo; fue como probar el opio y quedar enganchado y atontado; fue como volverse adicto a una droga que me sacaba de mi cuerpo y me lanzaba a un espacio donde todo era agradable...

¿Veis? La muy bruja. Me había hechizado para alejarme de mi propósito, pero hasta el viernes, justo después de lanzar una exhalación de placer encima de su cuerpo, no me di cuenta de que, efectivamente, se me había olvidado no olvidar: otro puesto de trabajo, impresionar a mi padre, conseguir de nuevo la independencia, enamorar a Marieta...

Me había pinchado el dedo con la rueca hechizada, había mordido la manzana envenenada, me habían robado la voz en pro de ganar unas piernas, perdí un zapato y vi cómo la carroza se convertía en calabaza. Siempre pensé que las malas de Disney eran mucho más interesantes que las pobres protagonistas, cuyo deseo vital parecía reducirse a casarse con el príncipe, pero de ahí a pillarme de una villana...

Si te sirve de consuelo, las mujeres no sois las únicas a las que se os enseña que los cuentos de hadas son un ejemplo que seguir...

Al menos, puedo decir que durante aquella semana la oficina estuvo más animada que nunca. Marieta tuvo que salir del baño con la falda enganchada a las bragas, enseñándoselas a todo el mundo. Yo tuve que comentar durante la comida que un verano había tenido sarna y gonorrea. Marieta recorrió toda la sala de trabajo saltando de mesa en mesa, por encima de los ordenadores de la gente, mientras les decía a todos cuánto los quería, y yo tuve que preguntar a voz en grito si alguien tenía un antidiarreico. Le dije a Fran que su madre (una respetable señora, casada con su padre desde hacía casi cuarenta años) estaba bien rica y que yo me la follaría a cuatro patas (y casi me gané un codazo en la boca), pero Marieta tuvo que traer una tarta al trabajo para invitar a todos y asegurarse de que todo el mundo sabía que la traía para celebrar que por fin ya no tenía ladillas. Pero eso solo son unos cuantos ejemplos. Hubo cosas muy macabras, bromas muy pesadas, pruebas difíciles y otras sencillamente graciosas. Lo que quiero decir y no digo es que la muy malvada me distrajo de mi objetivo, pero no se dio cuenta de que nos creaba un espacio común. Agrandaba nuestro secreto. Alimentaba nuestra complicidad. Estábamos construyendo un territorio donde nadie más que nosotros podía entrar, pero negándonoslo. Yo empezaba a darme cuenta, ella aún no. Cómo se gestionó cuando ambos lo supimos... fue simple y llanamente un absoluto desastre.

33
La cita

Cuando me fui de su casa el viernes por la noche albergaba la esperanza de volver a verla antes del lunes para intentar remendar cómo me había desviado de mis planes. Era como si hubiera trazado una estrategia militar de conquista y todas mis tropas se hubieran quedado en el cabaret el día D a la hora H. Sin embargo, sabía que Marieta no iba a concertar una cita; en cualquier caso, si me escribía para vernos, ella, que se quejaba si yo le escribía tarde, aduciendo que aquello no era «telechocho», lo haría con una única intención: sexual. Y circense.

Me pasé un buen rato en la cama dando vueltas y, después, indagando en internet. Una cosa te voy a decir: si escribes en Google «planes románticos Madrid», no vas a encontrar nada que te cambie la vida. Además, mi situación económica no era la leche, así que tampoco podía intentar impresionarla con una cena romántica por todo lo alto o… yo qué sé. Todo cuesta dinero. ¿Con qué impresionar a una mujer a la que no le impresionaba nada? Tenía que ser original, pero a la vez clásico, sin fallarme a mí mismo, porque parte del placer de la victoria sería haberla conseguido bajo mis principios.

Las flores no habían funcionado. Lo de «ver una peli» sí, pero en otro sentido.

«Piensa, Alejo, piensa».

El sábado a las doce y media, llamé a su timbre cargando con una bolsa llena de cosas para hacer un pícnic. Me había parecido lo más original, pero a su vez clásico, barato y romántico. Había encontrado en Google Maps un parque cerca de su casa, pero el plan era llevarla al Retiro y buscar un sitio perfecto sobre el césped y bajo los majestuosos árboles. El día había favorecido mi idea: era una de esas jornadas de otoño cálidas, donde el sol brilla agradable…

—¿Sí? —contestó al telefonillo.

—¿Bajas? —le pregunté.

Silencio. ¡Bien! Sonreí satisfecho: la había sorprendido.

—¿Quién es?

Mi sonrisa se desprendió de mi cara y se fue de vuelta a casa.

—Alejo —respondí conteniendo la decepción.

—¿Ale…? ¿Qué haces aquí?

—Ábreme y te lo explico.

El sonido de la puerta abriéndose me dio esperanzas de que mi plan saliera bien, pero solo tuve que verle la cara, apoyada en el quicio de la puerta, para saber que no, de esa no saldría triunfante.

—¿Qué haces aquí? —repitió.

Vestía unos vaqueros amplios y una camiseta blanca de manga larga, arremangada, con un par de botoncitos desabrochados en el pecho y llevaba el pelo recogido en un moño. Ni pizca de maquillaje. Guapa a rabiar.

—Hace un día increíble y, después de pasar toda la semana metidos en la oficina o… en tu cama —quise sonreír cómplice, pero no me salió—, he pensado que sería genial pasear y tomar algo.

No respondió. Me miraba seria, como esperando más explicación por mi parte, y yo, como siempre que sentía que no dominaba la situación, me puse nervioso y empecé a decir tonterías.

—He traído un pícnic. —Señalé la bolsa—. Con manta y todo para no tener que sentarnos en el suelo. Y…, hum…, cava. No he encontrado fresas…

Duelo de miradas.

—¿Vienes? Hay un parque aquí cerca o, quizá, podríamos coger el metro e ir al Retiro. ¿Puedo pasar y lo hablamos?

Cogió aire y después suspiró al exhalarlo.

—Alejo —se quejó con más pesar que enfado—, no, no puedes pasar.

Y respondió sin abandonar su amabilidad habitual, lo que lo empeoró todo, porque sentí que era el tontito de la clase al que la maestra tenía que explicarle las cosas con más ahínco.

—No me has avisado de que vendrías —protestó.

—¿Tienes planes?

—Estoy leyendo y tengo que organizar algunas cosas…

—Eso no son planes de verdad —intenté a la desesperada.

—Esos son los planes que me apetecen porque hoy, después de estar toda la semana rodeada de gente, me apetecía dedicarme tiempo a mí y a todas las cosas que no he podido hacer.

Asentí. Sonaba coherente.

—Y, además, Alejo, no puedes presentarte aquí sin avisar y esperar que lo deje todo para hacer planes contigo. No es nada considerado y tú… eres un caballero.

—Le estás dando la vuelta y usando mis argumentos contra mí.

Sonrió, esta vez espléndidamente.

—Siempre me han gustado los chicos listos.

—¿Entonces?

—Sigue intentándolo.

Fue a cerrar la puerta, pero puse el pie, que ella miró sorprendida.

—¡Oye! —se quejó.

—Mañana —le propuse—. Aunque eres una borde, una bruja y una arpía, mañana.

—Puedes venir mañana por la tarde noche si quieres —claudicó.

—No, qué va. No quiero acostarme contigo, solo un pícnic y charlar.

—¿Un pícnic y charlar…? ¿Por qué? —se rio, divertida.

—Porque me apetece conocerte.

—Ya me conoces.

—Eso no es verdad, pero sé que lo sabes porque a mí también me gustaron siempre las chicas listas.

Fingió pensarlo, pero yo ya sabía que iba a decir que sí, básicamente porque quería demostrarme que nos aburriríamos, que sería decepcionante, que era mejor que le diera la razón ya y lo dejase estar. Con lo ocupada que estaba, debía de tener muchas ganas de ganar como para regalarme el tiempo que le pedía, aunque fuese para derrotarme.

—Vale. Pero entonces pronto. Me gustaría estar sobre las cuatro en casa y aprovechar la tarde porque, no es una excusa, tengo cosas que hacer.

—¿Entonces?

—Nos vemos a las doce donde me digas.

—Si no vamos a follar, te pones práctica, ¿eh?

—Si no vamos a follar, tengo otras formas de divertirme.

Me lanzó un beso pícaro y cerró la puerta con coquetería. Yo me quedé allí más segundos de los necesarios, pensando si me acababa de decir que si no me acostaba yo con ella llamaría a otro de sus ligues o si eso solo lo habían entendido mis celos.

Llamé al timbre y volvió a abrir.

—¿Qué? —preguntó sonriendo.

—¿Vas a quedar con otro?

—¿Qué? —Se rio abiertamente—. ¿Qué dices?

—Nada. Tú has asegurado que, si no follamos, tienes otras formas de divertirte, y yo…, a mí… me gustaría saber si es que vas a llamar a otro. No es que crea que puedo pedirte explicaciones, pero es una información que… que me gustaría manejar.

Se acercó, tiró de mi camisa de cuadros, me dio un beso en la boca y, riéndose, se retiró de nuevo hacia el interior de su casa.

—Alejo, los celos son muy poco sexis, pero, sin que sirva de precedente, te diré que la vulnerabilidad te queda bien.

—No me has contestado.

—Ni yo tengo tanta energía sexual, querido; tengo muchos hobbies —se burló mientras cerraba la puerta.

Y yo quería conocerlos todos.

Me comí los sándwiches que había preparado porque pensé que el día siguiente estarían bastante mustios y, ya sin prisa, me paseé por el supermercado de mi barrio buscando opciones que me hicieran quedar bien. Algo fácil de comer, un poco sofisticado pero rico…

Maldita Marieta, me tenía obsesionado.

Nos encontramos a las doce en el acceso a la rosaleda del parque del Oeste y, cuando me vio, Marieta se echó a reír. Me hubiera sentido humillado si mis hermanos no se hubieran burlado de mí antes al verme salir de casa cargando una cesta de mimbre, de esas típicas de pícnic. Y yo que había dado gracias a la divina providencia por haberla encontrado en la habitación de los trastos de casa de los abuelos cuando buscaba un mantelito mono…

—¿Con cesta y todo?

—Querida —respondí con fingida condescendencia—, si las cosas se hacen…, se hacen bien.

Tuve que cargar con la maldita cesta, que pesaba un quintal, durante todo el paseo por la rosaleda, pero valió la pena porque es un sitio precioso. Si no lo conoces, te lo recomiendo. Uno no espera encontrar algo así tan cerca de la zona de Moncloa…

Marieta también parecía maravillada, aunque, como estábamos en otoño, el paisaje se encontraba más pelado que en su mejor época, entre abril y junio. Sin embargo, seguía siendo bonito.

—La verdad es que es un sitio precioso, pero en primavera te deja con la boca abierta. Quizá —la miré con una sonrisa— me dejarás traerte entonces. Sé que te gustará…

—¿Los rosales en flor o la compañía?

—Los rosales. A mí me puedes disfrutar en cualquier estación.

La hice reír. Al menos la hice reír.

El paseo nos abrió el apetito y, después de recorrer todo aquel recinto, le propuse salir hacia el parque del Oeste y buscar un lugar donde sentarnos.

—¿Qué llevas en la cestita, Caperucita? —me preguntó con sorna.

—Desde luego, de los dos, tú eres el lobo feroz.

Encontramos un pedazo de césped cerca del riachuelo que estaba seco, donde no se adivinaban cacas de perro (por favor, recoged las mierdas de vuestros animales, que pueden echar a perder una cita) y donde la inclinación moderada nos permitiría estar cómodos sin tener que retorcernos y extender todo lo que había preparado sin que se volcara.

Marieta se descalzó y echó a andar por allí; quise decirle lo de las plastas, pero supuse que quedaría poco romántico, así que me concentré en colocar la comida sobre el mantel de la manera más estética posible: queso cortado en dados, higos (¡había encontrado higos casi en noviembre!), uvas, frutos secos, unos bocadillos de mortadela trufada, burrata y pistacho en pan de cristal y cerezas. También un par de benjamines de cava y una botella de limonada que había hecho con agua con gas, limón natural y un poco de azúcar.

Cuando volvió, todo estaba colocado, incluso un ramito de flores preservadas, que le tendí cuando se sentó a mi lado.

—Estas no van a morirse en un jarrón.

—Porque ya están muertas.

—Como tú por dentro.

Los dos sonreímos y ella miró todo lo que había preparado.

—Debo confesar que estoy sorprendida… y para bien. Te lo has currado.

—Cuando algo me importa, lo hago.

—Deduzco entonces que lo de pasar llamadas es una cosa que ni fu ni fa…

—Pues, sinceramente, ni fu ni fa. Pero viendo la expectativa que despierta el asunto, le pondré más atención.

Cogió un trozo de queso, se lo metió en la boca y me guiñó un ojo.

—Está buenísimo.

—Termina de masticar antes de alabarme, por favor.

Me dio un codazo y los dos reímos.

Suspiré triunfal.

—Bueno, Marieta, háblame de ti.

Me miró de reojo con sorna y negó con la cabeza.

—No, mejor háblame de ti.

—Hay poco que no sepas.

—¿Tan simple eres?

—No es una cuestión de simpleza, solo de honestidad. No he escondido nada.

—A veces no hay que esconder las cosas para que el otro no las sepa. O quizá es que no tienes nada más que decir sobre ti mismo… a lo mejor, sencillamente, yo tengo razón y a nosotros solo nos une el trabajo y que se nos da genial follar juntos.

Oh, oh.

—Me gusta el cine.

—A todo el mundo le gusta el cine —replicó.

—Me gusta la música.

Marieta se echó a reír y yo con ella.

—Discúlpame, señora repipi, es que no venía preparado para un tercer grado.

—Venías preparado para impresionarme con el paseíto por los rosales y el pícnic y lo demás, ya…

—Sinceramente, ni lo pensé —confesé—. ¿Sabes por qué? Porque confío en que nuestra conversación fluye lo suficiente como para no tener que traer preparados temas de los que hablar, pero si lo prefieres: una ciudad, Kioto; una comida, ostras; playa antes que montaña; me gusta el mar, de jovencito practicaba windsurf; me gusta la inversión inmobiliaria, pero solo como hobby. Soy de ciencias, me gusta leer, sobre todo autores rusos, y juego bastante bien al ajedrez.

Marieta, que ya había metido mano al bocadillo y bebía a morro del botellín de cava, me miró con ojos de cordero degollado.

—¿Qué? —espeté.

Ella tragó, se deleitó un momento con el sabor de la mezcla entre el fiambre italiano, el cremoso queso y los pistachos, y después se limpió la boca con una servilleta.

—Es la presentación más esnob que he escuchado en la vida, y he estado en muchas reuniones con altos cargos de empresas internacionales…

—Pero ¿qué quieres saber? Es que… Marieta, chica, eres dificilita de contentar. Ya parece que lo haces a propósito por fastidiar —refunfuñé.

Ella dejó el bocadillo, la bebida y la servilleta sobre el mantel y se acercó con una expresión divertida.

—No lo hago para fastidiar, es que tú eres uno de esos perros con pedigrí, campeón de concurso, y yo, una perra callejera, mezcla de mil razas sin glamour, que, aunque ha sido adoptada, no suelta la calle.

—¿Entonces?

—A ver... pruebo yo, ¿vale? —Se enderezó y después se aclaró la voz—. Las mejores vacaciones de mi vida las pasé en un pueblecito de Galicia, un verano, allá por 2014. Y las peores, en Aruba: me picó un mosquito en el ojo y tuvieron que pincharme antihistamínicos todos los días. Ni siquiera tengo fotos de aquel viaje, porque se me deformó la cara hasta no parecer humana. Me quemo con el sol y me pongo rosa. La sidra me da diarrea. Una vez le pillé a un novio la piel de la picha con la cremallera del pantalón. Me lo paso genial con mi familia, aunque soy una de esas gatas independientes a las que no puedes sacar de los tejados. Me gusta mucho cocinar y lo hago bien, pero mi comida preferida es un perrito caliente y unos nachos guarros, a poder ser con mal queso americano, de ese que no se puede llamar ni queso. Tengo un pie más grande que el otro, un brazo más largo que el otro, más pestañas en el ojo derecho que en el izquierdo, y me pongo de mal humor si tengo hambre, sueño o ganas de ir al baño. Básicamente soy como un bebé.

Cuando terminó e hizo un gesto para que yo tomara la palabra, me sentí un poco consternado porque Marieta era menos fina que unas bragas de esparto, pero me seguía gustando a rabiar. No entendía por qué ni cómo, después de esa perorata, me gustaba más. ¿Era capaz yo de hacer algo así? Con encanto, sincero, descarnado, sin dar asco... lo dudaba.

—Las mejores vacaciones de mi vida las pasé en Menorca, las peores, en Albania: me aburrí y Tirana me pareció una capital decadente y tirando a fea. De pequeño me rompí un trozo de diente bebiendo agua de una botella de cristal detrás de una puerta: mi primo entró, y zas..., pero era de leche. El sol me sienta bien y cojo el moreno muy rápido. Mis hermanos me parecen un coñazo, pero supongo que los quiero, aunque hubiera preferido una hermana, creo, y mi comida preferida, ya te lo he dicho, son las ostras con mucho limón.

Marieta resopló, se echó hacia atrás en la manta y farfulló:

—Contigo no se puede…

No entendí qué había hecho mal. Se trataba de hablar de uno mismo y yo lo había hecho. ¿El problema era no haber hablado de descomposiciones estomacales o placeres culpables? Lo siento. Soy de los que piensan que para seducir uno debe guardar secretos, ser misterioso. Lo de que a Marieta la sidra le daba diarrea debería haberme horrorizado, pero en el fondo me hacía gracia.

Sin embargo, aunque lo intenté, no pude levantar el tono de la cita. Fue agradable, pero como lo eran las comidas en Like¡t. Hubo pocos silencios incómodos, pero, cuando los hubo, Marieta los aprovechó para lanzarme la pullita de que pertenecíamos a dos mundos diferentes y que lo que yo estaba intentando era igual de viable que cruzar una cabra con un siamés. Estaba empeñada en que no y yo empeñado en que sí.

Después de comerse el bocadillo, beberse su cava, terminar con buena parte del queso y las uvas, reírse de ver cómo me comía un higo y hablar de cosas que ni siquiera recuerdo, se levantó, se sacudió las migas y las pocas briznas de hierba que se habían adherido a la parte baja de sus vaqueros y dio por finalizada la velada.

—Te ayudo a recoger —me dijo poniéndose en cuclillas y acercando la cesta—. Tengo que irme a casa y en metro tardo un ratito. Perdona que ande con prisas, pero, como te comenté, hoy tengo cosas que hacer.

—No te preocupes. Ya recojo yo. —Quise ser caballeresco hasta el final.

—No, déjame. ¿Dónde guardo las nueces que han sobrado?

—De verdad, Marieta, yo lo recojo. —Sonreí, solícito.

Me ofrecí confiando en que ella me esperase sentada en la mantita, contándome cosas, demostrándome que disfrutaba del tiempo conmigo, pero, ante mi insistencia, se volvió a levantar, se calzó los zapatitos que llevaba (unas Merceditas planas de piel desgastada, bonitas, elegantes, pero sin pretensiones), cogió el bolso y se despidió.

—Muchas gracias por el pícnic. Estaba todo muy bueno. No sé si lo has hecho tú, pero el bocadillo era una verdadera delicia. Y yo nunca digo la palabra «delicia».

Me puse en pie y le sonreí. Los había comprado hechos, pero no pensaba confesarlo, aunque, como no quería mentir, el silencio era la mejor solución.

—Gracias a ti por dejarte convencer —respondí.

—A ti por las molestias.

—No son molestias si son contigo.

Frunció la nariz, divertida y confusa, y dejó escapar una risita.

—Algún día me explicarás por qué estás tan empeñado.

—Algún día entenderás que, hasta que te conocí, mi mundo era muy pequeño.

Eso le gustó. Y me lo hizo saber sonriendo, dándome un puñetazo suave en el costado y después un pequeño, frágil y breve abrazo.

—Sigue intentándolo —me susurró al oído.

—Lo haré.

Dio dos pasos en dirección al camino que la llevaría a la salida del parque y me dijo adiós con la mano. Yo respondí de la misma manera y no me moví hasta que no desapareció de mi vista en una curva.

Recogerlo todo me pareció tedioso, sobre todo estando solo, pero es lo que pasa cuando te haces el caballero andante. Un grupo de adolescentes pasaron por mi lado y me estudiaron detenidamente; no tenía motivos reales, pero me dio muchísima vergüenza, así que apuré. Ahora la cesta pesaba menos, y volví a casa paseando. Y pensando.

Algo se había torcido en algún momento del pícnic, algo pequeño, que no había producido tiranteces ni nos había hecho sentir incómodos, pero que, sin duda, había cambiado la meta que yo tenía planeada… o más bien con la que fantaseaba.

Iba pensando en ello cuando me pudo la impaciencia; paré en un semáforo que en realidad estaba en verde para los peatones, dejé la cesta en el suelo, saqué el móvil y le escribí un wasap:

Alejo

Al menos dime cómo ha ido la cita. Puntúala o algo.

Marieta no se conectó, aunque esperé un ratito, demasiado incluso. Cogí la cesta, guardé el móvil y reanudé el paso. La cabeza me iba saltando de un lado a otro, como en uno de esos programas orientales de pruebas físicas, intentando mantener el equilibrio entre expectativas y realidad, pero, aunque me puse los auriculares para intentar acallarla, no lo conseguí.

Al llegar a casa, dejé la cesta abandonada en la cocina (esperando que el servicio de limpieza que venía gracias a mis padres dos veces por semana se ocupara de ella) y me fui directo al dormitorio, donde me dejé caer sobre la cama. El móvil vibró entonces en mi bolsillo y vi que se trataba de ella.

Marieta

Yo no la llamaría cita, más bien plan, y… el plan ha ido bien. Le doy un notable alto en ejecución: la comida estaba buena, la presentación era bonita (aunque he sufrido un poco de vergüenza con lo de la cestita y el mantel, no te lo puedo negar), y no has olvidado detalle.
Sin embargo, en compatibilidad, me temo que tú y yo no llegamos ni siquiera al aprobado.

Yo le gustaba. Lo notaba más allá de la carne. Lo notaba cuando me miraba, cuando nos rozábamos, cuando buscábamos, a veces, una excusa para tocar al otro. Lo notaba por cómo me sonreía, por cómo me hablaba, por lo viva que parecía. Pero había algo que la frenaba, y ese algo, seguramente, era yo.

«Algún día entenderás que, hasta que te conocí, mi mundo era muy pequeño», le había dicho. Ahora, tumbado en la cama, pensaba que era cierto, que ni siquiera había tenido que pensarlo antes de decírselo y que, probablemente, era lo único espontáneo que había salido de mi boca en toda la cita. Porque para mí era una cita, y ya está. Porque tenía que conseguirlo. Porque mi mundo era muy pequeño antes de conocerla y yo aún no entendía por qué. Y debía entenderlo.

34
Una semana mala

Pasé una semana rara. Eso no quiere decir que fuera mala, solo que la pasé enterita debatiéndome entre el bien y el mal. Bueno, ya me conoces y te imaginarás que yo siempre tiendo al mal; quizá la forma correcta de decirlo es que me azotaron sentimientos encontrados. Por un lado, reanudé de manera activa, cada noche, la búsqueda de empleo, pero con sentimiento de culpa, porque en Like¡t se comía genial y gratis, había masajista (la probé esa semana y… ¡qué manos!), te podías echar una siesta si estabas muy cansado, el gimnasio estaba incluido y podías ir casi cuando quisieras, siempre y cuando no desatendieras tus tareas del día. Además, el horario de entrada era flexible, mi trabajo ya me resultaba sencillo y no tenía que llevármelo a casa, por no mencionar el hecho de que las oficinas eran preciosas y me había descubierto más veces de las que me gustaría confesar admirando las plantas del techo, pensando que eran bonitas. La luz que entraba a través de la gran claraboya del tejado, ahora que el otoño se cernía con seguridad sobre nuestras cabezas, jugaba con matices que, pensé, siempre me había perdido dentro de una de esas oficinas en el barrio «bien», que serán muy glamurosas, pero apenas tienen luz natural. Aquello era calidad de vida, pero yo era secretario. Explícaselo tú a mi padre, que yo no me atrevo.

Le propuse a Marieta vernos el miércoles después del trabajo, a pesar de que empezaba a estar físicamente cansado, como cuando arrastras falta de sueño (¿por qué sería, si yo nunca tenía que volver en metro a mi casa a horas intempestivas, dormía fenomenal y nunca soñaba cosas raras que implicaban melenas pelirrojas...?), pero ella me dijo con cara de pena que no podía ser.

—Esta semana voy a tener que quedarme a trabajar hasta tarde un par de días y... necesito dormir. A juzgar por tu aspecto me atrevería a decir que tú también...

No me molesté, pero me quedé un poco desilusionado. Yo también necesitaba dormir, tenía razón. Yo era el que hacía los viajecitos en metro tardísimo para volver a mi casa porque no podía pasar la noche en la suya. Y aun así quería...

Era evidente que aún no la había seducido. Que no estábamos en el mismo punto.

Para cuando llegó el fin de semana, yo había urdido un plan para el sábado con el fin de impresionarla y tenía dos entrevistas de trabajo para las siguientes semanas. Una de ellas era una primera ronda en un proceso de selección que sería largo y la otra no estaba seguro de que me interesara realmente. Pero algo era algo.

A pesar de que se encontraba en su mesa, detrás de mí, y de que para hablar con ella no tendría que dar más de diez pasos (por no comentar el sistema de mensajería interno, el mail, el teléfono...), el jueves le mandé a Marieta un wasap proponiéndole mi plan para el sábado: cine, cena y cama. Aunque no puse lo de la cama. Lo adorné, claro está.

Alejo

Hay un pequeño cine en mi barrio, una de esas salas antiguas que nadie sabe cómo ha sobrevivido a estos tiempos, con mucho encanto y cierto toque del Hollywood antiguo, pero mal... en un plan decadente

que puede llegar a resultar intrigante. Echan una buena película este sábado a las siete y media. Después, si te apetece, podría reservar mesa en un restaurante que queda por allí y que hace unos huevos rotos trufados con atún rojo de almadraba que te mueres del gusto. Si se hace muy tarde, puedo acompañarte a casa. Para mí será un placer, aunque me dejes plantado en la puerta de tu casa sin ni siquiera un beso. Solo quiero un poco de tu tiempo.
Un poco de ti.

Lo leí y releí al menos cinco veces antes de enviarlo y cuando lo hice ladeé mi silla de manera que pudiera estudiar a Marieta y ver la cara que ponía al recibirlo.

El móvil debió de vibrar, aunque desde allí no lo escuché, y ella le echó un vistazo a la pantalla para volver a concentrarse después en el ordenador.

Podía escuchar a un coro de hinchas de fútbol en un alarido conjunto de los que lanzan cuando alguien falla un penalti, como si mi mensaje fuera la pelota y un sí la portería. Maldita Marieta, qué difícil era.

Iba a volverme hacia mi ordenador de nuevo cuando la vi agarrar el teléfono y, tras unos segundos, sonreír y levantar la mirada en mi busca. No traté de disimular, todo lo contrario; levanté una mano a modo de saludo y le devolví la sonrisa.

Se concentró en su teléfono y, al poco, un mensaje brilló en la pantalla del mío.

Marieta

No deberías molestar a la jefa con poesía barroca a estas horas de un jueves, pero se te perdonará después de un par de latigazos con el cinturón de pinchos de Tote.

Tu propuesta es tentadora (mentira: es tan típica que huele a naftalina. Creo que ya era anticuada en los ochenta, y en los ochenta no tenía citas ni mi madre), pero no puedo. El motivo, para tu tranquilidad, no tiene que ver con el hecho de que seas un viajero del tiempo llegado del pasado y dispuesto a casarse con una buena chica que le prepare solomillo Wellington para cenar y le tenga las camisas planchaditas. El plan me huele a cortejo añejo, pero el verdadero problema es que he quedado con estos porque Ángela quiere presentarnos a su chico.
Tengo el domingo por la noche libre, si quieres, aunque no sé si querrás, porque lo que te ofrezco implica actos impúdicos, y tú últimamente estás muy de querer cogerme la manita al caminar.
P. D.: No te lo tomes a mal. En el fondo me hace sonreír que estés tan chapado a la antigua. Hacerme sonreír hoy tiene mérito, así que te lo agradezco, niñato.

Respondí con una sonrisa:

Alejo
Qué manera de hacerte la dura.
Estás a puntito de pedirme la mano.
Pero no me llames niñato, llámame esnob,
que tiene más solera.

A ese mensaje ya no respondió, y yo, aunque feliz por aquel intercambio de mensajes y esa complicidad que se respiraba en ellos, me hundí bajo el peso de las expectativas que no serían cumplidas.

Terminaría por caer en la tentación de ir a verla el domingo y no podría evitar sucumbir a sus intenciones. Era un súcubo con melena de fuego… ¿Y si me compraba un cinturón de castidad y le daba la llave a Fran?

El viernes llegaba a casa bajo el cálido sol del otoño que tanto me gusta (si me preguntas por qué, te diré que la primavera y el otoño son las estaciones que más fácil te lo ponen para vestir de manera elegante) y con los auriculares puestos, a través de los que sonaba «Podría ser peor», de La Casa Azul. Ni siquiera sabía que tenía aquella canción en mi lista de Spotify, pero sonreí para mí. A veces la música te encuentra a ti; en ocasiones necesitas escuchar la letra de una canción, su título, descubrir un nuevo artista, recordar tiempos felices o darte cuenta de que los tristes ya pasaron. Ahí está la música para ayudarte a vivir.

El móvil me vibró cuando acababa de abrir el portal, un espacio mastodóntico lleno de mármoles, espejos y plantas que recordaba y mucho al viejo edificio donde se encontraba la consulta del dentista al que me llevaban mis padres. Después de subir los escalones de tres en tres hasta la que ahora era mi casa y, mientras abría mecánicamente, consulté quién me escribía. Ojalá fuera Marieta diciendo que se había dado cuenta de que estaba loca por mí y que necesitaba verme… o al menos contándome que había anulado el plan y que sí podíamos quedar. Pero… el mensaje era de Fran.

Fran

Alejo, mangurrián. Mañana hemos quedado para tomar unos vermuts por La Latina, ¿por qué no vienes? Hemos confirmado Pancho, Ángela, su chico, Marieta y yo. Selene no podía porque tenía una cita para ir a pintar jarrones. Pintar jarrones… de verdad, a uno se le quitan las ganas de tener citas.

¡¡Tomaaaaaa!!

Le contesté haciéndome un poco el duro:

Alejo

Uf… me da un poco de palo.

A ver si luego me van a acusar de pelota.

Fran:

No seas gilipollas.

Además… Ángela va a traer al tío con el que está,

y si nos lo presenta es que parece serio.

Necesito apoyo masculino.

Alejo

Es por eso, ¿eh?

Pues, hale, apóyate en Pancho.

Fran

Te lo iba a decir de todas formas, capullo.

Venga, no me hagas insistir.

Voy de camino a hacer de canguro de mi sobrina,

y seguro que quiere jugar a maquillarme, y no

es que me suponga un problema per se, pero

la última vez tuve que frotar… mucho.

Dame una alegría.

Le confirmé, claro que sí, y él me dijo la hora y el lugar de encuentro.

Cada uno apareció por una boca de metro diferente, en la parada de La Latina, pero a la vez. A Pancho lo conocía menos porque, aunque solíamos sentarnos en la misma mesa a la hora de comer, no habíamos intimado demasiado. Me hubiera encantado que hubieran invitado a Tote en su lugar, pero no tenía nada en su contra.

Y allí estaba Fran, disimulando fatal su cara de entierro. Le di una palmada fuerte en la espalda y mascullé un «disimula» cuando le saludé, y creo que lo consiguió bastante, porque le dijo hola al chico con el que había llegado Ángela con una sonrisa y mucha amabilidad.

—¡Anda, tú por aquí! —me saludó Marieta—. Como no te veo en toda la semana...

—Si no querías estrechar lazos, deberías haberle dicho a Fran que me vetase —bromeé.

—No voy a dejarle sin su nuevo amiguito.

Como suele hacerse en La Latina, nos tomamos una caña en un bar y la siguiente en el de enfrente. Fuimos cambiando sin ton ni son, sin tener un lugar predilecto, probándolos todos y encaminándonos, poco a poco, a Lavapiés, donde se celebraba aquel fin de semana «Tapapiés», una suerte de festival de tapas en el que cada local tenía su especialidad, que daba a precio cerrado con una copa de vino o un botellín de cerveza.

Marieta se mantenía educada (y sádicamente) alejada de mí en la medida de lo posible, pero sin forzarlo. Solo podría comparar su comportamiento con una danza de apareamiento, como esas aves hembra que se alejan del macho para que les baile... o algo así. Y yo caía de vez en cuando, jugando a las miraditas, a los roces, a los comentarios por lo bajini.

—Bruja —le susurré cuando, con la excusa de ir al baño, me rozó por la entrepierna su culo enfundado en unos vaqueros que le marcaban hasta la ropa interior.

—¿Y eso? —Se volvió en un golpe de melena y con una sonrisa, aprovechando que el resto charlaba y bebía.

—Porque me estás pidiendo a gritos que me cuele en el baño y te folle contra el lavabo, pero no va a pasar.

—Qué fuerza de voluntad.

—Déjame llevarte al cine.

—Qué fijación con el cine, Alejito...

Se marchó al baño por fin y yo recoloqué mi polla con disimulo.

Aproveché la ausencia de Marieta para estudiar al ligue de Ángela casi con la misma intensidad con la que lo estaba haciendo Fran, pero con menos disimulo. Quería que se sintiera observado, que se pusiera nervioso, a ver si con un poco de suerte se le escapaba alguna barbaridad, y ¡tarjeta roja para el chico nuevo! Que Fran vaya calentando en la banda, por favor.

—¿Y a qué te dedicas, Antonio? —interrumpí la conversación de repente.

—Es Antón, disculpa. Soy funcionario.

—Ah, Antón, sí, perdona.

Funcionario, ¿eh? Trabajo fijo. La seguridad de que era lo suficientemente constante y formal para aprobar una oposición. Malo. Malo para Fran, entiéndeme.

—¿Y qué haces exactamente?

—Trabajo en el INE.

Marieta volvió sacudiéndose las manos recién lavadas y se las secó en la parte trasera del pantalón.

—¿Qué es el INE? —preguntó Pancho.

—Instituto Negociador del Espacio —soltó Marieta, rápida—. Se encargan de negociar con otros países qué parte de Marte les pertenece a cada uno para cuando migremos todos para allá.

Pancho se quedó mirándola sin saber qué decir hasta que Ángela rompió a reír.

—Instituto Nacional de Estadística, Pancho, hijo, que no sé cómo aún crees algo de lo que te dice esta.

—De verdad, qué manía tenéis de tomarme el pelo.

El chico de Ángela era simpático, aunque tímido. Solo hablaba cuando se le preguntaba algo y lo hacía de modo correcto pero reservado. Era uno de esos chicos que no sabes muy bien qué están pensando. Eso podía ser un punto a favor de Fran...

Era bastante guapete: pelo castaño claro, ojos azules, un poco pálido, pero con una sonrisa agradable, más alto que ella y bien vestido... en líneas generales. Aquella mañana creo que patinó escogiendo unos pantalones blancos que yo jamás me habría puesto lejos del mar. ¿Blancos? Pero ¿qué eres?, ¿capitán de barco? Otro punto para Fran.

Entonces miré a Fran, que llevaba unos vaqueros dados de sí, una sudadera con capucha y una cazadora vaquera de un tono que se daba de hostias con el del pantalón. Olvida ese punto para Fran. La madre que lo parió.

—Un día iré a tu casa y te quemaré el armario —murmuré cerca de él.

—No entiendo cuál es tu problema.

Y no lo dijo como «qué problema tienes con mi atuendo», sino como «qué tipo de desequilibrio mental padeces». Eso me hizo gracia. A él también. Nos reímos como tontos.

Para cuando nos terminamos la quinta o sexta cerveza, la conversación empezaba a ser surrealista. Se habían tocado todos los palos que se suelen tocar cuando acabas de conocer a alguien y ya el alcohol comenzaba a hacer efecto, al menos en Fran y en mí, que llevábamos encima una tontería divertidísima a costa de analizar todo lo que decía y hacía el tal Antón. Nos reíamos de nosotros y de nuestra investigación, ojo, no del chaval, pero podía parecer lo contrario. Quizá por eso siempre aprovechábamos para ir a por él cuando Ángela estaba distraída.

—¿Cuál es tu animal preferido? —le preguntó Fran.

—Hum..., no sé. ¿Los perros?

—¿Lo preguntas o lo afirmas? —apunté yo.

—Lo afirmo, lo afirmo.

—Pues a Ángela le gustan los gatos. Ahí veo yo un punto de discordia, ¿eh?

Marieta me lanzó una mirada para que me callase, pero Fran y yo volvimos a reírnos como dos imbéciles.

—Si lucharan Godzilla y un kraken, ¿quién crees que ganaría?

Ahí empezó a mirarnos raro, y Marieta nos anunció que durante un par de rondas beberíamos agüita con gas.

Sobre las cinco de la tarde Ángela y Antón se marcharon. Querían descansar un poco porque habían planeado pasar el domingo en la sierra, haciendo unas rutas de senderismo, y querían estar frescos. Nosotros nos preguntamos en silencio si era hora de retirarse o si queríamos seguir por ahí. A mí me hubiera valido cualquier opción. Beber me pone tontorrón, con lo que me hubiera ido a casa de Marieta a gusto y con disimulo, pero con total seguridad para hacer el ridículo en la cama; a los treinta y dos uno empieza a notar ya que la picha se le deshincha sin previo aviso después de unas copas. Lo siento, pero es mejor no idealizar: todos tenemos eyaculaciones precoces y gatillazos de vez en cuando, hasta el hombre más guapo del mundo, que creo que, según un estudio reciente, se había decidido que es, objetivamente, Harry Styles.

Abogados de Harry Styles, no he dicho que él sufra nada de eso. Él, probablemente, no pertenece a nuestra raza, sino a una superior y no adolece de estos inconvenientes humanos.

Al final decidimos quedarnos y Marieta nos levantó el castigo, con lo que Fran y yo decidimos pedirnos un gin-tonic, que es digestivo, para hacer flotar en más alcohol las cuatro tapas que habíamos comido.

—¿Se habrán ido a follar? —me preguntó Fran, aprovechando que Marieta y Pancho hablaban animadamente de un país asiático al que querían viajar.

—No creo que se hayan ido con esa intención, pero creo que lo van a hacer —asentí.

—El tío es majo, ¿no?

—Sí. Un poco tímido. ¿O es soso?

—Yo diría que es soso, pero no soy objetivo.

—Y llevaba pantalones blancos —apunté.

—¿Dónde te dieron el cursito sobre moda?

Me reí y le di un trago a mi copa de balón.

—Pero, en general —siguió Fran—, tenía pinta de… bueno, de ser lo que ella busca. Un tipo formal, majo, mono, con quien construir algo.

—Sobre el papel todos podemos ser lo que otro quiera ver en nosotros. Después la realidad ya es otra cosa.

Apoyé la mano en su hombro y le di ánimos.

—¿Qué os pasa a vosotros?

—Acidez —respondió rápidamente Fran.

—¿Será porque habéis repetido pincho de chistorra picante y lo estáis regando con ginebra? —apuntó Marieta.

—Muy atenta estás tú, ¿no? A ver si al final va a ser que te molo —le respondí, ganándome una mirada de las que dan colleja.

—¡Oye! ¿Y qué os ha parecido el chico de Ángela? —cambió de tema.

Pancho fue el primero en hablar.

—A mí me ha parecido un tío muy normal…, y lo digo para bien, ¿eh? Porque el del bigote…

—¿Os acordáis de ese? ¡Qué cretino era! —exclamó Marieta—. Si no le llega a dar la patada, se la doy yo.

—¿Es el que dijo que quería ser padre a los cincuenta con alguien a quien le doblase la edad?

—Ese —aseguró Pancho.

—Este es un dechado de virtudes si lo comparamos con los anteriores —bromeó Marieta.

—Pero no hay que comparar con los anteriores —apuntó Fran, mucho más serio—, solo saber si es lo que ella busca y si le puede dar lo que necesita de una pareja. Y todo apunta a que sí.

—Todos somos buenos sobre el papel, luego hay que demostrarlo —sentenció Marieta.

Me hizo gracia que hubiéramos coincidido en una conclusión tan similar. Quizá me hizo mucha ilusión, pero, como estaba borrachillo, mejor culpo al alcohol.

Fran anunció que se iba a casa cuando terminó la copa. Probablemente se le habían removido sentimientos encontrados y prefería digerirlos en la intimidad de su hogar. A su alrededor, el resto decidimos dar también por concluida la quedada. A mí no me entraba ni una gota más de alcohol y Marieta llevaba rato quejándose de que hacía frío y no se había abrigado lo suficiente. Quería proponerle la posibilidad de ir con ella a su casa y pasar la noche allí. El alcohol me había puesto valiente. Sin embargo, no me dio ni la oportunidad, pero en realidad era lo más lógico.

Fran y Marieta se fueron juntos hacia su casa, y Pancho y yo echamos a andar, él porque vivía relativamente cerca y quería darse un paseo, y yo sin rumbo, con ese vagabundeo del que no quiere estar solo. Al principio no dejaba de mirar mi móvil, pensando que me enviaría un mensaje, pero después de media hora decidí meterlo de nuevo en el bolsillo y esperar la vibración... si es que llegaba. Hubiera sido muy raro que Fran y ella no se fueran juntos, viviendo en el mismo barrio, pero me decepcionó que no hubiéramos convenido un plan secreto para reencontrarnos después.

Pancho llegó a su casa y yo seguí andando. Y andando. Y andando. No voy a decir que no me sintiera un poco arrastrado; no negaré que se me pasó por la cabeza que, en toda mi vida, jamás había estado tan pendiente y a merced de los deseos de nadie, pero, para cuando llegué al intercambiador de Moncloa, el teléfono por fin vibró. Y era ella.

Marieta

He encontrado a Fran un poco raro, aunque no sé por qué te cuento esto. ¿Has llegado ya a casa?

Alejo
Estoy paseando.

Marieta
Si pones las manos en la espalda
y te paras a ver las obras, te convalidan
primero de jubilación.

No sé por qué me pareció que la bromita estaba de más y guardé el teléfono de nuevo en el bolsillo. Me vibró un par de veces, pero hasta que no remonté Cea Bermúdez no quise sacarlo.

Marieta
Eres un tipo divertido.
Me ha gustado pasar el día contigo fuera del trabajo
y en un ambiente... ya sabes. Alejado de la cama.
Quizá podríamos ser amigos de verdad.

Una lanza ardiendo en el corazón me habría dolido menos, aunque no sabría especificar si sentí que hería mis sentimientos o mi ego.

Quizá debí esperar un poco para responderle, pero no pude.

Alejo
Yo no quiero ser tu amigo, Marieta.
Es posible que no tenga ni idea de lo que quiero ser,
pero te adelanto que tu amigo desde luego no.

Marieta
Lo dices ¿enfadado?

Alejo

Lo digo con intensidad. No quiero ser tu amigo. Quiero la confianza, la complicidad, la intimidad y el sexo. Llámame raro, pero creo que tenemos mucho con lo que sorprendernos fuera de la cama.

Marieta

Te has ofendido.

Alejo

No. Pero me he puesto de mal humor.

Marieta

¿Por qué?

Alejo

Porque quiero que vayamos al cine, comentar la película, cenar, pasear y decidir si nos tomamos algo o es hora de despedirnos. Y despedirnos con un beso. O irnos juntos y acostarnos en una cama de la que no tenga que salir nada más correrme.

Marieta no escribió durante un buen rato, aunque estaba en línea. No escribía y borraba. Solo estaba allí, en línea, como repasando nuestra conversación y estudiando qué responder... o quizá estaba en otro chat. Pero prefería no pensar en esa posibilidad porque cada vez la idea me molestaba más.

Por fin, empezó a escribir. Cuando llegó el mensaje me paré en una esquina de José Abascal para poder leerlo y recuperar el resuello; sin darme cuenta había acelerado el paso hasta casi correr.

Marieta

Voy a ser muy sincera, y lo cierto es que me molesta tener que hacerlo por escrito, porque seguro que atesoras esto como una prueba que blandir contra mí en algún momento. Te he estado observando y sé que eres el rey de la manipulación, pero, como en el fondo eres buen chico y no sabes ser malo de verdad, me hace gracia. Quieres ser un supervillano, pero solo te sale ser malvadillo. También puedes llegar a ser un caprichoso, como ahora con el asunto del cine.

Me siento muy cómoda contigo y es posible (posible) que un día me apetezca que te quedes en casa y que el día siguiente desayunemos cereales viendo una serie. Pero no soy de las que abrazan por la noche ni buscaré tu olor en la almohada cuando te vayas.

Por mucho que me guste estar contigo, Alejo, hay cosas que no van a pasar porque no puedes (ni debes) cambiar a las personas. No es un trauma, es mi personalidad.

En romanticismo y gestos tiernos quizá ando corta, pero tengo otras muchas virtudes que puede que también te gusten, de verdad.

Así que, ahí va: iría al cine contigo, comentaría la película, cenaríamos esos huevos rotos trufados con atún de los que me hablaste y en los que no dejo de pensar, y pasearíamos charlando, pero creo que, al final del camino, yo seguiría siendo una mujer a la que tú querrías cambiar y tú un chico de buen barrio al que no le bastan mis formas.

Sé lo que pasará si damos más pasos fuera de la cama, y no será bueno.

Confía en mí.

Así es mejor.

Cogí aire, lo sostuve en el pecho y después guardé el teléfono en el bolsillo.

Seguí recorriendo José Abascal hacia arriba hasta llegar a Ríos Rosas, donde giré a la derecha, hacia la plaza de Chamberí, cerca de la que estaba el que fue el hogar de mis abuelos. Me lo tomé con calma. Pasé por una tienda de empanadas argentinas y compré seis, por si mis hermanos estaban en casa, y después subí, abrí la puerta, encontré el piso vacío y me acomodé en el sofá con la caja en el regazo y el móvil en la mano. Me había dado tiempo suficiente a mí mismo para sentir que mi respuesta no iba a ser irreflexiva y visceral.

Alejo

Lo cierto es que no sabes qué pasará porque no hay manera de saberlo. A no ser que lo dejara escrito Nostradamus, que ahí ya… yo me callo.
Este juego ha sido divertido, pero creo que ambos sabemos que solo era una excusa para acercarnos. Y lo estamos haciendo.
Cortejarte como acostumbro a hacer no es querer cambiarte. Creo que sospechas que quiero moldearte, pero lo único que quiero hacer es aprenderte.
No te cogeré la mano al caminar, pero me gustaría pasear contigo, aunque aparcaré estos temas, como el del cine, para cuando bajes un poco la barrera que me has puesto en las narices para que no entre más allá de donde estoy… y sospecho que ni siquiera me has dejado pasar al rellano.
No pasa nada. No soy un baboso ni un gilipollas.
Esperaré a que me escribas tú, pero hazlo si me echas de menos. Sí, he dicho «si me echas de menos», porque los fines de semana, cuando no te veo, a mí me falta algo y me gusta pensar que a ti te pasa una cosa similar.
Descansa.

Y entonces Marieta respondió con un sencillo corazón rojo y un «gracias» que me supieron a miel y a la vez me hicieron sentir un imbécil. Eso de «menos es más» no solo se aplica a la moda, también a las respuestas emocionales de una mujer con una capa de hielo alrededor, una de esas que ha creído que el romanticismo son solo cuentos de princesa que no la representan. Un emoticono y un gracias suyo era suficiente…, y eso me hacía sentir un perrito faldero.

Supongo que debía haberme quedado ahí, con aquella conversación honesta y aclaratoria, pero es verdad que tengo cierto complejo de caballero andante y quise hacerla sonreír. Así que, al levantarme el domingo, entré en la aplicación del banco, estudié mi saldo y, después de comprobar qué presupuesto tenía para ello, entré en un servicio móvil de envíos a domicilio y en comentarios les pedí que adjuntaran una nota.

El servicio de seguimiento de la app en la que hice el pedido me permitió saber que Marieta recibió mi regalo a las doce y treinta y seis minutos. Una bolsa de nachos, un bote de salsa de queso de esa que le gustaba a ella y otra de algo parecido a pico de gallo, además de una bolsa de pan de perrito, unas salchichas, una botella de dos litros de su refresco preferido, una vela y unos chocolates en forma de bolita que le encantaban y que le había visto comer en Likeit.

La nota decía:

> Quizá no puedo responder con la misma naturalidad cuando me preguntas cosas sobre mí, pero te escucho cuando me las cuentas tú. Siempre te escucho.
>
> Vale que no quieras ir al cine conmigo, pero tienes que ver *La crónica francesa*, porque sé que te va a encantar.
>
> Disfruta de tu tarde de películas, de tu tiempo y de ti.

A las seis de la tarde me mandó una foto de una pantalla de proyector donde estaba viendo la película que le recomendé. Se adivinaban, frente a ella, los nachos con más salsa de queso que nadie comió jamás. Como texto solo un «no eres como pareces» que sonaba sospechosamente a «estoy subiendo la barrera, pero ándate con ojo con lo que haces aquí dentro».

35
Cuidados

Algo tenía Like¡t de lugar encantado. Se trataba de un sitio hechizado que podía ser moldeado con tus manos. Ofrecía la materia prima para que tú construyeras tu puesto de trabajo, un núcleo de amigos, un lugar sagrado, un refugio de ensueño. No pude evitar recordar sus enredaderas de verdes intensos, la luz en cascada invadiéndolo todo con los tintes de cada estación, los bonitos colores, la madera, la cantina y la sala de descanso... sentado en la sala de reclutamiento de una gran empresa de servicios de consultoría financiera. Mi primera entrevista de trabajo desde Like¡t; un trabajo con un sueldo que se correspondía a mi experiencia laboral y a los puestos que había ostentado con anterioridad, pero también con un estrecho corsé llamado horario laboral, normas corporativas y oficinas feas como el escaparate de una ortopedia. Me estaba entrevistando una chica simpática, o puede que solo correcta, con ese aire de frialdad y distancia del que nos terminamos intoxicando todos los que trabajamos en empresas así. Eché de menos a Selene, que tenía humor y mano dura, que sabía reñirte y luego hacerte un chiste, supervisora de Recursos Humanos sin igual. Al recorrer el pasillo junto al *staff* de camino a la salida, eché de menos a Tote y su libertad para gritar a los cuatro vientos que cada uno se ponía lo que quería. Allí, en aquel mar de trajes azules y grises, una parte de mí se sentía entre iguales y otra, desconocida hasta ahora, aburrido, poco motivado y un poco resentido. ¿Resentido exactamente hacia qué o quién? No lo sé. Solo sé que cuando llegué a Like¡t a media mañana, donde había pedido unas horas libres «por cuestiones personales», dejé mis cosas, me asomé al despacho de la jefa y le dije:

—Tamagotchi, a la sala de descanso.

—No estoy cansada —respondió sin levantar la vista del ordenador, como si tuviera cuatro años y empezara a ser rebelde.

—No me has entendido: a la sala de descanso.

Llegamos por turnos, ella con expresión preocupada; creo que había sumado mi prisa por verla a solas y mi ausencia, y el cálculo le había dado un «Alejo se va». No se equivocaba, la entrevista había ido muy bien, pero sería un proceso de reclutamiento largo, con muchas más entrevistas por el camino, y... yo solo quería besarla.

Agarré su cara con las dos manos en cuanto entró. Sobre nuestras cabezas, un cielo nocturno artificial lleno de estrellas representadas con luces led. La besé contra la puerta, sin pasión, sin ganas de revolcarme sobre la cama, de estar dentro de su cuerpo, de acariciarla y humedecerme las yemas de los dedos de ella, de que me acariciara el pelo mientras la lamía. Yo solo quería besarla, apretar mis labios a los suyos, sentir el calor que emanaba su cuerpo y sentirla cerca. Había recordado la soledad del individualismo de puestos como al que aspiraba y la había añorado demasiado.

—¿Qué te pasa? ¿Te han dado un puesto de director de cosas importantes y te vas con un beso y una flor? —me preguntó sonriendo cuando separamos nuestras bocas.

—No es hielo lo que te rodea, no es que te pincharas con una rueca y decidieras odiar el amor, es desinterés. No te interesa en absoluto, ahora lo entiendo, pero porque no sabes de él más que lo que otros te han contado.

—¿Y va a ser tu versión la que me despierte del hechizo?

—Qué va. Va a ser la tuya. Solo quiero que me dejes entrar.

Like¡t era un castillo encantado, una suerte de casa donde cada habitación te dotaba de un poder diferente, donde la palabra «raro» no existía y si existía no tenía significado, como las palabras que nunca se inventaron. Like¡t era un castillo encantado y Marieta la bruja buena del cuento.

Lanzó los brazos alrededor de mi cuello, sonriente, y me acarició el nacimiento del pelo. Un gesto de cariño, cálido, al que no me tenía acostumbrado. Desde la almenara de su fortaleza habían dejado de disparar flechas.

—Algún día —dijo— vas a tener que explicarme el porqué de esta fijación por volverme creyente.

—No es una labor evangelizadora.

—¿Entonces?

—No creas en el amor si no quieres, pero cree en mí.

Era la primera vez que nos besábamos allí, en aquella atalaya hechizada, y lo sentimos prohibido y supimos que no volveríamos a hacerlo, pero también entendimos que hay palabras que tienen una fecha de nacimiento marcada por la necesidad.

Cuando me acosté el jueves estaba agotado y no por motivos placenteros. La noche anterior Marieta y yo no habíamos quedado y mis hermanos aprovecharon cuando me vieron entrar para pedirme ayuda para «unas cosas de la casa». «Unas cosas de la casa» fue su manera de decir: «Baja con nosotros al garaje y ayúdanos a traer y montar los escritorios nuevos que hemos comprado en Ikea». Además, había sido una de esas semanas de trabajo exigentes que había incluido mucho soporte a dirección con temas de internacional, como llamaban a todo lo que venía de la empresa matriz, y mi no confesada entrevista de trabajo.

Me sentía como un hombre infiel que hace malabares con una doble vida.

Después de la aventura de montar muebles con mis hermanos, ejercicio que pondría en juego la paciencia del mismísimo dalái lama, llamó mi madre, como todas las semanas, para tener su dosis de «fe de vida» de sus hijos (la pobre, con las ganas que tenía de tener una niña y le salimos tres cabestros) y propuso una comida familiar, pero le pedí que, por favor, la retrasara a la siguiente semana.

—El trabajo me tiene hecho polvo, mamá —le respondí frotándome las sienes con una mano—. La semana que viene me programo y comemos todos juntos cuando quieras. Pero no se lo digas a papá, invéntate otra cosa, porque si sabe que te he pedido que la retrasemos dirá eso que me dice siempre de las bragas.

—A quien no está acostumbrado a bragas las costuras le hacen llagas.

—Exacto. Y no es eso. Es que llevo toda la semana durmiendo poco y me quiero desquitar.

Puede (puede) que tuviera también algo que ver con que el siguiente fin de semana coincidiera con los días en los que Marieta iba a irse a Londres con su madre. Cuántas cosas no me quería admitir aún...

Mis amigos habían comentado la posibilidad de salir a cenar y lo que surgiera, pero les dije que tenía que trabajar y lo comprendieron.

—Claro, tío; cuando se empieza en un curro uno ya sabe que le va a tocar dar el callo.

A cada uno una mentira a medida. Me daba escalofríos pensar que, si fuera un tío con malas intenciones, tengo el tipo de personalidad de la que Netflix acabaría haciendo una serie. ¿Qué era eso de mentir tanto? Vergüenza de decir la verdad, de ser quien era, de desligarme de lo socialmente convenido y no haber roto aún con el compromiso de lo que mi padre entendía como «vida ejemplar». Joder, me agobio de pensar en lo mucho que tuve que aprender durante esos meses.

Pero centrémonos: creo que aquel fin de semana hubiera rechazado cualquier plan, aunque fuera el mejor que puedas imaginar. Cuando abrí los ojos y apagué el despertador aquel viernes, solo quería terminar la jornada, que Marieta me invitara a su casa y convencerla para quedarme a dormir a su lado. Me notaba esperanzado, sentía que íbamos dando zancadas, que ahora el camino empezaba a estar despejado. Solo me haría cambiar de idea una llamada de Fran, que había estado cabizbajo toda la semana, recomponiendo, creo, los últimos pedazos de la esperanza que había guardado cristalizada en su interior. Qué injusto y qué paradójico que él fuera despidiéndose de algo a la vez que yo le abría los brazos a otra cosa.

Pero un fin de semana con Marieta... joder. Eso era el mejor reconstituyente que se me podía ocurrir, porque quien dice pasar la noche del viernes con ella dice alargarlo hasta buena parte del sábado...

Al llegar a la oficina entré y fui directo a mi mesa, como siempre, saludando con una sonrisa aquí y allá a los compañeros con los que me iba encontrando. El día había amanecido nublado y muy gris, con lo que el interior del edificio se sumía en unas sombras que convertían el espacio en un pedazo de niebla que había caído del cielo. Con un poquito de mi primer sueldo, me había permitido el capricho de pasar por Zara y comprar un par de conjuntos para ir a trabajar que estuvieran a caballo entre su concepto de la comodidad y el mío. Aquel día estrenaba unos pantalones negros de pinzas con un corte bastante moderno y un polo también negro, *oversize*, que metí por dentro. No quiero ser creído, pero me encontré muy favorecido.

Cuando adiviné la cabellera roja de Marieta entrando fue como intentar perseguir la estela de una estrella fugaz: pasó por mi lado como una exhalación y por la cara que traía hubo poca gente en la oficina que no notara que no estaba de muy buen humor. Estaba un poco como el cielo... mayormente nublado.

Como todas las mañanas, me acerqué a su despacho para seguir con el ritual diario, pero lo hice con cuidado, a pesar de tener ganas de que se fijara en que ya tenía mi tablet y que por fin le había hecho caso.

—Cierra la puerta, por favor —me pidió cerrando los ojos, como si estuviera soportando una terrible migraña. Tenía los ojos un poco hinchados como si, en efecto, la tuviera.

—¿Te encuentras bien?

—Sí. Bueno, no, pero la medicación debe de estar a punto de hacer efecto. Dime que tengo el día ligero y que puedo dedicarlo a retomar cosas, por favor.

Miré la agenda de Marieta en la tablet que Ángela me había entregado y tenía la jornada llena de reuniones internas. Tenía pensado decirle que desayunase bien, porque le esperaba un día duro, pero... no pude. Me partió la patata ennegrecida que tenía por corazón.

—Despejado, jefa —musité.

Luego me ocuparía de aplazarlas, aunque ya podía escuchar a todo el mundo quejándose porque aquello atrasaba sus programas de trabajo.

—Gracias al cosmos —bufó—. Alejo, no me traigas hoy café. Tengo náuseas.

—¿De verdad te encuentras bien?

—Ya te he dicho que no. —Hizo una mueca que quiso ser una sonrisa—. Dame solo un rato y volveré a ser persona.

Salí del despacho y con la tablet bajo el brazo fui a la cantina a buscar qué podría irle bien para las náuseas. Mientras tanto, iba cancelando reunión a reunión y mandando respuestas a los responsables de cada equipo de trabajo para reagendarlas. Si algo había aprendido en Like¡t era a ser un hombre capaz de hacer dos cosas a la vez.

Llamé a su despacho de nuevo unos diez minutos después, entré y cerré la puerta a mi espalda. Dejé sobre la mesa una infusión con una rodaja de limón y un mollete de pan tostado con aceite y sal.

—Esto a lo mejor te asienta el estómago.

—Gracias, Alejo. Ahora mismo no tengo hambre, pero luego me lo comeré.

—Asegúrate de que la barra de energía no se consume del todo, que se me muere el Tamagotchi.

Sonrió cogiendo ya la taza humeante y haciendo una especie de brindis en el aire.

—Que aproveche —dije como despedida.

—Alejo, espera.

Me volví y metí las manos en los bolsillos a la espera de que, no sé, me pidiera que le consiguiera algo, que llevase equis mensaje a algún departamento, que llamase a algún sitio para cancelar una cita… no sé, lo normal. A pesar del beso en la sala de descanso, las bromitas y las tarjetitas de deseos, que ya empezaban a estar en desuso, dentro de la oficina nos comportábamos como jefa y asistente, como dos adultos funcionales con capacidad de dividir su vida en espacios estancos y que unas cosas no tropezaran con otras. De ahí, la sorpresa.

—Este fin de semana es mejor que hagas tus planes. —Suspiró—. Me ha bajado la regla esta mañana y, como ves, estoy hecha un moco. No es que sea de las que tiene prejuicios con el sexo durante la menstruación, es solo que tengo reglas muy dolorosas, me dan una especie de cólicos, y ya ves. —Se señaló—. Basura humana.

—Pero…

—Ya sé que hay estudios que apuntan a que el sexo ayuda a disminuir los dolores, pero no me siento capaz. Lo siento, Alejo; haz tus planes.

Me quedé mucho más noqueado de lo que esperaba; no pensaba que me fuera a sentar tan mal escucharla decir aquello, pero porque nunca creí que lo diría. Creo que ni siquiera entendía por qué me sentía tan ofendido.

Debió de cambiarme el rictus, porque se apresuró a preguntar:

—¿Qué? ¿Qué pasa?

—Nada.

—Nada no, Alejo. Mira la cara que pones. Creo que esa expresión ni siquiera te la conocía. —Me señaló.

—No pasa nada —dije cogiendo aire—. ¿Puedo ayudarte en algo más?

Le quedó claro que, fuera lo que fuese lo que me pasaba, no estaba dispuesto a hablarlo en aquel momento; en primer lugar, porque tenía que entenderlo. Y vaya si me costó masticarlo y digerirlo…

Hacia las dos de la tarde, ya tenía una idea bastante formada de por qué me sentía tan mal y aún tuve una hora por delante para calentarme más, a fuego lento, pero no quería irrumpir en su despacho con reclamos y despechos y terminar siendo la viva imagen de un cliché de telenovela.

El ambiente festivo de la hora de la salida de los viernes me resultó completamente ajeno. Tardé un siglo en recoger mis cosas y apagar el ordenador, tratando de coincidir con Marieta. Tuve la suerte de que ella tardó un poco y todos los demás se fueron muy rápido. Cuando me vio al salir de su despacho tan solo levantó las cejas.

—No puedo decir que me sorprenda que estés esperándome.

—¿Podemos hablar?

—Claro. Dime.

—Aquí dentro no —exigí—. Vamos a tu coche.

Pensé que iba a decirme que podía vernos alguien, pero solo asintió y, con el soniquete de las llaves bailando en sus manos, fuimos hacia el aparcamiento, que encontramos completamente vacío.

Se sentó frente al volante, cogió aire y se volvió hacia mí.

—¿Qué es lo que te ha sentado mal?

¿Sabes lo que pasa cuando agitas una lata de refresco e inmediatamente después la abres? Pues justamente así reaccioné yo.

—¿Que qué me ha sentado mal? ¿En qué mundo vives? Como tienes la regla, yo tengo que hacer mis planes y no molestarte, ¿no?

—No lo he dicho así ni con ese sentido.

—Me estoy cansando de que me trates como un *toyboy*, Marieta. Me siento usado.

—¿Usado? ¿Cómo que usado?

—¿Qué soy? ¿Un dildo con piernas? ¿Un chapero al que le incluyes el precio de sus servicios en el sueldo?

—No digas eso, joder. —Agachó la cabeza.

—¿Cómo quieres que me lo tome?

—Entiendo que planteado de esa manera puede sonar fatal, pero no era por eso.

—¿Entonces? —Crucé los brazos sobre el pecho.

—Estás guapísimo con eso que llevas puesto, por cierto. —Cerró los ojos, suspiró y empezó a explicarse—: Hoy me ha bajado la regla y me encuentro fatal; tengo ciertos desarreglos hormonales y unos cólicos tremendos, te lo dije antes. No es que no quiera que me molestes, es que dudo mucho que tu idea de una noche de fin de semana ideal sea estar junto a… tu amante… haciendo de bolsa de agua caliente humana. Solo te he liberado de… mí.

Me pasé la lengua por dentro de la mejilla. De pequeño lo hacía constantemente, y, aunque mi madre consiguió quitarme la manía, aún quedaba un remanente que saltaba de vez en cuando.

—Pues no ha sonado así —me quejé.

—Solo lo dije por eso. Siento que te hayas sentido usado, pero no tiene que ver con que solo quiera verte cuando tenemos sexo. Te veo todos los días ahí dentro —señaló el edificio—, y ahí no fornicamos.

—Porque aún nos queda decencia.

—Y porque a mí ya empieza a dolerme —se disculpó—. No sé a ti.

—La tengo en carne viva —admití.

—Bien. —Encogió los hombros en un gesto que creo que le había contagiado Fran—. Pues por eso. ¿Aclarado?

—Aclarado. Pero la cara de rancio me va a durar un rato, hasta que la explicación se asiente.

—Eres más raro… —Suspiró—. ¿Quieres que te lleve a casa?

—No —negué—. No voy a hacer que te metas en el centro un viernes a estas horas.

—Una vez subida al coche me da igual.

—Cuanto antes llegues a casa, antes descansas.

—Gracias.

—¿Te encuentras mejor?

—Sí. —Dijo «sí», pero sonó como «no quiero ser pesada y volver a decirte que me encuentro de culo»—. Está todo aclarado, ¿verdad?

Asentí.

—¿Por qué siento que no? —insistió.

Pues porque aún me quedaban dudas. Yo quería la tarde de maldito cine, paseo y cena. Yo quería los planes normales de dos personas que están conociéndose.

—No hay ningún problema.

—Sí lo hay. —Tiró de mi manga—. Dímelo.

—Es la cara de rancio, que persiste un rato, ya te lo he dicho.

—No, no es eso. Te he visto el culo muchas veces, ya debería haber confianza.

—La confianza no tiene nada que ver con verle el culo a alguien, Marieta.

Se quedó con mi manga entre los dedos, como congelada.

—¿No tenemos confianza?

—No lo sé. Si no quieres pasar tiempo conmigo porque no podemos hacer… follar.

—¿Ibas a decir hacer el amor? —Levantó las cejas, bromeando, ufana.

—¿Me estás escuchando? O, mejor dicho, ¿haces el esfuerzo de tratar de entenderme cuando hablo?

—Claro que sí, Alejo. —Suspiró.

—¿Entonces?

—Es que…

Ella sujetaba mi manga; mi mano caía sobre el cambio de marchas, entre los dos, pero no hubo caricias.

—No tengo por qué saberlo todo, Alejo. Tienes que darme un margen de error. Yo también te lo doy a ti. Hagamos preguntas en lugar de molestarnos. Solo pido eso.

Bueno…, aquello sonaba ¿bien? No sé. Recuerda que yo me conformaba con poco.

—¿Quieres pasar un poco de tiempo…? Ya sabes. Haciendo cosas normales. ¿Te apetece?

—Según… —respondió, como si fuera lo más obvio del mundo.

—Según ¿qué? ¿Qué ofreces?

—Espero que no estés pensando en que como tengo la regla y no quiero follar te la voy a chupar.

Me entró la risa.

—Solo quiero descansar y un plan tranquilo —confesé—. Ha sido una semana dura y… me apetece que durmamos la siesta, veamos pelis que no entendamos y que pidamos comida a domicilio.

—Eso es muy poco sostenible.

—Pues que cocinemos.

—Tengo la nevera vacía.

—Pues iremos a comprar.

—¿Quieres venir al supermercado conmigo? —se horrorizó.

—Probablemente cuando tenga hambre, sí. Será la alternativa más tentadora si no quieres pedir comida.

Me miró insegura, midiendo.

—No sé, Alejo. No es que no me apetezca, es que…

Esta vez fui yo quien tiré de su manga.

—Mis amigos son un coñazo. No quiero estar con mis hermanos viendo la tele. Me apetece estar tumbados en la cama. Que se nos da muy bien follar, pero soy mortal, necesito parar también.

—¿Soy la alternativa menos coñazo para tu fin de semana? —Sonrió con ironía.

—Sí. Y, además, la primera en la que he pensado, fíjate.

Suspiró y se volvió a mirarme de reojo. No lo tenía claro y no entendía por qué, pero sospeché que nos estaba pasando lo mismo… a la inversa. Yo me estaba encariñando demasiado con ella, empezaba a construirse cierta rutina agradable a su alrededor, su nombre me ponía de buen humor y no me importaba ir descubriendo qué pasaba si hacíamos más planes. Ella, sin embargo, temía que aquello se formalizara, que yo me enganchara, que pasara de ser «nos vemos cuando nos apetece y, si nos apetece todos los días, pues adelante» a «nos vemos todos los días nos apetezca o no». Huía de que lo nuestro dejase de ser lo que era… pero ¿qué era?

—Hagamos una cosa —le propuse—. Me voy a mi casa y tú te vas a la tuya.

—Pero no te cabrees… —pidió—. Estoy sensible con la regla y no me apetece tener que preocuparme de si estás enfadado conmigo.

—Que no, espera. Mañana, si te apetece, voy a tu casa. Pero tendrás que proponérmelo tú, porque no pienso volver a presentarme sin ser invitado. Así mejor, ¿verdad?

—Verdad.

—Hale. Descansa.

Le di un beso en los labios para despedirme y bajé del coche.

Esperé allí de pie hasta que desapareció calle abajo, paseando sobre la lengua el sabor agridulce de aquella conversación. Había sido adulta, había sido civilizada, pero empezaba a mostrar diferencias en nuestras posturas. ¿Debía comenzar a protegerme? Quizá sí. Me había visto atrapado en mi propio juego de seducción y, como bien predijo Ángela, yo tenía muchísimas más papeletas para ganar el bingo de salir escaldado.

Pasé la tarde peleándome conmigo mismo, con la cabeza convertida en una tormenta de arena, como la canción de Dorian. A mi alrededor, girando a toda velocidad, mi necesidad de un puesto de trabajo con complicado y rimbombante título anglosajón que no pudiera traducirse en «secretario», la entrevista de trabajo a la que había dicho que no, la que había salido bien, mis padres, mi padre, el piso de mis abuelos, Marieta y dónde me estaba metiendo.

Acababa de salir de una relación de varios años.

Acababa de romper con lo que yo creía que era mi vida.

Acababa de descubrir cosas de mí que no me gustaban.

¿Era el mejor momento para meterse en aquello? ¿Por qué me agobiaba de pronto? Yo era un tío de parejas. A mí me gustaban los planes, la vida ordenada, cumplir expectativas. Pero Marieta no era así, Marieta me gustaba muchísimo, me podría enamorar de Marieta y Marieta de mí, estaba seguro, pero no entendía por qué necesitaba con tanta fuerza que lo hiciera. Me dio miedo estar jugando con ella. Me dio miedo estar usándola para reafirmarme. Me dio miedo no ser lo suficientemente adulto para aquello. Me dio miedo ser yo.

En pleno huracán de pensamientos intrusivos, cuando ya había decidido que ni siquiera quería cenar nada, que me metería en la cama a intentar concentrarme en un libro que mamá me había dejado hacía siglo y medio, el móvil emitió un sonidito y recibí uno de esos mensajes que desequilibran la balanza y la inclinan hacia un lado. Era ella, claro. Era ella abriendo las puertas, bajando las barreras, cambiando los cocodrilos del foso por animalitos más amables.

Marieta
¿Me traes mañana Maltesers?

A pesar del miedo, a pesar de las dudas, a pesar de la ansiedad, el desconcierto y el egoísmo, contesté al momento.

Alejo
¿Cuántas toneladas quieres?

Marieta
Quiero todos los que haya en la Comunidad de Madrid.

No iba a llevárselos todos, pero… ¿cuántas bolsitas crees que le llevé? Todas las que encontré en dos supermercados, tres bazares y una gasolinera. En total treinta y tres. Me gasté una puta pasta en bolitas de chocolate con leche.

Enamorarse da miedo y eso no tiene nada que ver con los amores tóxicos. Enamorarse da miedo porque te pone frente a un espejo que aumenta tus faltas y tus inseguridades, que refleja los abandonos, las heridas y las cicatrices mal curadas. A veces pensamos que el tiempo es suficiente, que las canciones limpian y suturan, y que, cuando dejan de doler, ya está. En ocasiones creemos que el amor nos cambiará y limará nuestras asperezas, nuestras espinas, que le dará sentido a las cosas que no sabemos.

Enamorarse es una mezcla de miedo y esperanza desmedida que te convierte en un ser de emociones cambiantes, con miedos, dudas e ilusiones, capaz de cargar treinta y tres bolsas de chocolate junto a un montón de preguntas sin respuestas.

Querer es un impulso. Hacerlo bien, una decisión. Y ahí estábamos ambos... ella cediendo al impulso y yo sin saber si tomaría la decisión. Pero ¿para qué está la cabeza si no es para perderla?

Te lo cuento rápido.

Fui a su casa el sábado a mediodía y, además de Maltesers, llevé pollo asado y patatitas panaderas. Comimos en su cocina y cargamos juntos el lavavajillas mientras hablábamos de nuestras canciones favoritas. Nos acomodamos en el sofá, preparó el proyector y vimos una película de miedo que no nos dio ni un susto mientras ella sujetaba en su bajo vientre una de esas bolsas llenas de arena que puedes calentar en el microondas. Me levanté al menos cuatro veces a recalentarla *motu proprio*, a pesar de que Marieta parecía no estar acostumbrada a que cuidaran de esa manera de ella... o justamente por eso.

Después echamos una pequeña siesta acurrucados en el sofá, al despertar preparamos café con leche, comimos chocolate y jugamos a encadenar palabras. No hicimos el amor, pero le di placer masajeándole las piernas sin darle importancia, sacándole nuevos temas de conversación, contándole cosas de mí que, de pronto, entendí que le interesarían mucho más que mis vacaciones en Maldivas o estudios bilingües. Cosas como que me encantaban los programas de compraventa de casas, que seguía en Instagram un par de cuentas de influencers masculinos de moda y que sabía tejer bufandas con punto inglés porque me enseñó mi abuela materna, pero que dejé de hacerlo hacía muchísimos años porque escuché a mis padres discutir sobre ello: a papá le parecía impropio de un chico como yo, aunque creo que quería decir «de un chico» a secas. Quizá los prejuicios que cargamos no son herencia, sino la respuesta de querer ser suficientemente buenos a ojos de aquellos a quienes admiramos de pequeños.

Le acaricié el pelo, le preparé un sándwich en su cocina y rebusqué en su botiquín en busca de un antiinflamatorio que le calmase el dolor, para después llevarla a la cama cuando se quedó dormida.

—Quédate —me dijo.

Y no sé si fue en sueños o conscientemente, pero yo me quedé.

Me despertó de madrugada muy avergonzada para decirme que había sangrado mucho y tenía que cambiar las sábanas. No me permitió ayudarla a quitar las que estaban puestas y sustituirlas por unas limpias, pero mientras tanto le preparé una infusión caliente y se la llevé al dormitorio. Nos desvelamos y estuvimos hablando hasta que clareó la mañana y volvimos a dormirnos después de desayunar.

Ninguna de aquellas cosas había pasado con anterioridad, todo era nuevo y, sin embargo, encajaba como esas prendas que a fuerza de años y usos ya tienen hasta tu forma gravada en sus costuras. Si alguien me hubiera dicho que invertiría un fin de semana en cuidar a una chica de esa manera, habría pensado que sí, pero que a punta de pistola. Que sí, pero bajo coacción. Que sí, pero a regañadientes. Que sí, pero a mi mujer, después de muchos años de relación y pensando que «era lo que tocaba». Fíjate. No se puede escupir hacia arriba. Lo hice porque quise y a gusto. Hay un «yo» mejor que solo aflora con la persona adecuada.

En total nos cayeron encima una noche, una madrugada, una mañana y otro atardecer, y, cuando el domingo amenazaba con terminar, bajé a la farmacia a por antiinflamatorios, subí de nuevo y anuncié que no pensaba irme aún, quitándome la chaqueta y colgándola del perchero de la entrada, como quien conquista una cima y clava su bandera. Y los dos, muertos de risa por ese alarde de confianza recién tomada, por haber convertido un territorio yermo en lo que ahora nos unía, no lo dijimos, pero pensamos: «¿Y por qué va a ser esto un lío?», y nos lo creímos. ¿O lo creí solamente yo? En el fondo de mi cerebro seguía cosquilleando la idea de que yo iba lanzado y ella con el freno de mano.

Mi madre me contó una tarde que cuando se enamoró de mi padre sintió que, por primera vez, las canciones tenían sentido. Ella lo supo, y ya está. Que podía estar quieta, que podía moverse, que respiraba y se ahogaba, pero que siempre querría estar con mi padre.

Dándole vueltas a esa idea y a lo decepcionado que había estado con la idea de amor que me habían vendido, aquella noche deduje que me estaba enamorando de Marieta, pero no me quitó el sueño… y no entiendo por qué.

36
Niebla y humos

A veces alguien te toca y la piel lo sabe. La piel sabe muchas más cosas de las que el cerebro nos permite razonar. La piel, el órgano más grande de nuestro cuerpo, nos cuenta secretos en un idioma difícil de traducir, pero que usaba el alivio como forma de comunicación cuando tocaba a Marieta. Cuando abrazaba a Marieta. Cuando el calor de su cuerpo vivo traspasaba su piel, su ropa, la distancia, el frío y las reservas para pegarse a la mía. La piel me decía que era importante entender aquello, pero no tenía ni idea de a qué se refería. Tenía la sensación de estar llegando tarde, de no entender un idioma, de presentarme en una fiesta sin haber sido invitado… y disfrazado. Cierta incomodidad sustituía al alivio cuando ella se alejaba y ya no estaba entre mis brazos. Y a esa incomodidad la llamaré duda.

El lunes Marieta ocupó su mesa y yo ocupé la mía como si no hubiéramos llegado en el mismo coche, como si no hubiéramos dormido en la misma cama, despertado juntos, tomado café y salido de su casa hacia el trabajo como si fuese lo más normal del mundo. Me asustó pensar que podría acostumbrarme a aquello.

Fueron llegando más compañeros y llenaron la sala de trabajo como si alguien muy grande jugara con ellos al tres en raya.

Y, como todas las mañanas, se inició el baile, la otra rutina, la que no tenía nada que ver con el Alejo y la Marieta que habían tomado café juntos, aún somnolientos, aquella mañana. Con el Alejo que llevaba la misma ropa que el sábado y al que no le importaba.

El amor nos vuelve marranos.

Reuniones, preparar otras reuniones, coordinar equipos, un taller para sacar ideas para la campaña de San Valentín, que se les echaba encima (sí, ya sé que aún no era noviembre, pero estas cosas se trabajan siempre con mucha antelación)…, fue uno de esos días en los que tuve que ocuparme de recordarle que tenía que beber, que tenía que comer y que también meaba.

A las seis, cuando todo el mundo empezó a recoger sus cosas para marcharse, llamé educadamente a la puerta, como siempre.

—Vas a dejar la forma de tus nudillos en el cristal —bromeó.

—Voy a poner un sistema de campanas y poleas que te avisen de mi presencia —le respondí con una sonrisa—. ¿Necesitas algo más?

—No, puedes marcharte.

—Tienes ahora la reunión con Los Ángeles, ¿quieres que me quede?

—Es con San Francisco, pero tengo asumido que tú y los nombres propios, sean de personas o de ciudades, no encajáis a la primera.

—¿Me quedo o no?

—No hace falta. Está convocado también Fran.

—Estupendo.

Me acerqué a la nevera, saqué una Coca-Cola Zero y la dejé sobre la mesa, frente a ella.

—Uy, ¿un premio?

Casi siempre la reñía si encontraba muchas latas en su papelera, porque tenía que beber agua o los riñones se le quedarían como dos uvas pasas. Había pasado de temer que se me muriera el Tamagotchi y me dejase sin trabajo a querer cuidar de ella. Maquiavelo debía estar tremendamente decepcionado conmigo.

—Te has bebido tres botellines de medio litro, así que doy por cumplida mi parte de responsabilidad para que el Tamagotchi no muera. Creo que trabajar para ti me ha acercado a mi animal espiritual: una abuela que te hace táperes de croquetas.

—Eres lo peor —se burló.

—Descansa.

Nos despedimos con un gesto y me fui con algunos de mis compañeros hacia la estación del tren, no sin antes acercarme a Fran y darle un besito en la frente.

—Que Dios te bendiga, hombre con pinta de jugador de rugby y corazón de algodón de azúcar.

—Estás más raro... —gruñó mientras arrastraba una silla hacia el despacho de Marieta.

Caminé junto a mis compis siguiendo a medias la conversación, nadando entre mis cosas, mis ideas, mis historias. Ni siquiera había llegado a la estación del tren de cercanías cuando le mandé un mensaje, porque a mí la ansiedad me convierte en un sujeto actuante.

Alejo

Que vaya bien la reunión y que descanses.
Noté que anoche dabas muchas vueltas en la cama.
Hoy puedes estirarte todo lo que quieras; ya no estaré allí «molestando».
(Aunque sé que en realidad estás loca por mí).

Siendo sincero te diré que... me apetecía volver a dormir con ella, volver a abrazarla y que los pedazos de piel que su pequeño camisón no cubrían se fundieran conmigo, pero por otra parte estaba convencido de que no debía.

Después de discutir con mis hermanos porque en esa casa no fregaba nadie si no era la persona que mis padres mandaban para limpiar, me tumbé en mi habitación harto de tener conversaciones de ese tipo con tíos que estaban en edad de no fregar durante días. La nota discordante en aquel piso no era el altar de latas de cerveza, el centenar de libros por todas partes, de la biblioteca, de la librería de enfrente de la facultad, préstamos de mamá o la raquítica nevera en la que desaparecían rápidamente las cosas ricas y se abandonaban las verduras que requerían cocinado… en aquel piso, el que sobraba era yo, que ya no tenía edad para estas cosas.

Mi madre me llamó al móvil después de que los tres dejáramos que el fijo sonase, empecinados en que fuera otro quien contestase. Y, como siempre, si los demás no respondían, era el primogénito quien debía hacerse cargo.

—¿No estáis en casa?

—Estamos en casa, mamá, pero nos pillas en plena guerra fría. No hacen ni el huevo. Ni contestar el fijo.

—Son jóvenes.

—Ya lo sé.

Me volví a tumbar en la cama y miré el techo.

—¿Venís el sábado a comer?

—Eh… sí, sí. Iremos.

—Se lo diré a tus hermanos por wasap para que no tengas que hacer de mensajero.

Sonreí.

—Te lo agradezco. Ahora mismo quiero que los devoren los cientos de cucarachas que va a criar la mierda que dejan por todas partes.

—¿Mucho trabajo? Te noto estresado.

—No. —Me apreté el lagrimal con los dedos—. Estoy cansado.

Hubo un silencio y supe que mi madre se preparaba para hablar de mi padre.

—Papá parece contento —susurró.

—¿Con qué?

—Contigo. Dice que parece que ya estás cogiendo carrerilla para llevar buena marcha. Le preocupa un poco el tema de que no lo hayas arreglado con…

—Mamá, me dejó ella. ¿Puedes explicarle que si la persigo por media Europa para que vuelva conmigo es acoso y me pueden detener?

—Bah, hijo, entre tú y yo, si fuera otra, hubieras hecho el viaje hasta en autobús, lo que pasa es que las cosas con ella pues a lo mejor ya no iban bien y no os habíais dado cuenta.

—Te refieres a que yo no me había dado cuenta, ¿no?

—Exacto.

—¿Y qué es lo que le preocupa tanto a papá del tema?

—Pues, ya sabes, su manera de ver la vida. Que ahora te dé por perseguir faldas y te descentres.

Bufé. No lo había hecho ni a los quince, lo iba a hacer a los treinta y dos…

Era esa idea de la vida formal, de lo que se debe hacer, de lo que es el buen camino, que tan a fuego tenía grabada dentro y contra la que, de pronto, no sé si por frustración de no haber logrado o por estar viendo más mundo, me estaba rebelando.

—Mamá, con cariño te lo digo: que papá te conociera a los veinte, te pidiera la mano a los veinticuatro, os casarais un año después y todo fuera bien hasta ahora no significa que sea el camino que todos tengamos que seguir.

—Tú querías ese camino —me pinchó.

—Yo…

Sí. Lo quería. Un nudo en el estómago me confirmó que, por mucha rebeldía que uno experimente, no cambia del día a la noche. Yo quería conocer a una chica, cortejarla, ir dando pasos, arrodillarme un día frente a ella y pedirle la mano en una escena que pudiera contar a nuestros nietos y casarnos, comprarnos una casa, adoptar un perro y tener hijos. Eso era lo que yo quería. Era la vida que había mamado. Era la expectativa que siempre había tenido sobre lo que me esperaba. Todos mis amigos estaban prometidos o recientemente casados. Si quedaba alguno soltero, vestía de ir de cama en cama su necesidad patológica de buscar la tía perfecta que aunara todos los estándares que esas mismas expectativas que yo tenía habían ido engordando en su cabeza. Y no había nadie así en el mundo; no era real. Nos esperaban solamente tres versiones de una misma vida: resignarnos, como lo había hecho yo con mi expareja, y quedarnos con la primera que cuadrara más o menos con lo que queríamos de una mujer; la búsqueda infinita de un ideal que no existía, hasta ser cincuentones que se compran un deportivo e intentan ligar con veinteañeras, o despertar, morder la correa de lo socialmente esperable y correr.

—Lo quiero —le confesé a mi madre—. Pero no como lo tenía todo montado. Quiero lo mismo, pero lo quiero de verdad, no como un escenario. Creo que tenía una vida construida hacia fuera, mamá. Quiero esa vida, pero no porque los demás la vean y admiren lo bien que lo he hecho. Quiero esa vida para llenarla de caos y meter cien mil veces la pata.

—Es un buen punto de partida.

Ambos nos callamos y pude imaginar a mi madre sonriendo.

—¿Qué tal tus alumnos?

—Muy bien, hijo. La gente joven me devuelve la fe en la humanidad.

—Papá siempre dice lo contrario.

—Tu padre es un poco cascarrabias y está convencido de portar la verdad universal en su interior, pero cuando quieres a alguien le quieres hasta en las cosas que más de quicio te sacan. Yo confío en ti, Alejo, y no sé si necesitas escucharlo o si llegaré tarde para decírtelo, pero espero que esta racha sirva para que te centres en lo que quieres. Como tu padre ya hay uno en el mundo y te aseguro que la humanidad no necesita más.

Nunca sabes cuándo vas a tener la conversación que te despierte. Nunca sabes cuándo tu madre va a aprender a decir aquello que necesitas escuchar. Los padres, aunque nos resistamos a creerlo, no son todopoderosos y lo hacen lo mejor que saben y pueden.

Estaba a punto de dejar el libro en la mesita de noche y apagar la luz cuando me entró un mensaje de Marieta.

Marieta

¿Te puedo llamar?

Me extrañó bastante, de modo que contesté enseguida que sí.

La pantalla de mi iPhone se iluminó con una videollamada entrante. Me arreglé el pelo con los dedos como pude, me pasé la mano por la boca y respondí. Menos mal que mi pijama era una sencilla camiseta blanca.

—Hola —saludé.

La sensación de incomodidad se diluyó suavemente cuando la vi, casi como si la abrazase y su piel me cantara nanas. El pelo suelto y larguísimo, muy desordenado, vestida con el camisón y, como fondo, el cabezal de su cama.

—¿Pasa algo? —le pregunté.

—No. Sí. Bueno…, es que…

Me incorporé un poco más. Parecía agobiada.

—Estás preciosa hasta agobiada.

—No me vengas con cortejos —se quejó entre risas—. ¿Nunca te relajas?

—Este guerrero volverá a casa con su escudo o sobre él. ¿Qué pasa, princesa?

—De princesa tengo…

—Oye, Brave también es una princesa Disney.

Eso la hizo sonreír.

—Fran me ha preguntado por nosotros —soltó—. Cuando volvíamos hacia casa y yo intentaba sonsacarle qué le pasaba, le dio la vuelta a la conversación y terminó aplicándome un tercer grado. Eso ha debido aprenderlo de ti, maestro de la manipulación. Mi amigo antes no era tan hábil.

Sonreí. Buen alumno: la táctica de la distracción.

—¿Y qué le has dicho?

—Que no había nada que contar, pero me ha venido con que el asiento del copiloto ya estaba bastante echado para atrás cuando se ha subido, que intuye que llegamos juntos a la oficina, que los dos estuvimos muy desaparecidos el fin de semana… Le puse la excusa de mis cólicos, pero me dijo que era una coartada que solo cubría una de las acusaciones. Te lo resumo, porque me ha tenido un buen rato.

Se echó el pelo hacia un lado y sentenció:

—Por ahora he esquivado la bala, pero deja de abrillantarte la armadura de caballero si está él delante.

—¿No quieres que sepa que te cuido?

Sonreímos los dos. Me vi la cara de tonto en la pantalla y me dio vergüenza.

—Tengo una reputación, Alejo —contestó ufana—. Y, por cierto, no me llames princesa nunca más.

—Hecho, cielo.

—Ni cielo.

—Vale, cariño.

—Dejémoslo en Marieta. —Sonrió.

—Eres dura —le respondí.

—Y tú muy testarudo; no voy a repetirte más veces que nunca seré la princesa del cuento. No voy a prepararte tartas, a llorar frente un anillo ni a casarme en una iglesia con un velo de cinco metros. A mí me contaron otros relatos cuando era pequeña.

—A ti tu madre te hinchó a historias de amor y cuentos de hadas, no me engañes. Lo que pasa es que eres como Obélix: caíste en la marmita y ya no puedes con más.

—Puede ser. —Sonrió—. Pero, si te gusto, te tengo que gustar así.

—Si te gusto, encontraremos un punto medio, donde ninguno de los dos sienta que cede demasiado, ¿no?

—Eso suena a que tendré que ceder yo y lo disfrazarás de otra cosa para colármela. Pero recuerda, manipulador, yo te observo, aprendo y me protejo.

Sé que lo dijo medio en broma, pero yo recogí la parte que no era un chiste y la mastiqué mientras asentía. Qué bonita estaba…

—Me temo que ya es tarde para protegerse. A partir de aquí, si se tuerce, ya saldremos jodidos.

Me miró seria y compartimos un silencio. No sé qué nos daba más miedo, que se torciera o que saliera bien…

37
Un problema menos

Cuanto más me permitía Marieta, más dudas tenía. ¿Era buena idea? ¿Era demasiado pronto? ¿Había sido solo un capricho? ¿Había sido un capricho que se había complicado? ¿Qué haría con las cosas que yo quería frente a Marieta, que sencillamente no creía en ellas? Marieta no creía en lo romántico, pero empezaba a ceder y, si cedía, a mí me parecía menos romántico. Pero, sobre todo, por encima de todas esas preguntas, lo que más me torturaba era el miedo sin nombre a perder la cercanía que íbamos ganando.

El jueves, el día anterior a su viaje a Londres con su madre, estuvo ocupada desde primera hora de la mañana hasta un poco después de la hora de salida y no había preparado la maleta.

Me habría ofrecido a ir a su casa solamente para darle un beso antes de que se fuera, pero me daba vergüenza, me sentía sobreexpuesto y extremadamente vulnerable. Solo quería verla en la intimidad antes de que se fuera. Solo quería abrazarla y olerla, porque era verdad lo que le había dicho unas semanas antes: los fines de semana, cuando no la veía, me faltaba algo. Iba a ser un fin de semana de mierda solo porque me apetecía verla. Y, por mucho que hubiera mejorado mi actitud, seguía llevándome regular con la frustración de no conseguir lo que quería.

Yo quería besarla antes de que se marchase, pero no se lo pedí, lo que no lo convirtió en mentira. Era verdad, pero que algo sea cierto no lo hace manejable.

Para llenar las horas hasta que Marieta volviera, dije que sí al plan que mis amigos (a los que cada día ignoraba un poquito más a propósito) propusieron en el grupo de WhatsApp.

El viernes pedí faltar otro par de horas a la oficina para acudir a la segunda ronda de la entrevista de trabajo. Me habían llamado un par de días antes para decirme que había pasado a la siguiente fase de reclutamiento (así lo dijeron, como si se tratase del ejército), pero no me sorprendió. Sabía que había dado buena impresión y buscaban a alguien con un perfil como el mío. Sobre el papel, el puesto parecía hecho a medida para mí.

La entrevista se alargó un poco, porque se volvió más técnica, y, al salir, tuve de nuevo la certeza de que pasaría a la siguiente ronda, que si no me equivocaba sería una entrevista en inglés y otra con el cabeza del equipo donde querían contratar a alguien.

Al volver a la oficina, a la mía, a Like¡t, la vi más bonita que nunca. Agreste, silvestre, indómita, un vergel. Fue como si, en lugar de estar esperando el invierno, allí dentro hubiera estallado una primavera salvaje; mi oficina era un paisaje tropical. No sabía cómo podía querer cambiar sus suelos preciosos, sus colores suaves, su luz… por una moqueta fea, muebles de chapa y tubos de iluminación fluorescente, pero quería. Lo necesitaba.

El resto del día fue tremendamente tranquilo. No tener a la jefa allí me quitaba el sesenta por ciento de mi trabajo, con lo que aproveché para retomar algunas cosas que tenía a medias y para charlar con Fran. Quería asegurarme de que llevaba bien que Ángela tuviera pareja. Entiende «bien» como «no estoy a las puertas de una depresión profunda porque de pronto me cuesta encontrarle sentido a mi vida».

Lo noté raro, no conseguí sonsacarle nada más que palabras sueltas del tipo «bien, bien, no te preocupes». Se escudó en estar superocupado y me preguntó si nos veríamos aquel fin de semana. Eso me calmó, pero había algo que no terminaba de encajar. No podía ser que el hecho de que me faltase Marieta afectase a mi percepción sobre absolutamente todo, así que me dije que esa sensación nacía de la seguridad de que Fran callaba muchas cosas.

Al terminar le propuse ir a tomarnos unas cervezas aquel mismo día, pero me dijo que tenía que quedarse con Selene un rato más para dejar una cosa lista para el lunes. Me ofrecí a esperarle, pero me dijo que mejor me llamaba él para buscar un hueco en los próximos dos días. Me sentí como alguien a quien le están dando largas, preparándole el *ghosting*, pero lo cierto es que me escribió a las ocho diciéndome que acababa de llegar a casa de jugar un partido de básquet con los amigos, que con esto de la paternidad lo habían adelantado a un ratito después del curro en lugar de las mañanas enteras del sábado. Estaba agotado, decía, pero, si me apetecía hacer algo el día siguiente, era todo mío.

Alejo

Tengo comida familiar y luego me he visto en la obligación de decir que sí a una quedada con mis amigos, pero ¿nos tomamos unas cañas el domingo a mediodía?

Quería asegurarme de tener la tarde noche libre por si Marieta me pedía que fuera a su casa al volver de Londres.

¿Debería mandarle un mensaje y preguntarle qué tal por allí? Empecé a escribirlo, pero la suma de las partes dio como resultado verme en el espejo como un supremo gilipollas. ¿Por qué somos tan hipersensibles a sentirnos vulnerables? El hecho de abrirse a alguien lo suficiente como para que pase a ser alguien importante, una pieza fundamental, pasa irremediablemente por enseñarle nuestros recovecos. Me había quejado tanto de que ella no se dejaba y, ahora, ¿qué me pasaba?

Me acosté en cuanto noté que empezaba a tener sueño y lo hice con la intención de no pensar y seguro de que, cuando despertase, tendría un mensaje de Marieta. Necesitaba que pasaran las horas, surfearlas en un estado de semiinconsciencia para que no se me hicieran bola. Llevo muy mal la espera; nunca fui un hombre con paciencia.

Dormí fatal. Marieta no escribió por la mañana. Lo hubiera hecho yo, pero... ¿si no me había escrito ella no querría decir que le apetecía ir por libre aquel fin de semana?

El sábado amaneció tremendamente nublado. Al abrir los ojos pensé que me había desvelado demasiado pronto, que aún estaba amaneciendo, pero eran más de las diez. El cielo estaba encapotado, las nubes eran densas y oscuras y el aire olía a lluvia. Deseé con todas mis fuerzas que Marieta estuviera allí, en aquella cama de estructura mastodóntica, en aquella habitación llena de simbología cristiana, entre aquellas paredes de un asfixiante color amarillento, porque todo eso habría desaparecido y solo habría nubes, piel y amenaza de lluvia.

En otra situación habría intimidado a mis hermanos para que me dejaran conducir hasta casa de mis padres bajo el «aviso» de que podía afeitarles una ceja mientras dormían, pero esta vez me dejé llevar, pegado a la ventana de la parte de atrás con aire melancólico. Alfonso, que iba al volante, me miró por el retrovisor central y le dijo a Manuel:

—Ponle una canción a ver si se anima.

Me puso «Qué triste es el primer adiós», de la Onda Vaselina, y le pegué un puñetazo en el hombro que, no obstante, no lo acobardó. Escuchamos la canción hasta el final y, lo peor, me sentí identificado y triste.

Mamá había llenado la casa de flores frescas, emocionada con la comida familiar; hacía demasiado tiempo que no nos juntábamos todos a disfrutar de un día como aquel. ¿Puede que porque mi padre estaba enfadado conmigo como un mono? Puede.

Todo el chalet de La Moraleja olía a primavera, a pesar de haber hundido los pies hasta las rodillas en el lodazal del otoño que amenazaba con convertirse en invierno. Como aún no hacía un frío excesivo, mi madre preparó un aperitivo en la terraza trasera que podía, no obstante, cerrarse con una amplia cristalera, por si al final el cielo rompía a llover. El cielo seguía gris, espeso y pesado; parecía que el horizonte se nos iba a echar encima.

Papá apareció con la pipa encendida y rodeado de una nube especiada que salía sinuosa del tabaco con el que la llenaba.

—No os he escuchado llegar.

—Dónde estarías metido —le dijo Manuel, con esa familiaridad un tanto impertinente que solo pueden demostrar de manera natural los hijos pequeños.

—En el estudio. He emprendido la labor de leer las cuarenta y seis novelas de Pérez Galdós que componen sus Episodios Nacionales.

El patriarca, con su barba blanca al estilo Ernest Hemingway, su pipa, como el marinero de un viejo relato de este, y vestido formal incluso para andar por casa, pasaba de no leer más que el periódico y los informes y sentencias de su trabajo a leer los Episodios Nacionales de cabo a rabo. Miré a mamá, que, con su media melenita, unas perlas en las orejas y encendiéndose un pitillo fino, esperaba ya a que la interrogase sobre ello.

—Evidentemente —respondió sin que hiciera falta verbalizar la pregunta de si tenía algo que ver en el asunto.

Los mayores bebimos un poco de vino y los mellizos abrieron varias latas de cerveza, como si no los hubiera escuchado llegar a las seis de la mañana con serios problemas para encajar la llave en la cerradura. Juventud, divino tesoro. Aunque ¿qué pasa? ¿De pronto era un viejo? No, de pronto estaba cansado. Cansado como no lo había estado nunca, porque antes no sabía cuánto puede agotar el desgaste emocional de comerse a uno mismo a base de dudas, miedos y pensamientos intrusivos recurrentes. ¿No decían que el amor es fácil? El amor lo es, nosotros a veces no.

—¿Qué tal en el nuevo trabajo? —me preguntó mi padre, sentándose cerca de las anchoas, que le pirraban.

—Ya no es tan nuevo —apunté antes de aclararme la garganta—. Bien. La verdad es que estoy contento y hasta podría decir que agradecido de haber tenido la oportunidad de recalar en una empresa como esta. Estoy aprendiendo mucho más de lo que pensaba.

—Eso es bueno. ¿Le echas horas?

—No para por casa —musitó Alfonso antes de llenarse la boca con una tartaleta de salmón.

Papá me palmeó la espalda. Ahí venía: o el interrogatorio o la clase magistral sobre todo lo que su primogénito estaba haciendo mal.

—¿Cuáles son tus tareas, exactamente?

Bueno, le tocaba el turno al interrogatorio.

—Dar soporte a todo lo que necesite dirección —respondí como un autómata.

—Eso suena a llevar cafés —se burló Manuel.

En casa le habría contestado que era un cretino, un trozo de caca de perro que limpiar de mi zapatilla, pero en casa de mis padres solo le dirigí una mirada de desprecio y una mueca de hastío. Papá me estudiaba con determinación.

—¿Y qué tal el CEO?

—Es… —suspiré— un verdadero genio, pero uno de esos genios locos. A veces se le olvida hasta comer. Siempre tiene una nueva idea en la cabeza, y ahí estamos los demás, estudiando la viabilidad para ponerla en marcha o quitársela de la cabeza lo antes posible.

Pero ¿por qué no aclaraba que era una mujer? Ni idea. Creo que estaba seguro de que a ojos de mi padre eso me degradaría a mí.

Jodido y retorcido, ¿eh?

—¿Os hace perder mucho el tiempo?

—No. Bueno..., no sabría decirte. Supongo que hasta de los proyectos que fracasan uno puede sacar una lección.

Me mantuvo la mirada mientras chupaba su pipa. Ahí venía la clase magistral, sin duda. Desvié los ojos hacia el móvil, que saqué del bolsillo lo suficiente como para saber si Marieta había escrito.

—¿Sabes, Alejo?

«No, pero seguro que me vas a sacar de la ignominia de mi ignorancia», pensé metiendo el móvil hasta el fondo del bolsillo de nuevo, frustrado.

—Me siento muy orgulloso de cómo has remontado una situación que para ti era del todo desfavorable.

Todos nos volvimos hacia él sorprendidos. Todos. Sorprendidos. Supongo que tanto mis hermanos como mi madre estaban preparados también para la clase magistral sobre mis pecados, no para una palmada en la espalda.

—¿Qué? —acerté a decir.

—Sí. Te veo muy centrado —asintió—. Y quizá tuvieras razón en querer dejar aquella empresa. No hablan bien de su futuro; a lo mejor has dejado el barco antes de que se hunda, en el momento en el que aún era elegante hacerlo. Eso no quiere decir que esté de acuerdo con las maneras con las que emprendiste este cambio, pero el resultado creo que es bueno.

—Es verdad que se te ve muy centrado, más maduro. —Mi madre me hizo un cariñito en la mejilla.

—Em… —No sabía qué decir, casi me había acostumbrado a ser la oveja negra y me incomodaban los halagos de los que antes vivía—. Gracias.

—¿No te planteas independizarte? —Mi padre señaló con la barbilla a los mellizos—. Creo que estáis en etapas diferentes.

—Lo haría si me llegara el sueldo, pero ya se sabe cómo está el tema de los alquileres en Madrid.

Me serví un culillo más de vino, esperando la oferta para ocupar alguna de las propiedades de la familia que teníamos en aquel momento vacías y sin alquilar, pero ese ofrecimiento no llegó. Tampoco una oferta para un empleo «más acorde con mi formación» ni un préstamo para salir de aquella casa de locos donde el salón estaba decorado con cervezas vacías e igual se veían culebrones que se hablaba de filosofía. Pero daba igual, porque estaba en camino de conseguirlo por mis propios medios.

Mi padre cerró el asunto con un:

—Quizá no deberías dejar a un lado tu faceta de abogado. Creo que sería buena idea mantenerte al día en el sector, no quedarte obsoleto. Nunca sabes si alguna vez puede ser la respuesta. Quizá algún día necesite que mi hijo me suceda.

Si había hecho el doble grado de Derecho y ADE había sido, sin duda, por influencia familiar. Mi bisabuelo fundó un gabinete de abogados con cierto renombre en la capital en el que su hijo le dio el relevo, momento en el que entraron nuevos socios y se ampliaron sus horizontes. Papá ya no entró como heredero, sino como uno de los numerosos socios que había ya en el bufete. Cuando empecé en la universidad me sentía orgulloso de «mi linaje». Nunca se me ocurrió que pudiera gustarme hacer otra cosa. Nunca me lo pregunté, ni siquiera en aquellas noches en las que me tuve que quedar despierto estudiando ciertas asignaturas de Derecho que me costaba abordar con alegría. Creí que era por el peso de la responsabilidad de los conocimientos que estaba adquiriendo, mira si era gilipollas; no se me pasó por la cabeza en ningún momento que, en la práctica, mi elección no fuera tan ideal.

Comimos en el comedor principal de la casa; se sirvió cordero al horno con patatas y chalotas y de postre un pastel que se había inventado mi madre con manzana, queso mascarpone y miel, después del que todos coincidimos en que, si no nos había provocado la muerte por sobredosis de azúcar, iba a provocarnos algún tipo de daño cerebral. La infamia más dulce que he probado en toda mi existencia. Un café expreso, tan espeso que podía cortarse con cuchillo y tenedor, me devolvió a la vida con la fuerza suficiente como para levantarme de la mesa, pero me derrumbé en el sillón reclinable de inmediato. Mis hermanos me hicieron una foto dormido, con la boca abierta, mientras mi madre me arropaba con una manta a cuadros que, no estoy seguro, pero sospecho que en algún momento perteneció por derecho o por reclamación al perro de la familia, un mastín enorme que había muerto el año pasado, dejándonos a todos muy apenados.

Desperté atolondrado pero asustado, con la sensación de llegar tarde a algún sitio, y, en efecto, así era. Había quedado con mis amigos en veinte minutos y necesitaba lavarme la cara, los dientes, peinarme y comprobar que Marieta seguía sin escribir.

Cuando ya me iba, mi madre salió detrás de mí con las llaves de su coche.

—¿Quieres llevarte el Mini, cariño? A mí tu padre me lleva a la universidad casi todos los días.

—Gracias, mamá. —Me acerqué a ella con una sonrisa, la besé en la mejilla y respondí al ofrecimiento—: Pero no hace falta. Es tuyo y yo voy a tener problemas para aparcarlo por el barrio.

No sé cuál de los dos se quedó más sorprendido.

—¿Y cómo vas a...? —Arqueó las cejas.

—He pedido un Uber.

Mientras esperaba el coche volví a echar un vistazo a mi móvil, esperando haber recibido noticias, pero, como la respuesta fue negativa, decidí que ya era suficiente y que, si me tenía que equivocar, era mejor hacerlo por exceso que por defecto. Escribí un mensaje, quizá no muy cariñoso, pero un mensaje al fin y al cabo:

Alejo

No sé si allí estará haciendo un tiempazo, pero desde luego aquí parece que somos nosotros los que estamos en Londres. ¿Todo bien con el vuelo, el hotel, los desplazamientos...? Cuéntame si necesitas cualquier cosa.

Sí, lo sé, parecía un mensaje de trabajo, pero no me atrevía a más. Tenía miedo y no sabía ni de qué. Esperaba que entendiese que, entre líneas, quería decir «te echo de menos». Si había sido capaz de decirlo con anterioridad, ¿por qué no en aquel momento? Bueno..., no es que al inicio las cosas sean menos ciertas, es solo que al decirlas pesan menos en la lengua, no arrastran con ellas la realidad, que siempre es un poco más complicada.

O esa es la excusa que me quiero poner para no tener que confesar que me había vuelto cobarde.

Mis amigos me esperaban ya con las primeras copas servidas en la terraza de un garito de la zona. Empezaba a refrescar, pero habían colocado las típicas estufas de pie de Madrid para quien no se cansa de sentarse fuera ni bajo el peor temporal de frío y nieve. Las sillas también tenían una mantita en el respaldo, para quien quisiera. Eran las seis y media de la tarde de un sábado, acababa de llegar y, nada más sentarme y escuchar la conversación, quise irme a casa.

—A ver, es que ya no hay duda. El siguiente movimiento que habrá en cuanto a tipos de interés será a la baja. Ya lo ha comunicado el Banco Central Europeo.

Dios bendito.

Les llevó unos treinta y cinco minutos decidir quién de todos tenía más información, y, aunque lo que se comentaba en la mesa era lo mismo dicho de diferentes modos, Jacobo pareció llevarse el trofeo, porque fue quien dijo la última palabra. Después, empezó la ronda de actualización de nuestras vidas. Felipe estaba a punto de casarse y, cuando se le preguntó por los preparativos, solo se encogió de hombros y dijo:

—Yo le digo que sí a todo lo que ella propone y así la vida es más fácil para ambos.

Todos le rieron la gracia, pero yo no, aunque no creo que se dieran ni cuenta. Siempre me ha parecido de muy mal gusto que los hombres se desvinculen de ese tipo de cosas. ¿Es que no se van a casar también? ¿Para qué cojones deciden entonces casarse si les parece un trámite tan torturador?

Pero iba a haber buenos puros, sentenció. Aún no los habían encendido y ya me sobrevino el mareo y la arcada del olor de aquel tipo de tabaco.

—Sois unos rancios —me burlé, por decir algo.

Miré mi móvil. Sin respuesta.

Jacobo se acababa de comprar una casa con vistas al parque del Retiro. Estaba seguro de que se trataba del típico piso más viejo que la tos, que necesitaría muchas reformas, que era la quincuagésima parte de lo que fue en su día y que le había costado al menos un millón, pero él estaba feliz porque «es un buen barrio». Uno se da cuenta pronto, cuando se mueve en ciertos ambientes, de que hay dos cosas que van a decir de él más que cualquier discurso: una es el estado de sus dientes y la otra el código postal.

Me callé. Nadie me había preguntado; de haberlo hecho, habría recomendado otras zonas más baratas, con construcciones más actuales y que estaban poniéndose muy de moda, con muchos servicios, cerca del centro…

Beltrán estaba planeando pedirle a su novia que se casara con él, a pesar de que había estado completamente de acuerdo con Felipe, un momento antes, en que eso de montar una boda era cosa de «ellas». La cuestión a la que le daba vueltas era a cuánto se tenía que gastar en el anillo.

Felipe le dijo que lo lógico y lo que mandaba la tradición era gastarse en el anillo de compromiso el veinte por ciento de su salario anual bruto. Estuvieron haciendo cuentas. Beltrán cobraba cien mil anuales en la empresa de construcción de su padre, donde tenía un cargo ejecutivo, de modo que tenía que gastarse veinte mil euros en un solitario.

—Pero no te líes. Ve con el presupuesto a Cartier, Tiffany's, Suarez o Yanes, y que escojan ellos. Son los que saben lo que se lleva y qué es lo más protocolario.

Los miré con indiferencia. Esa conversación había tenido lugar, con mínimas diferencias, dos años antes, cuando Felipe decidió pedir la mano de su chica. Era un bucle espaciotemporal de cosas que no me interesaban en absoluto y que, a juzgar por el tono y el entusiasmo que mostraban, a ellos tampoco. Pero había una diferencia entre nosotros: yo estaba seguro de que, el día que decidiera casarme, sí me importarían. Eran las suyas las que me traían sin cuidado. ¿Hay algo más jodidamente romántico que escoger el anillo con el que le pedirás a alguien que comparta la vida contigo?

Miré de nuevo el móvil. ¿Le habría pasado algo a Marieta? No, me habría enterado. Las malas noticias son extremadamente rápidas.

Pasaron a hablar del palco del Real Madrid al que acudían de vez en cuando. Después se hicieron comentarios cuñados sobre el fútbol femenino versus el masculino, y yo me desentendí, en una especie de viaje astral hacia el centro de mí mismo. Era como estar dormido, pero estando despierto.

Me vibró el móvil y lo saqué tan rápido que casi lo tiré al suelo.

> **Marieta**
>
> Los dioses no nos han favorecido con un día esplendoroso. Llueve en horizontal, con lo que llevo empapada todo el día, ponga el paraguas como lo ponga. A mi madre todo esto le ha parecido muy divertido y la excusa ideal para irnos de compras. Me ha vestido por entero según su gusto y ahora parezco prima tuya.
>
> Todo bien. No te preocupes. Tu jornada laboral terminó ayer a las tres de la tarde.

Empecé a escribir: «No era una pregunta de asistente. Solo era Alejo intentando cuidart…».

—Oye.

Elevé la vista sin levantar la barbilla y los vi a todos mirándome.

—¿Qué pasa? —pregunté.

—No has soltado ni una desde que has llegado —apuntó uno.

—Y no dejas de mirar el móvil —terminó otro.

—Son cosas del curro.

Me guardé el teléfono y vi como todos ponían los ojos en blanco con una sonrisita condescendiente.

—¿Qué? —volví a preguntar.

—¿Cómo se llama?

Lancé una carcajada y me froté la frente.

—Em…, Marieta.

—¿Qué tipo de nombre es Marieta? —se burló Jacobo en una carcajada.

—Un nombre catalán —respondió Beltrán con un retintín que no entendí.

Si rompía la copa contra la mesa y me clavaba un cristal en el brazo, ¿sería excusa suficiente como para irme de allí?

—Eso que has dicho es una soberana gilipollez —increpé a Jacobo.

Este se echó a reír.

—Es catalana, ¿no?

—Es de Madrid, pero no sé qué importancia tiene eso —respondí exasperado.

—Este ha sido siempre un hippy —le dijo Beltrán a Jacobo como en una confidencia.

Acojonante. A su lado yo era un hippy… te puedes hacer a la idea de qué tipo de especímenes eran.

—A ver, ¿qué pasa con Marieta? —quiso saber Felipe en un tono conciliador.

—Pues no sé. —Me encogí de hombros—. Que curramos juntos, supongo.

—¡¡Noooooo!!

Y en aquella ocasión todos coincidieron en la respuesta.

—¿Es tan malo? —pregunté, acongojado.

—A ver, ¿está directamente por debajo de ti?

—¿A qué te refieres?

—Ay, Alejo, que si eres su superior directo.

—No. —Me reí—. No precisamente.

—Bueno, entonces no es tan malo.

—¿Por qué?

—Pues porque no trabajáis juntos juntos y, además, si le va mal, no puede hacerte responsable de su «caída en desgracia».

Juro que no estaba entendiendo nada.

—Trabajar juntos no es el problema —concreté—. Lo llevamos muy bien. Hemos sabido diferenciar muy bien los espacios.

—¿Entonces?

—Pues... —Suspiré—. Que me gusta. Pero me gusta de verdad.

—Ya habrá pasado algo entre vosotros, ¿no?

—Sí —afirmé—. Pero a veces creo que hemos separado tan bien los espacios que no sé cómo acercarme a ella en lo personal. O que voy desaprendiendo, que sabía hacerlo mejor hace un mes que ahora.

—Eso es una gilipollez. —Frunció el ceño Felipe.

—Yo qué sé. —Me eché atrás—. Se ha ido este fin de semana a Londres con su madre y no he querido escribirle por no molestar, pero esta mañana al final me he dicho: «A la mierda». Y su contestación parece muy correcta, muy... laboral.

—A ver.

—No —me negué—. Estas cosas son privadas.

—Las tías se lo enseñan todo entre ellas y no pasa nada.

Yo no sé qué hacían los demás, pero a lo mejor los demás no tenían tanto que esconder como yo.

—No, no os lo voy a enseñar.

—Pinta mal —sentenció Beltrán, seguro de sí mismo.

—¿Cómo lo sabes? Tampoco es que te haya dado demasiada información —me defendí.

—¿Es ambiciosa en el trabajo?

—No sé si ambiciosa es la palabra, pero tiene muy claro lo que quiere.

—¿Es guapa?

—Guapísima.

—¿Le puedes servir o le has servido de ayuda en el trabajo alguna vez?

—Supongo —musité, por no decir: «Todo el puto rato, soy su asistente, ¿qué esperáis?» . A lo mejor es que no le he mostrado abiertamente que, si ella quiere, vamos con todo, que yo me arriesgaría a intentarlo, aunque seamos muy diferentes.

A veces es muy seca y yo necesito…, no sé…, podría responder a su mensaje siendo mucho más cariñoso, dejando claro que no es un intercambio de información laboral y que…

—¡Frena, frena! —advirtió Jacobo entre risas.

—¿Ella te manda mensajes cariñosos, ha sido alguna vez intensa contigo, ha hablado o ha dado a entender algo más?

Me mordí el labio.

—Es una mujer que anda fuera de lo ordinario…, esas cosas no le van.

—¿Y tú te lo crees? ¡Esas cosas le van a todas las pibas! Tronco, olvídate. —Se rio Felipe—. Y te lo digo porque te quiero, tío. Eso no tiene futuro, termínalo cuanto antes para que no sea un problema o se convierta en algo incómodo.

—Esa tía no quiere nada más que una aventurilla en el trabajo. Alguien que se la meta después de currar muchas horas, sin tener que currarse el cortejo previo.

Los miré inseguro.

—¿Qué decís?

—Joder, es que estaría mucho más claro si fuerais jefe y empleada, por ejemplo.

—¿Y en ese caso qué es lo que estaría claro?

—En ese caso, la empleada quiere sacar algo y…

—No. No quiere sacar nada. —Yo era el empleado, por el amor de Dios. Lo tenía clarísimo.

—Pues el jefe se quiere aprovechar de su situación de poder.

¿Qué?

Saqué el móvil de nuevo. Ellos se pusieron a hablar de un compañero de la facultad que se casó y le fue infiel a su mujer con una compañera de trabajo, dejándome un instante de paz para volver al mensaje que había dejado a medias.

«No era una pregunta de asistente. Solo era Alejo intentando cuidart…».

¿Cuidarte? ¿O intentando llamar la atención de una persona que nunca le había dado bola más allá de lo que tenían, que era una historia sexual que muchos podrían catalogar de sórdida?

Saqué la cartera, dejé un billete de veinte encima de la mesa y me levanté. Ni siquiera me había quitado la chaqueta, a pesar de que el calor de una de las estufas caía en mi espalda.

—¿Te vas?

—Me acabo de acordar de que…

—¿Tienes que ir a hacerle de cachorrito a Marieta?

—Va a hacerle un «pantumaca».

Todos se echaron a reír a carcajadas y, aunque me iba por muchos motivos, no solo porque me aburría enormemente con ellos, me tocaron los cojones y me revolví. Vaya si me revolví. Lo hice con el mismo pronto que me hizo abandonar un trabajo porque no me dieron un ascenso.

—No. Me voy porque acabo de acordarme de por qué me daba tanta pereza quedar con vosotros. Sois unos casposos y unos superficiales de cojones.

Se quedaron mudos.

—Si me disculpáis. —Esperé a que Beltrán apartase las piernas y me dejase salir, pero se había quedado petrificado.

—No te tomes las cosas así —me pidió Felipe—. Somos amigos desde críos, ¿no se puede bromear?

No respondí. Jacobo aprovechó mi silencio para atacarme.

—Tienes que bajar un poquito esos humos, colega. —Y «colega» sonó tremendamente mal.

—Pero ¿qué humos? —me quejé—. Humos los vuestros.

—Yo no sé qué puesto te habrá conseguido tu padre que te ha dado tanto vuelo, pero no olvides que a ti nadie te conoce por profundo. Que bien que te preocupas de que te quede el pelito bien, de que la chaqueta se te entalle en la cintura, de que todo el mundo sepa que tienes pasta de cuna…

—Ese eres tú, Jacobo —conseguí decir, casi temblando de rabia.

—Esos podríamos ser todos, Alejo —escupió con asco—. No te olvides de que, si quieres darte aires de grandeza, aquí tienes competencia.

Levanté las cejas. Pero ¿qué?

Les dediqué un barrido visual mientras una parte de mí sujetaba la correa de los perros de caza, rabiosos y hambrientos, que sentía en el pecho. No sé si los solté a propósito o escaparon a la fuerza.

—Jacobo, mi nuevo trabajo no me lo consiguió mi padre. Trabajo en una aplicación para ligar, cobro mil seiscientos euros al mes, que, aunque es un sueldo más que digno viendo cómo está el mercado, es lo que me gastaba antes en unos gemelos. Soy asistente personal: cojo llamadas, preparo cafés, escribo dosieres y organizo listas de distribución, además de ocuparme de algunas facturas. La oficina está en el polígono de Vallecas, al lado de una nave donde reparan camiones y enfrente de una distribuidora de cables. Te aseguro que no tengo aires de grandeza y que no estoy compitiendo en tontería. Lo que pasa es que eres imbécil —escupí con rabia, redondeando la pronunciación de la palabra para que sonara cuanto más contundente mejor— y ha tenido que venir alguien de los suburbios para explicarte lo que quiere decir la expresión de asco con la que te miran las tías cuando intentas ligar con ellas. Da igual dónde te hayas comprado la casa, sigues teniendo la cara que tiene alguien cuyos antepasados se han casado entre primos desde el siglo catorce.

Miré alrededor, sonreí e hice una especie de reverencia:

—Que os jodan.

Pensé demasiado tarde que todo aquello podría llegar a oídos de mis padres después de dar muchas vueltas por La Moraleja convertido en rumor, pero dejó de importarme pronto mientras caminaba el enorme trecho que tenía desde allí hasta la parada del metro. El rumor moriría antes de llegar a ellos porque era tan inverosímil que ninguno de mis antiguos amigos, compañeros o vecinos le daría crédito. ¿El hijo de Ignacio Mercier de asistente personal? Eso parecía una película. Sonreí. A veces el hecho de que la realidad supere a la ficción a uno le viene estupendamente.

Cogí el teléfono e hice una llamada. Cuando descolgó dije con alegría:

—Fran, amigo, ¿te apetece hacer algo ahora mismo?

Cuando colgué, vi que me habían expulsado del grupo de WhatsApp de los que eran mis amigos. Ale, un problema menos.

38
Treintañeros perdidos

Fran no dejaba de reírse, rojo como un tomate, mientras yo le contaba la hazaña, medio avergonzado, medio orgulloso.

—¡Pero no te rías! —le pedí, partiéndome yo mismo de risa y alcanzando mi copa de vino—. Me he ganado mi muerte social en mi círculo íntimo.

—No te pierdes nada.

—Joder, ya te digo. Malditos soplapollas.

—¡Que te haya nacido la conciencia de clase a tu edad…! ¡Manda cojones!

—Mejor tarde que nunca.

Estábamos sentados en un bar de la zona de Conde Duque, nada pretencioso, lleno hasta los topes, de cuyos altavoces salían canciones de Rigoberta Bandini y Viva Suecia, entre otros. Bebíamos vino de Jumilla, porque el dueño era murciano y estábamos esperando a que nos sirvieran unas marineras, una tapa típica con ensaladilla coronada por una anchoa sobre una rosquilla de pan.

—Yo qué sé —le dije—. Me ardió la mecha y no pude parar la explosión; a veces me pasa. En realidad, creo que llevo pensando lo que les he dicho unos diez años. No es una novedad.

—¿Y por qué has esperado tanto o… o… por qué no los dejaste de ver y ya está?

—Pues porque no tenía a nadie más —sentencié—. No tenía más que a esos gilipollas y creo que normalicé que a veces me cayeran mal. Estaba convencido de que a mi edad ya no se hacen amigos.

Se secó una lágrima provocada por las carcajadas que había estado lanzando durante toda mi historia y me palmeó el brazo, como quien dice «ya pasó».

—No creas que eso lo hace el dinero o nacer en una posición privilegiada —le expliqué—. No son imbéciles por ser pijos y no todos los pijos son imbéciles. Son estrechos de mente, independientemente del dinero que vayan a heredar de sus padres, pero lo son ellos tres.

—Cierto.

Llegaron las marineras y las agradecimos con una sonrisa.

—Alejo, ¿puedo aprovechar la situación para…?

—¿Qué situación? —le corté.

—Bueno, hoy estás especialmente abierto, parece.

—Supongo. —Me encogí de hombros.

—¿Puedo, entonces, sacarte un tema delicado?

—Claro.

—Vale, pues, necesito que me expliques el plan para que lo que tenéis Marieta y tú entre manos no os explote en la cara. Porque quiero pensar que tenéis un plan, solo que aún no os habéis puesto de acuerdo en decíroslo.

Me costó tragar.

—No sé qué quieres decir.

—Déjalo. Me lo contó todo el otro día.

—No te pudo contar nada —seguí en mis trece—. Estás tratando de sonsacarme una información que no existe.

—Alejo —suspiró—, somos amigos desde que estudiábamos la secundaria, ¿en serio creías que no iba a necesitar compartirlo con alguien en algún momento?

Bufé. No fue un suspiro, fue un bufido, como el de un tren que se aleja de la estación. Como el de un tío que no sabía qué estaba haciendo y al que pillaban en mitad de la maniobra de distracción.

—No creo que tengamos un plan —confesé—. Es posible que al principio creyéramos que lo teníamos, pero se nos ha desmontado.

—¡¡Lo sabía!! —Palmeó la mesa y lanzó una carcajada.

—¿Qué? —Le miré horrorizado—. ¿Ella no te lo había contado?

—Resistió el interrogatorio, no como tú, tío flojo...

—¡Pero me has engañado! ¡Me has manipulado, cabrón!

—¿A qué me sonará todo esto? —Arqueó las cejas, divertido—. He aprendido del mejor.

Y tuve que aceptarlo. Manda cojones, el alumno empezaba a superar al maestro.

¿Ves cómo tenía razón? El amor nos agilipolla.

—¿Tan poco te gusto para ella? —le respondí.

Sonrió con tristeza.

—No es eso, es que me jodería mucho que la cosa terminara mal.

—¿Y por qué tiene que acabar mal?

Como contestación cogió aire entre los dientes, se encogió de hombros y calló.

Me planteé la posibilidad de sincerarme, de abrir mi corazón, si es que esa expresión puede decirse sin ser un moñas. Si alguien se merecía que fuera sincero, esa persona era Fran. Estaba seguro de que me aconsejaría bien, mucho mejor de lo que lo estaba haciendo, porque en aquel momento iba a ciegas. Si yo le proporcionaba la información restante, él podría valorar la situación. Pero ¿qué iba a decirle? ¿«Fran, tengo un miedo de pelotas y a cada paso que doy me surgen más dudas»? Marieta era su amiga, me iba a soltar una hostia.

—Somos muy diferentes —aseguré de pronto.

—Y tanto.

—Eso me asusta, pero también me gusta.

Tragué saliva.

—Me gusta de verdad —acerté a decir—. Al principio fue como un reto, quería demostrarle que no era tan inmune a mis encantos como se pavoneaba, pero luego me di cuenta de que quería acercarme a ella de verdad. Y, ahora que veo que está bajando la guardia, ahora me asusta no saber qué estoy haciendo o si… o si se va a dar cuenta de que soy un farsante, una decepción.

—No eres una decepción, gilipollas, pero entiendo que estés asustado —dijo.

—¿Es una amenaza velada? ¿Es tu manera de decirme que si le hago daño a tu amiga me vas a matar y usarás mi cráneo para beber daiquiris?

—Marieta ama su independencia con una ferocidad que, muchas veces, ha terminado haciendo mella en sus parejas. Está completamente volcada en el trabajo, en el mundo de las ideas. A ratos puede parecer una mujer que no sabe cuidar de sí misma, pero no necesita ser salvada. Creo que nunca se ha planteado una vida «tradicional» porque el amor no cabe en cómo ha amueblado la suya. No puedes proyectar sobre ella todos tus planes y esperar que encaje.

—Eso ya lo sé. Las relaciones se basan en concesiones.

—Para dejar las cosas claras, Alejo. Si te gusta de verdad, si para ti la cosa se está poniendo seria, asegúrate de que ella te sigue… Evidentemente te pido que no le hagas daño, pero también que no olvides protegerte: conozco bien a Marieta y es como un animal acorralado. Si siente que su *statu quo* se ve amenazado, dará una dentellada. Y, querido, tú intención es ponerle el mundo del revés. No has montado nunca a caballo y estás intentando ensillar a uno salvaje. Te vas a llevar una coz.

Cogí aire y… ahí iba. Necesitaba decírselo a alguien, escuchármelo decir, estructurarlo para que pudiera ser entendido.

—Hay una cosa…

—¿Qué cosa?

—Me da miedo que me sueltes una hostia. —Me eché hacia atrás en la silla.

—Nadie me conoce como un ser violento.

—Pues es que… he estado muy concentrado en cortejarla, en demostrarle que a ella también le gustaba que la sedujeran con flores, cine, velas y…

—No quiero más detalles —me pidió.

—También le he comido mazo el coño.

Me lanzó un manotazo que esquivé a duras penas.

—¿Me puedes hacer caso? —pedí—. No he dejado de avasallarla con romanticismo, empujando para que me dejase entrar, y ahora que siento que ha funcionado, que ella ha bajado las barreras, aunque sea solo un poco, tengo un miedo horroroso.

Fran se quedó mirándome sin decir nada. No hay nada más eficaz para que el de enfrente hable.

—Siento un vacío.

—¿Has perdido el interés en ella?

—¡No! Joder, no es eso. Es solo que… tengo un poco de vergüenza de mí mismo cuando me veo desde fuera.

—Yo no creo que tengas que preocuparte. Has empujado tanto la puerta para que se abriera que, ahora que está abierta, sientes vértigo. No pasa nada. Solo tienes que ordenarte.

—¿Y lo de la vergüenza?

—Buah —se rio—, eso es que Marieta te mete el dedo en el culo y te da vueltas, como dice mi madre. Hace contigo lo que quiere, porque estás enamorado hasta las trancas.

—«Enamorado» es una palabra muy fuerte, tío…

—Déjame acabar: estás enamorado hasta las trancas y te dejas llevar tanto que, cuando paras un segundo, dices: ¿Quién es este? Pues ese eres tú enamorado. A lo mejor lo que pasa es que es la primera vez que te sientes así.

Me tapé la cara y me la froté. Lo que me temía: era el cazador cazado.

Pues si era así... qué miedo. Miedo por su miedo, por el mío. Miedo porque yo aún no conocía a esa Marieta de la que me hablaban y temía girar la esquina y que me estuviera esperando con los dientes afilados. Miedo porque habíamos sido incapaces de mantener un contacto continuado y regular el primer fin de semana que no pudimos estar juntos. Miedo porque nunca me aseguré de estudiar los detalles, de si era recíproco, de si Marieta alguna vez querría lo que yo quería, de si yo podría darle lo que ella necesitaba.

Después de aquella charla con Fran me prometí a mí mismo abordar una conversación con ella. Lo que no sabía era si Marieta y yo conseguiríamos hablar el mismo idioma o... quitarnos la coraza el tiempo suficiente como para que pudiera sincerarme y decirle que empezaba a creer que la quería.

Fuerte, ¿eh?

Pero es que a menudo yo mismo me descubría pensando si no sería el capricho lo que me empujó a sus brazos. ¿Cómo tener una conversación sincera cuando ni siquiera te dices la verdad a ti mismo?

Volvió el domingo por la tarde. Lo sé porque yo mismo compré los billetes. Seguí su vuelo de vuelta en riguroso directo a través de una web, gracias a haber anotado en mi móvil su número de vuelo. Aterrizó en Madrid a la hora estimada, a las tres y media de la tarde. Y yo, en casa, sentado en un sillón en el que recordaba haber visto a mi abuelo leer el periódico, esperé a que me escribiera.

Esperé injustamente que me escribiera ella, porque el día anterior, al final, no me animé a aclararle que mi mensaje no tenía nada de laboral, que era solo que me importaba y quería saber de ella. Vaya mierda de facilidad para decirnos aquello que no importa y qué incapacidad más mediocre para contarnos lo que de verdad nos pasa.

Perdí el día pensando emboscadas, planeando justificaciones, diseñando puertas de salida a posibles callejones en los que no tendría por qué encontrarme. A las siete de la tarde, por fin, Marieta me escribió un mensaje, pero, en lugar de alivio, me generó una incomodidad malsana que no tardó en descargar su ira sobre mi estómago.

Marieta

¿Vienes? Me apeteces muchísimo.

¿Qué había de malo? Nada. Era el código al que nos habíamos acostumbrado, era lo que siempre nos dábamos, era algo que no cambiaba y que no entendía de términos como «echar de menos» o «ganas de verte», solo «ganas de tenerte encima».

Podría haberla llamado para preguntarle abiertamente si solo tenía ganas de echar un polvo. También podría haberle escrito de vuelta o presentarme en su casa y sacar el tema, pero ¿qué hice? Pedir hamburguesas para cenar, apagar el móvil y engullir la mía delante del televisor con mis dos hermanos.

Enfadado, claro, porque sentía que cualquiera que supiera sumar vería la situación y me daría un mismo veredicto: Marieta solo me quería para follar. O quizá no solo para eso, pero no para mucho más. Desde luego, estaba en la posición de poder afirmar que Marieta y yo nos encontrábamos en lugares completamente diferentes frente al otro, y eso no me gustó. Me asustó. Me disgustó. Me sentí exhausto. Y solo quise dormir.

Y dormí sin saber que el silencio también puede causar avalanchas.

El lunes llegué al trabajo frío como un témpano, aunque ese enfado tonto que podría haber aclarado con un par de frases se fue diluyendo en la sonrisa natural y vivaracha de Marieta, que trajo té para todo el mundo y se dedicó a tirarlo por los aires en cuanto entró a primera hora de la mañana.

Cuando me dirigí a su despacho ya estaba cien por cien arrepentido de no haber ido a verla la noche anterior. A la luz del día estaba seguro de que no querría utilizarme y que esa expresión «me apeteces» solo venía a ser un formulismo cómodo que no dejaba a nadie en evidencia.

Me sonrió después de encender su ordenador y apoyó la cara en un puño.

—Cuéntame.

—¿Qué tal el fin de semana? —pregunté con timidez.

—La verdad es que bien. Aunque… qué descanso no tener a mi madre pegada a mí y hablando sin parar veinticuatro siete.

—Ya.

—Sí. Me vino bien el silencio sepulcral de anoche.

Su pullita acertó en el centro mismo de mi frente. Ni siquiera me tomé la molestia de desclavar ese puñal antes de responderle, porque me lo merecía.

—Perdóname. Estaba con mis hermanos, no vi el móvil y se me acabó la batería… No he visto tu mensaje hasta esta mañana.

Hizo una mueca divertida.

—Buen intento —sentenció—. Pero no hablemos de esto aquí. ¿Cómo tenemos el día?

—¿Estás enfadada?

—No. —Arrugó el ceño—. Pero no lo hablemos aquí, ¿te parece?

Asentí.

—Tienes la mañana ocupada, pero no agobiante. Me pediste que agendara varias reuniones de seguimiento con diferentes departamentos. ¿Quieres que te acompañe?

—Solo a la de Nuevos Negocios. Si pudieras, agradecería tu opinión después. ¿Hay hueco luego para que podamos charlar sobre ello?

Miré la tablet y asentí.

—¿Te ha comido la lengua el gato? —bromeó sonriéndome, preciosa.

—No. Está todo bien.

«Está todo bien» era la frase que más utilizaba cuando sentía que algo no iba del todo bien, quizá con intención de creérmelo primero yo y después poder convencer a los demás. La notaba fría. Distante. Plástica.

Marieta sonrió y susurró un «vale». Cuando hice su café me di cuenta de que ni su sonrisa ni su confirmación eran más de verdad que mi «está todo bien».

Quise sacar un momento para hablar con ella durante el día, pero lo evitó. Solo quería un gesto, algo que me dejase tranquilo, que me asegurase que la situación entre nosotros seguía siendo favorable, pero, entre unas cosas y otras, solo pude exprimir compañerismo, buen liderazgo, calidez y simpatía no comprometedora. Tenía, de pronto, un apego ansioso encima que no podía con él. Yo, que siempre había sido más de lucir un majestuoso apego evitativo. Si lo tenía, era a fuerza de sentir que yo mismo había propiciado a golpe de silencios un posible distanciamiento. Me sentí culpable por no haberle contestado, a pesar de que sabía perfectamente que tenía el derecho a enfadarme y hacer con su mensaje lo que considerara adecuado.

Finalmente, media hora antes de terminar la jornada, Marieta pasó por delante de mi mesa de camino a la de Ángela, a quien fue a preguntarle vete tú a saber qué. Pero antes paró un segundo y, con una sonrisa extraña, me preguntó si podíamos hablar a la salida.

Gracias a Dios me lo dijo solamente con media hora de antelación, porque aquello habría convertido mi día en un infierno con total seguridad. En treinta minutos fui capaz de plantear al menos cincuenta posibilidades para aquella conversación, y el setenta y cinco por ciento terminaban con Marieta pidiéndome que no volviera a llamarla para nada que no fuera profesional.

No sé de dónde me saqué todo aquello. Creo que alimenté la idea de haberla perdido para llenarme con algo que fuera manejable, como si asumir la peor de las opciones fuera mejor que la incertidumbre. Ponerme en el peor de los casos era más fácil que no saber. No lo sé. Nunca he sido así. Quizá nunca me había importado tanto alguien.

Cuando me reuní con Marieta a la salida, junto al aparcamiento, estaba tan nervioso que sentía un nudo en la garganta. Aquel fin de semana sin ella me había dejado mal sabor de boca, y al mirarla a la cara estuve seguro de que había algo que, evidentemente, no estaba bien.

El sol se estaba poniendo y el interior del coche fue llenándose de penumbras de todos los colores. Parecía que cualquier cosa que hubiera tenido sombra durante el día caía sobre nosotros para cubrirnos del exterior. Marieta había colocado la llave en un espacio bajo los mandos, donde solía dejarla, pero no arrancó el coche.

—Estás enfadada —rompí el hielo.

—Iba a afirmar exactamente lo mismo sobre ti —negó.

—No estoy enfadado, solo confuso.

—Estoy segura de que anoche no me contestaste porque pensaste que mi mensaje era del tipo «telepene».

—¿No lo era?

—Entre otras cosas. —Se encogió de hombros—. No sería honesto decirte que no tenía ganas de terminar en la cama. No sé qué tiene eso de malo cuando alguien te gusta. Y... la próxima vez que vayas a mentir con esto de los mensajes, acuérdate de que tienes el doble tic activado y que yo también lo tengo, así que pude ver cómo lo recibías, lo leías y te desconectabas.

Miré al suelo, avergonzado.

—Me sentí como usado. No sé. Estaba cansado. Probablemente lo entendí mal porque había tenido un fin de semana extraño y estaba irascible. No es tu culpa.

Intuí su mano acercándose a mi pelo, pero no la sentí. Al volverme hacia ella, la tenía de nuevo en el regazo.

—¿Fin de semana duro?

—Comida familiar, movida con los colegas, noche de copas con Fran… Estoy —suspiré— cansado. Pero, dime, me ha dado la sensación de que había más cosas de las que querías hablar.

Me miró como si no me entendiera, pero finalmente la recogió y me la devolvió.

—Prefiero preguntarte si crees que deberíamos hablar sobre algo en concreto.

Asentí con cierta tristeza. Ella me imitó.

—Marieta… —empecé a decir—, me gustas y me asustas muchísimo. No sé por dónde pillarte, pero quiero seguir intentando que creas. Y necesitaba decírtelo porque… no lo sé. Para saber si tengo red o me estoy tirando al vacío.

Marieta se quedó un poco descolocada y poco a poco fue tensándose. La oscuridad empezó a colarse en el coche y el claroscuro le quedaba tan bien como a un retrato barroco. Cuando empezó a hablar, un haz de luz moribundo golpeaba la carrocería del coche y rebotaba hasta dar en su pelo.

—Esto no va a terminar bien. Creo que no tengo sitio en mi vida para este experimento.

Me estudió con atención antes de seguir:

—Ha sido increíble poder conocerte más y con esto no quiero decir que quiera dejar de hacerlo, pero…

—Pero ¿qué?

—No quiero hacerte daño y tampoco que me lo hagas —sentenció.

—Es tan probable que yo te haga daño como que se abra el cielo y me caiga encima una lavadora.

Miró abajo escondiendo una sonrisa tímida.

—¿Por qué siento que me habías abierto una puerta y me la estás cerrando? —le pregunté.

—Me ha dado miedo. Y con el miedo, busco un rincón seguro y, si se me acercan, araño. No quiero hacértelo. Solo quería ponerte sobre aviso —murmuró.

—¿Qué te ha dado miedo?

—Que lo tengas todo tan claro y… que eres un jodido romántico, Alejo. —Quiso sonreír, pero le salió regular.

—¿Quieres que dejemos de vernos?

—Es lo más cabal.

Como un sartenazo en la cabeza, así me sentó. Durante unos segundos no supe qué hacer, pero el mismo Alejo que había dejado su trabajo porque le negaron un ascenso, el mismo que mandó a cagar a sus amigos de la infancia, me zarandeó y me dijo: «Arriba, cabrón, muévete».

Así que miré a Marieta a los ojos sin achantarme y después salí del coche, cerré sin portazo y me encaminé hacia el metro sin mediar palabra, con las manos hundidas en los bolsillos de la chaqueta.

Decepcionado. Cabreado. Triste.

¿Y yo? ¿Yo no tenía derecho a expresar mi opinión?

«¡Reacciona, reacciona, reacciona!», me gritaba una voz dentro de la cabeza.

Me di la vuelta en la siguiente esquina y caminé sobre mis pasos, esperando que ella siguiera allí o al menos me viera al salir del aparcamiento. Había puesto el coche en marcha, pero no se había movido; tenía el móvil en las manos y parecía estar mandando un mensaje. Fui directo a golpear con el puño su ventanilla como lo hacía con la pared de cristal de su despacho, pero con una firmeza más… vehemente. Ella levantó la cabeza con calma, como si supiera desde el principio que yo iba a volver. Le abrí la puerta.

—¿Y yo no cuento? ¿A mí no me preguntas? Porque a lo mejor tengo unas ganas locas de lanzarme de cabeza a esto. Soy adulto y escojo mis batallas, no tienes por qué tutelarlas por si me hago daño. Si me rompes, me dolerá horrores, pero habré sentido. ¿No es mejor eso que la manera en la que tú te encierras en ti misma? El amor no tiene cabida en tu vida porque tú no se lo das. No es un arcón frigorífico industrial, Marieta. El amor cabe en todas putas partes, y ¿sabes qué? Que te lo voy a demostrar, porque estoy harto de que creas que es un cuento para niños, el opio del pueblo, algo que no te interesa, porque yo me quiero enamorar como un loco, porque a lo mejor siento cosas por ti y tu actitud me ofende y me parece necia y zafia. Te dije una vez que hasta que te conocí mi mundo era muy pequeño, pero déjame decirte que el tuyo también lo es. Voy a demostrarte cuánto puedo abrirlo. Y ya está. Porque me da la gana y porque no quiero que nadie vele por no hacerme daño como si fuera de cristal. Se acabó.

Me di la vuelta y me largué. Y me largué con paso rápido, a pesar de que la escuché llamarme un par de veces. Creo que hui porque por fin lo tenía tremendamente claro y temía que ella pudiera decirme algo que lo desmoronara. Me fui, pero tenía un plan. Ahora sí que nos íbamos a enamorar.

Cuando me dejé caer en el asiento del tren de cercanías, abatido, como si me acabaran de dar una paliza o hubiera cruzado la meta después de un maratón, saqué el móvil del bolsillo de la chaqueta y… sonreí.

Marieta

Vale.

Aunque me has dejado con la palabra en la boca, vale.

Lo intentaremos a tu manera, a ver qué sale.

Pasé la noche prácticamente en vela, a excepción de algunas cabezadas de las que despertaba agitado. Me consumió la fiebre de no estar seguro tampoco de cómo se hacía aquello. Me aterrorizó no estar a la altura de mis órdagos. Me daba miedo hacerme daño para que ella no me lo hiciera.

39
Pregúntale a tu amiga

Marieta llevaba el pelo con un par de mechones recogidos y el resto suelto y ondulado, un jersey de cuello alto negro, una falda de pana abotonada por delante de color granate y unas botas altas que se perdían en el interior de la falda, negras. Guapa no, increíble, con los labios pintados de un granate elegante y muy sexy, y, además, sonriente.

—¡Buenos días! —me saludó cuando entré en su despacho a todo correr.

—Buenos días, perdona. Se me han pegado las sábanas. Creo que estoy incubando algo.

—Relájate, hombre. No pasa nada por llegar un poco tarde. ¿Cuándo has visto que aquí eso sea motivo de conversación? —se burló.

—Bueno, ya sabes cómo soy.

—A ver, criatura, ¿cómo tenemos el día?

¿Cómo podía estar de tan buen humor y tener tan buen aspecto? Yo me sentía como si me hubieran sacado de la máquina que procesa la basura. La intensidad emocional agota, y yo no lo supe hasta entonces. Además, fue el típico día en el que quieres peinarte rápido y todo sale mal; el típico día que no preparas la ropa y cualquier opción te parece poco adecuada; el típico día de mierda en el que te sientes inseguro.

—Prácticamente como ayer, pero con otros departamentos —resumí la jornada—. ¿Me vas a necesitar en las reuniones?

—No, hoy no hace falta.

—Vale.

—Y si te encuentras mal, vete a casa, pide cita en el médico o haz las dos cosas.

—No te preocupes. ¿Tengo mala cara?

—Lo cierto es que no —negó—. Has hecho una elección de ropa algo curiosa para ser tú, pero tienes buen aspecto.

—¿Estoy guapo? —Arqueé las cejas, buscando un mimo.

—¿Necesitas que te lo diga para saberlo?

—Perdona por irme ayer sin permitir que contestaras. No fue demasiado maduro por mi parte.

—No, no lo fue, pero me lo merecía. ¿Tienes un plan?

—Te va a salir el romanticismo por las orejas.

Soltó una risa sorda y volvió al ordenador.

—Eso, eso, finge que no te consume la curiosidad por cómo voy a hacerlo —solté.

—Salga de mi despacho, caballero.

Fui hacia la salida, pero volví sobre mis pasos.

—He pasado muy mala noche. Me siento inseguro. ¿Puedes, por favor, reafirmarme aunque sea un poquito?

Marieta sonrió.

—Soy firme creyente de que el hecho de que sean los demás los que nos reafirmen a base de adulaciones nos hace más débiles.

—No tienes corazón —bromeé dirigiéndome a la salida.

Antes de que saliera, dijo:

—Cuanto menos te preocupas por estarlo, más guapo estás.

Salí del despacho sonriente, cerré cuidadosamente la puerta, dejé la tablet sobre mi mesa y seguí hacia la cafetería fingiendo que no quería volver y comerle la boca. Estaba esperanzado. Quería hacerla nadar en flores, en champán, provocar una lluvia de estrellas, enseñarle el fin del mundo…, yo qué sé.

Enamorado hasta las trancas.

Mientras tanto, alguien me siguió hacia mi destino de manera muy sigilosa.

Estaba esperando a que la cafetera terminara con el café de Marieta mientras le escribía una nota. Quería dejarla en su platito para que la descubriera al levantar la taza, que es algo de lo más pueril, pero, oye, el amor está hecho de detalles. Por algo dijo Gustave Flaubert: «Dios está en los detalles». La historia me daba la razón. De pronto, las puertas abatibles se abrieron y cerraron en un movimiento rápido, escupiendo dentro de la cantina a Ángela, que tenía el aspecto de un toro a punto de embestir. Me recordó a cómo aparecía el malo en las pantallas finales de Mario Bros.

—Hombre, hola —farfulló entre dientes.

Me giré hacia la cafetera. Oh, oh.

—¿Qué tal? ¿Cómo estás?

—Bien —respondí sucinto—. Aquí, preparando café. ¿Quieres uno?

—¿Me lo vas a dar con notita también?

—¡Joder, tía! —me quejé, relajando mi actitud—. ¿Estás en todas partes o qué? Es imposible hasta pensar sin que tú lo sepas.

—No opino lo mismo. ¿Tienes algo que contarme?

Cruzó los brazos sobre el pecho y no apartó sus ojos de los míos en una técnica completamente apabullante que yo debía copiarle a la voz de ya. La llamaría «la mirada del infierno».

—¿Qué quieres que te cuente?

—¿Por qué lo sabe Fran y yo no?

—¿Qué sabe Fran? —Me hice el tonto.

Cogí aire y me giré.

—Eres buen actor, pero yo soy mejor detective.

—Y una bruja manipuladora —le respondí—. Con Fran me tengo que callar porque se lo he enseñado yo, pero tú ya venías surtida de casa...

—¡Que me lo cuentes!

—¿Qué quieres que te cuente? Pregúntale a tu amiga.

Gruñó como respuesta y yo me reí.

Iba a contestarme airada cuando Fran entró y se dirigió directo hacia nosotros.

—Ángela..., ¿qué haces?

—Mira, el que faltaba. Le estaba preguntando a Alejo por qué tú sabes un montón de cosas más de las que yo sé.

—Tío, eres una maruja —me quejé—. Te lo conté en confianza.

—¡¡¡Lo sabía!!! —gritó Ángela.

—Alejo, por el amor de Dios, para ser tan espabilado, caes siempre a la primera —protestó Fran—. Yo no le había dicho nada. Y que conste que me ha preguntado nada más llegar esta mañana.

—No ha soltado prenda el muy cabrón, pero algo me decía que me ocultaba información. Escupe —me dijo.

—Ángela, te lo voy a repetir —respondí con muy buen humor—, pregúntale a tu amiga, porque un caballero jamás habla de una mujer ni cuenta lo que tú esperas escucharme decir. Y si me perdonáis, pareja de cotorras, tengo trabajo que hacer y muchos planes que idear. Alguno de ellos para vengarme de vosotros dos.

Cogí el café para Marieta, unos sandwichitos y la nota, que escondí doblada bajo la taza.

—Adiós, rufianes —me despedí divertido.

—A Marieta le encantan el jazmín, el azahar, desayunar dulce; su idea del amor pasa por cuidar y ser cuidada, aunque reniegue de lo romántico. Hazla reír, no tengas miedo de mostrarte vulnerable ni de contarle cosas que te hagan sentir vergüenza y sé curioso. El resto creo que lo tienes controlado —me informó Ángela.

Antes de salir me volví y les sonreí. Entendería aquello como que me daba su beneplácito.

Por si te quedas con la intriga, la nota contenía una cita de Edgar Allan Poe:

Esa es, pues, la raíz de los amores.
El amor es huir de la vida terrenal antes de la muerte.

40
Las palabras nos salvarán

Me llamaron de la empresa para la que estaba haciendo el proceso de selección y me preguntaron si seguía interesado en el puesto. Me sentí desleal al decir que sí, pero es que no podía quedarme en Like¡t por estar cerca de Marieta o porque la oficina fuera preciosa. Me convocaron a principios de diciembre para una tercera entrevista que, me avisaron, duraría un poco más.

—Quizá tengas que cogerte la mañana entera en tu trabajo.

—¿No podría ser un viernes por la tarde?

—No, lo siento.

No quería decírselo a Fran o a Marieta hasta que no fuera algo seguro y me daba miedo que mis ausencias les pusieran tras la pista. No quería mentir, pero, si me preguntaban para qué necesitaba la mañana, aduciría temas familiares con cara de pudor.

Noviembre.

Si algo puedo agradecer es que Marieta fuera tan ducha en manejar su trabajo, porque a mí la cara de enamorado se me veía desde la empresa de reparación de camiones que teníamos enfrente. La actitud de Marieta ayudaba a controlar aquello y que no fuéramos el centro de todas las miradas, aunque cuando estábamos a solas se le escapaba una sonrisa en sus labios pintados y me reñía divertida:

—Alejo, que llevas un cartel en la frente. Disimula un poco.

—¿Qué es lo que tengo que disimular? —jugaba yo.

—Que me dejas notitas bajo el café, que me acorralas en el pasillo para decirme cosas al oído, que me miras cuando paso... Que ya te dije que las miradas que me pegas te las voy a tener que descontar del sueldo.

—Entonces terminaría siendo un mendigo, pero viviría entre cartones aquí detrás para verte entrar todos los días.

—¡Pero mira que eres cursi! —se burlaba entre carcajadas, encantada.

Lo era. Era cursi, pero también divertido.

Yo seguía yendo a su despacho cada mañana, repasando su agenda, anotando las cosas para las que me necesitaría, preparándole el café, asegurándome de que comiera, bebiera y se levantara de la mesa de vez en cuando, pasando sus gastos, facturando y acudiendo a reuniones, pero también escondiéndole notas en los bolsillos del abrigo, llamándola en plena jornada para decirle que me iba a volver loco, interesándome por las cosas que a ella le preocupaban.

Marieta estaba obsesionada con su trabajo, eso era verdad, pero quizá fuese su forma de amarse a sí misma. Hay quien reserva masajes, viajes, cenas con los amigos, escucha música triste o escribe; ella trabajaba, quería hacer cosas, sentirse útil. Tuvo la suerte de que en Nuevos Negocios había surgido una idea que la había entusiasmado y en la que estaba muy centrada. Había que estudiar bien su viabilidad, pero era un proyecto emocionante, de los que ella sentía que harían del mundo un lugar mejor. Estoy seguro de que esa fue siempre su intención; dejar huella, más allá de la de carbono. Y yo, cada día, le preguntaba por ello al final de la jornada, aunque no entendiese nada, aunque me hablase en chino o me aburriese un poco, porque quería que todo lo suyo, algún día, fuera un poquito mío. Y no hablo de su cuenta bancaria, que aquí todo el mundo tiende a pensar mal.

—Marieta… —Entraba tímidamente en su despacho al ver que había terminado la última llamada con el enésimo experto al que consultaba para construir su otro proyecto.

—Dime. —Me sonreía, cansada.

—Come algo, por favor. Aprovecha para ir al baño. Eres humana y mortal, y me gustaría muchísimo que te mantuvieras con vida el tiempo suficiente como para que caigas rendida a mis pies.

—Entonces necesitaremos que llegue a muy vieja.

Aquello nos hacía sonreír. Mientras yo siguiera allí, sería mi Tamagotchi. A pesar de estar buscando trabajo en otros sitios, me reconfortaba ver que me había convertido en un buen asistente personal. Lo de pasar llamadas cuando había más de dos participantes seguía siendo magia negra para mí; todos tenemos un talón de Aquiles.

Pero creía que parte de mi responsabilidad para conmigo mismo era retomar el plan que tuve algún día. Pasos que seguir: cambiar de trabajo, ganar más dinero, dejar de vivir con mis hermanos, reconstruir mi círculo social, demostrarle a Marieta que el amor no ocupa espacio y, a la vez, lo llena todo. Así era como yo sentía su nombre. Estaba terrible y absolutamente enamorado por primera vez en mi vida. Como un crío.

Sin embargo, había cosas que me preocupaban, claro.

Fran pasó un par de semanas acomodado en un silencio que mascaba como si fuera tabaco y él un vaquero del Lejano Oeste. Yo intentaba animarlo a hablar, pero él decía que cuanto más hablaba sobre ello menos claro lo tenía. Ángela. Para él, el centro de todas sus preocupaciones siempre era Ángela. Creo que fue en aquel momento cuando empezamos a construir los cimientos más sólidos de nuestra amistad. Me hacía gracia pensar en el Alejo que se encontró con Fran el primer día y en lo lejos que estaba de la realidad; ahora que ya lo conocía bien, me preocupaba ver lo disociado que se encontraba aún con el tema de Ángela.

—De verdad, lo llevo bien —decía siempre con una sonrisa.

Ángela estrechaba lazos con Antón y era inevitable, porque no sabía qué había de malo en ello, que nos contara a menudo sus avances durante la comida. La ilusión con la que lo hacía creo que calmaba la herida de Fran, porque, cuando quieres a alguien y le quieres bien, te hace feliz ver que las cosas le van bien, aunque le vayan bien sin ti.

Se fueron de viaje un fin de semana y colgaron sus primeras fotos en Instagram como pareja. Puede parecer algo frívolo y tonto, pero creo que todos nos hacemos una idea de lo que significa y de la repercusión que tiene eso en una nueva relación: la consolidación, no ser solo «yo» y «él», «yo» y «ella», sino un «nosotros». Son los ojos de los demás los que, a veces, nos convierten en algo.

Aquel viernes me planté por primera vez en casa de Fran sin permiso, con un paquete de ocho cervezas, unas pizzas y un plan. El día siguiente había quedado con Marieta para intentar impresionarla de nuevo, pero supe que esa noche se la debía a la amistad.

Me abrió hecho papilla, con un chándal… Joder, hay prendas con las que nadie debería vernos. Ni siquiera nosotros mismos. Hay prendas que atraen la depresión, y aquella sudadera y aquel pantalón llenos de pelusilla, con manchas que no saldrían ni con KH-7 (lo que estaba aprendiendo yo viviendo con mis hermanos…) y que le venía corto en piernas y brazos, era una de ellas.

—Vamos a bebernos estas cervezas, vamos a comernos estas pizzas, no vamos a hablar de ello y te voy a obligar a ver una película de miedo —anuncié.

—No me gustan las películas de miedo.

—Me da igual. Necesitas concentrar toda tu atención en algo que te mantenga en una tensión superficial y que puedas dejar ir con un grito.

Puso mala cara, agarrado a la puerta.

—No me apetece nada, amigo. Lo siento.

—Lo siento yo, porque te dejaría en paz si fueras otra persona, pero sé que a ti rumiar las cosas en silencio, solo, no te viene bien.

Fran era un ser social a pesar de que necesitara esconderse a lamer sus heridas, como todo el mundo, pero el tema de Ángela se le había enquistado y, de tanto intentar limpiar esa llaga, se le estaba infectando.

Vimos *Smile* e *It follows* y cuando el reloj marcó las doce de la noche nos encontró tirados en su sofá comodísimo, riéndonos a carcajadas, recordando los sustos que se había llevado Fran. Nunca había visto a alguien levitar de aquella manera para salir corriendo en dirección contraria a la pantalla. En realidad, es que nunca había visto a nadie salir corriendo después de sobresaltarse con una película.

Cuando me fui, nos abrazamos dándonos las gracias el uno al otro. Los dos necesitábamos aquello. Y se deshicieron algunos nudos.

—Creo que se lo voy a decir.

—¿El qué? —contesté distraído.

—A Ángela, que la quiero.

Dejé la cuchara a medio camino de la boca y me quedé mirándolo. Estábamos en nuestra mesa de siempre, en la cantina; aquel día había para comer lentejas, lomo, verduritas, arroz con cosas (me niego a llamar a aquello paella, por si me lee algún valenciano; no quiero problemas) y musaka vegetariana. Supongo que hay detalles que se nos quedan marcados de los momentos de tensión. Mis lentejas me estaban pareciendo deliciosas hasta aquel momento.

—¿Qué dices? —le pregunté, asegurándome de que nadie se acercaba aún a nosotros.

—La situación se está enrareciendo. —Suspiró.

Fran estaba visiblemente más delgado y algo desmejorado. Me sabe mal por él, pero la pena le pone la piel de un color grisáceo, así como tono «muerte en vida» que no le favorece. Es normal que fuera también evidente para Ángela que algo pasaba, aunque él no dijera nada.

—¿Estás seguro? —le pregunté en un susurro.

—No. —Se rio sin ganas—. Pero creo que es la única solución para que las cosas mejoren de verdad, sin heridas ni rencores. Siento que se me ha gangrenado algo dentro y que necesito extirparlo.

—¿No prefieres dar la vuelta al mundo en un velero?

Ya lo he comentado en varias ocasiones: si me pones nervioso, te respondo chorradas.

—Eso es más para tipos como tú —se burló—. Yo buscaré el momento para sentarme frente a ella y decirle que nuestra amistad no se está yendo a tomar por culo, que no tiene nada que ver con el exceso de convivencia en el trabajo ni con nada que ella haya podido hacer. Se lo contaré todo, suturaré la herida y buscaremos la manera de que cicatrice.

—Tendrás que decírselo a Marieta.

—Creo que ya se lo huele. —Revolvió su plato de musaka.

—¿Tú crees?

—Sí. No creo que lo sepa, creo que tiene una leve sospecha. La he visto estudiarme cuando me cruzo con Ángela.

—Lo cierto es que, con lo lista que es, me extraña muchísimo que haya tardado tanto tiempo en averiguarlo. Yo solo tuve que miraros en grupo durante cinco minutos.

Fran sonrió.

—¿Qué? —le azucé.

—Pues que tú tienes el ojo entrenado para las situaciones de las que puedes sacar beneficio.

—Habla en pasado; he cambiado.

Los dos nos echamos a reír.

—El tigre no cambia sus rayas —me respondió—. Marieta es muy lista, sí, pero vive en el mundo de las ideas de Platón. Las cosas mundanas, a veces, le pasan desapercibidas.

—Ayer tuve que volver a pedirle que fuera a mear. —Moví la cabeza, incrédulo.

—¿Y tú?

—Yo no. Yo meo como un campeón.

Fran se echó a reír y yo también.

—Te he entendido, ¿eh? —repuse—. Es solo que no sé qué contestarte.

—¿Sigues intentándolo?

Miré hacia la puerta, por donde acababan de entrar Marieta y Ángela charlando. Iban hacia la barra de comidas, así que aún teníamos un momento para hablar.

—La voy a convencer —dije muy seguro de mí mismo—. Voy a conseguirlo.

—No deberías tener que convencerla, amigo. Y Marieta debería verlo también.

—¿Estás queriendo decirme algo?

No respondió y yo me quedé mirándolo.

—Siempre te callas cuando digo estas cosas.

—Soy su amigo, pero también el tuyo. Me he propuesto no meterme en esto.

—¿Me lo dirías si ella… si ella pensara que soy un pelele ridículo?

—No —negó y cortó un trozo de comida para abandonarlo en el plato después—. Pero me divertiría mazo.

Los dos bebimos agua, sin apartar la mirada del otro.

—¿Qué quieres? —me preguntó con una sonrisa.

—Que escupas.

—¿Que te escupa? No sabía que eso te iba.

—Venga… —Le hice un gesto con la mano llamándolo hacia mí—. Dámelo.

—¿Qué quieres que te dé?

Miré hacia atrás. Marieta y Ángela terminaban de servirse la comida.

—Vamos, cabrón, que ya vienen.

Fran vigiló los movimientos de estas a la vez que decía:

—No tiene mala pinta, pero Marieta a veces es dura de mollera; no dejes que te queme. Ese es mi consejo.

—¿Qué consejo? —preguntó Marieta al sentarse.

—Que no apure tanto el afeitado, que parece un crío.

—Lo cierto es que te favorece la barbita —asintió Ángela, llevándose a la boca un trozo de brócoli.

Marieta no dijo nada; parecía concentrada en crear una frontera que delimitara en su plato las diferentes opciones que se amontonaban en él.

—No sé si aceptar consejos estéticos de alguien que sigue usando el chándal de educación física de su colegio.

—No me lo puedo creer. —Se descojonó Marieta levantando el rostro a la velocidad de un rayo—. ¿Aún lo usas?

—Podemos decir lo que queráis de aquel colegio de monjas —se justificó—, pero el uniforme salió bueno de cojones.

—Creí que os habíais conocido en el instituto.

—A Ángela —respondió Marieta—. Pero antes él y yo fuimos a un cole concertado del barrio, en diferentes clases. Nos conocíamos de vista, pero no nos tratábamos. Cuando eres pequeño todo tu universo se reduce a tus compañeros y tu familia. —Se encogió de hombros.

—¿Cómo es posible que te sirva el chándal que llevabas a los once años? —pregunté horrorizado cuando eché cuentas.

—Me desarrollé pronto. Imagínate.

—Joder…, serías monstruoso —murmuré.

Todos nos reímos.

—¿Qué vais a hacer este fin de semana? —preguntó Ángela.

—Si es tu manera de introducir el tema de que tú tienes un planazo con Antón, que te follen —siguió bromeando Marieta.

—No, gilipollas. Antón se va a ir a ver a su familia.

—¿Dónde viven?

—En Cantabria.

—No tiene pinta de cántabro —murmuré.

—Yo este fin de semana tengo compromiso con mis abuelos —se disculpó Marieta—. Se mueren de ganas de ir a la sierra. Ya hay nieve y me los llevo a un hotelito rural muy mono, para que cojan setas, lean delante de la chimenea…

—Joder, eres una nieta increíble —se me escapó.

Todos en la mesa parecimos quedarnos momentáneamente congelados. Yo miré mis lentejas con fijación.

—Yo debería prestar un poco más de atención a mi familia también —dije—. A lo mejor me voy a pasar el fin de semana con ellos.

—Ten cuidado, no te vayas a encontrar a tus examigos —se burló Ángela.

—Tío, Fran, eres un bocas —me quejé entre risas.

—No. Ella es una manipuladora.

—Eran unos amigos de mierda, Alejo. Te has coronado como el rey pijo. Ahora hasta te respeto —señaló esta.

—Bueno, pues —Fran cambió de tema—, ¿quieres hacer algo, Ángela? Yo no tengo planes familiares ni en la sierra ni en el chalet pijo de mis padres.

—Tus padres viven en una casa que fue de tus abuelos en Navas del Rey —apuntó Marieta.

—Y está muy lejos de ser un chalet pijo, lo sé, pero a ellos les encanta, ¿qué hago?

Nos reímos y Ángela le sonrió.

—Me encantaría. Hace mucho que no hacemos un plan sin esta pesada.

—Podéis ir a conciertitos indies de esos que os gustan o a exposiciones chachis —se burló Marieta, algo celosa de que fueran a hacer un plan sin ella.

—Ya te sacaré a pasear por ahí yo —le dije—. Que te escapas este fin de semana porque te quieres hacer la difícil.

—Eres gilipollas —respondió con una sonrisa.

Echaría de menos Like¡t, de eso estaba seguro.

—Voy a hacerlo este fin de semana —me dijo Fran decidido cuando nos lavábamos juntos los dientes, como ya era tradición.

Le miré de reojo.

—Te vas a cagar en el último momento.

—No —negó—. Lo necesito, tío, de verdad. Necesito quitarme esto de dentro.

—¿Has pensado que… puedes estar siendo egoísta?

—No sé cómo podría serlo tomando esa decisión.

—No quieres sostener solo ese secreto. La haces partícipe y así el peso se reparte.

Me frunció el ceño.

—Eres jodidamente retorcido.

—Pero tengo razón. —Escupí la espuma del dentífrico y le eché un vistazo.

—No es eso —negó, estudiando su propio reflejo.

—¿Entonces? ¿Por qué ahora?

—Pues porque… tú también debes de notar la tensión que hay bajo esta calma chicha.

—Sí —asentí—. Pero…

—No he terminado —me paró, irguiéndose a mi lado con sus casi dos metros—. ¿Y si es mi última oportunidad?

Ah, la esperanza. Aún no sabría decir si es buena o mala consejera.

No supe qué contestarle, pero me obligué a apoyarle.

—Si sientes que tienes que hacerlo, hazlo. Estoy contigo.

—Las palabras nos salvarán, Alejo.

¿Era eso cierto? ¿Podía salvarnos no callar?

—Estoy contigo a muerte.

—El domingo hablo con ella.

—¿Lo tienes claro de verdad?

—¡No me acojones!

—No te acojono, Fran, pero tienes que ser consciente de que las cosas pueden cambiar para siempre.

Tote entró en el baño y nos descubrió mirándonos en silencio y con intensidad.

—Sois más raros… —murmuró antes de perderse dentro de un cubículo.

No podía decirle que no. Para el Alejo que entró en Like¡t hacía casi dos meses el raro era él, que llevaba puesto un mono de mecánico, pero todos aprendemos. Todos terminamos aprendiendo a vernos desde fuera.

41
Un amor

Déjame ejercer de narrador omnisciente, aunque sepa esto sencillamente porque Fran me lo contó después. Pero, por ahora, olvídate de mí.

Ángela esperó a Fran en su portal, como cuando quedaban para ir juntos al instituto. Fran les había comprado a sus padres el que fue el piso familiar, junto con el de abajo, y había construido su dúplex en un lugar que era importante para él. También compró su parte de la casa de Navas a todos sus tíos y la acondicionó como sus padres quisieron para su jubilación.

Ángela vivía a escasos doscientos metros de donde había estado el piso de sus padres, que lo vendieron para marcharse de vuelta al pueblo de Extremadura del que provenían cuando ella estaba en la universidad, y compartía un piso pequeño y cutre con su hermana mayor. Cuando recibieron el dinero de la compra de Like¡t, ella se hizo con un piso grande, de los antiguos, en un edificio del barrio y lo convirtió en su guarida. Nunca dejará de sorprenderme que nunca se alejaran de Moratalaz. Querían estar cerca siempre y tener a la vista sus raíces para que nada los cambiara.

Habían quedado para ir a una exposición de Monet en CentroCentro, en la plaza de Cibeles. Después habían acordado ir a Ostras Pedrín para ponerse hasta el culo, aprovechando que no iba Marieta, que odiaba la textura de esos moluscos. Era domingo.

Era el día.

Fran bajó con sus mejores galas. Se había esmerado por estar guapo. El día anterior salió de compras para hacerse con unos vaqueros clásicos que le quedaran bien (menos cedidos que los que usaba, superdesgastados, para ir a trabajar) y un jersey de cuello redondo negro. Se puso la chaqueta de paño que Ángela siempre decía que le quedaba tan bien y hasta se arregló la barba.

—Buen trabajo. —Le sonrió Ángela al verlo salir—. ¡Guau! A esto me refería con que tenías que darte lustre.

—Vuestros consejos no caen en saco roto.

Se sonrieron y, a pesar de que a Fran le hubiera encantado coger su mano, se fueron hacia el metro andando en paralelo, sin más roce que alguno casual.

La exposición les encantó. Ambos coincidieron en que Marieta también la hubiera disfrutado mucho. Fran le hizo a Ángela un par de fotos en la entrada, en el pasillo «inmersivo», donde las paredes, el techo y el suelo se cubrían con la proyección de pinturas de Monet, y se las pasó enseguida, con lo que tuvo excusa para detenerse a mirarlas. Ángela estaba preciosa, con un pantalón ancho de traje marrón, con unas Converse negras, un jersey del mismo color y una bufanda larguísima. Ese día llevaba puestas las gafas de pasta que tanto le gustaba a él imaginar que se empañarían al besarse. Fran estaba mucho más enamorado de lo que quería confesar y se sorprendía a menudo en fantasías adolescentes como paseos, besos y caricias tan inocentes que a veces se preguntaba si alguna vez había imaginado a Ángela desnuda.

La respuesta lo sonrojaba.

Compartieron auriculares para escuchar la audioguía y se sonreían el uno al otro, buscándose con la mirada cuando algún dato les sorprendía. Tenían una conexión tan brutal que casi siempre coincidían.

Ángela olía al perfume que empezó a usar en la universidad y al que seguía siendo fiel tantos años después. Era fresco pero intenso, reconocible. Fran solo sabía que era de Chanel y que iba en un frasco redondito, transparente, a través del que se apreciaba el color verdoso del líquido que contenía. Hubiera podido regalárselo mil veces, pero él siempre escogía regalos más difíciles, más personales. Se alegró malignamente cuando Ángela le contó que Antón le había regalado un frasco de perfume hacía poco, aunque la alegría duró lo que ella tardó en explicar que el regalo era, en realidad, comprarlo para que lo tuviera en casa de él. También le había regalado un cepillo de dientes. Podía resultar un detalle muy poco romántico, pero decía demasiado como para no serlo.

Se acodaron en la barra junto al ventanal en el Ostras Pedrín de la calle Cardenal Cisneros y pidieron dos de cada, además de unos mejillones y un par de gildas. La botella de vino blanco, helado, se empañó con la calidez del ambiente mientras ellos hablaban sin parar. Si aquello hubiera sido una cita, hubiera sido una de las buenas.

Beberse la botella de vino entre los dos no llegó a achisparlos, pero los puso algo tiernos. Fran se preguntaba cuándo sería capaz de sacar el tema y Ángela, a su vez, dudaba si a su amigo le pasaba algo o si solo sería impresión suya.

Tomaron café en la calle Luchana, en un bar cualquiera, y Ángela le preguntó si quería una copa para terminar. Él no supo decirle que estaba demasiado nervioso como para abandonarse a la tentación de dejar que el alcohol se hiciera cargo de la situación, de modo que tomó la iniciativa y fue a pedir él mismo a la barra, donde le suplicó al camarero que a él le sirviera una tónica, sin ginebra, pero presentada como si fuera un gin-tonic.

A las seis de la tarde llegaban al barrio y decidieron pasear hasta la casa de Ángela, que estaba más alejada. Fran le dijo que tenía que pasar por la tienda del barrio, esa que nunca cerraba los domingos, a por un par de cosas para la semana, porque el día siguiente no le daría tiempo a comprar. Así justificó poder acompañarla hasta el portal.

—Aprovecharé a la vuelta —le mintió—. De todas formas, es agradable estirar las piernas después de toda la semana sentado en una silla de oficina.

—Y la clase de yoga, que esta semana no te perdiste, y el partidito de baloncesto del fin de semana con tus amigos de la universidad, y la de paseos que te das.

—Soy un culo inquieto. —Sonrió.

—Ojalá yo también lo fuera. A veces tengo que ponerme alarmas para levantarme de la silla. Estoy echando culo a la carrera…

Era verdad que Ángela había cogido peso en los últimos años, pero era un dato que a Fran solo le parecía informativo; para él no tenía nada de malo ni nada de bueno. Era, y ya está. Ángela le gustó, gustaba y gustaría en todas sus formas, desde las más aniñadas, cuando era una adolescente, hasta las más redondeadas de la mujer adulta en la que se había convertido. Por eso le quitó importancia con tanta naturalidad, porque creía de verdad que aquello no importaba en absoluto.

—A veces —empezó a decir Ángela en tono de confesión— juraría que Antón quiere pedirme que me controle un poco con la comida o que tenga una vida más activa, pero que no se atreve.

—¿Por qué dices eso?

—Porque… a ver, que no es algo que me preocupe, pero a veces como que mide mucho…

—¿Lo que comes? —la interrumpió Fran.

—Me da la impresión de que al final del día sabe mejor que yo lo que he comido y lo que no. Para eso, has tenido que fijarte.

—¿Te fiscaliza la comida, Ángela? —se agobió Fran.

Ángela, a veces, era muy influenciable por sus parejas; le preocupaba que eso pudiera desembocar en un problema.

—No es que me la fiscalice, Fran, relájate. —Puso los ojos en blanco—. Abandona tu papel de hermano mayor y escúchame: solo se preocupa por mí, y sabes que soy sensible con el tema. Eso me hace pensar que quizá no me estoy cuidando como debería.

Fran no sabía por dónde empezar. Ángela no era tonta, pero la gente que espera algo durante mucho tiempo y finalmente lo consigue se vuelve muy poco crítica con el objeto de su deseo. Es más fácil justificarlo, autoconvencerse, pintar por encima la realidad hasta que los colores encajen con los que uno había imaginado que tendría.

Él sabía que tenía que interceder, pero ¿cómo? Ángela no tenía ni idea de lo que merecía y, por eso, se contentaba constantemente con menos. Es lo que suele pasar con las prisas; cuando uno va con prisas se fija menos en lo que compra.

—Angy…

—Hacía siglos que no me llamabas así.

—Escúchame…

—Ay, no te tenía que haber dicho nada. —Suspiró—. Sabía que te ibas a preocupar.

—Que no, Angy, por favor, escúchame.

Llegaron al portal de Ángela y ella se volvió hacia él con una sonrisa con la que quería decir que no pasaba nada. Pero sí pasaba… y mucho.

—No tengo que abandonar ningún papel —empezó a decir Fran— porque yo jamás te he visto como una hermana menor. Nunca te he mirado como una hermana en absoluto, y quizá ese sea el problema, Ángela.

—¿Qué problema? —preguntó ella confusa.

—Que si me preocupas no es porque te quiera como un hermano, que si te digo que dejes de decir tonterías si comentas que has echado culo y que ya no te ves guapa no es porque te vea como a mi hermanita pequeña.

—Ya sé que la amistad…

—No, Ángela. Eso es lo que estoy tratando de decirte, no es porque te quiera ni como un hermano ni como un amigo. Es porque te quiero, a secas.

Una línea apareció, lentamente, en el espacio entre las cejas de Ángela, a la vez que su expresión se convertía en una máscara de incomprensión. Estaba alucinando.

—Yo también te quiero —acertó a decir, dubitativa.

—No como te quiero yo —negó con tristeza él—. Yo estoy enamorado de ti desde que tengo uso de razón. Creo que me enamoré de ti el primer año que compartimos clase.

—Fran… —quiso cortarlo ella, que empezaba a ponerse lívida.

—No, déjame hablar ahora que he empezado, por favor. Llevo veinte años enamorado de ti, pensando que era amistad, creyendo que se me terminaría olvidando, meditando acerca de qué pasaría si tú supieras esto, y ahora que te veo feliz, construyendo una relación que parece ser, por fin, lo que tú quieres, me alegro y me duele. Me alegro de corazón por ti, pero me duele horrores perder del todo la esperanza. Así que, antes de que mis sentimientos encontrados destruyan esto tan bonito que tenemos tú y yo, prefiero decírtelo, hacer el ridículo y darte las herramientas para que entiendas de una vez lo que está pasando.

Ángela parpadeó con los ojos muy abiertos, sin responder.

—Soy feliz si tú lo eres —siguió diciéndole Fran—. No odio a tu novio ni jamás me escucharás hacer campaña contra él. Pero ten claro que alguien que te quiere, alguien que te ama, jamás atenderá a lo que comes o no, los pasos que das al día o el tiempo que estás sentada, porque te amará a ti, que eres mucho más que eso. Porque entenderá el equilibrio en el que tienen que vivir tu cuerpo, tu cabeza y el mundo. Y si estoy tan seguro es porque yo te quiero así. Así que deja que me preocupe si veo que la persona con la que compartes tu vida te quiere peor que yo. —Cogió aire, cerró los ojos un segundo y tragó. Ya no podía pararse—. No voy a decirte que nadie te querrá como yo lo hago, porque es mentira, porque eres querible, porque te mereces un amor que sea tal y como lo sueñas, y hay cientos de personas ahí fuera que pueden dártelo. A unas las querrías también si te encontraras con ellas y a otras no. Con esto quiero decirte que no es que nadie te vaya a querer como yo te quiero, es que no mereces que nadie te quiera peor o menos que yo. Esto debería ser el mínimo, Ángela. Que alguien te adore siendo consciente de tus luces, tus sombras, tus debilidades y tus fortalezas; que para alguien seas el puto sol, sin dejar de ser humana y comprender cada paso en falso que vayas a dar en la vida. Eso digo.

Fran se había imaginado a Ángela abrazándolo y besándolo, enfadada, gritándole que acababa de terminar con su amistad, echándole en cara que lo dijera justo ahora que ella empezaba una relación, dándole una bofetada, riéndose y tomándolo todo a guasa, preguntando si Marieta lo sabía, sintiéndose humillada por ser la única del trío en no saber algo... Había decenas de opciones y él las había imaginado gráficamente casi todas. Y de entre todas las cosas que Fran podía esperar, Ángela escogió una de las pocas que él no había contemplado: cogió las llaves de casa, se dio la vuelta, abrió el portal y, sin mediar palabra, subió hasta el ascensor y desapareció dentro. Sin decir absolutamente nada. Sin que Fran pudiera medir las consecuencias de aquello con nada más que no fuera la palabra tragedia.

Fran se quedó unos minutos allí plantado, casi sin aliento, con el corazón en un puño y un incómodo temblor en las piernas que lo paralizaba. Viendo que ella no volvía, que no iba a bajar de nuevo para abrazarlo, dio la vuelta y enfiló hacia su casa para arrepentirse en el último momento y cruzar la plaza y las dos calles que separaban esta del piso de Marieta.

Aprovechó la salida de un vecino del portal y se le ocurrió tarde, cuando ya había entrado en el ascensor, que a lo mejor nos interrumpía en plena cita, de modo que cuando llegó al séptimo, en lugar de salir y llamar a la puerta, bajó de nuevo al portal y, sin saber qué hacer, porque no se podía imaginar entrando en casa, solo, con aquella bomba a punto de estallar en su pecho, se sentó en una maceta del portal donde hacía años que ya solo había tierra.

Sacó el móvil, comprobó que Ángela no le había escrito y revisó las conversaciones pendientes de contestación que tenía en WhatsApp. Ni rastro de ella, ni rastro de mí, pero Marieta sí le había mandado unas fotos de sus abuelos frente a un paisaje nevado, acompañadas del texto: «No me digas que no son bonicos». Aunque aquel mensaje le había llegado cuando él todavía estaba con Ángela recorriendo los pasillos de la exposición de Monet, tuvo una corazonada. Entró decidido en la conversación con Marieta y le escribió de vuelta:

Fran

¿Estás en casa?

Ella tardó unos minutos en contestar:

Marieta

Sí, ¿por?

Fran

¿Sola?

Marieta

Claro, idiota.

¿Pasa algo?

Fran no respondió, se dirigió directamente al ascensor, volvió a subir los siete pisos y llamó a la puerta. Marieta abrió con cara de preocupación.

—¿¡Pero qué coño ha pasado!? —exclamó al verle la cara—. ¿Y Ángela? ¿¿Está bien??

Lo último prácticamente lo gritó.

—Sí, estamos todos bien, no te preocupes.

—Joder —gimió ella, revolviéndose la espesa melena rojiza—. Joder, Fran. Qué susto.

Pero entonces la mano con la que se mesaba el pelo cayó en paralelo a su cuerpo. Se acababa de dar cuenta de que la expresión de Fran no había cambiado.

—¿A qué viene esa cara de entierro si está todo el mundo bien?

—Tengo que contarte una cosa que sospecho que ya se te ha pasado por la cabeza.

Marieta se apartó de la puerta, lo dejó entrar y murmuró:

—No me jodas, Fran.

Fran pasó cuarenta minutos en el sofá de Marieta sintiendo que cada segundo su estatura menguaba hasta convertirse en algo diminuto. Se lo contó todo. Todo. Desde los trece años hasta aquella misma tarde, cuando Ángela dio la vuelta y, sin responder, volvió a su casa. No escatimó en detalles, como aquella excursión, en cuarto de la ESO, en la que se perdieron, Ángela se hizo un esguince y él la llevó a caballito de vuelta al autobús, o cuando yo averigüé lo que sentía por ella y lo usé para que me ayudase. No lo hacía con ninguna intención concreta, solo necesitaba sincerarse con ella y expulsar de su interior la sensación de que había estado engañándola por omisión desde hacía tantísimo tiempo.

Cuando terminó, Marieta siguió frotándole la espalda con ternura y la mirada perdida, como si estuviera en shock y no sumida en sus pensamientos, como estaba, entendiendo cosas, hilando detalles, dando un paso atrás para poder ver en su totalidad un dibujo que, para ella, que había estado tan cerca, había sido muchísimo más pequeño y representaba otra cosa. Suspiró y, por fin, miró a Fran.

—No sabes cuánto lo siento —le dijo.

Él no respondió, solo agachó la cabeza y se hundió más en el sofá.

—¿No te ha escrito ni ha intentado hablar contigo? —quiso saber.

—No —aseguró él.

—¿Seguro?

Él sacó el móvil del bolsillo, tenía una notificación, pero vio que era un mensaje desde mi móvil, así que volvió a guardarlo.

—Seguro.

Marieta le cogió las manos.

—Solo necesita tiempo para encajarlo.

—Ya ha respondido. —Sonrió con tristeza—. He estropeado lo que construimos en Like¡t. La he cagado. A partir de ahora será terriblemente incómodo para todos.

—No te pongas en lo peor.

—Se dio la vuelta y se marchó sin decir nada —insistió—. No tengo que ponerme en lo peor porque ya estoy en lo peor.

—Deja que lo rumie —le pidió Marieta.

—No quiero ir mañana a la oficina. Sé que puede resultar pueril, pero voy a echar mano de esos días que siempre estás diciéndome que coja.

—Ahora no, Fran. —Ella se desesperó—. Esa no es la respuesta. Con eso solo vas a hacer más grande…

—¿El cráter de la bomba que le he soltado a Ángela? No, Marieta, es lo mejor. Le escribiré, le diré que no estaré por la oficina, que considero que es lo mejor para no hacerla sentir incómoda y… lo entenderá.

Sí. Marieta sabía que lo entendería y que, incluso, lo agradecería.

—Vale —le concedió.

—Aviso a Selene en cuanto llegue a casa y le paso un mail con…

—Ahora olvídate de eso. Seguro que Selene sabe por dónde seguir y, si tiene alguna duda, que te escriba ella. Dedícate la semana a ti.

—Igual me voy a Navas —murmuró mirando la alfombra colorida del salón de Marieta.

—La familia siempre absorbe parte de los golpes, incluso aquellos de los que no tienen ni idea.

—Sí —asintió.

—Pero no estés solo —le pidió—. A ti te sienta fatal.

Pensó que al menos me tenía a mí, pero eso le hizo mirar de nuevo a Marieta.

—¿Alejo no ha venido?

—¿Alejo? —se extrañó Marieta—. ¿Por qué iba a venir?

—Porque es fin de semana, has estado fuera y supongo que tendrá ganas de verte.

—Me ha escrito, pero le he dicho que estoy cansada. No es mentira, pero… quiero frenar un poco. —Puso cara de apuro—. Me acababa de responder cuando has llamado al timbre. Aún no he abierto el mensaje.

—¿No te gusta?

Ella dudó, estrujándose las manos.

—Me gusta mucho, Fran. Pero… ¿tengo espacio para esto en mi vida? No estoy segura.

Él chasqueó la lengua, miró a Marieta y le revolvió el pelo.

—Por si no le tenías suficiente miedo a lo desconocido, vengo yo a contarte esta movida.

—Eso no te tiene que hacer sentir mal. Eres mi mejor amigo y Ángela es mi mejor amiga…

—No quiero que esto te haga pensar en la parte fea de querer a alguien.

Ella me estudió, pero no respondió:

—Querer es precioso, Marieta, y, si tanto te gusta, no lo pongas contra las cuerdas, no alargues esto, lánzate, aunque tengas miedo. Hablad. Te digo lo mismo que a él: las palabras nos salvarán. Tener dudas es lo normal. Nadie empieza una relación estando seguro de lo que va a pasar. Sería terriblemente aburrido.

Marieta suspiró y Fran la vio, por primera vez en su vida, vulnerable frente a lo que sentía por alguien. Aunque no dijera nada, el silencio fue de lo más elocuente.

Mientras tanto, yo. Mientras tanto, este tonto.

Mientras tanto, yo daba vueltas por su barrio, con la capucha de la sudadera puesta, las manos hundidas dentro de los bolsillos del abrigo, y escuchando una y otra vez en mis auriculares, no entiendo por qué, «Héroes del sábado», de La M.O.D.A, esperando a que respondiera mi mensaje.

Alejo

Estoy por aquí. Solo quiero darte un beso, después me iré. Pero quiero llevarme un beso o no podré conciliar el sueño. No me gusta pensar que se me puede olvidar tu olor, aunque sea durante dos días.

Le di el beso, por si te lo preguntas, pero se lo di más de una hora después de haberle mandado el mensaje. Sé que se retrasó en contestar porque estaba reconfortando a Fran y no pudo leer antes mi mensaje, pero la cuestión es que yo esperé. Esperé más de una hora, sin contestación. Y aunque Marieta me abriera la puerta con una sonrisa tierna y un beso, aunque se dejase arrullar, aunque me pidiera que por favor no me fuera ya, que me quedase con ella un rato…, aun así, yo no debería haber esperado y ella habría tenido que entenderlo. Pero esperé.

Marieta y el miedo. Alejo y la desproporción.

42
Odio la Navidad

Llegó diciembre y Fran no estuvo allí para frenar las hordas de fans de la Navidad que llenaron la oficina de espumillón, adornos y elfos traviesos y hasta se atrevieron a montar un árbol en un rincón. Todo el mundo parecía entusiasmado, recogiendo nombres para el amigo invisible que se daría antes de que toda la plantilla cogiera una semana de vacaciones y la oficina se quedara solamente con diez personas de guardia. Yo no quería participar en nada, pero tampoco ser el único que no lo hiciera, así que cedí a la presión social: metí mi nombre en la lista para el amigo invisible de los cojones, acepté tener un elfo de esos en la mesa y hasta ayudé a Marieta a decorar su despacho.

—Me encantan estas fechas. —Suspiró emocionada cuando dio por terminada la labor y parecía que el monstruo de la Navidad había estornudado sobre nosotros.

—Un día entenderé por qué os gusta tanto.

—Una época del año en la que venden panetones en todas partes debe ser acogida con los brazos abiertos.

—Cada año empieza antes —gruñí, recogiendo del suelo las bolsas de donde Marieta había sacado semejante arsenal de adornos—. Un día de estos nos venderán turrón en agosto.

—Entiendo por qué Fran y tú os habéis hecho tan amigos. Compartís animal espiritual.

—Ah, ¿sí? ¿Cuál?

—Una anciana de noventa y ocho años que siempre ha sido antipática, pero que cada año está más amargada.

Fingí que me reía para después ponerme serio. Eso la hizo reír más.

Qué bonita estaba cuando se reía. Me dieron ganas de acercarme, rodearla por la cintura y besarle la punta de la nariz…, pero no podía.

—Hablando de Fran. ¿Qué tal le van las vacaciones? —me preguntó.

—¿Por qué das por hecho que lo sé?

—Porque me dijo que te escribiría la última vez que lo vi.

Se encogió de hombros de pie detrás de su escritorio.

Yo, frente a la mesa, con el jersey negro lleno de residuos de espumillón de mil y un colores, recordé nuestra conversación el lunes y la decepción con la que me dijo que esperaba de todo corazón que las cosas me salieran mejor que a él.

Marieta dio una palmada en el aire para despertarme y después levantó mucho las cejas.

—La Tierra llamando a Alejo.

—Fran está bien —sentencié—. Ha aprovechado para irse a Navas a ver a sus padres.

—Eso ya lo sé.

—¿Para qué preguntas entonces? —me burlé.

—Para ver si has hablado con él más recientemente que yo, payaso —respondió resuelta.

—Le pregunté ayer qué tal estaba y me mandó una foto con un perrazo que parecía un oso. Parecía tranquilo. Sobre todo, creo que empieza a desaparecerle ese color de muerto que tenía últimamente en la cara.

—Sí que es verdad. Estaba como verdoso. —Marieta hizo una mueca—. El perro se llama Pimi.

—¿Pimi? —Me reí—. ¿Qué tipo de nombre es Pimi?

—Pimienta. Cuando te digo que soy la más normal de la empresa, ¿por qué te cuesta tanto creerlo?

—Porque te conozco bien. —Suspiré.

Ambos sonreímos con la esperanza de que lo que acababa de decir fuera completamente cierto pronto. En aquel momento era una fantasía optimista, una de esas cosas que se les permite decir a los amantes sin considerar que mienten porque el amor, al principio, se construye a base de fe y ensoñación.

Ángela pasó casi de puntillas aquella semana. Es cierto que todo el equipo de desarrolladores parecía estar apagando (o encendiendo, nunca se sabe en esta industria) algún fuego, pero hubo días en los que solo se acercó a la mesa de la comida para saludar, con una botella de agua y un sándwich en la mano, de camino de vuelta a su escritorio.

Marieta la disculpó comentando lo durísimo que estaba resultando dejarlo todo cerrado antes de Navidad, pero yo sabía que había algo más. Ángela arrastraba una pena, no sé si por miedo a perder a Fran o por remordimientos por no quererle.

Cuando hablé con Fran de nuevo en una breve conversación de WhatsApp el jueves por la noche, aproveché para preguntarle si había tenido novedades por ese lado. Me sorprendió saber que Ángela había movido ficha. Poco, pero la había movido. Había contactado con Fran de forma casi anecdótica, equivalente a mover un peón poco comprometedor en el primer turno de una partida de ajedrez.

Fran

Sí, me escribió el otro día para pedirme perdón
por dejarme en su portal con la palabra en la boca
y dejó caer la posibilidad de estar
«próximamente» preparada para hablar.

Alejo

¿Y eso cómo te deja?

Fran

Me deja igual porque no cambia nada. Creo que me morí por dentro el domingo pasado y no hay esperanza de resurrección.

Alejo

No digas tonterías. Nadie se muere de mal de amores.

Fran

Estoy de acuerdo, pero ¿no crees que hay historias que marcan un antes y un después? Hay personas que nunca nos dejarán indiferentes, para bien o para mal.

Alejo

Eres un intenso.
En cuanto te sientas preparado, salimos.

Fran

No, que me da miedo terminar en una orgía contigo.

Parecía estar mejor. Al menos ya no respondía amargado a cada «¿Cómo estás?». Era un comienzo prometedor.

El jueves, después de una semana aburridísima, pero a las puertas de un puente festivo de tres días, Marieta, que pasaba en aquel momento por delante de mi mesa de vuelta de una reunión, dio un golpecito sobre la madera y me pidió que la siguiera.

—Vente un segundo, porfi.

Ni me miró. A veces sucedía. Marieta era divertida, amable y hasta cariñosa conmigo, como una buena jefa, pero evitaba tocarme en el trabajo y, en ocasiones, cruzarse con mi mirada. No la culpo; a veces bastaba con que me mirara para que se me pusiera dura, así de loco estaba por ella.

—Cierra la puerta.

La cerré con cuidado y me volví hacia Marieta.

—Qué seria, mi amor.

—¿Mi amor? —Se rio—. Eso es nuevo.

—Daré con el apodo cariñoso que te guste, lo sé.

—Te adelanto que «mi amor» no lo es.

—Dime por qué pones esa cara…

—Si te cuento lo que me ha pasado, no te lo crees. —Se dejó caer en la silla y se frotó la cara, emborronando un poco el maquillaje de sus ojos—. Necesito que me hagas un favor enorme. —Y puso cara de estar a punto de delegar en mí un marrón gigantesco—. Necesito que te coordines con Recursos Humanos para que se mande un mail el lunes para reconfirmar ese mismo día la asistencia a la cena de Navidad y…

—¿Y? —pregunté asustado.

—Cuando tengáis un número aproximado de asistentes…

—No lo digas —le pedí.

—Lo siento. —Sonrió con pena—. Necesito que te encargues de buscar restaurante.

Me vi a mí mismo cayendo de rodillas y lanzando un alarido hacia el cielo.

—Joder —pude decir—. ¿A estas alturas?

—Lo sé.

—Sí que me odias.

—No te odio. Ayer prendió la cocina del restaurante donde íbamos a celebrarlo y van a estar cerrados al menos un mes.

Levanté las cejas, sorprendido.

—No ha habido heridos ni muertos, así que, por ese lado, pues, oye, qué suerte. Por el otro, una putada. Hazme el favor y cierra un menú apañado.

—¿Presupuesto?

—El que a ti te parezca… pues la mitad.

Me reí.

—No seas rata —le pedí.

—No soy rata. Es que luego almaceno en el cerebro todas esas imágenes de mi plantilla borracha como un lémur y me cuesta mirarlos a la cara. Mira que soy de actividades en grupo, pero lo de la cena de Navidad…

—Vaya por Dios, hasta al encarnado y pelirrojo espíritu de la Navidad hay algo que le molesta.

—¿Veinte euros por cabeza no será suficiente?

—Marieta —le advertí—. Están las cosas como para que te gastes veinte euros…

—¡Estoy de broma! Habla con Recursos Humanos y ellos te darán todos los datos de lo que teníamos reservado. Solo hay que replicarlo.

—No sé si es que notan que algo ha pasado con su cena de Navidad, como las alimañas que predicen las tormentas, o es que necesitan vacaciones, pero la gente está nerviosa. Una de contabilidad se grapó ayer una mano sin querer y esta mañana me ha contado Tote que dos compañeras de Márquetin han discutido por un subrayador rosa palo, que al parecer era de una y había usado sin permiso la otra.

—Sabía lo de la grapadora, pero no lo de Márquetin… vaya movida. ¿Y quiénes son las que han discutido?

—La que tiene cara de zarigüeya y la del pelo escoba.

Me lanzó una mirada de reprobación.

—Eres lo peor.

—Lo que te sienta mal, en realidad, es haber entendido perfectamente a quiénes me refería. Será que tú también lo has pensado.

—Tienes mucho trabajo que hacer, Alejo. Sé que te gusta mucho mi despacho, pero tienes que salir.

—Tu despacho me horripila. Lo que me gusta es estar contigo. ¿Qué te parece si voy esta noche a tu casa y me quedo a dormir?

—¿Y venir mañana con la misma ropa? Va a cantar por soleares…

—Marieta, mañana es viernes y es la Inmaculada, festivo en toda España.

Miró confusa en mi dirección, pero sin verme.

—Ah, joder…

—El estrés abre frente a ti un portal del tiempo, donde los días se confunden unos con otros. Pero no te preocupes, porque aquí estoy yo para ayudarte.

Subí y bajé las cejas un par de veces y ella sonrió.

—Tengo que dormir. Creo que esta noche voy a meterme un válium debajo de la lengua y a esperar que me induzca un placentero sueño de quince horas.

—Eso no suena a plan conmigo.

Susurró:

—Estoy cansadita y no quiero que te aburras.

—No me aburro contigo —susurré también—. Me gustas como eres: enajenada y drogadicta.

—¿Y mañana?

Cogí aire y asentí.

—Vale, mañana —recuperé el tono normal—. Pero ¿no será porque tienes miedo de que pasemos demasiado tiempo juntos?

—No —negó con cara de susto.

—Ese «no» suena a «sí».

Alguien llamó a la puerta y al volverme encontré a la responsable de Nuevos Negocios cargando con el portátil, una tablet y el mando del proyector. Marieta le pidió en un gesto que esperase un segundo.

—Tengo otra reunión.

—¿Quieres que vaya contigo?

—No hace falta. Ya tienes suficiente con lo del restaurante.

La melena se le volcó sobre el rostro cuando se levantó y se inclinó para coger sus cosas. Era una cortina de fuego preciosa que daba ganas de acariciar. Yo seguía allí de pie, esperando que respondiera, y ella lo sabía. Cogió aire de manera sonora y me miró.

—No sé si quieres que abra mi corazón y comparta contigo todos mis miedos y mis sentimientos, pero si es eso... no sé hacerlo.

—¿Quieres que vaya a dormir a tu casa mañana?

—Sí —asintió segura.

—¿Por qué?

—No lo sé. No sé decir lo que esperas que te diga.

—Pues, si no sabes decirlo, escríbelo.

—Lo siento, Alejo.

—¿Por qué siento que soy el único que lo intenta?

—Marieta —la chica entró—, ya están aquí los posibles inversores. No deberíamos hacerlos esperar.

—¿Está todo preparado?

—Sí. Solo falta hacer las presentaciones y empezar.

—Iré a preguntar si quieren café.

—Buena idea. Yo lo quiero solo —dijo la chica poniéndose en marcha.

Y esas cosas eran las que más me jodían de mi puesto. Era una empresa joven y encantadora, pero aún había gente que consideraba que un secretario de dirección estaba ahí para hacerle los cafecitos...

Miré a Marieta, ya no por esto, sino por lo que había quedado pendiente, y ella, al pasar por mi lado, agarró con suavidad mi antebrazo, le dio un pequeño apretón y susurró:

—Dame un poco de tiempo. Lo intento.

Aquello, lo nuestro, era como un enorme tanque, un vehículo gigantesco que, para ponerse en marcha y alcanzar la velocidad de crucero, andaba a gatas un buen rato. Yo esperaba que cogiera inercia y que, en algún momento, se convirtiera en un tobogán de agua. Estaba seguro de que saldría bien; ya no tenía dudas. Éramos yo y mi enorme esperanza caminando por todas partes, haciéndonos cargo del peso de todas las dudas que tenía Marieta, que jamás supe exactamente cuáles eran. Se nos empezaban a cansar los brazos, es verdad, y no habíamos sopesado la posibilidad de que esa enorme máquina que éramos terminara arrollándonos cuando consiguiera acelerar.

No obtuve mi invitación para dormir con ella y tuve que contentarme con gestionar el marrón de Navidad. La persona escogida para ayudarme desde Recursos Humanos llevaba en la empresa seis meses más que yo y parecía estar permanentemente paralizado de terror por meter la pata. En mi anterior vida debí ser asesino en serie.

Aquella noche, andaba yo cargando un bol de palomitas de maíz de la cocina al salón, donde me esperaban mis hermanos para ver una película, cuando Manuel me dijo que me había llegado un mail del curro.

—¿Y tú qué haces cotilleando lo que me llega?

Dejé las palomitas y le di un coscorrón.

—Tu móvil se ilumina como si fuera un faro en medio de la noche, chaval. Como para no fijarse.

—Pon límites en el curro, hermano —respondió Alfon, que parecía haberse fumado algo muy relajante—. No puedes estar respondiendo mails los viernes por la noche.

Qué raro…

De: Marieta Durán
Para: Alejo Mercier
Jueves 5 de diciembre
22:12

Lo intento, pero no sé si sirvo. Creo que esperas de mí cosas que no sé dar, y eso me hace ser más torpe todavía. Me gustaría tener un manual que me mostrara los pasos que seguir, pero me temo que no lo hay.

Normalmente no ahondo en las relaciones. Quedo, me divierto y, cuando empieza a ser aburrido, me despido y me voy. Lo que tú me pides es nuevo y estoy aprendiendo; lo hago porque tú también me gustas y porque no sé qué siento en el estómago cuando estoy contigo, pero es agradable.

Me gustaría hacer un plan contigo este fin de semana, aunque sé que es tarde para plantearlo. Puedes decirme que no y no me mosquearé, pero he reservado una cabaña pequeñita en Toledo para mañana y hasta el domingo.

Siento que me precipito, que no estamos preparados para estar tantas horas juntos y solos, pero es lo único que se me ocurre para no decepcionar tus expectativas. Tú eres el romántico, pero hasta yo sé que tengo que responder de alguna manera para que esto sea equilibrado.

Siento no ser más hábil, pero te prometo que al menos sé ser divertida.

XXX

Marieta

Me levanté del sofá y fui hacia mi dormitorio.

—¡Eh! ¿Y la peli? —se quejó Manu.

—Id viéndola vosotros. Tengo que hacer la maleta. Me voy de fin de semana.

43
Mapaches

La cabaña me encantó. Estaba en medio de una arboleda llena de chopos, olmos y fresnos, aunque a esas alturas del año estaban bastante pelados. El suelo era una manta de hojas caídas en descomposición, tierra, guijarros y piedras cubiertas de líquenes. El paisaje me parecía superpintoresco, lo que imaginas cuando te hablan de una cabaña; sin embargo, nada más llegar y junto a la mujer encargada de las instalaciones, Marieta dijo:

—Parece el típico sitio donde un grupo de adolescentes es masacrado por culpa de una maldición.

No sabía dónde meterme, pero me hizo mucha gracia.

La cabaña formaba parte de una suerte de hotelito rural que constaba de varias edificaciones iguales, de madera, con tejado a dos aguas y una pequeña chimenea, y una más grande, donde tenían un restaurante y la recepción. Era muy íntimo, porque la frondosidad de la arboleda daba una sensación de aislamiento muy relajante.

Dejamos nuestras maletitas junto a la cama y, con cierta timidez, recorrimos cada rincón. El baño era bastante moderno, con una ducha grande y una pila con dos senos. Había una pequeña nevera en un rincón, donde descubrimos una botellita de cava. Sobre la encimera de una mínima cocina (que básicamente tenía una pila, un microondas, un cajón con utilería, un hervidor y una cafetera), encontramos otra botella, esta vez de vino tinto de la zona. Se podía comer en el restaurante, nos había dicho la anfitriona, y también tenían algunos platos sencillos que podíamos pedir al servicio de habitaciones (aunque ella dijo «al servicio de cabañas» a modo de chiste y nosotros nos dimos cuenta cuando ya se había ido). Traían el desayuno en una cestita y lo dejaban en la puerta de la cabaña sobre las nueve de la mañana.

—Me preocupa el desayuno, se lo van a comer los mapaches —me dijo Marieta consternada cuando ya estábamos solos.

—Marieta —la miré con ternura—, aquí no hay mapaches. Y me sorprende que una persona a la que le tengo que recordar que se alimente se preocupe ahora por eso.

—Eso solo me pasa en el trabajo. En casa soy como una hormigonera que se lo traga todo.

Levanté las cejas, sugerente, y ella me enseñó el dedo corazón mientras volvía los ojos a su móvil, donde tecleaba algo.

—Leo: «Montes de Toledo: dentro de su fauna destacan el ciervo, el jabalí y el corzo como animales de caza mayor. Abundan los zorros y las especies carroñeras. Uno de los animales más característicos de la zona es el buitre negro y el leonado». A mí no me apetece abrir la puerta por la mañana y encontrarme con todos estos bichos.

Le prometí salir yo a por la cesta y, después, nos sentamos a los pies de la cama sin saber qué hacer o qué decir.

—Esto es incómodo —susurró conteniendo una sonrisa tímida.

—Las primeras escapadas siempre lo son, ¿no?

—No sé, tú eres el experto.

—¿Nunca te has ido de fin de semana con un rollo?

—Sí, pero con esos con los que casi no hablas. Ya sabes. Con los que bebes vino y follas durante toda la noche y luego sigues foll…

—No quiero saber más —la corté sonriendo—. Ya me puedo hacer a la idea.

—Vale, entonces ¿esto cómo va?

—Marieta, tía, me estás dando una mezcla de risa y ternura...

Ella sonrió, se levantó de un salto y se acomodó a horcajadas sobre mí.

—Cuénteme, oh, gran maestro, cómo se hacen estas cosas.

—En primer lugar, puedes tutearme, pequeña aprendiz.

Apoyó la frente en mi hombro y se murió de risa.

—Esto va de estar cómodos y conocernos. Así que haremos lo que más nos apetezca en cada momento. Si nos apetece sentarnos en el porche a leer con un café, en silencio, lo haremos. Si se nos antoja bebernos ese vino, también. Y si queremos follar como conejos, ¿quién puede prohibírnoslo?

Me miró sonriente.

—Pero me darás de comer, ¿no?

—Todo lo que quieras.

Me hincó el dedo entre las costillas y yo me quejé entre risas.

—Quiero comer algo más que a ti —dijo—. Podemos bajar al pueblo. Le preguntaremos a la mujer de recepción si se puede ir dando un paseo.

—Me parece una idea genial.

Marieta tenía una cicatriz en la rodilla, de una caída relativamente reciente, en la que se quemó la piel con el tejido vaquero de sus pantalones. Se apartó el pelo para enseñarme otra en la cabeza, que se hizo al caer de un árbol. Era la niña saltamontes.

Tenía veintisiete pecas en la espalda y una piel de un precioso color perlado. Suave. Ella me contó tres pecas en la espalda y dos en los brazos. Nos morimos de risa, porque nos pareció una cantidad anormal. Después, encendí un par de velas que traje en el equipaje, serví dos copas de vino, las bebimos hablando de música, enredándonos en qué queríamos poner para que sonase en el móvil y, después, nos besamos durante largo rato e hicimos el amor.

Creo en hacer el amor tal y como creo en follar; y creo porque son conceptos tangibles que no necesitan de un ejercicio de fe. Están ahí con solo estirar la mano y acariciar la piel. La diferencia es mínima. Suelo burlarme de las personas que consideran que hacer el amor es follar despacio; se puede hacer el amor rápido, se puede hablar, se puede reír… es sexo. Creo que la diferencia está en la intimidad que las dos personas implicadas quieran ceder. Y, durante ese ratito, pude disfrutar de una Marieta con las puertas del castillo completamente abiertas.

Rio, me acarició el pelo, cerró los ojos y aspiró el olor de mi cuello, se dejó mecer, se corrió en silencio y sonrió cuando lo hice yo. Sin embargo, lo más significativo fue que después se acercó tímidamente a mi pecho, se hizo hueco entre este y mi brazo y apoyó la mejilla sobre mi piel. Lo hizo como si uno de los dos se fuera a romper y, para que esa fragilidad no le quebrara la intimidad que me ofrecía, la estreché con fuerza contra mí.

—Me gusta cómo hueles —susurró—. Y me gusta cómo olemos después de acostarnos. Me gusta que olamos igual porque es… como nuestro. Y nunca he tenido algo así con nadie.

Busqué su mano, entrelacé los dedos con los suyos y jugueteamos con ellos.

—Eso es romántico —le dije.

—Soy una buena alumna.

—No. —Me reí—. Eres cabezota, un poco fría, a veces incomprensible, asustadiza y valiente a la vez. Eres un caos ordenado que genera vida, pero necesitas un espacio enorme para sentirte a gusto. Eres muchas cosas, pero romántica no está entre ellas.

—¿Y eso es realmente malo?

—No, siempre que sepas decirme cómo te sientes.

Hundió la nariz en mi piel y pareció pensar, tomarse su tiempo. Después, apoyando de nuevo la mejilla en el pecho, empezó a hablar:

—Me siento rara. Siento que quiero vivir sin cambiar mi vida y sé que eso es imposible, porque vivir es moverse, permitir el cambio. Nunca me ha gustado esa frase de que la vida es una línea retorcida, pero ahora la entiendo, porque a veces me siento como en un *looping*, boca abajo, esperando que me vuelvas a poner del derecho.

—Eso es bueno.

—¿Sí? —dudó.

—Sí. De eso va. De descolocarse, conocerse y entenderse.

—¿Y si luego descubrimos que nos aburrimos? ¿O que no sabemos hacer compatible el tiempo, el ritmo, el compás…?

—Creo que tienes experiencia en dejar ir historias fallidas. Será igual.

—No. No será igual.

Colocó una de sus piernas sobre mí, acomodándola entre las mías, y, poco a poco, su respiración se fue volviendo más pausada, más regular. Pensé que se había quedado dormida, pero, cuando yo ya sentía que me adentraba en un estado de duermevela, murmuró:

—Lo que más me preocupa es tener ganas de ir al baño contigo aquí.

Y no pude dormir, porque me dio la risa.

Paseamos por el monte hasta el pueblo más cercano, donde comimos en una tasca con un aspecto horrible, pero buena comida y mejor café. Acariciamos gatitos que nos encontramos por la calle y Marieta intentó cogerlos en brazos a todos. Evidentemente huían despavoridos. Tan asustada por si un ciervo se comía su desayuno y acosando a la fauna doméstica…, esa era Marieta.

Hicimos el amor de nuevo. Nos bebimos el cava en el porche, envueltos en mantas, buscando estrellas fugaces, actividad que propuse yo y que ella aceptó a regañadientes y que mandó a tomar por culo cuando el frío empezó a calarnos.

Dormimos abrazados, nos despertamos juntos, follamos y nos besamos sin lavarnos los dientes y bebimos mucho café junto a los bollos que incluía la cesta de desayuno. Después, paseamos, buscamos piedras, recogimos palos, nos convertimos en niños y, cuando nos cansamos, volvimos a la cabaña a leer en los cómodos sillones del porche donde se derramaba la luz del sol de invierno. Nos tocábamos con los pies y estirando las manos. Nos juntábamos y nos separábamos, y era agradable estar con ella, tan cerca, pensando en otra cosa, perdido en la novela. Me hacía sentir normal, me hacía sentir cómodo y, sobre todo, dando pasos. Ella también parecía estar cómoda, aunque de vez en cuando saltaba del asiento, le daba una vuelta a la casa, vagabundeando, arrastrando los pies, y volvía.

Por la noche estuve a punto de decirle que la quería. Es algo normal, puedes pensar. Durante el sexo se dicen cosas y no todas pasan por el tamiz de la razón. Pero... no estábamos follando. Habíamos pedido algo de comer y una botella de vino y ella estaba llenando las copas con la boca llena de queso y tratando de hablar. Pensé: «Está llena, está llena de vida, de ganas, de sol, le sale por los poros» y me asusté... porque estaba tan llena que quizá tenía razón en temer que no había sitio para una relación en su vida y en su rutina, a largo plazo. El proyecto que estaba iniciando, que empezaba a rodar, implicaría muchísimas horas de trabajo si terminaba siendo viable y... yo tenía la que me imaginaba que sería la última entrevista la semana siguiente. Me entraron prisas, por si teníamos el tiempo contado, por si, en algún sitio, un reloj de arena iba haciendo deslizar lo que nos quedaba. Quise decirle «te quiero» porque la quería como se quiere cuando aún no la conoces de verdad y que, por ello, no es menos real ni menos cierto. No es mentira. Y si quise decírselo fue porque temí que se me escapara, que, si no hacía algo, ella se diluyera frente a mí como pasando de estado sólido a gaseoso. Que se convirtiera en nubes, en polvo, en algo que «qué bonito fue, qué poco duró, qué pena».

No lo dije, no obstante, porque, cuando me sonrió esperando respuesta a algo que no había escuchado, la vi frágil y entendí algo de ella: las personas fuertes quieren tener la posibilidad de sentirse débiles con alguien, aunque nunca lo hagan.

Marieta era un rascacielos. El Empire State Building. Era un árbol. Un arce japonés. El Amazonas. Un misil antitanques. Una película de guerra en la que ganan los buenos. La red de metro de Tokio, Londres, Madrid, Nueva York. Una arteria. El comandante que te lleva a la victoria y te permite llegar sano y salvo a casa.

Marieta era muchas cosas, pero quería poder disfrazarse de porcelana y que alguien le dijera: «Yo te voy a cuidar»..., aunque no lo necesitara.

El amor es eso. El amor no necesita. El amor ofrece... Y si se usa, bien, y, si no, ahí está, por si acaso.

El fin de semana fue fantástico. No puedo decir otra cosa. Hasta ella lo dijo, sonriente, después de pedirme que buscase las gafas de sol en su bolso mientras conducía de vuelta a Madrid. Reímos, descansamos, leímos, hablamos, nos mostramos, follamos y volvimos a reír. Parecía que Marieta se amoldaba a los ritmos de lo que yo quería que fuera nuestra pareja.

No sé si para ti ha sido también evidente el error de esta última frase...

44
El comodín de la llamada

Cuando Fran volvió, el lunes a media mañana, me puse tan contento de tenerlo allí que hasta lo abracé. En un principio le pareció muy gracioso, pero cuando le agarré del jersey y le supliqué que no volviera a dejarme solo se asustó. No le culpo.

Me estaba desquiciando la maldita cena de Navidad.

A pesar de encontrarnos en la segunda semana de diciembre, casi todos los locales estaban llenos. ¿Cómo habíamos podido tener tan mala suerte? Los únicos sitios que encontramos, el chico de Recursos Humanos que se dignó a ayudarme y yo, seguían teniendo libre porque eran tan míseros y cutres que quién iba a querer celebrar allí nada.

—¿Puedo pasar? —le pregunté a Marieta con educación.

Solo me había dedicado un «buenos días» desde que había llegado. Sus silencios solían ser inversamente proporcionales a lo bien que se lo había pasado conmigo en nuestra faceta privada, y, repito, daba gracias a que ella supiera llevar el asunto con cierta frialdad en el curro, porque yo tenía que esforzarme mucho para no entrar en su despacho y besarla con mucha lengua.

—Entra —dijo sin mirarme—. ¿Qué necesitas?

Instintivamente me toqué la herida que me había hecho en la frente tratando de quitarme el grano que tenía de comer tanto queso durante el fin de semana.

—Lo de buscar local para la cena está resultando muy complicado. Los únicos sitios que tienen plazas libres son mugrientos y cochambrosos.

—Ah, qué bien. —Hizo una mueca y me miró sonriente con los brazos cruzados—. ¿Alguna buena noticia más?

—Si te sirve, ya hemos enviado el mail y la gente sabe que hoy es el último día para confirmar asistencia.

—Lo sé. Me ha llegado.

—¿Vas a ir? —quise bromear.

—¿Puedo no hacerlo?

—¿Qué alternativa sería más placentera?

—Una habitación con chimenea y tu cabeza entre mis muslos.

Levanté las cejas. Oye, eso no lo había visto venir.

—Pues suena a planazo, pero tienes que ir a la cena. Si es que encuentro local.

—Voy a hablarte como jefa, ¿vale? —Apoyó los codos en la mesa—. Tienes que encontrarlo. Sería el primer año que no celebráramos esa cena, y no quiero que la gente piense que el proyecto que está despegando en Nuevos Negocios y que es *vox populi* va a hacer que descuidemos a la plantilla de Like¡t. Es simbólicamente importante.

Asentí.

—Me preocupa no encontrar ningún sitio decente.

—Busca alternativas. Si no hay más opción, la celebraremos aquí, pero ese es el último cartucho. Quemad todos los que tengáis antes de echar mano de este. La gente se merece salir de aquí, aunque sea un ratito, y poder ver otras caras.

Oído, cocina.

¿Sabes qué era lo que más me agobiaba del asunto? Que esa semana tenía la última entrevista del proceso de selección y sabía, en lo más profundo de mí sabía, que iría bien. Por tanto, me quedaba muy poco tiempo allí dentro. Estaba contento porque estaba a punto de conseguir mis objetivos sin tener que recurrir a los contactos de mi padre. Me daba cuenta ahora de que, si lo hubiera hecho, si cuando dejé el anterior mi padre me hubiera ofrecido un puesto a mi medida, me hubiese sentido toda la vida en deuda y probablemente habría sufrido el síndrome del impostor. Porque soy un pijo caprichoso y manipulador, pero con conciencia. Malvadillo, no malo, como había dicho Marieta.

Así que tenía que conseguir un buen sitio para celebrar la cena de Navidad también como un símbolo de mi paso por allí y para dejar un bonito recuerdo de mí, de alguien decidido y resuelto que duró poco, pero se hizo con el puesto.

Me senté en mi escritorio y seguí llamando a todos los locales que encontré en internet, pero en todos recibía la misma respuesta: estaba todo lleno; ya era muy tarde, éramos demasiados. Cansado y frustrado por no poder impresionar a Marieta, por no hacer mi última gran aportación a Like¡t, empecé a pensar en un atajo. Lo había tenido presente desde que Marieta me trasladó el marrón, pero prefería no recurrir al comodín de la llamada exactamente por lo mismo que agradecía que mi padre se hubiera enfadado y no hubiera movido sus contactos para emplearme. Por no sentirme en deuda y por el placer de saber que lo había conseguido solo. Pero quería darle eso a Marieta. Quería darle algo bonito, quitarle un problema, hacer que disfrutara de aquello y que ya nunca pensase en esa cena como un tostón.

Cogí la tablet y el teléfono móvil y fui hacia la cocina, desde donde llamé.

—Hola, mamá —la saludé—. Perdona que te moleste. No estás en clase, ¿no?

—Si estuviera en clase, no te lo habría cogido, corazón. ¿Qué pasa?

«Que tengo que pediros un favor y no me apetece un culo».

—Verás, el local donde la empresa iba a celebrar la cena de Navidad se incendió el jueves pasado.

—¡Por Dios!

—No te preocupes, sin víctimas mortales ni heridos, solo la cocina calcinada.

—Menos mal, hijo.

—Ya, pero —bajé el tono— no están encontrando alternativa, y he pensado que me vendría muy bien salvar esta papeleta, ¿entiendes?

—Quieres decir que eso te dejaría como alguien resolutivo, con contactos y de alto valor.

—Algo así. —Me froté las sienes, cerrando los ojos—. ¿Podrías hablar con Gregorio? Sigue teniendo el negocio de cáterin, ¿no?

—Sí, por supuesto. ¿Qué quieres que le pida exactamente?

—Un local donde acomodar a —miré en la tablet la lista de confirmaciones, que a aquellas horas estaba ya casi al completo— entre setenta y ochenta personas.

—¿Privado?

—Compartido —apunté—. Con un presupuesto máximo de sesenta euros por persona. El día…, mira, el día el que sea, nos adaptamos.

—Vale. Te llamo en cuanto sepa algo.

El comodín de los papis con contactos estaba sobre la mesa, al igual que mi recién descubierto orgullo de adulto independiente al que había renunciado momentáneamente por Marieta.

Mamá llamó unos veinte minutos después con un tono de voz cantarín, con lo que deduje que mi infierno se había terminado. O al menos Satán iba a bajar un par de grados la temperatura.

—Hecho. Lo único es que solo tienen disponible un hueco el viernes 13…, vamos, este viernes. Ese día no pensaban usar la carpa pequeña, pero tu madre puede llegar a ser muy persuasiva.

—No quiero saber qué has hecho para conseguirlo.

—Nada ilegal ni inmoral. Pero, Alejo, recuerda que el local está a las afueras.

—¿Dónde está?

—Aquí al lado, en La Moraleja. Te mando ahora mismo por mail la información. Dame tu correo de la empresa.

—Mándamelo al personal, por favor, mamá.

—Vale. Lo recibirás en nada.

—Gracias, mami.

Me tapé la cara, avergonzado.

—No me las des, hijo, soy tu madre. Pero, si te parece…, no se lo vamos a contar a papá, ¿vale? Gregorio va a ser discreto también. No queremos que use esto como arma arrojadiza si se enfada.

—Pues debería enfadarse menos, que en vez de un padre a veces parece un negrero.

Ella lo justificó, claro, porque es su marido y lo ama. Y es mi padre y le quiero, pero nuestros héroes de la niñez también tienen defectos.

Cuando colgué recé un par de avemarías para que el local valiera la pena y cuando abrí el correo de mi madre me sentí aliviado. Volví a llamar al despacho de Marieta, que me dio permiso para entrar sin desviar los ojos del ordenador, para no variar.

—Dime que vienes a darme buenas noticias, porque, si leo en voz alta el mail que acabo de recibir de los posibles inversores, invoco a Satán.

Marieta suspiró como si un sentimiento se le hubiera quedado atravesado en los pulmones y no pudiera colocarlo en su lugar. Estaba agobiada, eso estaba claro, pero no estaba seguro de cuánto ni del porcentaje de cada porqué (o de si yo formaba parte del problema).

—¿Qué traes? —preguntó por lo que brillaba en la pantalla de mi tablet.

—He conseguido local compartido para el día 13 dentro del presupuesto.

—El 13 es este viernes, ¿no?

—Sí. Tendremos que darnos prisa en comunicar el cambio. Toma, este es el menú. —Le pasé la pantalla para que pudiera verlo ella misma.

—Está muy bien, ¿no? —Me miró de soslayo.

«Este es mi regalo para ti, aunque sé que es mi obligación como asistente, pero es mi regalo porque sé que me voy a ir y tengo miedo».

—Yo creo que sí —confirmé con una sonrisa.

—Un poco pijo —comentó mientras ojeaba las fotos que había en el documento—. Pero eso es lo de menos.

—Solo hay un problema: está a las afueras. Exactamente al lado de La Moraleja.

—Pon un servicio de autobús de ida y vuelta desde Chamartín con horario cerrado, y listo.

Me devolvió la tablet, me sonrió y, con un tono de voz amoroso, dijo:

—Gracias, Alejo. Buen trabajo.

—De nada, jefa.

Mentiría si no dijera que aquel «buen trabajo» no me hizo sentir como un perrito al que acarician y llaman buen chico. Me faltaba aprender a dar la patita, porque mover el rabo por mi jefa, eso ya lo sabía.

45
La cena de los idiotas

La entrevista fue muy bien, tal y como presentía. Empezó con una larga conversación en inglés con la que querían comprobar mi fluidez. Después, tratando de pillarme por sorpresa, cambiaron al francés. No lo consiguieron porque en casa todos somos bilingües. Mi familia paterna procedía de Lyon, como bien indica mi apellido. Mi padre nació en España, pero alternó siempre ambas lenguas; conoció a mi madre gracias a que unos amigos en común le dijeron que buscaba profesor particular de francés. Parecieron gratamente sorprendidos cuando seguí la conversación con soltura.

Después me entrevisté con la persona que se iba a jubilar y con el sénior mánager que iba a sustituirle en el puesto de director y dejaba el suyo vacante. Quisieron comentar las últimas noticias del sector, y yo, que esperaba algo similar, llevaba una semana empapándome de todo por internet. Nos caímos bien; teníamos ideas parecidas sobre muchas estrategias con las que abordar el trabajo, y, cuando nos despedimos, al que sería mi jefe se le escapó: «Te vemos pronto». Estaba claro que yo era el aspirante que más les cuadraba.

Aún no tenía la confirmación, pero sentía que guardaba un secreto. Un mal secreto. Yo solo quería no levantar la liebre antes de tiempo, aunque había pensado comentárselo lo antes posible a Fran y pedirle discreción.

¿Cuál es el *dresscode* de una cena de empresa en la que quieres conseguir que tu jefa muera de amor por ti? Recuerda que tienes que estar arrebatador, mucho; una cantidad de arrebato directamente proporcional a lo mucho que ella odia el discurso romántico tradicional. Que me pusiera todas las excusas que quisiera; estaba seguro de que el hecho de que su madre hubiera sido tan enamoradiza había participado en construir esa animadversión.

Después de cerciorarme de que Ángela aún no había hablado con él del tema (entiéndase que en la oficina se evitaban con disimulo, pero se dirigían la palabra con cordialidad), acompañé a Fran a comprarse algo digno de una ocasión especial. Tenía la corazonada de que el vino que correría en la cena funcionaría de trampolín para todo aquello que estaba por decir, así que él tenía que estar guapo. Y, para estarlo, tenía que comprarse algo decente; lo digo con conocimiento de causa: vi su armario por videollamada unos días antes del evento.

—De verdad —le dije con cara de estar sufriendo un ataque delante de toda su ropa—, de verdad que esto me lo cuentan y no me lo creo.

Nunca había visto tantas sudaderas, tantos jerséis con pelotillas, tantos vaqueros dados de sí y tantas camisas de leñador.

—Pero ¿quién te crees? ¿El presentador de un programa de reformas?

Eso sí, todo impoluto. Descuidado con su imagen sí, pero de guarro que no lo acusase nadie.

Fuimos a dar una vuelta por un centro comercial después del trabajo y, cuando entramos en la tienda donde solía comprarme la ropa, le señalé un par de perchas, así como con desgana, porque me daba vergüenza que la gente me viera haciendo de asesor de imagen, escogiendo modelitos. Un par de chicas muy guapas no dejaban de mirarnos allá donde fuéramos; no teníamos el kiwi para macedonias, pero quizá eso de ligar en un centro comercial, como cuando eres adolescente, nos animaría el día.

Sin embargo, Fran no se dio por aludido con mis señas e indicaciones y volví a mostrarle los percheros.

—¿Qué?

—Esos pibones te están mirando. Coge uno de esos pantalones.

—No te entiendo —respondió.

—Esas tías de ahí. —Señalé con la cabeza todo lo disimuladamente que pude—. No te quitan los ojos de encima.

—A mí déjame de historias. ¿Qué más decías?

—Eres tonto del higo. Tontear un poco no te va a hacer ningún mal.

—Ni bien tampoco.

—Coge uno de esos pantalones.

—¿Qué dices?

—¡Que busques tu puta talla de eso que hay ahí, pedazo de anormal!

Fran me lanzó una mirada de odio.

—Menos mal que me asesoras, cariño —me respondió con un tono cariñoso—. Sin ti estaría perdido, mi amor.

Las dos chicas guapas pasaron muy cerca de nosotros y nos sonrieron, ahora con cierta condescendencia, como quien dice «vale, lo hemos captado».

—Muy bien, Fran. Por ahí se va tu posibilidad de ligar esta tarde. Igual hasta querían un trío —exageré.

—Yo estoy muerto por dentro.

—¿Tu pene también? Porque a ver cómo se lo explicas la próxima vez que te pida fandango.

Me fui al probador con mi propia elección. Fran tuvo que probarse al menos cinco combinaciones diferentes antes de dar con la ganadora; yo lo conseguí a la primera, pero porque me conozco bien.

Iríamos muy guapos y nos enfrentaríamos a nuestros fantasmas con dignidad y sin borracheras, aunque Fran no supiera que yo también tenía un muertito en el armario en forma de una muy posible oferta de trabajo. Para ello, establecimos un panel de control basado en unas cuantas recomendaciones. La primera norma era no abandonarse en los brazos de Baco y terminar balbuceando. Se aconsejaba consumo responsable y un vaso de agua cada dos copas de vino, cervezas o lo que fuera.

La segunda norma era no suplicar.

—Ninguno de los dos —dijo Fran señalándome—. Deja que ella se lo curre también.

—Si espero a que Marieta sea cariñosa, me dan las próximas Olimpiadas.

La tercera norma era no llorar pasara lo que pasara.

—Pues si se nos saltan las lágrimas tampoco pasa nada —apuntó Fran, que tenía una masculinidad bastante más saneada que la mía.

—No, sí que pasa. Si lloras delante de una mujer, nunca dejarás de ser el tío que lloró. Recuérdalo.

En fin. Había aprendido cosas buenas desde que los conocía, pero ten piedad... estaba en ello. Que fuera el más evolucionado de mi exgrupo de amigos no me convertía tampoco en un ejemplo para la humanidad.

Casi agradecimos que se hubiera adelantado la cena, aunque fuera a consecuencia del incendio de una cocina, porque estábamos nerviosos, expectantes. No sé si tenía muchas ganas de que hubiera un acercamiento entre Ángela y Fran o si yo esperaba algo especial de aquella noche, tipo el final de *Eduardo Manostijeras*. Quizá, de algún modo no consciente, fabulaba con ver a Marieta cayendo en mis brazos en una escena tan romántica que resultase pegajosa y, sobre todo, en la que ella pronunciara las palabras mágicas: «Tenías razón». Aún me ponía palote la posibilidad de que se diera cuenta de que yo había llegado a su vida para descubrirle que estaba equivocada y que el romanticismo era una parte importante del amor. Que había que recuperar ciertas tradiciones.

Yo no sé si estaba tonto, si me habían abducido unos extraterrestres anticuados y rancios o si me había dado un golpe en la cabeza.

Es posible que hubiéramos depositado demasiadas esperanzas en ese evento, pero algún día teníamos que permitirnos soñar.

Fran y yo acudimos juntos porque pasó con su taxi por mi casa de camino a Chamartín, desde donde salía el autobús. Ese detalle hizo reír a Tote y la pandilla.

—Sois como las gemelas Olsen —nos gritaron.

—¿Tú no eres muy joven para saber quiénes son esas? —le pregunté.

—Ahora se lleva lo *vintage*, querido.

Igual esa era la explicación de mi concepto del amor: yo ya podía ser considerado *vintage*.

Ángela estaba muy guapa; se había puesto unos pantalones negros de lentejuelas, una camisa blanca y un *blazer*. Para lo de Marieta no encuentro las palabras. Apareció por allí con el pelo peinado en unas ondas controladas, los labios pintados de rojo, las pestañas larguísimas y un mono negro con escote en pico y algo ancho con el que estaba guapísima. No, no estaba guapísima. Parecía una puta diosa.

—Deja de babear —me susurró Fran.

—Te recomiendo lo mismo. Me estás mojando los zapatos.

Y allí estábamos nosotros, como los pringados de la clase, pero al menos bien vestidos. Yo llevaba un traje negro con un jersey de cuello alto debajo y Fran unos pantalones sastre, un jersey de cuello redondo y una chupa de cuero. Nos dimos un repaso el uno al otro.

—Estamos para comernos —sentencié para insuflarnos ánimo y seguridad—. Y ahora, recuerda las tres normas.

—Yo no prometo nada con la tercera —dijo de soslayo mientras subía al autobús por delante de mí.

El local que había escogido mamá era elegante, claro, pero daba margen para sentirse cómodo y casi invitaba a desmelenarse un poco, pero con estilo. Era como si te dijese al entrar: «Puedes pasártelo bien, pero no hagas el ridículo, campeón».

A pesar de que no era el estilo que más iba con la plantilla de Like¡t, después de estudiar a la gente a mi alrededor llegué a la conclusión de que todos parecían cómodos y estaban dispuestos a comer, beber, bailar y pasárselo bien. Mientras observaba cómo iba la cosa, pillé a Ángela mirando a Fran un par de veces, con lo que mi hipótesis cobró fuerza.

—Tienes que ser fuerte —le dije mientras ocupábamos un rincón desde donde se podía controlar visualmente todo el salón—. Hoy es la noche. Hoy abordáis el tema.

—A mí me da igual. Yo ya estoy muerto.

—Mira qué bien, qué alegría de vivir.

Pronto se unieron a nosotros Selene, Pancho, Ángela y Marieta; estaban muy sonrientes, cargaban ya una copa de vino en la mano y parecían haber probado alguno de los aperitivos.

—¿Está bueno? —pregunté.

—Mucho. Menos que tú con ese cuellito alto, pero está rico.

La respuesta de Ángela me dejó con la boca abierta y provocó carcajadas en todos.

—Gracias —acerté a responderle—. Tú también estás muy guapa.

—Ya, pero tú te ves en tu salsa —bromeó.

Vi a Marieta esbozar una sonrisa.

—Oh, sí. Yo me crie en este tipo de salones. Allí mismo di mis primeros pasos. —Señalé un rincón.

—¿En serio? —preguntó Pancho.

—Ay, Pancho. —Se rio Marieta.

Pasaron bandejas con copas de vino blanco, cava, vino tinto y cerveza, además de un montón de aperitivos fríos. Todo parecía estar saliendo perfectamente, como la conversación que se fue animando en nuestro corrillo. Éramos un conjunto de músculos que necesitaban calentarse poco a poco para poder emprender la hazaña de hacer de aquella una noche épica.

Y tan épica...

Las bandejas con los bocados principales (que venían a ser aperitivos calientes, pero en mucha cantidad) recorrieron con mucho éxito la sala y el vino seguía fluyendo sin parar; siempre había alguien buscando al camarero para dejar su copa vacía y hacerse con una llena, a pesar de que estos pasaban cada dos por tres. Fran y yo no parábamos de pedir vasos de agua.

—Vosotros dos, ¿estáis bien o habéis estado comiendo pipas con sal en el autobús? —señaló Marieta con la tercera jarra.

—Están practicando lo del «vaso de agua por cada dos copas» —comentó Ángela, que no se perdía ni un movimiento, como si estuviera estudiando a fondo la situación para saber cuándo podía pasar a la acción.

Pero un tipo de acción que estaba lejos de las fantasías eróticas que Fran hubiera podido tener con ella, a juzgar por cómo se frotaba las manos, preocupada. Necesitaba descargarse, responderle con una verdad que Fran ya conocía para que él pudiera tener derecho a réplica después. O a sentirse liberado, no lo sé.

Flotaban sobre nosotros expectativas.

De postre sirvieron pequeños *coulants* de chocolate, brochetas de fruta y unos *brownies* que se comían de un bocado, y circularon bandejas a mansalva ofreciéndonos a todos una copa de cava antes de dar por concluida la cena y empezar con la barra libre.

La gente se acercaba cada dos por tres para decirme que les había encantado el sitio y que el vino estaba buenísimo; ya se sabe, todos se mostraban achispados y en plena fase de exaltación de la amistad. Estupendo, todo el mundo estaba contento y yo podía anotarme ese tanto.

—El sitio es genial —comentó Marieta—, pero ¿no era compartido?

—La cena no. El sitio donde nos van a servir la barra libre sí.

—Bien —sentenció Selene—. Ni una cena de Navidad sin que alguien se morree con un tipo de otra empresa que mañana no le va a gustar en absoluto.

—Mejor eso que con alguien de Like¡t —mencionó Pancho de pasada—. Eso sí que debe de ser incómodo.

Hubo un cruce de miradas de lo más sospechoso en la mesa, pero Pancho es Pancho y se entera poco de esas cosas.

La sala donde se servían las copas bajaba un poco el listón del resto del local; era como la carpa que se preparaba para el baile de una boda un poco hortera, con música pachanguera, luces de colores y… llena de maromos desconocidos. Lo juro, aquello era un campo de nabos. Fue entrar y vernos rodeados por un montón de machos alfa estirando el cuello y estudiando a todas las hembras de Like¡t.

—Lamentable —me burlé.

—No como tú ligando, que eres de una sutileza… —respondió Marieta entre dientes, divertida.

—¿Tienes alguna queja?

Ni me contestó, pero la sonrisa me valió.

—Estás preciosa —le susurré al oído cuando nadie miraba.

—Te has coronado. Gracias por solucionar lo de esta noche.

Nos separamos con un leve roce de nuestras manos que me hizo sentir más de lo que, en ocasiones, había experimentado follando. No queríamos ser demasiado evidentes, pero saltaban chispas. A mí me daba igual, me quedaba poco en el convento, como se suele decir, pero ella no sabía nada, así que...

Fran y yo nos acercamos a la barra, pedimos dos copas flojas y después nos colocamos en un rincón a verlas venir, como solemos hacer los tíos en las fiestas. Pero no hubo que esperar demasiado, porque llegaron pronto.

Ángela se acercó con una copa en la mano y, con torpeza, brindó con nosotros. Los tres nos quedamos allí, evitándonos con la mirada, escuchando el enésimo tema de reguetón y agitándonos sin ritmo y sin sentido. Ella lanzaba miradas hacia Fran, esperando que se diera por aludido y se acercara a entablar conversación y romper el hielo, pero... Ángela, corazón, que tú lo conoces mejor que yo. Esas cosas sutiles no funcionaban con él.

—Fran. —Me aproximé a él.

—¿Qué?

—Acércate a Ángela. Quiere hablar contigo.

—¿Qué? —La música estaba muy alta.

—Que te acerques a Ángela, que yo creo que...

—No te oigo, tío.

¡Pero si yo sí que le escuchaba a él!

—¡¡Que te pires con ella!! —grité.

—Qué elegancia, Alejo —bromeó Ángela al escucharme—. Por ese oído oye menos. Le dieron un balonazo en el instituto y desde entonces anda un poco teniente.

—No lo sabía.

—Fran, ¿me acompañas fuera un rato? —le pidió ella directamente.

—Claro.

Los vi desaparecer con timidez, hablando como lo harían dos conocidos que se cayeron muy bien, pero que no han vuelto a verse desde aquella primera vez. Ojalá encontraran una solución.

Vi a Tote entre la gente y me acerqué a él.

—Estás superelegante —le dije.

—Sí, pero poco más y vengo igual vestido que la jefa.

Había escogido para aquella noche un mono muy parecido al de Marieta, también escotado, dejando ver el vello de su pecho que llevaba teñido de rosa.

—¿Esto es nuevo? —le pregunté tocándolo.

—Sí. ¿Te gusta?

—No lo sé.

—Los sobacos los llevo verdes.

—No voy a preguntar más.

—No tengo más pelo. ¿Es que tú no te preocupas del aspecto de tus genitales, Alejo?

Estuve a punto de marcharme, pero decidí quedarme porque me caía bien y porque… era el único con el que me sentía cómodo de verdad además de Fran. Y Marieta. Bueno, la Marieta de la cabaña de Toledo que se montaba a mi espalda en la cama y me pedía que nos turnáramos haciéndonos cosquillas. Esa era mi persona preferida en el mundo. No, en el cosmos. En todas las galaxias y lo que hay más allá de lo que conocemos.

Tote estiró el cuello por encima de mi hombro, como había visto hacer a los de la otra empresa cuando Like¡t entró en juego, y tiré de él, que se había colocado de puntillas para ver mejor.

—No seas descarado.

—¿Es que no hay ni una tía en esa empresa?

—Alguna habrá.

—Ayúdame. Necesito echar un polvo —me dijo.

Es posible que nunca hubiéramos hablado del tema abiertamente, pero Tote me dio una lección entonces, a mí y a mis prejuicios que lo habían etiquetado como homosexual por el mero hecho de vestirse como le daba la gana. No dije nada, solo aprendí, me sentí estúpido y me coloqué de espaldas a la barra, como él, y estudié la sala.

—¿Cómo te gustan?

—Estoy yo para elegir…

Tote siempre me hacía reír.

Fran y Ángela se acomodaron en un murito con sus abrigos por encima de los hombros y ella sacó de entre sus dedos un cigarrillo, como en un truco de magia.

—¿Quieres compartirlo? —le ofreció.

—No fumamos.

—Fumamos en las fiestas —afirmó ella alegremente.

—Lo hacíamos cuando teníamos diecisiete.

—Pues ¿quieres volver a hacerlo?

—Bueno. Vale. —Fran se encogió de hombros, torpe y nervioso.

—Por los viejos tiempos.

Ella lo encendió, tosió y se lo pasó. Él dio una calada, paladeó y sentenció:

—Asqueroso.

Los dos se echaron a reír y ella le arrancó el pitillo para tirarlo al suelo y pisarlo.

—En realidad, solo quería una excusa para sacarte —le confesó.

—Podrías haberlo intentado con algo que no supiera a culo.

Volvieron a reír y ella agarró el antebrazo de Fran. Los ojos le brillaron, grandes, redondos, temerosos.

—Lo siento —le dijo.

—No tienes que disculparte, Ángela.

—No supe cómo reaccionar. Si supieras lo avergonzada que estoy…

—Algo me ha contado Marieta. —Sonrió Fran—. Pero no te preocupes, porque entonces estamos empatados.

—Tú no tienes de qué avergonzarte.

—No sé, ¿eh?

—No —negó sin soltarlo—. Tú me dijiste algo precioso. Abriste tu corazón y fuiste sincero después de tantos años…; podrías haber decidido esconderlo para siempre, pero me lo dijiste.

—Merecías saberlo.

—Te lo agradezco, pero no te avergüences de ello.

Él asintió y respiró profundamente.

—Fran…

—No tienes que decir nada.

—Sí, sí que tengo que hacerlo, porque tú también mereces saber lo que siento.

—Sé que no sientes nada.

—¿Nada? —se sorprendió—. Siento muchísimas cosas por ti, Fran. Muchísimas.

—Pero ninguna es lo que yo siento por ti.

—Es que ni siquiera me lo había planteado hasta… hasta que me lo dijiste.

—Esperaba que me dijeras que en el instituto estabas colada por mí y que te había quedado un trauma.

—Ah, no. —Se rio—. A mí me gustaba el gilipollas aquel con moto. Tienes razón cuando dices que he salido con muchos mequetrefes.

—Con alguno sí. —Se miró los botines y confesó—: Me ardía la sangre cuando te veía con ellos.

—Ojalá haberlo notado entonces.

—¿Por qué?

—Porque quizá no hubiera construido de una manera tan consistente tu imagen de amigo y me sería más fácil imaginarte como, simplemente, un hombre.

—Pues entonces sí, ojalá.

—Yo no siento lo mismo —le dijo por fin, sin darle más vueltas—. Pero te quiero muchísimo, Fran, y estoy dispuesta a hacer lo que necesites para mantenerte en mi vida, incluso si lo que necesitas es que desaparezca de la tuya durante una temporada.

Él la miró con ternura.

—Por encima de todo, Ángela, yo te quiero en mi vida siempre, pero ahora mismo no estoy preparado para estar a tu lado, pegado, viendo cómo construyes algo con otra persona.

—Lo entiendo —asintió—. Y lo respeto. Solo te pido… Vuelve cuando quieras, cuando estés fuerte, cuando me eches de menos.

—Te voy a echar de menos cada segundo que no estés a mi lado —le dijo—. Como siempre.

Ángela suspiró y le planchó el tejido del jersey a la altura del pecho. Así, tan juntos, tan cómodos, a Fran le pareció más fácil imaginar algo que sabía que nunca sucedería.

—Yo también te voy a echar de menos cada segundo —confesó ella—. ¿Estarás cómodo en el trabajo?

—Sí —asintió—. Siempre y cuando no hables de tu relación en la mesa de la comida, por favor, porque me hace daño.

—Por supuesto. Confía. Volveremos a ver películas aburridas tumbados en tu sofá, lo sé.

—Lo que quiero es verlas. —Se rio él—. Ahora ya puedo confesarte que nunca las veía, que solo te miraba a ti.

Ella resopló y cerró los ojos, y Fran se le acercó despacio, comprobando si se sentía cómoda antes de estrecharla entre los brazos.

—Por favor —le pidió él—, te lo suplico: no dejes que nadie te quiera menos de lo que mereces.

—Es que no sé lo que merezco, Fran.

—Pues a lo mejor ha llegado el momento de averiguarlo.

Le besó la sien y la soltó. Ella parecía tan confusa.

—¿Me lo prometes? —insistió él.

—Te lo prometo.

—Menos mal, porque me he saltado la segunda norma a la torera y estoy a punto de hacer lo mismo con la tercera.

—¿Qué?

—No me hagas caso. Cosas de Alejo.

Pasó el brazo por encima del hombro de ella.

—Para siempre, Ángela.

—Para siempre.

Y lo harían posible, porque querían.

46

Yo, el cromañón

Aquel tío no había tardado ni diez minutos en acercarse. Lo había visto con el rabillo del ojo al entrar y mi mente lo había catalogado de inmediato como algo potencialmente peligroso. Así soy: en una situación como esa, mi cerebro distingue enseguida al rival más fuerte. Y ese era él. Guapo, alto, moreno y, a juzgar por la cara que estaba poniendo Marieta mientras le hablaba, también inteligente. ¿Había algo malo en que ella hablase con otro hombre, con un desconocido, en una fiesta? No. ¿Estaba potencialmente molesto e incómodo? Por supuesto. Lo de antiguo no era solo en lo romántico…

Los seguí con la mirada cuando fueron juntos a la barra a pedir una copa, donde se les unió Selene. Eso me tranquilizó, quizá Marieta solo quería hacer de celestina, pero cuando él pidió, además, unos chupitos de tequila de fresa, brindaron, los bebieron riéndose y él no dejó de mirarla… me puse a la defensiva.

—¿Qué haces aquí solo? —me preguntó alguien.

—Ahora no —rugí.

Ni siquiera sé si era alguien de Like¡t, ni me importaba. Tote estaba charlando con una de las únicas chicas de la otra empresa, haciéndola reír a carcajadas, de modo que yo me había apartado a mi torre de control. Necesitaba controlar aquella situación, al menos visualmente. El conocimiento es poder, ¿no? Quería ver los movimientos de aquel moreno tan guapo y, lo que más me jodía, con estilo. Sentí que la cena se me revolvía en el estómago. Maldita sea.

El moreno las sacó a bailar tirando de sus brazos; en aquel momento albergué la esperanza de que ella se alejase, que aquello le pareciera una cutrez, pero no tuve suerte, porque a carcajadas le siguió el juego. Nunca la había visto bailar, pensé. Debí haber bailado con ella en su cocina, escuchando música. Debí parar frente a cualquier local del que saliera música para verla bailar. Me sentía como el jodido protagonista de «When I Was Your Man», de Bruno Mars.

No me importaba que allí estuviera también Selene. Empezaba a preguntarme cosas como por qué Marieta bailaba con un desconocido y no conmigo. Esperé, al menos, que fuera uno de esos tíos que en lugar de seguir el ritmo sufrían una especie de ataque epiléptico, pero tampoco tuve suerte.

No me acerqué porque me sentía un hombre muy moderno y sano.

—¿Bailas?

—¡¡Ahora no!! —volví a rugir.

De reojo vi que acababa de gritarle al chico de Recursos Humanos que me había ayudado con la maldita cena y que huía despavorido. Joder, Alejo. Clases de control de la ira, por favor.

Seguí mirándolos, estudiándolos, preparado para saltar sobre ellos a la menor oportunidad, y cuando a él un colega lo llamó para que tomase un chupito con el resto, vi mi momento y me lancé hacia la barra.

—Muy guapo —le dije a Marieta, rabioso.

—¿Estás borracho? —me preguntó arqueando una ceja.

—No. He bebido demasiada agua para poder emborracharme.

—Más mearás.

Quiso que le devolviera la sonrisa, pero no lo hice. Arqueó las cejas.

—¿Salimos un momento? —le pedí.

—¿Para qué?

—Para hablar.

—¿De qué? ¿Qué pasa?

—¿Eso iba a preguntar yo? ¿No quieres salir por si el moreno vuelve y no te encuentra?

Marieta abrió los ojos como platos y me di cuenta, al instante, de que no era manera de intentar acercarla.

—Dime que no has dicho eso —me pidió.

—No puedo volver a meter las palabras en mi boca.

—Dime que no eres un crío muerto de celos porque estoy hablando con otro tío.

—Es un desconocido.

—¿No puedo hablar con desconocidos si tú no lo apruebas?

Me humedecí los labios.

—Es un desconocido que quiere enrollarse contigo. Sus intenciones son muy claras.

—¿Has pensado en las mías? ¿Están claras o es que dan igual? Si el tío tiene ganas de tocarme las tetas, ¿ya está? ¿Le tengo que dejar que lo haga? ¿Cuento yo algo aquí? ¿Tengo voluntad?

—Si no, ¿para qué hablas con él?

—Se llama educación, se llama socializar y… y… lo conozco de hace mil años; fuimos juntos a la universidad, so gilipollas.

Me quedé callado, sin saber qué decir, pero ella siguió:

—Pero, si no lo conociera de nada, tampoco estaba haciendo nada malo. ¿No soy libre para hablar con quien quiera?

—Estaba muerto de celos, Marieta —confesé.

—Pues deberías dedicar tiempo a solucionarlo —respondió con honestidad—. Porque los celos no son ninguna muestra de amor, Alejo, solo de una inseguridad brutal.

—No quería… No es eso.

—Sí. Sí que lo es. Tú crees que esos celos hablan de lo mucho que te gusto, pero solo lo hacen sobre lo pequeño que te sientes. Y eso, Alejo, es un asco.

Menuda patada en los cojones. Si Marieta hubiera sido mi hija, hubiera estado muy orgulloso de ella, pero no era el caso. Ni siquiera creo que esté bien que piense en esos términos. ¿Es paternalista? Probablemente.

—Marieta, deja que me disculpe. —Le rodeé la muñeca con los dedos—. Será un momento.

—Que no. —Se soltó—. Y cuando alguien te dice que no, deberías dejar de insistir.

—Marieta… —continué en tono suplicante.

—Me estoy cabreando. Déjame respirar. Ya se me pasará. Esta noche no quiero discutir, me lo estaba pasando bien.

—Solo quiero darte una explicación —le dije.

—Quieres convencerme de que tampoco es tan malo que tengas celos de otro tío. Y te estás dejando en evidencia.

—No. Estoy dejando que me veas vulnerable.

—Despierta de una vez. Esto no es mostrarte vulnerable, es una pataleta —se quejó.

—No lo es, Marieta.

—¿Cómo que no? —protestó—. Esta noche voy a hablar con quien quiera, voy a bailar con quien quiera y eso, ESO, jamás debería ser un problema para ti. Te compro que seas un tío chapado a la antigua en el cortejo, que te guste invitar a una chica al cine y comprarle caramelos y flores, pero esto no, Alejo. Esto no es querer un amor tradicional, es querer controlarlo todo, incluyéndome a mí.

—Yo sé que no puedo controlarte; lo he sabido siempre.

—Esa no es la cuestión, Alejo. No tienes que saber que no puedes controlarme, tienes que no querer controlarme. Ese es uno de los miedos que tenía, que escondieras esto, que quisieras plantarme en una maceta y tenerme de adorno, que quisieras un trofeo, que disfrutaras un rato de lo que te había costado conseguir...

—No eres un capricho para mí.

—Pues aprende a comunicar las cosas, porque lo haces de culo. ¿Y te permites el lujo de señalar constantemente mi incapacidad para hablar de sentimientos? Aprende, Alejo, aprende.

—Lo haré, pero vámonos, Marieta —supliqué—. Vámonos de aquí. Vamos a tu casa.

—¿Que nos vayamos? —resopló—. Alejo, por favor, dame espacio. La has cagado y ahora estoy enfadada; si lo dejas estar, podemos hablarlo más tarde. Si sigues con ello, vamos a terminar mal.

—Solo te estoy pidiendo un momento para nosotros.

Negó con la cabeza, como si estuviera despertando en ella una mezcla de vergüenza y pena que, probablemente, era lo que sentía.

—Me ahogas —murmuró.

—¿Qué?

—¡¡Que me ahogas!! —respondió bien alto.

Muchas personas a nuestro alrededor se volvieron hacia nosotros.

—¿Te ahogo? —me ofendí—. ¿Con mis atenciones? ¿Con el cariño? ¿Te ahogo?

—No. Con la desmesura, Alejo. Con cómo me miras, esperando a que yo cambie de un día para otro y sepa hacer lo que tú haces.

—Yo no quiero cambiarte, te lo he dicho muchas veces.

—¡Pues no lo digas! ¡Hazlo! ¿Sabes cómo me siento ahora mismo, después de tu ataque de celos? Como un pajarito que quieres encerrar en una jaula de oro.

—Estás exagerando.

—No estoy diciendo que sea la verdad, te estoy explicando cómo me siento. No invalides mis emociones. Ya me cuesta suficiente verbalizarlas como para que me hagas esto, que por cierto es luz de gas.

—Marieta…

—Déjame respirar. Déjame esta noche. Vete a casa. Tómate una copa. Haz lo que quieras, pero déjame respirar.

El moreno volvió y ella lo recibió con una sonrisa. Ambos se me quedaron mirando, evidenciando que sobraba.

—Este es Alejo —dijo ella—. Pero ya se iba.

—No, no me iba —respondí cabreado.

—Claro que te vas.

—Te suplico que me des cinco minutos, porque te estás poniendo…

—¿Yo me estoy poniendo? ¿Cómo?

El chico moreno no sabía dónde meterse.

—Para pataleta, la tuya —le aseguré. Aunque no tenía razón en eso, sí la tenía en lo que dije a continuación—: Estoy harto de tanto tirar de ti. De ser tu perro faldero. De tener que andarme con cuidado, de esperar a que tú te acerques como si fueras un ciervo que va a salir corriendo asustado. ¿Y yo? ¿Y las veces que yo te necesito? ¿Y el cariño que no me das?

—¡Te lo doy! Estoy aprendiendo a darlo. Pero es que nunca tienes suficiente. Vas más rápido que yo y entiendo que te canses, pero ¡me ahogas! ¿Te das cuenta de cuánto exiges?

—¿Yo? ¡Pero si solo doy!

—Pides cariño, pides tiempo, pides espacio, pides estar en la oficina y al volver a casa, en los planes de fin de semana y en los de futuro. Y yo no sé ni siquiera dónde estoy hoy.

Aquello me dolió horrores.

—Yo no pido todo eso. Solo pido amor.

Bufó y se tapó la cara.

—Pero ¿sabes? Vas a poder descansar muy pronto, porque…

Estaba a punto de ponerle la guinda al pastel; iba a decirle que me iba, que iba a perderme de vista, que yo sabía que pasaría de mí cuando eso sucediese porque yo era un capricho para ella y no al revés. Iba a gritarle algo que no me dejaría en buena posición y que no mejoraría la discusión, pero, antes de que me metiera en el lodo hasta las rodillas y comprobase después que no podía salir de él, alguien tiró de mí y me llevó hasta la salida, envolviéndome en una suerte de caluroso abrazo. Era Fran, que me miraba con compasión.

—¿Cuántas reglas te has pasado por el arco del triunfo? —preguntó.

—La segunda —dije sin dar más rodeos—. He suplicado como el perro que soy.

—No te preocupes, yo me he saltado la segunda y la tercera.

Le dediqué una mirada con la que intentaba decirle muchas cosas. Quería decirle que estaba sufriendo, que sentía muchísimo que él estuviera pasando por algo así, que no se lo merecía, que no sabía dejar de hacer el gilipollas y que cada vez lo estropeaba más, que me sentía, tal y como había dicho Marieta, minúsculo…, pero solo acerté a decir:

—Sácame de aquí.

Y lo hizo, como el amigo que era.

A las dos de la mañana nos volvimos a sentar en el bordillo en el que nos sentamos hacía meses, con otra hamburguesa de un euro en la mano, muchísimo más tristes, muchísimo más sabios. Al menos ya sabíamos lo que supone de verdad que te digan no.

47
Aquí huele a macho

Crecemos a merced de discursos de ficción que nos enseñan qué es el romanticismo y cuáles son sus formas adecuadas de expresión. ¿Romanticismo es que un tío te llene la casa de rosas, sin importar qué hizo antes? O que te colme de ¿regalos? Digamos atenciones. Que se aprenda de memoria discursos grandilocuentes. Que para él tú seas perfecta. O para ella, entiéndeme, pero es que tradicionalmente el discurso romántico ha sido casi siempre manejado por nosotros. Nosotros hemos sido los que hemos debido materializar el romanticismo, y las mujeres, sus «beneficiarias». Porque una gran muestra de amor invalida una gran falta, aunque no estés segura de que no la repita. Porque, si se ha esforzado, ¿cómo no vas a devolverle la confianza que perdió solito? Porque las flores, las joyas, las palabras bellas, los atardeceres, los pétalos de rosa, las canciones de amor, las cenas a la luz de la luna, los viajes sorpresa, aparecer de súbito donde no espera encontrarte, los besos en los nudillos que prometen en silencio que no volverás a perderla, la falta de garantías sepultada bajo un montón de papel de seda rojo en forma de corazón… tienen que valer. Esa era la historia, la movida, el romanticismo que aprendimos. El error, mío, porque hasta eso había cambiado con el tiempo, y mi mundo, tan pequeño antes de conocer a Marieta, se miraba mucho hacia dentro en un ejercicio autorreferencial, buscando lo que siempre creyó que era bueno, huyendo de la duda. La duda genera movimiento. El movimiento, saber.

El sábado recibí en mi casa una visita que no esperaba. Eran las doce de la mañana, yo estaba de mal humor y tenía una resaca de tanto vino que, gracias a la tonelada de jarras de agua que bebí, solo era leve. Iba en pijama, un dos piezas de pantalón azul marino y camiseta marinera que me compró mi madre la pasada Navidad. Estaba despeinado y, en general, en malas condiciones. No me apetecía que me viera nadie, ni siquiera mis hermanos. Muchísimo menos Ángela.

Cuando abrí la puerta estuve a punto de tirarme al suelo de la desesperación.

—Pero ¿cómo cojones sabes dónde vivo?

—Soy hacker, tío, espabila.

—¡Está la casa asquerosa, Ángela! Vivo con mis dos hermanos pequeños.

—Anda que me voy a asustar yo a estas alturas de la vida.

Y, sin más, me apartó y fue al salón, donde uno de mis hermanos jugaba a la videoconsola.

—Lárgate a tu cuarto —le dije. Era Manu.

—Estoy jugando, ¿no lo ves? ¿Ya tienes presbicia?

—O te largas o te muelo a palos.

Se volvió, vio a Ángela, que lo saludó con una sonrisa, y se puso en pie.

—¿Es tu novia?

—No.

—No, no me jodas —respondió ella—. ¡Eh! ¡Aquí huele a macho, eh! Abrid las ventanas, que este olor embaraza con total seguridad.

Manuel se rio y creo que, solo por eso, nos dejó solos.

—Me cae bien —dijo Ángela—. ¿Empezamos? Pero antes abre la ventana.

Normal que se cayeran bien. Eran igual de malvados.

Diría que me comí una bronca, pero creo que solo fue una explicación vehemente. Después de servirle un café, habló sobre el espacio personal, sobre cómo no podía invadirlo, invalidar a la otra persona, exigir atención cuando quisiera. Me habló de Marieta, de sus defectos, de sus virtudes, de sus necesidades y también de las que imaginaba que eran las mías.

—Si en algo soy experta —me aseguró— es en relaciones que no funcionan, y, perdóname, Alejo, pero lo de anoche fue una demostración de que la cosa no va bien. Entiendo que quieras agasajarla, que creas en el amor tradicional, que busques algo fiable donde hacer nido y construir una familia…, pero no puedes obligar a otra persona a que lo vea igual.

—No la estoy obligando.

—Vale, hasta anoche te hubiera dado la razón, pero el ataque de celos en público fue lamentable y como del siglo pasado. Una bandera roja como un camión. Si no te conociera, me hubieras dado una imagen horrorosa. Y hasta conociéndote me la dio.

Me revolví el pelo aún más.

—Ella es especialita, lo sé. —Sonrió—. Necesita sentir que toma ella las decisiones que conciernen a su vida, solamente eso. Ha visto cómo su madre condicionaba la suya demasiadas veces por hombres y relaciones. La quiere mucho, pero no quiere caer en esa trampa.

—El amor no es una trampa.

—El tóxico sí.

—Yo no soy tóxico.

Colocó sus dedos pulgar e índice muy cerca de mis ojos; entre ellos una distancia mínima.

—Un poquito sí. Tienes pocas herramientas emocionales. Lo intentas, pero intentarlo no lo es todo. Deja que se airee y que se acerque ella a ti. En unos días podréis hablar con mucha más calma.

—¿Estoy a tiempo de arreglarlo? —pregunté.

—Sí, por supuesto.

—No lo tengo tan claro. —Me eché hacia atrás en el sillón individual—. He estado teniendo entrevistas de trabajo y estoy prácticamente seguro de que van a cogerme.

—¿Dónde?

—Consultoría financiera, con un puesto de sénior mánager y un sueldo que triplica el que me ofrece Like¡t.

—¿Te lo has pensado bien?

—No hay nada que pensar. Nunca he dejado de buscarlo. Si me quedo sería solo por una cuestión sentimental, y no creo que sea bueno para mi futuro.

—Bufff. —Miró a todas partes—. ¿Lo sabe Fran?

—Pensaba decírselo ayer, pero, claro, con toda la movida…

—Ya. Bueno, era de esperar. Creo que desde Recursos Humanos están preparados.

—¿Se lo va a tomar mal? Me refiero a Marieta. En teoría no tendría por qué, ¿no? Le estoy dando espacio, dejando de estar en todas partes…

—No lo sé, Alejo. Soy espabilada, pero aún no leo el futuro. Dame tiempo y una bola de cristal —se burló—. Puede que te desee lo mejor y sienta que esto es bueno para ambos, puede que sienta que la abandonas a la primera complicación, puede que se sienta traicionada por el silencio o que, sencillamente, la cosa se enfríe con el tiempo.

—Necesito hidratos de carbono.

Esa fue la única respuesta que fui capaz de dar.

Pedimos comida china. No hay resaca o mala noche que no curen unos rollitos de primavera, tallarines con gambas y arroz tres delicias. Para cuando terminamos y guardamos las sobras en la nevera, ya me sentía preparado para obligarla a ella a hacer balance de la noche anterior.

—Con Fran bien, ¿no? —pregunté, abriendo la veda.

Ángela asintió con tristeza.

—Pero no pongas esa cara —la animé—. ¿Lo habéis aclarado?

—Sí y no. Sé que voy a tener que mantenerme un poco alejada de él durante un tiempo, y eso me apena.

—Es entendible. Pero lo haces por él.

Se tumbó en el sofá, como si hubiera estado en mi casa mil veces y tuviera confianza hasta para abrir la nevera. Su pelo castaño colgaba entre el sofá y el suelo.

—Te juro que no lo habría adivinado ni en cien años. —Suspiró—. Para mí Fran era como..., no sé. Como una cabeza de la isla de Pascua.

La miré con extrañeza.

—¿Los moáis?

—¡Eso! —Me sonrió.

—¿Por qué Fran era un moái para ti?

—No sé. Estaba ahí desde que tenía uso de razón, impertérrito. Me costaba imaginar que el vínculo que nos unía cambiara de naturaleza. Parecía estar allí por una razón, porque necesitaba alguien sabio a mi lado que supiera decirme: «Ángela, por ahí no».

—Nada de eso ha cambiado.

—Un poco, porque la naturaleza de nuestro vínculo solo era así para mí. Para él era de otra forma.

—Pero ese hecho no convierte vuestra relación en una mentira ni en algo que...

—¡No! —Se rio ella—. Solo es que... ¿Fran?

Me arrebujé en mi sillón con una exhalación.

—¿Nunca pensaste en él en otros términos?

—Jamás. No salió nunca de la casilla en la que lo coloqué. —Se incorporó y se sentó con las piernas cruzadas sobre el sofá. Se había quitado las zapatillas hacía ya mucho rato—. ¿Puedo decir algo sin que sirva de precedente para nada?

—Claro.

—Desde que me lo dijo no puedo evitar pensar que, si lo hubiera visto con otros ojos, mi vida sería mejor.

—No se puede controlar cómo ves a otra persona.

—Sí y no. —Torció la cabeza—. Si yo no hubiera querido ser tan «guay», no hubiera buscado la reafirmación a través de tíos que no me convenían.

—No es culpa tuya. Es el mundo, que está loco.

—Es la falta de terapia —se burló—. Me pasa como a Marieta, pero a la inversa. Ella busca tíos emocionalmente inaccesibles porque en el fondo no ha querido nunca una relación como las que tenía su madre, y yo caigo en sus brazos porque la emoción de la atención ambivalente que me dan refuerza la idea de que soy quien quiero ser.

Me froté las sienes.

—Eres muy retorcida.

—Tengo buena propiocepción. Me conozco y sé ubicarme en el espacio y en las emociones.

—Deja de leer libros de autoayuda y pásate a la ficción, anda.

Los dos nos reímos.

—Te lo cuento a ti —me dijo— porque es infinitamente más fácil que decírselo a alguien que nos conozca a fondo, como Marieta. No quiero meterla en esto. No quiero que sienta que se tiene que poner de ningún bando ni que piense cosas…

—Ángela…

—¿Qué?

—¿Alguna vez Fran te ha parecido…, no sé…, guapo, sexy…?

—Sí, pero como te parece guapo tu primo. Eso no significa nada.

—Ya.

—Sé que te encantaría que estuviéramos juntos.

—No te haces a la idea de cuánto.

Ángela se marchó poco después. Quería darse una ducha y «ponerse guapa» antes de que llegase Antón. Habían quedado para tener una «cita». Me alegré de su ilusión a la vez que sentí un latigazo de lástima por Fran. Pero era fuerte, ¿lo superarían?

Arreglé un poco el desastre de casa que había (iba a tener otra conversación seria sobre limpieza y enfermedades infecciosas con mis hermanos), fregué los platos, me di una ducha larga y caliente y, después, puse música y escogí un libro del montón de pendientes de entre los préstamos de mi madre. Me preocupé de ventilar, de que la casa no oliera a tigre, y me senté en mi sillón de leer... para no poder avanzar de la tercera página.

No podía quitármelo de la cabeza. El numerito. Las palabras de Marieta. Mi idea de que no todo era culpa mía. Ese pedazo del pecho dolido.

Lo mejor de Marieta había sido descubrirla por sorpresa, por debajo de todas esas cosas que yo había decidido que era. Creo que a ella le pasó lo mismo conmigo. Escribió Maquiavelo que «cada uno ve lo que parece, pero pocos palpan lo que eres»; y esa frase nos venía a los dos como anillo al dedo.

Era algunas cosas que presuponía de su personalidad, pero también muchísimas más. Era muy divertida, terriblemente ocurrente y rápida para elaborar respuestas al instante. Demostró una curiosidad que motivaba la mía, se creaba cierta sinergia entre mi mirada tradicional y su escepticismo. En la cama..., en la cama encontré a una igual, alguien con quien ser libre y capaz de apartar mi placer para asegurar el suyo. No era demasiado cariñosa, pero cuando me dedicaba un mimo me sabía a miel. Adoraba el olor que dejaba en las sábanas, su forma de tomar el café, a lo bruto, a pesar de estar a doscientos grados.

Hacerle rabiar. Sus cosquillas. Nuestras bromas pesadas en la oficina, el único modo que encontramos de canalizar toda la energía que nos rodeaba. Que me contase cosas de cuando era pequeña. Descubrir el mundo en el que creció. Escuchar sus anécdotas. Que me recomendara libros. Cómo se acurrucaba en mis brazos por la noche, dormida. El fin de semana en Toledo. Los pequeños planes que nos atrevíamos a proyectar. La forma en la que hablaba de quién quería ser y el brillo en sus ojos que delataba su pasión. Cómo me miraba cuando follábamos despacio, conmigo encima, y la presión de sus uñas en mis nalgas.

Echaba de menos muchísimas cosas. Probablemente me había enamorado, pero solo había una forma de saberlo y era abandonándose al maestro tiempo.

No me pasó desapercibido el hecho de que no dejé de echar mano al móvil de vez en cuando, esperando encontrar, quizá, un mensaje conciliador.

48
Los chicos no lloran, tienen que pelear

La visita me vino bien. Estar solo no tanto. A pesar de sentir que había aclarado algunas cosas gracias a mi conversación con Ángela, me retroalimenté.

No había estado más avergonzado en mi vida. Espero que no tengas que pasar nunca por ahí, transitar del estado de enajenación total al de claridad mental que te permite ser consciente de que has sido un animal. Qué rabia. Qué pena. Qué bochorno.

Intenté pasar la resaca de la infamia solo en mi cuarto, cubierto por la colcha de plumas por encima de mi cabeza, pero Manu se había ido poco después de que le echase del salón, antes de que llegase la comida china, y Alfonso se aburría, así que sufrí el ataque del mellizo desparejado. Se habían acostumbrado a ir en pack y, cuando no era así, se sentían un poco perdidos.

—Alejo… —susurró asomándose a mi cuarto—. ¿Estás despierto?

—No.

—¿Pedimos una pizza y jugamos a la consola?

Me asomé por encima de mi colcha y le miré con cara de pocos amigos, pero se le veía tan desvalido…

—No está Manu, ¿no? —pregunté a pesar de saber la respuesta.

—No.

—¿Está saliendo con alguien?

—Él dice que no, pero yo creo que estar siempre con la misma tía es salir con alguien.

—Sí, es posible. —Vaya, todo aquello había pasado sin que me diera cuenta—. ¿Lleva mucho tiempo así?

—Cosa de un mes. —Se encogió de hombros—. Pizza y consola, ¿sí o no?

—Hay sobras de comida china en la nevera. Yo no tengo más hambre, pero sírvete.

Juntos eran un coñazo, pero no era inmune a la ternura que me despertaban por separado. Al poco me vi a mí mismo jugando a Mario Kart.

—Ayer volviste pronto —apuntó, como una madre que no sabe cómo encauzar una conversación seria con su prole.

—Más o menos.

—Cuando dijiste que tenías la cena de empresa imaginé que aparecerías a las seis de la mañana con una corbata en la cabeza.

—Has visto demasiadas películas de los noventa.

No respondió por el momento, pero, después de adelantarme con la gorra en el juego, volvió a la carga.

—¿Es posible que te escuchara llorar?

—¡¿A mí?! —me escandalicé.

Pero si solo fueron unas lágrimas de vergüenza y rabia, por Dios, qué buen oído. Unas poquitas lágrimas que me sequé con la dignidad que me quedaba y el dorso de la mano.

—Sí, a ti. Manu no era, de eso estoy seguro —insistió.

—Debe de ser el fantasma de la abuela que sigue lanzando esos «ay, señor» tan apenados como hacía en vida.

—No. Eras tú.

—Te digo que no. Le adelanté con muchísimo esfuerzo.

Me tiró una cáscara de plátano y mi coche resbaló sobre la pista.

—Qué cabrón —me quejé.

—¿Qué problema tienes con admitir que anoche lloraste? Yo lloro a veces y no pasa nada.

—Pero tú eres un bebé. —Me reí.

—Madre mía, Alejo, qué vergüenza de comentario. —Se descojonó—. No nos llevamos tantos años como para que seas así de cromañón.

—No digo que los chicos no lloren.

—¿Entonces?

Me sentí incómodo y no respondí. Me centré en el juego, pero ni aun así. Aquello era más difícil de lo que parecía.

—A ti papá te ha dejado de la olla —apuntó.

—¿Qué dices, imbécil?

—Que —llegó a la meta el primero y se volvió hacia mí sin hacer aspavientos para celebrar su victoria, como hubiera hecho yo— te crees que tienes que ser estoico como él o habrás fracasado en la vida. Déjame decirte que llevas la mitad de carga genética de tu madre, que dejó de ir a la ópera porque sus sollozos concentraban demasiadas miradas.

—Sí, pero siempre me he parecido más a la familia de papá. A él y al abuelo Simón.

—Eso dice él, pero yo siempre he pensado que le tienes un aire al tío Juan.

Le miré de soslayo, conteniendo el horror en mi garganta.

El tío Juan era un primo hippy de mi madre. Vivía en una especie de comuna en Ibiza desde finales de los setenta y, aunque en los últimos años había hecho un gran esfuerzo por volver a ser parte activa de la comunidad y había adoptado, por fin, normas sociales básicas, como la de no estar desnudo delante de su familia, seguía siendo más raro que un perro verde. Llevaba la barba larga y a veces llena de trencitas y no iba a ningún sitio sin una flauta mugrienta como de fauno.

—Tú flipas —conseguí decirle—. El tío Juan está tronado.

—Bueno, pues me recuerdas al tío Juan si no hubiera abusado de la vida lisérgica en su juventud.

—No puedes saber cómo sería porque, lamentablemente, abusó. —Y lo afirmé no porque lo supiéramos, sino porque era evidente que comió demasiados hongos mágicos y flotó más noches de las que le tocaban en una espiral de LSD.

—Tú me entiendes.

—La verdad es que no.

Suspiró como si tuviera que hacer acopio de toda su paciencia.

—Alejo, papá te ha hecho a su imagen y semejanza, y tú le has visto siempre como el espejo en el que tienes que reflejarte, y eso está genial, pero…

—Pero ¿qué?

—Tío, yo pensé que había esperanza de que espabilaras cuando dejaste el curro. Pensé: ya está, se ha dado cuenta de que no es como papá, que no tiene que emularlo paso por paso.

—No estaba emulándolo. —Fruncí el ceño—. Pero si él es abogado y yo me dedico a las finanzas…

—Sí, sí que lo hacías; ¡si hasta te sacaste el doble grado para demostrar que podías ser abogado y algo más!

—Estás chalado, ¿lo sabes?

—Y anoche lloraste —volvió a la carga—. ¿Por qué?

—Te he dicho que…

—Mira que eres cabezón, Alejo, joder. En eso sí que eres igualito al abuelo Simón y recuerda que fue tan terco que se murió.

—Eso es una leyenda urbana de la familia.

—No, señor. Dijo que no iba al médico porque lo que tenía eran gases y se murió de una peritonitis tumbado en el sillón.

Tiré el mando sobre la mesa baja, tan oscura como el resto de los muebles y mi futuro.

—¿Por qué llorabas anoche?

—Por vergüenza —confesé—. Hice el ridículo y, cuando me acosté, se me hizo un mundo y lloré de rabia.

—¿Qué ridículo?

Miré el techo. Le hacía falta una manita de pintura.

—Tuve un evidente ataque de celos con una tía del curro, un alma libre a la que estoy intentando convencer de que el amor existe.

—Joder, sí que has salido a la familia Mercier...; me alegro de ser más Suárez.

Me froté la frente. Volvía a sentir la vergüenza lamiéndome el cerebro en forma de lenguas de fuego.

—¿Cómo de evidente fue?

—Le monté un pollo. Supliqué. Me pidió que parase. Si no llega a ser por mi amigo Fran, hubiera podido arrodillarme. Pero ¿por qué te estoy contando todo esto? —me arrepentí al momento—. Ahora lo usarás en mi contra.

—El mellizo maligno es Manuel. Yo no haría nada por el estilo. Heredé la empatía de mamá. —Dibujó una sonrisa infantil y casi me dieron ganas de reír.

—En serio, me quiero morir.

—¿Es tu compañera?

—Es mi jefa.

Y al soltar aquella piedra sentí un alivio inmediato, sobre todo porque él no tuvo ninguna reacción evidente a aquella confesión.

—Discúlpate con ella. Todos nos equivocamos.

—Está harta de que me disculpe, y con razón. No hago más que cagarla.

—¿Y te gusta de verdad?

—Sí —asentí.

—¿No es que te hayas empecinado porque eres muy cabezota?

Lo pensé.

—No. La echo de menos.

—¿Cuando estás solo?

—No —negué—. Incluso si estoy con ella y la siento lejos.

—También puede ser una obsesión pasajera.

—Puede. Quizá solo he idealizado la sensación que me despertaba estar cerca de ella.

—¿Cuál era?

—Me sentía bueno, capaz. Quería ser mejor. Pensaba que, si fuera la única mujer que pasara por mi vida de aquí hasta el final, no me aburriría nunca.

Hizo una mueca.

—Tú estás enamorado.

—Estoy viviendo una pesadilla.

—Alejo, ponte en su lugar. Eso suele mejorar las cosas.

—Creo que ya no es posible mejorarlas.

—Siempre se puede mejorar.

Me dio una palmada en el hombro y volviendo a poner en marcha la consola la señaló con un alzamiento de cejas.

—Coge el mando. No he terminado de humillarte.

Además de un ser humano lamentable, también era un pésimo jugador de videojuegos, pero me calmó el modo en el que mi hermano pequeño, once años más pequeño que yo, manejó aquella conversación.

¿Y si aún podía ponerle remedio? ¿Y si esperaba, como me había sugerido Ángela, y hablábamos estando más tranquilos? ¿Y si había un punto medio entre su mundo y el mío?

Pensé largo y tendido en todo aquello. Alfonso se entretuvo con otras cosas cuando sus amigos le propusieron plan y cuando por fin salió yo me quedé en casa, con una sudadera encima del pijama y la capucha puesta, controlando a duras penas el impulso de esconderme debajo de la cama cada vez que recordaba el numerito del día anterior. A las once de la noche, metí una pizza congelada en el horno y esperé sentado en una silla de la cocina, con la mirada perdida más allá de los electrodomésticos, elaborando mentalmente un mensaje que pudiera borrar parte del desastre de la noche anterior, pero todo me sonaba deplorable y Ángela me había aconsejado esperar.

Me comí toda la pizza que pude allí mismo, pensando que mi vida era un desastre. Cuando llegué a la cama, la lista que había elaborado con todas mis desgracias era tan larga que no me dejaba dormir. Escribí a Fran.

Alejo

¿Somos unos perdedores?

Fran

Habla por ti. Yo he aprendido a ser sincero.

Sé que lo dijo en broma, pero ya lo dice el refranero popular: «Entre broma y broma, la verdad asoma». Me quedé allí, acurrucado en esa idea de ser sincero, pensando, elaborando planes para escapar, para rescatar lo que aún valía la pena de nosotros. De Marieta y de mí. Estaba seguro de que aún había mucho, de que encontraría el hilo del que tirar.

Escuché llegar a Alfon y su expresión de alegría cuando encontró los pedazos de pizza que no me había comido. Sonreí. Miré el reloj, pero poco importaba la hora. El amanecer me pilló encogido en la cama, agarrando la almohada y terminando de esbozar mi plan. Era un plan de mierda, pero al menos era un plan: iba a recuperar los pedazos de lo que sí hice bien, los volvería a coser en el orden correcto y se los entregaría a Marieta para que pudiera juzgarme con justicia. Me dejaría en sus manos y acataría su ley.

Al menos no me había visto llorar, pensé.

49
La carta

Querida Marieta:

Puede que te parezca anticuado, pero no se me ocurre mejor manera de hacer esto que escribirte una carta. Quiero abrirme como tuve que haberlo hecho en lugar de comportarme como un niño celoso y, además, que quede constancia de ello.

Pienso en ti a todas horas; a veces estoy a tu lado pensando en ti, como si fuera compatible hacer convivir dos ideas de la misma mujer a la vez en mi cabeza, así de omnipresente eres. Te has convertido en una peregrinación constante, un camino que me sé de memoria de tanto recorrerlo. De mí a la idea de ti.

Podría suplicarte una y otra vez que me perdonaras y entendería que aun así te preguntaras si sé en realidad por qué me disculpo. Lo sé. No supe compartir mis miedos, no supe hablarte para que descargaras los tuyos en mí; triunfaron mi ego y mis ganas de tener la razón. Lo siento si te presioné demasiado, si quise ir rápido…; no entendí que aquello te agobiaba. Fíjate, compartí contigo solo lo trivial, los detalles y las flores, y callé las emociones profundas que despertabas en mí.

Si tuviera la oportunidad de volver a empezar, lo haría hablando. Ambos. Estoy preparado para velar por tu felicidad, para estar a tu lado y sostenerte en todo aquello que quieras emprender. Estoy preparado para ser el hombre que mereces a tu lado. Déjame demostrártelo. Permíteme, al menos, una hora de tu tiempo.

Me he enamorado de ti, te quiero y no puedo dar marcha atrás.

ALEJO

Juro que no le encontré ningún fallo cuando la terminé. Creí que era sincera, que era el equivalente a postrarse de rodillas frente a ella y purgar mis pecados, demostrarle que tendría todo el tiempo que necesitara. Se la hubiera enseñado a Fran para estar del todo seguro, pero me daba vergüenza; mi hermano Alfonso tampoco era una opción. Entre semana iba pegado al mellizo maligno y no quería esperar hasta el fin de semana, cuando Manuel volviera a sentir la llamada de la selva y se fuera a chingar con su chica.

Doblé el papel que había escrito a mano para que comunicara más sentimiento y lo encerré en un sobre en el que escribí su nombre y que dejé sobre su escritorio antes de que llegase.

Cuando la vi entrar, lo convertí en la escena a cámara lenta de la protagonista que, por fin, iba a darse cuenta de que el chico podía ser un poco torpe, pero que ella también se había pasado y merecían una segunda oportunidad. Flotaba a su alrededor una especie de aura que me drogaba. Podría quedarme completamente embobado en ella, en su olor, en su imagen, en su voz. Me desconcertaba pensar que nunca había estado tan enamorado como en aquel momento en el que supe que todo pendía de un hilo.

Marieta entró en el despacho, soltó el bolso como siempre, tirándolo de cualquier manera, y se dejó caer en la silla de ese modo que la hacía rebotar. El sonido de encendido de su ordenador me dio la orden y me acerqué.

—Hola —dije con timidez.

—Hola, Alejo. Entra y cierra un momento la puerta, por favor.

Oh, oh. Miré el sobre. Aún no había reparado en él, qué lástima.

Cerré la puerta y me invitó a sentarme.

—Lo siento —susurré dibujando mi rostro más arrepentido.

—Lo sé. Yo también lo siento.

¿Lo sabía?

¡Lo sabía!

¿Significaba eso que aceptaba mis disculpas? Incluso parecía arrepentida de su frialdad. El corazón se me aceleró, estrellándose contra mi caja torácica.

—Pero no puede volver a pasar —susurró.

—Te lo juro.

Ángela tenía razón. ¡Tenía razón! Solo necesitaba tiempo para calmarse.

—Haremos borrón y cuenta nueva —le propuse, emocionado.

—No —negó seria—. Borrón y cuenta nueva no.

—Empezaremos de cero —insistí.

—¿Tú entiendes que yo nunca voy a poder ser la mujer cariñosa y ejemplar que quieres?

—Yo no quiero que seas de ninguna forma, solo como eres.

—Estoy loca, Alejo. —Arqueó las cejas—. Soy capaz de olvidar mi propio cumpleaños. Y no solo eso. Soy práctica, soy terrenal y no me creo los «vivieron felices y comieron perdices». Necesito que no haya ni una gran expresión romántico-artística. Necesito que entiendas que yo no soy así, que no te voy a abrazar, que no oleré tus camisas, que...

La tuve que parar.

—Esto era una reconciliación —le dije.

—¿No lo es?

—Mi ataque de celos del otro día estuvo muy fuera de lugar por muchísimos motivos y lo asumo. Tengo que dejar atrás celos, inseguridades, y tenemos que empezar a saber comunicarnos, pero, si tú me pides que no te cambie, dime, ¿por qué tengo que cambiar yo?

—No te entiendo.

—¿Y si quiero besarte delante de todo el mundo?

Pestañeó.

—Trabajamos juntos…

—¿Y si quiero darte una sorpresa, comprar flores cuando vaya a verte, enviarte dulces, decirte que te quiero, cenar contigo en la puta torre Eiffel o regalarte una maldita foto nuestra?

Y, lo admito, fui subiendo el tono conforme terminaba la pregunta.

—¿Eso eres tú? ¿Reduces todo lo que tú eres a eso?

—No. Soy mucho más, pero también soy eso. ¿Y yo tengo que asumir que nunca me abrazarás? Marieta, voy a necesitar que me abraces. Y tú también.

No respondió.

—¿Sabes lo que te pasa? —Ella calló y yo seguí—. Que te crees que esto es ser fuerte. Me parece bien que no te gusten las exaltaciones del amor, que seas discreta, que lo veas desde un prisma moderno y me digas que San Valentín es un invento de los grandes almacenes. Vale. Pero lo llevas al extremo porque te da pánico sentirte humana. Sorpresa, no eres un Tamagotchi.

—Pero ¡¿qué quieres de mí?! Es que me angustia, Alejo. Me angustia no ser suficiente porque ni siquiera sé qué quieres, y así es imposible acertar.

—¡Solo te quiero cerca!

—¡Y yo quiero estarlo, pero me asfixias!

Me froté la cara con fuerza.

—Yo no quiero asfixiarte, controlarte, cortarte las alas. A veces confundes todo eso con que alguien quiera cuidar de ti.

—Eso no es verdad.

—Pues déjate cuidar. El problema no son mis flores. El problema es que no quieres arriesgarte a saber qué es que te rompan el corazón. Tú prefieres no sentir.

La vi tragar saliva.

—¿Has pensado que a lo mejor no sé ser así? —me dijo.

—¿Cómo, humana?

—Tienes razón en muchas cosas, pero no me trates con esa condescendencia, por favor, me duele.

—Y a mí me duele que ridiculices mis muestras de afecto. Pero si el mundo funciona es porque hay un punto de encuentro entre la tradición y el progreso. Entre mi manera de verlo y la tuya. O nadie encontraría el amor en una aplicación como Like¡t.

—No se me ocurre dónde puede estar ese punto medio.

—No tienes que averiguarlo y solucionarlo todo tú sola. Yo puedo...

—¿Cómo? —me interrumpió—. ¿Escribiéndome una carta desde el corazón para que te comprenda por fin?

Uy.

—¿Qué problema hay en las cartas de amor? Nunca me pareció que no te gustasen las notas que te dejaba junto al café. —Empecé a ponerme nervioso.

—Una carta es la manera cobarde de comunicar algo que no te atreves a decir a la cara. Ahí, ves, soy tradicional. Si puedes mirar a los ojos a alguien y ser honesto, ¿por qué usar papel y boli?

—Tú misma lo hiciste una vez. Es más fácil escribir las cosas que decirlas.

—No es lo mismo.

—Porque te pasaba a ti, ¿no?

—¡Porque me lo pediste tú! Yo solo hice lo que tú me habías pedido, a pesar de que me costó muchísimo. Para mí la vida no es como las novelas ni como las películas, Alejo.

—Ni para mí… —murmuré con la vista fija en el sobre.

—Tengo la sensación de que aquí el único que ha hecho, hablado, decidido y ejecutado has sido tú. Necesito un poco de silencio y escucharme a mí. Ni siquiera sé qué siento, haces demasiado ruido.

Intenté alcanzar la carta sin que me viera. Por el amor de Dios bendito.

—La vida real no es así —insistió.

De la garganta se me escapó un ruidito extraño, mezcla de un asentimiento, una pregunta, una queja y el canto de un mirlo sordomudo y desafinado.

—¿Qué te pasa? —me preguntó de pronto.

—Nada —acerté a decir dejándome caer por completo sobre el escritorio mientras trataba de alcanzar el sobre.

—¿Cómo que nada? Si parece que te has derretido encima de mi mesa. —Me señaló—. ¿Estás mareado?

—No —negué—. Solo… estaba pensando…

¡¡Acércame el puto sobre, joder!!

En un gesto de su mano derecha apartó la carta hasta casi la esquina de la mesa sin darse cuenta ni de ello ni de la causa de mi tormento.

Me enderecé. Así sería imposible, tenía que probar de otro modo.

—¿Qué estabas cavilando?

—No puede ser la única manera —afirmé muy seguro de mí mismo, sin poder dejar de mirar de vez en cuando la carta que descansaba junto a su brazo derecho.

—La única manera ¿de qué?

¡Yo qué sé! No podía pensar. Quería recuperar esa carta.

Me quedé callado y ella lo tomó como que aceptaba y lo dejaba ir.

—Dejémoslo ya. ¿Cómo tenemos el día? —Quiso sonreír, pero le tembló un poco la sonrisa.

—Lo siento..., dame... Necesito un segundo.

Me levanté, hice el último intento de alcanzar la carta, pero apoyó el codo justo encima, impidiéndome alejar de allí aquel fracaso. Quise morirme.

Salí del despacho directo al baño, cruzándome con Fran, que parecía ir a consultar algo a la jefa.

—Ey... —me saludó.

No pude contestarle. Miré un par de veces en su dirección, me tropecé con una mesa, casi tiré a un compañero que me pasó por delante y cuando llegué al baño me encerré en el cubículo del fondo y metí la cabeza entre las piernas.

Qué manera de cagarla.

La divina providencia podría haber hecho que una persona tan despistada como Marieta no viera el sobre. Un truco sencillo: que ni siquiera lo viera. O que alguien la interrumpiera cuando iba a abrirlo o que el papel ardiera por combustión espontánea. Algo así. Pero no.

Cuando volví, tenía la hoja manuscrita entre sus manos y una expresión de «no doy crédito» en la cara que me dio retortijones.

Fran se acercó a mi mesa.

—Dime que la carta no es tuya —murmuró lanzando miradas disimuladas al interior del despacho.

Me derrumbé en mi silla.

—Te juro que pensé que era buena idea.

—La madre que... Alejo, deja de hacer cosas sin ton ni son. La ansiedad te vuelve actuante.

—Algo tendré que hacer.

Volvió a mirar y torció el gesto.

—¿Tan mala pinta tiene? —me asusté.

—Pinta mal —respondió—. Ha cogido un boli rojo.

—¿Está corrigiendo una carta de amor?

—Dime que no tienes faltas de ortografía.

—No. Eso no —le aseguré.

—Pues entonces has debido de confundir algún concepto romántico, me temo.

Me hundí en mi asiento enterrando la cara en mis manos. Fran me dio una palmadita en la nuca.

—Ánimo. Ya lo dicen: «Más se perdió en Cuba y volvieron cantando».

Maldito refranero popular.

Marieta salió hacia su primera reunión sin que yo me hubiera atrevido ni a volver a repasar la agenda ni le hubiera llevado un café, como llevaba haciendo todas las mañanas desde que entré a trabajar allí. Sencillamente no pude moverme de mi silla; me sentía agazapado en una trinchera sobre la que volaban misiles en todas las direcciones.

—Ya me apaño sola —dijo al pasar por delante de mi mesa—. Cógete el resto del día libre.

—No… no hace falta.

Una hoja que reconocí como mi carta aterrizó sobre el teclado de mi ordenador.

—Vete a casa, por favor —me pidió con una expresión verdaderamente triste—. Mañana será otro día.

Siguió hacia la sala de reuniones sin volverse. La escuché dar los buenos días a todo el mundo, fingiendo una alegría que no sentía. Para cualquiera que la conociera un mínimo sería evidente que la alegría era lo último que la embargaba.

Cogí la hoja con mi carta. Dios…

Había dibujado un círculo alrededor de «me he enamorado de ti» y «te quiero» y, en mayúsculas, había añadido:

Esto se dice a la cara. Las cosas escritas no son más ciertas por estar escritas.

Y, por cierto, no me creo nada.

P. D.: No necesito un hombre que vele por mi felicidad ni que me sostenga en todo momento. Yo solo quiero un compañero, a poder ser, que no me imponga su manera de ver la vida y el amor.

Había suspendido. No había duda. Aun así, me quedé unos minutos mirando el folio y la anotación en rojo como si pudiera cambiar las cosas con el poder de mi mente. Después, sencillamente, me resigné. Me resigné porque no era tan malo. Me resigné porque no nos entendíamos. Me resigné porque nunca acertaba.

Recogí la bandolera, el móvil, puse el desvío de mi teléfono a la extensión de Marieta y apagué el ordenador. Tote se quedó mirándome confuso:

—¿Ya te vas? Si son las diez y media.

—Pues al parecer ya he conseguido tocarle el coño a la jefa para el resto del día.

Cogió aire entre los dientes.

—¿Te ha echado?

—Me ha pedido que me vaya a casa el resto del día.

—¡Pero ¿qué has hecho?! —se sorprendió.

—Suspender un examen.

Me puse la chaqueta, los auriculares inalámbricos y busqué una canción en mi lista de Spotify. Me fui acosado por decenas de miradas que me acompañaron hasta la salida mientras escuchaba «Ingobernable», de C. Tangana.

Tú sí que me entiendes, Puchito…, tú sí que me entiendes.

50
Saber llorar

Mis hermanos estaban comiéndose una bolsa de cortezas de cerdo delante de la televisión, viendo una reposición del programa de la doctora Polo, cuando llegué.

—¿Tú no tendrías que estar en el trabajo? —preguntó Manuel.

—Y vosotros en la facultad.

—*Touché.*

Me quedé de pie, allí, sin saber qué hacer. Tenía el móvil petado de mensajes de Ángela, Tote y Fran, pero no me apetecía saber nada de la oficina. Estaba cabreado, joder. Ella tenía razón en algunas cosas; yo también. Ella estaba equivocada en otro tanto… y yo también. Aquello era imposible, era un dolor de cabeza, era un ataque al corazón, una invasión de fronteras, un conflicto en el que tendría que mediar la ONU. Si Marieta se había cabreado, a mí su reacción me había dolido horrores. Cuando me sonó el tono de llamada, a punto estuve de no cogerlo.

—¿Sí? —respondí seco.

—¿Alejo Mercier?

Hostias.

El curro.

—Sí, soy yo.

—Te llamamos para comunicarte que has pasado el proceso de selección para el cargo de sénior mánager en Financial Consulting. El puesto es tuyo.

Busqué la pared a tientas y me apoyé mientras me frotaba la frente.

—Gracias —pude decir.

—Necesitamos que nos confirmes que puedes incorporarte después de las fiestas. El día siete tendrías que ocupar tu puesto.

—Sí —asentí. Era una señal. Faltaban dos semanas, a tiempo para avisar en mi actual trabajo—. Perfecto.

—¿Podrías pasar a firmar el contrato antes?

—Claro.

—Bien, si te parece, te envío el resto de los datos al móvil para que los tengas a mano, ¿vale? Así te será más cómodo.

—Muchas gracias.

—A ti, Alejo. Y bienvenido a la plantilla.

Me quedé allí pasmado, con el móvil en la mano mordiéndome el carrillo. Lo había conseguido…, ¿por qué me sentía tan mal?

Le envié un mensaje a Fran ignorando todo lo que me había escrito él antes, uno muy conciso: «Necesito hablar contigo. Es urgente y no es personal». Respondió enseguida preguntándome si estaba bien. Cuando le dije que sí, que no tenía que preocuparse, me emplazó para el día siguiente. «Con esto de las vacaciones de Navidad de la próxima semana, vamos como locos, pero mañana nos vemos». Pero no me citó en la oficina. Dijo que él se encargaría de todo y deduje que con «todo» quería decir Marieta.

Quedé con Fran para desayunar en la calle Luchana, en una cafetería llamada Arya. A él le venía bastante a desmano, pero el caso es que me convocó allí a las once; es posible que quisiera mantenerme lo más alejado posible de la oficina. ¿Se habría convertido ya Marieta en Medusa? ¿O en una quimera?

Cuando llegué lo encontré sentado en una de las mesas frente a un *matcha latte* con color de césped recién cortado.

—No sé cómo te puedes beber eso —bromeé.

—No solo está bueno, además es sano.

Me quité el abrigo y me senté frente a él, aunque creo que sería más justo decir que me dejé caer en la silla. Un camarero joven, muy solícito, se acercó a tomarme nota y le pedí un café con leche.

—¿Queréis algo para comer?

—Creo que va a darme un disgusto, así que mejor que me pille con el estómago vacío —le respondió Fran.

Bueno, al menos iba preparado. Cuando el camarero se marchó, entrelacé los dedos y me quedé mirándolo.

—No le des tantas vueltas, hombre.

—No voy a darte un disgusto —puntualicé—. En realidad creo que es lo mejor para todos.

—Intentemos no vestir esto de suicidio por honor. —Sonrió.

—No es mi intención, pero seamos francos: nos viene a todos de lujo.

—Escúpelo de una vez.

—Me han ofrecido un puesto como sénior mánager en una multinacional de consultoría con un buen sueldo y buenas condiciones.

Sonrió, pero no dijo nada. Todo lo contrario, esperó a que yo siguiera hablando.

—No es una huida cobarde y no me gustaría que la tomarais como tal. Nunca dejé de buscar trabajo —dije—. Y sería idiota o un nostálgico si no lo aceptara.

—¿Lo has aceptado ya?

—Sí.

—Felicidades —dijo con honestidad—. Es lo que querías y me alegro muchísimo por ti. Por mí no, porque sufro síndrome de Estocolmo y he terminado queriéndote mucho.

Los dos nos reímos.

—Quería avisar cuanto antes porque necesitan que mi incorporación sea inmediata, justo después de las fiestas. ¿Supone algún problema para vosotros?

—A ver... —Se encogió de hombros—. ¿Nos hubiera venido mejor que avisaras con más de quince días? Pues sí. ¿Te lo vamos a exigir? No.

—Repito que, en esta situación, creo que todos vamos a agradecer el cambio de aires.

—No te creas. Dejas a la jefa sin asistente. Lo de las llamadas seguías llevándolo regular, pero conseguiste hacerlo bien.

—Gracias. —Hice una especie de reverencia.

—Puedes estar orgulloso. Como director de Recursos Humanos lo que más valoro es tu cambio de actitud para con el trabajo. Llegaste con cara de hastío y emanando una energía que nos dejaba a todos claro que para ti aquello era una caída en desgracia, pero no solo te hiciste al puesto, sino que te quitaste de encima tus prejuicios y te ganaste a toda la plantilla, entre los que me encuentro.

—Valoro muchísimo tus palabras, Fran. Como director de Recursos Humanos y como amigo.

—Como amigo esto solo es el comienzo. —Estiró el brazo y palmeó el mío—. No te vas a librar tan fácilmente de mí; te recuerdo que sufro un grave caso de síndrome de Estocolmo.

—Soy encantador, ¿qué puedo decir? —bromeé.

—Enhorabuena. Lo digo de corazón. Y espero que no te moleste esta pregunta, pero... ¿ha movido tu padre algún contacto?

—Ninguno. Ni siquiera lo sabe aún. Lo he hecho yo solito, como cualquier hijo de vecino.

—Estoy orgulloso de ti, tío.

Los dos nos sonreímos y después él suspiró con guasa.

—Es una putada perder ahora al asistente de dirección, pero debo admitirte que, cuando te incorporaste, no abandonamos la búsqueda. Quizá no la seguimos de manera activa, pero nos movimos en plataformas ofertando tu puesto, por si acaso.

—Rata —le acusé.

—Esquirol, que te vas cuando las cosas se ponen…

—Tensas. Dilo, es verdad.

—Iba a decir interesantes. Bueno, pues, si te parece, pásate a firmar el viernes, antes de las vacaciones de Navidad. Así recoges tus cosas y te despides de todos.

—Es martes, ¿no tengo que ir a trabajar hasta entonces?

—Pásate mañana, se lo cuentas tú a Marieta y… lo que surja.

Sentí que una mano invisible se cernía sobre mis vísceras y las apretaba, dejándome sin aire.

—Te da pena, lo sé —dijo por mí.

Asentí; era lo único que podía hacer con aquel nudo en la garganta.

No solo sentía no volver a ver a Marieta cada día. Me apenaba por Tote, por Ángela, por Selene, por el ambiente general de Like¡t, por las clases de yoga gratis, por el gimnasio al que podía ir antes del trabajo, por la cantina, por no poder volver a lavarme los dientes con Fran después de la comida, por la luz atravesando la claraboya y bañándonos a todos, las enredaderas del techo… Eran muchas cosas, aunque Marieta era la que más presencia tenía. Dejaba muchos recuerdos allí, muchos para el poco tiempo en el que fui parte de aquella familia.

Me trajeron el café y me sentí horriblemente mal cuando vi que la leche dibujaba un corazón. Me parecía que aquella decisión me colocaba en la lista de gente que carece de la parte humana de ese músculo, que solo lo guardan en el pecho para que lata, bombee sangre y ellos puedan seguir consiguiendo aquello que desean.

—Me he pasado la noche en vela —confesé sin mirarle—. La cabeza no paraba. Era como haber puesto en funcionamiento una maquinaria que necesita días para parar la inercia después de apagarla.

—¿Y qué es lo que pensabas?

—En dejar Like¡t, en las cosas que me perderé, en que te echaré muchísimo de menos…, ya sabes. He aprendido hace muy poco que la vida es mucho más que los galones y las medallas, y ahora siento que pierdo la mayor parte de las cosas que gané, las que valen la pena.

—Y a Marieta… —sonrió.

—Y a Marieta —asentí—. Hay un montón de cosas que ya nunca sabré de ella.

—Hablar en términos absolutos va a hacerte muy flaco favor, Alejo.

—Bueno, ya sabes a lo que me refiero. Esta decisión acaba con la posibilidad de recuperar… es que ni siquiera sé qué quiero recuperar.

Se calló y volví a mirarle. Su técnica de no decir nada para hacerte hablar de más era infalible.

—A ella, evidentemente, pero no sé si «recuperar» es la palabra. Me gustaría poder partir de donde estuvimos hacia otro sitio y hacerlo mejor.

—¿Me dejas ser terriblemente duro contigo un instante?

—Por supuesto.

—Te has empecinado, pero ni siquiera tienes muy claro por qué. ¿Tiene entonces sentido?

Lo único que pude contestar fue:

—La echo de menos de verdad.

Fue una justificación muy endeble.

—Echas de menos lo que sentiste, no a ella, porque no se puede añorar algo que no llegaste a conocer.

Buf. Sí que era duro.

—La echo de menos cada puto segundo. La echo de menos hasta cuando está.

—No dudo —siguió— de que sientas algo por ella y que, además, eso que sientas sea intenso, pero lo llevas en el pecho como un caballo desbocado. Si el tiempo, sobre todo el tiempo en el que tú estés entretenido y ocupado, no la desdibuja, quizá fue amor desbocado e intenso, pero amor y, como tal, puede ser domesticado. Si tú quieres. Si es de verdad.

—¿Qué me he perdido de ella? —pregunté, aterrado.

—La mejor parte. —Sonrió—. La Marieta de Like¡t es buena, pero la Marieta de la intimidad es muchísimo mejor. Es una payasa, siempre está cuidando de todo el mundo, nunca he conocido a nadie más detallista. Le gusta la papiroflexia.

—El resto lo sabía, pero lo de la papiroflexia no me lo esperaba. —Sonreí.

—Es musical, tiene una alegría explosiva, los enfados le duran nada si la sabes tratar y tantas cosas más que no sabría por dónde empezar. Solo has conocido a Marieta un otoño. El resto del año sigue su curso: florece, se acalora, vive y se enfría.

—Eso es muy bonito.

—Es mi mejor amiga y solo quiero a alguien para ella que la mire más bonito de lo que yo soy capaz. ¿Eres tú?

¿Era yo?

Me fui a casa pensando en ello y en todas las veces que escuché a Fran hablar de Ángela. Mi madre solía decir que no supo realmente lo que significaba querer a mi padre hasta que se casó con él y tuvieron que convivir. Dos vidas, hasta el momento paralelas, que de pronto pasaban a coexistir. Nosotros bromeábamos diciéndole que no supo lo que significaba quererle hasta que no lo tuvo que escuchar roncar noche tras noche, pero, bromas aparte, había una verdad allí. Solo puedes querer de verdad aquello que conoces.

¿Hubiera sido amor? Probablemente. Si hubiéramos soltado las riendas y dejado que se reconocieran su cariño y el mío, podría haber sido amor. Me gustaba mucho. Me empecé a enamorar. Pensaba en ella constantemente. La añoraba en términos en los que no cabía añorar a nadie más. Me costaba mucho imaginar otros cuerpos, otros cabellos entre mis dedos. La pensaba cada noche antes de acostarme y cada mañana al despertar. El café me sabía a ella. Mi ropa me olía a ella. Necesitaba tocarla a ella. Pero ¿qué añoraba ella? ¿A qué le supe yo? ¿Llegué a ganarme un espacio en aquella casa que tanto echaba ya de menos?

Llegó a media tarde. Estaba poniendo orden en el armario, colocando los trajes de nuevo en primera línea de batalla, escuchando una lista de canciones aleatorias aparentemente inofensiva. Sonaba una canción que no había escuchado nunca: «Beautiful Things», de un tal Benson Boone. Tenía pensado pasar el tiempo que quedaba hasta la cena echando un vistazo a Idealista, a ver si encontraba algún estudio dentro de un presupuesto que pudiera mantener con el nuevo sueldo. Al menos vivir en aquella casa con mis hermanos me permitió ahorrar parte del salario de Like¡t.

Miré el móvil instintivamente cuando se iluminó y fui a ver quién me había escrito un mensaje. Contuve la respiración cuando vi que era de ella. ELLA. Lo abrí con dedos trémulos.

Marieta

Hola, Alejo.

Fran me ha contado que abandonas Like¡t en busca de nuevos retos, quiera decir lo que quiera decir eso. No te enfades con él por haber hecho de avanzadilla; me conoce bien y sabe que necesitaba tener distancia para despedirme; me lo ha comunicado como amigo, no como director de Recursos Humanos.

Por mi parte, solo quería que supieras que me alegro mucho por ti y que admiro la constancia con la que has buscado seguir con tus planes. La vida te revolcó, pero no perdiste de vista tu objetivo.

Conociéndote, te alegras de volver a llevar traje en la oficina y no echarás de menos preparar cafés por la mañana, pero es importante que sepas que dejarás un vacío en Likeit que costará llenar de nuevo.

En lo profesional, no tengo nada más que decir. En lo personal, bueno, Fran me ha contado que me echarás de menos, y yo no he sabido contestar otra cosa que «yo también a él».

Mucha suerte.

Me senté en la butaca del salón, la que había sido del abuelo y donde cuenta la leyenda que se marchó al otro barrio por cabezota, y me tapé la cara con ambas manos. Había salido de mi habitación porque su atmósfera me estaba asfixiando, pero el gran salón de aquella casa no ofrecía mucha ayuda. Me sentía… decepcionado. De nuevo. Decepcionado con la vida. ¿Era aquello lo que me ofrecía? Intenté convencerme de que Fran tenía razón y que me quedé en la superficie del deseo. Ese mensaje era de mi jefa, no de la chica risueña de pelo rojo que me daba pataditas en la cama para saber si estaba despierto. El móvil, dentro de mi bolsillo, palpitaba, como el corazón acusador del cuento de Poe. Sabía que no debía, pero… ¿no era aquello una despedida?

Lo saqué del bolsillo y entré en el mensaje, que releí varias veces. Después me dispuse a contestar.

Alejo

Gracias, Marieta. Aprecio mucho estas palabras y más viniendo de alguien como tú. Estoy seguro de

que serás una inspiración para toda
una generación de niñas.
En lo personal…, ¿puedo ir a verte y hablar?

Marieta se conectó, estuvo en línea, pero ni hizo amago de contestar antes de desconectarse.

Insistí.

Alejo
Por favor, Marieta.
Tú misma lo dijiste: hay cosas que deben
decirse a la cara.

Marieta en línea.

Escribiendo.

Marieta
Déjame gestionar esto sola.
No vengas a trabajar, por favor.
Me siento un poco rota.

Me levanté del sofá, di varias vueltas por el salón con las manos en la nuca y… me decidí. Me decidí con prisa para no darme tiempo a arrepentirme.

Pasé por mi habitación, me puse las zapatillas, cogí el abono transporte y de salida arranqué mi abrigo del perchero. Media hora más tarde llegaba a la parada de metro de Pavones con paso ligero, ansioso. Ni siquiera me había dado cuenta al bajar a la calle de que el clima se había torcido tanto; me había llamado la atención una fina llovizna, helada, que acompañaba al viento, pero no esperaba que al llegar lloviera tantísimo. Una cortina de agua, constante, potente, empezaba a penetrar en las jardineras y parques, creaba charcos y rebotaba en el asfalto. No pensé en el abrigo, en las zapatillas, en que me estaba calando, solo seguí andando. La gente con la que me cruzaba, bajo sus paraguas, me miraba preguntándose, seguramente, qué problema había con aquel tío con la capucha calada. Estaba tan empapado que el agua me corría por la cara, metiéndoseme por los ojos.

Pasé por una floristería, por una pastelería, por una cava de vino. Pude haberle llevado flores, dulces, una botella de champán, pero esas cosas no cabían ya en las manos del Alejo que había entendido.

No me di cuenta de haber ido acelerando el paso hasta que empecé a correr. El frío me calaba hasta los huesos, pero yo aún no lo notaba, al menos no lo noté hasta que no me detuve, jadeando, frente a su edificio. El agua caía sin tregua; la ropa empezaba a pesarme y los pies habían chapoteado en cada paso, pero ¿qué más daba?

La luz brillaba en sus ventanales. La de la cocina donde debimos bailar y la del salón que habíamos convertido en nuestro cine privado. Esperé a verla pasar, reconociendo estar haciendo algo que no estaba bien. Y entonces la vi, con el pelo recogido en un moño y con una blusa blanca; se paró a mirar al exterior, como si a ella también le sorprendiese que hubiera roto a llover y... corrió las cortinas encerrándome en un mundo que no se comunicaba con el suyo.

Llamé insistentemente, como si al abrirme la puerta fueran a salvarme la vida, como si me persiguiera algo más que la puta ansiedad. Nadie preguntó quién llamaba con tanta histeria porque no hacía falta; la puerta, simplemente, se abrió.

Subí por las escaleras, sin saber por qué. Dejé un reguero de gotas a mi paso por cada tramo y rellano y se formó un pequeño charco a mis pies cuando paré agitado delante de su puerta. Abrió sin ceremonias y una luz cálida se escapó por la puerta bañándome por entero.

—Alejo... —susurró.

—Estoy superperdido —conseguí decir—. Y creo que voy a explotar.

A los siete años los amigos eran aquellos con quien compartías el recreo y a quienes invitabas a tu cumpleaños. A los quince, a los que les contabas quién te gustaba, si ya te habían hecho alguna paja y con los que empezabas a salir por ahí. A los veinte los compañeros de universidad, con los que pasabas tantas horas de estudio, risas tontas en la cafetería y con los que te hacías fotos en las fiestas cada vez que acababa la época de exámenes. A los treinta pensé que amigo es ese con el que quedas de tanto en tanto para ponerte al día y tomarte unos gin-tonics, que la edad adulta solo concedía un tipo de compadreo superficial que permitía mantener un ambiente externo al de la pareja.

A los treinta y dos años, un martes 17 de diciembre, aprendí que amigo es el que te recibe sin previo aviso en su casa, te abraza aunque estés empapado, te hace pasar, te da una toalla y ropa seca y te asegura que todo irá bien, aunque no tenga ni idea de si eso será cierto. Amigo es el que entiende que llevas tanto tiempo dando palos de ciego que ya no sabes ni dónde estás, qué quieres y por qué te encuentras tan mal, pero no te dice nada más que: «Estoy aquí».

A los treinta y dos años volví a llorar delante de otro hombre sin pudor y, además, sentí el alivio de cada lágrima que dejé salir. Gemí, sollocé, me disculpé, me limpié la cara a manotazos y, mirando a Fran a los ojos, le dije que no sabía qué me pasaba.

—Tranquilo —susurró—. Tú suéltalo. Después es mucho más fácil seguir.

—Solo necesito tener un plan —me quejé.

Y él volvió a abrazarme, que era exactamente lo que yo necesitaba.

51
El finiquito

Cuando se lo conté a mis padres, mi padre se mostró tan contento que me sentí de nuevo un adulto funcional. Sin embargo, me preocupaba menos de lo que pensé que lo haría. El cambio. Volver a los negocios. Poder seguir la historia donde la había dejado. Fran tenía razón cuando decía que después de soltar todo lo que a uno le acongoja es mucho más fácil seguir. Yo seguía y, aunque lo hacía con pasos un poco robóticos, como programados, confié en que solo era cuestión de calentar, de coger carrerilla.

El miércoles no fui a trabajar. El jueves tampoco. Ya, ¿qué más daba? Ella me había pedido que no fuera y yo, como último gesto romántico, quise dejar que se recompusiera como deseara hacerlo.

Dediqué los días a ver varios estudios, pero todos me parecían pequeños y caros. Mis padres me ofrecieron el piso vacío de la tía abuela, en la calle Velázquez, pero, para mi sorpresa, muchos muebles habían cambiado de sitio en mi cabeza.

—¿Y qué hago yo en un piso de seis habitaciones? Lo que tendríais que hacer es venderlo. Es buen momento para el mercado inmobiliario. Por tres millones lo vendéis, pero yo lo pondría a tres y medio. Siempre estáis a tiempo de negociar.

No me mudé a la casa de mis sueños (y de los sueños de cualquier persona, joder, que aquello eran trescientos ochenta metros cuadrados de piso), pero tuve suerte y, sobre todo, pude hacerlo sin buscar ayuda familiar. Antes pensaba que en esta vida no hay que saber hacerlo todo, solo conocer a las personas adecuadas; ahora me inclinaba más hacia que es mejor apañarse solo y saber a quién pedir ayuda.

Alejándome del centro encontré una casa luminosa y espaciosa, de dos habitaciones, en Pozuelo, con un balcón en el que me cabía una pequeña mesa donde disfrutar del sol durante los fines de semana. Podría mudarme después de las fiestas. Era perfecto. Sentía que mi vida de verdad empezaría a partir del 7 de enero.

El viernes 21 de diciembre volví a Like¡t y lo hice sabiendo que sería mi último día allí. Yo ya no formaba parte de la pandilla, ya no era mi mundo, ya no habría más enredaderas sobre mi cabeza ni haces de luz bailando sobre la esquina de la mesa. Había estado allí apenas tres meses, pero sentí que con aquello cerraba un ciclo. Era el fin de una era.

Entré directamente, sin llamar, porque habían tenido la amabilidad de no deshabilitar aún mi tarjeta de acceso. Antes de adentrarme en la sala de trabajo y que pudieran saber que había llegado, me paré a mirarlo todo desde aquel rincón. Tenía la sensación de no haber exprimido mi tiempo allí, de haberme perdido alguna lección importante que iba a hacer que tardase más en aprobar la asignatura de la vida. Añoraría tantas cosas importantes y tantas tontas… como la cantina y la comodidad de no tener que preocuparme por nada más que por trabajar bien y alimentar a mi Tamagotchi. Mi Tamagotchi dejaría un vacío enorme que, no obstante, necesitaba sentir. En el vacío es más fácil encontrarse

Cogí aire y entré.

Todo el mundo quería darme un abrazo de saludo/despedida. Me llovieron enhorabuenas hasta empaparme. Me sentí apreciado, querido, apenado; no sabía cómo había podido conseguir que toda aquella gente me quisiera, no estaba seguro de habérmelo ganado.

El despacho de Marieta estaba vacío en aquel momento, pero su bolso descansaba en una de las sillas, tirado de malas maneras, y la puerta estaba abierta.

Fran me esperaba junto a Selene en uno de los despachos reconvertido en sala de reuniones, con el recibo de mi finiquito preparado para que yo estampara mi firma en él.

Sin sentarme estudié el documento y me eché a reír.

—Cabrones, ¿esto es un finiquito?

—Has durado tan poco que casi te sale a deber —bromeó Fran.

Firmé, solté el bolígrafo y les sonreí.

—Hasta aquí llegamos.

Cerramos el trato con un abrazo y una cita en la agenda para tomar unas cervezas el sábado siguiente.

—¿Tienes plan para fin de año? —me preguntó.

—Ceno con mis padres y creo que empezaré el año con mis buenos propósitos bajo el brazo.

—¿Y qué te propones?

—Leer más, ahorrar, comprarme un coche de segunda mano y dejar de ser un gilipollas.

—Esas son buenas.

Cuando salí, Marieta había vuelto a su despacho y toparme con la imagen de ella enfrascada en su ordenador fue como chocar con un muro. No la vería más. Yo debía darle espacio, ella no me buscaría. Acertó cuando dijo que yo hacía mucho ruido y yo lo hice cuando le dije que tenía miedo a ser humana. En el fondo, nos entendimos bien.

Tenía que acercarme para recoger mis enseres personales de mi antiguo escritorio y no sabía cómo abordarlo, pero, para hacerlo más fácil, Fran me acompañó hasta mi mesa.

—Tengo una reunión ahora, pero puedo quedarme si quieres —se ofreció Fran.

—No, qué va. No te preocupes. Ya te veo el sábado. Esto va a ser un visto y no visto.

—Dime si necesitas cualquier cosa.

—¿Una caja, como en las películas americanas?

—¿Tienes ahí guardado algo de interés? —se burló mientras ya se iba.

—Claro. A ver si te crees que no me voy a llevar todo el *merchan* que me distéis el primer día.

Fran se fue; en mi nuca la presencia de Marieta se hizo más evidente. Me llegaba el sonido de su teclear, el de la alarma de su calendario que le avisaba de un compromiso y ese balbucear suyo cuando quería terminar una tarea antes de pasar a otra.

Recogí todo en un pestañeo, tal y como le había dicho a Fran, y sentí que debía hacer las cosas como el adulto que quería ser.

Me asomé a su despacho y golpeé el cristal tres veces, como tantas veces había hecho. Levantó la cabeza, sobresaltada, y, al verme, una expresión educada y apenada le cubrió la cara.

—Hola, Alejo.

—Hola, Marieta.

—¿Qué tal?

—Bien. Vine a firmar el finiquito y a robaros un montón de merchandising.

—Qué bien. Espero que te quede muy bien el altar que construyas con todas esas cosas.

—Gracias, yo espero que sea de gusto del maligno.

Los dos sonreímos. Manteníamos, al menos, el mismo sentido del humor.

—Que tengas mucha suerte. —Sonrió.

—Gracias. Ahora veo que aquí la tuve.

—Pero no era tu sitio. —Se encogió de hombros y después miró la pantalla de su ordenador, que volvió a emitir un aviso—. Estoy llegando tarde a una emocionante reunión con Nuevos Negocios.

—Será un éxito.

Salió de detrás de su mesa con aquel paso de ninfa. Cogió la tablet, su lápiz y el móvil y, deteniéndose un segundo a mi lado, me dio un beso en la mejilla sin darme tiempo a reaccionar. Cuando quise hacerlo, ella ya había salido.

Cogí aire y fui hacia la salida. Marieta siempre fue efímera y no quise verlo.

Tote se despidió con otro abrazo. Gisela también; pobre, era más pesada que una vaca en brazos, pero había terminado cogiéndole cariño. Después me despedí con un gesto de todos y me interné por el pasillo que daba a la puerta trasera. Me despedí de la luz, de las paredes, de las cosas que perdí y las que me quedaron por descubrir. Abrí la puerta y la claridad de aquel día de invierno hizo una incisión en la oscuridad del pasillo. Y yo… yo…

La puerta del despacho donde estaban reunidos se abrió de par en par, hasta rebotar y casi cerrarse en mis narices de nuevo. La sujeté, jadeando, mientras todos me miraban sorprendidos.

—Antes de que digas nada —la paré, viendo cómo abría la boca—, déjame decirte que sé que no tengo derecho a irrumpir aquí y montar una de esas escenas que odias, porque esto podría estar en el guion de cualquier película romántica, y me consta que eso te repatea. Pero… no, por favor —volví a pedirle—, déjame seguir, porque será la última vez. Te lo prometo.

Me quedé expectante. Si me pedía que me fuera, lo haría sin rezongar, pero no lo hizo. Solo me hizo una seña para que siguiera:

—Juro que no volveré, pero no quiero irme con la cabeza gacha. No quiero desaparecer sin asumir en voz alta todas las cosas que hice mal, aunque ya no sirva de nada. Saber que siempre tuviste razón conmigo quizá pueda reconfortarte. Porque sí: fui egocéntrico, un caballo encabritado, un tío perdido sin idea de lo que quería que se aferró por costumbre a lo que no querían darle. Qué gilipollas he sido. Me quedé sin conocer a Marieta como debí haber querido hacerlo desde el principio. Porque eres increíble, como siempre sospeché —seguí, aprovechando que todos me miraban atónitos, pero que nadie me sacaba de allí—, pero eres cientos de cosas más que me quedaré sin averiguar. Solo quería decirte que he entendido por fin lo que estaba mal de aquel cariño obsesivo y asfixiante que te di, aunque lo importante es que lo hice, y eso ya no se puede cambiar. Escúchame, te prometo que ya me voy. —Puse la palma de la mano entre nosotros cuando Selene se animó a levantarse de la mesa con intención, supongo, de echarme—. Tienes muchas cosas que reprocharme y me encantaría que lo hicieras, porque siento que, es verdad, siempre hablo yo. Aprovechando el turno de palabra te diré que todo esto que digo no te redime de tus faltas, porque fallaste. Sé que odias los discursos románticos, sé que odias este numerito, que te regalen flores, que te dediquen canciones, las cenas a la luz de las velas y cualquiera de esas cosas, pero no es nada de lo que tenga que avergonzarme. Yo no debí intentar convencerte y tú tampoco tratar de cambiarme. Y ¿sabes? Una parte de mí querría que esto te dejara mejor sabor de boca que un adiós de pasada en tu despacho, a pesar de lo peliculero. Y, honestamente, esa misma parte de mí sigue queriendo regalarte flores, dedicarte canciones, sacarte a bailar en tu cocina y prepararte cenas a la luz de las velas, porque esa es la forma en la que aprendí a decir que te quiero a mi lado. Sin embargo, al Alejo que aprendió la lección también le encantaría que tú le enseñaras cómo dirías tú que me quieres a tu lado. Porque si una aplicación móvil para ligar ha conseguido dar la vuelta a la tortilla de la tiranía de la inmediatez en las relaciones, nosotros podemos encontrar el término medio entre tu cabeza en la tierra y mis pies en las nubes.

Me callé. Marieta me miraba con los labios todavía entreabiertos, pasmada, sin ser capaz de responder nada. Selene se acercó con expresión levemente chistosa:

—Venga, Alejo. Se acabó el espectáculo.

Busqué a Fran con la mirada y lo encontré comidiendo una sonrisa divertida.

—Que conste que no lo he preparado —respondí mirando de nuevo a Selene, que intentaba hacerme salir de allí—. Marieta. —La busqué de nuevo—. Solo… piénsalo. Piénsalo, por favor. Pero, si no sé nada de ti, me daré por vencido. Te lo prometo.

Selene me dio un simpático empujón para sacarme.

—Ya me voy, ya me voy.

Serpenteé con prisa entre las mesas y, sin que me lo esperara, un aplauso multitudinario estalló en la sala de trabajo. Salí corriendo de allí sin atreverme a agradecer aquella muestra de apoyo.

Sé que no debí hacerlo.

Sé que odiaba cualquier cosa que oliera a romanticismo.

Sé que ella no era así.

Sé que estaría muerta de vergüenza.

Sé que estuvo mal.

Pero, si aquella chica me quería, me tenía que querer así.

A eso le llamo yo quemar las naves.

52
Nuevo chico en la oficina

Mi primer día en la oficina fue emocionante en un sentido muy diferente a lo que significaba la palabra «emocionante» en Like¡t. Cuando allí algo era emocionante era excesivo, raro, explosivo, sorprendente. Mi primer día implicó pisar una de esas moquetas azules que cubren el suelo técnico de las oficinas y cuyo color escogen esperando que no incite al suicidio a demasiada gente.

A primera hora me presentaron a mi equipo en una reunión en la que tomamos un café que sirvió la asistente del departamento.

—Perdona... —le dije antes de que saliera—. ¿Podrías quedarte?

—¿Yo? —Se señaló el pecho, asustada—. ¿Por qué?

—Pues porque formas parte del equipo y también me gustaría que nos conociéramos.

Miró a los demás con cara de que aquello no era ni de lejos lo habitual, pero cogió una silla y se unió a la reunión.

Manda cojones... Si aquella gente supiera que mi último cargo había sido como asistente personal, perderían todo ese protocolo al dirigirse a mí. Probablemente también el respeto y el rendibú que me dispensaban.

Se trataba de un equipo relativamente grande, compuesto por júniors, séniors, supervisores y otra mánager, que me saludó con un firme apretón de manos y el deseo de que aprendiéramos a remar en la misma dirección.

Mi despacho era un cubículo de, así a ojo, tres metros por tres metros. Cabían una mesa, mi silla, dos asientos frente a mí, una cajonera y una estantería. Todos los muebles eran grises, de contrachapado, el ordenador el mismo que había usado en mi trabajo antes de irme y el único kit de bienvenida que me facilitaron incluía una taza horrenda con el logo de la consultora. Le hice una foto y se la mandé a Fran.

Alejo

Ojo al recibimiento.

Tengo despacho, pero no estoy muy seguro de que antes no fuera un armario.

Fran

Llorón. De todo te tienes que quejar.

Con esa taza tan bonita que te han regalado…

Alejo

Tengo un equipo majo.

Fran

¿A que ahora echas de menos que te entreguen una mantita suave para tus siestas en la sala de descanso?

Alejo

Entiendo que he pasado de primera a una liga inferior, no te preocupes.

Aquí las únicas siestas que voy a poder echarme serán con los ojos abiertos y en las reuniones.

Fran

Disfruta de eso que tanto añorabas.

Alejo

Y del sueldo. Del sueldo también disfrutaré, cabrón tacaño.

El sábado anterior habíamos quedado a tomar unas cervezas, pero terminamos liándonos y... cenamos, nos tomamos unas copas, unos chupitos, bailamos con unas chicas muy divertidas que estaban de despedida de soltera y desayunamos chocolate con porras.

Me contó que, desde que habló con Ángela en la fiesta de Navidad, el alivio había ido extendiéndose por su cabeza hasta dejarle tranquilo casi por completo.

—Creo que tenía mucho miedo al miedo, que había imaginado que todo sería mucho peor.

Me alegré cuando añadió que las comidas empezaban a retomar el tono distendido que habían tenido.

—No están al nivel de nuestros mejores tiempos. —Sonrió—. Pero apuntan maneras.

Marieta estaba bien, me decía, muy volcada en el proyecto de Nuevos Negocios que había resultado no solo ser viable, sino que había conseguido varios «novios». Marieta Durán iba a emprender de nuevo, con tres socios capitalistas, un proyecto de biotecnología. No me explicaba cómo iba a lograrlo; no podría dividirse en dos para atender ambas empresas.

—Está aprendiendo a delegar —me confirmó Fran.

Tenían nueva asistente, esta vez una joven muy moderna, con muchos piercings, que estaba encantada de trabajar allí y que parecía haber encajado a las mil maravillas con Marieta, a la que, además de recordarle las funciones vitales básicas, daba suplementación vitamínica y le regalaba plantas.

Todo iba bien allí de donde me fui. Todo iba bien allá donde me había ido.

Bien… a secas, entiéndeme. Creo que había olvidado lo aburrido que era el trabajo de oficina habitual. Tuve que acostumbrarme de nuevo a unos ritmos que no trataban de cuidar a su empleado, sino de facturar más.

Echaba horas como un cabrón. Nunca me iba a casa si quedaba alguien del *staff* y, de darse el caso, me sentaba a su lado y le preguntaba en qué podía ayudarle. Era aburrido, era cansado, era protocolario y burocrático, pero era lo que yo había querido recuperar, ¿no?

Lo que más me gustaba era hacer los equipos para las propuestas que había que elaborar para el cliente e incluirme a mí en alguno de ellos. Se me ocurrió que una forma de motivarlos sería hacer apuestas.

—Si en una semana conseguimos tener toda la información para poder empezar a analizarla, os invito a unas cervezas a la salida del viernes.

Eso solía funcionar. Me ayudó también tener más o menos la misma edad que la mayoría. La media de mi equipo era de unos treinta años y la rotación era demencial. En la primera semana se marcharon dos personas. No me lo tomé como algo personal. Algunos puestos eran el equivalente moderno de que te mandaran a galeras y no pagaban demasiado bien hasta que no alcanzabas un cargo mínimo.

¿Sabes qué eché de menos de Like¡t? La comida, por ejemplo. No solo el cáterin que nos ofrecían a la hora de la comida, sino tener café, desayuno, frutos secos, zumos naturales… a cualquier hora. También la luz natural. Mi despacho tenía una ventana, es verdad, pero con un cristal biselado que dejaba entrar una cantidad muy limitada de luz del día. Creo que lo hacen a propósito, como en los casinos de Las Vegas, para desorientarte y que pases más tiempo allí.

Eché de menos que todos los días me dieran una lección de modernidad y de estética. En mi oficina todos acudían en traje o ropa muy formal. Había días en los que coincidíamos todos vestidos de gris, y creo que es muy significativo. ¿Dónde quedaban los estilismos de Tote? Nunca más vería entrar a las reuniones a alguien (ni hombre ni mujer, para más inri) llevando un pichi a cuadros con plataformas, calcetines altos y el vello del pecho teñido de rosa.

Eché de menos los aplausos y las risas que estallaban muchas veces en la sala de trabajo principal. El olor del despacho de Marieta, que retenía algo de su perfume de jazmín. Los baños. El gimnasio, claro. El mobiliario, tan cuidado, tan bonito. En consultoría todo parecía sencillamente feo. Utilitario. Mientras hiciera su función, nadie necesitaba que fuera bello. Eché de menos eso, la búsqueda de la belleza en todas sus formas, porque el verdadero trabajo de Like¡t era buscar lo bello: unir personas en relaciones sanas, ser visualmente atractivos e intuitivos en el uso, cuidar a quienes hacían cada cosa posible, ser mejores.

Eché de menos no ser el más intenso de la plantilla.

Y a Marieta, ¿cómo no hacerlo? La echaba de menos cada día al entrar en mi despacho; mi mente comparaba sin permiso y yo salía perdiendo. La echaba de menos al ir a por un café a la máquina mugrienta del final del pasillo y comprar unas galletas superinsalubres en la máquina dispensadora de snacks. La echaba de menos cuando veía pelirrojas, allí donde fuera. La echaba de menos hasta cuando me daba cuenta de que no había pensado en ella en varios minutos; en lugar de ver aquello como algo esperanzador, como el inicio de un cambio, me atravesaba una nostalgia solo comparable a cuando una canción acierta justo en el centro de esa diana que son nuestras penas.

La echaba de menos cuando me ponía el traje y la corbata por la mañana. La echaba de menos cuando me ponía cómodo al llegar a casa. La echaba de menos si abría un vino, si me tomaba una cerveza, si me preparaba una limonada. La echaba de menos en la cama, buscando el sueño que se me deslizaba de entre las manos cuando creía tenerlo ya agarrado. La echaba de menos cuando se me ponía dura sin motivo y los sábados tontos, de levantarse tarde, salir a correr y paja en la ducha. La echaba de menos echando de menos a otros. A Fran, a Ángela, a Tote y hasta a Pancho. ¿Quién estaría tomándole el pelo en aquel mismo instante?

Pero… ella no había respondido a aquel discurso y me prometí que sería mi última intentona. Después de aquello no había nada, lo supe en el momento en el que decidí irrumpir en aquella sala de reuniones. Después de aquello, no había plan.

Pero ¿sabes una cosa? De echar de menos no se vive, porque echar de menos es tener parte de ti en el pasado. Y así es imposible hacer cosas nuevas.

Ángela me llevó a un mercadillo de muebles de segunda mano, y, a pesar de mi animadversión inicial, terminamos llevándonos apretujadas en el coche de Fran unas mesitas de noche, una mesa auxiliar y varias cosas para decorar mi nuevo salón. Me ayudó mucho a que no pareciera uno de esos Airbnb bonitos pero impersonales.

No fue hasta que sentí que todo estaba en su sitio cuando pude ver con claridad qué sobraba y qué faltaba. Y… manda cojones. Vas a flipar: sobraba mi trabajo en la consultora, gris, mecánico y aburrido; faltaba Marieta. La bruja, la arpía, la adoradora del maligno. Marieta. Mi mala del cuento.

Pero no creas que dejé el trabajo y que fui corriendo a su puerta a decirle que la añoraba. Me matriculé en un máster en Real Estate y esperé. Ahorré. Sabía qué quería hacer, pero las cosas que queremos que duren hay que hacerlas con cuidado. En eso no creo que estuviera nunca equivocado.

Con Marieta, pues… después de un mes sin verla, seguí preguntándole a diario a Fran por ella, si estaba tranquila, si era feliz, si descansaba, bebía agua, comía y dormía. Y todos los días había anécdota que compartir. Eso era todo lo que podía tener de ella, ¿no? Pues tenía que acostumbrarme, por mucho que la echara de menos. Por mucho vacío que hubiera dejado en mi vida. Aunque fuera la responsable de que viese la vida, el trabajo, la felicidad y el éxito desde otro punto de vista. Aunque… aunque… aunque…

53
Y ahora imagina que es ella quien te lo cuenta

Era molesto, impertinente, a veces un auténtico cretino. Sabía cómo sacarme de mis casillas, se creía la hostia en verso y tenía ese gesto..., apartándose el pelo de la frente, que me ponía enferma. Él no lo dirá, supongo, pero era jodidamente presumido. Un esnob de manual. Juzgaba como si fuera tan natural en él como respirar. Le gustaba ir enfundado en un traje, que siempre me pareció ropa de muerto. ¿O no les ponen traje a los muertos para enterrarlos? Me hacía añorar a los que no están. Bebía agua como si tuviera agallas y lo hubieran sacado de un lago en contra de su voluntad. ¿He dicho ya que se creía la hostia?

Era todas esas cosas y más, ¿cómo podía echarlo tanto de menos? No me di cuenta hasta que se fue de que había estado echándole de menos incluso cuando aún estaba allí.

Maldito esnob. Me había vuelto más loca.

Debo decir que el numerito de entrar sin permiso en una reunión, interrumpir a todo el mundo y lanzar todo aquel discurso fue de lo más cursi que había tenido el horror de presenciar. Si le hubiera pasado a otra persona, me hubiera reído con total seguridad, pero no, me pasó a mí. Y hasta a mí me entró la risa cuando desapareció de allí. También diré que, igual que digo esto, admito su valentía y aprecio el esfuerzo que tuvo que hacer para mostrarse vulnerable delante de tanta gente. Pero me sonó al alarde romántico peliculero de siempre, y eso me daba miedo, porque parecía tan falso, tan preparado, tan de escenario, croma y público aplaudiendo detrás de las cámaras...

—Por Dios, llama a Alejo. Fue lo más romántico que he visto en mi vida —decía Ángela.

—Tendríais unos hijos tan guapos —comentaba Gisela.

—Se ganó al menos que le invites a un vino, ¿no? —argumentaba Selene.

—Menudo personaje. Marieta, ese es de los nuestros. ¿Tú te lo has pensado bien? —me preguntaba Tote.

—Jodiste el final de película, y ahora, por tu culpa, ya nadie de la oficina cree en el amor —me acusaba Pancho.

Todos, absolutamente todos, tenían una opinión y, además, la compartían conmigo. Ruido, ruido, ruido. Aún no había podido dilucidar cuál era la mía.

Porque su exceso me mataba, porque sus faltas me secaban, porque temía su construcción del mundo, porque no entendía por qué me empeñaba en seguir pensando en él. No pegábamos ni con cola. Nunca nos pondríamos de acuerdo en nada. Me reñiría por ser seca y una rancia, por no querer celebrar los aniversarios, por no buscar un apelativo cariñoso y no llamarle «gordi». Yo le reprocharía lo cursi, lo pegajoso, lo peliculero y que se mirase en todos los escaparates, entre otras cosas. Sería demencial. Entonces ¿por qué seguía haciéndome preguntas?

—Cuando quieras ir a buscarlo, ya estará a otras cosas —me advirtió Ángela.

—Si eso pasa es que no era para mí. Si lo es, da igual cuánto tarde en estar segura.

La calma con la que me di tiempo para sopesar y pensar hizo mella en ella, lo sé. Pero es que yo necesitaba la calma, el silencio, el vacío. Y Angelita también.

Había mucha tela que cortar con Ángela. Y esto te lo cuento yo, porque soy su amiga.

Una tarde, de compras por el centro, me dijo que Antón le había propuesto apuntarse al gimnasio con él e ir juntos los fines de semana.

—¿Y tú qué le has dicho?

—Nada —me respondió, confusa.

Parecía que hasta ella no entendía por qué no le había preguntado el motivo por el que le proponía ese plan. Pocos días después, vino la cantinela de que él había insistido y ella había cuestionado las razones por las que volvía a sacar el tema.

—Dice que es por pasar tiempo juntos, haciendo cosas que nos gustan.

—Pero ¿tú le has dicho que a ti el gimnasio te horroriza?

—No.

—¿Por qué?

—Pues porque me da miedo que me juzgue y piense que soy una vaga. No lo sé.

—Lleváis meses conociéndoos, no puede pensar eso de ti.

La cosa se quedó ahí.

Un sábado me llamó con voz de haber llorado.

—¡¿Qué te pasa?! —me alarmé.

—Marieta, me estoy poniendo insoportable.

—¿Cómo que te estás poniendo insoportable?

—Sí, eso. —Se sorbió los mocos con pesar—. Estaba aquí con Antón, me ha hecho un comentario de nada y le he mandado a su casa.

—¿Le has mandado a su casa?

—Como una loca, Marieta. Estoy perdiendo la razón.

—Pero ¿qué es lo que te ha dicho?

—Una tontería.

Pero no era una tontería. Y ella no le había mandado inmediatamente a su casa. Él le dijo riéndose que los pantalones le marcaban tripa, ella le respondió que eso la hacía sentir mal y él... él le dijo que no se le podía decir nada, que así no tendrían nunca la confianza suficiente como para abrirse y conocerse a fondo, que no lo había dicho a mal. Ella le dijo que le parecía muy bien, pero que se disculpara. Él no quiso y Ángela le dijo riéndose que esos pantalones blancos que llevaba eran una auténtica horterada. Y, adivina..., no le hizo gracia. Y cuando le montó bronca, Ángela le pidió que se fuera a casa y volviera a llamarla cuando estuviera tranquilo y pudieran hablarlo.

Juro que no me lo olí. En absoluto. Al final van a tener razón cuando dicen que vivo en un universo paralelo.

Una semana más tarde, se presentó en mi casa sin avisar, hecha un mar de lágrimas. Me imaginé que el asunto iba de Antón, de modo que la hice pasar, apagué la música, aparté la novela que estaba leyendo y le serví un vino.

—Lo he dejado —me dijo.

Me sorprendió, no diré lo contrario. Pues no me quedaba...

—¿Habéis discutido?

—No —negó—. Esta vez no.

—¿Nada?

Volvió a mover la cabeza de lado a lado y sollozó.

—Pero, a ver, ¿lloras porque te arrepientes?

Nuevo movimiento de izquierda a derecha y de derecha a izquierda. Nuevo sollozo.

—¿No? Vale. Eso es bueno. Pero... eh... entonces... llora lo que necesites. No hace falta que lo entienda, ¿vale? Déjalo. Tú llora y sácalo todo. Ya me lo explicarás.

Fui a levantarme de la banqueta para servir unas pocas patatillas fritas, pero Ángela me retuvo.

—Marieta —sollozó.

—¿Qué?

—No me lo puedo quitar de la cabeza.

—¿Qué no puedes quitarte de la cabeza?

—A él.

—¿A Antón?

Negó de nuevo. Ay, madre. Me tapé la boca y ella sollozó más fuerte.

—¿A Fran?

Lloró mucho sin decir nada, ni una palabra, durante mucho rato. La abracé y la mecí. Si me llegan a pinchar, ni sangro.

Pensaba en Fran. Era como la desazón de una picadura de mosquito que, una vez que rascas, pica más y más. Pensaba en Fran, al principio con sorpresa, más tarde con curiosidad y...

—Ya he llegado a la fase del interés.

Si sacaba unas velas y las encendía para la Pachamama, si quemaba un poquito de palo santo..., ¿se enfadaría? Sí, lo más probable es que sí.

—¿Y qué vas a hacer?

En mi cabeza se reproducía sin parar una secuencia protagonizada por ellos dos. Ángela lo iba a buscar a casa y, en cuanto abría la puerta, lo besaba. Un solo beso y ya no podrían separarse jamás.

Cuando te digo que aún me quedaban sorpresas...

—Esperar.

Ojo. Eso era nuevo.

—¿Vas a esperar?

—Sí. Porque necesito estar sola. No sé estarlo. Piénsalo: he estado soltera, sí, pero siempre buscando. Eso no era aprender a estar sola, eso era tratar de encontrar la manera de no estarlo. Necesito pausar esa parte de mi vida. Trabajar en mi autoestima y aclarar si lo que siento es real o es solo que... no sé, que nunca nadie me mirará como Fran.

—Te van a mirar bonito muchas veces, Ángela.

—No, no es eso. —Cerró los ojos—. Es que no sé si yo sentiré lo mismo cuando alguien me mire bonito si no es él.

Toma. ¿Querías cambios? ¿Querías sorpresas? Maneja esto.

Lo peor fue tener que callar, no poder correr a casa de Fran para contárselo todo. Se pondría tan contento..., pero no podía. Ángela necesitaba estar sola y, si cuando se sintiera preparada ya era tarde para él, es que ahí no era. Eso lo había aprendido de mí, ¿no? ¿Entonces?

Entonces, aquí, la pelirroja se había contagiado de una enfermedad sumamente infecciosa, peligrosa. Los primeros síntomas son sonrisas que no vienen a cuento frente a discursos románticos. En la fase terminal, piensas: «¿Por qué no hacer una locura si es el amor el que te empuja?».

Durante los primeros días estuve atenta a mi sintomatología, observando cosas extrañas en mí. Me descubría a mí misma mirando a Fran y Ángela con tontería. Decía «oyyyyyy» cuando veía un bebé o ropa de bebé. Las parejas besándose o cogidas de la mano me hacían sonreír. Volví a ver *Love Actually* y me pareció mucho más agradable que la primera vez. Me compré flores a mí misma. Impulsé que se mejorase el programa de gratificación a los usuarios que monitorizaban su naciente relación a través de la aplicación. El colmo fue controlar a duras penas las lágrimas cuando Márquetin me presentó un caso de éxito real de la aplicación que, con permiso de los usuarios, previa firma de contrato y pago correspondiente, iban a usar en una parte de la próxima campaña.

—Chata, a ti te pasa algo —me dijo Pancho—. ¿No estarás preñada?

Fue como tener una tenia que se alimentaba de mí en silencio. Fue como si una secta me hubiera captado tan despacio, tan poco a poco, que no me hubiera dado cuenta hasta que fuera demasiado tarde. Me sentí como si alguien hubiera implantado de manera artificial algunos pensamientos en mi cabeza. Pensamientos recurrentes. Pensamientos parásitos. Pensamientos actuantes que jamás había tenido y que, lo peor, me hacían sonreír.

Cuando me descubrí cotilleando el perfil de LinkedIn de Alejo, supe que la enfermedad se había propagado ya por todo mi cuerpo y ya no existía cura.

Me habían romantizado.

A mí. A la persona a la que se le ocurrió crear Like¡t a partir de la idea de poder poner una «calificación» a mis citas.

A mí, que había ideado el gran éxito de mi vida para poder tener más citas exitosas… Citas exitosas de «Hola, cariño, mañana no volveremos a vernos».

A mí, que me había pasado la vida pensando que mi madre era víctima de un romanticismo que llegaba a idiotizarla.

A mí, que pensaba que no tenía espacio, tiempo ni ganas para esas cosas.

A mí, que me aburría o me agobiaba tan solo con plantearme la monogamia a largo plazo.

A mí… me habían romantizado.

Y había sido el puto Alejo. Había sido él y era él, justamente, quien debía sufrir las consecuencias.

54
La bruja

Estaba en una reunión bastante durilla. Una presentación para un cliente se estaba retrasando y nos juntamos para entender qué estaba pasando. No se trataba de buscar responsables, sino de poner en común en qué punto nos encontrábamos, por si se podía acelerar moviendo a un par de personas de proyecto.

Llevaba un traje azul con camisa blanca, pero me había quitado un rato la corbata porque... había perdido la costumbre y sentía que me asfixiaba, como si me hubieran amortajado con ella.

—Venga, chicos —los animé a que se centraran—. Ya sé que llevamos mucho rato aquí, dándole vueltas a esto, pero si le dedicamos un poco de...

El móvil me pitó y me descentró. Lo saqué del bolsillo interior. No, no era el del trabajo. Saqué el personal del otro bolsillo.

—Perdonad, creía que lo tenía en silenci... —Abrí los ojos como platos cuando miré la pantalla.

—¿Estás bien? —se atrevió a preguntarme una de las chicas del equipo.

—Sí, sí —dije poniendo morritos—. Seguid un poquito, ahora vengo.

Corrí hasta mi despacho, busqué mis auriculares y me los coloqué. Marieta me había mandado una canción. Necesitaba escuchar la letra y analizarla hasta que pudiera parecerle a un tercero que era un tarado. La canción era «Ni tú ni yo», de Elsa y Elmar.

Uno de los supervisores me encontró en mi despacho, de espaldas a la puerta, casi hecho un ovillo, leyendo la letra de la canción mientras volvía a escucharla una y otra vez.

—Ah, estás aquí. Te hacía en la sala Toledo, reunido.

Paré el reproductor y me volví a mirarle.

—Estoy aquí —le informé como si no pudiera verme.

—¿Me firmas esto?

Lo firmé sin mirar.

—Son mis gastos del mes.

—Ah, pues no, déjamelos aquí que los revise, que tú eres muy de tomarte un roncito después de las reuniones…

Salió de allí riéndose.

¿Por qué me había mandado Marieta aquella canción? Porque, por si no la has escuchado, la letra es tan de entrega como de despecho.

Abrí WhatsApp y le respondí:

Alejo

Estás echando gasolina al fuego, lo sabes, ¿verdad?

Marieta

Me consta.

El corazón. El corazón iba a salírseme del pecho.

Alejo

Te llamo cuando salga del trabajo
y voy a buscarte donde estés.

Bloqueé el teléfono y lo metí en el bolsillo. Respiré hondo. ¿Qué cojones?

Volví a la sala de reuniones aún con muestras de haber hiperventilado.

—Vaya cara, jefe, ni que te hubiera escrito una ex —bromeó uno de ellos.

Que no me riera les asustó mucho más que si le hubiera reprendido. Solo tuve que meter las manos en los bolsillos del pantalón sin apartar la mirada de él. Le quedó claro.

—¿Por dónde íbamos?

Sonó el teléfono de la sala. Fruncí el ceño.

—¿Nos hemos pasado de hora? —Me miré el reloj de pulsera—. La teníamos reservada hasta las siete, ¿no?

Todos asintieron.

La asistente del departamento se estiró para responder, pero me adelanté y cogí el teléfono.

—¿Sí?

—Hola, ¿podría hablar con Alejo Mercier?

—Sí, soy yo.

El equipo de trabajo no se perdía detalle con el mayor disimulo.

—Verá, es que ha llegado una visita y... no la hemos podido retener.

—¿Cómo que no la han podido retener...?

La puerta de la sala de al lado se abrió con gran estrépito. Al otro lado del teléfono una voz nerviosa seguía dando explicaciones, pero yo ya me había apartado el auricular. La puerta de enfrente se abrió y volvió a cerrarse. Todos miramos la nuestra, sabiendo que nos tocaba a nosotros. Y así fue.

La puerta se abrió y en el vano apareció una pelirroja despeinada y jadeante, con un vestido de color verde, unas botas y (estimado a ojo) unos tres mil doscientos collares.

—¿Marieta? —pregunté.

No contestó. Solo cogió carrerilla. Sí, sí, cogió carrerilla. Cuando la tuve cerca, directamente saltó encima de mí. La agarré por intuición, pero me pareció el movimiento más atrevido que había visto hacer a Marieta. Con sus piernas rodeando mi cintura, sus brazos alrededor de mi cuello y todo mi equipo de trabajo mirando, ella acercó sus labios pintados de color tierra a mi boca y me besó.

Escuché un aplauso a lo lejos. Rumor de voces por todas partes. Pasos sobre el suelo técnico del pasillo. Me obligué a abrir los ojos y separé con cuidado mis labios de los suyos.

—¿Pero…?

—¿Y si esta es mi forma de decirte que te quiero a mi lado? —respondió.

Me di cuenta de que temblaba y la dejé en el suelo con cuidado. No podía apartar los ojos de ella y de esa expresión preocupada con la que esperaba mi respuesta. Una sonrisa fue expandiéndose en mi boca, mi pecho, mis manos, que la acercaron de nuevo. Agarré su cara entre ellas y la besé con los ojos cerrados.

—No me importa ser yo el que llore —le susurré—. Siempre cerraré los ojos al besarte.

—¿Tan fea soy?

Los dos nos reímos y volvimos a besarnos.

Los chicos volvieron a aplaudir y nosotros nos escondimos en el cuello del otro con vergüenza.

—Eres una bruja.

—Donde las dan, las toman.

—Eh… —Me volví hacia mi equipo—. Espero que no os moleste, pero me ha surgido una emergencia personal y tengo que marcharme a casa para seguir besándola sin que me hagáis fotos con el móvil. Rodríguez, te he visto: bórrala inmediatamente.

El chico lo hizo al segundo.

—¿Nos vamos? —le dije tendiéndole la mano.

—Vámonos.

Salimos arrastrando muchas más miradas que las de la gente que se encontraba en la sala. Las reuniones que Marieta había interrumpido habían salido a mirar qué pasaba.

—¿Y tu abrigo? —me preguntó.

—En el despacho, pero no voy a ir a por él.

—¿Por qué?

—Porque eres una cabrona, me las has devuelto todas juntas, y ahora me da vergüenza pasearme por mi departamento.

De su garganta salió la carcajada que demostraba que aquello era, justamente, lo que había buscado.

—¿Cuál es tu excusa? —le pregunté atravesando una puerta hacia la salida—. ¿Y tu abrigo?

—No lo sé. Creo que lo he perdido. Esto de montar una escenita romántica pone mucho más nervioso de lo que creía. Toda mi admiración.

—Gracias.

—Dejemos aquí la competición, ¿vale? Estamos en tablas.

Me tocó el turno a mí de reír. Abrí la puerta que daba hacia los pasillos de los ascensores y se la mantuve abierta para que pasara por delante de mí.

—No te lo crees ni tú.

Nos convertimos, sin saberlo, en el tema que ocupó más corrillos a la hora del café. Con el tiempo se fueron incorporando a la historia detalles inventados por aquí y por allá, hasta hacer de nuestro beso en la sala Toledo una leyenda urbana. Muchos dicen que fue gracias a nosotros que ese mismo año le cambiaran el nombre a Sala París. ¿No dicen que París es la ciudad de los enamorados?

Pues eso.

Epílogo

—Y eso es todo.

Ella me miró con los ojos desorbitados, brillando de ilusión. Sobre la mesa de centro las tazas vacías, la jarra de leche y una pequeña cafetera de loza daban una pista sobre el tiempo que llevábamos allí sentados, charlando. Habíamos empezado en la cocina hasta desplazarnos a un sitio más cómodo cuando la conversación entró en la parte más interesante.

No sé cómo empecé a contarle mi vida a aquella clienta, pero, cuando empecé, no pude parar.

La casa era bonita y muy grande. En origen fueron dos pisos independientes, pero la suerte quiso que se enamoraran dos vecinos y tiraran un tabique. Aún tenían dos puertas de entrada, pero ella misma me dijo que hacía mucho que solo usaban una. Una joya de piso que me encantaría vender…

—Júreme que todo lo que me ha contado es verdad —me pidió.

—Se lo juro, pero creo que después de todo lo que le he contado ha llegado el momento de que me tutee.

—Y tú a mí, por favor. Es una historia preciosa.

—Bueno, en realidad es solamente una historia. —Me encogí de hombros—. Pero supongo que siempre está bien escuchar una de esas que termina bien.

—Pero…

—Dime —la animé a salir de dudas.

—¿De verdad… de verdad todo lo que me has contado es cierto?

—Vaya, vaya. —Me reí—. Para tener la casa tan llena de libros eres un poco escéptica.

—No entiendo la relación entre mi escepticismo y la literatura.

—Las personas a las que les gusta leer son más propensas a creer en la magia.

Los dos nos sonreímos.

—Todo lo que te he contado es cierto.

—¿Y qué pasó después? Si es que puedo preguntar.

—Claro que puedes. Pues… en realidad no han dejado de pasar cosas… ¿Te refieres a Marieta y a mí?

Asintió, ávida de información.

—Buf. Pues a ver: su proyecto de biotecnología despegó y ahora mismo es la CEO de una empresa que investiga sobre secuenciación genómica, edición genética y biología sintética con el fin de desarrollar nuevas soluciones agrícolas adaptadas al cambio climático.

—Guau.

—Sí. Es un culo de mal asiento. Nunca se quedará quieta.

—¿Y Like¡t? Porque, por lo que yo sé, sigue funcionando.

—Sí, y ella sigue siendo socia, pero ha delegado su puesto en otra persona. —Le sonreí—. ¿Adivinas en quién?

—Me encantaría que, en un giro de los acontecimientos, el CEO fuera Tote.

—Sin duda a mí también me gustaría, pero a Fran le sienta fenomenal el cargo.

—¿Y qué fue de ellos? De Fran y Ángela. Y de vosotros, ¿pudisteis hacerlo durar? Ay. —Se rio con una carcajada muy sonora—. ¡Es que tengo mil preguntas!

—No sé si podré contestar mil, pero... a nosotros nos costó, no te voy a decir que todo fuera de color de rosa. Han pasado tres años de todo lo que te he contado y apenas ahora empezamos a dar pasos importantes. Lo hicimos todo muy despacio cuando salimos de aquella sala de reuniones. Nos dimos cuenta de que yo la había romantizado y ella me había templado. No sé cómo lo hicimos, la verdad.

—¿Y cuáles son esos pasos importantes que estáis dando?

—Le pedí que se casara conmigo hace un par de meses, en un viaje a París.

—Un clásico. —Sonrió.

—Sí, por mucho que me esfuerce en modernizarme, el tigre no puede borrar sus rayas. Eso a ella a veces la enerva, pero hemos aprendido a convertirlo en el juego de a ver quién avergüenza más a quién en público. Voy ganando yo, que me arrodillé con un anillo en la mano en Jules Verne, el restaurante de la torre Eiffel.

—¡Por favor! —Los ojos le hicieron chiribitas.

—A ella no le hizo tanta gracia. —Me reí—. Pero dijo sí, de modo que, a menos que me deje tirado en el altar, ese es el plan. Nos casaremos, viviremos juntos en su casa de Moratalaz y si tenemos hijos les pondremos a todos nombres de flor. He tenido que hacer concesiones para poder levantarme con esa loca todos los días.

—Es una historia muy romántica.

—Pero como lo son las películas de sobremesa. ¿Sabes lo que pasa con el romanticismo? Que en la ficción siempre suena mejor.

—¿Y Fran y...?

—Ahora iba. Pues Ángela estuvo un año sola, completamente sola. Eso, quieras que no, igualó un poco las fuerzas en cuanto a su relación con Fran, y, poco a poco, volvieron a unirse como antes.

—¿Como antes?

—Sí. Yo juraría que Fran ya había dejado de fabular en cuanto a ella cuando, un día, me llamó muy nervioso para contarme que ella lo había besado al despedirse en el portal.

—Jo…, si él había hecho todo ese trabajo para olvidarla es un poco putada… —me dijo.

—Lo fue, porque despertó de golpe el recuerdo y… fue como meter un cigarrillo encendido en un almacén de pólvora, en realidad, así que creo que podría decirse que Fran hizo un trabajo deficiente en esto de olvidarla.

—¿Y?

Me reí.

—Pues están viviendo juntos.

Ella aplaudió brevemente y después se sonrojó por aquel alarde de alegría por la felicidad de dos desconocidos.

—Es como si siempre hubieran sido pareja —le confesé—. Nunca he visto a nadie mirar a otra persona como Fran lo hace con Ángela. Y ahora Ángela con él. Es como si hubieran estado encerrados, castigados sin poder tocar a nadie, y ahora hubieran redescubierto el tacto.

—Eso es precioso.

—Muy cierto, son una de esas parejas que le hace a uno creer —asentí.

—Bueno, Marieta y tú también, ¿no?

—Marieta y yo somos más como la excepción que confirma la regla. Teníamos todas las papeletas para quedarnos en una de esas historias de casi algos que terminan siendo terriblemente tóxicas, pero algo cambió en nosotros, en los dos.

—¿Y qué fue?

—No tengo ni idea. Quizá saber hablar entre nosotros. —Me encogí de hombros—. Y en esto de la magia yo he aprendido que es mejor no preguntar por el truco.

Me levanté y ella se levantó también, como un resorte.

—Tienes una casa muy bonita. Entiendo que consideres que es demasiado grande para los dos y me encantaría venderla. Os conseguiría el mejor precio, pero te voy a ser sincero.

Frunció el ceño, confusa.

—Hay algo aquí que... No la vendáis. Si no queréis tener hijos que llenen las habitaciones, redistribuid el espacio: un estudio más grande para él, un despacho independiente para ti, dos vestidores. No sé. Se pueden hacer muchas cosas con estos trescientos metros cuadrados.

—Alejo, ¿cómo terminaste vendiendo casas?

—Eso fue lo más fácil de todo —le confesé—. Cuando Marieta vino a buscarme a la oficina aquella tarde, yo ya estaba matriculado en un máster de Real Estate, ¿recuerdas? En cuanto lo terminé, dejé la consultora y me incorporé a la plantilla de una inmobiliaria de lujo como currito, conseguí mis propios contactos y —me encogí de hombros— aquí estoy.

—Mi más sincera enhorabuena, entonces. Eres el nombre que está en boca de todos cuando preguntas por un buen agente inmobiliario.

Me atusé las solapas del traje.

—Me hice un nombre —respondí ufano, mitad en broma mitad en serio.

—Entonces no vendo, ¿no?

—No. Yo no lo haría. Esa biblioteca —señalé la zona que se extendía a nuestra espalda— con espacio para un piano de cola..., eso es un sueño.

—Gracias. Oye, Alejo... ¿Y tus padres? ¿Supieron alguna vez que trabajaste como secretario?

Negué con la cabeza.

—No. Pero no por vergüenza. Iba a hacerlo, a contárselo todo, pero después me di cuenta de que mi padre nunca entendería el bien que me hizo todo aquello. Se quedaría en la superficie, y yo me molestaría por ello, así que... Papá es como es.

Ahora está jubilado, feliz, muchísimo más simpático y muy relajado en cuanto a lo que exige a sus hijos. Mamá sigue tan maravillosa como siempre.

—Me alegro mucho.

Unas llaves se introdujeron en la cerradura y un chico espigado y con bigote entró en la casa.

—Hola —saludó confuso.

—Ven, te presento a Alejo, el agente inmobiliario que te dije.

—Ah, encantado.

Nos dimos la mano con firmeza.

—Ya me iba. Le estaba comentando a su mujer…

—Aún no lo es —se burló—. Aceptó el anillo, pero no termina de cerrar el trato.

Ambos se miraron y fue fácil entrever el brillo de esa magia de la que hablaba un rato antes.

—Le estaba comentando que sería un placer vender vuestra casa, perdona que te tutee, pero creo que es demasiado especial como para que no os la quedéis.

Arqueó las cejas, sorprendido, y volvió a mirarla a ella.

—Eso es lo que yo pensaba.

—Ah, odio esa forma tan sutil que tienes de decir «yo tenía razón» —se quejó ella.

—Ha sido un placer.

Volví a darle la mano, esta vez a ambos, y me acompañaron hasta la puerta.

—Por cierto, Elsa, no te lo he preguntado. Me dijiste que trabajas en casa, pero ¿a qué te dedicas?

—Soy escritora. —Sonrió—. ¿Sabes eso que se dice de que cualquier cosa dicha delante de un escritor puede ser usada para la ficción?

—No lo sabía, no. Pero todo tuyo.

Salí al rellano, llamé al ascensor y me volví para despedirme.

—Una última pregunta, Alejo.

—Claro.

—Perdónala, tiene preguntitis —bromeó su chico envolviéndola con el brazo.

—Dispara —le animé.

—¿Qué es lo romántico?

Fruncí el ceño, respiré profundo y negué con la cabeza.

—No tengo ni la más remota idea. Dejo las definiciones en manos de personas como tú. Yo me limito a aprender cómo puedo decirle que la quiero sin tener que repetirme.

Cuando el ascensor inició su bajada sonreí con apuro. A ver cómo le decía ahora a Marieta que había terminado contándole a una desconocida toda nuestra historia. Elsa Benavides…, ¿de qué me sonaba aquel nombre? El colmo sería terminar siendo protagonistas de una novela.

Salí a la calle. El sol brillaba en una primavera espectacular, y yo eché a andar calle abajo. Protagonistas de una novela… ¿Te imaginas?

Agradecimientos

Al cosmos, este año, le apeteció ponerme a prueba. Terminar esta novela ha sido lo más difícil a lo que me he enfrentado en mi vida. Hubo mucho de lo que preocuparse y ocuparse. Hubo prisas. Hubo tropiezos (nunca mejor dicho, escribo esto con el hueso del codo derecho roto). Y hubo dudas. Muchas dudas.

En esta ocasión, a pesar de todas las personas a las que les agradezco que estén en mi vida (mis amigos y amigas —mi familia escogida—, mis padres y mi hermana, mis sobrinos, la editorial, el Chache Jose, María, hermana del alma, Aurora, K. K., el primo Miguel…, tantos tantos nombres), me centro en las dos que han «sufrido» conmigo, ayudándome en la subida de este pico.

A Ana Lozano, por ser editora, compañera, maestra, amiga, mujer honrada y sincera y trabajadora infatigable. Por llevar la importancia de la verdad por bandera.

A Rubén, por poner luz en el camino. Por haberme animado a escribir, a descansar, a comer, a beber agua…, por ser Alejo cuando yo era un poco Marieta. Por devolverme la fe.

Y a ti, claro. Porque, sin ti, esto son solo palabras.

Gracias por poner esta historia en movimiento, por darle vida, por querer.

Porque aquí lo importante es querer.

GRACIAS.